Excalibur

Herausgegeben von
Melissa Andersson
und
Gerd Rottenecker

Laura Resnick

FEUERBRINGER

Die Chronik von Sirkara 1

Ins Deutsche übertragen von
Regina Winter

Knaur

Die amerikanische Originalausgabe erschien 1998
unter dem Titel »In Legend Born, Part 1« bei Tor Books, New York

Besuchen Sie uns im Internet:
www.droemer-weltbild.de

Taschenbuchausgabe 2000

Umschlagkonzept: Melissa Andersson
Umschlaggestaltung: ZERO Werbeagentur, München
Umschlagillustration: Thomas Blackshear III,
»Beauty and the Beast«
Lektorat: Ralf Reiter
Satz: Ventura Publisher im Verlag
Druck und Bindung: Nørhaven A/S
Printed in Denmark
ISBN 3-426-70216-9

2 4 5 3 1

Meinem Großvater gewidmet

PROLOG

»Ich komme, um zu dienen.
Sagt mir, was ich tun soll.«

Der Rufer kam in der Nacht zu ihr, wenn die anderen schliefen. Mirabar lag auf ihrem Strohsack im Dunkeln, und sie wagte vor lauter Angst kaum zu atmen, als sie seine Nähe spürte. Die anderen Wächter hörten den Rufer nie – nur sie wurde von ihm gequält.

Sie wußte, daß er da war; sie hörte, wie er sie in der alten, vertrauten Sprache der Toten zu sich rief, aber mit einem Lied, das sie nicht kannte. Mirabar biß die Zähne zusammen, um ihre Angst nicht zu zeigen. Schon vor langer Zeit hatte sie gelernt, daß Raubtiere noch gefährlicher wurden, wenn sie spürten, daß ihr Opfer sich fürchtete.

Als sie schließlich bereit war, ihm entgegenzutreten, öffnete sie die Augen und wandte den Kopf, um ihn anzusehen. Mondlicht fiel durch die Öffnung der kleinen Höhle, in der sie und ihre Mentorin Tashinar schliefen. Und Erleichterung mischte sich mit Enttäuschung, als Mirabar nichts in den Schatten entdecken konnte – wie immer gab es dort keine Spur des Rufers. Dennoch, das Lied in ihrem Kopf wurde jedesmal lauter und zwingender.

Heute nacht, dachte sie. *Heute nacht wird es geschehen.*

Sie warf einen raschen Blick auf Tashinars schlafende Gestalt, die im Mondlicht gerade noch zu erkennen war, dann schob sie den wollenen Umhang beiseite und setzte sich auf. Tashinar konnte das Lied offenbar nicht hören, und Mirabar wußte mit Sicherheit, daß auch sonst niemand es vernahm, nicht einmal die begabtesten Wächter in diesen Bergen.

Komm, drängte der Rufer lautlos. *Komm.*

Sie hatte Angst. Sie erhob sich, griff nach ihrem Umhang und warf ihn sich um die Schultern, um hinaus in die Nacht zu gehen und sich mutig diesem Ding zu stellen, das aus unerklärlichen Gründen nach ihr verlangte; aber in ihrer Brust brannte die Angst. Sie setzte eine herausfordernde Miene auf, trat aus der Höhle und ging den mondbeschienenen Abhang hinab; sie folgte dem Ruf, obwohl ihr Herz vor Furcht laut pochte. Es war eine Zwillingsmondnacht, und am Horizont glitzerte der schneebedeckte Gipfel des Darshon. Bei diesem Anblick murmelte sie ein rasches Gebet zu Dar, der Göttin, die sie, als *shallah* wie als Wächterin, verehrte.

Komm zu mir, komm ...

Mirabar blieb abrupt stehen und fuhr herum. Der Rufer. Das Drängen seines Rufs wurde heftiger, griff nach ihr, weckte Reaktionen, die beinahe erotischer Art waren.

Komm, beeile dich ...

Seit Monaten rief er nun so nach ihr. Manchmal kam er in zwei Nächten hintereinander, manchmal vergingen viele ruhige Tage, bevor sie ihn das nächste Mal hörte, und dann verschwand er oft ebenso unerklärlich wie plötzlich wieder. Aber nie zuvor war das Lied so intensiv, so drängend gewesen. Heute nacht würde sie ihn vielleicht endlich sehen können. Und vielleicht würde sie dann wissen, ob er ihr schaden wollte oder nicht.

Komm ...

»Wer bist du?« fragte sie laut.

Komm zu mir, komm ...

Niemand konnte verstehen, was mit ihr geschah, wieso dieses Wesen sie heimsuchte. Wächter beschworen die Schatten der Toten – aber doch nicht umgekehrt! Nicht einmal Tashinar konnte sagen, ob dieser seltsame, unsichtbare Besucher eine Gefahr für Mirabar darstellte.

Du mußt kommen ...

Sie widerstand der Anziehung, dem Drängen, dem Wunsch. Sie hatte einen starken Willen, und sie spürte ein Zittern in der Luft, als der Rufer seine Anstrengungen verstärkte, sie von der Höhle, in der Tashinar schlief, wegzulocken.

Komm, komm zu mir ...

»Nein!«

Erschrocken hielt sie die Luft an, als sich etwas in den Spinnwebbäumen am Rand ihres Lagers rührte. Alle Wächter lebten im verborgenen und waren stets von Verrat und Tod bedroht. War es möglich, daß die Späher das Lager umstellt hatten? Oder war hier ein anderes Raubtier am Werk?

»Wer ist da?« fragte sie scharf.

Eine Brise kam auf, zupfte an ihrem Umhang, an ihrem Haar. Die tiefhängenden Zweige der Spinnwebbäume teilten sich, ihre Bewegungen neckten Mirabar, gewährten ihr kurze Blicke auf etwas, das tiefer im Wald verborgen war. Eine Hand, ein Arm, das Aufblitzen von Augen, die so feuriggolden waren wie die ihren. Mirabar wich taumelnd zurück, unterdrückte einen Aufschrei.

Nein, du mußt herkommen ...

Sie hörte ein lautes Keuchen – ihr eigenes. Sie zitterte vor uralter, abergläubischer Furcht, als er zwischen den Zweigen der Spinnwebbäume hervortrat und im hellen Mondlicht endlich sichtbar wurde.

Er streckte die Hand nach ihr aus.

Sie wich weiter zurück, die Augen in entsetztem Erkennen weit aufgerissen. »*Nein!* Bleib mir vom Leib! Bleib stehen, oder ich ... Nein! Du bist ein ... Geh *weg!*« murmelte sie atemlos.

Der Blick seiner feuergoldenen Augen, die sie jetzt so deutlich sehen konnte wie sein dämonenrotes Haar, wurde sanfter. »Nein«, murmelte er voller Mitgefühl, »nein, hab keine Angst. Du brauchst dich nicht zu fürchten.«

Er sprach jetzt laut; das Lied der Toten war verstummt vor dem Gesicht und der Stimme eines Menschen. Aber Mirabar wußte, wie die aus der Anderwelt aussahen, kannte dieses geheimnisvolle Schimmern der Haut, die hallende Stimme. Und seine Füße berührten den Boden nicht.

»Wer bist du?« fauchte sie und starrte mit einer Mischung aus Angst und Mißtrauen in diese orangegelben Augen.

Er starrte zurück. »Glaubst du es denn auch? *Du?*«

Einen Augenblick lang senkte sie den Blick, schlug die Lider über die eigenen goldenen Augen, war sich ihres eigenen feuerroten Haares bewußt, als stünde es tatsächlich in Flammen. Der *shallah*-Aberglaube, der sie in ihrer Kindheit zur Ausgestoßenen gemacht hatte, beherrschte immer noch eine dunkle Nische ihres Herzens. Beschämt hob sie den Kopf und starrte ihn wieder an.

»Daß wir beide, du und ich, schon im Mutterleib von Dars Feuern verbrannt wurden?« sagte sie. »Daß wir verflucht sind, Halbdämonen, die man jagen und vernichten muß?« Langsam schüttelte sie den Kopf und spürte, wie ihr Atem wieder etwas regelmäßiger wurde. »Nein, aber ich habe noch nie jemanden gesehen, der wie ich war.«

»Es hat nie viele von uns gegeben«, meinte er.

»Und jetzt sind es noch weniger«, stellte sie voller Bitterkeit fest.

»Wir sind selten, und etwas Besonderes.« Er wies mit anmutiger Geste auf sie.

»Wer bist du? Was willst du von mir?«

»Man hat mich geschickt, dich zu ihnen zu führen.«

Kälte erfaßte sie. »Zu wem?«

Er lächelte, aber das ließ ihre Angst nicht schwächer werden. »Komm. Sie haben tausend Jahre gewartet. Laß sie nicht noch länger warten.«

»*Wer* hat ...« setzte sie an, aber er hatte sich bereits abgewandt und verschwand zwischen den mondbeschienenen Spinnwebzweigen.

Komm, du mußt mitkommen ...

»Verdammt, ich habe dir eine Frage ...« Sie verschluckte ihre restlichen Worte und runzelte die Stirn. Wie oft hatte Tashinar ihr schon erklärt, daß die Toten einem ohnehin nur sagten, was sie sagen wollten?

Mirabar, komm, sie warten ...

Eine Mischung aus Scham und Zorn ließ sie unter die

flüsternden Bäume treten. Sie folgte der Vision. Im Laufe ihres Lebens hier auf den höchsten Bergen von Sileria hatte sie selten den Luxus eines Spiegels zur Verfügung gehabt, aber sie wußte genau, wie ähnlich sie dem Rufer sah. Und dennoch war sie beim Anblick dieser brennenden Augen, dieses flammendroten Haares zurückgewichen; *sie*, die so oft von solchen Reaktionen verletzt worden war – und gefährdet von erheblich heftigeren –, ihr ganzes Leben lang. Wie hatte sie so feige und abergläubisch sein können, selbst in einem Augenblick wie diesem?

Außerdem würde er weiterhin ihren Frieden stören, wenn sie ihm jetzt nicht folgte und herausfand, was er von ihr wollte. Wenn sie nur daran gedacht hätte, ihre ausgetretenen Lederschuhe anzuziehen ... sie drang in den Wald ein, folgte dem lautlosen Drängen.

Komm ...

Er lockte sie tief in die Wälder, so tief, daß selbst sie, die schon als Kind wild in diesen Bergen gelebt hatte und über die Instinkte eines Tieres verfügte, bald jegliches Gefühl für Entfernung und Richtung verlor. Die Zweige über ihrem Kopf wurden dichter, bis sie ihre Arme wie Liebende verschränkten und das Licht der beiden vollen Monde nicht mehr zum Waldboden dringen ließen.

Mit Wächtermagie blies Mirabar eine Flamme in ihre Handfläche, mit der sie den Weg beleuchten wollte. Eine heftige Böe kam auf und löschte das Feuer wieder. Blind starrte sie in die Nacht, während der Rufer sie drängte, sich zu beeilen. Dann stieß sie mit den bloßen Zehen gegen einen Felsen und stürzte laut schimpfend.

Komm, sie warten ...

»Wo denn?« fauchte sie und rieb sich den Fuß. »Auf der anderen Seite der Welt?«

Du mußt kommen ...

»Lächerlich«, knurrte sie und tastete sich vorsichtig weiter durch die Dunkelheit. »Ich bin eine Wächterin.« Nach einem Leben als Ausgestoßene sprach sie diese Worte mit unendlichem Stolz aus. »Die Toten kommen zu *mir*, du Narr.«

Einen Augenblick später schrie sie auf, als sie ins Leere trat und kopfüber in einen Abgrund stürzte. Aber statt des raschen, schmerzvollen Endes, das sie erwartet hatte, dauerte der Fall unendlich lange, immer länger, als könne sie tatsächlich das andere Ende der Welt finden, als würde diese schwarze, bodenlose Leere sie einfach immer weiter verschlingen, bis sie dort angekommen war.

Dann, nach langer Zeit, stachen winzige Nadelstiche auf ihre betäubten Sinne ein. Als sie näher kam, hielt sie sie für Sterne. Es schien, als hätte der Nachthimmel selbst sein klaffendes Maul geöffnet, um sie vom Boden wegzusaugen.

Mirabar.

So plötzlich, wie sie gefallen war, fand sie sich jetzt schwebend, in einem himmlischen Wirbelwind, umgeben vom Chaos unbegrenzter Ozeane und ungeborener Sterne. Wasser und Feuer, dachte sie verwirrt; die beiden ältesten und mächtigsten Kräfte in Sileria.

Mirabar.

»Was ist?« hauchte sie. War sie jetzt in der Anderwelt? »Was ist das?«

Sie sind hier. Kannst du sie hören?

»Wen hören?«

Du mußt es versuchen!

Sie brauchte ihre Angst nicht mehr zu verbergen, sie war jetzt jenseits der Angst. Sie war an einem Ort, an dem kein Gefühl mehr Gewicht hatte, einem Ort jenseits von Leben und Tod, jenseits von Gedanken und Angst.

Sie *hörte* ihn nicht, aber sie konnte ihn jetzt sehen. Vielleicht war er ein Gott, aber sie hatte nie einen gesehen, und daher konnte sie nicht sicher sein. Er war gewaltig, erfüllte die gesamte Leere, die ihr wirbelndes Nest aus Feuer und Wasser umgab, dieses Nest aus ungeborenen Sternen und brennenden Flüssen. Seine Miene war streng, aber nicht furchterregend. Sein langes schwarzes Haar verschmolz mit der Nacht, und seine Augen waren golden. *Golden,* erkannte sie, so golden wie die ihren, brennend und glühend vor Feuer.

Und dann wußte sie, wer er war, erkannte, daß die Geschichten, die die Wächter über tausend Jahre überliefert hatten, tatsächlich stimmten, *wußte* zum ersten Mal in ihrem Leben, daß sie kein Dämon war.

Demütig und voller Ehrfurcht ballte sie die Hände zu Fäusten und kreuzte die Unterarme vor der Brust zum traditionellen Gruß, dann neigte sie den Kopf. »Daurion«, flüsterte sie.

Ja! sagte der Rufer, und seine Freude ließ alles um sie erzittern.

Daurion, der letzte große Herrscher von Sileria, auserwählt von den Wächtern, diese gewaltige, bergige Insel in seiner eisernen, mit Samt bekleideten Faust zu halten. Daurion, der goldäugige Yahrdan, der vor tausend Jahren gestorben war und dessen Feinde seine Statuen und Bilder nach seinem Tod systematisch zerstört hatten, bis von ihm nur noch halb erinnerte Geschichten und verbotene Lieder geblieben waren.

Als Mirabar sich wieder regen konnte, hob sie den Kopf, um ihn noch einmal anzusehen, und ihre Augen wurden feucht, als sie seinem Blick begegneten. Es stimmte also! Diese feurigen Augen, die einem in Sileria nun beinahe mit Sicherheit den Tod brachten, waren früher einmal, vor vielen Jahrhunderten, Merkmale gewesen, denen andere Hochachtung zollten – Merkmale, die von Größe kündeten.

Aber das ist so lange her ...

Diese Stimme war neu, und sie vibrierte durch ihr Blut wie Ekstase. Sie sah, daß sich jetzt zwei andere den Himmel mit ihm teilten, einer dunkeläugig und dunkelhaarig wie die meisten Silerier, und der andere goldäugig und gekrönt von einer Mähne flammendroten Haars; die längst verstorbenen Herrscher eines einstmals großen Landes, die vergessenen Anführer eines stolzen Volkes, das vor tausend Jahren von Eroberern versklavt worden war.

Mirabar ...

»Sirani«, keuchte sie im Dialekt. *Mein Gebieter.* »Ich komme, um zu dienen.« Sie blickte suchend zum Himmel. »Sagt mir, was ich tun soll.«

Er ist auf dem Weg.

Sie sah Daurions Gesicht an, das sich bereits veränderte, kein Gesicht mehr war, sondern etwas anderes. »Wer, *Siran?*«

Der Himmel wand und bog sich, füllte sich mit neuen Bildern. Sie fiel auf diese Bilder zu, und die Bilder durchfluteten sie. Sie sah Waffen, scharfe Klingen, die schwere Ketten durchtrennten, Schwerter, die in der grellen silerischen Sonne glitzerten. Sie spürte eine Heftigkeit, eine Wildheit, die sich sogar selbst bedrohte, ertastete einen dunklen Pfuhl der Scham, die ein reines Herz befleckte, und erstickte dann fast an ihrer eigenen Sehnsucht.

Er ist auf dem Weg.

Blut und wilder Mut versickerten im Sternenfeld, und Mirabars Herz füllte sich mit einer Leere, die schlimmer war als Hunger, mit einer Bitterkeit, die schlimmer war als Haß.

»Wer ist auf dem Weg?« rief sie, zerrissen von diesem Schmerz, erschrocken von diesem furchtbaren Mut, gleichzeitig beschämt und begeistert.

Bereite ihm den Weg.

»Was soll ich tun?«

Er ist nahe!

»Wie werde ich ihn erkennen?« rief sie flehentlich. Und dann stand der Himmel in Flammen.

Als am nächsten Abend die Sonne unterging, fand Tashinar ihre Schülerin. Tashinar war alt, gebrechlich und geschwächt von den Folgen der Folter, die sie vor langer Zeit unter den Händen der Späher hatte ertragen müssen. Nun brach sie beinahe zusammen, so erleichtert war sie. Ihre junge Schülerin war störrisch, unvernünftig mutig und verfügte über Kräfte, von denen sie noch nicht wußte, wie sie sie beherrschen sollte. Als Tashinar aufgewacht war und festgestellt hatte, daß Mirabar verschwunden war, hatte sie sich aufgemacht, sie zu suchen, und als sie Mirabars Umhang in den Zweigen direkt am Rand des Lagers fand, hatte sie schon das Schlimmste befürchtet.

Der seltsame, unbekannte Besucher, den Mirabar den Rufer nannte, beunruhigte Tashinar schon seit Monaten. Sie wußte, daß mehrere andere Wächter begonnen hatten, an Mirabars geistiger Gesundheit zu zweifeln, aber sie selbst sorgte sich vor allem um die Sicherheit der jungen Frau. Nie war einem anderen Wächter etwas Derartiges passiert – eine beharrliche, geheimnisvolle Vision, die kein anderer hören, sehen oder erklären konnte. Wer konnte schon sagen, woher sie kam oder was sie von Tashinars scharfzüngiger Schülerin wollte? Soweit die Wächter wußten, konnte es durchaus ein seltsamer Zauber der Gesellschaft sein, obwohl er keines der üblichen Anzeichen aufwies.

Sie hatten den ganzen Tag nach Mirabar gesucht, und da Tashinar ihre Schülerin liebte, war ihre Verzweiflung immer größer geworden. Sie zweifelte nicht daran, daß Mirabar schließlich dem geheimnisvollen Rufer gefolgt war, und sie hatte bereits begonnen, um ihre Schülerin zu trauern, als sie in einer überwucherten Senke weit vom Lager entfernt buchstäblich über den reglosen Körper des Mädchens gestolpert war.

»Mirabar!«

Sie nahm die junge Frau in die Arme und lachte vor Erleichterung. Mirabars Haut war kalt, aber ihr Blut floß noch mit der ihm eigenen Energie, ihr Puls schlug drängend und kräftig.

Sie war naß und schmutzig, ihr Schlafgewand war zerrissen und fleckig und ihre bloßen Füße zerschnitten und blutig. Tashinar sah sich um, aber sie konnte keinen Hinweis darauf finden, was Mirabar mitten in der Nacht hierher gelockt hatte, allein und halb nackt.

Sie wußte, daß sie nicht die Kraft hatte, ihre Schülerin den ganzen Weg zu dem kleinen Wächterlager zu tragen, und da sie sie auch nicht so lange hier alleinlassen wollte, wie sie benötigt hätte, um Hilfe zu holen, machte sich Tashinar an die undankbare Aufgabe, das Mädchen zu wecken. Sie hatte hin und wieder andere Wächter im Zustand solch tiefer Bewußtlosigkeit gesehen und wußte, worauf das hindeutete. Es war die Reaktion des Körpers auf einen intensiven Kontakt mit der Anderwelt, einen Kontakt, der beinahe zum Verbleib in dieser Sphäre geführt hatte. Selbst unter den günstigsten Umständen war das Erwachen aus diesem Zustand körperlich und geistig schmerzhaft – und hier, das mußte Tashinar zugeben, waren die Bedingungen eher ungünstig.

Sie schlug Mirabar auf die feuchte, kalte Wange, dann richtete sie das Mädchen auf. Mirabar kippte zur Seite um und lag nun mit dem Gesicht in den Blättern. Tashinar seufzte, drehte sie um und schlug sie noch einmal. Mirabar stöhnte; ein vielversprechendes Zeichen.

Das Mädchen war eher klein, vielleicht als Ergebnis ihrer Kindheit in den Wäldern, wo sie nicht genügend Nahrung gefunden hatte, aber sie war stark und zäh, und ihre Haut war so bronzefarben, wie es bei *shallaheen* üblich war. Aber dieses *Haar* ... Von einem Ende Silerias zum anderen war sie dadurch als verfluchte Dämonin gebrandmarkt, vom exotischen Hafen Cavasar bis zu den heiligen Regenbogenklippen von Loron. Selbst in der gewaltigen Stadt Shaljir, wo sich Menschen aller Rassen aus den drei Ecken der Welt in den Straßen drängten und man oft genug kintische Kurtisanen mit hennagefärbtem Haar sehen konnte, kupferhaarige Moorländer oder ein Valdan-Halbblut ... Ja, selbst dort würden Mirabars Feuerfarben sie zum Gegenstand von Mißtrauen und Aberglauben machen.

Das dichte, wirre Haar des Mädchens hatte tatsächlich eine beinahe übernatürliche Leuchtkraft und schien in Silerias gnadenloser Sonne wie die Lava des Darshon zu glühen. Wenn man den Aberglauben außer acht ließ – wozu Tashinar zweifellos in der Lage war –, konnte man sich schließlich an den Anblick dieser Mähne zuckender Flammen gewöhnen, die Mirabars Gesicht umtanzten. Aber selbst Tashinar wich hin und wieder vor Mirabars Blick zurück – selbst eine wie sie, die es doch besser wußte, konnte mitunter in diesen wachsamen feuriggoldenen Augen etwas vollkommen Nichtmenschliches entdecken.

»Mirabar!« rief sie und schüttelte die schlaffe Gestalt.

Mirabar stöhnte und drehte sich zur Seite. Erfreut biß Tashinar die Zähne zusammen und schlug sie noch einmal. Eine kleine, kräftige Hand zuckte und packte ihr Handgelenk. Ein verschleierter Blick erwiderte den ihren – die Augen schimmerten beinahe gelb und kündeten von einer seltsamen Ekstase. Tashinar spürte einen unangenehmen Anflug von Angst.

»Aha. Du bist wach«, stellte sie sachlich fest.

»Er ist auf dem Weg«, seufzte Mirabar, und es klang, als sei sie immer noch halb in ihren Visionen versunken.

Tashinar runzelte die Stirn. »Wer? Der Rufer?«

Bedächtig schüttelte Mirabar den Kopf. Tote Spinnwebblätter raschelten unter ihrem roten Haar. »Ein großer Krieger von ... schrecklichem Mut. Ein Mann von ... befleckter Ehre und ... bitterer Sehnsucht ...«

»Ein Krieger?« Tashinar hockte sich auf die Fersen und starrte ihre Schülerin an. »Und was *will* er hier?« fragte sie schließlich.

»Die Fesseln zerbrechen, mit denen die Valdani uns zu ihren Knechten machen«, murmelte Mirabar verträumt. »Uns befreien.«

»Er wird die Valdani vertreiben?« fragte Tashinar ungläubig. Die Vision. Der Rufer. In Tashinars Kopf drehte sich alles. War Mirabar wahnsinnig, oder war sie auserwählt für etwas, das sie noch nicht verstanden? »Woher weißt du das?«

»Meine Füße.«

»Was?«

»Auuu ...« Mirabar verzog das Gesicht, als ihre körperlichen Empfindungen ihr langsam wieder ins Bewußtsein drangen. »Meine *Füße!* Was ist ...«

»Mirabar!« Tashinar schüttelte sie ungeduldig. »Ein Krieger kommt, um uns zu befreien?«

»Ja. Au! Mein Kopf.«

»Wer ist es?«

»Weiß ich nicht. Hör auf, mich zu schütteln, verdammt noch mal.«

Tashinar sah den Schmerz in ihrer Miene und ließ beschämt von ihr ab. Sie holte tief Luft, um sich zu beruhigen, und spürte dabei, daß ihr Herz wie ein Hammer schlug. »Bist du ganz sicher?«

Mirabar setzte sich langsam auf und rieb sich den schmerzenden Kopf. »Ich weiß, was ich gesehen und gehört habe.«

»Dieser Krieger …« Tashinar hielt inne, hin- und hergerissen zwischen Hoffnung und Verzweiflung. »Wird er siegen?«

»Er wird siegen.« Mirabar blickte zum Himmel auf. »Und er wird versagen.«

Und dann senkte sie ohne ersichtlichen Grund den Kopf und fing an zu weinen.

KAPITEL 1

Die Späher nahmen Tansen gefangen, kaum eine Stunde nachdem sein Schiff in Cavasar, dem westlichen Hafen Silerias, vor Anker gegangen war. Ein erbärmliches Willkommen nach neun Jahren im Exil, aber Tansen war bewußt, daß er damit hatte rechnen müssen. Trotz seiner Moorländer-Kleidung und seiner kintischen Schwerter wies er die unmißverständlichen Zeichen eines *shallah* auf, und er trug sie mit Stolz: die lange Mähne dunklen Haars, die kreuzförmigen Narben auf seinen Handflächen, und den *jashar,* einen kompliziert gewobenen und geknoteten Gürtel, der seinen Namen und seine Geschichte erzählte.

Nach den Valdani-Gesetzen, die nun seit mehr als zwei Jahrhunderten in Sileria herrschten, war es *shallaheen* verboten, Waffen zu tragen. Und daher erweckten die beiden schlanken kintischen Schwerter, die Tansen umgeschnallt hatte, erhebliches Aufsehen – nach der Geschwindigkeit zu schließen, die die Späher an den Tag legten, wäre vielleicht sogar ein Begriff wie »Panik« angebracht gewesen. Als Tansen bemerkte, daß die Späher hinter ihm her waren, schob er die Angst beiseite, die ihn beim Anblick dieser hellhäutigen Valdani in ihren anonymen grauen Gewändern überfiel, die ihm durch die überfüllten, engen Straßen von Cavasar folgten. Er war kein hilfloser dummer Junge mehr, und er würde sich auch nicht wie einer benehmen, indem er durch Gassen und über Dächer flüchtete, verfolgt von einem Paar trampeliger Späher, die den kostbaren Frieden unschuldiger Stadtbewohner störten.

Vielleicht hätte er die Schwerter ja verstecken sollen, aber er konnte es sich wirklich nicht leisten, sie nicht in Griffweite zu haben. Niemand konnte wissen, wann der Angriff, den er erwartete, tatsächlich erfolgen würde; er wußte nur, daß er jederzeit auf seine Feinde vorbereitet sein mußte, nachdem er sich nun wieder auf silerischem Boden befand. Wenn ein Attentäter der Gesellschaft angriff, würde Tansen nicht die Zeit haben, sich durch mehrere Tuchschichten zu seinen Waffen zu tasten. Er mußte bereit sein, wie immer schon in seinem Leben.

Aber zunächst einmal mußte er nun etwas wegen der Späher unternehmen. Die langen Jahre des Exils, die Fertigkeiten, die er gelernt hatte, die gewonnenen Kämpfe hatten ihm Rückgrat verliehen und gaben seiner Stimme Gewicht, als er mitten auf dem grobbehauenen Pflaster plötzlich stehenblieb und sich einem der Männer entgegenstellte, die er aus dem Augenwinkel bemerkt hatte.

»Wollt Ihr etwas von mir?« fragte er barsch. Valdan, nun seit über zweihundert Jahren die offizielle Landessprache von Sileria, ging ihm glatt über die Zunge.

Einen Augenblick lang verwirrt, stolperte der Späher noch einen Schritt vorwärts. »Her mit den Waffen!« befahl er.

Tansen zog die Brauen hoch. »Nein«, sagte er einfach.

Der Valdan warf einem zweiten Späher, der rasch neben ihn trat, einen kurzen Blick zu, dann erklärte er mit hochmütiger Stimme: »Es ist der Befehl des Kaisers, daß einheimische Hunde keine Schwerter tragen dürfen.«

Tansen sah die beiden Späher einen Augenblick lang unbeeindruckt an, dann schaute er sich lässig um, weil er wissen wollte, wie viele von ihnen noch in der Nähe waren.

»Ich bin kein Hund«, erwiderte er. Es war lange her, daß jemand gewagt hatte, so zu ihm zu sprechen, aber er war jetzt in Sileria.

Der Späher betrachtete ihn einen Augenblick lang forschend, und Zweifel spiegelte sich auf seiner Miene. »Du *bist* doch Silerier, oder?«

Tansen sparte sich die Antwort. Er hatte zwei weitere Späher entdeckt, das machte insgesamt vier. Er konnte es mit ihnen aufnehmen, aber wollte er das auch? Diese Valdani umzubringen, würde seine Pläne nur unnötig komplizieren.

»Ich sage es nur noch einmal«, fauchte der Späher.

»Muß das sein?« erwiderte Tansen gelangweilt.

Der Späher verzog haßerfüllt das Gesicht. Da er glaubte, im Vorteil zu sein, sprang er vor und packte Tansen an seinem bestickten Hemd.

Tan legte die linke Hand über die Faust des Mannes, hielt sie auf diese Weise fest und ließ dann plötzlich die Kante seines rechten Unterarms auf die Faust des Valdan herabschnellen, wie er es von einem Mann gelernt hatte, dessen Name er seit seiner Jugendzeit nicht mehr laut ausgesprochen hatte. Mit einem Keuchen, das sowohl Schmerz als auch Überraschung ausdrückte, sank der Späher auf die Knie. Tan beschloß, dem Mann nicht das

Handgelenk zu brechen, sondern packte ihn nur am kurzgeschnittenen Haar, und bevor die anderen auch nur sahen, daß er sein Schwert zog, drückte er die Klinge schon an den Hals des Spähers.

»Diese feinen Moorländer-Kleider haben mich viel gekostet«, erklärte Tansen, »und ich möchte nicht, daß du sie verknitterst, *roshah.*«

Das Wort *roshah* – »Außenseiter« – hatte im *shallah*-Dialekt eine Unzahl von Nuancen, aber Tansens Tonfall ließ keinen Zweifel an der Bedeutung; die *shallaheen* mißtrauten Außenseitern und verachteten sie.

Die Städter, die sich in ihrer Nähe befanden, reagierten sofort auf die unerwartete Entwicklung. Sie bildeten ebenso schnell einen Kreis um die Szene, wie Tansen sein Schwert gezogen hatte.

»Tu das nicht!« warnte Tan den Späher vor ihm, der nach seinem Schwert griff. »Geh rüber zu dem großen Brunnen dort.« Er nickte in die Richtung der beiden anderen Späher. »Ihr auch.«

Ein Dutzend Frauen hoben schnell ihre Tonkrüge hoch und verschwanden aus der Nähe des Brunnens. Wasser schoß aus dem Maul eines wild dreinschauenden Drachenfischs, der aus dem Marmor gehauen war; die Bewohner von Cavasar zahlten ihren Tribut an die Wasserherren der Gesellschaft offenbar großzügig und pünktlich.

Als er das Zögern der Späher bemerkte, fügte Tansen hinzu: *»Sofort!«* und drehte die Klinge gerade genug, um seinen schwitzenden Gefangenen aufschreien zu lassen.

Dunkelrot angelaufen vor Zorn und Verlegenheit, gingen die Späher langsam auf den Brunnen zu, wo Tansen ihnen befahl, die Waffengurte fallenzulassen. Die Späher in Sileria, so hatte Tansen bei seinen Reisen erfahren, gehörten zu den am schlechtesten ausgerüsteten Soldaten des gesamten Valdani-Reichs. Man glaubte nicht, daß die Silerier, ein schon vor langer Zeit erobertes und entwaffnetes Volk, sich gegen die Valdani auflehnen würden – schon deshalb nicht, weil die Silerier viel zu sehr damit beschäftigt waren, sich untereinander zu streiten. So wurden die ältesten Haudegen und die grünsten Rekruten geschickt, um den »Frieden« in Sileria zu wahren.

Tansen sah zu, wie die kurzen, schweren Schwerter der Späher zu Boden fielen, und erinnerte sich an die glitzernden, scheinbar unbesiegbaren Waffen, mit denen die Valdani erst ein Jahr zuvor eine Armee in den Moorlanden aufgerieben hatten. Für den Plan, die nebligen grünen Hügel dieser blauäugigen Riesen zu erobern, hatten sie ihre gesamte Macht aufgefahren. Aber um die zerklüfteten, goldenen Berge Silerias und die uralten Häfen entlang der Küste zu halten, schickte der Kaiser korrupte Kommandanten, unerfahrene Truppen und Waffen, für die sich selbst ein kintischer Söldner geschämt hätte. Und die größte Schande war, daß dies nun seit zweihundert Jahren ausreichte, um Sileria zu regieren.

Als die Späher entwaffnet waren, sich wie befohlen niedergekniet hatten und Tansen gerade überlegte, wie er am besten fliehen sollte, zeigte ein alter, runzliger Fischer mit den komplizierten indigoblauen Tätowierungen der Seegeborenen auf den Armen auf Tans Geisel und rief: »Töte ihn!«

»Hm, worin besteht denn dieser Tage die Strafe, wenn man einen Späher tötet?« fragte Tansen und zerrte seinen Gefangenen vom Brunnen weg auf eine dunkle Gasse zu.

»Tod durch langsame Folter«, warnte der Valdan ihn mit gepreßter Stimme. »Man wird dir nach und nach alle Einzelteile abschneiden, du mutterloser ...« Seine Drohung endete in einem Gurgeln, als die scharfe kintische Klinge die Haut ritzte.

»Ich habe nur deshalb keine Mutter mehr«, knurrte ihm Tansen ins Ohr, »weil Späherschweine sie ermordet haben, du eiterfressender Bastard.«

»Töte ihn!« drängte der alte Fischer wieder, der ihnen gefolgt war.

»Geh weg, alter Mann«, warnte Tansen ihn. »Das geht dich nichts ...«

»Deine Mutter, meine Frau ...« Der Alte zeigte auf die Leute am Brunnen. »Ihr Sohn, ihr Vater ... Wer hat nicht unter diesen dungküssenden Schweinen gelitten?«

»Ja, töte ihn!« schrie eine Frau.

Die Menge griff die Forderung auf. »Töte ihn, töte ihn, *töte* ihn!«

»Was für ein Empfang!« murmelte Tansen. Es erstaunte ihn, wie schnell die Situation außer Kontrolle geraten war. Seit wann taten die Leute in Cavasar mehr, als sich aus anderer Leute Angelegenheiten herauszuhalten?

»Mein Vater hatte nichts getan«, rief plötzlich ein Junge und rannte auf die Späher am Brunnen zu. »Und ihr habt ihn einfach umgebracht.«

Einer der Späher machte den Fehler, nach dem Jungen

zu schlagen, und sofort war die wütende Menge über ihnen. Eine Frau hob den Wasserkrug so hoch sie konnte und schlug ihn dann einem Späher über den Kopf. Mit dumpfem Krachen stießen Fäuste und Ellbogen gegen Fleisch. Atemloses Grunzen und wütende Schreie erfüllten die Luft. Tansen spürte die Blutgier und war so verblüfft über den plötzlichen Ausbruch des Aufruhrs, daß er beinahe den Späher neben sich vergessen hätte, der einen ungeschickten Fluchtversuch unternahm.

»Wenn *du* ihn nicht umbringen willst«, schrie der Fischer über den Lärm hinweg, »dann laß mich es tun.«

»Warte, alter Mann! Es ist ...«

Tansen konnte nicht weiterreden, weil eine Gruppe um sich schlagender Menschen auf ihn zustürzte. Er wurde rückwärts gegen Kisten mit Trockenfisch gedrängt, dann rutschte er auf vergossenem Öl aus, als er versuchte, wieder auf die Beine zu kommen. Der Späher, den er als Geisel benutzt hatte, kroch bereits davon, verfolgt von dem alten Mann, der ein kleines Messer gezückt hatte, wie man es zum Ausnehmen von Fischen benutzte. Tansen hörte, wie in einem der Wachtürme der Stadt das Horn geblasen wurde, und er erkannte, daß dies ein Alarmzeichen sein mußte. Die Aufständischen würden von Spähern umzingelt werden, die schließlich alle Anwesenden ins Gefängnis werfen würden – falls sie sie nicht auf der Stelle hinrichteten. Er mußte den Kampf unterbrechen, solange alle noch Zeit hatten zu fliehen; immerhin war er der Auslöser des Aufruhrs gewesen.

Eines seiner Schwerter immer noch in der Hand, packte er mit der anderen eine Kupferglocke, die zwischen den

Trümmern einer Marktbude lag, dann kletterte er auf einen Hausiererkarren und begann, die Glocke zu läuten.

Ein Esel war das erste Lebewesen, das Notiz von ihm nahm. Er verpaßte dem Tier einen Schlag mit der flachen Schwertklinge, als es vorbeitrabte, und schrie in die Menge: »Verschwindet! Die Valdani kommen! Lauft!«

Einige Leute begriffen, was geschah, und flohen. Die meisten allerdings waren immer noch mehr daran interessiert, die Späher umzubringen, als daß sie daran gedacht hätten, ihre eigene Haut zu retten. Wütend läutete Tan noch einmal und fragte sich, ob denn alle in Cavasar verrückt geworden seien. Über den Lärm der tobenden Menge hinweg konnte er schon die Hufschläge der näherkommenden Späherpferde hören – es klang, als wäre eine ganze Armee von ihnen auf dem Weg.

»Lauft, verdammt noch mal.«

Er warf die Glocke weg und zog das zweite Schwert. Diese blutgierigen Narren würden offenbar nicht gehen, ehe alle vier Späher tot waren, und sie gingen verdammt langsam und schmutzig zu Werke. Er würde die Verbliebenen selbst töten müssen, wenn er wollte, daß die Menge sich zerstreute. Er hoffte nur, schnell genug an diesen tobenden Sileriern vorbeikommen zu können, um das zu erledigen, bevor sie alle ...

Ein stechender Schmerz durchbohrte sein Rückgrat und ließ ihn heiser aufschreien. Erst als er bereits wieder versuchte, sich von den Pflastersteinen zu erheben, wurde ihm so recht klar, daß er gestürzt war. *Ein Pfeil,* dachte er, und atmete keuchend, als weitere Schmerzwellen ihn durchzuckten. Wie man es ihm vor langer Zeit beigebracht hatte, ließ er keines der Schwerter los, aber sein linker Arm wurde bereits taub. Er wußte, daß die Valdani oft ihre Pfeilspitzen in fremdartige Gifte tauchten. Einige dieser Mischungen konnten einen Menschen umbringen, wenn die Dosierung hoch genug war, andere versenkten ihn nur für ein paar Stunden in Schlaf.

Weitere Pfeile hagelten auf die Aufständischen nieder, und dann jagten Valdani-Reiter über das Pflaster und schwangen ihre kurzen, schweren Schwerter. Schreie quälten Tansens Ohren, dann lockerte sich der Griff seiner linken Hand gegen seinen Willen, und er ließ das Schwert fallen. Jemand rempelte ihn an und stieß gegen den Pfeil, der aus seinem Rücken ragte; der Schmerz bewirkte, daß ihm schwarz vor Augen wurde. Schwindlig von dem Gift in seinem Blut, wandte er sich den Hufgeräuschen zu, aber sein zweites Schwert stieß auf keinen Widerstand. Licht blitzte auf, und Gestalten tanzten hin und her. Tansen griff nicht mehr an, weil er nicht zwischen Spähern und Sileriern unterscheiden konnte. Sein rasselnder Atem und sein verzweifeltes Herzklopfen wurden so laut, daß er schließlich nicht einmal den Reiter hörte, der auf ihn zuritt und ihn an seinem langen Zopf packte, um ihn über das Pflaster zu zerren, während Tan ungeschickt versuchte, sich vor den Hufen des Pferdes in Sicherheit zu bringen.

Er spürte nur noch, wie ihm jemand das Schwert aus der nutzlosen rechten Hand wand, bevor er schließlich das Bewußtsein verlor.

Alles tat weh.

Jemand stieß mit einem glühenden Eisen in die Wunde auf seinem Rücken, immer und immer wieder. Jemand knetete seine Muskeln mit Stahlklauen. Und jemand trieb eine Herde von Pferden durch seinen Kopf. Das Feuer verbrühte ihm die Augen, als er versuchte, die Lider zu öffnen. Erschöpft gab er den Versuch auf.

»Er ist wach!«

Tansen spürte eine scharfe Klinge an seinem Hals. Es war wohl das Vernünftigste anzunehmen, daß er sich nicht unter Freunden befand.

»Wenn du dich auch nur rührst«, drohte jemand, »schneide ich dir die Kehle durch wie einer Opferziege.«

»Das hab ich irgendwie noch nie verstanden.« Seine Stimme klang heiser und schwach. Er fragte sich, wie lange er wohl bewußtlos gewesen war. »Was bringt eure Priester eigentlich auf die Idee, daß das Schlachten ausgerechnet einer *Ziege* ...«

»Halt's Maul, Barbar.«

Er schluckte, weil sein Hals vollkommen ausgetrocknet war, und spürte den Biß der Klinge an seiner Haut. »Ich nehme an, nach einem Schluck Wasser brauche ich erst gar nicht zu fragen.«

Der Schlag ins Gesicht zeigte, daß er recht gehabt hatte.

»Sagt Kommandant Koroll, daß der Gefangene wach und zum Verhör bereit ist«, befahl die inzwischen schon vertraute Stimme.

Tansen zog sich der Magen zusammen. Er hatte schon häufig die Ergebnisse von Valdani-»Verhören« gesehen. Seine Mutter war an einem gestorben. Er schwor lautlos zu Dar und all den anderen Göttern, unter deren Schutz er in den vergangenen neun Jahren gestanden hatte: *Wenn ich an diesem Ort sterben muß, dann werde ich so viele von denen mit mir nehmen, wie möglich.* Er war auch ohne Schwerter noch tödlich. Mit gefesselten Händen und Füßen befand er sich allerdings eindeutig im Nachteil. Ihm war eben erst klargeworden, was das Gewicht um seine Hand- und Fußgelenke bedeutete: der eiserne Schmuck des Gefangenen.

Also gut, vielleicht hätte er die Schwerter doch lieber verbergen sollen; er hatte wenig von den Attentätern der Gesellschaft zu befürchten, wenn ihn die Valdani schon vor dem nächsten Morgenrot umbrachten. Aber woher hätte er wissen sollen, daß die Späher so wachsam geworden waren? Es hatte Zeiten gegeben, da hätte man eine ganze Wagenladung von Waffen an ihnen vorbeischmuggeln und sie im Notfall sogar mit wenig Geld bestechen können. Und es hatte auch Zeiten gegeben, überlegte er, als ihm der heiße Atem des Spähers ins Gesicht drang, da hätte kein Bürger von Cavasar es gewagt, bei Tageslicht einen Späher anzugreifen.

Die Zeiten hatten sich wahrhaftig geändert.

Er hatte die Augen noch immer geschlossen und hörte nun, wie die Tür aufging. Er spannte sich an und wartete, was als nächstes geschehen würde.

Eine andere Stimme als zuvor. »Kommandant Koroll will den Gefangenen sehen. Sofort.«

Koroll war jetzt schon seit vier Jahren in diesem gottverlassenen Land stationiert. Eine riesige, wilde, bergige Insel im Mittleren Meer, bevölkert mit gewalttätigen, unregierbaren Barbaren, die ihm das Leben zur Hölle machten. Er hatte bereits vier Jahre hier verloren, und wenn es ihm nicht gelang, diese neue Bedrohung im Keim zu ersticken, war es durchaus möglich, daß er für den Rest seines Lebens hier festsitzen würde. Und das könnte durchaus ein recht kurzes Leben sein, denn schon der nächste Attentäter, den man gegen ihn aussandte, könnte mehr Erfolg haben.

Koroll stand, als die Sonne unterging, am Fenster seines Kommandozimmers in der Festung und schaute hinaus auf den größten Platz von Cavasar. Früher waren um diese Zeit Jongleure, Akrobaten und Feuerschlucker an die Stelle der Händler, Handwerker und Fischverkäufer getreten, die am Ende eines Tages ihre Stände abräumten. Aber jetzt nicht mehr. Koroll hatte solche Zerstreuungen zur Strafe für den letzten Aufstand verboten. Und nach dem Anschlag auf sein Leben hatte er eine Ausgangssperre verhängt. Der ganze Ärger hatte mit dem Mord an zwei Spähern in den Bergen begonnen, und Koroll war bis jetzt nicht in der Lage gewesen, die Mörder dieser Männer daran zu hindern, die Leute in den Bergdörfern dieses Bezirks zu weiteren Gewalttaten aufzustacheln.

Die entsetzlichen Ereignisse des heutigen Tages waren nur zu typisch. Vier seiner Leute hatten versucht, einen Fremden auf einem vollen Marktplatz zu entwaffnen. Der Fremde hatte sich widersetzt, und die Menge hatte sich auf die Späher gestürzt wie ein hungriger Drachenfisch. Zwei Späher waren tot, die beiden anderen schwer verletzt, und in der Stadt brodelte der Aufstand. Selbst der feurige Bauch des Darshon mußte derzeit verglichen mit Cavasar ein angenehmer Ort sein.

Der Fremde, der offenbar im Mittelpunkt der Ereignisse dieses Tages gestanden hatte, war das Seltsamste an der ganzen Geschichte. Einer von Korolls Offizieren hatte den Mann sofort herausgepickt und war so vernünftig gewesen, ihn kampfunfähig zu machen und zum Verhör in die Festung zu bringen. Man hatte den Gefangenen und seine Habe bereits ausführlich durchsucht, und was man dabei gefunden hatte, hatte Koroll nur noch neugieriger gemacht.

Obwohl die gute Kleidung des Mannes zweifellos aus den Moorlanden stammte und seine Schwerter fraglos kintischer Herkunft waren, trug der Fremde den traditionellen Knotengürtel eines *shallah*. Das hätte seinen Grund auch in reiner Eitelkeit haben können, da einige Leute – sogar Valdani – diese kompliziert geflochtenen, perlengeschmückten, geknoteten Arbeiten der *shallaheen* recht hübsch fanden und mitunter modische Imitationen davon trugen, aber die Handflächen des Mannes zeigten auch die tiefen, kreuzförmigen Narben der meisten *shallaheen*. Und obwohl der Mann sein Haar zu dem langen, geölten, einzelnen Zopf eines kintischen Söldners geflochten hatte, war es zu lockig und seine dunkel bewimperten Augen waren zu rund für einen Kint, und seine Haut war ein wenig zu hell für die meisten anderen Rassen, die in den kintischen Königreichen oder den von den Valdani regierten kintischen Ländern lebten. Es war eher anzunehmen, daß er tatsächlich zumindest zum Teil *shallah* war.

Und das wiederum bewog Koroll, sich zu fragen, wie ein *shallah* zum Brandzeichen eines kintischen Schwertmeisters kam. Korolls Leute hatten das Zeichen auf der Brust des Fremden entdeckt, als sie ihn ausgezogen hatten, um den Pfeil zu entfernen; die Narbe, die zwei Halbmonde links und rechts einer kintischen Hieroglyphe zeigte, war alles andere als frisch.

Koroll wandte sich vom Fenster ab und betrachtete die Gegenstände, die nun auf dem polierten Tisch vor ihm lagen: zwei schlanke kintische Schwerter, das dazugehörige fein gearbeitete Wehrgehenk, eine alte Ledertasche mit einer verblaßten kintischen Kalligraphie drauf und das nun fleckige, aber sehr vornehme Moorländer-Hemd, das man dem Fremden ausgezogen hatte.

Die schlanken kintischen Schwerter waren länger als die Waffen von Korolls Männern, aber viel kürzer als die Hackwaffen der Moorländer – Waffen, wie sie auch die besten Truppen des Kaisers trugen. Und diese beiden Schwerter waren eindeutig sein sehr gutes Paar, dünn und leicht, der Stahl zu vollendeter Ausgewogenheit und Harmonie geschmiedet. Jedes Schwert zeigte eine Gravur mit eleganten kintischen Hieroglyphen. Sie waren wunderbar gepflegt und so scharf, daß sich Koroll bereits in den Daumen geschnitten hatte, als er eine der beiden Klingen prüfend berührte.

Es hieß oft, daß es in allen drei Ecken der Welt keinen Krieger gab, der einem kintischen Schwertmeister gleichkam; ein solcher Schwertmeister hatte auch einen besonderen kintischen Titel, an den sich Koroll im Augenblick nicht erinnern konnte. Ein kintischer Schwertmeister benutzte zwei Klingen, während andere nur eine verwendeten, und er gebrauchte sie so schnell, daß er zwei Bewaffnete töten konnte, ehe sie auch nur in der Lage waren, ihre Schwerter zu ziehen. Sicher, es hieß auch, daß die Ausbildung fünf Jahre dauerte, und angeblich kam die Hälfte der Schüler während dieser Zeit um. Daher war dies keine Ausbildung, der sich jeder kintische Soldat unterzog, und daher konnten die Valdani kintische Armeen ebenso besiegen wie alle anderen. Tatsächlich hatten die alten kintischen Reiche in den letzten Jahrhunderten viel Boden an das Kaiserreich verloren.

Dennoch, ganz gleich, woher dieser Fremde kam und wer er war, der faszinierendste Gegenstand in seinem Besitz war zweifellos ein einzelner Dolch, sorgfältig in einen bemalten Seidenschal gewickelt und in einem fest verschnürten Innenfach der Ledertasche verwahrt. Nach vier Jahren in Sileria erkannte Koroll die Handwerksarbeit beider Gegenstände. Der Schal war ein besonders gutes Beispiel jahrhundertealter silerischer Handwerkskunst, bemalt mit zarten Blumen, wie sie auf der Insel wuchsen. Koroll hatte nie gesehen, daß ein Mann ein solches Tuch trug, und ein derart femininer Schmuck schien nicht so recht zu dem Fremden zu passen. Aber es war der Dolch, der Koroll am meisten interessierte.

Er wußte sofort, um was es sich handelte, obwohl er eine solche Waffe noch nie gesehen hatte, aber man hatte sie ihm in den letzten Jahren immer wieder beschrieben. Es handelte sich um einen *shir*, jenen ungemein tödlichen, mit einer gewellten Klinge versehenen Dolch eines Attentäters der Gesellschaft. *Shir* wurden ausschließlich von den Wasserherren hergestellt, diesen unberechenbaren und geheimnisumwitterten silerischen Zauberern, die die Verehrungswürdige Gesellschaft und, um ehrlich zu sein, auch große Teile Silerias beherrschten. Der Kaiser hatte geschworen, die Gesellschaft noch zu seinen Lebzeiten zu vernichten, und viele Wasserherren lebten nun in Verstecken. Dennoch, man durfte ihre Macht nicht unterschätzen; sie konnten Cavasar schweren Schaden zufügen, wenn sie vom Volk keinen Tribut erhielten. Sie beherrschten das Wasser – das kostbarste Gut in Sileria – so mühelos, wie ein Mann die Finger seiner eigenen Hand beherrschte. Koroll war sehr skeptisch, was all die vielen Geschichten anging, die man sich über diese Zauberer zuflüsterte, aber er hatte gelernt, sie zu achten.

Und nun wußte er, daß zumindest eine dieser Geschichten der Wahrheit entsprach. Es hieß, daß nur drei Menschen auf der Welt einen *shir* berühren konnten, ohne Schaden zu nehmen: der Wasserherr, der die tödliche Klinge aus Wasser herstellte, der Attentäter, für den sie gefertigt worden war, und der Mann oder die Frau, die diesen Attentäter töteten. Koroll hatte die zarte Seide, die den *shir* verhüllt hatte, zurückgefaltet und festgestellt, daß die Klinge bitter kalt war, kälter als alles, was er je gespürt hatte, und obwohl er den Dolch nur ganz kurz mit den Fingerspitzen aufgehoben und sofort wieder fallengelassen hatte, schmerzte seine Hand jetzt heftig.

Hatte der Fremde einen Attentäter der Gesellschaft getötet und ihm seinen *shir* abgenommen? Wenn das der Fall war, war er vielleicht genau der Richtige, um Korolls

Probleme zu lösen. Für einen Söldner, der ansonsten angeklagt werden würde, einen Aufruhr verursacht und zwei Späher getötet zu haben, wäre es zweifellos ein geringer Preis für seine Freilassung, einen silerischen Bauern umzubringen. Sicher, es war riskant, einen solchen Mann freizulassen und ihm seine Waffen zurückzugeben, aber Koroll zählte zusätzlich auf ein weiteres Mittel, sich der Kooperation des Kriegers zu versichern: Der letzte Gegenstand von ungewöhnlichem Interesse in seinem Besitz war ein Beutel voll Gold gewesen. Wenn Koroll ihn behielt, bis ihm der Schwertmeister einen Beweis dafür brachte, daß dieser *shallah* tot war ...

Es klopfte an der Tür. »Herein.«

Vier Späher, jung und arrogant in ihren grauen Waffenröcken, Hosen und neuen Stiefeln, eskortierten den Schwertmeister zu ihrem Kommandanten. Koroll betrachtete den gefesselten Gefangenen genau, als dieser ins Zimmer schlurfte. Jetzt, da die Augen des Fremden offen waren, erkannte Koroll, daß sie vom selben dunklen Braun waren, wie die der meisten Silerier; sie zeugten von Wachsamkeit und Intelligenz und verrieten ansonsten wenig, als der Krieger seine Habe ansah, die auf dem langen, polierten Tisch ausgebreitet war. Die Haut des Mannes hatte den dunklen Olivton des typischen *shallah*, und seine Züge waren ausgeprägt und im Vergleich zu denen der Valdani ein wenig exotisch. Er war immer noch jung, schlank und beweglich, und seine Muskeln ließen darauf schließen, daß er ein gewandter Kämpfer von großer Ausdauer war.

Selbst gefesselt wirkte er noch bedrohlich. Koroll mußte über den Mut – oder die schiere Dummheit – des jungen Spähers staunen, der einem solchen Mann die Waffen abverlangt und ihn nach dessen Weigerung einfach am Gewand festgehalten hatte. Schade, daß der Junge tot war – aufgeschlitzt von einem Fischmesser.

»Ich bin Kommandant Koroll, Militärgouverneur der Stadt und der Region Cavasar. Einer meiner überlebenden Männer sagte mir, du hättest dich zwar einem Befehl widersetzt und das Gesetz gebrochen, aber er glaubt, du hättest niemanden töten, sondern nur fliehen wollen.«

Die kühle, verschlossene Miene des Fremden änderte sich nicht. »Das ist wahr.«

»Warum hast du dich geweigert?«

»Ich bin ein *shatai.*«

»Ein Schwertmeister?«

»Ja. Wie soll ich ohne meine Schwerter meinen Lebensunterhalt verdienen?«

Koroll hob den Beutel Gold, den man in der Tasche des Mannes gefunden hatte. »Du wärst so schnell nicht verhungert.«

»Ich muß auch an meine Zukunft denken.«

»Du hättest zu mir kommen und mich darum bitten können, dir die Waffen zurückzugeben.«

Trotz der Ketten gelang es dem Fremden, arrogant zu wirken. »Kein *shatai* darf zulassen, daß man ihm seine Schwerter abnimmt.«

»Ich habe schon *shatai* gesehen, die ihre Schwerter übergaben. Im Kaiserpalast in Valda.«

»Wir können aus freiem Willen unsere Waffen hergeben, um unsere Achtung vor jemandem zu zeigen oder einen Waffenstillstand zu akzeptieren. Aber wir gestatten niemandem, uns die Waffen abzunehmen.«

»Und du hieltest es nicht für angemessen, deine Achtung zu zeigen und sie heute freiwillig abzugeben?«

»Man hat mich ... nicht sonderlich freundlich gebeten«, erwiderte der Fremde und zog eine der dunklen Brauen hoch.

Korolls Lippen zuckten. »Und du bist es gewöhnt, freundlich gebeten zu werden?«

»Die meisten behandeln einen *shatai* höflicher, als es mir heute widerfuhr.«

»Ja, das kann ich mir vorstellen. Wir bekommen hier nicht viele *shatai* zu sehen, verstehst du?« meinte Koroll jovial. Er kniff die Augen zusammen. »Du bist aber kein Kint, oder?«

»Nein.«

»Ich wußte nicht, daß es auch *shatai* gibt, die keine Kint sind.«

»Es gibt auch nicht viele.«

»Aber ein kintischer *shatai* hat dich ausgebildet?«

»Ein *shatai-kaj*. Einer, der *shatai* ausbildet.«

»Wieso hat er dich als Schüler angenommen?«

Der Fremde zuckte die Achseln, dann verzog er das Gesicht, als die Bewegung an seiner Wunde zerrte. »Er wollte es so.«

»Ich möchte schon einen besseren Grund hören.«

Diesmal lächelte der Fremde ein wenig. »Die *shatai-kaj* geben einem keine besseren Gründe. Sie sind niemandem Erklärungen schuldig.«

»Aber du ...« Koroll ließ den Blick zu den Händen des

Mannes wandern, wo er die ausgeprägten Narben gesehen hatte. »Du bist zum Teil *shallah*, nicht wahr?«

Der Fremde zögerte nur einen Augenblick. »Ja.«

»Und was tust du in Cavasar?« Er sah Schweiß auf dem Gesicht des Gefangenen, aber er nahm an, daß das ein Zeichen von Schmerz war und nicht von Unsicherheit.

»Ich war gerade erst angekommen, als deine Männer ...«

»Du bist mit dem Schiff gekommen?«

»Ja.«

»Woher?«

»Aus den Moorlanden.«

»Was hast du dort gemacht?«

»Gearbeitet.«

»Was war das für eine Arbeit?«

Der Blick des Kriegers wanderte zu den Schwertern, die gezückt auf dem Tisch lagen. »Meine Art von Arbeit.«

Erfreut über die Antwort, schickte Koroll zwei der Späher weg. »Er darf sich hinsetzen«, sagte er zu den anderen beiden, weil er bemerkt hatte, daß es den Gefangenen offenbar ein wenig schwindelte. Er hatte viel Blut verloren. Die Späher brachten ihn zu einem Stuhl, der nahe bei Koroll stand, aber weit genug von den Waffen auf dem Tisch entfernt war; dann stellten sie sich mit gezogenen Schwertern links und rechts von ihm auf. Koroll nahm an, daß dieser *shatai* selbst verwundet und gefesselt noch Schaden anrichten konnte, wenn man ihm die Gelegenheit gab.

Koroll griff nach einem der kintischen Schwerter und bemerkte, daß das dem Fremden offenbar nicht recht war. »Wie heißt du?«

»Tansen.«

»Bist du von hier?«

Ein knappes Nicken. »Ich bin in Sileria geboren.«

Koroll sah ihn einen Augenblick lang an, dann entschied er sich zu einer anderen Taktik, denn der Fremde schien sich mehr um seine Schwerter als um sich selbst zu sorgen. Er fuhr mit dem Finger über die flache Seite einer der Klingen. »Was sind das für Inschriften auf deinen Schwertern, diese kintischen Hieroglyphen?«

Tansens Blick ruhte weiter auf den Schwertern, als Koroll sie berührte. »Auf dem linken ... steht der Wahlspruch meines Lehrers.«

»Und wie lautet der?«

»Was geht es dich an?«

»Ich bin neugierig.« Er sah, daß Tansen tatsächlich vorhatte zu schweigen, und warnte ihn: »Du hast den Tod zweier Späher verschuldet. Normalerweise wärst du bereits zum Tod durch langsame Folter und zur öffentlichen Hinrichtung verurteilt worden.«

»Und wieso ist das nicht geschehen?«

»Weil ich vielleicht eine bessere Verwendung für dich habe«, fauchte Koroll, ein wenig verärgert, daß es ihm offenbar nicht gelang, den Mann aus der Ruhe zu bringen. »Und jetzt antworte. Was hat die Inschrift zu bedeuten?«

Ruhig, beinahe nachdenklich, antwortete Tansen: »Zieh es mit Ehre und steck es mit Mut wieder weg.«

»Kannst du lesen?« fragte Koroll. Nur wenige *shallaheen* konnten das. »Oder weißt du das auswendig?«

»Ich kann die Inschrift lesen.«

»Warum hat das Schwert überhaupt eine Inschrift? Eine sentimentale Geste?«

Einen Augenblick glaubte er, der andere wolle die Frage ignorieren. Schließlich, als hätte er sich überzeugt, daß die Antwort dem Frager nichts nützen würde, sagte Tansen: »Dadurch können die Schüler eines *shatai-kaj* einander erkennen, damit wir uns gegenseitig nicht töten, wenn wir uns begegnen.«

»Nicht einmal, wenn ihr Gegner seid und bezahlt wurdet, einander zu töten?«

»Wir kämpfen nicht gegeneinander«, wiederholte Tansen.

»Wie edel«, bemerkte Koroll trocken. »Schummelt nie jemand?«

»In diesem Fall würde allen *shatai* befohlen, ihn sofort zu töten, und sein *shatai-kaj* würde ihn verfluchen.«

»Das hält vermutlich einige davon ab.« Koroll griff nach dem zweiten Schwert und sah, daß die Hieroglyphen andere waren. »Und was steht auf dem hier?«

»Mein eigener Wahlspruch.«

»Und der lautet?«

Tansens Blick begegnete dem seinen, und zum ersten Mal erhielt Koroll eine gewisse Vorstellung davon, was für ein Mann in dieser *shallah*-Haut steckte. »Aus dem einen wird das andere geboren.«

»Und was hat diesen *shatai* geboren, Tansen?« fragte Koroll, immer noch gebannt von dem stetigen Blick der dunklen Augen.

»Welche ›bessere Verwendung‹ hast du für mich?«

Koroll entschied, daß nun der richtige Augenblick gekommen war, und schob die Ledertasche beiseite, die den *shir* und die bemalte Seite verborgen hatte. Tansens Miene verriet wenig – selbstverständlich war er bereits davon ausgegangen, daß Koroll den Dolch bei der Durchsuchung gefunden hatte.

Koroll schob die Fragen beiseite, die er ursprünglich hatte stellen wollen, und sagte nur: »Nimm ihn.«

Endlich! Er wurde mit einem ehrlich überraschten Blick belohnt.

»Nehmen?« wiederholte Tansen.

»Ja. Faß ihn an.«

Tansen warf einen vielsagenden Blick auf die Späher, die links und rechts von ihm standen. Auf Korolls Befehl hiel- ten sie beide ihre Schwerter an Tansens Kehle. Koroll zupf- te an dem Seidenschal, auf dem der *shir* lag, und brachte ihn so in Tansens Reichweite. Er warnte: »Nimm ihn ein- fach nur in die Hand. Wenn du versuchst, ihn zu benutzen, werden sie dir die Kehle durchschneiden wie ...«

»Wie einer Opferziege. Ich weiß.« Mit einem eher verächtlichen Blick hob Tansen die Hände, ein wenig ungelenk wegen der Fesseln und seiner Wunde, und griff nach dem *shir*. Seine Miene verfinsterte sich, als er den Dolch betrachtete, der nun auf seinen vernarbten Handflächen lag. Sehr leise, beinahe, als merkte er überhaupt nicht, daß er sprach, sagte er: »Ein böses Ding.«

»Dann stimmt es also«, flüsterte Koroll. »Du hast einen Attentäter der Gesellschaft getötet.«

Tansen schaute weiterhin den Dolch an. »Ich habe ihn getötet.« Seine Stimme klang sanft, und er schien einen Augenblick in Erinnerungen zu versinken.

»Wieso hast du den *shir* behalten?« fragte Koroll; es war deutlich zu sehen, daß Tansen die Waffe nicht gerne mit sich herumtrug.

Die nackte, gebrandmarkte Brust des Kriegers hob und senkte sich in einem tiefen Atemzug. »So ist es eben, wenn man ... tut, was ich getan habe. Man nimmt den *shir*. So ... so gehört es sich.«

Koroll hatte den Eindruck, daß mehr dahintersteckte, erheblich mehr, aber im Grunde interessierten ihn die Einzelheiten einer weiteren blutigen und sinnlosen silerischen Fehde kaum. Diese Leute genossen es so sehr, einander umzubringen, daß die Späher sich nur selten die Mühe machen mußten, es selbst zu tun. Bis vor kurzem.

Tansen legte den *shir* wieder auf den Tisch und fragte: »Weißt du jetzt alles, was du wissen wolltest?«

»Nur noch eine Frage: möchtest du weiterleben?«

»Bietest du mir die Wahl?«

»Ja.«

»Aha.« Langsam breitete sich ein zynisches Lächeln über Tansens Gesicht aus. »Und wen soll ich umbringen?«

Koroll wußte, daß er hier einen Mann vor sich hatte, mit dem man Geschäfte machen konnte, und er erwiderte das Lächeln. »Er heißt Josarian, und er muß bald getötet werden. Sehr bald.«

KAPITEL 2

Ein einzelner Sichelmond hing wie ein Juwel am Nachthimmel, als Josarian sich durch die Schatten schlich. So hoch oben in den Bergen wucherten die Spinnwebbäume geradezu, und als ihre weichen Blätter sein Gesicht streiften, fühlte sich Josarian an Calidars zärtliches Streicheln erinnert. Obwohl seine Frau jetzt schon ein Jahr tot war, ihr Lebensblut vergossen hatte, als sie kämpfte, um ihr erstes Kind zur Welt zu bringen, hätte er manchmal schwören können, immer noch ihren Duft zu riechen, wenn er morgens aufwachte, oder ihr leises Flüstern zu hören, wenn er allein draußen saß, um zuzusehen, wie die Monde über dem Darshon aufgingen.

Sie fehlte ihm so sehr, wie ihm sein eigenes Herz fehlen würde, wenn man es ihm aus der Brust gerissen hätte. Auch das Kind, das nie zur Welt gekommen war, fehlte ihm. Und die Zukunft, die er und Calidar geplant hatten und die nun nie stattfinden würde.

Sie waren jung und verliebt gewesen, und nur ein Kind hatte ihnen noch zu ihrem Glück gefehlt. Aber nach ihrer Hochzeit waren viele Jahreszeiten vergangen, ohne daß Calidar schwanger geworden wäre. Schließlich ging sie zu den Schwestern, aber auch deren Arzneien wollten nicht helfen. Danach ging sie nach Cavasar, um die tätowierten Fischweiber zu fragen, die angeblich das Geheimnis der Fruchtbarkeit kannten, aber auch ihre Ratschläge verhalfen Josarian und Calidar nicht zu einem Kind.

Schließlich hatte Calidar ihren Mann sogar dazu gebracht, sie zu den *zanareen* zu bringen, den seltsamen Mystikern, die auf dem eisigen Gipfel des Darshon lebten und auf die Ankunft des Feuerbringers warteten.

Danach hatte sie aufgegeben, und Josarian hatte Calidar davon überzeugt, daß sie mit ihrer Liebe für dieses Leben schon genug gesegnet seien. Und eines Tages hatte dann, zu ihrem Erstaunen und zu ihrer ungläubigen Freude, ihre Vereinigung doch noch zu neuem Leben geführt. Josarian war froh, daß er damals nicht geahnt hatte, daß ihre Freude und ihre Erwartung in einer blutgetränkten Nacht des Schreckens und der Trauer enden würde. Wenn Calidar so etwas befürchtet hatte, dann war dies das einzige Geheimnis, das sie je vor ihm gewahrt hatte.

Seit er sie zum ersten Mal gesehen hatte, als sie vor dem winzigen Steinhaus ihrer Mutter saß, das Gesicht bescheiden abgewandt, so daß nur ihr Profil zu erkennen war, war keine Stunde vergangen, in der er nicht an sie gedacht hatte. Die Verliebtheit junger Leute war zu Leidenschaft geworden und schließlich zu Liebe, und sie hatten jung geheiratet. Obwohl sie beide aus armen Familien kamen – alle *shallah*-Familien waren arm –, hatte er den Brautpreis von zwanzig Schafen gezahlt. Ihr Vater hätte auch erheblich weniger akzeptiert, da er wußte, daß Calidar ihr Herz an Josarian verloren hatte, aber Josarian hatte sie ehren wollen.

Er hatte sich seine Zukunft nie anders vorstellen können, als ihr Mann und der Vater ihrer Kinder zu sein. Unter der harten Regierung der Valdani, die Sileria aushungerten, um ihre Eroberungskriege zu finanzieren und ihre gewaltigen Armeen zu ernähren, hatten Calidar und er versucht, so friedlich wie möglich zu leben. Und da der Weg, den Josarian den größten Teil seines Lebens für sich gewählt hatte, sich so sehr von jenem unterschied, den er jetzt beschritt, tastete er sich nun wie blind vorwärts und konnte nur hoffen, daß seine weiteren Schritte richtig waren – weil er wußte, daß dies durchaus auch anders sein könnte.

Die Wunde an seiner Seite heilte gut, dank der Schwestern, aber sie schmerzte immer noch, wenn er – wie jetzt – sehr angestrengt atmete. Die Wächter lebten so weit oben, daß der Aufstieg selbst für eine Ziege ein wenig mühsam werden konnte, und Josarian trug eine schwere Last. Von den Valdani, die Sileria vor etwa zweihundert Jahren den Kint abgenommen hatten, zu Gesetzlosen erklärt, hielten sich nun alle Wächter versteckt. Einstmals waren sie die mächtigste Glaubensgemeinschaft in Sileria gewesen, aber nun schwand ihre Zahl immer mehr, und sie lebten in diesen Bergen wie Lumpensammler. Vor tausend Jahren waren sie durch die Hallen des Palasts von Shaljir geschritten und hatten in beinahe jeder Stadt und jedem Dorf Silerias ihre Altäre errichtet. Nun führten sie ein Nomadendasein, in kleinen, vertrauten Gruppen, immer unterwegs, damit ihre Zelte und Höhlen nicht von den Spähern entdeckt wurden.

Die Wächter lebten im verborgenen, ja, aber in diesen Bergen geschah wenig, was die *shallaheen*, die Bergbauern, Hirten und Handwerker von Sileria, die zahlreichsten – und die ärmsten – unter den Bevölkerungsgruppen der Insel, nicht wußten. Und obwohl viele *shallaheen* lieber unter der Folter gestorben wären, als den Spähern ein Geheimnis zu verraten, verbreiteten sich interessante Neuigkeiten schnell von einem Bergdorf zum anderen. Daher hatte Josarian schon seit vielen Tagen immer wieder gehört, daß sich Wächter in den alten Höhlen nahe dem Spinnwebwald auf dem Niran verbargen. Er war in diesen wilden, zerklüfteten Bergen aufgewachsen und war sicher, die abgelegenen Höhlen selbst im Dunkeln finden zu können.

Tatsächlich hatte seine genaue Kenntnis dieser felsigen Hügel ihm das Leben gerettet, nachdem er zwei Späher getötet hatte. Seitdem hatte er sich versteckt und war einige Male nur knapp den immer intensiver nach ihm suchenden Valdani entkommen.

Ohne eine Frau, die sich um ihn sorgt, war Josarian im vergangenen Jahr waghalsig geworden und hatte sich schließlich seinem Vetter Zimran angeschlossen, der Lebensmittel für den Schwarzmarkt über die Berge schmuggelte. Er wußte, daß das illegal war, aber er hielt es nicht einen Augenblick lang für falsch. Wieso sollten silerische Bauern sich unter der gnadenlosen Sonne zu Tode schuften, nur um dann hilflos zusehen zu müssen, wie die Valdani den größten Teil der Ernte beschlagnahmten, um ihre fetten Städter und verfressenen Soldaten zu ernähren, ohne Sileria auch nur genug zum Überleben zu lassen? Er war zwar der Ansicht, daß ein Mann eine Familie haben sollte, und er betrauerte die seine immer noch, aber in den vergangenen Monaten hatte es einige Momente gegeben, in denen er sich damit getröstet hatte, daß Calidar zumindest einen Schmerz nicht gekannt hatte: den, ihre Kinder hungern zu sehen.

Nein, er hatte das Schmuggeln nicht bereut. Es war reines Pech gewesen, das ihn eines Nachts direkt in den Weg der Späher geführt hatte. Einer der Esel war in jener Nacht lahm geworden, und er und Zimran hatten eine Münze geworfen, wer mit dem Tier zurückbleiben sollte. Zim hatte verloren; daher war er weit hinter Josarian gewesen, als dieser auf dem schmalen Bergpfad um einen Vorsprung bog – und sich den Spähern gegenüberfand. Nie zuvor hatte er auf einem dieser hohen, kaum bekannten Ziegenpfade Valdani gesehen, und einen Augenblick lang hatte er sie einfach nur dumm staunend angestarrt.

Bevor er wußte, was geschah, hatten sie ihn auch schon gepackt. Zwei begannen, ihn zu verhören, während die anderen beiden die Ladung der Esel durchsuchten. Josarian sorgte sich vor allem um seinen Vetter, und ihm fiel nichts Besseres ein, als laut »Späher!« zu schreien, um Zim zu warnen.

Damit wußten die Späher, daß er einen Komplizen hatte. Zwei von ihnen machten sich auf, um nach Josarians Verbündetem zu suchen. Josarian rief noch eine Warnung, und die beiden Späher, die ihn festhielten, begannen, ihn zu schlagen. Er wehrte sich; sie zogen ihre Schwerter. Die Rauferei war plötzlich zu einem Kampf um Leben und Tod geworden.

Josarian würde nie den Augenblick vergessen, als seine Angst vollkommen verschwand; es war der Augenblick, in dem er ihnen als Mann gegenübertrat und sich weigerte, sich als gemeiner *shallah* vor den noblen Valdani zu beugen und es ihnen leicht zu machen, ihn zu töten. Einer der Späher verwundete ihn, und das ließ ihn nur noch wütender kämpfen. Er hatte noch nie zuvor einen Menschen umgebracht, obwohl Blutvergießen unter den *shal- laheen* nicht selten war. Das Gefühl von Fleisch, das unter seinen Schlägen nachgab, die Menge von Blut, die auf sein Gesicht und seine Kleider spritzte, entsetzten ihn, ebenso wie das starre, groteske Aussehen seiner toten Feinde.

Aber tiefer als der Schock, stärker als sein Ekel und dauerhafter als der Schrecken war ein neues Gefühl. Im Licht der Zwillingsmonde, die über dem verschneiten Gipfel des Darshon glänzten, betrachtete Josarian die Leichen seiner Feinde und verspürte einen Jubel, die Geburt seines neuen Geistes. Er, ein gewöhnlicher *shallah,* hatte sich gegen die Valdani zur Wehr gesetzt. Er schaute hinab auf diese beiden Späher, Soldaten der Besatzungsmacht des mächtigsten Reiches der Welt, und alles, was er sah, waren Menschen – Menschen, gegen die man sich wehren und die man besiegen konnte.

In diesem Augenblick wußte er, daß er sich nie wieder vor ihnen verneigen würde. Er würde nie wieder einfach nur dastehen und zusehen, wie sie sich Ernten und Vieh nahmen, während Silerier hungerten. Er würde nie wieder nur den Kopf schütteln und auf bessere Zeiten hoffen, wenn die Valdani den Reichtum Silerias raubten, das Volk mißhandelten und die uralte Kultur und die Bräuche verhöhnten. Und bis zu dem Tag, an dem ihn Späher fangen und töten würden, würde er jeden Silerier, dem er begegnete – seien es *shallah,* Städter oder Fischer, seien es

Wächter, *zanar* oder Schwestern, Händler, Adlige oder Attentäter der Gesellschaft –, ebenfalls dazu auffordern, sich zu wehren.

Zimran war dank Josarians Warnung entkommen, aber die beiden verbliebenen Späher hatten Josarian die halbe Nacht verfolgt. Als er endlich bei Tagesanbruch auf eine abgelegene Zuflucht der Schwesternschaft zugekrochen war, war er halb tot gewesen. Zimran, der erraten hatte, wohin er geflüchtet war, hatte sich zu ihm gesellt, sobald es ihm gelungen war, die Späher abzuhängen, die Josarians Freunde und Verwandte nun ständig überwachten. Zimran war während Josarians Genesung an der Seite seines Vetters geblieben und hatte ihn auch mit Essen, Medizin und Neuigkeiten versorgt, nachdem er die Zuflucht verlassen hatte. Es war gefährlich für Josarian, länger als einen Tag irgendwo zu verweilen, aber er und Zim waren zusammen aufgewachsen und kannten ein Dutzend geheimer Plätze, an denen sie sich regelmäßig treffen konnten.

Jetzt war Zim allerdings nicht hier; Josarian stieg allein durch den Spinnwebwald den Niran empor. Josarians Vetter war skeptisch, was die Magie der Wächter anging, und verspottete andere wegen ihres Glaubens. Ja, sie hatten in all den langen Jahren nur einen Wächter getroffen, und dessen Kräfte waren nicht viel wert gewesen, aber Josarian gab seinen Glauben nicht einfach deshalb auf, weil es der Wunsch der Valdani war. Außerdem konnte er auch die Hoffnung nicht aufgeben, nicht jetzt, und ganz bestimmt nicht in dieser Nacht. Die Wächter kannten die Tore zur Anderwelt – und zu Calidar.

Noch bevor er die gesuchte Lichtung sah, hörte er die Stimmen. Eine Frau schrie auf, als leide sie schreckliche Schmerzen, und andere versuchten offenbar, sie zu beruhigen. Er hatte seit der Nacht, in der Calidar gestorben war, keine so entsetzlichen Schreie mehr gehört, und obwohl er vor keiner der Gefahren, denen er gegenübergestanden hatte, seit er die Späher getötet hatte, zurückgewichen war, hielt er jetzt inne und schämte sich nicht dafür; es gab nur wenig, was ihn je so bekümmern würde wie die Erinnerung an Calidars schmerzvollen Tod. Die Schreie schwächten ihn, und er konnte sich nicht dazu bringen, den Wald zu verlassen, ehe sie zu traurigem Jammern verklungen waren. Dann hoffte er, daß das Schlimmste vorüber war und trat aus dem Wald auf die Lichtung.

Er hatte die Höhlen hier oft erforscht, fasziniert von ihren Geheimnissen. Uralte Bilder von gespenstischer Schönheit schmückten die Innenwände, Szenen aus einem anderen Zeitalter, das in den Nebeln der Zeit verlorengegangen war. Es hieß, die Bilder seien von den Beyah-Olvari gemalt worden, jener halbmenschlichen Rasse, die Sileria als erste besiedelt hatte. Schon lange ausgestorben, hatten sie dennoch Spuren ihrer Existenz hinterlassen. Josarian hatte sich oft die lebendigen, anmutigen Gemälde in den Höhlen angesehen und sich gefragt, wie das Leben dieser zarten, blauhäutigen Geschöpfe wohl ausgesehen hatte.

Jetzt schienen hier mehr als ein Dutzend Menschen zu leben: Männer, Frauen und ein paar Kinder. Alle trugen Schmucknadeln in Form des uralten Symbols der Wächter: eine einzelne Flamme in einem Feuerkreis. Früher einmal waren diese Nadeln aus Gold hergestellt worden, heute meist aus Kupfer oder Bronze und manchmal aus Silber, wenn der Wächter einen reichen Schutzherrn hatte oder aus einer wohlhabenden Familie stammte. Die Siedlung sah ärmlich aus, wie Josarian es erwartet hatte, aber niemand hätte diese Leute je für normale Bauern gehalten, denn das Feuer mitten im Lager brannte ohne Holz. Ein Feuerzauber. Er war am richtigen Ort angekommen.

Aber niemand achtete auf ihn. Alle hatten sich um eine junge Frau versammelt, die sich wimmernd und vor sich hin murmelnd am Boden wand.

»Fesseln ... er wird sie brechen ... Wir müssen ... vortreten ...« Sie rang schluchzend nach Atem, dann fuhr sie fort: »Feinde ... schreckliche Feinde, die ... wir und die Gesellschaft müssen ...«

»Nein!« schrie ein Mann, der zu ihren Füßen hockte. Er stand auf, starrte eine alte Frau an und sagte zornig: »Sie ist verrückt, ich sage es dir! Hast du das gehört? Wir und die Gesellschaft! Niemals!«

»Warte doch wenigstens, bis sie wieder bei sich ist, bevor du einfach ablehnst, was sie uns zu sagen hat«, erwiderte die alte Frau.

»Nein! Wenn das ihre Vision ist, dann ist es eine böse Vision, und ich will nichts damit zu tun haben.«

»Derlen ... bitte ...« Die alte Frau gab auf, als der Mann ihr den Rücken zuwandte und davonstapfte. Sie wollte sich gerade wieder der jungen Frau zuwenden, als etwas sie auf Josarian aufmerksam machte, und sie fuhr herum, um ihn anzusehen. Eine Feuerwolke legte sich schützend um sie. Schnell trat Josarian näher heran ins Licht. Die Frau erkannte ihn als einen *shallah* und zögerte, bevor sie mehr Macht heraufbeschwor.

»Wer bist du?« wollte sie wissen.

»Josarian mar Gershon shah Emeldari«, antwortete er förmlich: Josarian, Sohn des Gershon, in den Emeldari-Klan geboren. »Ich bin gekommen, weil ich fragen wollte ...«

»Josarian?« wiederholte sie. »Ich habe von dir gehört.«

Ein paar andere Wächter wandten sich ebenfalls von der jungen Frau ab, die immer noch wimmerte und schwer atmete.

»Die Späher suchen dich überall«, sagte die Alte, und die Feuerwolke verblaßte langsam. »Du bist der *shallah*, der zwei von ihnen umgebracht hat und der seitdem überall in der Region wütet.«

»Ich würde es nicht unbedingt als Wüten bezeichnen. Immerhin erhole ich mich gerade erst von einer Verletzung.«

»Du sagst allen, sie sollen sich den Valdani widersetzen.« Sie gab nicht nach. »Du sagst ihnen, daß auch gewöhnliche *shallaheen* Späher töten können, und wenn sie dir nicht glaubten, könnten sie es ja selbst versuchen.«

Er nickte, dann fügte er ruhig hinzu: »Ich sage ihnen auch, daß sie ihre Kinder nicht hungern lassen sollen, damit die Valdani-Kinder nur noch fetter werden.«

»Das habe ich gehört.« Die alte Frau sah ihn noch einen Augenblick an, dann streckte sie die Hand nach ihm aus. Er sah, daß ihr mehrere Finger fehlten, ein geläufiges Zeichen von Valdani-Folter. »Ich bin Tashinar. Ehre mein Heim, Josarian, iß an meinem Tisch, schlafe unter meinem Dach.« Sie lächelte über den traditionellen Willkommensgruß, da sie weder Tisch noch Dach besaß.

»Mit Vergnügen, *sirana*«, erwiderte er voller Respekt und kreuzte die Fäuste über der Brust. Er setzte die schwere Last, die er sich auf den Rücken geschnallt hatte, vorsichtig ab und sagte: »Ich bringe ein Geschenk für die Wächter der Anderwelt.«

»Wir ...« Ein weiterer Schrei der jungen Frau unterbrach Tashinar. Sie ging zu dem Mädchen und beugte sich über sie.

Josarian folgte ihr. Als er die junge Frau zum ersten Mal richtig sehen konnte, wich er entsetzt zurück. Er hatte Geschichten über solche Dämonen gehört – wie jedermann in Sileria –, aber er hatte schon lange den Glauben daran aufgegeben, daß es wirklich solche feuerhaarigen, feueräugigen Geschöpfe gab, die in den Bergen lauerten. Immerhin spuckte diese da kein Feuer. Jedenfalls nicht im Augenblick. Sie schluchzte leise, und Tränen liefen ihr über die Wangen, als sie etwas von einem Krieger murmelte.

»Er wird kommen«, murmelte sie. »Er ist auf dem Weg. Heißt ihn willkommen.«

Nachdem er sich ein wenig von seinem Schrecken erholt hatte, betrachtete Josarian sie näher. Von der schrecklichen Farbe ihres Haars und ihrer Augen abgesehen, sah sie ganz menschlich aus. Außerdem trug sie an ihrem rehbraunen Hemd das Zeichen der Wächter; ihre Brosche war aus Kupfer.

»Ist sie eine von euch?« fragte er Tashinar verwundert. Als die alte Frau nickte, fragte er weiter: »Und? Ist sie tatsächlich wahnsinnig?«

Mit beunruhigter Miene gestand Tashinar: »Das wissen wir nicht. Sie wird von seltsamen Visionen heimgesucht, die außer ihr niemand sehen oder hören kann. Und sie hört unglaubliche Dinge. Dinge, die ich nicht einmal vor dir wiederholen kann, mein junger Freund.« Tashinar seufzte: »Sie ist entweder wahnsinnig oder weit begabter, als ich es je verstehen könnte. Und wenn es das letztere sein sollte ...« Noch mehr Sorgenfalten erschienen auf ihrem Gesicht. »Dann wird bald nichts mehr so sein, wie wir es kennen.«

Josarian spürte ihre Angst, und er wußte auch, daß diese Frau sicher nicht zu übertriebener Furchtsamkeit neigte. Er griff nach ihrer dreifingrigen Hand und sagte sanft: »Dann ist es sicher ein gutes Zeichen, *sirana,* denn alles, was wir kennen, sind Hunger, Armut, Ungerechtigkeit, Schande und Mißbrauch.«

Die Dämonin schrie abrupt auf, dann stöhnte sie. »Das *Blut* ...«

Tashinar warf Josarian einen beunruhigten Blick zu. »Hört sich *das* für dich nach einer guten Sache an?«

Josarian ignorierte die Frage und schlug vor: »Vielleicht sollten wir sie von diesem harten Boden an einen Ort bringen, wo sie es bequemer hat. Hat sie ein Bett?«

»Einen Strohsack. In meiner Höhle. Aber die anderen rühren sie nicht an, wenn sie in diesem Zustand ist, und ich kann sie nicht alleine heben.«

»Ich werde es tun, *sirana.*«

»Bist du sicher?«

»Sie ist ein zartes Ding, und meine Wunde ist gut verheilt ...«

»Ich meinte auch nur ... hast du keine Angst, sie zu berühren?«

»Du hast doch auch keine Angst vor ihr, oder?«

»Nein ...«

Er grinste. »Dann zähle ich darauf, daß du mich beschützen wirst, *sirana.* Und jetzt zeig mir, wohin ich sie bringen soll.«

Ohne auf eine Antwort zu warten, hob er die rothaarige Frau vom Boden. Sie war schwerer, als sie ausgesehen hatte, muskulös und kräftig, wie es sich für ein Bergmädchen gehört. Mit einem plötzlichen Schmerz wurde ihm klar, daß er seit Calidars Tod keine Frau mehr in den Armen gehalten hatte. Er drängte die Erinnerung beiseite und folgte Tashinar in eine der Höhlen, wo er staunend beobachtete, wie sie ganz einfach eine blaue Flamme an die Wand blies, um die Kammer zu beleuchten, in der der Strohsack des Dämonenmädchens lag.

Die junge Frau fing an, sich zu wehren, was es recht schwierig machte, sie auf dem Strohsack abzusetzen. Josarians Wunde stach, und er ließ die Frau ziemlich abrupt fallen.

»Au! Paß doch auf, du Idiot!« fauchte sie und klang plötzlich ganz anders als zuvor.

Er sah sie überrascht an und stellte fest, daß ihre Augen jetzt offen waren. Sie waren von einem intensiven Gelb, das alten Aberglauben in ihm weckte, aber als die junge Frau ihn noch einmal anfauchte, mußte er einfach grinsen.

»Wenn du wach bist, hörst du dich nicht sonderlich mystisch an«, meinte er.

Immer noch wütend setzte sie sich auf und rieb sich den Kopf.

»Kannst du jetzt reden?« fragte Tashinar sie zögernd.

»Wer ist dieser Mann?«

»Er ist unser Gast, Mirabar.« Die alte Frau war verlegen über die Unhöflichkeit ihrer Gefährtin.

»Ich heiße Josarian. Ich bin gekommen, weil ich ...«

»Josarian!« Das Mädchen packte ihn mit erstaunlicher Kraft an der Schulter. »Ich habe von dir gehört ...« Sie sah ihn neugierig, ja gebannt an. »Bist du es vielleicht?« flüsterte sie.

»Bin ich vielleicht *was?*« Sie machte tatsächlich den Ein- druck, als wäre sie ein wenig verrückt.

Jetzt schwieg sie und sah ihn nur weiter fordernd an, als suche sie eine Antwort auf all ihre Fragen. Aber offenbar bestand er die Prüfung nicht, denn sie verzog schließlich schmerzlich das Gesicht. Sie raufte sich das Haar und zischte zwischen zusammengebissenen Zähnen: »Ich weiß es nicht. Ich kann es nicht *sagen.* Ihr müßt mir ein Zeichen geben! Wie soll ich ihn erkennen, *sirani?*«

Tashinar kniete sich auf den Strohsack und versuchte, das Mädchen – Mirabar – zu beruhigen. Josarian spürte, daß seine Gegenwart Mirabars Zustand nicht besser machte, und er entschuldigte sich und ging nach draußen, um das Bündel zu suchen, das er den Berg hinaufgetragen hatte. Ein paar Minuten später kam Tashinar an dem holzlosen Feuer inmitten des Wächterlagers auf ihn zu.

»Sie muß allein sein«, sagte die alte Frau nachdenklich. »Sie braucht Zeit, um darüber nachzudenken, was ... was man ihr gezeigt hat. Morgen wird es ihr bessergehen. Diese Stimmung ... vergeht.«

»Ich habe noch nie gesehen, wie ... Du weißt schon. Eine wie sie.«

»Nein. Leute mit ihrem Aussehen sind sehr selten. Und natürlich werden sie normalerweise direkt nach der Geburt umgebracht.«

»Warum ist ihr das nicht passiert?« fragte er, denn er wußte, daß er Calidars Neugeborenes auch dann geliebt hätte, wenn es rotes Haar und orangefarbene Augen gehabt hätte. »Haben ihre Eltern sie beschützt?«

Tashinar zuckte die Achseln. »Wer weiß? Sie hat keine Ahnung, wer sie waren.«

»Hat man sie zu dir gebracht, als sie noch ein Kind war?«

»Nein. Jemand hat sich offensichtlich während ihrer ersten Jahre um sie gekümmert, aber sie kann sich an niemanden erinnern. Irgendwie hat sie dann jahrelang allein überlebt. Sie lebte als Ausgestoßene, wie ein Tier in den Wäldern. Dann habe ich sie entdeckt und ... eingefangen. Sie gezähmt. Sie unterrichtet.«

»Warum?« fragte er neugierig. »Es muß sehr schwierig gewesen sein, sie zu ...«

Tashinar lachte beinahe. »O ja, es war schwierig. Aber ich wußte, daß diese Farben, die die *shallaheen* so sehr fürchten, ein Zeichen großer Begabung sind.«

»Begabung? Die Leute sagen, sie sind das Zeichen eines schrecklichen Fluchs.«

Nachdenklich sah sie ihn an. »Vor langer Zeit, noch vor der Eroberung«, sagte sie schließlich, »wurden solche Farben als Zeugnis großer Macht betrachtet und verehrt. In diesen Tagen gab es mehr, die wie Mirabar waren. Aber die Eroberer fürchteten ihre Macht und versuchten, sie zu vernichten. Und was wichtiger war: Die Wasserherren taten dasselbe, und sie waren heimtückischer und vernichteten sie, indem sie den Leuten beibrachten, Menschen, die so aussahen wie Mirabar, zu fürchten. Und daher begannen diejenigen, die diesen Menschen einmal gedient hatten, sie zu steinigen, zu ertränken, zu verbrennen oder – und das war das mindeste – auszuschließen.«

Josarian dachte lange über die Worte der alten Frau nach, bevor er schließlich sagte: »Bist du sicher, daß das nicht auch nur eine Geschichte ist? Wie diese Geschichten darüber, daß solche Leute Dämonen wären? Vielleicht sind sie wirklich einfach ... ganz normal.«

»Nein, es stimmt. Vergiß nicht, daß ich besondere Quellen habe«, erinnerte sie ihn.

Er lächelte. »Verzeih mir, *sirana*. Ich habe mich vergessen.«

»Warum erzählst du mir nicht einfach, wieso du ein paar Tage Pause von der Späherjagd gemacht hast, um uns zu besuchen?« meinte sie.

Er zeigte auf sein Geschenk. »Ich habe Essen gebracht, *sirana*.« Er hatte ein schweres Käserad – gestohlen aus einem Nachschublager der Späher – den Berg hinaufgeschleppt.

»Das wissen wir immer zu schätzen.« Mit einem Nicken nahm sie seine Gabe an. »Und was kann ich für dich tun?«

Er holte tief Luft und blickte zu den Sternen auf. Jetzt, da der Augenblick endlich gekommen war, machte ihm seine eigene Hoffnung angst. »Meine Frau ... sie ist heute vor einem Jahr im Kindbett gestorben.«

»Ah«, sagte Tashinar leise. »Ich verstehe. Hast du etwas mitgebracht, das ihr gehörte?«

Sie wollte es wirklich tun! Seine Hand zitterte, als er in die Tasche griff und einen zart bemalten Seidenschal herauszog. Er war sein Hochzeitsgeschenk an Calidar gewesen, und sie hatte ihn wie einen Schatz gehütet. Josarian war überzeugt, daß das Tuch immer noch nach ihr duftete. Er wollte eigentlich nicht, daß andere es berührten, selbst Tashinar nicht, aber er wußte, daß die Wächterin etwas brauchte, was der Verstorbenen gehört hatte, um sie aus der Anderwelt herbeizubeschwören.

»Wirst du das für mich tun, *sirana?*« fragte er, und das Herz schlug ihm bis zum Hals, als er ihr den Schal reichte.

Sie nahm das Tuch entgegen und sagte: »Wir werden sehen, Josarian.«

»Kannst du ... Wird sie ...« Er hielt inne, bevor seine Stimme ihn beschämte.

»Ich kann sie rufen«, meinte Tashinar. »Mehr kann ich nicht versprechen.«

»Dann tu das, *sirana*. Bitte. Ruf sie zu mir.«

Tashinar nickte, dann holte sie tief Luft, schloß die Augen und nahm den Schal in beide Hände. Josarian senkte respektvoll den Kopf, als sie mit der Rezitation begann, aber dann sprang er voller Panik auf, als sie den Schal ins Feuer warf.

»Nein!« schrie er.

»Das mußt du wagen«, sagte Tashinar ruhig, ohne den Blick von dem Tuch zu nehmen. »Du mußt ...« Ihre Stimme verklang, ihre Kraft wurde ganz von dem Ritual beansprucht.

Josarian setzte gerade dazu an, das Tuch aus den Flammen zu retten, als er plötzlich bemerkte, daß es überhaupt nicht brannte. Es tanzte in den Flammen, als hätte es sein eigenes Leben, und die feingesponnene Seide und die zarten Farben blieben unversehrt. Erstaunt flüsterte er: »Bedeutet das, daß sie kommen wird?«

Nach einem langen Schweigen flüsterte Tashinar: »Sie wird kommen.«

»Ihr Name ...«

»Still ...« Erschöpft lächelte die alte Frau. »Sie heißt Calidar, und sie wird kommen.«

Verwirrt und ganz elend vor Enttäuschung tauchte Mirabar schließlich aus der Höhle auf, weil sie wußte, je länger sie wartete, desto schwieriger würde es werden, sich den anderen zu stellen. Heute hatte sie zum ersten Mal eine dieser Visionen in Gegenwart der anderen gehabt, und wenn sie zuvor schon an ihrem Verstand gezweifelt hatten, würden sie sie inzwischen vermutlich für vollkommen verrückt halten. Es hätte vielleicht helfen können, wenn sie in der Lage gewesen wäre, darüber zu berichten, was sie sah, aber die Visionen waren jedesmal ebenso überwältigend wie verwirrend, die Botschaften so seltsam, daß sogar sie selbst das Gefühl hatte, halb verrückt zu sein, wenn sie versuchte, mit Tashinar und den anderen Wächtern darüber zu reden.

Ein großer Krieger von schrecklichem Mut, befleckter Ehre und bitterer Sehnsucht.

Wer war er? Wie sollte sie ihn erkennen? Wie sollte sie ihn willkommen heißen? Was mußte sie tun, um ihm den Weg zu bereiten? Und selbst, wenn sie ihn fand – was konnte sie tun, um Sileria von den Valdani zu befreien?

Das Lager wirkte verlassen, als sie aus der Höhle kam, als wären alle plötzlich verschwunden. Mirabar war einen Augenblick lang beunruhigt, dann erkannte sie den Grund. Josarian stand am Feuer inmitten des Lagers und starrte angespannt auf den Schal einer *shallah*-Frau, der sich aus den Flammen erhob. Selbst von weitem konnte Mirabar die Sehnsucht erkennen, die ihn durchflutete, die ihn antrieb, den Abgrund zwischen dieser Welt und der anderen zu überbrücken. Selbst von weitem konnte sie sehen, wie sehr er diese Frau geliebt hatte.

Eine bittere Sehnsucht? Ihr Instinkt sagte Mirabar etwas anderes, als sie näherschlich, sich dabei aber in den Schatten hielt. Die Anderwelt war ein geheimnisvoller Ort, und die Toten unterschieden sich sehr von den Lebenden, aber Mirabar glaubte zu sehen, daß Josarians Liebe von der schimmernden, durchsichtigen Gestalt erwidert wurde, die zusammen mit dem Feuer flackerte und wogte.

»Calidar.« Josarians Stimme war heiser und erstickt von Gefühlen. Als der Schatten den Arm ausstreckte, fiel er auf die Knie und murmelte abermals ihren Namen.

Der Schatten schimmerte von der Sprache der Toten, einem Lied, das nur Tashinar hören konnte, da sie es gewesen war, die diese Verstorbene herbeigerufen hatte. Wie Josarian wartete nun auch Mirabar, um zu hören, was Calidar zu sagen hatte. Er zuckte allerdings zusammen, als er die Worte aus Tashinars Mund hörte.

»Josarian«, sagte sie mit einem tiefen Seufzer. *»Kadriah.«*

Mirabar wußte nun, daß sie sich nicht geirrt hatte. Der Kosename bedeutete »mein Schicksal« – so sprachen *shallaheen* nur einen Lebenspartner an, den sie sehr liebten.

»Kadriah«, erwiderte Josarian, der sich von seiner Überraschung ein wenig erholt hatte. »Du fehlst mir mehr, als mir mein eigenes Herz fehlen würde.«

»Und ich, *Kadriah*«, murmelte Tashinar, als der Schatten Calidars abermals schimmerte, »ich erwarte dich, wie die Nacht das Morgengrauen erwartet.«

Josarian lachte plötzlich auf. »Es könnte eher geschehen, als du glaubst.«

Mirabar hörte zu, als er ihr erzählte, wie er die Späher umgebracht hatte und daß er sich seitdem verbarg und versuchte, die *shallaheen* zum Widerstand gegen die Valdani aufzustacheln. Mirabar wußte, daß Tashinar sie scharf tadeln würde, wenn sie erfuhr, daß ihre Schülerin bei dieser privaten Zeremonie gelauscht hatte. Wenn es nicht ausdrücklich verlangt wurde, sollte bei einer solchen Anrufung nur der Wächter anwesend sein, der sie durchführte. Alle anderen Wächter hatten sich taktvoll zurückgezogen und dies zweifellos schon getan, als Tashinar mit der Anrufung begonnen hatte.

Außer den Wächtern konnte nur derjenige, der die Anrufung gewünscht hatte, den Schatten sehen – obwohl niemand wußte, wieso das so war. Sogar viele Wächter sahen nur die Schatten, die sie selbst beschworen, obwohl die Höflichkeit ihnen dann immer noch gebot, sich von den Zeremonien anderer zurückzuziehen. Die Arbeit der Wächter war eine geheimnisvolle Kunst, und Mirabar wußte, daß viele Anrufungen mißlangen. Es gab Wächter, denen nie eine erfolgreiche Anrufung gelungen war, die nur als Teil einer Gruppe arbeiten konnten, wenn sie ihre üblichen Rituale vollzogen und Anleitung und Kraft durch ihre Verbindung mit der Anderwelt suchten. Mirabars Gabe hingegen bestand unter anderem darin, daß sie schon ihr ganzes Leben lang die Schatten sehen konnte, lange bevor man sie in die Geheimnisse der Wächter eingeweiht hatte. Während ihrer wilden Kindheit hatte sie diese geisterhaften Visionen für einen Beweis dafür gehalten, daß sie tatsächlich ein Dämon war.

Wäre die Zeremonie für einen anderen *shallah* durchgeführt worden, dann hätte Mirabar, wie alle anderen im Lager, sein Recht auf Abgeschiedenheit respektiert. Aber sie konnte nicht in ihre Höhle zurückkehren, nicht jetzt. Sie mußte mehr über Josarian erfahren, mußte wissen, ob er der Krieger war, den sie suchte. Nachdem sie von ihm gehört hatte, hatte sie schon geglaubt, er könnte es vielleicht sein. Jetzt, da sie ihm begegnet war, zweifelte sie eher daran. Mut, besondere Fähigkeiten, unerträgliche Sehnsucht – zweifellos traf all dies auf ihn zu. Aber je länger Mirabar sich im Schatten verbarg und lauschte, desto sicherer wurde sie, daß Josarian nicht der Mann sein konnte, dessen Geist und Seele ihre Visionen heimsuchten. Es lag keine wütende Qual in Josarians Sehnen, keine offensichtliche Scham in dem nackten Herzen, das er dem Schatten seiner Frau darbot. Sein Geist bestand aus Licht; Mirabar suchte einen, der von Schatten verdunkelt war.

Wie soll ich ihn erkennen, *sirani?*

»Calidar«, sagte Josarian, und seine Stimme wurde drängender, als Tashinar ermüdete und der Schatten begann, sich aufzulösen. »*Warte*. Du mußt mir sagen ... unser Kind ... ist es bei dir?«

Das, was immer noch von Calidars Gesicht zu sehen war, schmolz vor Kummer.

»Nein«, sagte Tashinar mit schwacher Stimme. »Nein. Das Kind ... konnte die Reise nicht machen.«

Josarian ließ den Kopf hängen. Er murmelte etwas so Leises, daß Mirabar es nicht verstehen konnte. Aber sie ahnte jetzt, wie Calidar gestorben war. So hart ihr Herz auch war, es schmerzte vor Mitgefühl mit Josarian, als dieser zusah, wie der Schatten seiner Frau sich auflöste. Dann senkte er den Kopf und weinte um das Kind, das weder diese Welt noch die andere je gekannt hatte. Er war ein hochgewachsener Mann, größer als die meisten, mit breiten Schultern und starken Armen, aber jetzt sah er so hilflos aus wie ein Kind. Mirabar verspürte das für sie vollkommen ungewohnte Bedürfnis, ihn zu trösten, aber statt dessen ging sie zu Tashinar, die in sich zusammengesunken war und schwer atmete.

»Komm«, sagte sie zu ihr. »Komm mit. Du mußt dich hinlegen.« Tashinar war nicht so kräftig, wie sie vorgab, und die Anrufung hatte ihren Tribut verlangt. Anrufungen waren nie einfach, und die Bürde von Tashinars Gabe lastete nun sehr schwer auf ihr, als sie Mirabar gestattete, ihr in die Höhle zu helfen. Als sie auf dem Strohsack lag, bat sie Mirabar, nach draußen zu gehen und sich um Josarian zu kümmern.

»Er sollte jetzt nicht allein sein«, flüsterte die alte Frau, »nicht jetzt. Er hat sie nie zuvor gerufen, und ... Du hast zugesehen, nicht wahr?«

»Das wußtest du?« fragte Mirabar zögernd.

Ein Lächeln umspielte Tashinars Lippen. »Du willst wissen, ob er derjenige ist. Ich weiß, wie ... heftig deine Visionen sind, und es überrascht mich nicht, daß du versuchst, mehr über ihn herauszufinden.«

Beunruhigt wegen der Blässe ihrer Mentorin, sagte Mirabar nur: »Schlaf jetzt. Wir können morgen weiterreden.«

»Geh zu ihm.«

»Ja, Tashinar.«

Er saß immer noch am Feuer und brütete schweigend vor sich hin. Sie mußte ihn zweimal ansprechen, bevor er sie bemerkte, und dann weigerte er sich, den Trank anzunehmen, den sie ihm anbot. Er hielt einen Seidenschal in einer Hand – zweifellos das Pfand, das Tashinar für die Anrufung benutzt hatte – und zog ihn zerstreut durch die Finger, während er weiter ins Feuer starrte.

Nach ein paar Minuten drückte Josarian sich den Schal ans Gesicht, holte tief Luft und seufzte dann. Welcher Dämon ihn auch heimgesucht hatte, er schien ihm endlich entkommen zu sein. Seine Miene hellte sich zu einer Art melancholischen Friedens auf. Er sah Mirabar mit klarem

Blick an und lächelte sogar ein wenig. Sein Gesicht war offenherzig und freundlich, ein starkes, gutes Gesicht, das in Ehren altern würde. Dunkelbraunes Haar fiel ihm in dichten Locken bis über die Schultern. Er hätte leicht eine neue Frau finden können, wenn er das gewollt hätte, aber Mirabar hatte genug gesehen, um zu wissen, daß sein Herz immer noch in der Anderwelt gefangen war.

»Ich bin froh, daß es dir bessergeht, *sirana*«, sagte er freundlich.

Sie begegnete seinem Blick und bemerkte, daß er nicht vor ihr zurückwich, wie es so viele *shallaheen* taten. »Du brauchst mich nicht mit *sirana* anzusprechen. Ich bin nur Schülerin.«

Jetzt wurde sein Lächeln herzlicher. »Wenn du so begabt bist, wie Tashinar sagt, dann erinnere dich daran, daß ich Respekt vor dir hatte, wenn du dich das nächste Mal über mich ärgerst.«

Sie erinnerte sich daran, ihn angefaucht zu haben, als er sie so unsanft auf dem Strohsack abgesetzt hatte. »Was erwartest du, wenn du eine Frau einfach hinwirfst?« erwiderte sie.

Er grinste. Dann bemerkte er, wie forschend sie ihn ansah, und fragte: »Was ist denn, *sirana?*«

Nein. Er war es nicht. Jetzt war sie ganz sicher.

»Nichts«, sagte sie schließlich. »Du kannst heute nacht nicht wieder ins Tal gehen. Ich zeige dir einen Schlafplatz.«

KAPITEL 3

Ein *shallah* gegen vier Späher«, sagte Tansen nachdenklich und bewegte die rechte Schulter, um festzustellen, in welchem Zustand seine Wunde war. »Wie hat er das gemacht?«

Nachdem er Korolls Vorschlag zugestimmt hatte, hatte man ihn in ein relativ komfortables – wenn auch verschlossenes, verriegeltes und schwer bewachtes – Schlafzimmer in der Festung gebracht. Dort hatte er mehrere Tage verbracht, während die Späher in einer ironischen Umkehrung der Situation alles taten, was sie konnten, damit er sich von der Wunde erholte, die sie ihm zugefügt hatten. Sie brachten ihm nahrhafte Mahlzeiten, wuschen und flickten seine Kleidung und nahmen ihm die Fesseln ab. Man gestattete ihm auch, im Hof der Festung zu trainieren, behandelte zweimal täglich seine Wunde, und die Späher klopften sogar höflich an, bevor sie seine Kammer betraten. Selbst die Anwesenheit eines rezitierenden Valdani-Priesters einmal täglich hatte er geduldig ertragen. Ihm wäre zwar der Heilzauber seines eigenen Volkes lieber gewesen, aber er wollte nicht darum bitten, daß eine Schwester in die Festung gebracht würde, weil die Valdani sie zweifellos nur erschreckt und gedemütigt hätten.

»Zwei der Späher hatten sich aufgemacht, um nach seinem Komplizen zu suchen«, erklärte Koroll. »Zwei blieben bei Josarian; sie waren tot, als die beiden anderen zurückkehrten.«

»Und Josarian war verschwunden«, schloß Tansen.

Koroll nickte. »Er kennt diese Berge, wie ein Mann den Körper seiner Ehefrau kennt. Ansonsten hätten wir ihn längst erwischt.«

Wieder saßen sie am Tisch in Korolls Zimmer, und Tansen beobachtete amüsiert, wie Koroll einen Becher Wein segnete, bevor er ihn ihm reichte. Seit Tansen versprochen hatte, den Rebellen zu töten, hatten die Valdani ihn mit vollendeter Höflichkeit behandelt. Seine Wunde protestierte, als er nach dem Becher griff, aber er spürte auch, daß sie gut heilte. Bis er Josarian fand, würde er wieder in Kampfform sein.

»Aber wie konnte ein *shallah* zwei bewaffnete Späher töten?« fragte er.

»So, wie die Leichen aussahen, hatte er etwas, womit er sie schlagen konnte.« Korolls Miene verfinsterte sich. »Er hat sie totgeschlagen.«

Ein *yahr*, dachte Tansen sofort. Koroll wußte selbstverständlich nichts davon – der Sinn eines *yahr* bestand ja gerade darin, daß die Valdani nichts ahnten. Als vor zweihundert Jahren der damalige Kaiser von Valdania Sileria den kintischen Königen abgenommen hatte, hatte er ein Dekret erlassen: Es war den Sileriern bei Todesstrafe verboten, Waffen zu tragen. Damals konnten die meisten Silerier die Sprache der Valdani weder verstehen noch sprechen und schon gar nicht lesen, und die Vorstellung, unbewaffnet irgendwo hinzugehen, war so undenkbar für sie, daß die meisten den Inhalt des Dekrets einfach nicht glaubten, selbst nachdem man es ihnen übersetzt hatte. Infolgedessen hatte es in jenen frühen Jahren der Besetzung eine schrecklich hohe Anzahl von Hinrichtungen gegeben, ebenso wie Chaos, zahllose Morde und mehr als ein Dutzend blutiger Massaker, als die Valdani ganze Dörfer entwaffneten.

Noch schlimmer war, daß den entwaffneten Sileriern von ihren noch waffentragenden Landsleuten größere Gefahren drohten als von den Valdani. Wenn die Waffen einer Familie, eines Dorfs oder eines Klans erst einmal konfisziert waren, stürzten ihre Blutfeinde sich lieber auf *sie*, statt sich mit den Valdani anzulegen. Die Valdani erkannten ihren Vorteil, änderten ihre Pläne und begannen, die Silerier mit strategischer Genauigkeit zu entwaffnen, wodurch sie mit eiskalter Berechnung den inneren Unfrieden schürten, der zerstörte, was unter kintischer Regierung einmal eine relativ blühende, wenn auch gespaltene Gesellschaft gewesen war. Innerhalb von fünf Jahren lagen die einstmals üppigen Felder des silerischen Tieflands brach, Bettler bevölkerten die Straßen von Shaljir und Cavasar, und ganze *shallah*-Dörfer waren dem Erdboden gleichgemacht worden. Das Volk von Sileria, verzweifelt, gedemütigt und verarmt, wurde zu Sklaven des Kaisers.

In den Jahren nach der Entwaffnung hatten die Silerier schließlich begonnen, Waffen aus ihren alltäglichen Werkzeugen zu entwickeln – Waffen, die nicht gleich als solche zu erkennen waren. Mit dem gleichen Erfindungsreichtum, mit dem sie ihren Bergen ein neues Leben abrangen, entwickelten die *shallaheen* den *yahr*, eine tödliche Schlagwaffe. Er bestand aus zwei glatten, kurzen Holzstäben, manchmal mit Metallstäben versehen, die mit einem kurzen Seil verbunden waren. Wenn die Späher einen *yahr* vor Augen hatten, sahen sie nur ein kleines Holzbündel oder einen der typischen Dreschflegel der *shallah* – das Werkzeug, das als Vorbild der Waffe gedient hatte.

Tansen hatte keinen *yahr* mehr in der Hand gehabt seit jener Nacht vor neun Jahren, als er einen benutzt hatte, um einen Mann umzubringen. *Einen Mann, der dir vertraute*, mahnte ihn eine Stimme aus der Anderwelt, aber er brachte sie zum Schweigen.

Shallaheen nutzten die *yahr* im allgemeinen gegen die eigenen Leute; Tansen hatte nie zuvor gehört, daß ein Späher mit einem getötet worden war. Ein *yahr* war eine gute Waffe, aber dieser Josarian mußte auch ein sehr guter Kämpfer sein, wenn es ihm gelungen war, zwei mit Schwertern bewaffnete Späher damit zu töten.

»Ist er verwundet worden?« fragte Tansen Koroll.

»Wenn man den Gerüchten glauben darf, ja.«

Tansen schwieg. Die Gerüchte, die für die Späher bestimmt waren, hatten oft nicht das Geringste mit der Wahrheit zu tun. »Aber er ist definitiv noch am Leben?«

»Am Leben?« Koroll schlug mit der Faust auf den Tisch. »Du fragst, ob er am Leben ist? Dieser vaterlose Hurensohn bringt die ganze Region gegen mich auf! Beim Zeichen der Drei, ich wünschte, seine Eingeweide würden verfaulen und ihn verschlingen!«

»Weiter«, sagte Tansen nur.

Koroll warf ihm einen wütenden Blick zu. »Er hat einen Späherposten geplündert. Er hat einen weiteren Posten *verbrannt*. Er hat Dorfbewohner aufgestachelt, zwei Tributeintreiber umzubringen, damit sie selbst sehen, daß Valdani ebenso leicht sterben wie *shallaheen.*« Koroll stand auf und begann, vor dem Fenster auf und ab zu gehen. »Er hat einen Schrein der Drei entweiht, der keine vier Wegstunden von Cavasar entfernt liegt!«

»Er ist kein Valdani«, meinte Tan nur, »also betet er auch nicht zu den Dreien.«

»Treib es nicht zu weit, *shatai*«, fauchte Koroll. »Ich könnte dich immer noch auf dem Marktplatz zu Tode foltern lassen.«

»Ja, das könntest du«, stimmte ihm Tan gleichmütig zu, »aber du wirst es nicht tun. Du glaubst nämlich, daß ich der einzige bin, der diesen Mann töten kann.«

»Es gibt bereits *shallaheen*, die behaupten, man könne ihn nicht umbringen.« Schauderte der Kommandant tatsächlich bei diesen Worten? »Und ehrlich gesagt, sind viele meiner Männer solche Landeier, daß sich ein derartiges Gerücht als äußerst gefährlich erweisen könnte, wenn es erst die Runde macht.«

»Du glaubst wirklich, sie könnten sich vor einem *shallah* fürchten?« fragte Tansen ein wenig verächtlich.

»Dieser *shallah*«, Koroll nickte und ließ sich wieder auf den Stuhl fallen, »dieser *shallah* ist anders. Er ist gefährlich. Heimtückisch. Mutig. Er schlägt mit der Geschwindigkeit einer Schlange zu, dann verschwindet er ebenso schnell wieder. Ich lasse ihn nun schon seit zwei Zwillingsmonden von Patrouillen suchen, und wir haben ihn immer noch nicht! Weder Bestechungen noch Drohungen haben uns weitergebracht, aber jeder weiß, wer er ist und was er tut.«

Was auch erklärte, woher Koroll Josarians Namen erfahren hatte. »Hat er Verwandte?«

»Das haben sie doch alle«, meinte Koroll müde. »Nur ein Magier kann dem Netz der Bluts- und Blutpaktsverwandtschaften eines *shallah* folgen, von seinen Feindschaften gar nicht zu reden.«

»Wo hat er gewohnt, als er sich noch nicht in den Bergen versteckte und Späher tötete?«

»Im Dorf Emeldar. Aber dort ist er nicht mehr.«

»Wahrscheinlich nicht«, stimmte Tansen dem Kommandanten höflich zu, »aber dort könnte man anfangen.« Er nahm an, daß Josarian sich jede Nacht nach Hause schleichen könnte, ohne daß die Späher es erfuhren. Wenn er der Verfolgung so lange entgangen war, dann standen die Bergbauern hinter ihm. Und wenn man das und Josarians offensichtliche Fähigkeiten bedachte, war es keine gute Idee, sich nur auf die Berichte der Späher zu verlassen. »Ich brauche einen Anfang. Ich kann nicht hinter jedem Spinnwebbaum in den Bergen nachsehen, oder?«

»Ich schlage vor, daß du deine Suche am Orban-Paß beginnst, der nur einen Tagesritt von hier entfernt ist«, knurrte Koroll.

»Warum?«

»Weil ich heute früh erfahren habe, daß Josarian dort vier meiner Leute angegriffen hat.«

»Vier?« wiederholte Tansen überrascht. »Wie denn?«

»Pfeil und Bogen.« Koroll runzelte die Stirn. »Das ist der Dank dafür, daß wir Jagdwaffen erlaubt haben.«

»Waren die Pfeilspitzen vergiftet?«

»Ja. Es war Valdani-Gift. Natürlich gestohlen.«

»Und?«

»Sie sind alle tot.«

Tansen sah ihn nachdenklich an. »Woher weißt du, daß es Josarian war?«

»Wir sind hier in Sileria und nicht in Kinto oder den Moorlanden«, tönte Koroll. »Hier greifen Banditen keine bewaffneten Späher an.«

»Gehörten diese Männer einer Patrouille an, die nach Josarian suchte?« rief Tansen.

»Er hat sie zuerst gefunden.« Koroll klang bitter.

»Vier Späher«, meinte Tansen nachdenklich.

»Wir werden versuchen, es zu verschweigen.«

»Das wird nichts nützen.«

»Ich weiß.« Korolls ohnehin helle Valdani-Haut war jetzt kreidebleich. »Und die Götter werden durstig.«

Am nächsten Tag eskortierten Koroll und vier Späher Tansen bis vor die Stadtmauer. Sein Eigentum hatte man ihm bereits zurückgegeben, in die alte Ledertasche gepackt und hinter den Sattel geschnallt, auf dem er jetzt saß. Er hatte auch genug Münzen bekommen, um bescheiden bis zum nächsten Dunkelmond leben zu können; ein *shatai*, hatte Koroll behauptet, brauche ja wohl kein Geld, um andere zu bestechen, da nur ein Narr sich weigern würde, ihm zu helfen. Tansens Schwerter waren jedoch noch fest an Korolls Sattel geschnallt, als sie Cavasar hinter sich ließen. Die Valdani würden sie ihm erst übergeben, wenn sie ihn freiließen. Sein Gold würde selbstverständlich in der Festung bleiben, bis er mit einem Beweis für Josarians Tod zurückkehrte. Er mußte seinen Auftrag nicht unbedingt schon bis zum nächsten Dunkelmond erledigen, aber Koroll machte deutlich, daß von diesem Zeitpunkt an sein Vertrauen in den Schwertmeister nachlassen würde.

»Sollte ich, auch wenn ich meine Aufgabe ehrenvoll erledigt habe, in Cavasar abgeschlachtet werden wie eine Opferziege«, warnte Tansen Koroll, als sie nebeneinander ritten, »werden sämtliche *shatai* darüber sehr ungehalten sein.«

Koroll kicherte. »Wenn du zurückkommst und mich in zwei Teile schneidest, weil ich dich zum Dienst für den Kaiser gezwungen habe, wird Seine Lumineszenz auch nicht sonderlich glücklich sein.« Er warf Tansen einen kurzen Blick zu, dann fügte er hinzu: »Aber ich glaube, ich habe trotz des *shallah*-Bluts in deinen Adern einen vernünftigen Mann vor mir. Und wenn wir diesmal geschäftlich miteinander zurechtkommen ... wer weiß? Es könnte noch weitere Aufträge geben.«

»Du wirst feststellen, daß ich üblicherweise mehr verlange als die Rückgabe meines eigenen Goldes«, sagte Tansen.

Koroll lachte. »Also gut, ich biete dir einen besseren Handel an. Töte Josarian, und ich zahle dir doppelt soviel Gold, wie ich dir abgenommen habe. Zufrieden, *shatai?*«

Tansen lächelte. »Auch ich weiß vernünftige Männer zu schätzen, Kommandant.«

Koroll grinste. Die Laune des Militärgouverneurs hatte sich erheblich gebessert, seit er Tansen heute früh beim Training im Hof beobachtet hatte. Da er seine Schwerter nicht benutzen durfte, führte Tansen die Übungen mit leeren Händen aus und prüfte seine Ausdauer, die Grenzen, die ihm die heilende Wunde auferlegte, den ganzen Morgen lang, bis die Sonne höher geklettert war. Da er sich konzentrierte, wie man es ihn gelehrt hatte, und dadurch alles ausschloß, was ihn von seinen Übungen ablenken könnte, bemerkte er erst am Ende seines Trainings, daß ein Dutzend Späher ihn mit verblüfftem Schweigen beobachtet hatten.

Dann hatte er Korolls Stimme vom Balkon gehört: »Wir bekommen hier nicht viele *shatai* zu sehen«, hatte der Kommandant ihn mit breitem Grinsen erinnert.

Als er aufgeblickt und die Zufriedenheit des Valdani bemerkt hatte, war Tansen deutlich geworden, daß selbst Koroll angefangen hatte zu fürchten, daß man Josarian nicht umbringen könne.

Man kann jeden umbringen, dachte Tansen, als er jetzt neben Koroll ritt. *Jeden.* Die Last dieser Erinnerung würde wohl nie leichter werden, und er wandte sich von ihr ab, wie immer. Er bewegte die linke Schulter, weil seine Wunde wieder angefangen hatte zu pochen, und bemerkte zufrieden, daß zumindest Koroll nun glaubte, er könne Josarian töten. Er lächelte beinahe, als er sich vorstellte, wie schockiert sein *shatai-kaj* sein würde, wenn er je erfahren sollte, daß jemand auch nur im geringsten daran gezweifelt hatte, Tansen sei in der Lage, einen silerischen Bergbauern umzubringen.

Koroll brachte sein Pferd zum Stehen, als sie eine Abzweigung erreichten. Er wies auf die Straße zu seiner Rechten und teilte Tansen mit, sie führe zu den Amalidar-Bergen und zum Orban-Paß. Irgendwo dahinter lag Emeldar, Josarians Heimatdorf.

»Du erhältst selbstverständlich Straffreiheit für alle Gewalttaten, die du gegen Silerier vollbringen mußt, während du diesen Schurken verfolgst«, sagte Koroll. »Mögen die Drei über dich wachen, *shatai*.«

»Ich nehme den Schutz aller Götter an, die glauben, daß ich der Mühe wert bin.« Tansen schwieg einen Augenblick, dann fügte er hinzu: »Doppelt soviel Gold, wie du mir abgenommen hast – habe ich dein Wort darauf?«

Koroll nickte. »Um ehrlich zu sein, es ist mir sogar noch mehr wert, aber ich muß an die Reichskasse denken.«

»Ja, selbstverständlich«, erwiderte Tansen kühl. Er sah zu, wie Koroll den Riemen löste, mit dem die kintischen Schwerter an seinen Sattel gebunden waren.

»Nicht, daß ich dir nicht trauen würde«, sagte der Kommandant, »aber es ist nie weise, zuviel von einem Mann zu erwarten.« Er warf die Schwerter in das hohe Gras am Straßenrand, dann wendete er sein Pferd und galoppierte zur Stadt zurück, die vier Späher auf den Fersen.

Zufrieden mit dem Eindruck, den er offenbar gemacht hatte, grinste Tansen, als die fünf Reiter in einer Staubwolke verschwanden.

Tansen verbrachte die erste Nacht in Freiheit in einem einfachen Gasthaus, wo er einer kleinen Händlerkarawane begegnete, die Cavasar kurz vor ihm verlassen hatte. Sie waren auf dem Weg durch die Berge nach Adalien, einer Stadt an der Südküste, die selbst in diesen Tagen noch hin und wieder von Piraten aus den Moorlanden angegriffen wurde. Die Valdani beherrschten nur die nördlichen Moorländer-Stämme – und selbst diese nicht unbedingt sonderlich gut. Die südlichen Moorlande wurden von wilden, barbarischen Stämmen stark behaarter blau- oder grünäugiger Riesen bewohnt, die vor tausend Jahren das Mittlere Meer auf der Suche nach Gold und Sklaven befahren hatten.

In jenen lang vergangenen Tagen hatten die Stämme alle einem Oberhäuptling unterstanden, dem alle Häuptlinge Treue schworen. So wurden sie ein großes und mächtiges Volk und trieben die älteren Zivilisationen nördlich ihrer Lande zurück, bis ihr Reich bis weit in Regionen reichte, die heute zu Valdania gehörten. Andere Moorländer-Stämme drängten nach Süden und beanspruchten die furchterregenden, felsigen Gegenden bis hin zum Sirinakara, dem großen Fluß, der sie für immer von den Kint trennte.

Immer noch nicht zufrieden, hatten sie sich über das Meer gewagt, angelockt vom Reichtum Silerias, der riesigen bergigen Insel im Mittleren Meer. Daurion, der letzte große Yahrdan von Sileria, auserwählt von den Wächtern, die Insel mit eiserner Faust im Samthandschuh zu regieren, trieb die Invasoren zurück und tötete die meisten von ihnen, bevor sie ihre Schiffe und das offene Meer erreichen konnten. Die Legenden besagten, Daurion sei selbst Wächter gewesen und habe deren seltsame Gaben und gefährliche Kräfte besessen. Er hatte mehrere Moorländer-Invasionen zurückgeschlagen, bis er von seinen eigenen Leuten verraten wurde, ermordet von einem, dem er vertraute. Nach Daurions Tod boten Konflikte, Herrschaftsansprüche, Gegenansprüche und das daraus entstehende Chaos den Moorländern die Gelegenheit, auf die sie gewartet hatten. Sie eroberten Sileria beinahe über Nacht, nahmen mit, was sie brauchen konnten, und verbrannten den Rest.

Zwei Jahrhunderte lang raubten Moorländer immer wieder Gold, Getreide, Vieh und Sklaven aus Sileria. Das einstmals freie und stolze Volk widersetzte sich dieser Knechtschaft, und Sileria wurde ein gefährliches, gesetzloses Land. Als das Reich der Moorländer schließlich in untereinander kriegführende Stämme zerfiel, konnten sie auch Sileria nicht mehr halten. Sie zogen sich auf das Meer zurück und hinterließen die runden Steintürme und die mit dicken Mauern versehenen Paläste, die sie im Süden und Westen der Insel gebaut hatten. In denselben Regionen konnte man auch achthundert Jahre später noch manchmal eine andere Hinterlassenschaft der Moorländer finden, in Form eines grün- oder blauäugigen Mannes, einer Frau, deren Haar heller war als das übliche silerische Braun oder Schwarz, oder in jungen Leuten, die ihre Altersgenossen überragten.

In der Stadt Adalian gab es einige davon, ebenso wie einen dräuenden Steinpalast, der oberhalb der Stadt lag. Jetzt hatten sich dort selbstverständlich die Späher breitgemacht. Die Händler, die Tansen in dem Gasthaus traf, waren auf dem Weg zum berühmten Tempelmarkt von Adalian – so genannt, weil der Markt rund um fünf baufällige Tempel veranstaltet wurde, die die Wächter Jahrhunderte vor der Eroberung gebaut hatten und die dann von den Moorländern entweiht worden waren und schon lange leer standen.

Bevor er das Gasthaus verließ, verkaufte Tansen den

Händlern das Pferd, das Koroll ihm gegeben hatte. Als *shallah* geboren und aufgewachsen, hatte er Pferde nie sonderlich gemocht, obwohl seine Ausbildung als *shatai* auch den Kampf zu Pferde beinhaltet hatte. In den Moorlanden hatte er praktisch auf dem Pferderücken gewohnt, denn so lebte man dort. Aber hier befand er sich nun in Sileria, also wäre das Pferd nur eine Last. Esel, Ziegen und *shallaheen* kamen auf den schmalen Bergpfaden und felsigen Abhängen gut zurecht, aber Pferde verlangsamten einen Mann dort nur – deshalb hatten die berittenen Späher auch nur selten Erfolg bei der Verfolgung von Schmugglern und Schwarzhändlern in den Bergen.

Das kintische Wort für Sileria bedeutete »pferdeloses Land«. Die *shallaheen* brauchten keine Pferde, und die Tiefländer konnten sich selten welche leisten. Die silerischen Adligen – die *toreni* – und reiche Kaufleute benutzten sie nur auf dem Land und zogen es vor, sich in den überfüllten Straßen silerischer Städte in Sänften tragen zu lassen, oder sie gingen schlicht zu Fuß. Die Seegeborenen zogen Boote vor und interessierten sich wenig für die Teile der Insel, die weder Küste noch Hafen waren. Die Wächter lebten noch höher in den Bergen als die *shallaheen*, die Schwestern hielten sich an ein Armutsgelübde, und die *zanareen* verließen kaum je den Kraterrand des Darshon.

Wasserherren und Attentäter der Gesellschaft traf man selbstverständlich häufiger zu Pferde an, weil sie auf diese Weise ihren Rang demonstrieren wollten, aber obwohl sie immer noch recht mächtig waren, hatte der Kaiser von Valdania geschworen, sie zu vernichten und dieses Ziel schon seit mehreren Jahrzehnten verfolgt, weshalb sich viele von ihnen dieser Tage versteckt halten und ein bißchen weniger auffällig sein mußten. Und Pferde ließen sich im »pferdelosen Land« eben nicht so einfach verstecken. Diese Tatsache hatte ebenfalls zu Tansens Entscheidung beigetragen, das Pferd bald wieder loswerden zu wollen.

Die Händler würden die breite, gepflasterte Valdanistraße bis nach Adalian nehmen, also würde Tansens Pferd ihnen gute Dienste leisten. Aber um dafür zu sorgen, daß sie es auch wirklich brauchten, schlüpfte Tansen mitten in der Nacht in die Ställe und benutzte die gewellte Klinge des *shir*, um eines der Händlerpferde kurzfristig zu lähmen. Er mußte nur die flache Seite der Klinge an die verwundbare Stelle unter dem Huf des Tieres halten, mehr brauchte es nicht. Das Pferd hatte keinen dauerhaften Schaden erlitten, würde aber mehrere Tage lahm bleiben. Da sie keine Wunde oder Schwellung sahen, waren die Händler verwirrt – Zauberkraft hatte zweifellos ihren Nutzen. Dennoch, Tansen haßte den *shir* so sehr, daß er ihn sich nie genauer angesehen hatte, bis Koroll in ausgepackt hatte. Er hätte Cavasar allerdings auch nicht ohne den *shir* verlassen, nicht einmal, wenn das bedeutet hätte, auf dem Marktplatz langsam zu Tode gefoltert zu werden; er war erleichtert, daß Koroll ihm den Dolch ohne weiteren Kommentar zurückgegeben hatte und offenbar annahm, er brauche ihn, um seine Aufgabe zu erfüllen. Die erforderlichen neun Jahre waren vergangen, aber er wußte, er würde keine Ruhe finden, bis er den *shir* wieder dorthin gebracht hatte, wo er hergekommen war. Nicht nach dem, was er getan hatte.

Staunend über den ersten *shatai*, der ihnen je begegnet war, nahmen die Händler Tansens Rat erleichtert an, als er ihnen erklärte, er habe in den Moorlanden einiges über Pferde gelernt.

»Ich habe so etwas schon öfter gesehen. Es kommt häufiger vor, als man annehmen würde«, log er dreist, während er vorgab, das Bein des Pferdes zu untersuchen. Immerhin brachte man *shallaheen* das Lügen schon in der Wiege bei. »Nur eine Prellung. Es wird ihm in ein paar Tagen wieder bessergehen.«

»In ein paar Tagen?« wiederholte einer der Händler gereizt. »Wir haben aber keine paar Tage zu verschwenden! Und was, wenn es wieder passiert?« Er warf einem seiner Kollegen einen anklagenden Blick zu. »Ich habe dir doch gesagt, du solltest Ersatzpferde mitnehmen.«

»Nein, hast du nicht. Du sagtest ...«

»Freunde«, unterbrach sie Tan. »Ich glaube, ich kann euch helfen.«

Er verkaufte ihnen sein Pferd zu einem vernünftigen Preis, ritt mit ihnen noch bis zum Orban-Paß und verabschiedete sich dann von ihnen. Nach einem ehrfürchtigen Blick auf den jungen, exotisch gekleideten Schwertmeister, der sich dazu herabgelassen hatte, sie freundlich zu behandeln, ritten die rundlichen, alternden Händler davon. Tansen wußte, wenn sie ihre Geschäfte in Adalian erledigt hatten, würden sie der Handelsstraße weiter nach Osten folgen, und so würde Korolls Pferd bald weit weg sein.

Als er allein war, untersuchte Tansen den Schauplatz von Josarians letztem Angriff auf die Valdani. Das Blut am Boden war schon zu braunen Flecken getrocknet. Nachdem er gesehen hatte, wo die Männer gefallen waren, schaute Tansen sich die umliegenden Felsen an, suchte nach dem besten Punkt für einen Hinterhalt und dann nach einem Weg, um dorthin zu gelangen. Er war außer Atem, als er ankam, und er hatte eine Schürfwunde an der Hand von einem Sturz, als Steine unter ihm nachgegeben hatten. Er mochte besser kämpfen und schneller laufen als die meisten Krieger und auch über eine größere Ausdauer verfügen, aber ihm war klar, daß er die Fähigkeit verloren hatte, die einen *shallah* in die Lage versetzte, von früh bis spät wie eine Ziege durch diese zerklüfteten Berge zu klettern und dabei nicht schwerer zu atmen als eine kintische Kurtisane bei der Arbeit.

Cavasar lag im äußersten Westen Silerias, und wenn man von der Stadt her kam, konnte man wegen der Ausläufer der Amalidar-Berge den Darshon erst erspähen, nachdem man den Orban-Paß überquert hatte. Nun, als Tansen auf einer Felsenklippe oberhalb des Passes stand, konnte er das Land hinter dem Paß überblicken und sah am Horizont den schneebedeckten Gipfel des Darshon, des Throns von Dar, der Göttin, die er seit seiner Kindheit angebetet hatte.

Und als Tansen den Vulkan nun zum ersten Mal, seit er ins Exil gegangen war, wiedersah, vergaß er Josarian, Koroll, die Späher und seine Aufgabe. Wäre er ein frommer Mann gewesen, hätte er gebetet. So starrte er nur in ehrfürchtigem Schweigen und kämpfte gegen die Gefühle an, die in seinem Blut brannten, und gegen Erinnerungen, die um Aufmerksamkeit schrien. Im Dorf Gamalan, wo er seine Kindheit verbracht hatte, waren die Hänge des Darshon so nah, daß sie sich von einem Horizont zum anderen zu erstrecken schienen und beinahe den Himmel ausfüllten. Wenn Dar rülpste oder röhrte, zitterte Gamalan. Wenn Dar Feuer spuckte, sahen die *shallaheen* in Gamalan den Rauch der brennenden Dörfer, die zu dicht an ihrem brennenden Mund lagen. Und wenn Dar voller Wut ausbrach und Lava spie, schnitten sich die Gamalani Zeichen von Blutpakten in ihre Handflächen, um ihrem Ruf zu folgen ... und brachten vorsichtshalber ihre Kinder in Sicherheit.

Als Kind hatte Tansen auf den rauhen grauschwarzen Aschehalden und jenen Felsen aus erkalteter Lava gespielt, die von lange zurückliegenden Ausbrüchen Dars kündeten. Er hatte mit angesehen, wie sein älterer Bruder sich den verrückten *zanareen* anschloß und schließlich starb, weil er sich einbildete, er sei der Feuerbringer, und in den Krater sprang. Sein stolzer und kluger Großvater hatte ihm beigebracht, die Traditionen seines Volkes zu ehren, und daher hatte Tansen jeden Tag zu Dar gebetet und dabei geholfen, die jährlichen Opfer zu sammeln, die die Göttin für ein weiteres Jahr friedlich stimmen sollten. Aber seit er zum ersten Mal einen Menschen getötet hatte, hatte er nicht mehr gebetet, und er betete auch jetzt nicht.

Sein Magen zog sich zusammen, als er sich fragte, worin wohl Dars Strafe für ihn bestehen würde. Selbst auf diese Entfernung hob sich der Berg bedrohlich gegen den strahlend blauen Himmel ab, und der verschneite Gipfel verschwand in den Wolken. Nach all den Jahren immer noch unfähig zu beten, senkte Tansen nur ehrfürchtig den Kopf. Worin auch immer Dars Strafe bestehen würde, er würde sie demütig entgegennehmen. Immer vorausgesetzt, er überlebte die Rache der Gesellschaft.

Er mußte sich dazu zwingen, sich von dem Anblick abzuwenden, den er in den vergangenen neun Jahren ebenso gefürchtet wie herbeigesehnt hatte, und nun suchte er an dem Ort, von dem aus Josarian vermutlich seinen Angriff gegen die vier Späher geführt hatte, nach Spuren. Ziemlich bald fand er ein paar Fußabdrücke im Staub. Offenbar war sein Gegner ein hochgewachsener Mann. Ein paar Federreste von der Befiederung des Pfeils bestätigten, daß derjenige, der die Fußabdrücke hinterlassen hatte, auch der Mörder der vier Valdani gewesen sein mußte. Josarian hatte die Route der Späher gekannt, den Anschlag geplant und hier auf sie gewartet. Dieser Mann war nicht einfach irgendein hitzköpfiger Schläger, er verfügte über Strategien, Voraussicht und die Fähigkeit zu planen. Er konnte sich zurückhalten und mit seinem Angriff auf den rechten Augenblick warten. Und er konnte kaltblütig töten.

Tansen verwischte die Fußabdrücke zerstreut mit der Spitze seines Moorländer-Stiefels und dachte über das nach, was er bisher erfahren hatte. Wer war dieser Aufwiegler? Wie war er dazu gekommen, die beiden Späher eher zu töten, als die Strafe für das Schmuggeln auf sich zu nehmen? Soviel Tansen wußte, brachte Schmuggeln dem Täter immer noch eine Auspeitschung und ein Jahr oder so in den Minen von Alizar ein, während die Ermordung eines Spähers – wie Tansen nur zu gut wußte – mit

Tod durch langsame Folter bestraft wurde. Und da die beiden überlebenden Späher ihn identifizieren konnten, mußte Josarian gewußt haben, daß die Valdani jedes Dorf im Bezirk durchsuchen würden, bis sie ihn gefunden hätten. Nachdem er erst einmal diese beiden Männer umgebracht hatte, gab es keinen Weg mehr zurück.

Und wieso war Josarian dann nicht einfach verschwunden? Normalerweise reisten *shallaheen* nicht sehr weit, und sie mißtrauten Fremden. Sich von der Heimat zu trennen, wäre nicht leicht gewesen, vor allem dann nicht, wenn Josarian verwundet war, aber es war auch eine offensichtliche Möglichkeit – genau das hatte Tan vor neun Jahren selbst getan. Josarian hätte nicht einmal ins Exil gehen müssen, da die Gesellschaft sich nicht um den Mord an ein paar Spähern scherte. Er konnte einfach seinen *jashar*, den geknoteten, gewobenen und perlenbestickten Gürtel, der Namen und Geschichte eines *shallah* angab, abnehmen oder ändern, sich dann in eine entfernte Region Silerias zurückziehen und ein anderer werden; mit hoher Wahrscheinlichkeit hätten die Valdani ihn dann nie gefunden. Aber er hatte sich nicht nur entschieden hierzubleiben, sondern auch noch die Bevölkerung aufzuwiegeln, weitere Angriffe gegen die Valdani zu wagen und zum gesuchtesten Gesetzlosen in Sileria zu werden.

Warum? Genoß er den Ruhm? War er wahnsinnig vor Haß? Gefiel es ihm einfach, andere zu töten, zu brandschatzen und zu stehlen? Er war offensichtlich nicht dumm, aber noch wußte Tansen zu wenig, um einschätzen zu können, wie klug sein Gegner wirklich war. Konnte Josarian dazu verleitet werden, einen Zweikampf mit einem *shatai* zu wagen, oder würde er die Flucht ergreifen? Wenn er nicht freiwillig zu Tansen kam, konnte man ihn täuschen oder ihm eine Falle stellen? Würde ein Bauer, der sein gesamtes Leben in diesen Bergen verbracht hatte, überhaupt wissen, was ein *shatai* war? Tansen jedenfalls hatte das nicht gewußt, bis er vor neun Jahren gesehen hatte, wie ein *shatai* auf der Straße einer seltsamen kintischen Hafenstadt drei Leute umbrachte.

Während er über diese Frage nachdachte, suchte er weiter nach Josarians Spur und fand genau das, was er erwartet hatte: nichts. Josarian war nicht achtlos. Er hatte seinen Fluchtweg verborgen und keine Hinweise hinterlassen, wohin er von hier aus gegangen war. Tansen würde ihn auf andere Art finden müssen. Da er im Osten Silerias geboren und aufgewachsen war, kannte Tansen diese Gegend nicht. Kein Volk der Welt war verschlossener als die *shallaheen*, und dies hier war Josarians Heimat. Ohne die Hilfe der Einheimischen würde Tansen den Rest seines Lebens damit verbringen können, diesen Bezirk ohne jeden Erfolg zu durchsuchen. Also würde er eine Möglichkeit finden müssen, Josarian dazu zu bringen, zu ihm zu kommen.

»Er trägt einen *jashar* und er spricht die Bergsprache, als hätte er sie von klein auf gelernt«, erzählte Zimran Josarian eines Nachts.

Sie saßen am Herd von Josarians jüngster Schwester, die ihren gesetzlosen Bruder nötigte, noch mehr zu essen. Josarian war zum ersten Mal seit neunzehn Tagen wieder zu Hause, und seine Schwester Jalilar war so überzeugt gewesen, daß er tot war, daß sie schon vor vier Tagen die Wächter auf dem Berg Niran aufgesucht hatte. Sie schienen nicht anzunehmen, daß er bereits in der Anderwelt weilte, aber Jalilar wußte auch, daß dies keine Garantie war. Die Anderwelt war ein geheimnisvoller Ort, und die Reise dorthin war lang und schwierig. Viele trafen nie dort ein, und niemand kannte die Gründe dafür. Von anderen wiederum glaubte man, daß sie dort waren, aber sie antworteten nicht auf die Rufe der Wächter. Nein, es gab keine Garantie.

Jalilar war also nicht vollkommen überzeugt gewesen von den Worten dieser alten Frau, deren dreifingrige Hand so klein und zart wirkte, daß man kaum glauben konnte, daß die Valdani sie wirklich gefoltert hatten, und sie war nach Hause, nach Emeldar, zurückgekehrt und hatte seitdem ungeduldig darauf gewartet, daß Josarian sich eines Nachts heimlich ins Dorf schleichen würde. Die stete Anwesenheit der Späher im Dorf diente ihr als Beweis, daß *sie* ihren Bruder immerhin noch nicht gefangen hatten – was auch sonst immer mit ihm geschehen sein mochte. Späher waren so dumm; sie glaubten tatsächlich, Josarian sei seit jener schicksalhaften Nacht nicht mehr zu Hause gewesen, nur, weil sie ihn bisher nicht erwischt hatten. Jalilar sah ihren Bruder noch einmal an, und die eisige Kälte, die ihr bis in die Knochen gedrungen war, wich der Erleichterung. Emerlan, ihr Mann, würde bald zu Hause sein und sich ebenso über die Rückkehr Josarians, mit dem er aufgewachsen war, freuen.

»Du glaubst, dieser Fremde sei ein *shallah?*« fragte Josarian seinen Vetter. Er wies den Nachschlag zurück, den seine Schwester ihm aufdrängen wollte. »Jalilar, ich platze gleich.«

»Er muß einer sein«, meinte Zim. »Er hat die ersten beiden Blutpakt-Zeichen auf der rechten Handfläche. Und ein paar auf der linken.« Dann fügte er noch hinzu: »Aber keine Hochzeits-Zeichen an der rechten Hand, heißt es.«

Josarian warf einen Blick auf das Hochzeits-Zeichen, das Calidar ihm am Tag ihrer Eheschließung in die Hand geschnitten hatte. Es verlief von der Wurzel des Daumens diagonal bis zur Wurzel des Ringfingers. Sie hatte keine Kinder-Zeichen darübergeschnitten, und nun würde sie es nicht mehr tun können.

»Und er trägt *Schwerter?*« fragte Josarian schließlich mißtrauisch. »Bist du ganz sicher?«

»Ja.«

»Hast du ihn gesehen? Mit eigenen Augen?«

»Nein.«

»Woher weißt du dann, daß es wahr ist?«

»Josarian, wer würde so etwas erfinden?« mischte sich seine Schwester ein.

»Wieso lassen die Späher ihm die Schwerter?« wandte Josarian ein.

»Weil er versprochen hat, dich umzubringen«, erklärte Jalilar mit furchtsamer Stimme.

»Auch Zimran könnte morgen zu einem Späherposten spazieren und ihnen versprechen, mich zu töten. Glaubst du, sie würden ihn deshalb ein Schwert tragen lassen? Was ist so besonders an diesem *shallah*, daß er Waffen tragen darf, nur weil er verspricht, mich zu töten?«

Zimran zuckte die Achseln, dann setzte er seine Beschreibung des Mannes fort, der nach Josarian suchte. »Er trägt gute, ausländische Kleidung. Niemand ist ganz sicher, aber ein Händler aus Malthenar glaubt, es sei Moorländer-Kleidung. Jemand in Britar hat die blankgezogenen Schwerter gesehen und sagt, es seien ausländische Schriftzeichen eingraviert, die aussehen wie die Inschriften auf alten kintischen Tempeln und Schreinen.«

Nachdem sie Sileria sechs Jahrhunderte lang regiert hatten, vom Sturz der Moorländer bis zu der Zeit, als die Valdani ihnen die Insel vor zweihundert Jahren abgenommen hatten, hatten die Kint zahlreiche Tempel, Schreine und Paläste hinterlassen. Einer von Josarians Onkeln hielt nun Schafe in einem verlassenen kintischen Schrein am Berg Orlenar.

»Kintische Schwerter?« Josarian runzelte verwirrt die Stirn. »Moorländer-Kleidung? Ein *shallah?*«

»Oder Halb-*shallah*«, meinte Jalilar.

»Was sagt der *jashar?*« fragte Josarian Zim. Obwohl die *roshaheen* – die Außenseiter – glaubten, die *shallaheen* seien Analphabeten, kommunizierten die *shallaheen* mittels kunstvoll gewebter, bestickter und geknoteter Schnüre. Und jeder Mann, der etwas auf sich hielt, zeigte seine Identität und seine Geschichte, wohin er auch ging, mit Hilfe seines *jashar*; die Geschichte einer Frau war in dem kunstvoll geknoteten Kopfputz dokumentiert, den sie bei besonderen Gelegenheiten trug. Da dieser geheimnisvolle Fremde seinen *jashar* trug, konnte man vielleicht daraus etwas über ihn erfahren.

»Er ist Tansen mar Dustan shah Gamalani«, berichtete Zimran, »im Jahr der Roten Monde geboren.«

»Jünger als du«, sagte Jalilar zu Josarian.

»Aber nicht viel«, fügte Zimran hinzu.

»Ein Gamalani?« Josarian setzte sich aufrechter hin. »Gamalan ...«

»Sagt dir das etwas?« wollte Zimran wissen.

»Calidar hat mir einmal etwas erzählt ...« Er runzelte die Stirn und dachte nach. »Eine Base ... Ja, das ist es!«

»Was?«

»Calidar und ich mußten unsere Hochzeit verschieben, weil ihre Familie um eine Base trauerte, die von Spähern umgebracht worden war.«

»Ja, daran kann ich mich erinnern«, sagte Jalilar.

»Die Base war verheiratet worden, um das Ende einer Blutfehde zu bezeugen. Sie zog nach Gamalan, und das liegt ...« Er zuckte die Achseln. »Jedenfalls irgendwo östlich des Darshon.«

»Calidars Klan hatte eine Blutfehde mit einem Klan am anderen Ende Silerias?« fragte Zimran. »Um was ging es denn?«

»Wer weiß? Sie schienen es selbst nicht mehr zu wissen.« So war es nun einmal in Sileria. »Jedenfalls, Calidars Base starb, als das gesamte Dorf von Spähern niedergemetzelt wurde.«

»Ich erinnere mich, aber ich habe nie den Namen des Dorfs gehört – war das Gamalan?« Zimrans Augen wurden größer, als Josarian nickte. »Und der Fremde ist ein Gamalani, der das Gemetzel irgendwie überlebt hat.« Zim zuckte die Achseln. »Vielleicht wohnte er damals nicht dort.«

Einzelne und ganze Familien zogen manchmal weg vom Dorf, in dem ihr Klan beheimatet war, um zu heiraten, neue Weiden für ihr Vieh zu suchen, bei Handwerkern in die Lehre zu gehen, ein Erbe anzutreten oder vor Spähern, Attentätern oder Blutfehden zu flüchten. Es gab keinen Grund anzunehmen, daß der Fremde, der Josarian suchte, etwas mit der Zerstörung Gamalans zu tun hatte – dennoch ging Josarian davon aus.

»Ein Attentäter, der Schwerter trägt und für die Valdani arbeitet«, sagte er nachdenklich. »Wer weiß, Zim? Vielleicht hat er überlebt, weil er bei der Ermordung der Gamalani geholfen oder sie an die Valdani verraten hat. Vielleicht hat er ihnen ein solch großes Geheimnis verraten – ein geheimes Lager geschmuggelter Waffen, oder den Mord an einem Tributeinnehmer –, daß die Späher beschlossen, jeden Mann, jede Frau und jedes Kind in diesem Dorf umzubringen.«

»Sriliah«, sagte Jalilar, und etwas Schlimmeres konnte ein *shallah* nicht über einen anderen sagen; es war schlimmer als Feigling, Hahnrei, Mörder, Lügner, Dieb oder Hure: *Verräter.*

»Nun, je nachdem, wer an diesem Tag umgebracht wurde«, meinte Zimran, »erklärt das vielleicht eine Sache, die niemand verstehen kann.«

»Und was ist das?«

»Man sagt, während er nach dir sucht ...«

»Ja?«

»... sucht ein Attentäter der Gesellschaft nach *ihm.*«

KAPITEL 4

Tansen war regelrecht erleichtert, als der Attentäter endlich auftauchte. Seit er nach Sileria zurückgekommen war, hatte er darauf gewartet, daß die Gesellschaft etwas unternehmen würde, um ihn zu finden. Wie bei seiner Verfolgung Josarians wußte er, daß er den Rest seines Lebens damit verbringen konnte, nach dem Wasserherrn zu suchen – also war es gleich für zwei Zwecke gut gewesen, seinen Namen überall zu verbreiten.

Es gab natürlich noch einen zweiten Weg, Kiloran zu finden, mußte Tan zugeben, als sein Blick rasch zu dem bemalten Seidenschal glitt, der verknittert in seiner alten Ledertasche lag. Er klappte die Tasche zu und weigerte sich, an die Frau zu denken, weigerte sich, sich ihr Gesicht vorzustellen oder sich auch nur an ihren Duft zu erinnern. *Elelar.* Schon die Erinnerung an ihren Namen bereitete ihm Schmerz, der niemals geringer wurde. Nein, er würde sie nicht aufsuchen, um Kiloran zu finden; er würde Kiloran dazu bringen, ihn zu finden.

Er hatte gewußt, daß Kiloran, der mächtigste und berühmteste Wasserherr in Sileria, schon bald von seiner Suche nach Josarian hören würde. Tansen war hier ein zu ungewöhnlicher Anblick, als daß er keine Aufmerksamkeit hervorgerufen hätte, ganz gleich, wohin er ging. Und er wußte ganz sicher, daß der alte Zauberer seinen Namen nicht vergessen hatte – oder was Tan ihm genommen hatte.

Er wäre dem Attentäter gern ungestört entgegengetreten, aber dieser näherte sich ihm am hellen Tag und auf dem Marktplatz eines kleinen, verarmten Dorfs einen halben Tagesmarsch von Emeldar entfernt. Heute waren hier keine Späher; wie Josarian und der Attentäter versuchte auch Tansen, ihnen aus dem Weg zu gehen. Er wollte eine Wiederholung des Vorfalls vermeiden, der zu seiner Verhaftung in Cavasar geführt hatte.

Tansen hatte die letzte Nacht in einer Höhle in den Hügeln verbracht. Dann war er in dieses elende kleine Dorf gekommen, um Vorräte zu kaufen, Fragen zu stellen und dafür zu sorgen, daß die Leute ihn alle zu sehen bekamen. Er dachte daran, seine Schwerter zu säubern und zu fetten, aber das hatte er in der letzten Zeit schon so oft getan, daß er befürchten mußte auszurutschen, wenn er es heute schon wieder tat. Dennoch, es war immer ein großartiges Schauspiel, auf einem Dorfplatz oder in einer Kneipe zu sitzen und die gravierten kintischen Klingen zu pudern, zu wischen und zu ölen, während Dutzende – sogar Hunderte – von *shallaheen* zusahen, einige diskret, andere mit offener Faszination. Wenn Josarian inzwischen noch nicht von ihm gehört hatte, mußte er entweder tot oder am anderen Ende Silerias sein.

Er überlegte, ob er die Schwerter für eine weitere Ölung ziehen oder seine Tasche packen und das Dorf verlassen sollte, als er bemerkte, wie sich der Dorfplatz rasch leerte. Das konnte nur zweierlei bedeuten, und da er keine Hufschläge von Späherpferden gehört hatte, beschlich ihn das Gefühl, er könnte seine Schwerter heute vielleicht noch für etwas anderes brauchen als dazu, sich aufzuspielen.

Er schob die Tasche zur Seite und erhob sich vom Rand des Steinbrunnens, auf dem er gesessen hatte; offensichtlich hatten die Dorfbewohner in der letzten Zeit nicht genug Tribut an die Gesellschaft gezahlt, denn der Brunnen war trocken. Tansens Waffengurt war so hergestellt, daß er ihn nicht zurechtziehen mußte, als er jetzt zur Mitte des Platzes ging: Ein Schwert hing an seiner linken Seite, das andere war auf den Rücken geschnallt. Er war kein verängstigter Junge mehr, der nur einen *yahr* zu seinem Schutz hatte, er war ein *shatai*, ein Angehöriger der besten Kriegerkaste der Welt, und er hatte dem Tod zu oft gegenübergestanden, um ihn jetzt zu fürchten. Ob es um Friedensschwüre oder einen Kampf um Leben und Tod gehen sollte, wußte er nicht, aber er war auf beides vorbereitet. Er spannte kurz seine linke Schulter an und entspannte sich wieder, prüfte seine Wunde. Dann ignorierte er sie.

Als außer Tansen niemand mehr auf dem Dorfplatz stand, ging die Tür zum Haus des Dorfhäuptlings auf, und ein Mann trat in den hellen silerischen Sonnenschein hinaus. Er war wohlgenährt und kräftig, wie alle Attentäter, und in Rot und Schwarz, die Farben der Gesellschaft, gekleidet. Sein schwarzes Hemd hatte den Schnitt, der von einigen Attentätern bevorzugt wurde, ohne Verschnürungen auf der Brust; nur ein rotgefärbter *jashar* hielt es geschlossen, so daß das Kleidungsstück bei einem plötzlich ausbrechenden Kampf rasch abgelegt werden konnte. Tans Blick wanderte zu den Stiefeln des Mannes, wo er, wie erwartet, einen *yahr* aus dem linken Schaft ragen sah. Die meisten Attentäter hatten *yahrs* aus versteinertem

Holz, das aus Kinto importiert wurde und hart wie Fels war.

Der Attentäter trat ihm entgegen, mit dem arroganten Schritt eines Mannes, der allein durch seine Anwesenheit ganze Dörfer in Angst und Schrecken versetzte. Drei kleine Jungen, die offenbar ihren Eltern nicht gehorchten, schlichen sich auf den Platz, um zuzusehen. Sie starrten den Attentäter mit einer Ehrfurcht an, die Tan für einen Augenblick wieder in Erinnerungen versinken ließ. Er konnte ihnen nicht übelnehmen, daß sie diesen Mann bewunderten. Hatte er nicht selbst als kleiner Junge die Gesellschaft verehrt? Hatte es nicht entsetzlicher Ereignisse und ständiger Hinweise gebraucht, damit ihm klar wurde, daß sie keine Helden, Rebellen oder Könige der Gesetzlosen waren? War er nicht tausend Jahre in einem einzigen Zwillingsmond gealtert, bevor er erkannte, was sie wirklich darstellten? Nein, er konnte den Jungen die Heldenverehrung nicht übelnehmen – obwohl er ihnen am liebsten mit der flachen Seite eines seiner Schwerter den Hintern versohlt hätte.

Tan studierte den Attentäter, als dieser näher kam. Es war ein junger Mann, eindeutig jünger als Tan selbst. Als er sprach, verriet seine Stimme, wie aufgeregt er war.

»Bist du Tansen shah Gamalani?«

»Ja.«

»Dann bin ich gekommen, um den Blutfluch zu erfüllen, den ein Wasserherr der Gesellschaft gegen dich ausgesprochen hat.«

Tan kniff die Augen ein wenig zusammen. »Das ist neun Jahre her. Ein Blutfluch muß nicht länger bestehen, selbst wenn der, gegen den er gerichtet ist, noch lebt. Und ganz gleich, was er getan hat.«

»Auch, wenn derjenige davongerannt ist?« fragte der Attentäter verächtlich.

Tansen ließ sich nicht reizen. Er war nun bei der Arbeit; der *shatai* konzentrierte sich auf das, was er zu tun hatte und verdrängte die Scham und den Stolz des *shallah*-Jungen in sich. »Selbst dann. Die Gesellschaft ist deshalb stark geblieben, weil sie sich an die Tradition hielt. Ansonsten würden sie sich immer noch gegenseitig abschlachten wie die *shallaheen*, die in Blutfehden töten und getötet werden, obwohl sich keiner mehr daran erinnert, womit sie begonnen haben.«

»Kiloran hat den Blutfluch nicht aufgehoben«, informierte ihn der Attentäter und bewegte sich langsam nach links.

»Dann sollte ich vielleicht mit ihm reden«, schlug Tansen vor, immer noch nach vorn gewandt, und beobachtete den Attentäter aus dem Augenwinkel.

Der lachte. »Und wie willst du ihn finden?«

»Du könntest mir dabei helfen.«

»Wieso sollte ich das tun?«

»Um deiner Ehre willen.«

»Wie kommt ausgerechnet einer wie du dazu, von Ehre zu sprechen?«

»Ich habe die neun Jahre des Blutfluchs überlebt«, meinte Tansen. »Du wirst deine Ehre verlieren, wenn du mich jetzt herausforderst.«

Der Attentäter zupfte an seinem *jashar* und rief jemandem im Häuptlingshaus etwas zu. Eine dünne ältere Frau kam auf den Platz gelaufen, um ihm beim Ablegen seines Hemds zu helfen; dann huschte sie mit dem Kleidungsstück in den Schatten zurück, aber nicht, bevor er ihr noch einmal ans Herz gelegt hatte, sie sollte auf den Rock aufpassen, während er kämpfte. Tansen sah gleichmütig zu, als sein Gegner, nun mit nacktem Oberkörper, ihm mit dem *shir* in der Hand entgegentrat.

»Meine Ehre verlieren?« fauchte der Attentäter. »Schon für diese Beleidigung werde ich dich umbringen, *sriliah!*«

Tan hätte beinahe aufgeseufzt. Das würde alles nur noch schlimmer machen, aber er hatte ja gewußt, daß es so kommen würde. Der vielgelobte Sinn der Gesellschaft für Ehre war überwiegend ein Mythos. Der junge Attentäter hatte genug vom Reden und wollte kämpfen. Während Tansen zusah, wie der Mann nach seinem *yahr* griff, rezitierte er den rituellen Satz, mit dem er seine Ausbildung als *shatai* begonnen und definiert hatte, die Worte, nach denen diese Situation verlangte: »Ich bin bereit, heute zu sterben. Wie ist es mit dir?«

Der Attentäter grinste einfach und sagte: »Gut zu wissen, *sriliah*«, und griff an.

Er war ein wenig überrascht, seinen Angriff von zwei Schwertern blockiert zu finden, die Tansen noch nicht einmal gezogen hatte, als sein Gegner zum Sprung ansetzte. Tansen drehte eine Klinge, um ihn zurückzuschleudern, verzichtete aber darauf, ihn sofort mit dem linken Schwert zu töten. Sein *shatai-kaj* hatte ihn gelehrt, immer einen Weg zu finden, Feindseligkeit zu seinem Vorteil zu nutzen, und das würde er auch diesmal tun. Dies war ein Kampf, den er nicht gewollt, den er sogar zu verhindern versucht hatte. Da der Attentäter aber darauf bestand, entschied Tansen , er könne den Tod dieses jungen – und wie er sofort festgestellt hatte, unerfahrenen – Kämpfers auch nutzen, um seinen Zielen näherzukommen. Er und der Attentäter umkreisten einander, griffen an, wehrten ab, griffen wieder an. Nach ein paar Minuten ging Tansen davon aus, daß er entweder den heimtückischsten und verschlagensten Mann in ganz Sileria vor sich oder bereits alle Tricks gesehen hatte, die der begierige junge Kämpfer kannte. Also fing er an, ihn langsam umzubringen.

Er begann, indem er die eine oder andere Schwachstelle nutzte – Schwachstellen, die leicht zum Tod des Jünglings hätten führen können, die Tansen aber nur nutzte, um ihn zu verwunden. Er hatte nie zuvor gegen jemanden gefochten, der mit einem *yahr* kämpfte, und dies war eine gute Gelegenheit zum Üben, als prüfte er die Stärken und Schwächen der Waffe gegenüber seinen eigenen Klingen. Der Attentäter war nicht gut genug ausgebildet, um ihm viel über diese neue Herausforderung beizubringen, aber es gelang Tan, so zu tun, als fiele es ihm schwer, gegen den anderen anzukommen – um der Zuschauer willen. Er ließ sogar zu, daß ihn der Attentäter ein paarmal mit dem *shir* ritzte, obwohl er wußte, daß die Kratzer bis auf die Knochen schmerzen und nur langsam heilen würden, denn ein *shir* war keine normale Klinge.

Die Dorfbewohner würden sich daran erinnern, wie blutig und schrecklich der Kampf gewesen war, wie der Fremde und der Attentäter sich angestrengt hatten. Aber Josarians neueste Untaten – er hatte einen Valdani-

Priester an einen Honigbaum gebunden und all seine Tributziegen gestohlen –, hatten Tan überzeugt, daß der *shallah* ein guter Stratege war und schließlich durchschauen würde, was die Dorfleute ihm erzählten; Josarian würde hören, daß der Fremde den halben Morgen gebraucht hatte, um einen einzigen jungen, zu sehr von sich überzeugten, unerfahrenen Gegner zu töten. Josarian würde überzeugt sein, daß er gut genug war, einen solchen Kämpfer zu schlagen, besonders, wenn er einige der Überraschungstaktiken anwandte, die er an den immer verstörteren Valdani ausprobierte. Wenn er nicht so friedfertig wie eine Schwester war, würde er sich also versucht fühlen, sich diesem Krieger zu stellen, der in den Bergdörfern schnell ebenso berühmt geworden war wie Josarian selbst.

Und damit war die Falle aufgestellt.

Der Attentäter wurde jetzt nur noch von Gefühlen gelenkt. Er war ganz Wut, siedende Enttäuschung über sein Versagen, schwitzende Verzweiflung. Das machte ihn ungeschickt und durchschaubar. Tansen bedauerte zwar nicht den Tod eines Attentäters der Gesellschaft, besonders eines Mannes, der eindeutig nur noch am Leben war, weil er nie zuvor auf ein Opfer gestoßen war, das sich wehrte, aber er genoß es nicht, den Mann auf derart langsame und schmutzige Weise zu töten. Er beschloß, es sei an der Zeit, ein Ende zu machen. Er fing den hölzernen *yahr* mit der linken Klinge ab und schlug ihn weg, dann stieß er seinem Gegner das rechte Schwert in den Bauch.

Der Attentäter ließ seinen blutigen *shir* fallen und sackte auf die Knie, mit überraschtem Blick, den Mund zu einem lautlosen Schrei aufgerissen. Plötzlich sah er schrecklich jung aus, und Tansen kam der schmerzliche Gedanke, daß er auch nie mehr älter werden würde.

In dem Versuch, den letzten Augenblick des jungen Mannes zu erleichtern, sagte er. »Du hast mutig gekämpft. Ich achte dich dafür.« Dann schnitt er ihm mit dem freien Schwert die Kehle durch.

Der junge Mann kippte zur Seite, war bereits tot, als er auf dem Boden aufschlug, und sein Blut bildete eine sich schnell ausbreitende Pfütze im Staub. Tansen starrte einen Augenblick lang ins Leere und widerstand einer Flut von Erinnerungen. Kiloran würde von diesem Kampf erfahren. Tansen warf einen kurzen Blick auf die starren Augen des Gesellschafts-Attentäters. Ja, Kiloran würde es hören.

Er wußte, daß Hunderte von Blicken auf ihm ruhten, also schnickte Tansen das Blut von den Klingen, dann griff er nach dem Hemd des Attentäters, das von besserem Stoff war, als ihn die meisten *shallaheen* je tragen würden. Tansen wischte seine Schwerter damit ab, dann steckte er sie wieder ein und warf das schmutzige Hemd zu Boden. Im nächsten Dorf, das wurde ihm jetzt klar, würde er seine Schwerter nicht nur reinigen, um den Einwohnern ein Spektakel zu bieten. Er ging zum Brunnen, wo er seine Tasche gelassen hatte, nahm sie und drehte sich um, um das Dorf zu verlassen.

»Siran!« rief eine junge Stimme. »Warte, *siran.*«

Er schaute über die Schulter. Die drei Jungen, die den toten Attentäter so ehrfürchtig betrachtet hatten, hatten sich nun um die Leiche versammelt. Einer von ihnen stach mit einem Stock nach dem *shir*, der auf dem Boden lag. »*Siran*, du mußt den *shir* mitnehmen!«

»Dars Feuer«, murmelte Tansen in einem Aufflackern von Zorn, »ich brauche doch keine *Sammlung* von den verfluchten Dingern.« Er rief dem Jungen zu: »Laß ihn einfach liegen.«

»Aber *Siran*, willst du denn nicht ...«

»Nein«, sagte er entschlossen. »Wenn der Wasserherr, der ihn gemacht hat, ihn zurückhaben will, soll er ihn sich doch holen.«

Koroll stand an diesem Abend an der Brustwehr der alten Moorländer-Festung in Cavasar und schaute aufs Meer hinaus. Irgendwo auf der anderen Seite dieser dunklen Wasserfläche lag Valda, die größte Stadt der Welt, Mutter des mächtigsten Kaiserreichs, das je existiert hatte. Das Reich des Kaisers erstreckte sich weit nach Norden, nach Westen bis in die Moorlande, und im Osten umfaßte es Dutzende von Fürstentümern, Herrschaftsgebieten von Häuptlingen, Kleinkönigen und chaotische Provinzen, die alle einmal zu den kintischen Königreichen gehört hatten. Das ausgedehnte Reich der Kint war schon lange unter den Angriffen der Valdani zusammengebrochen. Die diversen exotischen und zugegebenermaßen großen Territorien, die immer noch die kintischen Königreiche bildeten, waren nun nicht mehr als eine lockere Vereinigung von Kleinstaaten, die nur wenig Ermutigung brauchten, um sich gegeneinander zu wenden. Die Stämme in den freien Moorlanden waren Barbaren, die jederzeit bereit waren, sich gegenseitig für das Versprechen von ein wenig mehr Land in die Sklaverei zu verkaufen.

Koroll hatte nicht den geringsten Zweifel daran, daß der Kaiser von Valdania eines Tages die gesamte Welt beherrschen würde – das wußte er so sicher wie er wußte, daß morgen früh die Sonne wieder aufgehen würde. Die Valdani würden überall für Ruhe und Ordnung sorgen, Straßen durch die furchterregenden, nebelverhüllten Hügel der südlichen Moorlande bauen, die bizarren Bräuche und seltsamen Rituale der verstreuten Bündnisgenossen der Kint vereinheitlichen und die Menschen lehren, wie man leben mußte. Und wenn ihre Macht in den Ländern ihrer Feinde gefestigt war, würden sich die Valdani dem Norden und damit den unerforschten Ländern hinter der großen Nordwüste zuwenden. Wenn die Moorländer und Kint erst unterworfen waren, würden Forscher der Valdani den nach Norden fließenden Sirinakara befahren, um das Geheimnis seiner Quelle zu ergründen und die wenig bekannten Völker zu versklaven, die am Rand der zivilisierten Welt lebten.

Das war ein großartiges Schicksal, und Koroll hatte vor, nach Kräften daran teilzuhaben. Nachdem er jetzt vier Jahre in dieser abgelegenen Provinz des Reiches festgesessen hatte, würde er sich ganz bestimmt nicht von einem kleinen blutrünstigen Bergbauern das bißchen an Ruf zerstören lassen, das er sich hier so mühsam aufgebaut hatte. Er würde nicht zulassen, daß sein Name dem Kaiser nur deshalb auffiel, weil er nicht in der Lage war, Aufstände eines Volkes zu verhindern, das zwar gewalttätig und schwer zu regieren war, aber über ein Jahrhundert lang keine ernsthafte Bedrohung für die Valdani mehr dargestellt hatte.

Koroll blickte zum Himmel auf, wo der erste Mond, Abayara, zu einer Sichel geschmolzen war. Die Hälfte Ejaras, des zweiten Mondes, schimmerte immer noch am Nachthimmel. Im Lauf der nächsten Tage würden erst zwei Sichelmonde dort oben zu sehen sein, dann nur noch einer, dann keiner mehr – Dunkelmond, wenn der Nachthimmel nur noch von Sternen erleuchtet wurde. Ob der *shatai* bis dahin mit Josarians Kopf zurückgekehrt wäre? Würde er länger brauchen? Würde es ihm überhaupt gelingen?

Rasch machte Koroll das Zeichen der Drei, berührte erst die linke Schulter, dann die Stirn, dann die rechte Schulter, um alles Unglück abzuwehren, den dieser letzte ungebetene Gedanke vielleicht heraufbeschwor. Er hatte dem *shatai* an diesem letzten Morgen bei seinen Übungen im Hof zugesehen, bevor er ihn freigelassen hatte. Der Schwertmeister hatte gespürt, daß seine Kraft zurückkehrte, und hatte Fertigkeiten, Geschwindigkeit und Beweglichkeit an den Tag gelegt, über die Korolls Männer nur wie verblüffte Kinder staunen konnten. Koroll selbst war überzeugt gewesen, daß dieser Mann *jeden* töten könnte.

Er wußte immer noch nicht, wer dieser Tansen war – nur daß es sich um einen *shallah* oder Halb-*shallah* handelte, der einen kintischen Schwertmeister dazu gebracht hatte, ihn auszubilden, und der dann einige Zeit in den Moorlanden gelebt hatte. Dennoch, Koroll glaubte, ihn zu verstehen. Ob der Mann zurückgekommen war, um seine

Verwandten zu besuchen, oder eine Angelegenheit zu Ende zu bringen, die mit dem *shir* zusammenhing, den er trug – er war ein Söldner, und man konnte sich darauf verlassen, daß er sich auch wie einer benahm. Wenn er bei diesem ersten Auftrag erfolgreich war, könnte er ein nützlicher Verbündeter werden, ein sehr wertvolles Werkzeug. Das und der optimistische Glaube, daß seine Probleme mit Josarian ein Ende finden würden, hatten Koroll dazu gebracht, Tansen eine Bezahlung aus seinen eigenen Truhen anzubieten, falls er zurückkehrte, und zwar zusätzlich zur Rückgabe seines eigenen Goldes. Schließlich kaufte man Söldner mit Geld, nicht mit Loyalität, Versprechen oder Drohungen.

»Zweimal soviel wie das Gold, das du mir abgenommen hast – habe ich dein Wort darauf?«

O ja, mit diesem Angebot hatte Koroll die Aufmerksamkeit des Schwertmeisters geweckt; er hatte die Gier im Blick des Kriegers gesehen. Ja, der *shatai* würde nach Cavasar zurückkehren, um sein Gold zu bekommen, oder bei dem Versuch, es sich zu verdienen, sterben.

Mirabar griff nach einem Zweig und zeichnete ein Symbol in den Schmutz, dann starrte sie es stirnrunzelnd an.

»Was ist das?« fragte Tashinar.

»Das habe ich letzte Nacht gesehen. Der Rufer hat mich nach draußen gerufen, als alle schliefen, und *das hier*«, sie zeigte mit dem Zweig auf ihre Zeichnung, »war mit Feuer an den Nachthimmel geschrieben.«

»Was ist das?« wiederholte Tashinar.

Zwei gebogene Linien, beide geformt wie eine Sichel,

links und rechts von einem seltsamen Zeichen. Mirabar schüttelte den Kopf. »Das weiß ich nicht.«

»Es sieht nicht wie ein Bild aus«, meinte Tashinar.

»Nein.«

»Ich weiß nicht, was es mit diesen beiden Zeichen auf sich hat, aber das hier ...« Tashinar folgte dem komplizierten Symbol, »sieht wie eine Schrift aus.«

»Schrift?« wiederholte Mirabar.

»Schrift. Das benutzen die *roshaheen* anstelle von ...«

»Ich weiß, was es ist«, fauchte Mirabar. »Du hast es mir schon öfter erklärt. Aber wieso hat der Rufer es mir gezeigt, wo ich doch nicht lesen kann?«

Tashinar war an Mirabars Verlegenheit über ihre eigene Wildheit und Unbildung gewöhnt und ignorierte den scharfen Ton ihrer Schülerin. »Da ich ebenfalls nicht lesen kann, werden wir jemand anderen fragen müssen.«

»Wen denn?«

»Derlen kommt aus einer Händlerfamilie in Shaljir. Er könnte ...«

»Nicht Derlen«, widersprach Mirabar trotzig.

»Er ist nicht dein Feind, Mirabar.« Das Mädchen ärgerte sich, weil Derlen darauf bestand, sie dürfe an keinen Anrufungen teilnehmen und erst recht selbst keine durchführen, solange ihr Geist derart verwirrt war.

»Ist er doch!« Mirabars Augen flackerten gelblich, und sie hatte die roten Brauen zusammengezogen. Ihre ungekämmten flammenden Locken tanzten im Bergwind. Sie sah heute noch dämonenhafter als sonst aus. »Außerdem ist er ein Feigling und ein Dummkopf.«

»Das reicht jetzt«, mahnte Tashinar.

»Er versucht, mich auszuschließen«, protestierte Mirabar. »Er will mir alles nehmen.«

»Er hält dich für gefährlich, für dich selbst und für andere, solange dieses Wesen, dieser Rufer, dich so im Griff hat. Aber das macht ihn weder zu einem Feigling noch zu einem Narren. Ich verstehe deinen Zorn, und ich teile Derlens Meinung nicht, aber ich werde nicht zulassen, daß du ungerecht zu ihm bist.«

So getadelt von der Frau, die ihre Lehrerin, Freundin und sogar eine Art Mutter gewesen war, errötete Mirabar und preßte die Lippen zusammen. Tashinar beobachtete, wie sie versuchte, ihre lebhaften Gefühle, die immer so heftig in ihr kochten, in ihre Gewalt zu bringen – dringender als je zuvor brauchte sie eine Perspektive, etwas, worauf sie sich konzentrieren konnte. Lange Zeit hatte Mirabar das in ihren Studien gefunden und sich unermüdlich der schwierigen, manchmal furchterregenden, manchmal schmerzlichen Aufgabe gestellt, eine Wächterin zu werden. Ihre außergewöhnliche Begabung und ihre ungeheure Entschlossenheit hatten sie zur vielversprechendsten Schülerin gemacht, die Tashinar je erlebt hatte. Nachdem sie so lange ein entwurzeltes Leben als Ausgestoßene geführt hatte, hatte die junge Frau sich leidenschaftlich an diesen neuen Lebenssinn geklammert und sich allen Unannehmlichkeiten ohne Widerspruch oder Beschwerde unterzogen.

Der Rufer hatte Mirabar den Frieden gestohlen, den sie gefunden hatte, und dafür haßte Tashinar ihn, wer oder was immer er auch sein mochte. Obwohl der Rufer seine seltsamen Besuche fortsetzte und Mirabars Herz und Verstand verwirrte, hatte die junge Frau sich sehr angestrengt, ihre Studien fortzusetzen und ihren Pflichten nachzukommen; es war schwer, aber es bedeutete ihr so viel. Also war sie ebenso niedergeschlagen wie erzürnt gewesen, als Derlen die anderen Wächter ihres Kreises überzeugt hatte, Mirabar sollte von allen Anrufungen ausgeschlossen werden, bis sie verstanden, was mit ihr geschehen war. Derlen und die anderen hatten sich für das entschieden, was sie für das Beste hielten, denn es sollte keiner Wahnsinnigen gestattet werden, die Macht und die Weisheit der Anderwelt zu beschwören – immerhin bestand die Gefahr, daß sie dies zu ihrem eigenen Vorteil oder gar für eindeutig böse Zwecke mißbrauchte.

Es war nichts Persönliches an der Entscheidung der Gruppe, Mirabar vorerst von Anrufungen auszuschließen; einigen der Wächter tat es ausgesprochen leid. Immerhin war Mirabar eine von ihnen, und die Situation der Wächter als verfolgte Gesetzlose hatte dazu geführt, daß sie überall bedingungslos zueinander hielten. Aber keiner von ihnen kannte Mirabar, wie Tashinar sie kannte. Niemand sah die Einsamkeit in ihrem Herzen, die heimliche Angst, daß sie niemals irgendwohin gehören würde, und das stolz verborgene Bedürfnis, nicht nur akzeptiert, sondern auch wirklich erwünscht zu sein. Keiner der anderen wußte, wie sehr der Beschluß, Mirabar von den Anrufungen auszuschließen, sie wieder in ein hungriges, dünnes, schorfbedecktes Kind in schmutzigen Lumpen verwandelte, das am Rand von Dörfern hauste, knapp außerhalb des Lichtkreises der nächtlichen Feuer, und rasch floh, wenn abergläubische *shallaheen* mit Steinen nach ihr warfen und sie als Dämonin bezeichneten.

»Also, sollen wir Derlen fragen?« meinte Tashinar, die bekümmert beobachtet hatte, wie Mirabar mit ihrem Schmerz rang.

Mirabar zuckte die Achseln und wich Tashinars Blick aus. Die alte Frau wußte, daß dies die beste Antwort war, die sie erhalten würde, und machte sich auf die Suche nach Derlen.

Sie fand ihn bei der Beaufsichtigung der Leute, die den Spinnwebstoff packten, den die Wächter kürzlich geerntet und bearbeitet hatten. Einst waren die Wächter die reichste und mächtigste Religionsgemeinschaft in Sileria gewesen, aber nun kämpften sie ums Überleben. Derlen, der sich in solchen Dingen auskannte, hatte schon vor einiger Zeit Handelsbeziehungen zwischen diskreten Kaufleuten in Shaljir und mehreren Wächtergruppen angeknüpft. Da sie so hoch auf den Bergen und an solch abgelegenen Orten lebten, hatten die Wächter täglich Zugang nicht nur zu den Spinnwebwäldern, sondern auch zu einigen Bergquellen und -bächen, die nicht unter Kontrolle der Gesellschaft standen. Wenn man die Blätter der Spinnwebbäume zum richtigen Zeitpunkt erntete, einweichte, drosch, preßte und trocknete, wurden die großen, faserigen Blätter zu dem zartesten, begehrtesten Stoff in Sileria. Silerische Aristokraten und die Valdani-Usurpatoren im Tiefland und an den Küsten würden schon bald elegante Gewänder aus Streifen bearbeiteter Spinnwebblätter tragen, die die Wächter in schwerer Arbeit illegal hergestellt hatten.

Selbstverständlich hatten die Valdani versucht, diesen Handel an sich zu reißen, aber sie hatten nie Zugang zu Frischwasserquellen erhalten, die nicht von der Gesellschaft beherrscht wurden. Zur Verarbeitung von Spinnwebblättern brauchte es jedoch enorme Mengen frischen Wassers, und die Gesellschaft verlangte hohe Tribute dafür. Als Kaiser Jarell vor mehreren Jahrzehnten den Valdani-Thron bestiegen hatte, hatte er erklärt, er werde der Gesellschaft keinen Tribut mehr leisten. Die Wasserherren hatten sofort reagiert; Bäche und Flüsse in Sileria waren über Nacht ausgetrocknet, und tiefe Seen und Teiche waren so kalt geworden, daß einem die Hand erfror, wenn man sie ins Wasser steckte. Die Spinnwebstoffproduktion der Valdani, die dem Kaiserreich bisher eine Menge Geld eingebracht hatte, war völlig zum Stillstand gekommen.

Auch Zehntausende von Sileriern hatten kein Wasser mehr gehabt, aber diese Auswirkung des Wasserstreits hatte weder die Gesellschaft noch die Valdani interessiert.

Eine gewaltige Armee von Spähern, Valdanis graugekleideter Besatzungsarmee in Sileria, hatte sofort die von einem Graben umgebene Festung von Harlon, Silerias berühmtestem Wasserherren, angegriffen. Die Späher waren selbstverständlich ertrunken, jeder einzelne von ihnen. Es hieß, der Weiße Drache habe sie geholt; ein brutaler, grausiger Tod, und Tashinar schauderte allein schon vom Gedanken daran. Der Weiße Drache war ein groteskes Ungeheuer, das aus einer magischen Vereinigung zwischen Wasser und Zauberer entstand und das Seelen ebenso verschlang wie Körper. Während es vieles über die Anderwelt gab, das selbst Tashinar nicht sicher wußte, waren die Wächter doch von einem vollkommen überzeugt: Niemand, den der Weiße Drache geholt hatte, sah jemals die Anderwelt oder einen seiner Lieben wieder. Ein Opfer des Weißen Drachens verlor seine Seele an das Ungeheuer, das ihn tötete, und sie blieb in dessen Besitz, gefoltert und gequält, bis zum Tod des Wasserherrn, der das Monstrum geschaffen hatte. Selbst Valdani-Späher hatten einen solchen Tod nicht verdient, dachte Tashinar.

Nach dem mysteriösen Tod seiner Späher hatte Kaiser Jarell geschworen, die Gesellschaft zu zerstören. Jahrhundertelang hatte es niemand gewagt, die Macht der Wasserherren in Sileria in Frage zu stellen. Aber nun führte der mächtigste Herrscher, der je gelebt hatte, einen Krieg gegen die gefährlichsten Zauberer der Welt, verfolgte sie trotz der ungeheuren Gefahren und Kosten, zwang sie in den Untergrund und brachte damit ganz nebenbei Tausenden von Sileriern den Tod.

Die Valdani waren dumm genug gewesen zu glauben, daß sie gewonnen hätten, als sie nach ein paar Jahren Harlon, den mächtigsten Zauberer der Gesellschaft, töten konnten. Aber ihm war Kiloran gefolgt, der in den folgenden Jahren nur noch berüchtigter wurde als sein Vorgänger. Tatsächlich war Kiloran nun, nach so vielen Jahren, in denen er den Valdani entkommen war und die Macht der Gesellschaft in Sileria erhalten hatte, angeblich der mächtigste Wasserherr, der je gelebt hatte – vielleicht sogar mächtiger als Marjan, der erste dieser Zauberer.

Und *das*, dachte Tashinar müde, machte den meisten Wächtern noch mehr angst als die Späher.

Immerhin hatten auch die Wächter einen geringfügigen Vorteil aus dem Kampf gezogen, der ansonsten nur dazu beitrug, ein ohnehin verarmtes Land noch weiter zu verwüsten. Nachdem die ausgedehnte Spinnwebstoff-Industrie der Valdani darniederlag und die Gesellschaft mit dem Kampf gegen die Valdani beschäftigt war, konnten die Wächter recht gute Gewinne machen, indem sie verarbeitete Spinnwebblätter auf dem Schwarzen Markt zu den besten Preisen verkauften.

»Wir sind beinahe fertig«, sagte Derlen zu Tashinar. »Sie können auch ohne mich fertig packen – wenn es um etwas Wichtiges geht?«

»Ja.« Die alte Frau führte ihn zu Mirabar, die ihm nur einen kurzen feindseligen Blick zuwarf und sich dann wieder der seltsamen Zeichnung zuwandte, die sie in den Schmutz gekratzt hatte.

Derlen zog interessiert die Brauen hoch. »Was ist denn das?«

»Etwas, das ich in einer meiner verrückten Visionen gesehen habe«, sagte Mirabar so unfreundlich wie möglich.

Man mußte es Derlen hoch anrechnen, daß er nicht sofort wieder erbost davonstapfte.

Tashinar sagte ruhig: »Wir haben uns gefragt, ob du vielleicht dieses Zeichen lesen kannst?«

Er folgte ihm mit der Fingerspitze. »Ich finde, es sieht kintisch aus.«

»Kintisch.« Tashinar nickte. »Ich dachte auch schon ...«

»Weißt du, was es bedeutet?« fragte Mirabar, diesmal ein bißchen weniger feindselig.

Derlen schüttelte den Kopf, dann strich er sich über den

grauen Bart. Er hatte bei einem Überfall der Valdani vor fünf Jahren seine Frau verloren und mußte seinen Sohn nun allein erziehen, eine Verantwortung, die – so vermutete Tashinar – viel zu seinem frühen Ergrauen beigetragen hatte.

»Nein, ich kenne nur wenige kintische Zeichen«, sagte er, »solche, die für das Geschäft meiner Eltern wichtig waren. Und das ist alles so lange her ...« Er sah das Zeichen noch einen Augenblick länger stirnrunzelnd an, dann schüttelte er abermals den Kopf. »Nein, tut mir leid. Ich weiß nicht, was es bedeutet, aber für mich sieht es eindeutig kintisch aus.«

Nachdem er wieder gegangen war, fragte Tashinar: »Glaubst du, dein Krieger könnte ein Kint sein?«

Mirabar zuckte die Achseln und starrte gedankenverloren das Zeichen an, als könnte sie ihm damit sein Geheimnis entlocken. »Ich weiß nicht, aber ich ...«

»Was?«

»Ich frage den Rufer immer wieder, wie ich diesen Krieger erkennen soll.« Der Wind spielte mit ihren roten Haaren. »Ich glaube, das ist seine Antwort.«

»Sind all seine Antworten so indirekt?«

»Alle«, erwiderte Mirabar zornig.

»Ein großer Krieger ist auf dem Weg hierher ... aus Kinto?« Einen Augenblick später sagte sie zögernd: »Er könnte trotzdem Silerier sein.«

Mirabar sah sie überrascht an. »Wie könnte ein kintischer Krieger Silerier sein?«

»Vielleicht ist er kein Kint, sondern kommt nur von dort.«

Mirabar klang recht gereizt, als sie sagte: »Was sollte ein silerischer Krieger denn in Kinto anfangen? Falls es so etwas wie einen silerischen Krieger überhaupt gibt.«

»Armian«, sagte Tashinar mit heiserer Stimme. »Wäre es möglich, daß er endlich kommt?«

»Wer?«

»Armian.«

»Wer, bei den Feuern, ist Armian?« wollte Mirabar wissen.

»Er war Harlons Sohn.«

Mirabar sprang auf. *»Harlons Sohn?«*

»Ja.«

»Willst du damit behaupten, ich hätte Visionen über einen *Wasserherrn?«*

»Nein. Er ist kein ... ich meine, er ist *wahrscheinlich* kein Wasserherr. Immerhin starb sein Vater, bevor ...«

»Ein Attentäter?«

»Möglich.«

»Ich hatte Visionen über einen Attentäter?« Mirabars Stimme überschlug sich geradezu. »Derlen hatte recht! Es *ist* eine böse ...«

»Nein! Nein, nicht unbedingt«, unterbrach Tashinar sie.

»Wie kannst du so etwas sagen? Sie sind unsere Feinde! Das waren sie immer schon. Schlimmer als die Eroberer! Schlimmer als die Valdani! Wie kann ich Visionen von einem Krieger haben, der uns *befreien* wird, dem ich *helfen* muß, wenn er Harlons Sohn ist?«

»Nein, sie sagen, daß ...«

»Wer sagt was?«

»Die *shallaheen.«*

»*Was* sagen sie?«

»Sie sagen, Armian sei der Feuerbringer.«

Mirabar war so verdutzt, daß sie beinahe umgefallen wäre. »Der *Feuerbringer?*«

»Ja«, meinte Tashinar und fügte hinzu: »Setz dich hin. Du siehst aus, als müßtest du dich gleich übergeben.«

»Kein Wunder!« meinte Mirabar. »Harlons *Sohn?*« Sie ließ sich auf den Boden sacken. »Erzähl mir nicht, daß die *zanareen* das auch glauben.«

»Er muß die Prüfung bestehen.«

»Der Feuerbringer ... Ich dachte immer, das wäre nur ein Märchen«, sagte Mirabar leise. »Glaubst du wirklich, ich warte auf den Feuerbringer?«

»Ich weiß es nicht. Ich dachte immer ...« Tashinar zuckte die Achseln. »Ich dachte immer, die *zanareen* wären verrückt.«

»Wie jeder andere auch, der *nicht* verrückt ist«, bemerkte Mirabar spitz. Dann hielt sie inne und fragte verwirrt: »Ist Armian einer von ihnen?«

»Nein, er ist nicht einmal in Sileria. Die *shallaheen* sagen, man habe ihn nach Harlons Tod durch Zauberer weggebracht. Er war damals noch ein kleines Kind, und man hat ihn über das Mittlere Meer gebracht, damit er sich irgendwo verstecken kann, wo ihn die Valdani nicht finden.«

»In die kintischen Königreiche?«

»So heißt es, aber wer weiß das schon mit Sicherheit?«

»Jemand in der Gesellschaft muß es wissen.«

»*Uns* werden sie es bestimmt nicht sagen«, meinte Tashinar.

»Und wie kann jemand auf die Idee kommen, Harlons Sohn sei der Feuerbringer?« wollte Mirabar wissen.

»Du kennst doch die Geschichten der *shallaheen.*«

»Ich weiß, daß sie die Attentäter geradezu anbeten«, sagte Mirabar angewidert. »Ich weiß, daß sie sich vor den Wasserherren ducken.«

»Harlon war ein Held für sie, weil er gegen die Valdani gekämpft hat.«

»Und es war ihnen gleich, daß wegen Harlon Tausende von ihnen gestorben sind?«

»Die Valdani wollten Harlons Sohn unbedingt haben. Daran kann ich mich noch gut erinnern. Viele Menschen müssen ihr Leben aufs Spiel gesetzt haben, um ihn sicher aus Sileria und außer Reichweite des Kaisers zu bringen.« Tashinar zuckte die Achseln. »Du weißt doch, wie die Geschichten im Lauf der Jahre immer weiter ausgeschmückt werden. Armian war vermutlich immer noch ein Junge, als die Leute begannen, Geschichten darüber zu erzählen, was für ein geschickter und mutiger Krieger er sei.«

Mirabar zog eine Grimasse. »Mit einem verzauberten Messer könnte sogar ich jemanden umbringen – besonders, wenn er unbewaffnet wäre.« Sie hatte die Attentäter der Gesellschaft bei der Arbeit gesehen und wußte, wie sie vorgingen.

»Dennoch, Silerier haben immer einen Mörder aus dem eigenen Land einem ausländischen vorgezogen«, meinte Tashinar trocken.

»Also haben die Leute die Geschichte aufgebauscht«, sagte Mirabar, »und erzählt, Armian sei dazu bestimmt, nach Sileria zurückzukehren und gegen die Valdani zu kämpfen?«

»Ja. Und dennoch war es eigentlich auch nicht mehr überraschend, daß einige anfingen zu glauben, er sei der Feuerbringer, dieser lange vorhergesagte Held, der uns wieder zu unserem alten Ruhm führen wird.«

»Aha. Aber zunächst muß er die Bedingungen der *zanareen* erfüllen, indem er sich in den Krater wirft und es überlebt.« Mirabar verdrehte die Augen. »Und das bedeutet wohl, daß wir nie frei sein werden.«

»Du sprichst in letzter Zeit so oft von Freiheit«, sagte Tashinar leise. »Wir sind seit tausend Jahren nicht mehr frei gewesen. Glaubst du wirklich, das wird sich je ändern?«

Mirabar sah wieder das seltsame Zeichen an, das sie in den Schmutz gekratzt hatte. Kam der Krieger aus Kinto? Würde er sie wirklich befreien?

Er wird siegen, und er wird versagen.

»Ich weiß es nicht, *sirana*«, sagte sie schließlich. »Ich weiß es einfach nicht.«

KAPITEL 5

Josarian umkreiste die winzige, isoliert gelegene Zuflucht der Schwesternschaft mehrmals, bevor er schließlich davon ausging, daß sie nicht beobachtet wurde. Die Valdani zogen ihr Netz jetzt enger zusammen, und es lohnte sich, vorsichtig zu sein. Zimran war nicht am verabredeten Treffpunkt gewesen, einem alten, vom Blitz getroffenen Baum, der etwa drei Wegstunden von hier stand. Josarian hatte nur drei Knotenschnüre an einem der Zweige gefunden, deren Botschaft ihn anwies, nach Einbruch der Dunkelheit hierher zu kommen.

Sein kurzes Leben als Gesetzloser hatte ihn bereits gelehrt, nichts einfach hinzunehmen, und er dachte daran, daß es sich auch um eine Falle handeln könnte. Der geheimnisvolle Fremde, der überall in den Bergen nach ihm suchte, war zumindest zum Teil *shallah* und kannte sich mit ihren Sitten und ihrer Sprache aus. Es war durchaus möglich, daß er herausgefunden hatte, wo Zimran sich das nächste Mal mit Josarian treffen sollte, selbst dorthin gegangen war und die kleinen *jashar* hinterlassen hatte, damit Josarian sie fand. Nichts im Bereich um den Baum zeugte davon, daß ein Kampf stattgefunden hatte, aber das bedeutete nicht unbedingt, daß Zimran in Sicherheit war. Der Fremde, Tansen, hätte Zim auch anderswo umbringen können, oder vielleicht hielt er ihn in dieser kleinen, abgelegenen Zuflucht als Geisel. Vielleicht wartete er jetzt in dieser Hütte auf Josarian, um ihn zu töten.

Also war Josarian schon vor Sonnenuntergang erschienen, hatte das Gelände mehrere Male umkreist und sich dann im Schatten zur geschütztesten Seite des kleinen Steingebäudes geschlichen. Er hatte am Ostfenster der Hütte gelauscht und drinnen schweres Atmen gehört, als sei jemand in Panik oder habe Schmerzen. Vorsichtig spähte er ins Haus – und war sofort erleichtert von dem Anblick, der sich ihm im dunklen Innenraum bot. Er sah seinen Vetter auf einer schmalen Pritsche in der Ecke des Raums, nackt und schweißüberströmt, wie er seine Hüften gegen die der Frau stieß, die sich unter ihm bewegte. Grinsend schlich sich Josarian um die Hütte und hockte sich vor die Tür, um dort zu waten, bis die beiden fertig waren.

Calidar hatte Zimran immer wegen seiner Frauengeschichten gehaßt und seine vielen Eroberungen als die schwachsinnigen Opfer seiner Lust bezeichnet. Josarian konnte sich nicht über die Intelligenz dieser Frauen auslassen, aber die meisten von ihnen schienen sich definitiv nicht als Opfer zu betrachten. Dem leidenschaftlichen Stöhnen und den drängenden Anweisungen der Frau nach zu urteilen, die sich gerade mit Zimran in der Hütte befand, schien auch sie – wie die meisten anderen, an die Josarian sich erinnern konnte – mit der Situation ganz zufrieden zu sein. Sicher, es hatte einmal ein unverheiratetes Mädchen gegeben, das Zimran angefleht hatte, sie zu heiraten, nachdem sie entdeckt hatte, daß sie schwanger war, und selbst Josarian hatte, bei all seiner üblichen Loyalität, Zimrans Verhalten bei dieser Gelegenheit für beschämend gehalten. Das Mädchen hatte schließlich eine Fehlgeburt gehabt – absichtlich herbeigeführt, wie einige sagten – und war zu Verwandten nach Adalian geschickt worden, wo sie, wie man hoffte, vielleicht doch noch einen Mann finden könnte.

Nur Josarians Liebe zu seinem Vetter hatte es möglich gemacht, daß Zimran nach diesen Ereignissen noch an Josarians Tisch essen durfte, da Calidar ihn seitdem offen verachtet hatte und ihm ihre Gastfreundschaft allein aus Achtung vor den Wünschen ihres Mannes gewährte. Zimran selbst hatte, seit er dem Hochzeitsmesser so knapp entgangen war, seine amourösen Aktivitäten auf erfahrene Frauen beschränkt. Es hieß, er habe dennoch die Kinder einiger anderer Männer gezeugt, aber solange er keine Ehefrauen in Emeldar selbst verführte, war er immer noch in seinem Heimatdorf beliebt. Witwen waren selbstverständlich etwas ganz anderes, und die meisten in Emeldar drückten ein Auge zu, wenn sie zufällig sahen, wie sich Zimran nach Einbruch der Dunkelheit ins Haus einer einsamen Frau schlich. Nun ja, das Dorf wäre vielleicht friedlicher gewesen, wenn er sich auf eine einzige Witwe beschränkt hätte. Josarian – der nie eine andere Frau berührt hatte als Calidar – wurde immer noch rot, wenn er sich an die Beleidigungen erinnerte, mit der zwei von Zimrans Geliebten sich vor ein paar Jahren in aller Öffentlichkeit auf dem Marktplatz des Dorfes bedacht hatten.

Josarian hatte Zimran auch für verrückt gehalten, als er vor ein paar Monaten die gelangweilte Ehefrau eines Valdani-Großgrundbesitzers verführt hatte, aber er mußte zugeben, daß die Informationen über Pläne der Späher, die sie seinem Vetter im Bett zuflüsterte, sich als recht hilfreich erwiesen hatten, seit er zum Gesetzlosen geworden war. Dennoch, wenn Josarian heute drei Stunden gewandert war, nur damit Zimran sich sowohl mit einer Frau als auch mit ihm treffen konnte, würde er seinem Vetter Prügel verabreichen – sobald dieser erst einmal zum Luftschnappen aus dem Haus kam.

»Ja, *ja* …«, schrie die Frau.

Zimran grunzte lauter und schneller, und das Bett krachte rhythmisch gegen die Wand.

Josarian wurde von plötzlicher Begierde überfallen, die aus seinem Bauch aufstieg, sich wollüstig entfaltete und nach unten floß, um sich in seinen Lenden zu konzentrieren, während das Paar drinnen im Haus sich zum Höhepunkt keuchte. Er holte tief Luft und begrüßte die Gedanken an Calidar, selbst, als er gleichzeitig dagegen ankämpfte. Sich an die Freuden des Ehebetts zu erinnern, quälte ihn – und hatte eine Wirkung, die recht peinlich sein konnte, wenn er sich gleich mit seinem Vetter treffen wollte. Aber manchmal war diese Qual so süß, wie sie schmerzlich war, und so ließ er es zu, von der Erinnerung an Bedürfnisse überwältigt zu werden, die er heute nur noch einsam befriedigen konnte, was ein jämmerlicher Ersatz für das war, was er mit seiner Frau gekannt hatte.

Zum Glück erreichten die rhythmischen Geräusche in der Hütte ihren Höhepunkt und verklangen dann, bevor sein Körper sich von den Fesseln des Willens befreite. Er hörte, wie die Schwester im Haus zufrieden seufzte und sein Vetter vergnügt lachte. Einige der Schwestern waren Jungfrauen, die eine Berufung verspürt und sich schon in jungen Jahren der Schwesternschaft verpflichtet hatten.

Die meisten allerdings waren Witwen, die ihre Männer an Blutfehden, Krankheiten, Attentäter, Unfälle, die Minen oder die Späher verloren hatten. In einem Land, in dem es wenige überzählige Männer gab und die Chancen für eine zweite Heirat für eine *shallah*-Frau gering waren, hatten sie nach einem neuen Lebenssinn gesucht. Josarian nahm an, daß einige dieser Frauen froh waren, hin und wieder einen solch gutaussehenden jungen Liebhaber wie seinen Vetter zu finden.

Er ließ dem Paar noch einen Moment fürs Bettgeflüster, dann rief er durch den Schnurvorhang in der Türöffnung: »Guten Abend, Vetter! Ich hoffe, ich störe dich nicht.«

Die Frau schnappte erschrocken nach Luft und begann, hektisch zu flüstern. Josarian grinste, als er hörte, wie sie beide nach ihrer Kleidung suchten, obwohl die Stimme seines Vetters ruhig und zufrieden klang.

»Du bist ein bißchen früh dran«, rief Zimran.

»Bleib, wo du bist«, fügte die Frau nervös hinzu.

»Guten Abend, Schwester Basimar«, sagte Josarian höflich und sprach dabei immer noch durch den *jashar* an der Tür, der, unter anderem, die Schwester identifizierte, die hier wohnte. »Geht es dir gut? Vorhin klangst du, als hättest du Schmerzen.«

Die Frau bekam vor Verlegenheit kaum ein Wort heraus.

»Beachte ihn nicht«, riet Zim ihr. »Er ist nur neidisch.«

»Vor allem bin ich müde«, korrigierte Josarian ihn. »Ich hoffe, es gibt einen guten Grund – einen *sehr* guten Grund –, wieso du mich hierher bestellt hast.«

Eine sonnengebräunte Hand schob den Tür-*jashar* beiseite, und Zimran erschien, das Gesicht und die nackte Brust immer noch schweißüberströmt. »Einen *sehr* guten Grund«, sagte er mit breitem Grinsen.

»Komm raus, damit ich dich verprügeln kann«, sagte Josarian.

Die Frau schnappte wieder nach Luft und rief: »Tu ihm nicht weh!«

Zimrans Grinsen wurde breiter. »Sie mag mein hübsches Gesicht.«

»Tun sie das nicht alle?« fragte Josarian müde. »Sie kann es dir verarzten, wenn ich mit dir fertig bin.«

Die Frau steckte den Kopf durch den Schnurvorhang. Sie schaute einen Augenblick von einem Mann zum anderen, dann sagte sie: »Ihr macht doch nur Spaß, oder?!«

»Fast«, erwiderte Josarian und beäugte seinen Vetter mißbilligend.

»Basimar.« Zimran legte den Kopf schief. »Mein Vetter Josarian.«

Nachdem er die beiden einander vorgestellt hatte, schlenderte Zimran wieder ins Haus und hob sein Spinnwebstoff-Hemd vom Boden auf. Schwester Basimar wich ebenfalls in die Steinhütte zurück, und Josarian folgte ihr. Sie war vielleicht zehn Jahre älter als er, rundlich und immer noch hübsch. Sie trug das lange, einfache Gewand einer Schwester, aber sie hatte es vorn noch nicht ganz verschnürt, und Josarian konnte sehen, daß ihre Kehle und der Ansatz ihrer Brüste ebenso gerötet waren wie ihr Gesicht. *Nein, Calidar*, dachte er. *Kein Opfer*.

Basimar zupfte nervös an ihrem Haar herum und murmelte etwas darüber, wie erfreut sie sei, Josarian kennenzulernen. Sie warf einen unruhigen Seitenblick zum Bett, dann wurde ihr offensichtlich klar, daß ein Versuch, es etwas ordentlicher herzurichten, nur die Aufmerksamkeit auf das lenken würde, was dort gerade geschehen war. Statt dessen bot sie den beiden Männern einen Becher Wein an. Josarian nahm das Angebot an und setzte sich an den einfachen Holztisch mitten im Zimmer.

»Und?« fragte er seinen Vetter, der sich mehr dafür interessierte, diverse gerundete Stellen der Anatomie der Schwester zu tätscheln, als sich mit Josarian zu unterhalten.

Basimar errötete und schien ebenso erfreut wie verlegen. Dennoch schob sie Zims Hand weg und setzte sich in einiger Entfernung von ihm hin.

»Mehr Neuigkeiten über diesen Fremden, diesen Tansen«, sagte Zim, der nun doch ernst wurde.

»Er hat einen Attentäter umgebracht, ich weiß.«

»Meinen Schwager«, sagte Basimar.

»Der Attentäter?« fragte Josarian.

Sie nickte. »Der jüngste Bruder meines verstorbenen Mannes.«

Josarian fing einen Blick seines Vetters auf und mußte zugeben, daß dies tatsächlich ein guter Grund war, ihn hierher zu bestellen. »Erzähl mir mehr.«

»Erzähl ihm, was du mir letztes Mal gesagt hast«, fügte Zimran hinzu.

Sie neigte zur Langatmigkeit, aber Josarian konnte sich die wichtigen Einzelheiten ihrer Geschichte ziemlich schnell herauspicken. Der Fremde wurde von Kiloran – *Kiloran!* – gesucht, weil er vor langer Zeit etwas verbrochen hatte. Hatte das etwas mit dem Gemetzel in Gamalan zu tun? Offensichtlich wußte das niemand. Basimars Schwager hatte versucht, den Blutfluch umzusetzen, um sich Anerkennung zu verschaffen. Er war jung und unerfahren, aber Tansen hatte dennoch lange gebraucht, um ihn töten zu können. Außerdem war er nicht unbeschadet davongekommen, es hieß, er habe einige Wunden vom *shir* des jungen Mannes davongetragen, die, wie Josarian wußte, nicht so bald heilen würden. Sie würden sehr weh tun und den Kämpfer vielleicht langsamer werden lassen.

Die Frau erzählte ausführlich und beantwortete sämtliche Fragen, die Josarian ihr stellte; einige sehr genau, andere eher mit Spekulationen. Als Zimran seinen Vetter schließlich zur nächsten Hügelkette begleitete, um sich in Ruhe von ihm zu verabschieden, hatte Josarian sich schon entschieden.

»Ihn suchen?« wiederholte Zimran verblüfft. »Du meinst, du willst gegen ihn kämpfen?«

»Warum nicht? Anders werden wir ihn nicht los.«

»Warum *nicht*? Weil er Schwerter hat und du einen *yahr*.«

»Ich habe zwei bewaffnete Späher mit einem *yahr* getötet, und Tansen hat es kaum geschafft, einen unfähigen jungen Attentäter mit seinen Schwertern umzubringen.« Josarian nickte zuversichtlich. »Ich werde schon mit ihm fertig.«

Zimran starrte nach oben, während er nachdachte. Zwei Sichelmonde hingen tief im Abendhimmel. »Immerhin wird er leicht zu finden sein.«

»Er ist so diskret wie ein plündernder Moorländer«, meinte Josarian verächtlich.

»Also gut«, stimmte Zim ihm schließlich zu. »Stellen wir uns ihm.«

»Und wir sollten dafür sorgen, daß die Valdani es sich gut überlegen, ob sie noch mal einen wie ihn schicken.«

»Ich frage mich ...«

»Was?«

»Ich frage mich, wieso Kiloran ihn tot sehen will.«

Tansen entschied, daß es an der Zeit war, den Druck auf Josarian zu erhöhen, also machte er sich auf den Weg nach Emeldar. Er verbrachte Tage damit, in jedem Gasthaus oder *tirshah*, das auf dem Weg lag, schon nach einem oder zwei Bechern so laut und dreist wie möglich unglaubliche Geschichten zu erzählen. Diese Geschichten waren so offenkundig unwahrscheinlich, daß jeder halbwegs vernünftige Mann ihn bald für einen betrunkenen Angeber von geringen Fähigkeiten und noch geringerer Intelligenz halten würde, vor allem nach der Unfähigkeit, die er bei seinem Kampf mit dem Attentäter zur Schau gestellt hatte. Und er versüßte den Köder noch, indem er immer beleidigendere Äußerungen über Josarians Feigheit machte.

»Warum versteckt er sich vor mir?« wollte Tansen von den Männern im Hof einer weinumrankten *tirshah* in Emeldar wissen.

Es war ein warmer Nachmittag, und die Männer aus dem Dorf ruhten sich nach dem Mittagessen aus und warteten, bis die Sonne ein wenig weitergezogen war, ehe sie wieder auf ihre Felder, Weiden oder zu anderer anstrengender Arbeit zurückkehren würden. Es war ein strahlender silerischer Tag, einer von denen, an die sich Tansen all die langen Jahre im Exil über immer voller Sehnsucht erinnert hatte. Der Himmel war leuchtend blau, Hitzeflirren ließ die zerklüfteten Berge schimmern wie Gold, und der Duft des Frühlings hing in der Luft. Es war ein Nachmittag, den man damit verbringen sollte, im Schatten zu liegen und die Gerüche der silerischen Hügel zu genießen, oder vielleicht, um in eine leere Hütte oder ein paar abgelegene kintische Ruinen zu schleichen und sich am Seufzen und der zarten Haut einer Frau zu freuen. Statt dessen saß er hier, trank mittelmäßigen Wein, inhalierte *shallah*-Tabak und prahlte mehr, als selbst dem toten Attentäter je eingefallen wäre.

»Ich werde es euch sagen«, fuhr Tansen wie einer fort, der sich langsam für sein Thema erwärmt. »Er hat *Angst*, deshalb!«

Die Männer starrten ihn wütend an. Einige widersprachen. Einer oder zwei gaben vage Drohungen von sich. Ein paar lauschten einfach nur schweigend und nahmen vielleicht an, daß der Fremde recht hatte. Alles lief genau so, wie Tansen es erwartet hatte.

»Er hat von all den Männern gehört, die ich umgebracht habe«, höhnte Tansen. »Er hat gehört, daß ich einmal ganz allein zwanzig Moorländer bekämpft und sie alle besiegt habe.«

»Das haben wir *alle* schon gehört«, warf ein alter Mann ein.

»Mindestens drei- oder viermal«, murmelte ein anderer.

Tansen tat so, als hätte er das nicht bemerkt. »Er hat gehört, wie ich einen Attentäter der Gesellschaft umgebracht habe, ohne dabei auch nur ins Schwitzen zu geraten.«

»Immer mit der Ruhe, mein Freund«, sagte jemand unbehaglich.

Einige Dinge waren in Sileria beim alten geblieben, dachte Tansen. Die Leute mochten es immer noch nicht, wenn man die Gesellschaft laut in der Öffentlichkeit erwähnte. Selbst seine eigenen *shir*-Wunden schmerzten heftiger, wenn er das Wort laut aussprach, aber er wußte, das war nur der Aberglaube eines kleinen Jungen.

Das Gespräch im Gasthaus ging noch ein paar Minuten weiter, bis Tansen schließlich schloß, daß Josarian kein richtiger Mann war und nicht mal für eine kintische Kurtisane, die den besten erotischen Zauber ihrer Profession anwandte, einen hochkriegen würde.

Als Junge hatte er einmal gesehen, wie ein Mann wegen einer solchen Beleidigung umgebracht wurde. Und auch jetzt sprang jemand auf, einen *yahr* in der Hand und Zorn im Blick. Ein Verwandter von Josarian, nahm Tansen an, oder ein Freund. Der Mann war in Tans Alter. Sein Gesicht war beinahe so hübsch wie das eines Mädchens, und das Hemd aus Spinnwebstoff, das er trug, war sicher nicht billig gewesen und unterstrich sein gutes Aussehen. Er war nicht sonderlich groß, aber drahtig und schnell.

»Ruhig, Zimran«, sagte jemand und trat zwischen die beiden Männer.

Zimran versuchte, seinen Freund wegzuschieben. »Du hast doch gehört, was dieser *sriliah* gesagt hat! Laß mich …«

»Hör auf, du Idiot!« Der Mann schob Zimran auf einen Stuhl und schimpfte: »Willst du ihn herausfordern, wo es im Dorf vor Spähern nur so wimmelt? Denk doch mal nach!«

Die Warnung brachte den hübschen Jungen offenbar wieder zu Verstand. Kochend vor Wut wandte er Tansen den Rücken zu und trank einen großen Schluck Wein.

Tansen nahm an, daß er ins Schwarze getroffen hatte, und betrachtete die Mienen der Männer, die ihn umgaben. Ja, kein Zweifel; Josarian würde von diesen Vorfällen hören, selbst wenn er bereits in der Anderwelt weilen sollte.

»Sagt Josarian, daß ich weiter nach ihm Ausschau halte«, verkündete er und setzte seinen Becher mit einem lauten Klirren ab. »Sagt ihm, ich werde ihn finden. Er wird sich nicht ewig vor mir verstecken können.«

Tatsächlich konnte er das leider, und wenn er schlau wäre, würde er genau das tun. Aber die *shallaheen* waren stolz, und Tansen hatte Josarian zu oft beleidigt, als daß dieser ihn noch länger ignorieren konnte. Er hatte die Falle aufgestellt und mit guten Ködern versehen. Jetzt sagte ihm sein Instinkt, daß der Gesetzlose bald handeln würde. Und Tan würde bereit sein.

Er tat so, als wäre er ein wenig betrunken, und verließ die *tirshah*. Draußen achtete er darauf, sich vom Marktplatz fernzuhalten, um eine Konfrontation mit Spähern zu vermeiden. Obwohl er von ihrem Kommandanten angeheuert worden war, wußten die meisten Späher nichts davon, und Tansen bezweifelte, daß seine Erklärungen sonderlich gegen frustrierte Späher helfen würden, die genug davon hatten, erfolglos hinter einem *shallah*-Rebellen herzujagen.

Vom Marktplatz und der Hauptstraße einmal abgesehen, waren die meisten Späher in Emeldar um zwei Häuser postiert, die am Rand des Dorfs an einer Felsenklippe klebten: das Haus Josarians und das seiner Schwester. Jemand hatte Tansen am Morgen die Häuser gezeigt. Josarian war Witwer und hatte sich das kleine Steinhaus mit einem unverheirateten Vetter geteilt, der offenbar der Schrecken jedes Vaters im Dorf war.

Tansen schlenderte eine Seitenstraße entlang, und nun, da er außerhalb des Blickfeldes der Späher war, bewegte er sich wieder freier. Die Jahreszeit war weit fortgeschritten, bald schon würde es wieder Dunkelmond sein. Drunten in Cavasar wurde Koroll vermutlich schon ungeduldig. Sollte er warten. Geduld war eine Tugend, die man pflegen sollte. Nachdem er selbst neun Jahre lang gewartet hatte, bis er nach Hause zurückkehren konnte, hatte Tansen wenig Sympathie für einen ehrgeizigen Valdan, der nicht länger als einen Mondzyklus auf den Tod eines Mannes warten konnte.

Emeldar war kein so schönes Dorf, wie Gamalan es gewesen war, und der Darshon, von hier aus nur verschleiert zu sehen, schimmerte verträumt am Horizont. Tansen hatte die Opferstätte am Rand des Dorfes gesehen, die Narben auf den Handflächen der Leute, und den heiligen Lavastein, der in jedem neu erbauten *shallah*-Dorf immer der erste Stein war. Aber ganz gleich, wie sehr diese Leute Dar auch verehren mochten, sie waren zu weit von ihrem zornigen Mund entfernt, um sie so zu kennen, wie es die Gamalani getan hatten. Selbst jetzt spürte der Junge in ihm ihren heißen Blick, wartend, beobachtend, abwägend.

Er spürte selbstverständlich auch andere Blicke. Die

meisten waren feindselig, da alle hier wußten, daß er gekommen war, um Emeldars berühmtesten Sohn umzubringen. Sie waren stolz auf Josarians Taten. Sie grinsten höhnisch über die Späher, die ihn nicht erwischen konnten. Sie verstanden jetzt, bemerkte Tansen, daß die Späher verwundbar waren.

Ein hübsches Mädchen saß in der Tür eines Hauses, das Gesicht von der Straße abgewandt, und zeigte nur ihr Profil: ein bescheidenes, ehrenhaftes Mädchen, das auf diese Weise seine Heiratswilligkeit zeigte. Tansen sah einen jungen Mann, der zusammen mit seinen Freunden langsam am Haus vorbeiging, mit ihnen sprach, aber dabei das Mädchen ansah. Sie wandte den Kopf ab, als er vorbeikam, gerade genug, um ihn wissen zu lassen, daß sie für ihn nicht zu haben war. Der junge Mann schien einen Augenblick lang enttäuscht, dann gab er sich demonstrativ unbeeindruckt.

Wäre Tansens Leben anders verlaufen, hätte auch er vielleicht an diesen Balzritualen teilgenommen. Aber seine Einführung in Herzensangelegenheiten war, wie die Einführung in alles andere, was sein Leben prägen sollte, plötzlich, brutal und so grausam wie ein Schnitt mit einem *shir* gewesen.

An einem Tag wie diesem, wenn die Sonne das dunkle Haar einer jungen Frau zum Glänzen brachte, sah er sie wieder vor seinem geistigen Auge, so klar, als stünde sie leibhaftig vor ihm: Elelar. Ihre zarte Haut, die anmutigen Hände, das Mitternachtsschwarz ihres Haars, den Duft ihrer Haut, der immer bewirkt hatte, daß sein Bauch vor naivem Hunger bebte.

Er schüttelte die Erinnerungen ab, überrascht über ihre quälende Eindringlichkeit. Elelar war keine *shallah*, aber es gab so etwas wie Stärke, beinahe Härte in der Schönheit einer silerischen Frau, die sie von den Frauen anderswo in den drei Ecken der Welt unterschied. Die Frauen seiner Heimat zum ersten Mal seit so vielen Jahren wiederzusehen, hatte unweigerlich dazu geführt, daß er an Elelar dachte.

Das junge Mädchen reagierte schließlich auf die wiederholte Aufforderung ihrer Mutter, endlich ins Haus zu kommen. Das langärmelige Hemd verhüllte ihren Körper bis zu den Knien und war, ähnlich wie die Hosen, die sie dazu trug, weit geschnitten. Es bestand allerdings aus leichtem, weich fließendem Material, angenehm zu tragen in Silerias heißem Klima, und die Nachmittagsbrise schmiegte es liebevoll an ihren Körper. Tansen war nicht der einzige, dem der reifende junge Zauber auffiel, der so anmutig umrissen wurde, als sie aufstand. Ja, die da würde bald einen Mann finden, wenn man nach den gierigen Blicken urteilen konnte, die jeder ihrer Bewegungen folgten. Tansen bog in eine andere Straße ein, die aus dem Dorf herausführte.

Die Straßen von Emeldar waren wie die jedes anderen *shallah*-Dorfes: steil, steinig und gesäumt von kleinen Häusern, die aus den beige-, braun- und rosagrauen Steinen der silerischen Berge gebaut waren. Josarians Aktivitäten und vor allem ihre Folgen mochten die Stimmung im Dorf gedämpft haben, aber es roch immer noch nach wildem Rosmarin, ein Barde sang immer noch die alten Melodien – und vertat sich dabei um den einen oder anderen Ton – und die Kinder spielten immer noch auf der Straße, während die Eltern oder Großeltern in den Türen saßen und sie im Auge behielten.

Nein, Emeldar war nicht so schön, wie Gamalan einmal gewesen war, aber es erweckte in Tansen einen nie vollkommen verschwundenen Hunger auf neues Leben, einen Hunger nach dem Zuhause, das er nie wiedersehen würde, weil es nicht mehr existierte. Für kurze Zeit war er wieder der Junge, der noch nie getötet, seine Lieben nicht verloren und Dar nicht den Rücken zugewandt hatte.

Aber wieder wandte er sich von seinen Erinnerungen ab, und auch von Emeldar. Er machte sich auf den Weg nach Osten, und er sorgte dafür, daß das auch jeder erfuhr.

Zimran wollte sich unbedingt so bald wie möglich mit Josarian treffen, wollte ihm erzählen, was für ein prahlerischer, betrunkener, grober Klotz dieser Fremde war, aber er konnte nicht die ganze Nacht bei der Quelle in den Hügeln warten, wo er versprochen hatte, eine Nachricht zu hinterlassen. Immerhin wartete zu Hause in Emeldar eine bedürftige Witwe auf ihn.

Der Ehemann dieser Dame hatte sich im vergangenen Jahr zu den *zanareen* aufgemacht, nachdem er zusehen mußte, wie all seine Schafe dank der Fehde zwischen den Valdani und der Gesellschaft verdurstet waren, und jetzt mußte Zim sie in diesen einsamen, langen Nächten trösten. Aber sie war eine anständige Frau, die nur zuließ, daß er sie in den Dunkelmondnächten besuchte, wenn sie überzeugt war, daß niemand sehen konnte, wie er in ihr Haus schlich. Es war noch nicht ganz Dunkelmond – Ejara stand tief in dieser Nacht, ein glitzernder Alabastersplitter vor dem tiefschwarzen Himmel –, aber die Witwe hatte Zimran im vergangenen Monat so vermißt, daß sie jetzt begierig war, das Freudenfest zu beginnen, das sie in den nächsten paar Nächten gemeinsam weiterfeiern würden. Heute früh war es ihr gelungen, sich auf dem Marktplatz dicht genug an ihn heranzudrängen, um ihn wissen zu lassen, daß sie bereit war: *Komm heute nacht, komm früh, und sei stark.*

Zimran grinste, als er einen hastig geknoteten *jashar* unter dem üblichen Stein neben der Quelle versteckte. Warum sollte er die Dame nicht glauben lassen, daß ihre Affäre tatsächlich ein Geheimnis war und nicht das halbe Dorf schon erraten hatte, wo er heute nacht schlafen würde? Ein paar geflüsterte Lügen im Dunkeln, die sie beruhigten, kosteten ihn ja nichts.

Und sei stark ... Ach ja, er hatte wirklich ein gutes Leben.

Wenn nur Josarian nicht das Pech gehabt hätte, beim Schmuggeln erwischt zu werden, und dann alles nur noch schlimmer zu machen, indem er zwei Späher tötete. Aber was geschehen war, war geschehen. Dar hatte sich einen Augenblick lang von ihnen abgewandt; sie mußten einfach das Beste aus der Situation machen.

Bei all dem Ärger, den Josarian seitdem verursacht hatte, gab es natürlich keine Möglichkeit, daß die Späher vergaben und vergaßen; sie würden nicht einmal mehr durch eine großzügige Bestechung zu beruhigen sein. Zimran würde nie verstehen, wieso Josarian, nachdem er sie schon in diese Lage gebracht hatte, jetzt auch noch darauf bestand, alles nur noch schlimmer zu machen – Späherposten zu plündern und anzuzünden, Valdani-Priester zu beleidigen und noch mehr Späher umzubringen und darüber hinaus auch noch die anderen *shallaheen* zu drängen, es ihm nachzutun. Das war einfach unvernünftig! Wo war sein glücklicher, zufriedener, vergnügter Vetter geblieben? Alle wußten, daß Calidar Josarians Herz mit in die Anderwelt genommen hatte, aber Zimran fürchtete, sie habe auch noch seinen Verstand mitgenommen.

Sich mit Josarian darüber zu streiten, half auch nichts.

»Was hilft es, wenn man Valdani ebenso einfach umbringen kann wie *shallaheen?*« hatte Zimran eines Abends vor nicht allzu langer Zeit ausgerufen, am Ende seiner Geduld. »Soll sich die Gesellschaft darum kümmern! Das können sie sowieso am besten.«

»Die Gesellschaft bringt sie nicht um, um uns zu verteidigen, sondern um ihre Macht über uns zu erhalten.«

»So war es doch immer schon«, meinte Zim. »Wieso glaubst du, es sollte ausgerechnet jetzt anders sein, nur weil du ein halbes Dutzend Valdani umgebracht hast?«

»Verstehst du denn nicht? Wenn jeder von uns ein halbes Dutzend Valdani umbrächte ...«

»Dann würde der Kaiser einfach doppelt so viele nach Sileria schicken! Was soll das Ganze?«

»Willst du wirklich für den Rest deines Lebens zusehen, wie die Ernte, die wir einbringen, das Vieh, das wir züchten und die Steine, die wir aus den Minen holen, von den Valdani weggeschleppt werden, damit sie ihre Eroberungskriege gegen mehr Leute wie uns finanzieren können?«

»Ich will den Rest meines Lebens damit verbringen, vom Schmuggel reich zu werden und mit dankbaren Frauen zu schlafen, die nicht erwarten, daß ich sie heirate«, verkündete Zimran überzeugt.

Und Josarian ... Nun, Josarian blieb nie lange böse. Er hatte einfach nur gelächelt. »Das sollst du auch, Zim. Aber ich bin eines Nachts vom Pfad abgewichen, und ich kann nie wieder zurückkehren.«

»Aber deshalb mußt du doch keinen Krieg gegen ...«

»Doch.« Josarian nickte. »Wenn du den Pfad verläßt, sieht die Landschaft anders aus. Man sieht Dinge, von denen man vorher nicht einmal geträumt hätte ...« Er seufzte und begegnete dem Blick seines Vetters, der immer mehr davon überzeugt war, daß Josarian den Verstand verlor. »Selbst wenn ich zurückgehen könnte, wollte ich es nicht mehr. Ich habe jetzt ein neues Schicksal.«

»Ein ziemlich *kurzes*, würde ich sagen.«

Unglaublicherweise hatte Josarian nur gelacht. »Das nehme ich auch an. Aber selbst ein kurzes Leben kann ein wertvolles sein, wenn es für etwas gut ist.« Er hielt inne und fügte ernster hinzu: »Und nachdem Calidar tot war, dachte ich, mein Leben würde nie wieder einen Sinn haben.«

Damals war Zimran klargeworden, daß Josarian sich nicht mehr vor dem Tod fürchtete. Und als Schmuggler wußte er, daß solche Männer die gefährlichsten von allen waren.

Dennoch, in einer Sache mußte er Josarian zustimmen: Sie mußten diesen Tansen umbringen. Zuerst hatte er sich Sorgen gemacht. Ein Attentäter mit zwei Schwertern war niemand, den er einfach so angegriffen hätte. Aber nachdem er heute diesen aufgeblasenen Idioten in Emeldar gesehen hatte, mit all seinen noch frischen Wunden vom *shir* des Attentäters, hatte Zimran keinen Zweifel mehr. Tatsächlich war er ganz versessen darauf, Tansens Blut zu sehen, nach allem, was dieser *sriliah* über Josarian gesagt hatte.

Er stieg ins Tal, trotz der Dunkelheit trittsicher, und kam zu einem alten Ziegenpfad, der ihn am Ende zu einer Weide oberhalb von Emeldar bringen würde. Von dort aus würde er sich durch die Seitenstraßen zum Haus der Witwe schleichen und sich dann die ganze Nacht lang ausgiebig am süßesten Fleisch freuen, das er kannte. Natürlich würde sie ein bißchen verärgert sein, wenn er ihr sagte, daß er sie morgen für ein paar Tage verlassen würde. Aber er würde zurück sein, bevor Abayara im Osten aufstieg und diesen quälenden Zyklus der Abstinenz aufs neue anzeigte, *ihren* Zyklus der Abstinenz – er selbst war selbstverständlich auch zwischen den Dunkelmonden ausgelastet. Ganz gleich, morgen würde er gehen müssen. Er hatte versprochen, Josarian beim Töten des *sriliah* zu helfen, und jetzt würde er für alle Diamanten von Alizar nicht darauf verzichten wollen.

Der *jashar*, den er an der Quelle zurückgelassen hatte, war recht ausführlich gewesen und versicherte Josarian, daß Tansen ohne großes Risiko getötet werden konnte. Zim hatte vorgeschlagen, sie sollten es in der nächsten Nacht tun. Wenn Tansen sich nach Osten wandte, wie die Leute sagten, konnten sie ihm folgen, wenn er morgen das Dorf Islanar verließ, und ihn am Hang des Orlenar umbringen – wo, wenn man den Nachrichten dieses Morgens glauben durfte, derzeit wenige Späher zu finden waren, da man irrtümlich glaubte, Josarian habe sich nach Süden gewandt.

Ja, Zimran würde rechtzeitig zurückkehren für ein paar verstohlene Begegnungen mit seiner Lieblingswitwe, bevor er sich zu einer weiteren Schmuggelexpedition zur Küste aufmachte. Dennoch würde sie wütend sein, wenn er es ihr heute nacht sagte. Als er durch die Hinterhöfe von Emeldar schlich, malte sich Zimran ihre Reaktion aus, denn wenn sie wütend war, war sie entweder besonders mutig im Bett oder versuchte, sich durchzusetzen. Es wäre dumm gewesen, die halbe Nacht in den Hügeln zu verbringen, nur um sich persönlich mit seinem Vetter zu unterhalten.

Er gratulierte sich immer noch zu seinem Einschätzungsvermögen, als er an der Tür der Witwe eintraf und begann, sie langsam aufzuschieben. Wie erwartet, hatte sie sie nicht verriegelt, und die Scharniere waren so gut geölt wie immer. Zimran erlebte allerdings einen schlimmen Schock, als er sich im Haus vier Spähern gegenüberfand.

Instinktiv versuchte er zu entkommen, noch bevor er die weinende Witwe in der Ecke sah. Panik ließ ihn sich wehren, als zwei Späher ihn packten und ihn offiziell festnahmen. Angst ließ ihn sich winden, als sie ihm die Schwerter an die Kehle setzten und ihn durchsuchten, und er gab nicht nach, bis sie ihn schließlich bewußtlos schlugen, während die Witwe laut um Gnade schrie.

KAPITEL 6

Die Neuigkeiten, die am nächsten Nachmittag Islanar erreichten, waren so entmutigend, daß Tansen am liebsten sofort nach Cavasar zurückgekehrt wäre, um Koroll umzubringen.

Eine junge Ehefrau aus Islanar hatte gestern in Emeldar ihre Mutter besucht und war die Nacht über dort geblieben, bevor sie am nächsten Tag in ihr Heimatdorf zurückkehrte. Während der Nacht waren die Späher im Dorf einmarschiert, hatten den Marktplatz und alle Straßen mit ihren bösartigen Pferden und klirrenden Schwertern unsicher gemacht.

Sie hatten Türen aufgebrochen und unschuldige, verängstigte Dorfbewohner in Nachthemden auf die Straße hinausgezerrt. Sie hatten zwanzig Männer ergriffen – zwanzig! – und sie zur Späherfestung nördlich von Britar gebracht.

»Sie werden alle wieder freigelassen, wenn Josarian sich stellt, bevor Abayara aufgeht«, informierte der Schwiegervater der jungen Frau alle Männer in Islanars einziger *tirshah*. »Aber wenn er das nicht tut ...«

»Was dann?« fragte ein wütender Mann.

»Dann bringen sie jeden Tag einen der zwanzig um, bis Josarian sich doch stellt.«

Diese Ankündigung stieß auf entsetztes Schweigen. Tansen sah sich um, dann fragte er: »Diese Männer – wer sind sie? Josarians Freunde und Verwandte?«

»Jeder in diesem Dorf ist ein Freund oder Verwandter von Josarian.«

»Haben sie seinen Vetter mitgenommen?« fragte Tansen weiter. »Den, der in seinem Haus wohnt?«

»Ja«, erwiderte der Schwiegervater. »Den wollten sie unbedingt haben, denn alle wissen, wie gern Josarian ihn hat.« Der alte Mann erklärte, daß Zimran – derselbe, wurde Tansen klar, der ihn gestern in Emeldar beinahe herausgefordert hätte – nicht zu Hause war, als die Späher nach ihm suchten. »Also haben sie sich ein Kind gegriffen, einen Jungen von sieben oder acht Jahren, und ihm ein Schwert an die Kehle gehalten. Sie haben der Mutter gedroht, sie würden das Kind töten, wenn sie ihnen nicht sagte, wo Zimran sei.«

»Und? Hat sie?« Tansen kannte die Valdani zu gut, um noch über solche Taktiken entsetzt zu sein.

Der alte Mann seufzte. »Ja.«

Einige der Männer nickten mitleidig, aber die meisten zischten ablehnend. Schweigen war hier Tradition. Man nahm Tragödien und Ungerechtigkeiten hin, ganz gleich, wie schrecklich sie waren, und dann suchte man nach Rache – oder bat die Gesellschaft darum, das zu übernehmen, im Austausch dafür, ihr ewig verpflichtet zu sein. Aber niemals, *niemals* gab man irgendwelche Informationen an *roshaheen* weiter. Das war *lirtahar*, das Gesetz des Schweigens, und ein Bruch dieses Gesetzes bedeutete schreckliche Schande und manchmal auch schreckliche Rache, meist durch die Gesellschaft, aber manchmal auch durch andere *shallaheen*.

»Selbstverständlich wenden sich jetzt alle im Dorf von

ihr ab.« Der Schwiegervater seufzte. »Aber die Späher haben zumindest das Kind laufenlassen. Wenigstens das.«

Die Späher hatten Zimran im Haus einer Witwe aufgelauert, mit der er verabredet war – was bedeutete, daß auch sie jetzt ihre Ehre verloren hatte.

Diese Späher hatten alles verdorben, dachte Tansen, als er noch am selben Nachmittag Islanar verließ, und auf der Straße, die sich an den Orlenar schmiegte, nach Osten zog. Wie hatte das passieren können? War Koroll bereits ungeduldig geworden und hatte diese Geiselnahme angeordnet, um Josarian aus dem Versteck zu zwingen? Oder hatte einer der örtlichen Offiziere die Initiative ergriffen? Wußte Josarian schon davon? Es war anzunehmen, daß Zimran seine wichtigste Informationsquelle gewesen war, aber Tansen nahm an, daß Josarian sich nicht nur auf seinen hübschen Vetter verlassen hatte.

Er mußte Josarian sofort finden. Die Zeit wurde knapp. Jetzt würden Späher und *shallaheen* gleichermaßen bestrebt sein, Josarian so schnell wie möglich von den Geiseln in der Festung bei Britar wissen zu lassen. Die Valdani glaubten, daß Josarian auf dem Weg nach Süden sei, das wußte Tan, also würden sie ihre Anstrengungen dort verstärken. Die Neuigkeiten würden sich unter den *shallaheen* schnell ausbreiten, in alle Richtungen. Josarians Eskapaden hatten gezeigt, daß er immer genauestens Bescheid wußte, was in der Region vor sich ging. Er würde also auch bald von den Ereignissen in Emeldar erfahren, und von diesem Augenblick an wäre Tansen für ihn nur noch ein geringfügiges Ärgernis, das ihn nicht länger interessieren würde.

Wenn Tansen sich geirrt hatte und die Vermutungen der Valdani richtig waren, wenn Josarian tatsächlich auf dem Weg nach Süden war, dann hatte Tan ihn bereits verloren. Josarian würde sich entweder stellen oder sich umbringen lassen, ehe der neue Mond im Osten aufstieg.

Aber wenn Tansen richtig geraten hatte ... dann lauerte Josarian ihm jetzt irgendwo auf, hatte ihn zu seinem Ziel gemacht.

Wenn Tansen recht hatte, dann mußte er nur noch warten, bis Josarian kam, um ihn zu töten.

Er wartete auf seinen Vetter, so lange er konnte, aber Zimran tauchte nicht auf. Das überraschte ihn, weil die Knoten im *jashar* deutlich machten, daß Zimran eine besondere Abneigung gegen diesen Fremden hegte und Josarian unbedingt helfen wollte, ihn zu töten. Dennoch, es schien, daß Zimrans Selbsterhaltungstrieb im letzten Augenblick stärker gewesen war als sein Mut; immerhin waren Schwerter tatsächlich furchteinflößend, wenn man selbst nur mit einem *yahr* bewaffnet war. Oder vielleicht hatte irgendeine Frau seine stets lauernde Aufmerksamkeit erregt und er hatte schlicht jegliches Zeitgefühl verloren. Und es war durchaus auch möglich, daß ihm ein Ehemann auf die Schliche gekommen war und Zim daher seine Pläne hatte ändern müssen. Oder vielleicht trieben sich heute so viele Späher in Emeldar herum, daß es einfach nicht möglich war, das Dorf vor Einbruch der Dunkelheit unbemerkt zu verlassen, und dann würde es viel zu spät sein, um noch rechtzeitig die andere Seite des Orlenar zu erreichen.

Was auch immer der Grund sein mochte, Zimran war nicht zum verabredeten Zeitpunkt erschienen. Josarian machte sich keine sonderlichen Sorgen um ihn. Es war nicht das erste Mal und würde auch nicht das letzte Mal sein. Außerdem glaubte Josarian nicht, daß jemand so leicht zu töten war, wie es Zim nun von Tansen behauptete, und er würde sich besser konzentrieren können, wenn sein ungeduldiger Vetter nicht neben ihm stand. Er hatte Zimrans Angebot, ihm zu helfen, zwar nicht direkt abgelehnt, aber wenn er ehrlich war, mußte er zugeben, daß er sich dem Fremden lieber allein stellen wollte. Anders als die Späher, die Josarian in Gruppen zu zweit oder zu viert jagten, hatte dieser Fremde den Mut, allein nach ihm zu suchen. Der Mann mochte ein Prahlhans sein, ein Narr und ein ungeschickter Kämpfer, aber Josarian war der Ansicht, daß man zumindest seinen Mut achten sollte, und das bedeutete, nicht in der Überzahl gegen ihn anzutreten.

Ihn *auszutricksen* war etwas ganz anderes.

In den Hügeln am Rand von Islanar versteckt, hatte er beobachtet, wie der Fremde das Dorf verließ, dann war er am mit Zimran verabredeten Treffpunkt geblieben, bis es beinahe dunkel war. Als ihm klar wurde, daß sein Vetter nicht rechtzeitig auftauchen würde, hatte er sich auf Tansens Spur gemacht – eine Aufgabe, die ihm der *roshah* lächerlich einfach machte. Und warum auch nicht? Er hielt sich ja für den Jäger und nicht für die Beute.

Als ihm klar wurde, wo der *roshah* die Nacht zubringen wollte, betrachtete er dies als gutes Omen: Tansen schlug sein Lager in dem verlassenen kintischen Schrein auf, in dem Josarians Onkel manchmal seine Schafe hielt.

Josarian selbst hätte kein vertrauteres Gelände wählen können.

Da es nicht sonderlich sinnvoll erschien, einen Attentäter anzugreifen, der schwerbewaffnet und hellwach war, verbarg sich Josarian im Schatten und beobachtete seine Beute. Es war Dunkelmond, und das einzige Licht kam von dem winzigen Feuer, das der Fremde entzündet hatte. Josarian betrachtete den Mann, von dem er soviel gehört hatte, mit großem Interesse.

Er sah nicht wie ein dummer Prahlhans aus. Seine Bewegungen waren glatt, fließend und sparsam. Seine Miene, als er ins Feuer starrte, war ernst und entschlossen. Er hatte ein *shallah*-Gesicht, daran bestand kein Zweifel. Möglich, daß er ein paar Kint-Vorfahren hatte, vor langer Zeit, wie viele *shallaheen*, die östlich des Darshon geboren waren. Aber das hier war kein Halb-*shallah* oder Kint, der den *jashar* eines echten *shallar* gestohlen und die Bergsprache erlernt hatte. Nein, dieser Mann war ganz und gar *shallah*. Das Licht des Feuers ließ keinen Zweifel daran, als es seine ausgeprägten Wangenknochen und sein lockiges schwarzes Haar beleuchtete.

Der lange Zopf, zu dem er sein Haar geflochten hatte, sah so fremd aus wie seine Kleidung – Moorländer-Kleidung, hatte Zim gesagt. Warum sollte ein *shallah* sich so anziehen? Aber warum sollte ein *shallah* Schwerter tragen? Hier hatte er einen Mann mit vielen unterschiedlichen Seiten vor sich, dachte Josarian, und die wichtigste Seite sprach von seinem Plan, Josarian zu töten. Der Fremde hielt eine Hand über das Feuer, dann drehte er sich um, um sich die Narben in seiner Handfläche anzusehen.

Der Anblick dieser Narben machte Josarian plötzlich wütend. Kein *shallah* sollte sich von den Valdani bezahlen lassen, um einen anderen zu töten. Das war schlimmer, als gegen das *lirtahar* zu verstoßen, noch schmutziger, als einen Blutpakt zu brechen, verachtenswerter, als einem anderen Mann die Frau zu stehlen. Sicher, *shallaheen* brachten einander dauernd um, aber sie sollten es zumindest nicht auf Wunsch der Valdani tun!

Er hatte die Aufgabe dieser Nacht als eine reine Notwendigkeit betrachtet, nicht mehr. Aber jetzt erfüllte ihn schrecklicher Zorn, und als er im Licht des Feuers auf diesen *sriliah* starrte, wußte er, daß er es heute nacht zum ersten Mal genießen würde, jemanden zu töten. Wenn er fertig war, würde er die Leiche von den Felsen oberhalb von Islanar werfen, direkt mitten ins Dorf, und dafür sorgen, daß jeder erfuhr, warum er den Mann getötet hatte: So sterben alle, die die ihren verraten; so sterben alle, die sich gegen Josarian wenden.

Seit er nach Hause gekommen war, hatte Tansen immer wieder feststellen müssen, daß es schwierig war, die alten Gedanken in den Hintergrund zu schieben, wo sie hingehörten. Also war er immer noch wach, als Josarian schließlich angriff. Nicht, daß es etwas ausgemacht hätte. Die Falle, die er aufgestellt hatte, hätte ihn ohnehin geweckt, sobald Josarian sie ausgelöst hätte. Es war nicht einmal eine richtige Falle, er hatte einfach seine Schwerter so hingestellt, daß die geringste Berührung sie laut klirrend auf den gekachelten Boden des alten Schreinraums fallen ließ. Nach dem Fluch zu schließen, der das Klirren begleitet hatte, hatte Josarian sich auch noch geschnitten.

Der Dunkelmond hatte sich als sehr hilfreich erwiesen. Nachdem er das Feuer gelöscht hatte, hatte Tansen die Schwerter aufgestellt – ein einfacher, aber wirkungsvoller Trick –, während er so tat, als wolle er sich schlafen legen. Dann hatte er sich in einer Ecke zusammengerollt, mit dem Rücken an der einzigen noch erhaltenen Wand des Schreins. Normalerweise hätte er einem Gegner keine solche Chance gegeben, sich der Schwerter zu bemächtigen, aber er wußte, daß Josarian keine Ahnung hatte, wie er sie benutzen sollte und es deshalb vermutlich auch nicht versuchen würde. Der Gesetzlose hatte den Spähern, die er getötet hatte, ihre Schwerter nicht abgenommen, und keines seiner Opfer war mit einer Klinge getötet worden. Josarian betrachtete ein Schwert nicht einmal als eine Waffe, die ein *shallah* benutzen könnte.

Nachdem er so viele Tage und Nächte damit zugebracht hatte, Josarians Angriff zu erwarten, war Tansen erleichtert, als es nun endlich geschah. Obwohl er offensichtlich überrascht war, erkannte Josarian schnell, daß man ihm eine Falle gestellt hatte, und erholte sich schnell. Tansen hörte, wie der *yahr* durch die Luft zischte, als Josarian sich ununterbrochen im Kreis bewegte und seinen Gegner überall im obsidianschwarzen Dunkel suchte. Aber das Geräusch zeigte Tansen auch jederzeit an, wo seine Beute sich befand.

Er hatte daran gedacht, einen der zerbrochenen Ziegel des Schreins in der Hand zu behalten, und warf ihn jetzt auf die andere Seite des Raums. Josarian fuhr in diese

Richtung herum, und Tan griff ihn von hinten an, drückte ihm den *shir* an die Kehle, fest genug, daß es weh tat, wie es selbst bei der geringsten Berührung eines *shir* der Fall war, aber nicht fest genug, um ihn zu töten. In den vergangenen zehn Tagen hatte Tansen den *shir* unter der Kleidung getragen, dicht an der Haut, Tag und Nacht. Er hätte zwar lieber neben einer Giftschlange geschlafen, aber der *shir* hatte sich als nützlich erwiesen, denn die tödlich scharfe zweischneidige, verzauberte Klinge konnte nicht durch die Haut ihres Besitzers dringen – und das hätte man von den Zähnen einer Giftschlange nicht behaupten können.

Trotz des Schmerzes und des plötzlichen Sturzes auf die zerbrochenen Bodenkacheln wehrte sich Josarian. Also lähmte Tansen mit einem schnellen und wohlplazierten Schlag Josarians rechten Arm. Als er sicher sein konnte, daß der Arm kurzfristig unbrauchbar war, tastete Tansen nach Josarians *yahr* und warf ihn weit weg. Dann verlagerte er das Gewicht und drückte den Ellbogen genau auf dieselben Armnerven, um die Lähmung zu erhalten. Josarian schrie vor Schmerz auf, dann atmete er nur noch schwer. Tansen wartete, die Klinge weiter an der Kehle seines Opfers.

»Eine Falle«, keuchte Josarian. »Es war die ganze Zeit eine Falle.«

»Ja«, bestätigte Tansen.

Zu seinem Erstaunen lachte Josarian. »Du hast alle getäuscht. Du warst sehr gut. Nur ...«

»Nur was?«

»Nur daß es mich nicht stört zu sterben.«

Tansen hatte nie jemanden getroffen, nicht einmal einen *shatai*, dem es tatsächlich nichts ausgemacht hätte zu sterben – aber dieser Mann klang, als meinte er es ernst.

»Es ist nur ...«

»Was?« fragte Tansen.

»Ich wünschte, du würdest nicht für die Valdani arbeiten.« Dann seufzte er. »Aber wahrscheinlich verstehst du das nicht. Zim versteht es auch nicht. Ich weiß nicht, ob überhaupt irgend jemand das verstehen kann.«

»Ach?«

»Wenn du es doch bloß nicht für *sie* getan hättest, für die Valdani, dann ...«

»Was dann?«

»Dann würde ich dich mit meinem Tod ehren.«

»Warum hast du in der Nacht, als sie dich beim Schmuggeln erwischten, die beiden Späher getötet?«

»Sie wollten mich töten. Ich mußte mich wehren.«

»Du mußt dich der Verhaftung widersetzt haben.«

»Ja.«

»Warum?«

»Daran kann ich mich kaum mehr erinnern.«

»Versuche es.« Tansen ritzte seine Haut ein wenig.

»Der *shir*«, krächzte Josarian überrascht. »Sie haben erzählt, du hättest den *shir* nicht genommen.«

»Das hier ist ein anderer.«

»Dars Feuer! Wie viele Attentäter hast du umgebracht?«

»Mehr als mir lieb ist. Wie viele Späher hast du getötet?«

»Nicht annähernd genug.« Josarian hielt einen Augenblick inne. »Mach schon, töte mich.«

»Du scheinst ja geradezu aufs Sterben versessen zu sein.«

»Jetzt habe ich keine Angst. Aber wenn du weiter wartest ... dann *könnte* ich doch noch Angst bekommen.« Als Tansen nicht reagierte, sagte er: »Oder wartest du darauf? Willst du, daß ich um mein Leben flehe?«

»Nicht sonderlich.«

»Worauf wartest du dann?«

»Das ist alles ein wenig unangenehm«, gab Tan zu.

»Ich bin doch nicht der erste, den du umbringst. Deiner Angeberei nach zu schließen, waren es viele.«

»Ja, aber ich habe noch nicht viele Leben verschont.« Er spürte, wie Josarian überrascht erstarrte, und fügte hinzu: »Mir war nicht klar, daß man dazu Übung braucht wie zu allem anderen.«

Josarian schwieg lange und lag wie tot da. Endlich sagte er: »Wenn du mich nicht umbringen wirst ...«

»Ja?«

»Könntest du dann aufhören, deinen Ellbogen in meinen Arm zu bohren? Das brennt wie Feuer?«

»Ein *shir?*« rief Tashinar. »Bist du sicher?«

»Er gehört zu dem Symbol, das ich dir gezeigt habe«, sagte Mirabar. »Sie gehören zusammen.«

»Aber das war vorher nicht so.«

»*Jetzt* ist es so.« Mirabar versuchte, ihren Zorn zu beherrschen. Sie wußte schließlich, wie schwer es war, ihre Visionen zu akzeptieren und zu verstehen. »Ich bilde mir das alles nicht nur ein.«

»Das weiß ich.«

»Und ich bin *nicht* verrückt.«

»Ich glaube dir ja. Nur .... Sag den anderen nichts davon, Mirabar. Ein *shir.*« Tashinar schüttelte den Kopf. »Es wird sie erschrecken.«

»Es erschreckt mich auch.«

»Ja, selbstverständlich.«

»Ich werde den anderen nichts sagen.« Sie würden ihr vermutlich ohnehin nicht glauben. »Es muß Armian sein.«

»Möglich.«

»Ein Attentäter, der mit einem kintischen Symbol in Verbindung steht? Ein *shir* und die Kint?« Mirabar sah Tashinar an. »Es ist Armian.«

Sie entzündeten ein kleines Feuer – diesmal außerhalb des Schreins, da es drinnen nach Schafsdung stank. Tansen war noch nicht so recht bereit, Josarian seinen *yahr* zurückzugeben, aber er ließ ihn gehen, um Feuerholz zu holen. Während der Gesetzlose unterwegs war, steckte Tansen seine Schwerter wieder ein, legte den Harnisch an und schob den *shir* in einen seiner teuren Moorländer-Stiefel. Sie hatten sich auf einen Waffenstillstand geeinigt, aber Vertrauen war etwas anderes.

Josarian kehrte mit dem Holz zurück und errichtete schnell ein Lagerfeuer. Nachdem sie es entzündet hatten, hockte sich Josarian hin und starrte Tansen forschend an. Es lag etwas Seltsames in seinem Blick, etwas, das Tansen nicht erklären konnte.

Also fragte er schließlich: »Was starrst du so?«

Josarian dachte einige Zeit nach, bevor er schließlich antwortete: »Ich habe gesehen, wie Dar Feuer spuckte, das den gesamten Himmel ausfüllte. Ich habe Edelsteine gesehen, die aus den Minen von Alizar gestohlen waren und die viele für wertvoller als ein Menschenleben hielten. Ich habe gesehen, wie der Schatten meiner eigenen Frau mich aus der Anderwelt grüßte.« Er hielt inne. »Aber bis zu dieser Nacht habe ich noch nie einen *shallah* mit einem Schwert gesehen.«

Tansen beobachtete ihn schweigend weiter.

Josarian lächelte. »Der Anblick gibt mir Kraft. Jetzt habe ich es gesehen, und ich werde nie wieder derselbe sein. Vielleicht ...« Er räusperte sich. »Vielleicht könntest du mir eines Tages beibringen, wie man ein Schwert benutzt?«

»Eines Tages vielleicht«, meinte Tansen, ohne den Blick von Josarian zu nehmen.

Als er Tansens Miene sah, lachte Josarian laut auf. »Nein, ich habe nicht vor, dich *jetzt* darum zu bitten, solange du erwartest, daß ich dich umbringe, sobald du mir den Rücken zukehrst.«

»Gut.« Tan ließ sich ihm gegenüber nieder.

»Warum hast du mich nicht getötet?« fragte Josarian schließlich.

»Weil die Valdani wollten, daß ich dich umbringe.«

»Aber du sagtest ...«

»Ich wollte dich finden. Da ich nicht annahm, daß mir jemand sagen würde, wo du bist, ganz gleich, wie freundlich ich fragen oder ihnen versichern würde, daß ich dich nicht verrate ...«

»Nein, das hätten sie nicht getan, *roshah*«, sagte Josarian überzeugt, aber er benutzte das Wort nicht beleidigend.

»Also dachte ich, es wäre das beste, dich dazu zu bringen, *mich* zu finden.«

»Aha.« Josarian stocherte mit einem Ast im Feuer herum. »Also haben dich die Späher nicht dafür bezahlt, mich zu jagen?«

»Doch.« Tansen grinste, als er bemerkte, wie Josarian ihm einen unsicheren Blick zuwarf. Er erklärte, wie er in Cavasar in Gefangenschaft geraten war, wie man ihm sein Gold weggenommen und ihm die Wahl zwischen dem Tod und der Erfüllung dieses Auftrags gelassen hatte.

»Und du hattest nicht vor, den Valdani diesen Dienst zu leisten?« fragte Josarian zweifelnd.

»Nie.« Er beugte sich vor und starrte Josarian in die Augen. »Die Valdani haben alle in meinem Dorf niedergemetzelt, als ich fünfzehn war. Jeden Mann, jede Frau, jedes Kind.« Seine Stimme blieb hart. Haß war einfacher als Trauer. »Sie haben meine Schwester vergewaltigt, bevor sie sie töteten. Sie haben meine Mutter ausgeweidet wie eine ihrer Opferziegen. Meinem Großvater haben sie die Augen ausgestochen und die Finger abgeschnitten. Sie ...« Er hielt plötzlich inne. Nach all den Jahren ließen die Einzelheiten sein Herz immer noch bluten. »All das sehe ich immer noch in meinen Alpträumen.«

Josarian hatte seinem Blick standgehalten. »Wo warst du, als das geschah?«

»Versteckt. Ich habe erst drei Tage später erfahren, was geschehen war ... als ich sie fand.« Tansen war derjenige, der schließlich den Blick abwandte. »Aber ich war derjenige, den die Valdani suchten.«

»Du? Ein Junge? Was hattest du getan?«

»Es ging nicht um das, was ich getan habe. Es ging um das, was ich bei mir hatte.«

»Das verstehe ich nicht. Sie schlachten ein ganzes Dorf ab – weshalb? Wegen der Schmugglereien eines Jungen?«

»Das ist jetzt alles gleichgültig.«

»Das glaube ich nicht, Tansen. Du siehst nicht aus wie ein Mann, der vergessen hat.«

»Wichtig ist nur«, erklärte Tansen entschlossen, »daß ich mich lieber langsam von einem Drachenfisch verschlingen ließe, als den Wünschen der Valdani zu entsprechen.«

»Ja.« Josarian nickte. »Das glaube ich dir.«

»Ich werde dich nicht umbringen.«

»Nein.«

»Aber wenn du noch einmal versuchen solltest, mich zu töten«, fügte er hinzu, »würde mich das sehr verärgern.«

Josarian lächelte, ruhig, beruhigt. »Nein. Du hast mir mein Leben geschenkt, und du mußt mir nicht zweimal beweisen, daß du es mir jederzeit nehmen könntest.« Vorsichtig berührte er seinen Hals, dann fragte er: »Und dieser Valdani-Kommandant hat dich einfach gehenlassen?«

»Nun, er hat mein Gold behalten, aber er hat mich gehenlassen.« Zerstreut berührte Tansen eine seiner *shir*-Wunden, die bei seinem Kampf mit Josarian wieder aufgegangen war. »Koroll hat nur gesehen, was er sehen wollte: einen Söldner, den er kaufen konnte, wenn er den richtigen Preis bot.«

»Genau, wie du mir nur gezeigt hast, was ich sehen sollte.«

Tansen nickte. »Die erste Lektion: Halte nie etwas für selbstverständlich, und laß dich *nie* von deinem Stolz zu einem Kampf verlocken.«

»Das klingt, als gäbe es noch mehr Lektionen.«

»Möglich.«

»Wenn du nicht vorhattest, zu tun, was dieser Valdani-Kommandant von dir wollte, wieso hast du mich dann gesucht?«

»Auch ich habe vieles gesehen«, sagte Tansen und warf dem Gesetzlosen einen abschätzenden Blick zu. »Ich habe die Hälfte der kintischen Königreiche durchreist und die Moorlande von einem Ende zum anderen durchquert. Ich war am Rand der großen Nordwüste, ich habe den Sirinakara überquert, und ich war im Himmelspalast.«

»Was ist das?«

»Der verbotene Palast des kintischen Hochkönigs.« Er fuhr fort: »Ich habe selbst Menschen umgebracht und gesehen, wie noch mehr getötet wurden. Aber bis ich nach Cavasar kam, hatte ich noch nie von einem *shallah* gehört, der sich wehrte und einen Späher umbrachte. Nicht seit der Entwaffnung.«

»Wieso sollte dir das etwas bedeuten?«

»Weil ich auch ein *shallah* bin!« sagte Tan mit mehr Leidenschaft, als er hatte preisgeben wollen. »Weil die Valdani alles zerstört haben, das mir je etwas bedeutete, und weil ich gesehen habe, wie sie überall auf der Welt dasselbe taten.« Unruhig unter dem faszinierten Blick seines Gegenübers, erhob er sich. »Wir sind seit Jahrhunderten ihre Sklaven gewesen. Und dabei waren wir einmal ... Vor tausend Jahren war das hier das stärkste Land, das stolzeste Volk der Welt, und jetzt verneigen wir uns vor den Valdani wie Bettler, die dankbar sind, wenn sie nicht ganz so fest geschlagen werden.«

»Dann weißt du es ja«, flüsterte Josarian. »Du verstehst.«

»Als ich in Cavasar war, sah ich etwas, was ich niemals für möglich gehalten hätte. Koroll, dieser Valdani-Offizier, der Tausende von Spähern kommandiert und das ganze Gewicht des Kaiserreichs hinter sich hat ... er hat *Angst* vor dir. Er hat Angst vor einem einzigen *shallah*, der *nein* gesagt hat.«

»Der sich nicht beugen wollte.« Auch Josarian erhob sich.

»Der nicht davonlaufen wollte.« Sie sahen einander im flackernden Licht des Feuers an.

»Oder um Gnade winseln.«

»Oder demütig in die Minen gehen.«

»Und der andere auffordert, ebenfalls zu kämpfen.«

»Ja. Und Koroll hat solche Angst«, sagte Tansen, »daß er schon halb glaubt, daß man dich nicht umbringen kann.«

»Vielleicht kann man das auch nicht. Jedenfalls noch nicht.« Josarian grinste breit. »Vielleicht hat ja auch Dar selbst endlich genug von diesen Valdani und will sie loswerden.«

»Du und ich, wir können sie nicht alle umbringen«, warnte Tansen.

»Nein, aber genug, daß es zählt. Genug, daß es den Kaiser teuer zu stehen kommt, wenn er Sileria weiter halten will.«

»Ja.« Tansen nickte und ergriff die Hand, die Josarian ihm anbot, drückte seine vernarbte Handfläche an die des Gesetzlosen. »Und ich glaube, ich weiß, wo wir anfangen können.«

»Ja?«

»Du weißt noch nicht, was letzte Nacht in Emeldar passiert ist, oder?«

Angst spiegelte sich auf seinem Gesicht, das bisher nichts davon gezeigt hatte. Josarian packte Tansen am Hemd. »Meine Familie? Meine Freunde? Schnell, sag es mir.«

Und das tat er.

Am nächsten Tag machten sie sich auf den Weg nach Norden, indem sie direkt den Orlenar erstiegen – ein Weg, den nur *shallaheen* beschritten. Sie mußten schnell sein, wenn sie die Festung bei Britar rechtzeitig erreichen wollten, um die Späher davon abzuhalten, die Geiseln aus Emeldar zu töten.

»Jetzt tut es mir beinahe leid, daß ich Korolls Pferd zurückgelassen habe«, gab Tansen zu, als sie schließlich ihr Nachtlager aufschlugen. Mit Josarian in diesen Bergen Schritt zu halten, würde ihn vermutlich umbringen.

»Ein Pferd?« meinte Josarian abfällig. »Das würde in den Bergen nicht überleben, und ich kann nicht auf der Straße reisen. Man könnte mich erwischen.«

»Ich weiß.«

»Und ein Pferd ist zu einfach zu verfolgen. Wenn wir jetzt eines hätten, würde jedermann wissen, wo wir sind.« Josarian begann, Feuerholz zu sammeln. »Was hast du mit ihm gemacht? Es einfach freigelassen? Oder zugelassen, daß es dir jemand stiehlt?«

»Ich habe es an Händler verkauft, die es vermutlich den ganzen Weg bis Liron mitnehmen werden. Da Koroll der Ansicht zu sein schien, ich sollte das verdammte Vieh mitnehmen, sah ich keinen Grund, keinen Profit daraus zu schlagen.«

Josarian grinste. »Also wird der Valdani jetzt nie erfahren, was aus seinem Pferd geworden ist. Oder es wiederfinden können.«

»Ja, stimmt.« Warum sollte er Spuren für Koroll hinterlassen? Früher oder später würde der Kommandant herausfinden, daß man ihn betrogen hatte, aber Tansen wollte es ihm nicht zu leicht machen.

Josarian schüttelte nachdenklich den Kopf. »Ein Pferd. Er schickt dich aus, um mich zu jagen, und zwar auf einem Pferd. Diese *roshaheen* sind wirklich verrückt.«

»Ihr letzter Plan ist es auf jeden Fall.« Tansen kümmerte sich um das Anmachholz. »Wieso hat Koroll ausgerechnet jetzt Geiseln genommen? Ich verstehe immer noch nicht ...«

»Ach, ich glaube nicht, daß das eine Anordnung Korolls war. Er weiß es vermutlich noch nicht einmal.«

Tan sah ihn an. »Wer denn?«

»Ein *toren* namens Porsall.«

Die *toreni* waren die traditionellen Aristokraten und Landbesitzer Silerias. Viele Valdani hatten den Titel mit dem Land übernommen, und Porsall war eindeutig ein Valdani-Name.

»Was hast du ihm denn getan?« fragte Tansen.

»Ich habe ihm ein paar Goldanhänger gestohlen, die seit zweihundert Jahren in seiner Familie waren. Hübsche Anhänger. Perlenbesetzt, mit Edelsteinen ...« Als er Tans Miene sah, zuckte er die Achseln. »Warum auch nicht? Seine Familie hat sie von Sileriern gestohlen.«

»Wahrhaftig, warum auch nicht.« Dann schaute Tan ihn neugierig an und fragte: »Und was hast du mit diesem Gold gemacht?«

»Der Schwesternschaft gegeben.«

Tan blinzelte überrascht. »Alles?«

»Ja.« Als er Tansens Miene sah, zuckte Josarian die Achseln. »Wem sollte ich es sonst geben? Sie haben mir immerhin das Leben gerettet, und es ist recht unwahrscheinlich, daß sie erwischt werden, wenn sie es einschmelzen und verkaufen. Die Valdani ignorieren die Schwestern.«

»Äh, ja ... das verstehe ich.« Tan räusperte sich. »Woher wußte Porsall, daß du es gewesen bist?«

»Er hat mich gesehen und gefragt, wer ich sei. Ich dachte, es wäre unhöflich, den Verdacht auf einen anderen zu lenken.«

»Du hast ihn *persönlich* ausgeraubt?« fragte Tansen überrascht. »Einen *toren?* Hatte er denn keine Leibwächter?«

»Natürlich nicht.« Josarian grinste. »Zu diesem Zeitpunkt war er mit seiner Frau im Bett.«

Tansen lachte. »Wie bei allen Feuern bist du ins Schlafzimmer eines *toren* gekommen?«

»Zimran hat mir den Weg erklärt. Er hält sich hin und wieder in diesem Schlafzimmer auf, wenn der *toren* unterwegs ist.«

»Bei Dar, ich wünschte, ich wäre dort gewesen und hätte Porsalls Gesicht gesehen.« Das Holz fing Feuer. Immer noch grinsend, begann Tansen einen Hasen zu häuten, den Josarian an diesem Nachmittag erlegt hatte.

Nach mehreren erfolglosen Versuchen, einen Ast durchzubrechen, indem er darauf trat, drehte Josarian sich um und sagte: »Könntest du den hier für mich zerhacken?«

»Ich habe keine Axt«, meinte Tansen.

»Und deine Schwerter?« Einen Augenblick später lachte er über Tansens Gesichtsausdruck. »Als ich noch klein war, hat meine Mutter einmal einen *zanar* so angesehen, der mich überreden wollte, mit ihm zum Darshon zu kommen.«

»Holzhacken? Damit?« Tansens Stimme war schrill vor Entsetzen. »Das sind zwei der besten Schwerter der Welt!« Er zog eines und freute sich, daß Josarian zurückwich. »Der Stahl für die Schwerter eines *shatai* stammt von einem geheimen Ort im Steinwald, der von Zauberern bewacht wird, die den *shatai-kaj* durch heilige Eide verpflichtet sind.«

Josarian blinzelte. »Wo? Wer?«

»Diese Klingen wurden in heiligen Feuern geschmiedet, in meinem Namen gesegnet, und mein *shatai-kaj* hat sie durch seine Berührung geehrt. Es ist ein Sakrileg, sie auch nur ohne meine Erlaubnis zu berühren!« Er war immer noch wütend, wenn er daran dachte, wie Koroll sie in Cavasar betatscht hatte.

»Ich wollte dich nicht ...«

»Wenn ein *shatai* getötet wird, dürfen seine Schwerter nicht wieder benutzt werden. Pilger nehmen die Ehre auf sich, sie zu seinem *shatai-kaj* zurückzubringen, der sie wieder zu den Zauberern in den Steinwald bringt.«

Josarian warf ihm einen skeptischen Blick zu. »Du glaubst doch nicht wirklich, daß die Valdani solche kintischen Bräuche ernst ...«

»Nein.« Tansen drehte das Schwert, so daß die Klinge im Licht des Feuers glitzerte. »Die Valdani behalten die

Schwerter als Trophäen. Manchmal führen sie sie öffentlich vor, damit jeder weiß, daß sie einen kintischen Schwertmeister umgebracht haben. Manchmal ...« Er verzog angewidert das Gesicht. »Ich habe schon gesehen, wie Valdani-Adlige mit einem einzelnen kintischen Schwert kämpfen. Es mit ihren Händen besudelten.«

»Nur ein Schwert?«

»Sie wissen nicht, was sie mit zweien anfangen sollen. Das wissen nur *shatai.*« Dann fügte er hinzu: »Ich habe einmal gesehen, wie ein Valdani es versuchte. Er hat sich selbst in Stücke geschnitten.«

»Ich nehme an, es ist schwieriger, als es aussieht«, meinte Josarian höflich.

Tansens Blick wanderte von dem Schwert zu seinem Begleiter. Ihm wurde klar, daß Josarian diese ignorante Bemerkung ganz unschuldig gemacht hatte und sicherlich nicht auf einen Vortrag über kintische Sitten aus war. Verlegen wegen seines Ausbruchs, steckte er das Schwert wieder ein und sagte: »Komm, halt du den Ast fest, und ich springe.«

Aber nachdem das Thema einmal angesprochen war, hatte Josarian offenbar vor, es weiterzuverfolgen. »Wie bist du ein ... ein *shatai* geworden?« fragte er und zögerte bei dem fremden Wort.

Tansen wartete, bis er den Ast an einem Ende angehoben hatte, und trat dann fest auf die Stelle, die am zerbrechlichsten aussah. »Ich habe zum ersten Mal in Kashala einen *shatai* gesehen. Das ist eine kintische Hafenstadt.«

»Ja, das weiß ich. Ich habe Zimran geholfen, Waren zu

schmuggeln, die von dort kamen.« Josarian stemmte den Ast hoch und bog ihn, als er begann, unter Tansens Tritten nachzugeben.

»Er ...« Grunzend trat Tan noch einmal zu, und der Ast brach mit einem lauten Knacken. »Er hat drei bewaffnete Männer getötet und dazu weniger Zeit gebraucht als wir beide, um diesen verdammten Ast zu brechen.«

Beide packten sie ein Ende des Asts und begannen, die Enden in entgegengesetzte Richtungen zu drehen. Das Holz würde gut brennen, und es war heute nacht ziemlich frisch oben auf dem Orlenar.

»Waren es Valdani?« fragte Josarian und ließ seine Hälfte fallen.

»Die Männer, die er umbrachte? Nein.« Tan warf das Holz beiseite und wischte sich die Hände ab. »Es waren kintische Piraten, die ein Mädchen aus der Stadt vergewaltigt hatten. Alle Verwandten ihres Vaters hatten zusammengelegt, damit er einen *shatai* verpflichten konnte, sie zu töten.«

Josarian kümmerte sich ums Feuer, während Tansen sich wieder dem Hasen zuwandte. »Sind *shatai* also Attentäter, wie die von der Gesellschaft?«

»Nein. Wir sind Krieger«, sagte Tansen entschieden. »Wir arbeiten für Geld, und wir schwören keinem Wasserherrn oder wem auch immer die Treue. Meine Loyalität gehört meinem *shatai-kaj,* meinem Lehrer. Er ist ... nun ja, er ist nicht nur ein *shatai*, sondern auch noch eine Art Priester. Es war seine Pflicht, mir nicht nur das Kämpfen beizubringen, sondern auch noch, wie ich meine Fähigkeiten gut einsetze.«

»Aber er sagt dir nicht, wen du umbringen sollst?«

»Nein. Wenn der *shatai-kaj* der Meinung ist, daß er dir genug beigebracht hat, unterzieht er dich einer Prüfung – du mußt seine Aufgabe lösen, dich auf eine Suche begeben oder so etwas. Jeder *shatai-kaj* legt seine eigenen Prüfungen fest, und jeder Schüler muß diese Prüfungen ehrenvoll bestehen, bevor er *shatai* werden kann.«

»Ehrenvoll?«

»Ja.«

»Was, wenn ein Schüler ehrlos ist?«

»Das hängt davon ab, was passiert ist, was er getan hat. Manchmal tötet der *shatai-kaj* einen solchen Schüler. Manchmal besteht die Prüfung des nächsten Schülers darin, ihn zu finden und zu töten. Und manchmal wird der *shatai-kaj* den Fehler des Schülers als seinen eigenen betrachten und sich selbst umbringen.«

»Ich nehme an, du hast die Prüfung bestanden?« fragte Josarian trocken.

»Ja. Ich hatte einen guten Lehrer.« Tansen reichte Josarian den Hasen, um ihn auf einen Spieß zu stecken und zu braten.

»Und wenn ein *shatai* die Prüfung bestanden hat?«

»Dann zieht er in die Welt hinaus und lebt als *shatai*.«

»Und was tut ein *shatai* noch, außer mißbrauchte Frauen zu rächen und silerische Gesetzlose zu töten?«

»Er stellt sich der Wirklichkeit«, gab Tansen zu. »Er lernt, daß er in der wirklichen Welt wenig Gelegenheit hat, seine Schwerter für gute Zwecke einzusetzen, aber viele, um sie in den Dienst des Bösen zu stellen – sei es aus Versehen, sei es durch reine Gier. Und glaube mir, Josarian, es gibt Leute, die einem *shatai* für seine Dienste unvorstellbare Belohnungen anbieten.«

»Aha. Kein Wunder, daß wir in diesen Bergen noch nie einen *shatai* gesehen haben«, sagte Josarian. »Nicht genug Geld.«

»*Shallaheen* bringen sich gegenseitig viel zu gerne um, um einem *roshah* auch noch etwas dafür zu zahlen, es ihnen abzunehmen«, meinte Tansen. »Und was Berufsattentäter angeht – die Gesellschaft würde nie Konkurrenten zulassen.«

»Wir sind ein schwieriges Volk«, mußte Josarian zugeben. »Das kann man nicht abstreiten.«

»Dennoch, trotz der Kosten ist es auf lange Sicht ratsamer, sich eines *shatai* als Attentäter zu bedienen.« Tansen starrte ins Feuer. »Wenn man einen *shatai* erst mal bezahlt hat, schuldet man ihm nichts mehr, und er zieht seiner Wege. Aber wenn ein Attentäter der Gesellschaft erst einmal etwas für dich getan hat, bist du ihm in alle Ewigkeit verpflichtet.«

Josarian balancierte den Hasen über dem Feuer. Sie waren zu hungrig, um zu warten, bis die Flammen heruntergebrannt waren, obwohl das Fleisch so besser geschmeckt hätte.

»Die Moorlande, die große Nordwüste ... Wieso bist du so weit gereist?« fragte Josarian schließlich.

Tansen zuckte die Achseln. »Ich habe Arbeit gesucht.«

»Und du durftest nicht nach Hause kommen.«

»Nein.« Sinnlos, es zu leugnen. »Ich durfte nicht nach Hause kommen.«

»Selbst ein ausgebildeter Krieger kann einem Blutschwur nicht entkommen, den Kiloran selbst ausgesprochen hat. Nicht in Sileria.«

»Es sind neun Jahre vergangen«, sagte Tansen störrisch. »Er muß mich freigeben.«

»Aber wird er das tun? Was hast du ihm angetan?«

»Kümmert dich das?« Tansen warf ihm einen drohenden Blick zu, aber Josarian ließ sich nicht abschrecken.

»Es gibt Leute, die glauben, daß du es warst, der Gamalan an die Valdani verraten hat«, sagte Josarian leise, »und daß jemand – oder etwas – dort Kiloran vielleicht am Herzen lag.«

Tansen hatte das Gefühl, als hätte ihn jemand mit einem *shir* verwundet. Das war eine so hinterhältige und widerwärtige Anschuldigung, wie sie ihm selbst im Traum nie eingefallen wäre. »Sagt Kiloran das?« fragte er barsch.

»Kiloran schweigt sich zu dem Thema aus.«

Dunkelrot vor Scham fragte Tansen: »Glaubst du es?«

»Nein«, sagte Josarian. »Jetzt nicht mehr.«

Tan hörte das Blut in seinen Ohren rauschen. Einen Augenblick roch er wieder den Gestank des Todes, an den er sich nach all den Jahren noch gut erinnerte. Er sah die verrenkte Leiche seiner Mutter, deren Eingeweide sich inmitten einer Flut von Blut aus ihrem Bauch ergossen. Er sah die Augen seiner Schwester blind in ihrem zerschlagenen Gesicht, ihre Schenkel voller Prellungen und Valdani-Sperma. Er sah seinen Großvater ... Dars Feuer, was sie seinem Großvater angetan hatten! Selbst jetzt verging kein Tag, an dem Tan nicht an den alten Mann dachte, der ihn aufgezogen hatte. Jedes Gebet, jeder Fluch, den er kannte, jedes Geheimnis und jede Geschichte, jede Fertigkeit, jede Untugend ... alles hatte ihm dieser jähzornige alte Mann beigebracht, bevor er langsam und unter Qualen von den Händen der Valdani den Tod fand.

»Daß irgend jemand glauben sollte, ich hätte dabei die Hand im Spiel gehabt ...« Tansen schluckte angewidert und wandte sich vom Feuer ab. »Aber vielleicht geschieht mir das recht, wenn man bedenkt ...«

»Was?« fragte Josarian leise.

»Wenn man bedenkt, was ich tatsächlich getan habe.«

Ohne ein weiteres Wort stand er auf und ging davon. Er kam nicht zurück, um etwas zu essen, und er legte sich auch nicht ans Feuer schlafen. Während Josarian, ein gejagter Gesetzloser, friedlich nahe der glühenden Asche schlief, saß ein ehrgebundener Krieger allein auf den nackten, windumheulten Felsen auf dem Gipfel des Orlenar und bekämpfte schweigend seine Dämonen.

KAPITEL 7

Feuer, die Kraft, die Sileria geboren hatte, die mächtiger war als alles andere in ihrer Welt – wenn man vom Wasser einmal absah. *Feuer*, flüssiger Fels, der in Dars Bauch glühte, aus ihrem Leib quoll, durch tausend Öffnungen im Gesicht des Darshon strömte und sich in trägen Strömen des Todes und der Wiedergeburt über ihre Flanken wälzte. *Feuer*, das gewaltige Fontänen der Wut aus dem klaffenden Maul oben auf dem Berg spie, aus dem Kessel, an dem die *zanareen* beteten, aus dem glühenden Krater, der das Tor zur ekstatischen Wiedervereinigung mit der Göttin war. *Feuer*, das zu Erde wurde, zu Luft, Fluß und Himmel, ganz nach dem Willen der Göttin und dem Willen der Wächter, die sie mit unermeßlichen Talenten gesegnet hatte.

Da es ihr verboten war, Schatten aus der Anderwelt zu beschwören, solange der Wahnsinn ihrer Visionen anhielt, beschäftigte sich Mirabar mit dem Studium der Feuermagie. Bevorzugt von Dar, ausgestattet mit jener Macht, die diesen geliebten, verhaßten, gnadenlosen Bergen Leben und Tod gegeben hatte, wob sie Feuerbänder in die Luft, warf Flammendolche in die Nacht und vergoß dicke Stränge von Lava in den Morgennebel.

Manchmal tat es weh. Manchmal war der Schmerz unerträglich, aber sie wich nicht zurück, gab nicht auf. Geschliffen von Feuer und Wut, war Darshon größer, stärker und stolzer als alle anderen Berge, und Mirabar würde unter den Wächtern wie Darshon sein – oder bei dem Versuch umkommen.

Manchmal war sie verängstigt, erschrocken – weit über das Maß hinaus, das sie glaubte, bei geistiger Gesundheit ertragen zu können. Sie wußte, daß Tashinar Angst um sie hatte, wußte, daß sie sich den Gefahren über alle Vernunft hinweg aussetzte. Wächter herrschten über das Feuer, aber sie waren nicht unverwundbar. Mirabar hatte selbst gesehen, wie eine junge Schülerin die Kontrolle über ihre Macht verloren hatte und in Flammen aufgegangen war, um sich schlagend und schreiend, während das Feuer sie verschlang. Sie hatte einen alten Weisen gesehen, der bei einer Anrufung zu schwach geworden war und in das heilige Feuer, das Tor der Anderwelt, gezogen worden war, wo seine Seele für immer der Dunkelheit verfiel, die jeder im Augenblick seines Todes fürchtete.

Die Arme weit ausgestreckt, stand sie da, glühende Lava tropfte ihr von den Fingern, ihr Körper brannte vor Anstrengung, während sie Flammenspeere in den Bergfluß schleuderte, in dem die Wächter die Spinnwebblatt-Ernte dieses Jahres verarbeitet hatten. Das Feuer verlosch. Die Lava zischte und versank, wurde zu Klumpen kalten Steins. Entmutigt und erschöpft sank Mirabar am Ufer auf die Knie.

Der Rufer hatte ihr am Vortag Wasser gezeigt. Sie wußte nicht, was das zu bedeuten hatte – nur, daß es ihre Ängste bestätigte, ihr Schicksal sei mit der Gesellschaft verbunden. *Wasser*, stärker als Feuer, wie auch das seegeborene Volk behauptete, sein Gott sei stärker als Dar. *Wasser*, das Werkzeug, mittels dessen die Verehrungswürdige Gesellschaft Sileria insgeheim tausend Jahre regiert hatte. *Wasser* ... das Element, in dem Mirabar ihre Macht nicht aufrechterhalten konnte.

Wie sollte sie mit der Gesellschaft zusammenarbeiten, wenn jeder Attentäter oder Wasserherr sie umbringen würde, sobald er ihrer auch nur ansichtig wurde? Die Wächter und die Gesellschaft waren seit den Tagen der Eroberung erbitterte Feinde, und keiner hatte mehr unter ihrem gegenseitigen Haß gelitten als jene von Mirabars Art. Sie wußte nun dank ihrer Visionen, wie anders die Welt einst gewesen war, wie viele mehr von ihrer Art durch diese Berge gestreift waren, und wie anders ihr eigenes Leben hätte sein können, wenn die Wasserherren die *shallaheen* nicht davon überzeugt hätten, daß jeder mit ihrer Haar- und Augenfarbe ein verfluchter Dämon sei, der sofort getötet werden müsse. Vor tausend Jahren wäre sie vielleicht eine hochgeachtete Beraterin des Yahrdan gewesen. Statt dessen war sie eine *roshah* in ihrem eigenen Volk gewesen, ein halb verhungertes, gejagtes Waisenkind, das mehr Tier als Mensch gewesen war, als Tashinar sie gefunden hatte.

Und nun war sie wieder zur *roshah* geworden, denn obwohl die anderen Wächter in ihrer Gruppe versuchten, freundlich zu sein, konnte sie bereits spüren, wie weit außerhalb des Feuerkreises sie stand, weil man sie nicht mehr bei den Anrufungen zuließ. Und die Visionen, ja, die Visionen trennten sie von den anderen. Sie wußte nun, daß dies das Ziel des Rufers war. Der Rufer wollte, daß sie die Gruppe und Tashinar verließ. Sie wußte nicht, warum, und sie wußte nicht, wohin sie gehen sollte, aber sie wußte genau, daß der Rufer versuchte, zu zerschneiden, was sie mit den Wächtern verband.

Sie schluckte ihre Angst herunter und spürte, wie Tränen ihr das Blickfeld trübten. In ihrem ganzen Leben hatte sie nicht geahnt, was Sicherheit war, ehe sie Mitglied dieses Kreises geworden war. Wenn sie zuvor gewußt hatte, was eine liebevolle Berührung bedeutete, konnte sie sich jedenfalls nicht daran erinnern. Für Mirabar gab es außerhalb des Kreises nur das Schattenleben eines Dämons. Wie sollte sie die Wächter verlassen?

Aber genau das würde sie tun. Sie wußte, wenn die Zeit reif war, würde sie gehen müssen, oder der Rufer würde sie dazu zwingen. Sie hatte bereits genug gesehen, um zu wissen, daß er seine Kraft von Mächten bezog, die sie kaum ermessen konnte.

Mirabar starrte ins Wasser und blies eine Flamme in ihrer Hand, dann veränderte sie das Feuer zu etwas Dickflüssigem, Schwerem. Sie drehte die Handfläche nach unten und sah zu, wie das flüssige Feuer langsam ins Wasser tropfte, wie ein feiner Spinnwebfaden von ihrer Hand sank und anmutige Spiralen zog, wenn es das Wasser berührte und dort milchig verdampfte.

»Feuer in Wasser«, murmelte sie. *Feuer in Wasser.* Warum suchte sie dieses Bild immer wieder heim?

Als sie ins Wasser starrte, kehrte das Feuer plötzlich zurück. Es wand sich, drehte sich, teilte sich und erwachte dann glühend wieder zum Leben, in einer Gestalt, die ihr inzwischen vertraut war, obwohl sie ihre Bedeutung immer noch nicht kannte. Als das seltsame kintische Zeichen sich unter der bewegten Oberfläche des Wassers auflöste, nahm ein anderes Bild Gestalt an, ein wassergeborenes Bild, das kühl und silbrig von den Flammen abstach.

»Der *shir* ...« Schon wieder.

Feuer in Wasser.

Mirabar hörte die Stimme des Rufers. »Wie soll das geschehen?« fragte sie. »Wie kann Feuer stark genug sein ...«

Feuer in Wasser. Du mußt den shir *finden.*

»Ist es seiner? Gehört der *shir* dem Krieger?«

Finde den shir, *und du findest ihn.*

»Das habe ich nicht gefragt«, fauchte sie. Sie blickte auf. Der Rufer war auf der anderen Seite des Flusses, seine Augen glühten, seine Haut schimmerte vom Licht der Anderwelt.

Mirabar sprang auf, gegen ihren Willen verängstigt. Sie wußte immer noch nicht, was er war, verstand immer noch nicht sein Wesen oder den Grund, wieso er ausgerechnet sie erwählt hatte.

»Ist es Armian?« wollte sie wissen. »Ist Armian der Krieger, den ich finden muß?«

Feuer in Wasser.

»Feuer *in* Wasser, Feuer *und* Wasser ... Was meinst du denn nun genau?«

Feuer und Wasser. Eine Allianz.

»Ich habe gewisse Schwierigkeiten, die anderen zu überzeugen«, erklärte sie gereizt.

Finde die Allianz.

»Es *gibt* aber keine ...«

Die Welt klappte zur Seite, als der Fluß sich erhob, um

sie zu verschlingen; Feuer und Wasser vereinten sich zu einem entsetzlichen Wirbel, der ihr all ihre Kraft nahm. Sie konnte ihre Schreie nicht mehr zurückhalten, konnte sich nicht gegen den Schmerz verteidigen, konnte ihr Entsetzen nicht eindämmen.

Als das Feuer zu Asche und das Wasser zu Blut wurde, sah sie ihn wieder, durch einen Schleier der Angst: Daurion, den Yahrdan, mit dem ihre Freiheit vor Jahrhunderten gestorben war. Durch den Nebel des Schmerzes sah sie, wie er sein Schwert, eine glitzernde Waffe, hoch in den Himmel hob. Und bevor die eisigen Wasser des Flusses sie in das Reich der Zauberer und des Todes saugten, sah sie, wie er die Klinge schwang ... und das Zeichen der Drei zerschlug.

Tansens langes Schweigen störte Josarian nicht sonderlich, denn er sprach selbst gern, und es machte ihm nichts aus, wenn er dabei keine Konkurrenz hatte. Ihm wurde allerdings schnell klar, daß die Schweigephasen des *shatai* einem bestimmten Muster folgten. Wenn Josarian ihn fragte, sprach er gern über die seltsamen Länder, die er bereist, und über die unglaublichen Dinge, die er gesehen hatte, über die Eroberungskriege, die rund um das Mittlere Meer ausgetragen wurden, den erotischen Zauber kintischer Kurtisanen, die bizarren Sitten der haarigen Moorländer oder die Entbehrungen bei der Ausbildung zum *shatai*. Nur, wenn man ihn über ihn selbst ausfragte, seine Familie, seine Verbindung zu Kiloran, den Ursprung des *shir*, den er jetzt wieder in seiner Tasche verbarg, oder den Seidenschal, in den der Dolch gewickelt war, reagierte Tansen mit Schweigen, das die Luft selbst an einem Hochsommermittag hätte gefrieren lassen.

Das bewirkte selbstverständlich, daß Josarian diese Themen immer wieder ansprach, mit der Unnachgiebigkeit eines Valdani-Priesters, der seine Tributziegen fordert.

»Du erwähnst nie deinen Vater«, sagte er zu Tansen, als sie sich, nur noch einen halben Tagesmarsch von Malthenar entfernt, zu einer Rast im Schatten niederließen.

»Du erwähnst deinen ja auch nie. Wasser?«

»Danke.« Er trank einen Schluck aus dem Wasserschlauch aus Ziegenhaut, den Tansen ihm reichte, dann sagte er: »Mein Vater ist am Fieber gestorben. Vor vier Jahren. Meine Mutter starb ein paar Jahre zuvor.«

»Möge die Anderwelt sie willkommen heißen«, sagte Tansen höflich.

Unerschüttert von dem kühlen Schweigen, das folgte, frage Josarian: »Lebt dein Vater noch?«

»Nein.«

»Wann ist er gestorben?«

Tansen kniff gereizt die Lippen zusammen. »Als ich noch in den Windeln lag.«

»Wie?«

»Blutfehde.«

»Mit dem Sirdari-Klan.« Das war keine Frage.

Tansen sah ihn überrascht an. »Woher weißt du das?«

»Das ist der Klan meiner Frau.« Unwillkürlich warf er einen Blick auf das Hochzeitszeichen in seiner Handfläche, erinnerte sich an das Gefühl der Klinge, die seine

Haut zerschnitt, erinnerte sich, wie Calidar sich auf die Lippe gebissen hatte, als sie die Klinge führte, weil sie ihm nicht weh tun wollte.

»Kein Witwerzeichen«, bemerkte Tansen.

»Ich bin immer noch Calidars Mann«, sagte Josarian. »Ob sie lebt oder tot ist, macht keinen Unterschied, was die Schwüre angeht, die ich abgelegt habe.« Er fragte sich, ob sein Begleiter jetzt wohl den Kopf schütteln würde, wie Zimran es immer tat, oder ihn drängen würde, seinen Kummer zu vergessen und sich eine neue Frau zu suchen – was Jalilars Versuch war, ihm zu helfen. Oder würde er die Schultern zucken und gutmütig davon ausgehen, daß er irgendwann über seine Trauer hinwegkommen würde, wie die Männer in der *tirshah* im Dorf?

Die dunklen Augen des Kriegers verloren etwas von ihrer Kälte. Seine abweisende Miene entspannte sich ein wenig. Er nickte, als wäre Josarians Antwort vollkommen vernünftig. Dann sagte er: »Kein Wunder, daß du den Tod nicht fürchtest.«

»Sie wartet dort auf mich.« Seine Stimme war leise, sein Herz von plötzlicher Einsamkeit ergriffen.

»Wenn du das glaubst ...«

»Es ist wahr«, sagte Josarian. »Ich habe sie gesehen.« Als er Tansens skeptischen Blick bemerkte, wiederholte er: »Es ist wahr.« Er erzählte ihm von den Wächtern auf dem Niran und von der alten Frau, die Calidars Schatten aus der Anderwelt gerufen hatte.

Tansen erhob sich, und sie machten sich wieder auf den Weg. »Ein Jahr, nachdem mein Bruder sich in den Vulkan gestürzt hatte, nahm meine Mutter mich mit zu einem Wächterlager, wo wir ihnen geschmuggelten kintischen Stoff im Austausch für eine Anrufung boten.«

Dies war das erste Mal seit dem Abend, an dem sie sich kennengelernt hatten, daß der *shatai* freiwillig über seine Familie sprach. Josarian bohrte weiter nach. »Und?«

»Sie behauptete, sie hätte meinen Bruder im Flammenkreis gesehen, aber ich sah überhaupt nichts.«

»Nicht alle können die Schatten bei einer Anrufung sehen«, erklärte Josarian, »nur derjenige, der ...«

»Vielleicht sehen einige genau das, was sie sehen *wollen.*«

»Und vielleicht wollen einige nichts sehen«, gab Josarian zurück.

Tansen warf ihm einen kurzen Seitenblick zu. »Die Wächter sind sehr mächtig.«

»Das sind sie.«

»Vielleicht mächtig genug, jemanden glauben zu lassen ...«

»Ich *habe* sie gesehen.«

»Aber es war die Wächterin, die zu dir sprach, nicht der Schatten, oder?«

»Ja, aber es waren dennoch Calidars Worte, und ich habe gesehen ...«

»Du hast Zauberer gesehen, die Feuer atmen und Flammen in den Händen halten ... Woher willst du wissen, ob sie nicht auch kontrollieren können, was du im Feuer zu sehen glaubst?«

»Tashinar hat Calidar nie gesehen. Sie hätte nicht sprechen können wie sie. Es waren die Worte meiner Frau.«

»Dann wird Calidar dich willkommen heißen, wenn du in der Anderwelt eintriffst.«

»Ja.« Josarian schaute zu einem Bergpaß hinab und hielt nach Spähern Ausschau. »Und dann werden wir wieder zusammen sein.« Zufrieden, auf dem Paß keine Reiter zu entdecken, schaute er wieder Tansen an. »Aber du glaubst das nicht, oder?«

Tansen zuckte die Achseln. Er drehte sich um und ging weiter. Immerhin, stellte Josarian fest, erwartete der geheimnisvolle *roshah* nicht mehr, daß sein Begleiter ihn angriff. Tansen hatte Josarian am Morgen nach ihrer Begegnung den *yahr* zurückgegeben, und jetzt steckte die Waffe wieder sicher in Josarians *jashar*. Josarian folgte Tansen den gefährlichen Pfad entlang, der sich an die Bergflanke schmiegte.

»Die Wächter können nicht erklären, wieso nicht jeder in die Anderwelt geht«, erwiderte Tansen schließlich.

»Die Reise ist lang und schwierig.«

»Ich habe von schwachen, alten, lasterhaften *shallaheen* gehört, die jedes Jahr von irgendeinem Verwandten angerufen werden«, meinte Tansen, »und dann gibt es kräftige junge Männer, die bei einem Steinschlag umkamen, die nicht ein einziges Mal im Feuerkreis erschienen.«

»Vielleicht, weil ihre Leichen nicht verbrannt wurden.« Jeder wußte doch, daß eine Leiche durch Feuer gereinigt werden mußte. »Vielleicht deshalb ...«

»Nein.« Tansen schüttelte den Kopf. »Wenn es so einfach wäre, würden wir das wissen.«

»Du glaubst also, daß wir alle einfach verschwinden?« fragte Josarian neugierig. Es mußte erschreckend für einen Söldner sein, der ständig sein Leben im Kampf aufs Spiel setzte, wenn er nicht an die Anderwelt glaubte oder zumindest daran zweifelte, sie je erreichen zu können.

Tansen verlangsamte seinen Schritt und sah sich die Narben in seiner rechten Handfläche an, die seine Verwandten geschnitten hatten, als er als kleines Kind einen Namen erhalten hatte und später, als er offiziell zum Erwachsenen geworden war. »Ich weiß es nicht«, sagte er schließlich. »Ich hoffe nicht.«

»Was glaubst du denn, wohin *du* gehen wirst?« bohrte Josarian weiter.

»Ich glaube ...« Tansen starrte in die Ferne, dorthin, wo sich Dar majestätisch über alle anderen Berge erhob. »Ich glaube, Dar will mich für sich.«

Das war keine Prahlerei, stellte Josarian fest. »Als Strafe?« Er hätte gern gefragt, was Tansen denn getan hatte, aber er wußte, daß der Krieger ihm nicht antworten würde.

Der Augenblick war vorüber. Tansen zuckte noch einmal die Schultern, dann wandte er sich ab und beschleunigte seinen Schritt, bis es selbst Josarian schwer gefallen wäre, noch genug Atem zum Reden erübrigen zu können.

Tansen beobachtete die Straße von Malthenar, während Josarian in das Dorf hinabstieg, um im Haus von Blutpakt-Verwandten Essen und Informationen zu beschaffen. Nachdem er vier Jahre alleine gereist war, mußte Tansen feststellen, daß der Gesetzlose ein überraschend angenehmer Begleiter war, obwohl er häufig nach Dingen fragte, über die Tansen nicht sprechen wollte. Josarians Kommentare zeigten auch, daß er über einen flinken Geist und intuitives Verständnis des menschlichen Wesens verfügte. Er war auch ungemein neugierig auf die Welt, die hinter diesen Bergen lag, und er stellte Fragen, die Tansen ihm gern beantwortete. Es war nützlich für einen *shatai*, mögliche Kunden und Verbündete mit einer Fülle guter Geschichten für sich einzunehmen, und obwohl Tansen eigentlich kein sonderlich gesprächiger Mann war, hatte er dennoch das natürliche Erzähltalent eines *shallah*.

Er hatte schon vieles über Josarian erfahren, als er ihn verfolgt hatte, aber er war immer noch überrascht von den Wesenszügen des Mannes, mit dem er sich nun zusammengetan hatte. Er hatte nicht erwartet, ihn zu mögen. Er war darauf vorbereitet, die Gesellschaft eines verbitterten, störrischen und bewußt ignoranten Schafhirten ertragen zu müssen, solange der Mann weiterhin die Valdani verschreckte und andere aufhetzte, dasselbe zu tun. Als er nach Josarian gesucht hatte, hatte Tansen ihn einfach für einen besonders rebellischen Gesetzlosen in einem Land hoffnungsloser Sklaven gehalten. Niemals hätte er erwartet, was er schließlich gefunden hatte: einen Visionär.

Es lag in Josarians Stimme, jedesmal, wenn er von Sileria sprach, von seinem Dorf, seiner Familie, den Ungerechtigkeiten, die er erlebt hatte, und dem Augenblick, in dem er sich für den Weg der Gewalt und des Widerstands entschieden hatte. Er war nicht nur einer, der Nachschublager plünderte und unvorsichtige Späher umbrachte. Nein, er hatte den Valdani Blutfehde geschworen – er hatte Tansen die frische Narbe in seiner linken Handfläche gezeigt.

Eine Blutfehde konnte Generationen überdauern und

dafür sorgen, daß ganze Klans ausgelöscht wurden. Blutfehden gehörten zu den Bräuchen, die es den Valdani so leicht gemacht hatten, Sileria zu erobern. Aber im Gegenzug waren sie auch eine Quelle immenser Kraft. Männer, die anderen eine Blutfehde erklärt hatten, konnten furchtlos, gnadenlos und ihrem Ziel, ihre Feinde zu töten, über alle Vernunft hinaus verpflichtet sein.

Eine Blutfehde gegen die Valdani. Was für eine außergewöhnliche Idee – sie ging über alles hinaus, was Tansen eingefallen war, als er in Cavasar diesen nervösen Valdani-Kommandanten schwitzen sah. Als er gesehen hatte, wie es einem einzigen elenden *shallah* gelungen war, Angst und Schrecken unter den Valdani zu verbreiten und die Bürger von Cavasar zu Aufständen, Unruhen und Ungehorsam anzustacheln, hatte Tansen nur daran gedacht, sich diesem Gesetzlosen anzuschließen und ihn so lange wie möglich am Leben zu halten. Die Späher würden ihre immensen Mittel aufwenden, um Josarian zu vernichten, aber ein Mann, der von einem *shatai* beschützt wurde, war schwer zu töten. Je länger Josarian am Leben und aktiv blieb, desto mehr Schaden würde er den Valdani in dieser Region zufügen.

Tansen hatte bisher, seit er nach Hause zurückgekehrt war, hauptsächlich daran gedacht, eine Rolle für sich selbst zu finden. Er konnte nicht mehr tun, worauf ihn seine Jugend vorbereitet hatte. Dafür hatte er sich zu sehr verändert; zu viel war seit jenen Tagen geschehen. Außerdem war ein *shallah* nichts ohne seine Familie – nichts als ein Ausgestoßener, ein *roshah* –, und seine Leute waren alle tot. Nach all den Jahren hatte er also vor allem eine Möglichkeit zur Rache im Auge gehabt. Ganz gleich, wie sehr er sich verändert hatte, er war immer noch *shallah* genug, um Rache für das zu wollen, das die Valdani seiner Familie angetan hatten.

Dennoch, bis er dem Rebellen begegnet war, hatte Tansen keine Ahnung von Josarians Sichtweise gehabt. *Eine Blutfehde gegen die Valdani.* Etwas, das nie ein Ende haben, das für Generationen andauern würde. Etwas, das weiterleben würde, lange nachdem ihre beiden Köpfe die Tore einer Späherfestung geziert hatten. Ein Traum, in dem *shallaheen* immer noch Valdani-Blut vergossen, lange nachdem er und Josarian tot waren.

Allein dieser Traum war es wert, wieder nach Hause gekommen zu sein, und er würde es wert sein, dafür zu sterben, wenn die Zeit gekommen war – und das war abzusehen. Sie waren nur zu zweit, während Koroll Tausende von Spähern befehligte. Aber immerhin würden Tansen und Josarian einige Zeit überleben, ihren Unterdrückern beträchtlichen Schaden zufügen und ein Erbe hinterlassen können, dem andere nach ihrem Tod folgen konnten.

Eine *Blutfehde*. Er hatte nicht erwartet, je wieder eine Blutfehde zu schwören, aber heute abend würde er eine kintische Klinge über seine linke Handfläche ziehen und sich derselben Sache verpflichten wie Josarian.

Josarian kam mit Essen, Wein, sauberer Kleidung, Informationen über die Späher und einem zweiten *yahr* zurück, den der Blutsbruder seines verstorbenen Vaters ihm gegeben hatte.

»Kintisches versteinertes Holz«, stellte Tansen fest, als

er den *yahr* näher betrachtete. »Ist dieser Blutonkel von dir ein Attentäter?«

Josarian schüttelte den Kopf. »Sein Sohn war einer. Vor zehn Jahren wegen eines Blutfluchs getötet.«

Ein Blutfluch wurde gegen eine Einzelperson ausgesprochen, nicht gegen eine ganze Familie, einen Klan, ein Dorf oder eine Glaubensgemeinschaft. Blutflüche waren im allgemeinen Angelegenheit der Gesellschaft und ihrer Attentäter.

»Kiloran hat angeboten, ihn – den Attentäter – in Wassermagie zu unterrichten, damit er Baran verrät«, sagte Josarian. »Baran hat herausgefunden, daß er verraten wurde, und den Mann getötet.«

»Wer ist Baran?«

»Vor zehn Jahren war er nur irgendein Wasserherr. Heute ist er Kilorans größter Konkurrent.« Josarian zeigte nach Norden und fügte hinzu: »Schon vor dem Tod meiner Frau vor einem Jahr haben sie sich um die Macht über den Idalar gestritten.«

»Dieser Fluß gehörte doch immer Kiloran«, sagte Tansen überrascht.

»Jetzt nicht mehr. Aber er gehört auch noch nicht vollständig Baran.« Josarian führte Tansen von dem Dorf weg, jetzt, da es beinahe dunkel war, mit etwas vorsichtigerem Schritt. »Im vergangenen Jahr hat Baran den Fluß von Illan bis Shaljir einfrieren lassen.«

»Die Stadtbewohner müssen verzweifelt gewesen sein«, meinte Tansen. Die Bevölkerung von Shaljir hing, was die Wasserversorgung anging, fast vollkommen von diesem Fluß ab.

»Die *toreni* und die Kaufleute der Stadt haben Tribut an Kiloran gezahlt, den er behielt, obwohl er wegen des Flusses nichts tun konnte.«

»Selbstverständlich.«

»Dann hat Kiloran als Vergeltung Barans gesamtes Geburtsdorf überflutet.« Josarian beschrieb, wie die Fluten einfach innegehalten hatten, als sie den Rand der Klippe erreichten, auf der das Dorf lag, als wären sie gegen eine Mauer gestoßen. »Wasser, so hoch wie die Taille eines Mannes, genug, um das Dorf zu bedecken, und es blieb ... es blieb am Rande der Klippe einfach stehen. Blieb dort für beinahe eine gesamte Jahreszeit, bevor beide Wasserherren sich andere Kampfmethoden ausdachten.«

»Kein Wunder, daß Kiloran Baran töten will«, meinte Tansen nachdenklich.

»Und er will dich ebenfalls töten lassen.«

»Mein Dorf kann er nicht mehr überfluten. Das gibt es nicht mehr.«

»Hast du noch irgendwo Verwandte?«

»Nein. Nach der Blutfehde gegen meinen Vater waren ohnehin nicht mehr viele übrig.«

»Calidars Verwandte sind auch umgekommen«, murmelte Josarian. »Ich kannte einige von ihnen. Eine Verschwendung von Menschenleben.«

»Ja«, stimmte Tansen ihm zu. »Als ich zur Welt kam, konnte sich schon niemand mehr daran erinnern, wieso die Fehde begonnen hatte.«

»Und jetzt fangen wir eine neue an«, sagte Josarian.

»Diese Fehde hätte schon vor Jahrhunderten anfangen sollen.«

»Ja.« Josarian dachte einen Augenblick nach, dann sagte er: »Ich kann nicht mehr zurück, Tansen, aber du ...«

»Ich auch nicht.«

»Dann ...«

»Gemeinsam werden wir in die Zukunft schauen.« Er sah seine linke Handfläche an. »Ich bin bereit.«

Sie fanden einen Platz für ein Lager. Tansen aß, was Josarian für ihn aus Malthenar mitgebracht hatte, während Josarian ein bescheidenes Feuer entzündete. Dann holte Josarian sein kleines Häutemesser heraus.

»Ich werde das hier benutzen«, sagte Tansen, zog eines seiner Schwerter und hielt die Klinge ins Feuer.

»In Ordnung, aber ich werde mein eigenes Messer benutzen.«

»Wozu?«

Josarian sah ihn an. »Ich möchte dich fragen, ob du mein Blutsbruder werden willst. Wirst du mir die Ehre erweisen, Tansen?«

»Blutsbrüder? *Wir?*« Tansen versuchte nicht einmal, seine Überraschung zu verbergen. Eine solche Verpflichtung gingen Männer normalerweise nicht ein, wenn sie sich erst ein paar Tage kannten – das wußte Josarian ebensogut wie er.

Aber trotz Tansens nicht sonderlich schmeichelhafter Reaktion auf seinen Vorschlag nickte Josarian ohne Zögern. »Du hast keine Familie mehr. Niemand, dem du trauen kannst. Nicht einmal jemanden, der deine Leiche verbrennen wird, wenn du tot bist.«

»Ich bin jetzt neun Jahre zurechtgekommen, ohne daß ...«

»Aber jetzt bist du *hier*. Du kannst nicht wieder einer von uns sein, ohne irgendwelche Verwandten zu haben.«

»Du weißt, daß Kiloran hinter mir her ist«, warnte Tansen. »Wie sicher werden meine Verwandten sein?«

»Ungefähr so sicher wie meine«, meinte Josarian und fügte hinzu: »Ich habe tatsächlich Verwandte, aber sie wissen nicht, wo ich bin. Es kann sein, daß ich in Britar sterbe und sie nie wiedersehen werde. Ich würde lieber mit einem Bruder an meiner Seite sterben.«

»Und wenn wir beide überleben«, sagte Tansen, »hast du einen Blutsbruder am Hals, den du kaum kennst.«

Josarian lächelte. »Ich kenne dich, Tansen. Ich weiß nicht, was du angestellt hast, wieso Kiloran dich umbringen will, oder was du von Dar befürchtest, aber ich kenne *dich*. Einigen Menschen steht die Ehre ins Gesicht geschrieben und sie tragen ihren Mut wie eine Fahne vor sich her.« Er nickte. »Ich kenne dich gut genug, um einen Blutpakt mit dir zu schwören.«

Ein *shatai* brauchte niemanden, nachdem sein Lehrer ihn in die Welt hinausgeschickt hatte, aber ein *shallah* konnte nicht existieren, ohne zu dem komplizierten Netz von Verpflichtungen zu gehören, das definierte, wem man trauen durfte und wem nicht. Ein *shallah* war nichts ohne seine Verwandten.

Tansen sah über das Feuer hinweg diesen Mann an, an dessen Hals immer noch die Wunde zu bemerken war, die er ihm mit dem *shir* zugefügt hatte, an dem Abend, an dem sie einander zum ersten Mal gesehen hatten. Josarian hatte etwas hellere Haut und helleres Haar, als Tans Verwandte gehabt hatten, er war größer und kräftiger gebaut. Sein Dialekt klang, wie der aller Bewohner dieser Region, etwas schleppend für Tansens östliche Ohren. Wären ihrer beider Leben normal verlaufen, wären sie einander nie begegnet.

»Wenn ich wirklich nach Hause kommen will«, sagte Tansen langsam, »dann brauche ich wohl einen Bruder, wie?«

»Ja.«

Sie sahen einander an, bis Tansen schließlich seine Entscheidung traf.

»Wirst du mir dann die Ehre erweisen, Josarian?« fragte er förmlich.

Josarian grinste breit, aber er antwortete ebenso förmlich: »Die Ehre liegt ganz auf meiner Seite.«

Als beide Klingen vom Feuer gesegnet waren und vor Hitze glühten, zog Tansen die seine in einer tiefen, gebogenen Linie, die seiner Lebenslinie folgte, über die linke Handfläche; ein einziger Schnitt für die beiden Schwüre, die er an diesem Abend ablegen würde. Ein *shallah* galt nicht als Mann, wenn er nicht in der Lage war, sich auf diese Art selbst zu verletzen, ohne mit der Wimper zu zucken. Er hielt die Hand über das Feuer und sah zu, wie das Blut zischend in die Flammen tropfte und eins mit ihnen wurde.

»Ich schwöre bei Dar, bei meiner Ehre und bei der Erinnerung an meine hingeschlachteten Verwandten«, begann Tansen mit den traditionellen Worten einer Blutfehde, »daß deine Feinde jetzt meine Feinde sind, und daß ich keine Ruhe und keinen Frieden finden werde, bis das Blut eines jeden Valdan in Sileria fließt wie das meine nun.«

Josarian schnitt eine ebenso tiefe, gebogene Linie in seine linke Handfläche, dann streckte er die Hand zu Tansen aus. Goldenes Licht fiel auf ihre Gesichter, als sie sich über dem Feuer fest die Hände reichten. Ihr Blut vermischte sich, dann tropfte es aus ihrem festen Griff ins Feuer und machte sie vor Dar und der Anderwelt zu Männern eines Blutes.

Sie hatten ihre *jashareen* bereits abgelegt und wickelten sie nun um ihre Hände, banden sie zusammen. Das Blut floß weiter und hinterließ Flecken auf den Schnüren der *jashareen*, eine dauerhafte Veränderung in der Identität eines jeden der Männer, und ein weiteres Zeichen der lebenslangen Brüderschaft, die sie einander geschworen hatten.

»Ich schwöre bei den Seelen meiner toten Eltern und bei Dar selbst«, erklärte Josarian, »dir zu vertrauen wie einem Bruder, den meine eigene Mutter geboren hat. Ich schwöre bei meiner Ehre und beim Andenken meiner Frau, daß du mir vertrauen und dich auf mich verlassen kannst, als wäre ich ein Bruder, den deine eigene Mutter gebar.«

Tansen gab seinen Schwur mit derselben stetigen, klaren Stimme ab, versprach Vertrauen und absolute Loyalität. Beide rezitierten ihren Stammbaum so weit zurück, wie sie konnten, dann schworen sie, auch die Familien des jeweils anderen zu beschützen, sollte dies je notwendig werden.

Zum Abschluß der Zeremonie betete Josarian zu Dar und bat sie um ihren Segen.

In einer solch dunklen Nacht war der Darshon nicht zu

erkennen, aber sie wußten, in welche Richtung sie sich wenden mußten. Unfähig zu beten, beugte Tansen respektvoll den Kopf und hörte seinem Bruder schweigend zu.

Tansen trat an das Feuer, an dem Josarian saß. Er streckte die linke Hand aus. »Ich nehme nicht an, daß du etwas aus Malthenar mitgebracht hast, das ich um meine Hand wickeln kann, bis sie aufhört zu bluten?«

»Wir werden deine Sachen zerschneiden und zum Verbinden benutzen«, erwiderte Josarian.

Tansen beäugte ihn skeptisch. »Und was soll ich stattdessen anziehen?«

»Etwas, das nicht so sehr auffällt.« Ungeschickt wühlte er mit einer Hand an einem Bündel herum, das er mitgebracht hatte, und zog ein einfaches, häufig geflicktes, aber sauberes Hemd heraus. »Wenn es jetzt wärmer wird, wird es dir in diesen Moorländer-Kleidern ohnehin zu heiß werden.«

»Ja, aber sie zerschneiden? Es wird auch wieder kalt werden.«

»Ach, wer weiß, ob du lange genug lebst.« Josarian grinste ihn an. »Und sollte das passieren, wird uns schon irgendwer ein paar Lumpen überlassen.«

»Diese Kleidung ist von bester Qualität«, protestierte Tansen. »Hast du eine Ahnung, wieviel Goldstücke sie mich gekostet hat?«

»Sagtest du nicht, daß ein *shatai* leicht Geld verdienen kann?« erinnerte Josarian ihn und hielt ihm das Hemd hin.

Tansen griff mit resignierter Miene nach dem Bündel.

»Ja, aber vergiß nicht, daß ein Valdan all mein Gold gestohlen hat.«

»Einer, der deine Beschreibung überall verbreiten wird, wenn du ihm nicht bald meinen Kopf lieferst.«

Das mußte Tansen zugeben. Er betrachtete die traditionelle *shallah*-Kleidung mißbilligend, denn er war inzwischen Besseres gewöhnt. Das Material war grob gesponnen, und die Kleidungsstücke waren so geschnitten, daß sie allen möglichen Männern gepaßt hätten – und keinem von ihnen sonderlich gut. Dennoch, er wußte, daß Josarian recht hatte. Es war nicht länger wünschenswert, so auffällig zu sein; hier in den Bergen fiel er ebenso auf, wie Korolls Pferd aufgefallen wäre. »Schon gut«, sagte er schließlich, »ich werde sie anziehen.« Er legte den Waffengurt ab, dann schnürte er den maßgeschneiderten, bestickten Rock auf und zog ihn aus.

Josarian schnappte nach Luft. »Bei den Feuern! Wer hat dir das angetan?«

Tansen sah, was sein Blutsbruder da so entsetzt anstarrte, und blickte auf seine Brust hinab. »Das war Kaja. Mein *shatai-kaj*.« Da Josarian immer noch entsetzt aussah, fügte er hinzu: »Das ist nur ein Brandmal.«

»Jemand hat dich gebrandmarkt?«

»Es ist ein Ehrenmal, Josarian.« Er hob seine narbige rechte Hand. »Wie diese hier.«

»Und was ehrt es?« Josarian betrachtete das Symbol, das auf Tansens Brust eingebrannt war.

»Als ich meine Prüfung absolviert und mein Lehrer mich zum *shatai* erklärt hatte, hat er mich auch als *shatai* gekennzeichnet.« Tansen zeichnete das Symbol mit dem

Zeigefinger nach. »Diese beiden Halbmonde stehen für den Neumond. Die Zauberer des Steinwaldes, die meine Schwerter gemacht haben, sind angeblich am mächtigsten, wenn Abayara und Ejara im Zunehmen begriffen sind. Die Male stehen für die Macht, die nur durch die Vereinigung von Körper und Geist, Seele und Fleisch, Himmel und Erde erreicht wird.«

»Und das Zeichen zwischen ihnen?«

»Ist eine kintische Hieroglyphe.«

»Eine was?«

Tansen lächelte. »Es ist so etwas wie ein kintischer *jashar.*«

»Und was sagt er?«

»Daß ich ein *shatai* bin.«

Josarian dachte darüber nach. »Ein *shatai* muß sehr tapfer sein«, sagte er schließlich, »wenn er zustimmt, sich brandmarken zu lassen.«

»Wir haben alle fünf Jahre Zeit, um uns an den Gedanken zu gewöhnen«, meinte Tansen gleichmütig. »Immer vorausgesetzt, wir überleben die Ausbildung.«

Er zog seine Stiefel aus, dann die Moorländer-Hosen, die wie eine zweite Haut saßen. Bedauernd reichte er Josarian die Kleidungsstücke, und dieser packte den Rock sorgfältig ein, für den Fall, daß man ihn noch einmal brauchen könnte, und dann zerschnitt er mit seinem Häutemesser die Hose. Tansen zog das geflickte Hemd über, das Josarian ihm gegeben hatte. Er stülpte es über Oberkörper, Hüften und Oberschenkel, dann zog er den Zopf durch die Halsöffnung.

In diesem Augenblick wurde ihm klar, daß er sich auch

von seinem Zopf verabschieden müßte, wenn er wirklich wie ein gewöhnlicher *shallah* aussehen wollte. Der Zopf reichte ihm bis zur Taille, und in den meisten kintischen Königreichen war diese Haartracht üblich, aber hier wirkte sie seltsam. Mürrisch dachte er daran, wieviel Wert sein *kaj* auf ein gepflegtes Äußeres gelegt hatte. Er hatte Tansen, als er ihn als Schüler aufnahm, für einen schmutzigen Barbaren gehalten. Mit einer lautlosen Bitte um Verzeihung an den alten Mann schnitt er sich den Zopf in Schulterhöhe ab.

Josarian sah zu, wie er den Strang glänzenden Haars ins Feuer warf und sich dann die Hand mit Streifen weichen Stoffs verband.

»Jetzt siehst du wie ein *shallah* aus«, erklärte Josarian erfreut. »Jetzt bist du wirklich nach Hause gekommen.«

KAPITEL 8

Der *shallah*, der an diesem Abend die lange, staubige Straße zu der alten Festung außerhalb von Britar entlangging, sah enttäuschend unauffällig aus, jedenfalls nach Ansicht von Myrell, dem Valdani-Hauptmann, der vor ein paar Tagen die Idee gehabt hatte, zwanzig von Josarians Freunden und Verwandten gefangenzunehmen. Dieser Fremde sah nicht aus wie jemand, der zwei Späher mit bloßen Händen töten könnte, und ganz bestimmt nicht wie jemand, der selbst nicht zu töten war. Wenn das Josarian sein sollte, dann sah er aus wie jeder andere silerische Bergbauer, ganz gleich, was man sich über seinen Mut und seine Kraft erzählte.

Toren Porsall, trotz seines lächerlichen silerischen Titels ein Valdan, hatte sich bei Myrell über diesen mordenden, diebischen Schurken beschwert. Also hatte Myrell – der diese Barbaren besser verstand, als seine dünnblütigen Vorgesetzten in Cavasar und Shaljir es je könnten – sofort Maßnahmen ergriffen, um Josarians Untaten ein Ende zu setzen.

Wenn die Späher Josarian nicht finden konnten, dann konnten sie doch wenigstens sein eigenes Volk gegen ihn aufbringen, indem sie es um seinetwillen leiden ließen. Wenn die Valdani erst einmal anfingen, die Gefangenen hinzurichten, weil Josarian sich nicht stellen wollte, würden die *shallaheen* bald nicht mehr so loyal zu ihm stehen. Wahrhaftig nicht. Myrell hatte erlebt, wie sich diese

Bauern ohne den geringsten Grund gegeneinander wandten. Er hatte gesehen, mit welcher Inbrunst sie ihren Blutfehden nachgingen und welche Verehrung sie den Attentätern entgegenbrachten. Wilde wie diese Leute würden nur einen kleinen Anstoß brauchen, um sich gegen Josarian zu wenden, und dann würden sie so versessen darauf sein, ihn umzubringen, daß die Späher sich die Mühe sparen könnten.

Immer vorausgesetzt, Josarian stellte sich tatsächlich nicht. Nun stand Myrell an der Brüstung oberhalb des Haupttors und beobachtete zufrieden, wie ein einzelner *shallah* sich der Festung näherte. Der Gesetzlose hatte nicht mehr viel Zeit, wenn er als Märtyrer sterben wollte, statt von seinen eigenen Leuten gehetzt zu werden. Die Sonne ging unter, und heute nacht würde die letzte Dunkelmondnacht sein, bevor Abayara erneut als glitzernder Lichtsplitter am Himmel erschien. Ab morgen würden die Späher ihre Geiseln töten, jeden Tag eine, wenn Josarian sich nicht stellte.

Es war selbstverständlich günstiger für Myrell, Josarian selbst gefangenzunehmen, als ihn von anderen *shallaheen* ermorden zu lassen. Selbst wenn seine Vorgesetzten wüß- ten, daß es Myrells mutiges Vorgehen gewesen war, das schließlich zu Josarians Vernichtung geführt hatte, würden sie dennoch den Ruhm für sich einheimsen, wenn der Gesetzlose von seinen Leuten umgebracht wurde. Aber wenn Myrell ihn tatsächlich gefangennehmen konnte, wenn er Josarians Kopf nach Cavasar oder gar nach Shaljir bringen konnte ... Wer wußte, welcher Ruhm ihm daraus erwüchse?

Myrell vollzog das Zeichen der Drei und betete darum, daß der Fremde dort unten tatsächlich Josarian sein möge, der gekommen war, um seine Freunde und Verwandten vor dem sicheren Tod zu retten. Es schien ein höchst unwahrscheinliches Opfer für einen *shallah*, aber es bestand kein Zweifel daran, daß diese Bauern in ihrer Loyalität ebenso blind sein konnten wie in ihrer Blutgier und Rachsucht.

Der Fremde blieb etwa hundert Schritte vor dem Haupttor stehen. Sein strähniges schwarzes Haar hing ihm bis über die Schultern, ungekämmt und ungepflegt. Er trug die grobe, selbstgesponnene Kleidung der meisten *shallaheen*, und an der linken Hand hatte er einen Verband, als hätte er sich geschnitten oder sich die Wunde bei einem dieser barbarischen Rituale selbst zugefügt. Myrell konnte sehen, daß er immer noch jung war, hochgewachsen, schlank und von aufrechter Haltung. Die Beschreibung, die sie von Josarian hatten, schien auf ihn zu passen.

Der Fremde blickte auf zur Festung, wo jetzt dreißig Bogenschützen standen und abwarteten. Auf Valdan, wenn auch mit leichtem Akzent, rief er: »Wer ist der Kommandant hier?«

»Das bin ich, Hauptmann Myrell. Und wer fragt?«

»Ich, wer sonst?«

»Wer bist du?« fragte Myrell gereizt und bereit, seinen Bogenschützen das Zeichen zu geben.

»*Toren* Porsall läßt dich grüßen, Hauptmann.«

Myrell zögerte. »Bist du einer von Porsalls Leuten?« Ein *shallah?* Unwahrscheinlich. Valdani-Adlige ließen *shal-*

laheen zwar auf ihren Feldern arbeiten, ihre Straßen bauen und sich um ihr Vieh kümmern, aber sie erhoben sie selten in den Rang von Leibwächtern oder persönlichen Dienstboten.

»Nein«, erwiderte der Fremde. »Ich bin derzeit nur Porsalls Gastgeber.«

»Erkläre das gefälligst, *shallah!*«

»Als ich hörte, daß du zwanzig *shallaheen* als Geiseln genommen hast, dachte ich, es wäre angemessen, meinerseits einen Valdani-*toren* in Gewahrsam zu nehmen, bevor ...«

»Was sagst du da?«

»... bevor ich herkomme, um mit dir darüber zu sprechen, wie wir dieses unangenehme Problem lösen.«

»Du hast einen valdanischen Adligen entführt?« stotterte Myrell, außer sich vor Wut.

»Du weißt doch sicher, daß dies eine alte silerische Sitte ist«, erwiderte der unverschämte *shallah*. Auf diese Weise ist es auch der Gesellschaft immer gelungen, ihren Wohlstand zu wahren, wenn die Leute mit ihren Tributzahlungen nachlässig wurden.«

Es war tatsächlich ein alter Brauch unter diesen Wilden. Selbst jetzt, trotz allem Druck, den der Kaiser auf die Gesellschaft ausübte, geschah es immer noch, daß *toreni* und reiche Kaufleute – Valdani, Silerier und Ausländer – von der Gesellschaft entführt wurden und man sie gefangenhielt, bis Lösegeld bezahlt wurde – oder ermordete, wenn die Zahlung nicht erfolgte. Tatsächlich war dieser Brauch derart verwurzelt, daß viele potentielle Opfer das Lösegeld schon zahlten, wenn sie nur die Nachricht erhielten, die Forderungen würden bei sofortiger Zahlung niedriger sein, als wenn man erst eine teure Entführung arrangieren müsse. Selbstverständlich wurde jeder, der sich weigerte, daraufhin entführt. Aber Myrell hatte nie gehört, daß einfache *shallaheen* es gewagt hätten, jemanden zu entführen.

»Wer hat dir dabei geholfen?«

»Ich habe keine Hilfe gebraucht. Jedenfalls nicht mehr, als ich brauchte, um in sein Schlafzimmer zu spazieren und ihm sein Gold zu stehlen.«

»Josarian«, stellte Myrell fest.

»Niemand außer mir weiß, wo Porsall ist, Myrell. Wenn du mich jetzt umbringen läßt, wird er dort, wo ich ihn zurückgelassen habe, sterben. Und das wird deine Schuld sein.«

»Man wird *mir* nicht die Schuld daran geben, daß ...«

»Ach ja? Nachdem ich dir die Situation vor so vielen Zeugen erklärt habe?«

»Ich verlange einen Beweis für deine lächerliche Behauptung.«

»Das dachte ich mir.« Josarian bat die dreißig Bogenschützen, die auf ihn zielten, bitte nicht nervös zu werden, und entfaltete ein kleines Bündel, das er bei sich hatte.

Myrell starrte es einen Augenblick verwirrt an, bevor er sagte: »Ein blutiges Hemd? Das soll ein Beweis sein?« Sein Tonfall war verächtlich, aber er war erschüttert.

»Porsalls Hemd.« Josarian betrachtete das Hemd selbst. »Das mit dem Blut tut mir leid, aber er war nicht leicht zu entführen.«

»Ich will dieses Hemd von nahem sehen!«

»Selbstverständlich, Hauptmann. Möchtest du herkommen und es dir hier anschauen?«

Myrell ignorierte die Bosheit und befahl acht Männern, vors Tor zu reiten und das Hemd abzuholen.

Tansen sah zu, wie vier Späher zurück zur Festung ritten und dabei sein einstmals makelloses Moorländer-Hemd mitnahmen. Inzwischen war es nicht nur staubig und geflickt, sondern auch noch mit Blutflecken versehen, die von der Wunde in seiner linken Handfläche stammten:

Er hatte sie noch einmal geöffnet, um seiner Behauptung, Porsall entführt zu haben, ein wenig mehr Glaubwürdigkeit zu verleihen.

Die anderen vier berittenen Späher blieben bei ihm. Er hatte sich den Waffengurt direkt auf den Oberkörper geschnallt, unter dem bescheidenen Hemd, das er jetzt trug. Er hatte den Gurt so abgeändert, daß jetzt beide Schwerter auf seinem Rücken hingen, die Griffe verdeckt von seinem zerzausten Haar.

Nun mußte er alle nur noch so lange aufhalten, wie Josarian brauchte. Als die Festungstore wieder aufgingen, um die vier Späher mit dem Hemd einzulassen, stellte Tansen erfreut fest, daß man drinnen eine beträchtliche Anzahl von Männern versammelt hatte, die ihn gefangennehmen sollten.

Nachdem er das Hemd untersucht hatte, rief Myrell:

»Das hier ist Moorländer-Arbeit, *shallah!* Hältst du mich für dumm?«

»Moorländer? Tatsächlich?« fragte Tansen gelangweilt. »Ist das von Belang?«

»Erwartest du ernsthaft, daß ich dir glaube, dieses Hemd hätte einem Valdani-*toren* gehört?«

»Ich habe keine Ahnung, welche Mode der Valdani-Adel derzeit bevorzugt«, rief Tansen zurück. »Aber da der *toren* all seine Pferde aus den Moorlanden bezieht, kauft er vielleicht dort auch Kleider.«

Myrell schien sich mit jemandem zu beraten, dann rief er: »Du mußt schon einen besseren Beweis bringen, Josarian.«

»Vielleicht solltest du ein paar Leute zu Porsalls Besitz schicken, um zu bestätigen, daß er verschwunden ist«, schlug Tansen vor.

»Es ist schon beinahe dunkel«, stellte Myrell verärgert fest. »Meine Männer würden die halbe Nacht brauchen, bis sie dort eintreffen.«

»Das ist ja wohl kaum meine Schuld.«

»*Alles* ist deine Schuld.«

Tansen grinste. Er hatte die Minuten gezählt und ging jetzt davon aus, daß es Zeit für den nächsten Schritt war. »Ich komme morgen wieder, Myrell, und ich hoffe, daß du dann vernünftiger bist.«

»Du gehst nirgendwo hin!« Myrell schrie den Spähern zu, die Tansen umringt hatten: »Haltet ihn auf!«

Tansen zog sich so weit zurück, daß die berittenen Späher zwischen ihm und den Bogenschützen auf der Brüstung waren. Mit einer Geschwindigkeit, für die er jahrelang trainiert hatte, griff er zu seinem Nacken und in den lockeren Kragen seines Hemds, um die Schwerter zu ziehen. Er tötete einen Valdan, indem er ihm die Kehle durchschnitt, dann einen anderen mit einem Schwertstich in die Eingeweide, bevor die beiden anderen Späher überhaupt bemerkten, was geschah. Dann kam der Teil des Plans, den er nicht ausstehen konnte: Er schwang sich auf eines der Pferde und damit ins Blickfeld von dreißig Bogenschützen. Noch ehe er so recht im Sattel saß, hatte er das Pferd schon zum Galopp angetrieben. Das widerwärtige Zischen von Pfeilen erklang rings um ihn her, als er sich so schnell wie möglich von der Festung entfernte. Die Federung eines der Pfeile streifte seine Wange. Er hatte sich dicht über den Hals des Pferdes gebeugt und hörte nun die Hufschläge der beiden anderen Späherpferde, die ihn verfolgten. Einer der Bogenschützen war so schlau gewesen, auf das Pferd zu zielen, und das Tier schrie und bäumte sich auf, als ein Pfeil es in der Kruppe traf. Tansen brüllte und drosch mit der flachen Klinge eines seiner Schwerter gnadenlos auf das Pferd ein, verzweifelt bemüht, sich aus der Schußweite der Bogenschützen zu bringen. Wenn dieser Pfeil vergiftet gewesen war, hatte er nicht mehr viel Zeit.

Und tatsächlich begann das Pferd einen Augenblick später zu stolpern. Die Giftdosis, die einen Menschen töten konnte, würde ein Pferd vielleicht nicht umbringen – jedenfalls nicht so schnell –, aber das Tier konnte nicht mehr weiterlaufen. Tansen konnte nur hoffen, daß er inzwischen weit genug von der Festung entfernt war, glitt vom Pferderücken und stellte sich den beiden Spähern, die ihm folgten. Einer der beiden schrie auf und fiel aus dem Sattel, als ihn ein für Tansen bestimmter Pfeil im Rücken traf; sein Pferd rannte weiter. Tansen nahm an, daß er jetzt weit genug von der Festung entfernt war und es reines Pech wäre, noch von einem Pfeil getroffen zu werden. Leider glaubte er an Pech.

Er durfte das Pferd des verbliebenen Spähers nicht verwunden, weil er es brauchen würde, um den anderen berittenen Valdani zu entkommen, die jetzt aus der Festung kamen. Also blieb er stehen, wich dem Angriff des Spähers aus und ließ ihn am Leben, um ein weiteres Mal anzugreifen, und danach noch einmal. Nun war das Pferd langsam genug, daß er eine gute Chance haben würde, nach den Zügeln zu greifen, während er den Reiter tötete. Ein tiefer Schnitt ins Gelenk der Schwerthand des Spähers entwaffnete diesen, und ein fester Stoß ließ ihn vom Pferd fallen. Tansen sprang in den Sattel, wendete umständlich, um dafür zu sorgen, daß die Späher ihn nicht aus den Augen verloren, und wendete sich zur Flucht, die er und Josarian in der vergangenen Nacht ausgeheckt hatten.

Josarian war die Nordmauer der Festung emporgeklettert und kroch über das Dach der Unterkünfte, während Tansen vor dem Festungstor stand und die Aufmerksamkeit der meisten Späher sich auf ihn richtete. Dann war es ihm gelungen, sich in den grellbunten Schrein der Drei zu schleichen, wo er einen Valdani-Priester zwang, ihm zu verraten, wo man die *shallaheen* gefangenhielt. Mit der Unbarmherzigkeit, die in ihm erwacht war, als er zum Gesetzlosen wurde, erwürgte er dann den schluchzenden Priester mit seinem *yahr*, um kein Risiko einzugehen.

Er schaute auf die verrenkte Leiche hinab und wünschte sich, er könne all die Ziegen zurückgeben, die dieser

Priester Menschen gestohlen hatte, die die Milch, den Käse und das Fleisch zum Überleben brauchten.

Nachdem er dem Priester das Gewand ausgezogen und die Leiche versteckt hatte, wartete er im Schrein, bis es in der Festung leerer wurde, weil die Späher Tansen in die Berge und direkt in die tödliche Falle folgten, die sie in der Nacht zuvor aufgestellt hatten: ein längst vergessener kintischer Steinbruch, der seit Jahrhunderten schon verlassen war. Dutzende von Männern, die nach dem Sonnenuntergang dort hineingaloppierten, würden das nicht überleben. Josarian hoffte nur, daß es Tansen gelingen würde, sein Pferd in das Versteck zu lenken, das sie in der vergangenen Nacht nahe der Grube gebaut hatten. Wer wußte schon genau, ob ein Pferd – verwirrt und verrückt vor Angst, unberechenbar und schrecklich dumm – die Befehle seines Reiters nicht ignorieren und weiter geradeaus in den sicheren Tod rennen würde?

Tansen hatte jedoch betont, daß er von den Moorländern viel über Pferde gelernt hatte, und er schien sich wegen dieses Teils des Plans keine Sorgen zu machen. Er hielt es für erheblich wahrscheinlicher, von einem Bogenschützen getötet zu werden. Wenn das geschah, hatte er gewarnt, würde Josarian, um die Geiseln zu befreien, nur die Zeit zur Verfügung haben, während der sich die Späher alle um seine Leiche drängten, und das würde nicht sonderlich lange dauern.

Die Bewohner der Umgebung hatten behauptet, daß ohnehin die halbe Besatzung der Festung derzeit die Berge nach Josarian durchkämmte, aber es waren immer noch etwa hundert Mann innerhalb der Mauern gewesen.

Das waren erheblich mehr, als Josarian und Tansen bekämpfen konnten, und es war ebenso unmöglich, die Gefangenen über so hohe Mauern und an so vielen Männern vorbeizuschmuggeln. Also hatten sie einen Plan entwickelt, der die meisten Späher aus der Festung locken sollte, weil sie glaubten, den gefährlichen gesetzlosen Josarian zu verfolgen, den sie für die einzige Bedrohung ihrer Festung hielten. Und da Josarian nicht reiten konnte und die Gefangenen wohl kaum schnell und willig genug reagieren würden, wenn ausgerechnet der *roshah* sie befreite, der in Emeldar angekündigt hatte, er wolle Josarian töten, hatte sich Tansen vor dem Tor als Josarian ausgeben müssen.

Sie hatten die Festung und ihre Umgebung einen ganzen Tag lang genau studiert, bevor sie ihren Plan entwickelten. Wenn Josarian die zwanzig Geiseln befreien konnte, wären die *shallaheen* wahrscheinlich immer noch in der Minderzahl, selbst wenn Myrell die Mehrheit seiner Männer ausschickte, um den vermeintlichen Josarian zu verfolgen: schlechte Chancen für unbewaffnete Bauern, aber die besten Chancen, die ihnen die beiden Männer bieten konnten.

Versteckt im Schrein, hörte Josarian den plötzlichen Lärm draußen: Schreie, Befehle, Panik, klirrende Schwerter. Nach der Geschwindigkeit zu urteilen, mit der die Späher umherrannten, ihre Schwerter umschnallten, nach ihren Pferden riefen und durch das Haupttor galoppierten, war Tansen den Bogenschützen offenbar entkommen. Josarian sprach ein kurzes Dankgebet; niemand wollte einen soeben erst gefundenen Bruder so schnell wieder verlieren. Dann zog er das Kapuzengewand des Valdani-Priesters über und schlich nach draußen.

Die Geiseln saßen in einem Kerker unterhalb der bewachten Räume des Kommandanten. Josarian und Tansen hatten nur raten können, wie es innerhalb der Festung aussah, und widerstrebend beschlossen, daß sich Josarian, sobald er erst einmal innerhalb der Mauern war, auf sein Glück und seine Klugheit verlassen müsse. Nun, da überall Chaos herrschte, ging Josarian in seiner Priesterkutte direkt an den Wachen vorbei, die viel zu aufgeregt und durcheinander waren, um ihn zu beachten.

Im Gebäude angekommen, vermied er es, mit jemandem zu sprechen; sein Valdan war nicht übel, aber er klang auf keinen Fall wie jemand, der es als Muttersprache gelernt hatte, und schon gar nicht wie ein gebildeter Priester. Er stieg die steile Wendeltreppe hinab, die der Priester beschrieben hatte, tief in die Kellergewölbe der Festung, die aus dem Felsen geschlagen waren. Am Ende des Flurs, der am Fuß der Treppe begann, standen zwei Wachen. Hinter ihnen befand sich ein verschlossenes eisenbeschlagenes Holztor, und dahinter lagen die Zellen. Selbst wenn der Priester nicht alles genau beschrieben hätte, hätte Josarian gewußt, daß er sich jetzt dem Kerker näherte: Der Gestank nach Schweiß, Urin, Exkrementen und Jahrhunderten menschlichen Elends war unverkennbar.

Er sah die eisernen Schlüssel zu der schweren Tür und den Zellen an der Wand hängen, genau, wie der Priester es beschrieben hatte. Er ging davon aus, daß dank des Lärms im Festungshof niemand hören würde, was hier geschah.

Er ging auf die Wachen zu. Sobald diese bemerkten,

daß etwas mit ihm nicht stimmen konnte, hatte er auch schon einen *yahr* aus jedem der weiten Ärmel der Priesterrobe gezogen und angegriffen. Er traf den ersten der Soldaten direkt im Gesicht und betäubte ihn damit für einen Augenblick. Diese Gelegenheit nutzte er, dem anderen Späher das Handgelenk zu brechen, während dieser noch versuchte, sein Schwert zu ziehen. Er wirbelte herum und tötete den ersten Mann mit zwei Schlägen, die ihm den Schädel brachen, dann warf er sich auf den zweiten, der gerade zu fliehen versuchte. Er griff nach dem am Boden liegenden Schwert des Valdan und schnitt ihm eher ungeschickt die Kehle durch.

Schwerter. Tansen hatte ihm gesagt – er hatte darauf *bestanden* –, er und die Geiseln sollten alle Waffen mitnehmen, die sie den Spähern abnehmen konnten, da es nicht möglich sein würde, zwanzig *yahr* in die Festung zu schmuggeln.

Schwerter. Er starrte die Valdani-Klinge in seiner blutigen Hand an. Sie fühlte sich schwer, seltsam und unbequem an, aber ... bei Dar, er hätte nie geglaubt, daß es so einfach war, einen Mann mit einem *Schwert* zu töten! Silerier durften nur Werkzeuge wie Häutemesser, Äxte und Sicheln besitzen. Weder Josarian noch ein anderer Silerier – wenn man von Tansen einmal absah – hatten je ein Schwert auch nur berührt, ganz zu schweigen davon, eines zu benutzen. Kein Wunder, daß die Valdani Sileria entwaffnet hatten! Ein Volk, das über solche Waffen verfügte, hätten sie niemals derart unterdrücken können.

Mit klopfendem Herzen hob er auch das Schwert des zweiten Toten auf, nahm den schweren Schlüsselring von der Wand und suchte nach dem Schlüssel für das komplizierte Schloß des Holztors. Er schloß es auf, wartete einen Augenblick ab, für den Fall, daß hinter dem Tor noch weitere Wachen lauerten, dann betrat er den feuchten Korridor zwischen den Gefängniszellen, der nur von zwei qualmenden Fackeln an beiden Enden beleuchtet wurde.

Sein Schwager Emelen war der erste, der durch ein kleines Gitterfenster in einer der Türen spähte, um nachzusehen, wer hereingekommen war. »Josarian!«

»Josarian?« fragte eine gedämpfte Stimme hinter Emelen.

»Wo?« kam eine dritte Stimme durch das Gitter der gegenüberliegenden Tür.

»Josarian!« rief einer weiter hinten im Korridor.

»Still«, befahl er, als sich mehr vertraute Gesichter an die kleinen Gitterfenster in jeder der sechs schweren Kerkertüren drückten. Entsetzen überfiel ihn, als er sich vorstellte, was seine Freunde und Verwandten während der letzten Tage in diesem finsteren, übelriechenden Loch hatten ertragen müssen. Er begann, Schlüssel auszuprobieren, verzweifelt bemüht, die Männer so schnell wie möglich hier herauszubringen, und sei es nur, damit sie draußen starben, wenn sie versuchten, aus der Festung zu fliehen. »Ich will nicht, daß die Valdani uns hören. Wir haben nicht viel ... Ah!«

Einer der Schlüssel paßte, die Tür ging auf, und Emelen und zwei andere Männer drängten sich aus der Zelle. Josarian reichte Emelen eines der Schwerter, hob es wieder auf, als sein verwirrter Schwager es fallenließ, und befahl ihm, es gefälligst zu benutzen. Dann reichte er den zwei anderen Männern seine beiden *yahr* und begann, die anderen Türen aufzuschließen.

»Paßt draußen auf!« sagte er. »Wenn Späher die Treppe hinunterkommen, laßt sie bis unten gelangen, dann überrascht sie. Bringt sie um und nehmt ihnen die Waffen ab. Nehmt ihre Schwerter.«

Emelen, der versuchte, das Schwert wie einen *yahr* zu schwingen, nickte und führte die beiden anderen bewaffneten Männer in den Flur hinaus. Drei weitere Gefangene kamen aus der nächsten Zelle, als Josarian die Tür aufschloß. Sie gaben seine Anweisungen an die anderen Gefangenen weiter, während Josarian sich mit der nächsten Tür beschäftigte.

»Lann«, sagte er, als er einen seiner Jugendfreunde erkannte, »sorg dafür, daß alle den Plan kennen. Wir bringen zunächst jeden um, den wir oben finden, und beschaffen uns so viele Waffen wie möglich, bevor wir das Gebäude verlassen. Das ist wichtig: *nehmt ihnen die Waffen ab und benutzt sie!* Habt ihr mich verstanden? Auf den Wehrgängen sind immer noch Bogenschützen, die schießen werden, wenn die bemerken, daß wir fliehen, also paßt auf!«

»In Ordnung, Josarian.«

Wieder ging eine Tür auf. Josarian ging zur nächsten. »Zündet ihr Versorgungslager an. Zündet alles an, was brennbar ist – je mehr sie zu tun haben, desto besser.«

Er öffnete eine weitere Tür. Mehr Männer drängten auf den Flur. Josarian erklärte schnell weiter: »Wenn ihr die Festung verlaßt, zerstreut euch in alle Richtungen, nie mehr als zwei oder drei Männer zur gleichen Zeit. Wenn sie uns verfolgen, sollen sie sich trennen müssen. Wir treffen uns alle morgen abend bei den Höhlen von Dalishar.« Das war eine alte heilige Stätte, die alle Silerier kannten; selbst jene, die nie zuvor dort gewesen waren, sollten imstande sein, sie bis zum nächsten Abend zu finden.

Er schloß die letzte Zelle auf und war entsetzt über den Anblick, der sich ihm bot.

»Zim!« Das hübsche Gesicht seines Vetters war blaugeschlagen, sein Hemd zerrissen und voller Blutflecke, und er hielt den linken Arm in einem seltsamen Winkel. »Zimran ...«

Eines von Zimrans Augen war zugeschwollen, aber das andere blinzelte aufgeregt. »Wieso hast du so lange gebraucht, Vetter? Ich war schon vor zwei Tagen mit einer Dame verabredet.«

Tansen verließ sich ungern auf Pferde, wenn sein Leben auf dem Spiel stand, aber dieses hatte ihm bisher gut gedient. Wenn er am Leben blieb, würde er es vielleicht sogar behalten. Er führte die Späher über eine Reihe sich windender Paßstraßen, von denen einige recht gefährlich waren. Als die Nacht hereinbrach, wurde er langsamer, damit die Valdani seine Spur nicht verloren.

Ein Schrei in einiger Entfernung ließ ihn annehmen, daß ein Späherpferd einen Fehltritt getan hatte und mitsamt seinem Reiter in die Schlucht neben der Straße gestürzt war. Einer weniger, den Tansen umbringen mußte.

Er fragte sich, ob es Josarian inzwischen gelungen war, die Geiseln zu befreien – und ob er noch lebte. Ihrem Plan fehlte es an Genauigkeit. Sie hatten nicht gewußt, was sie hinter den hohen, abschreckenden Mauern der Valdani-Festung finden würden. Es wäre auch besser gewesen, wenn Josarian, der diese Berge so genau kannte, die Valdani in die Falle geführt hätte, während Tansen, der Nahkämpfe mit so vielen Spähern eher überleben würde, in die Festung eindrang, aber die Umstände hatten diesen Plan unmöglich gemacht. Jetzt konnte er nur mit seinem Teil des Plans fortfahren und hoffen, daß sein Blutsbruder – sein *Freund*, wie ihm überraschend klar wurde – überleben würde. Das würde er erst erfahren, wenn er die Höhlen von Dalishar erreicht hatte.

Er folgte weiterhin dem Pfad, über den ihn Josarian in der vergangenen Nacht geleitet hatte, und hielt nach den Wegweisern Ausschau, auf die sein Freund ihn hingewiesen hatte. Eine Unzahl anderer Pfade zweigte ab, kreuzte diesen Pfad oder verlief parallel, und wenn er die falsche Abzweigung nahm, würde er den verlassenen kintischen Steinbruch nicht mehr finden und ihren Plan nicht ausführen können. Sollten die Verfolger ihn fangen oder aufgeben und zurückkehren, dann hätten sie die Gelegenheit, die entflohenen Geiseln zu verfolgen, nachdem sie erst einmal in die Festung zurückgekehrt waren und erfahren hatten, was geschehen war. Je weniger Späher nach den *shallaheen* suchten, desto besser waren ihre Chancen, eine sichere Zuflucht zu erreichen.

Wenn Tansen einen Fehler machte und den Steinbruch verfehlte, würde er zwar immer noch einem Trupp ungeschickter Valdani entkommen können, aber er würde Josarian und die Geiseln in zusätzliche Gefahr bringen.

Diese Gedanken lasteten schwer auf ihm, als er eine weitere Abzweigung erreichte, von der er nicht mehr sicher wußte, ob er sie in der Nacht zuvor überhaupt gesehen hatte.

»Welchen Weg soll ich nehmen?« fragte er sich und hörte schon die Verfolger nahen.

Bleib ruhig. Denk nach. Ein *shatai* bewahrte im Kampf die Ruhe, hatte auch in Momenten der Gefahr einen klaren Kopf und fiel nicht jenen Gefühlen anheim, die geringere Männer zu Versagen und Tod verurteilten.

Der Pfad kam ihm vollkommen unbekannt vor. Hatte er schon zuvor eine falsche Abzweigung genommen? Sicher hätte Josarian ihm doch diese dreifache Gabeiung besonders ans Herz gelegt. Sicher hätte er sie in der vergangenen Nacht nicht übersehen. Was stimmte nicht? Wieso wußte er nicht, wohin er sich wenden sollte?

Welcher Weg war der richtige?

Er hörte das Klirren von Zaumzeug, als die Späher den Bergkamm hinter ihm erreichten. Er stieg ab und untersuchte die Kreuzung zu Fuß, in der Hoffnung, diese vertrautere Perspektive würde ihm helfen, einen Hinweis zu entdecken. Die Geräusche von Männern und Pferden wurden lauter, als seine Verfolger näherkamen, und er wußte, selbst im Dunkeln hatte er nur noch Sekunden, bevor sie ihn entdeckten.

Welcher Weg war der richtige?

Myrell stand im Hof und gab einem zweiten Suchtrupp Befehle, als er aus dem Haus wütendes Geschrei hörte. Mehr verärgert als beunruhigt befahl er zwei Spähern, nach drinnen zu gehen und den Streit, der dort vermutlich unter seinen Männern ausgebrochen war, zu beenden. Immerhin hatten sie erheblich Wichtigeres zu tun.

Erst nachdem er diesen Befehl erteilt hatte, begann er, unruhig zu werden: Es war nicht einmal ein Verdacht, nur das unbehagliche Gefühl, daß etwas nicht in Ordnung sein könnte. Er gab dem Suchtrupp letzte Instruktionen, dann wandte er sich um, um seinen Männern ins Haus zu folgen und nachzusehen, was dort geschehen war. Erregt über die Aussicht, Josarian zu verfolgen, hatte er die Gefangenen für einige Zeit vollkommen vergessen, und dabei waren sie doch ...

Er blieb wie angewurzelt stehen, über alle Maßen entsetzt, als zwanzig *shallaheen* aus der Tür des Gebäudes stürzten und im Licht der soeben entzündeten Laternen die breite Steintreppe hinunterrannten. Myrell hatte kaum die Zeit, dies zu bemerken, bevor ihm eine noch erschreckendere Tatsache auffiel: *Sie waren bewaffnet.* Schwerter blitzten in ihren Händen auf, und sie richteten diese Waffen gegen die ersten beiden Späher, auf die sie am Fuß der Treppe stießen.

Schwerter! Bei der Gnade der Drei, wo hatten die Gefangenen Schwerter gefunden? Und wie waren sie entkommen? Josarian war irgendwo dort draußen in den Bergen, und über die Hälfte von Myrells Leuten verfolgte ihn. Wer hatte die Gefangenen befreit?

Er zog sein Schwert, als sich der Schwarm von Barbaren teilte, um anzugreifen. Sie schrien in ihrer schwerfälligen Landessprache und bleckten wild die Zähne, als sie sich auf ihre verblüfften Gegner warfen. Ein unbewaffneter Mann kam auf ihn zu und stieß sein Schwert beiseite mit ... Nein, er war nicht unbewaffnet! Myrell hatte eine solche Waffe schon zuvor einmal gesehen, ein paar Stöcke, die mit einem Seil verbunden waren. Er schlug mit dem Schwert danach, als der *shallah* ausholte, dann griff er seinen Gegner direkt an. Er verfehlte ihn, aber dann gelang es ihm, dem Mann das Gesicht zu ritzen.

Der Mann wich zurück und starrte Myrell zornig an, umkreiste ihn und schwang diese kindische Waffe wild hin und her. Myrell hatte in den vergangenen Jahren mehrmals Gefangenen solche Spielzeuge abgenommen, auch den Geiseln, denen er jetzt gegenüberstand. Es hatte ihn amüsiert, wieviel Wert sie auf ihre lächerlichen Stockbündel legten und daß sie ernsthaft glaubten, sich mit einem solchen Gerät verteidigen und gar einen Menschen töten zu können.

Jetzt kam ihm das nicht mehr sonderlich amüsant vor. Wenn er sich nicht rechtzeitig geduckt hätte, hätte der *shallah* ihm mit seinem letzten Schlag die Nase gebrochen. Wie viele der Gefangenen waren entflohen? Was war mit den Wachen passiert? Ihm wurde voller Entsetzen klar, daß die Gefangenen alle im Haus umgebracht haben mußten. Wie sonst hätten sie so viele Schwerter haben können? Wie sonst hätten sie sich wieder dieser hölzernen Waffen bemächtigen können, die seine Leute beschlagnahmt und sorglos im Haus aufbewahrt hatten.

Nur wenige von Myrells Bogenschützen waren in den Wehrgängen verblieben. Nach Sonnenuntergang konnten sie dort kaum etwas ausrichten. Außerdem hatte Myrell ihnen in der allgemeinen Verwirrung nach Josarians

Flucht befohlen, die Posten zu ersetzen, die jene Männer verlassen hatten, die er hinter dem Gesetzlosen hergeschickt hatte. Die Bogenschützen, die noch immer dort oben waren, würden versuchen, auf die Gefangenen zu zielen, aber sie würden es vermutlich nicht wagen zu schießen, weil ihre Pfeile ebensogut einen der kämpfenden Valdani treffen könnten. Außerdem ließ der seltsame Kampfstil, den Myrell bei seinem Gegner beobachtete, diesen zu einem schwierigen Ziel für einen Bogenschützen werden, selbst auf kurze Entfernung, denn der Mann umkreiste Myrell immer wieder; wenn einer der Bogenschützen wirklich schießen sollte, würde er mit einiger Sicherheit das sich in steter Bewegung befindliche Ziel verfehlen und statt dessen einen der eigenen Leute treffen. Wenn alle *shallaheen* sich so bewegten wie dieser hier, würden die Bogenschützen nichts nützen. Myrell würde diesen Mann rasch umbringen müssen, damit er die Bogenschützen hinunter in den Hof befehlen konnte.

Er schlug hastig zu und verfehlte seinen Gegner. Der Stock am Seil traf ihn seitlich am Kopf. Er war schockiert, wie weh das tat. Als er aufblickte, traf ihn ein weiterer Schlag auf der Nase; er hörte den Knochen brechen, bevor er den Schmerz spürte. Er wich zurück und taumelte. Der *shallah* stieß ihn zu Boden, und der furchtbare Schmerz, der auf seinen Kopf niederbrach, war das letzte, was er spürte.

Josarian war der letzte *shallah*, der die Festung verließ, ungeschickt mit dem Schwert in einer und erheblich besser mit dem *yahr* in der anderen Hand kämpfend. Irgendwann während des Kampfes hatte er einem toten *shallah* den *yahr* abgenommen und dann die Kleider des Mannes mit derselben Fackel angezündet, die er benutzt hatte, um das Warenlager neben dem Schrein in Brand zu setzen. Er betete, daß der *shallah* brennen und das Feuer ihn für seine Reise in die Anderwelt läutern würde.

Er wußte, daß er schleunigst fliehen mußte, um hier nicht ebenfalls den Tod zu finden, und er flüchtete durch das Haupttor und in die Dunkelheit dahinter. Er hielt sich in den Schatten und wich den Spähern aus, die sich bereits wieder sammelten, um die fliehenden Gefangenen zu jagen. Da er gesehen hatte, daß sein verwundeter Vetter nicht imstande war mitzukämpfen, hatte er ihm befohlen, vor allen anderen die Festung zu verlassen. Jetzt erschrak er, als er Zimrans Stimme aus den Schatten hörte.

»Josarian! Hierher!«

Er fand Zimran im Dunkeln. »Verdammt! Ich habe dir doch gesagt, du sollst verschwinden!«

»Ich wollte nicht nach Dalishar gehen, ehe ich nicht überzeugt war, daß du fliehen konntest.«

»Und wenn sie mich jetzt erwischen, haben sie uns beide.«

»Dann würde ich vorschlagen ...«

»Los!«

Da Zimrans Beine nicht verletzt waren, konnten sie recht schnell das offene Gelände vor der Festung durchqueren. Sie hörten Hufschlag hinter sich, aber die Richtung änderte sich immer wieder, und was immer die Reiter sich zuriefen, zeigte nur, wie verwirrt sie waren. In einer Doppelmondnacht hätte man ihn und Zimran leicht entdecken können, als sie auf die Zitronenhaine östlich der Festung zueilten, aber in dieser Nacht sah sie niemand. Sobald sie den Schatten der Bäume erreicht hatten, waren sie in Sicherheit.

Sie blieben allerdings nicht stehen, um sich auszuruhen, denn sie wußten, daß es besser war, am Morgen soweit wie möglich von hier entfernt zu sein. Leise schlichen sie sich durch die Nacht und lauschten immer wieder, ob ihnen jemand auf der Spur war. Als sie schließlich glaubten, der unmittelbaren Gefahr entkommen zu sein, waren sie bereits so erschöpft, daß sie weiterhin schwiegen, und nur Willenskraft hielt sie noch auf den Beinen.

Sie hatten sich zunächst nach Osten gewandt, und um die Höhlen von Dalishar zu erreichen, mußten sie die Festung jetzt in Richtung Süden umrunden. Josarian fragte sich, ob der verwundete Zimran mit ihm Schritt halten konnte. Bald schon erhielt er die Antwort auf diese Frage. Zimran verlor rasch an Kraft, bewegte sich immer langsamer und stolperte häufig, als sie im Dunkeln einen dichten Wald durchquerten.

»Wir werden hier ausruhen«, sagte Josarian, als er einen umgestürzten Baum entdeckte, an den er sich lehnen konnte.

»Nein. Ich kann noch ...«

»Du kannst nicht mehr.«

Josarian sah, wie der Schatten, der sein Vetter war, plötzlich zu Boden sank. Er konnte Zimrans Gesicht im Dunkeln nicht sehen, aber er legte ihm die Hand auf die

Stirn. Zimrans Stirn war glühend heiß und schweißüberströmt.

Zim schob seine Hand weg. »In einer Minute wird es mir bessergehen.«

Josarian schwieg. Er folgte widerstrebend, als sein Vetter sich schwer atmend wieder erhob und den Weg durch das zähe Dunkel des Waldes fortsetzte. Wie erwartet, dauerte es nicht lange, bis er Zim stolpern und zu Boden fallen hörte, wobei er laut aufschrie. Dann war nichts mehr zu hören. Ein paar Schritte weiter fand Josarian die reglose Gestalt seines Vetters. Zimran war auf seinen verletzten Arm gefallen, und der Schmerz hatte, gemeinsam mit dem Fieber und der Erschöpfung, dazu geführt, daß er das Bewußtsein verloren hatte. Das machte die Situation nicht einfacher, aber es ersparte Josarian zumindest eine Auseinandersetzung mit Zim über die für ihn notwendige Rast.

Er verfluchte die Valdani, die seinem Vetter dies angetan hatten, wuchtete den schlaffen Zimran vom Boden und hängte ihn sich über die Schultern. Seine Beine zitterten kurz, als er den steilen Aufstieg fortsetzte, dann gehorchten sie mit müder Resignation seinen Befehlen. Josarian bezweifelte, daß er Zimran auf diese Weise den ganzen Weg bis nach Dalishar tragen konnte, vor allem nicht in dieser kurzen Zeit, und er begann zu überlegen, wo er ein sicheres Versteck für ihn finden konnte. Die nächsten Schwestern befanden sich in der entgegengesetzten Richtung, und mit Zimran auf dem Rücken konnte er nicht dorthin gehen und dennoch rechtzeitig ...

Er blieb abrupt stehen, als er vor sich ein Geräusch hörte. Hier oben sollte eigentlich niemand sein, vor allem nicht mitten in der Nacht. Jeden Nerv im Körper angespannt, lauschte er nach weiteren verräterischen Geräuschen. Er war mit ziemlichem Krach durch den Wald getrampelt, überzeugt, weit außerhalb der Reichweite der Späher zu sein. An andere Gefahren hatte er nicht gedacht, aber es war selbstverständlich möglich, daß hier Banditen oder Bergkatzen unterwegs waren oder ein einsamer Attentäter oder Wasserherr seinen geheimen Angelegenheiten nachging ...

Angespannt horchte er, verfluchte lautlos die Dunkelheit und betete, daß Zimran nicht plötzlich stöhnen oder sich bewegen würde. Nach einem Augenblick wurde seine Geduld belohnt: Er hörte zögernde Schritte, die sich leise näherten. Wer auch immer das sein mochte, er wußte, daß jemand hier war, und kam auf ihn zu. Josarian wollte Zimran gerade fallenlassen, um für einen Kampf bereit zu sein, als aus dem Nichts eine Fackel auftauchte und ihn einen Augenblick lang blendete.

»Ein *shallah?*« Die Stimme eines Mannes, überrascht und mißtrauisch.

Josarian trat, das Schwert zwischen sich und dem Fremden, zurück und wandte sich ab. Er hörte den Fremden überrascht nach Luft schnappen, als das Licht auf Zimrans zerschlagenes Gesicht fiel.

»Wer ist das? Was ist mit ihm los?«

»Mein Vetter. Er ist verletzt.«

»Er ist geschlagen worden.« Der Mann hielt einen Augenblick inne. »Späher?«

»Ja.«

»Wer auch sonst.« Die Stimme klang jetzt sicherer. »Wenn es ein Attentäter oder ein anderer *shallah* gewesen wäre, wäre er jetzt zu Hause bei seiner Frau oder seiner Mutter, oder vielleicht in einer Zuflucht. Aber niemand würde ihn mitten in der Nacht einen Berghang hochschleppen.«

»Gut geraten«, erwiderte Josarian vorsichtig und blinzelte ins Licht. Er konnte die dunkle Gestalt dahinter immer noch nicht genau ausmachen.

»Und du hast, wie ich sehe, einen Späher umgebracht.« Die Stimme klang gebildet, aber nicht wie die eines Fremden. »Es sei denn, du willst behaupten, ein Späher hätte dir sein Schwert freiwillig überlassen.«

»Wer bist du?« Josarian trat einen Schritt zur Seite und versuchte, hinter den Flammen etwas zu erkennen.

»Kein Valdan.« Jetzt klang die Stimme trockener. »Keine Angst.«

»Deine Fackel blendet mich«, sagte Josarian gereizt.

»Du hast mir immer noch nicht gesagt, wer du bist, *shallah.*«

Noch während der andere diese Worte sprach, hatten sich Josarians Augen endlich genügend angepaßt, um zu erkennen, daß das Licht nicht von einer Fackel stammte, sondern direkt in der Handfläche des Mannes brannte.

»Ein Wächter?« sagte er, plötzlich erleichtert.

»Ja. Und wenn du uns wegen einer Kleinigkeit die Späher auf den Hals gehetzt hast ...«

»Sie sind mir nicht bis hierher gefolgt«, erklärte er überzeugt, »und es geht um mehr als Kleinigkeiten.«

»Was hast du getan?« wollte der gesichtslose Wächter wissen.

»Ich habe gerade zwanzig Gefangene aus der Valdani-Festung bei Britar befreit.«

Er hörte, wie der Wächter überrascht nach Luft schnappte. »Du bist der, den alle suchen, nicht wahr?«

»Gerüchte verbreiten sich schnell«, bemerkte er vorsichtig.

»Josarian.«

»Ja.« Er mußte das Risiko eingehen. »Kannst du mir helfen?«

Die Flamme flackerte einen Augenblick, dann bewegte sich die Hand, die sie hielt, zur Seite. Josarian hatte das Gesicht des Fremden vor sich. Das Licht des Feuers flackerte und schimmerte über das Antlitz eines Sileriers: etwa in Josarians Alter, intelligent, aristokratisch. Das dunkle Haar des Mannes war kompliziert geflochten, wie es bei den *toren* Sitte war.

Beide Männer starrten einander neugierig an. Josarian brauchte einen Augenblick, um zu bemerken, daß das Glühen der Augen des Fremden nicht auf eine Spiegelung der Flammen zurückzuführen war, sondern daß er sich dem goldglühenden Blick eines Dämonen gegenüberfand.

KAPITEL 9

Da er sich an Mirabar, das halb verrückte, aber harmlose Mädchen aus dem Wächterlager auf dem Niran erinnerte, blieb Josarian stehen und kämpfte gegen seinen Aberglauben an.

»Wer bist du?« fragte er schließlich und ließ den Blick zu der silbernen Brosche wandern – dem Wächter-Zeichen aus einer einzelnen Flamme in einem Feuerkreis –, die der Dämon an seinem Umhang trug. *Silber.* Wie alles andere an diesem Mann wies auch dies darauf hin, daß er aus einer reichen Familie kam. Sicherlich kein *shallah*, soviel war klar.

»Ich bin Cheylan. Mein Feuerkreis ist nicht weit von hier.«

»Warum warst du allein hier draußen?«

»Botschaften aus der Anderwelt«, meinte Cheylan vage, »haben uns gesagt, wir sollten uns bereithalten.«

»Wofür?«

»Das wissen wir selbst nicht, aber wir haben Wachen im Wald aufgestellt. Wir dachten, vielleicht würde die Gesellschaft angreifen ...« Der Dämon lächelte. »Aber dann bist du gekommen.«

»Du wirst mir also helfen?«

Cheylan nickte. »Selbstverständlich.«

»Jemand muß sich um meinen Vetter kümmern, bis ich ihn wieder abholen kann.«

»Komm mit.«

»Ich muß dich warnen ...«

»Ja?«

»Die Späher werden nach ihm suchen.«

»Selbstverständlich.«

»Sie werden ihn zurückholen wollen. Sie wollen ihn unbedingt.«

Cheylan warf dem bewußtlosen Zimran einen Blick zu. »Ich verspreche dir, sie werden ihn nicht finden.«

In seiner Stimme lag ein Nachdruck, der bewirkte, daß Josarian ihm glaubte. Er nickte. »Dann bring mich zu deinem Kreis, Cheylan.«

Wasser, Wasser, ein Haus aus Wasser.

Erschöpft und verwirrt nach einer weiteren schlaflosen Nacht, entfernte sich Mirabar schon früh am Morgen aus dem Lager, um in die Tiefe einer Quelle zu starren, in deren unmittelbarer Nähe sie vor ein paar Tagen ihr Lager aufgeschlagen hatten. Tatsächlich hatte sie, seit sie hier angekommen waren, kaum etwas anderes getan, als in die Tiefe dieser kühlen Quelle zu starren, gebannt davon, hergelockt vom Rufer – und verzweifelt enttäuscht von der ruhigen, schweigenden Wasseroberfläche.

Feuer in Wasser.

Feuer und Wasser.

Konnten sich die Wächter und die Gesellschaft tatsächlich vereinen? War das nach tausend Jahren der Feindschaft möglich?

Sie zuckte zusammen, als sie hörte, wie jemand näher kam, dann beruhigte sie sich wieder, als sie feststellte, daß es nur Derlen und sein Sohn waren. Sie hatte Derlen, einen umständlichen und stets besorgten Mann, nie sonderlich gemocht. Jetzt, nachdem er die anderen überzeugt hatte, sie von den Anrufungen auszuschließen, und kein Geheimnis daraus machte, daß er fest glaubte, daß ihre Visionen übler Natur waren, mochte sie ihn noch weniger. Aber dennoch mußte sie zugeben, daß er seinem lebhaften Sohn ein aufmerksamer und geduldiger Vater war – eine Pflicht, die ihn offenbar schnell altern ließ.

»Aber warum hat Marjan Daurion verraten?« wollte der junge Turan gerade wissen, als Vater und Sohn sich der Quelle näherten. Mirabar saß im dichten, hohen Gras, die Knie an die Brust gezogen, den Kopf gesenkt, und betrachtete weiter das Wasser, in der Hoffnung, Derlen werde sie nicht sehen oder doch zumindest nicht stören.

»Waren sie nicht beide Wächter? Waren sie nicht Blutsbrüder?«

»Ja«, antwortete Derlen und ließ sich am Ufer nieder. Er hatte eine Angelrute mitgebracht, ein kunstfertig geschnitztes Ding, das er von einem Seegeborenen eingetauscht hatte. Während er sprach, steckte er einen Köder auf den Haken und warf ihn ins Wasser. »Marjan und Daurion waren Blutsbrüder und Brüder im Feuerkreis. Sie wuchsen zusammen auf, wurden zusammen initiiert, wurden gemeinsam zu Männern und Kriegern.«

»Und warum hat Marjan ihn dann verraten?«

Eine wichtige Lektion für den Jungen, dachte Mirabar, die immer noch schweigend im hohen Gras saß.

»Der *yahrdan* war gestorben, und als sich der Rat der Wächter in Shaljir traf, wählten sie Daurion zum neuen *yahrdan*.«

»Um Sileria mit seiner Eisenfaust zu regieren, an der er einen Samthandschuh trug.«

»Ja«, erwiderte Derlen eindeutig erfreut. »Und Daurion war ein großer *yahrdan*, ein weiser, mutiger und überzeugter Mann.«

»Und was war mit Marjan?«

»Er diente als Daurions rechte Hand, als der vertrauenswürdigste Diener und Ratgeber des *yahrdan*. Sie standen einander so nahe wie immer in ihrem Leben. Aber ...« Derlen verzog mißbilligend das Gesicht, dann fuhr er fort: »Insgeheim war Marjan mit seiner Stellung nicht einverstanden. Immerhin hatte er Sileria sein Leben lang gedient, ebenso wie Daurion. Er hatte ebenso tapfer gekämpft wie sein Blutsbruder. Die Anderwelt hieß seinen Ruf ebenso willkommen wie den Daurions.«

»Wieso hatte man dann Daurion gewählt und nicht ihn?«

»Genau diese Frage hat Marjan sich auch gestellt.« Derlen überprüfte seine Angelschnur, dann schüttelte er den Kopf. »Als die Wächter einen *yahrdan* wählten, wählten sie ihn nicht nach der Länge seines Dienstes, der Kraft seiner Arme oder der Helligkeit seines Feuers. Der *yahrdan* war der wichtigste und mächtigste Mann in Sileria, der Herrscher über alle Menschen dieser riesigen Insel. Er mußte nicht nur der stärkste und fähigste aller Männer sein, sondern auch der weiseste, er mußte mit einer Unbarmherzigkeit regieren, die von großem Mitgefühl gemildert wurde, er mußte Urteile fällen können, ohne dabei an seine persönlichen Wünsche und Bedürfnisse zu denken, und bereit sein, das Wohl auch des niedrigsten *shal-*

lah über seine eigene Bequemlichkeit und Sicherheit zu stellen.«

»Selbst das Wohl eines *shallah?*« Turan klang nicht sonderlich überzeugt.

Mirabar verdrehte die Augen. Aha, da klingt der Sohn einer Händlerfamilie durch, dachte sie höhnisch.

»Ja, Turan«, sagte Derlen entschieden. »Die Wächter wuß- ten, daß ein *yahrdan*, um die verschiedenen Menschen Silerias regieren zu können, jeden von ihnen mehr lieben mußte als sich selbst, und Marjan liebte *niemanden* mehr als sich selbst.«

»Aber Daurion ...«

»Aber Daurion war ein solcher Mann. Daurion war alles, was ein *yahrdan* sein sollte.«

»Aber er hat versagt«, wandte Turan ein. »Ein *yahrdan* sollte ein großer Krieger sein und mächtiger als ...«

»Das war er«, erklärte Derlen. »Er hat die Invasionen der Moorländer immer wieder zurückgeschlagen, hat diese Barbaren auf ihrer Flucht aufs offene Meer hinaus getötet und diese Insel gehalten, wie er es geschworen hatte. Er hat unsere Feinde ohne Gnade und Furcht getötet.«

»Bis Marjan ihn betrog.«

Derlen seufzte. »Ja, bis dahin. Denn Daurion liebte Marjan, und so erkannte er nicht das Böse in ihm. Marjan wußte, daß er Daurion nie im Zweikampf oder mit Feuer besiegen könnte, aber es gab ein anderes Element, das sogar stärker als Feuer war und über das Daurion keine Macht hatte.«

»Wasser.«

Mirabar konnte den Eifer in Turans Stimme hören.

Jetzt kamen sie zum blutigen Teil der Geschichte. Kleine Jungen waren solche Barbaren!

Derlen erzählte seinem Sohn, wie Marjan zufällig von den uralten Mysterien der Wassermagie erfuhr, einer Kunst, die in den Nebeln der Zeit verlorengegangen war und von der nur noch die alten Höhlenmalereien und Reliefs der Beyah-Olvari gezeugt hatten – jener seltsamen Rasse, die Sileria bewohnt hatte, lange bevor sie vor Äonen im Reich der Legende verschwunden war. Irgendwie hatte Marjan die Geheimnisse dieser längst verschwundenen Wassermagier entdeckt, und er hatte jede freie Sekunde genutzt, sie insgeheim zu erlernen, bis er schließlich die Feuermagie vollkommen zugunsten der neuen, magischen Kraft aufgab, die er entdeckt hatte.

Als er dann das Gefühl hatte, stark genug zu sein, nutzte Marjan Daurions Liebe und Vertrauen aus und vernichtete ihn. Für ein Volk, das Feuer immer als das mächtigste Element in seinem Land gekannt hatte, war der Kampf zwischen diesen beiden Giganten entsetzlich und schien das Ende der Welt zu bedeuten, denn weder Daurions Schwert noch sein Feuer konnten gegen die verschlingenden Wellen ankommen, die sich plötzlich aus dem Fluß Idalar erhoben, um den Palast in Shaljir zu überfluten. Die Stadt selbst blieb unberührt, aber der Palast war vollkommen mit Wasser bedeckt. Wasser bildete dicke Masken über den Gesichtern der Höflinge, die zu fliehen versuchten, und ertränkte sie auch dann noch, wenn sie dem Palast entkommen waren. Durchsichtige Ungeheuer nahmen Gestalt an, breiteten Tentakel aus, um all jene zu erwürgen, die noch kämpften. Daurions gewaltige Feuerspeere und Lavaströme verloschen so schnell, wie eine Kerze im Ozean erlischt. Und so starb der größte *yahrdan* Silerias in jener Nacht in Shaljir – ermordet von einem, dem er vertraut hatte.

Auf Daurions Tod folgte Chaos und die Zerstörung des Palasts. Als Loyalisten sich Marjan widersetzten, ließ der den Idalar zurück zu seinen Quellen fließen und trocknete Shaljir so gründlich aus, daß die meisten Bürger die Hauptstadt verlassen mußten. Sie flohen in Massen, wanderten nach Süden, Osten und Westen und verließen eine der größten Städte der Welt und verursachten noch mehr Chaos und Aufruhr, als sie im ganzen Land berichteten, was geschehen war.

Als sich die Wächter gegen ihn zusammentaten, rekrutierte Marjan eine Söldnertruppe brutaler Attentäter, bewaffnete jeden von ihnen mit einem *shir*, einer wassergeborenen Waffe, die er erfunden hatte und die den Feinden eines Attentäters nichts nützte – es sei denn, sie töteten ihn und nahmen seiner Leiche den *shir* ab. Gemeinsam mit seinen Attentätern ergriff Marjan Besitz von ganzen Regionen. Die verbliebenen Adelsfamilien Silerias zersplitterten in Fraktionen, statt sich zu vereinen und das Volk anzuführen. Und dann kamen die Moorländer wieder.

Diesmal breiteten sie sich über ganz Sileria aus, in jenem Krieg, den man später als Eroberung bezeichnen sollte, jenem Krieg, der Sileria für immer zu einem Vasallenstaat der großen Königreiche machte, die das Mittlere Meer umgeben.

»Marjan hat die Eroberung überlebt«, erzählte Derlen seinem Sohn. »Er hat sie nicht nur überlebt, er wurde so mächtig, daß die Eroberer es vorzogen, mit ihm zusammenzuarbeiten statt ihn zu bekämpfen. Und um seine eigene Macht zu schützen, brachte er den Eroberern bei, die Wächter zu hassen, besonders jene, die sofort als jemand erkannt werden konnten, den Dar gesegnet hatte ...«

»Wie Mirabar«, warf Turan ein.

»Ja«, sagte Derlen bedächtig, »wie Mirabar. Alle, deren Äußeres sie als künftige Feuerkreismitglieder kennzeichnete, wurden auf Drängen der sogenannten Verehrungswürdigen Gesellschaft verfolgt. Die Kint waren ein weltgewandteres und toleranteres Volk. Nachdem sie also zwei Jahrhunderte später Sileria für sich beansprucht hatten, änderte die Gesellschaft ihre Methoden. Marjans Nachfolger lehrten unser Volk – unser eigenes Volk, Turan – jeden zu hassen und zu verfolgen, dessen Macht die Gesellschaft fürchtete. Einige, wie ich zum Beispiel oder Tashinar, sind erst nach der Initiation gefährlich, wenn wir bewiesen haben, daß wir die Gabe haben. Jemand wie Mirabar hingegen ... Sie wissen vom Augenblick ihrer Geburt an, daß sie einmal mächtig sein wird. Schon als Kind ist ein solcher Mensch ein Feind der Gesellschaft: gehaßt, gefürchtet, verfolgt und gejagt.« Er sah seinen Sohn bedeutungsvoll an. »Mirabar und andere wie sie sind Dars größtes Geschenk an uns, und das dürfen wir niemals vergessen. Es gibt nur noch sehr, sehr wenige von ihnen, und sie schweben jeden Tag ihres Daseins in Lebensgefahr. Und das alles wegen der Gesellschaft.«

Derlen hielt inne. Mirabar, die immer noch reglos verharrte wie ein Reh, das die Jäger wittert, stellte zu ihrem Erstaunen fest, daß ihr eine Träne über die Wange lief.

»Und so wurden die Wasserherren deine Feinde, Sohn.« Derlens Stimme war jetzt voller Feuer. »Und deshalb werden wir ihnen nie vertrauen können, wir müssen uns ihnen jeden Tag erneut entgegenstellen, bis wir sie aus Sileria vertrieben haben. Für immer.«

Mirabar war aufgesprungen, bevor ihr noch recht klargeworden war, was sie vorhatte. Erschrocken über ihr plötzliches Erscheinen, sprang Turan ebenso rasch auf. Derlen starrte sie überrascht an, als sie auf die beiden zuging, mit tränenüberströmtem Gesicht.

»Ja, sie sind unsere Feinde«, sagte Mirabar und hörte, wie heiser ihre Stimme klang. »Und niemand – *niemand!* – hat von ihnen mehr zu befürchten als ich.«

Auch Derlen erhob sich nun und betrachtete sie mißtrauisch. »Mirabar, warum hast du ...«

»Aber sie sind auch ein Teil von uns! Sie sind ein Teil Silerias!«

»Nein, sie sind ...«

»Ich sage dir, wir *brauchen* sie«, schrie sie, und alles in ihr brannte vor hilfloser Frustration, Wut und Angst.

»Schrei mich nicht ...«

»Glaubst du denn, *ich* wollte mich mit der Gesellschaft zusammentun? Glaubst du denn, ich suche freiwillig nach einem Wasserherrn?« Sie hielt entsetzt die Luft an, weil ihr klar wurde, daß der Rufer genau das von ihr wollte. »Glaubst du, ich erwarte, das zu überleben?«

Derlen schwieg und starrte sie verblüfft an.

»Die Valdani«, keuchte Mirabar. »Es sind die Valdani, die nicht hierher gehören. Es sind die Valdani, die wir aus Sileria vertreiben müssen, ein für allemal! Sie sind unsere schlimmsten Feinde! Sie werden Sileria zerstören, sie werden uns alles nehmen, um weitere Kriege führen zu können, weil sie die ganze Welt erobern wollen.« Sie warf Feuerbänder in die Luft, um ihren Worten Nachdruck zu verleihen, und bemerkte nicht, wie Turan erschrocken zusammenzuckte. »Niemand war für uns je so gefährlich, wie sie es geworden sind, nicht einmal die Gesellschaft.«

Derlens städtische Blässe wurde noch intensiver. »Wie sollen wir der Gesellschaft je vertrauen können? Wie sollen wir je ...«

»Das weiß ich nicht! Glaubst du etwa, ich hätte nicht gefragt?« rief sie. »Glaubst du denn, ich würde nicht jeden Tag wieder und wieder um eine Antwort flehen?«

»Du kannst keinen Wasserherrn suchen gehen, Mira, das darfst du einfach nicht!«

Ihr Feuer brach in sich zusammen und verlosch zu einem Strom schwarzen Rauchs. Ihre Wut verflog, als sie endlich aufgab, gegen ihr Schicksal anzukämpfen.

»Ich muß.« Sie beugte den Kopf. »Ich habe nicht darum gebeten, als das zur Welt zu kommen, was ich bin. Ich habe nicht darum gebeten, daß man mir Visionen aus der Anderwelt schickt.« Sie sah ihre Hand an und bemerkte erst jetzt, daß sie sich in ihrer Wut selbst verbrannt hatte. »Aber der Feuerkreis ist für jemanden wie mich der einzige Ort auf der Welt. Ich bin Wächterin, weil ich nichts anderes sein kann, und ich diene der Anderwelt, weil eine wie ich sonst nicht überleben könnte.«

»So habe ich das nie gesehen ... ich meine, ich habe dich immer beneidet, weil du so begabt bist«, sagte Derlen zögernd.

Sie hatte immer noch genug Kraft, daß diese Äußerung sie überraschte. Daß irgendwer in den drei Ecken der Welt ausgerechnet sie beneiden sollte ... »Wie seltsam«, murmelte sie. Die Gedanken wirbelten ihr durch den Kopf wie Blütenblätter in einem Sturm, und sie sagte spontan:

»Er war wie ich, weißt du.«

»Wer?«

»Daurion.«

Derlen schluckte. »Du hast Daurion gesehen?«

»Ihn gesehen?« Sie nickte. »Ja, ich habe ihn gesehen. Und ich halte es für sehr wahrscheinlich, daß ich bald für ihn sterben werde.« Sie wandte sich ab.

»Mirabar?«

Sie hielt inne. »Ja?«

»Wohin willst du gehen?«

»Ja, ich muß gehen, nicht wahr?« sagte sie verstört. Sie wußte nun, daß die Zeit gekommen war.

»Wie willst du einen Wasserherrn finden?«

»Das weiß ich nicht.«

»Nach welchem von ihnen willst du suchen?«

»Selbstverständlich nach dem größten. Marjans Erbe für uns. Harlons Nachfolger.« Sie nickte. »Ich muß Kiloran finden.«

Die Dunkelheit war schon lange hereingebrochen, als Tansen die Höhlen von Dalishar erreichte. Er hatte die vergangene Nacht damit zugebracht, mit fünfzig Spähern Versteck zu spielen, nachdem er sich auf dem Weg zu dem alten kintischen Steinbruch verirrt hatte. Jetzt entdeckte ihn eine Wache, als er sich der ersten Höhle näherte, aber er entspannte sich wieder, als er bemerkte, daß er einen *shallah* vor sich hatte.

»Ich bin Tansen«, sagte er, achtete darauf, daß der andere seine Hände sehen konnte, und trat nahe genug heran, daß der andere Mann im Licht seiner Fackel seinen *jashar* erkennen konnte.

Der Mann nickte. »Er erwartet dich.« Er rief einer anderen Wache eine Warnung zu, und Tansen wurde zur vierten Kammer der dritten Höhle geschickt.

Diese Höhlen waren ein Wunder, wie Josarian ihm angekündigt hatte. Eine alte heilige Stätte, wurden die Höhlen von nie verlöschendem Wächterfeuer erhellt, das vor Jahrhunderten zum Leben erweckt worden war. Viele der Höhlenwände waren von Bildern der Beyah-Olvari bedeckt, die angeblich schon Jahrhunderte vor Beginn der Zeitrechnung ausgestorben waren. Die Höhlen waren dank einiger Aussichtspunkte gut zu bewachen und würden auch leicht zu verteidigen sein. Und wenn man bedachte, wie wenig sich die Späher für die Religion und die Traditionen der *shallaheen* interessierten, war nicht anzunehmen, daß sie überhaupt von diesem Ort wußten. Ja, hier sollten die entflohenen Gefangenen sicher sein.

Die Innenwände der Höhle waren von einer dunkleren Schattierung des honigfarbenen Steins, aus dem die Berge hier bestanden. Mehrere Quellen, die die Gesellschaft seit Jahrhunderten übersehen hatte, lieferten frisches Wasser. Tansens Blutsbruder hätte kein besseres Versteck wählen können.

Am Eingang zur vierten Kammer stand ein weiterer Wachtposten. Er hielt Tansen mit einem Valdani-Schwert auf. »Ich kenne dein Gesicht«, sagte der Mann, »aber ich weiß nicht, wer du bist.« Tansen hörte Josarians Lachen einen Augenblick, bevor er den Gesetzlosen sah. »Nein, erstich ihn nicht, Emelen! Das da ist Tansen.«

Josarian umschloß Tansen mit einer bärenhaften Umarmung, schob ihn eine Armeslänge weg, um ihn prüfend anzusehen, dann umarmte er ihn wieder. Tansen, nun ebenso verlegen wie müde, entwand sich der Begrüßung.

»Ich habe mir Sorgen gemacht«, gab Josarian zu. »Alle anderen sind schon vor Stunden eingetroffen. Ich dachte schon, sie hätten dich gefaßt. Oder das Pferd sei ...«

»Nein, es ist alles in Ordnung. Ich hatte nur ...« Er zuckte zusammen, als Josarian grinste und ihm einen festen Schlag auf den Rücken versetzte. »Das ist genau die Stelle, an der mich der Pfeil getroffen hat«, erklärte er.

»Ach, solange es keine neuen Wunden gibt!« Josarian legte ihm den Arm um die Schultern und zog ihn in die nächste Höhlenkammer. »Komm! Ich hab allen hier von dir erzählt, und sie warten schon darauf, dich kennenzulernen.«

»Wunderbar.« Josarian war nicht dabeigewesen, als Tansen ihn in der *tirshah* in Emeldar mit Beleidigungen nur so überschüttet hatte. Josarian hatte damals nicht die Mienen der anderen Männer gesehen. Tansen bezweifelte, daß man ihn hier so freundlich willkommen heißen würde, wie sein Bruder annahm.

Tatsächlich senkte sich verlegenes Schweigen über die Höhle, als Tansen unter die *shallaheen* trat. Josarian stellte ihn stolz den anderen Männern vor. Die Atmosphäre wurde nicht spürbar besser. Tansen ertrug die feindseligen Blicke gleichmütig. Ein *shatai* bittet nie darum, akzeptiert zu werden. Das hier waren Josarians Leute, nicht die seinen.

Einer der Männer trat vor. Tansen erkannte ihn wieder – zweifellos war er an diesem Tag in der *tirshah* gewesen. Er war groß, überragte sogar Josarian noch. Er trug einen Bart, was Silerier selten taten und was auf Moorländer unter seinen Vorfahren hinwies.

»Ich bin Lann«, sagte er mit dröhnender Stimme. »Der Bruder meiner Mutter hat Zimrans Mutter geheiratet, was mich zu einem angeheirateten Vetter Josarians macht.«

Tansen nickte.

»Ich kann mich gut an dich erinnern, *roshah*«, fuhr Lann fort. »Ich erinnere mich an dein ausländisches Aussehen und deine grausamen Worte. Ich erinnere mich an das, was du über meinen Vetter gesagt hast.«

»Und wenn ich gesagt hätte, er sei ein Freund? Wenn ich euch gebeten hätte, mir zu helfen, ihn zu finden?« fragte Tansen herausfordernd.

Lann nickte mit undurchschaubarer Miene. »Du hast recht. Ich hätte dir nicht geholfen, ihn zu finden. Im Gegenteil, ich wäre ins Gefängnis gegangen, um dich aufzuhalten.« Plötzlich grinste er. »Also hättest du mich wohl auf jeden Fall rausholen müssen.«

Er lachte und schlug Tansen fest auf den Rücken – genau an dieselbe Stelle wie Josarian. Tansen hoffte nur, daß die Wunde inzwischen zu gut verheilt war, um noch einmal aufzuplatzen.

»Es war mir ein Vergnügen, Lann.« Er sah sich um und entdeckte andere grinsende Gesichter. Offenbar hatten alle den Witz zu schätzen gewußt. »Nicht, daß es mir etwas ausmacht, Gefangene aus Valdani-Festungen zu befreien, aber es ist tatsächlich eine Menge Arbeit. Ich schlage vor, wir versuchen ab jetzt alle, solche Situationen zu vermeiden.«

Das Lachen überraschte ihn, ebenso wie der Weinschlauch, den ihm ein weiterer freundlicher Mensch reichte. Jemand war so schlau gewesen, aus einer Zuflucht auf dem Weg Vorräte mitzunehmen. Nachdem er einen Schluck recht guten Erdbeerwein getrunken hatte, muß- te er noch weitere freundliche Schulterschläge über sich ergehen lassen, was die alte Wunde erbost pochen ließ. Sämtliche Männer stellten sich vor, aber es waren zu viele, als daß der erschöpfte Tansen sich alle Namen hätte merken können. Er bemerkte, daß keiner einen *jashar* trug und erfuhr, daß die Späher sie ihnen abgenommen hatten.

»Damit wir damit nicht die Wachen erwürgen«, sagte Emelen, Josarians Schwager.

»Oder uns aufhängen!« fügte Lann angewidert hinzu. »Was diese Valdani für Ideen haben!«

Selbstmord war bei allen Völkern Silerias verpönt. Selbst die *zanareen* waren dagegen, daß sich jemand absichtlich umbrachte. Ein *zanar*, der sich in den Krater des Vulkans warf, suchte ekstatische Vereinigung mit der Göttin, nicht den Tod; Tod war nur das unglückliche Ergebnis, wenn sich bedauerlicherweise herausstellte, daß der Betreffende doch nicht der Feuerbringer war, der Auserwählte Dars.

Josarian bestand darauf, daß Tansen sich hinsetzte und

aß, was sie für ihn bereitgestellt hatten, und sich anhörte, was sein Bruder über die Flucht aus der Festung erzählte. Zwei Männer waren umgekommen. Tansen hatte angenommen, daß mehr von ihnen den Tod finden würden, aber das hatte er Josarian nicht gesagt. Josarians hübscher Vetter, den die Späher bereits zusammengeschlagen hatten, hatte die Flucht zwar überlebt, war aber auf dem Weg nach Dalishar zusammengebrochen.

»Ich habe ihn in einem Wächterlager zurückgelassen«, erklärte Josarian. »Südöstlich von Britar. Sie sind den ganzen Weg von Liron hierher gewandert.«

»Warum denn das?« fragte Tansen.

»Sie sind letztes Jahr aus Liron geflohen, weil ein Wasserherr namens Verlon es auf einen von ihnen abgesehen hatte, auf Cheylan, der aus einer *toreni*-Familie stammt.«

»Oh, die armen *toreni*, es bricht einem das Herz«, witzelte Emelen.

»Du solltest mit jedem Mitleid haben, der von einem Wasserherrn gejagt wird«, meinte Lann mürrisch.

»Dieser *toren* ist ein Wächter«, erklärte Josarian, »und er hat versprochen, für Zimran zu sorgen.«

»Dann ist er besser als die meisten *toreni*«, meinte Emelen.

»Und jetzt mußt du uns erzählen«, wandte sich Josarian an Tansen, »wie es dir ergangen ist.«

Er erzählte ihnen die Geschichte bis zu dem Augenblick, in dem ihm klargeworden war, daß er sich verirrt hatte. »Ich hätte eine Dreifachgabelung bestimmt nicht vergessen. Ich wußte, daß ich zuvor eine falsche Abzweigung genommen haben mußte.« Er seufzte. »Also hab ich das Pferd stehenlassen und bin zu Fuß meinen Weg zurückgegangen.«

Ohne das Pferd war es nicht schwer gewesen, unbemerkt zurückzugehen, bis er an ein Wegzeichen kam, an das er sich erinnerte, und dann den richtigen Weg einzuschlagen. Inzwischen hatten die Späher sein Pferd gefunden und sich ein wenig verwirrt auf die Suche nach ihm gemacht. Er hatte sie langsam zu dem Wegzeichen zurücklocken müssen, von dem aus er sie dann zu dem tödlichen Ritt in den Steinbruch veranlassen wollte. Mehrmals hatte er sich gezeigt, um sie in die richtige Richtung zu führen, aber das verschlang viel Zeit, und er fragte sich, ob er sie rechtzeitig vor dem Morgengrauen in die Falle führen könnte. Als sie schließlich nahe genug waren, hatte er einen von ihnen angegriffen und ihm das Pferd gestohlen. Der folgende Kampf mit einigen anderen Spähern hatte die übrigen genügend aufmerksam gemacht, daß sie ihm alle wieder folgten. Dann war er mit halsbrecherischer Geschwindigkeit auf den verlassenen kintischen Steinbruch zugaloppiert.

»Danach verlief alles nach Plan«, schloß er, »aber ich konnte das Pferd nicht behalten. Der Aufstieg war zu schwierig, also ließ ich es in einem Mandelbaumhain zurück.«

Josarian grinste. »Vielleicht wird es dort fett und wild werden.«

»Ach, die Berge sind in einer Dunkelmondnacht ein schrecklicher Ort«, sagte Emelen. »Mein Vater verbrachte sein gesamtes Leben auf dem Berg Garabar. Er kannte dort jeden Stein, jeden Baum, jede Höhle und jeden Pfad.

Und dennoch starb er dort in einer Dunkelmondnacht, verirrte sich, bis er sich bei einem Sturz das Genick brach.«

»Und die Späher?« fragte Josarian Tansen. »Sind sie alle tot?«

»Alle tot«, bestätigte Tansen.

»Das sind ... eine Menge Männer«, murmelte Lann. »Eine Menge, die alle auf einmal getötet wurden.«

»Ja«, erwiderte Tansen tonlos. »Eine Menge.«

»Sie hätten dich umgebracht«, sagte Emelen zu Lann. »Sie wollten uns alle umbringen.«

»Sie wollen es immer noch«, warnte Tansen. »Jetzt seid ihr nicht mehr nur die unglücklichen Freunde und Verwandten eines Gesetzlosen. Das hat sich geändert.« Er betrachtete die ernsten Gesichter im Licht des uralten Feuers, bemerkte, daß einigen der Männer zum ersten Mal deutlich wurde, in welcher Situation sie sich befanden. »Jetzt seid ihr entflohene Gefangene. Jetzt habt ihr Späher umgebracht.« Er schwieg einen Augenblick. »Jetzt werden sie euch selbst wollen und nicht nur als Köder für Josarian.«

Harte Worte, aber die Wahrheit. Er sah, wie einige der Männer seinen Blick zornig erwiderten, und andere reagierten mit Angst und Verwirrung. Jetzt, nachdem die Euphorie der Flucht und des Kampfes verflogen war, wollten sie am liebsten wieder zu ihrem normalen Leben zurückkehren, aber sie würden nie wieder ein normales Leben führen können. Faule Nachmittage im Schatten vor ihrer Haustür in Emeldar sollten für diese Männer für immer der Vergangenheit angehören. Es gab keinen Weg zurück, sie konnten nicht ungeschehen machen, was geschehen war, es gab keine Flucht von dem Weg, den das Schicksal ihnen vorgezeichnet hatte. Tansen erinnerte sich an seine Jugend, und einen Augenblick lang bedauerte er diese Männer.

»Das ist alles deine Schuld«, sagte einer von ihnen plötzlich, sprang auf und starrte Josarian voller Wut an.

»Falian ...«, sagte Emelen ruhig.

»Es ist deine Schuld«, schrie Falian. »Es hat dir nicht genügt, einfach nur der Verhaftung zu entkommen. Du konntest uns nicht in Frieden lassen!«

Josarian schwieg nur und erwiderte Falians Blick. Tansen beobachtete Falian ebenfalls und fragte sich, ob der Mann bewaffnet war. Tatsächlich: Am Boden in seiner Nähe lag ein Valdani-Schwert. Keiner dieser Männer wußte, wie man mit Schwertern umging, und sie hatten keine Waffengurte und Scheiden, stellte er zerstreut fest.

»Nein, du mußtest ja unbedingt noch mehr Späher umbringen und die Valdani noch wütender machen!« tobte Falian. »Du mußtest töten und andere zum Töten aufhetzen. Emeldar wimmelte vor Valdani, und das alles wegen dir! Man hat mich gefangengenommen und wollte mich töten, und alles wegen dir! Und jetzt bin ich ein Gesetzloser, jetzt werden sie mich jagen, bis sie mich schließlich erwischen und umbringen – und alles wegen dir!«

Falian hob sein Schwert auf und griff Josarian an, der sich nicht vom Fleck rührte. Mehrere Männer sprangen hinzu, um Falian aufzuhalten, aber Tansen, der am weitesten entfernt gewesen war, kam ihnen zuvor. Er entwaffnete Falian rasch, dann schnitt er ihn zweimal, einmal über dem Handgelenk, ein weiteres Mal an der Stirn. Als das Blut den Mann blendete, hielt ihm Tansen eine Klinge an die Kehle und hatte die andere bereit, um jeden abzuwehren, der glauben sollte, sich einmischen zu müssen. Ein rascher Blick in die Höhle zeigte ihm allerdings, daß niemand es wagen würde; sie starrten ihn an, als wäre er plötzlich aus der Anderwelt erschienen.

»Wer meinen Blutsbruder bedroht, bedroht auch mich«, fauchte er, »und wird dafür zahlen, einen *shatai* bedroht zu haben.«

Falian wischte sich mit dem Arm über die Augen, beschmierte sich dabei das Gesicht mit Blut, und starrte Tansen zornig an. »Also los, *roshah*«, höhnte er und lehnte sich gegen die Klinge, »mach schon, bevor die Valdani uns beide umbringen.«

»Nein!« rief jemand. »Tu's nicht!«

»Er hat versucht, Josarian umzubringen«, sagte Emelen. »Warum sollte Tansen ihn verschonen? Damit er uns alle verraten kann?«

»Hast du uns deshalb befreit?« wollte ein anderer wissen. »Sind wir deshalb entkommen?«

»Tan«, sagte Josarian ruhig und trat vor. »Laß ihn los.«

Tansen gehorchte sofort. Er wußte, daß es keine Lösung war, Falian umzubringen, und es gab zweifellos noch andere, die derselben Ansicht waren wie er; aber er wußte auch nicht, worin die Lösung nun bestand. Er trat zurück und machte Josarian Platz, obwohl es beträchtlicher Selbstbeherrschung bedurfte, ruhig stehenzubleiben, als Josarian sich niederbeugte, um das Valdani-Schwert aufzuheben und es Falian zu reichen.

»Wenn du es benutzen möchtest«, sagte Josarian, »dann ist jetzt der richtige Zeitpunkt. Ich will nicht, daß ich meinen eigenen Leuten nicht mehr den Rücken zuwenden kann.«

Falian packte das Schwert fester, aber dann sah er Tansen vorwurfsvoll an. »Sobald du tot bist, wird dieser *roshah* mich umbringen.«

»Tansen«, sagte Josarian, ohne den Blick von Falian abzuwenden, »versprich mir, daß du ihm nichts tun wirst, wenn er mich jetzt tötet.«

Tansen schwieg entsetzt.

»Versprich es mir.«

»Ich ... ich verspreche es«, murmelte Tansen schließlich.

»Er ist ein Mann, der zu seinem Wort steht«, sagte Josarian zu Falian. »Jetzt ist es nur noch eine Sache zwischen uns beiden.«

Falian starrte Josarian in die Augen, das Gesicht vor Wut und Angst verzerrt, und als er das Schwert hob, zitterte sein Arm. »Wir haben als Jungen zusammen gespielt. Wir haben als Männer Seite an Seite gearbeitet. Ich bin ein Vetter deiner Frau, Josarian.« Falian schüttelte den Kopf, hatte das Schwert aber immer noch erhoben. »Warum? Warum hast du das alles über uns gebracht? Warum?«

»Ja«, sagte Josarian und nickte, »das ist eine gute Frage.« Mit verblüffender Unvorsichtigkeit wandte er Falian tatsächlich den Rücken zu und sah in die angespannten Gesichter der anderen. »Ihr habt sicher dieselbe Frage.« Er schwieg einen Augenblick. »Vielleicht denkt ihr alle wie Falian. Selbst«, fügte er hinzu, als Lann zum Widerspruch ansetzte, »*selbst* wenn eure Loyalität es euch im Augenblick verbietet, der Stimme eures Herzens zu lauschen.«

Einer der Männer trat vor. »Ich ... ich stehe auf deiner Seite, Falian«, sagte er zögernd. »Um deinetwillen ist mein ganzes Leben verdorben, Josarian. Was soll ich jetzt tun? Sag mir das, wenn du kannst.«

»Verdorben wegen mir, Amitan?« fragte Josarian. »Dein Vater wurde von Spähern getötet, als er Getreide nach Liron schmuggelte, weil er hoffte, daß die Kint dort ihm einen besseren Preis zahlen würden, als die Valdani uns zahlen – wenn sie es uns nicht einfach *abnehmen* und überhaupt nichts zahlen.«

»Ich bin jetzt verheiratet«, wandte Amitan ein. »Wir wollen Kin...«

»Danach«, fuhr Josarian fort, »wurde dein älterer Bruder in die Minen von Alizar gebracht, und du weißt nicht einmal, ob er noch lebt. Als deine Mutter nach Alizar gehen wollte, um seine Freilassung zu erflehen, wurde sie auf dem Weg von Banditen überfallen und vergewaltigt. Deine jüngste Schwester ist dürr und schwach, weil sie als Kind zuwenig zu essen bekam, denn seit deine Familie deinen Vater und deinen Bruder als Arbeitskräfte verloren hat, seid ihr bitterarm.« Zu Tansens Schrecken reichte Josarian auch Amitan ein Schwert. »Und du willst behaupten, *ich* hätte dein Leben ruiniert?«

»Ich bin kein Attentäter, der einen unbewaffneten Mann umbringt, der unter dem Dach meiner Mutter immer willkommen war.« Amitan warf das Schwert weg.

»Aber sag mir, Josarian, wie werden meine Mutter, meine Frau und meine Schwestern ohne mich überleben können? Wie soll ich sie ernähren, wenn ich von jetzt an wie ein gejagtes Tier leben muß.«

»Ja, wie?« fauchte Falian.

»Ja!« sagte Josarian. »Ja, das ist die Frage!«

Er lachte, hob das Schwert auf, das Amitan gerade weggeworfen hatte, und schwenkte es in der Luft. Die Männer, selbst jene, die am treuesten zu ihm standen, sahen ihn alle an, als wäre er verrückt geworden. Tansen fragte sich, was er vorhatte.

»Deine Mutter und Calidar sind tot«, wandte Amitan ein, »und deine Schwester hat – hatte – einen Mann im Haus. Für dich war es anders, aber ...«

»Die Frage ist«, rief Josarian grinsend, »wie werden wir sie ernähren, wie werden wir sie schützen? Ja, wie sollen wir von nun an leben?« Er sah sich um. »Sind das nicht die Antworten, die wir suchen?«

Die Männer starrten einander verwirrt an. Aber Josarian ließ sich von dieser Reaktion nicht stören.

»Wann haben wir denn zuvor jemals gelebt, wie Männer leben sollten?« Er ignorierte die empörten Zwischenrufe, die diese Bemerkung hervorrief, und fuhr fort: »Wir haben unsere Frauen und Kinder und Eltern ja überhaupt nicht ernähren können; wir konnten nur gerade so eben verhindern, daß sie verhungert sind. Und selbst dabei waren wir nicht sonderlich erfolgreich.«

»Das ist nicht unsere Schuld«, knurrte Lann. »Die Valdani ...«

»Genau«, unterbrach Josarian ihn. »Die Valdani! Warum haben wir ihr Joch so lange ertragen? Warum haben wir ihnen gestattet, diesem Land allen Wohlstand zu nehmen? Warum haben wir sie alles nehmen lassen, was sie wollten, wenn sie durch unsere Städte, Dörfer und Täler zogen?« Er sah sich um, und seine dunklen Augen glühten im Licht des Feuers. »Warum haben wir ihnen nie etwas abgenommen?«

»Ich bin kein Dieb«, protestierte Amitan.

»Es ist kein Diebstahl, wenn wir uns nehmen, was uns und unserem Volk gehört«, entgegnete Josarian. »Seit zwei Jahrhunderten haben sie alles genommen, was sie finden konnten – mehr, als wir entbehren konnten; mehr, als sie verdient haben. Es ist an der Zeit, nein zu sagen. Sie müssen erfahren, daß sie zu weit gegangen sind! Es ist an der Zeit, daß wir uns zurückholen, was man uns genommen hat!«

»Das ist Wahnsinn«, sagte Falian schlicht. »Das ist einfach ...«

»Das ist die Wirklichkeit, die neue Wirklichkeit verfluchter Männer, die endlich frei sind von dem Joch, den Fesseln, der Bürde, immer ja zu sagen.« Josarian gab nicht auf. »Ihr wolltet eure Familien ernähren? Ich sage euch, ihr werdet sie besser ernähren können als je zuvor.«

»Mit Worten kann man keine Bäuche füllen«, widersprach Amitan.

»Nein! Aber mit Getreide!« antwortete Josarian. »Mit Fleisch, Milch und Käse. Mit der Ernte aus tausend Hainen.«

»Aber all das ...« Lann runzelte die Stirn. »All das gehört den Valdani.«

»Es gehört ihnen eben nicht!« rief Josarian wütend. »Das hier ist unser Land, und alles, was hier wächst, jedes Tier, das hier lebt, und jeder Stein in den Bergen gehört uns Sileriern!«

»Du meinst, wir sollten es ihnen abnehmen?« fragte Falian ein wenig atemlos. »Du meinst, wir sollen anfangen, die Valdani in solchem Ausmaß zu bestehlen?«

»Bevor ich sterbe«, gelobte Josarian, »werde ich sie für alles zahlen lassen, das sie uns je genommen haben. Ich will sehen, wie die Frauen und Kinder von Emeldar sich an dem Wohlstand mästen, der immer schon uns zugestanden hat. Ich will die Diamanten von Alizar auf jedem Wächteraltar zwischen hier und Liron glitzern sehen. Ich will wie ein Mann leben und nicht mehr wie ein Sklave!«

»Bei Dars Feuern, wir werden unsere eigene Gesellschaft gründen!« rief Emelen und schlug Lann auf den Rücken. »Wir werden uns nehmen, was wir wollen ...«

»Aber nur von den Valdani«, warnte Josarian.

»Ach, mir fallen auch noch ein oder zwei *toreni* ein, die uns schon seit Jahrhunderten bestohlen haben«, sagte Emelen. Er grinste, als er Josarians Miene sah, und sagte: »Darüber streiten wir uns ein andermal. Aber bis dahin, Schwager, bin ich auf deiner Seite.«

»Ich auch!« brüllte Lann. »Mögen meine Söhne groß und kräftig werden von dem, was ich den Valdani stehle! Mögen meine Töchter Spinnwebstoff tragen und meine Frau zu fett werden, um noch durch die Haustür zu passen!«

»Hältst du das für möglich?« fragte Falian. »Ist das wirklich zu erreichen?«

Lann lachte. »Vor zwei Tagen hat sicher auch die ganze Welt gedacht, es sei unmöglich, daß zwei Männer zwanzig andere aus der Festung bei Britar befreien. Und nun? Was soll für Männer, die so etwas vollbracht haben, noch unmöglich sein?«

Aufgeregt begannen alle, aufeinander einzureden, und Tansen stellte voller Ehrfurcht fest, daß Josarian sie tatsächlich überzeugt hatte. Er hatte eine Gruppe verängstigter Bergbauern, die nur noch nach Hause wollten, die bereit gewesen waren, ihn zu verraten, für sich gewonnen! Jetzt gehörten sie ihm. Sie waren bereit gewesen davonzurennen, aber statt dessen hatten sie ihm zugehört, sich von seinem Mut und seiner Vision bewegen lassen. Sie hatten sich für ihn und für seinen Weg entschieden.

Danach blieb nur noch eines. Inmitten all des Geschreis und Gelächters hob Tansen die Hand, die immer noch mit einem inzwischen schmutzigen und zerrissenen Tuch verbunden war, und zeigte Josarian die Blutflecke, die die immer noch schmerzende Wunde verursacht hatte. Josarian sah die Geste und nickte. Er sprang auf einen großen, glatten Felsen, um die allgemeine Aufmerksamkeit wiederzugewinnen und hob die eigene Hand, so daß alle die neue Narbe auf seiner Handfläche sehen konnten.

»Ich habe den Valdani Blutfehde geschworen«, verkündete Josarian, »und jetzt bitte ich auch euch, unserer Sache euer Blut zu geben.« Er sah sich um und fügte hinzu: »Ihr wart um meinetwillen gefangen, und ihr seid mir nichts schuldig – nichts! –, weil ich euch zur Flucht verholfen habe. Wer sich mir nicht anschließen will, ist frei, morgen früh seiner eigenen Wege zu gehen.« Er beugte sich vor, um Amitan eine Hand auf die Schulter zu legen, und schaute ihn mitfühlend an. »Wenn du gehen willst, verspreche ich dir, dir und deiner Familie bei der Flucht zu helfen, so weit weg von hier, wie es notwendig ist, damit ihr in Sicherheit seid. Ich werde mir etwas von Porsalls Gold von der Schwesternschaft zurückholen und euch helfen, woanders ein neues Leben anzufangen.«

Amitan sah Josarian lange an, während die anderen Männer auf seine Antwort warteten. Er wandte sich ab und hob sein Schwert vom Boden auf. Tansen versteifte sich einen Augenblick lang, dann entspannte er sich wieder, als Amitan sein Schwert in das uralte Wächterfeuer stieß. Als es gesegnet war, zog sich Amitan die Klinge über die Handfläche und hielt diese über das Feuer. Einen Moment später folgte Falian seinem Beispiel. Einer nach dem anderen schnitten sich die Männer die Handflächen auf und begannen, den Schwur zu sprechen, während ihr Blut in den heiligen Flammen zischte.

»Ich schwöre bei Dar, bei meiner Ehre und beim Andenken meiner niedergemetzelten Verwandten, daß deine Feinde jetzt meine Feinde sind, und ich keine Ruhe und keinen Frieden finden werde, ehe das Blut eines jeden Valdan in Sileria fließt wie jetzt mein Blut.«

Über die Köpfe der Männer hinweg begegnete Tansens Blick dem Josarians. Was auch immer die Zukunft für sie bereithalten mochte, er wußte, daß nichts je wieder wie früher sein würde.

KAPITEL 10

Der Klang von Stimmen weckte Zimran langsam aus traumloser Dunkelheit. Auch jetzt leiteten ihn die Instinkte, die ihm schon in vielen gefährlichen Situationen das Leben gerettet hatten: Er blieb reglos liegen und wartete, bis seine Sinne schärfer und sein Kopf klarer wurden.

Sofort wurde ihm der Schmerz im linken Arm bewußt. Das verwirrte ihn einen Augenblick lang. Dann kristallisierten sich die Erinnerungen an die jüngsten Ereignisse in seinem Geist: im Haus der Witwe in Emeldar von Spähern zusammengeschlagen zu werden, die Gefangenschaft in diesem stinkenden Kerker, die wunderbare Rettung der Gefangenen durch Josarian, die Flucht im Dunkeln. Aber er konnte sich nicht mehr daran erinnern, was danach geschehen war. Hatte man sie wieder gefangen? Waren sie immer noch in Gefahr?

Immer noch reglos daliegend und mit geschlossenen Augen versuchte er, soviel wie möglich über seine Umgebung herauszufinden, ohne zu verraten, daß er aufgewacht war. Er stellte fest, daß er warm und trocken lag, auf einem dünnen Strohsack und bedeckt mit einer Wolldecke. Heimlich bewegte er die rechte Hand unter der Decke, untersuchte vorsichtig seinen verwundeten Arm und stellte fest, daß er fein säuberlich geschient und verbunden worden war.

Er zwang seinen wirren Geist, sich auf das Gespräch zu konzentrieren, das ganz in seiner Nähe geführt wurde. Ein

Mann und eine Frau unterhielten sich in gewöhnlichem Silerisch, also wußte er, daß er sich nicht unter Valdani befand. Aber sie sprachen auch nicht den *shallah*-Dialekt, und er fragte sich, ob er noch in den Bergen war.

»Glaubst du wirklich, daß wir jetzt in Sicherheit sind?« Die Frau klang, als stamme sie aus dem Osten des Landes.

»Selbst Verlons Macht reicht nicht so weit über Liron hinaus.« Der Mann klang gebildet, beinahe wie ein *toren*. »Wir sind in Sicherheit.«

»Aber, Cheylan«, wandte sie ein, »er kann einen anderen Wasserherrn bitten, dich für ihn umzubringen.«

»Er weiß nicht, wo wir sind«, erwiderte der Mann – Cheylan.

»Das braucht er auch nicht zu wissen.« Die Frau war noch nicht beruhigt. »Er muß nur überall in Sileria verbreiten, daß er dich sucht. Und du bist ziemlich leicht wiederzuerkennen.«

»Das stimmt. Aber ich glaube nicht, daß er anderen von mir erzählen wird.«

»Warum nicht?«

Cheylan zögerte, bevor er antwortete. »Aus einem persönlichen Grund.«

»Ein persönlicher Grund?« Als er nicht antwortete, bohrte sie weiter. »Was meinst du mit persönlich? Ich dachte, es ginge nur darum, daß du ...«

»Nein, nicht nur.«

»Was sonst?«

»Das sollte nicht deine Sorge sein.« Der kühle Tonfall diente deutlich dem Zweck, das Gespräch zu beenden.

»Das sollte es allerdings. Ich – wir alle – fliehen quer

durch Sileria, weil Verlon einen Blutfluch gegen dich ausgesprochen hat, gegen einen unseres Kreises. Also erzähl mir nicht, daß es nicht meine Sorge sein soll.«

Süße Dar! Feinde der Gesellschaft? Zimran glaubte beinahe, er wäre mit den Valdani besser dran gewesen.

Wo bin ich?

Während Cheylan und die Frau weiterstritten, wagte Zimran, ein Auge ein wenig zu öffnen. Zuerst sah er nur verschwommen, aber dann wurde alles klarer. Er befand sich in einer kleinen Höhle. Helles Licht flackerte an der niedrigen Decke. Der Mann und die Frau, die ihm gegenübersaßen, waren so in ihr Gespräch vertieft, daß sie nicht in seine Richtung schauten. Das Feuer ...

Zimran gab einen überraschten Laut von sich, als er sah, daß es ohne Holz, ohne Kohle, ohne irgendeinen anderen erkennbaren Brennstoff brannte. Die Frau hörte ihn, brach das Gespräch ab und trat an seine Seite. Zimran bemerkte gar nicht, daß er versucht hatte aufzustehen, bevor sie ihn sanft wieder auf den Strohsack drückte.

»Ruhig ... du bist unter Freunden«, murmelte sie.

»Wächter!« rief er verblüfft. In seinem Kopf pochte es, wenn er laut sprach, und er gab sofort dem Drängen der Frau nach und legte sich wieder hin.

Er sah weiterhin die Frau an – die, wie er bemerkte, einigermaßen hübsch war –, als Cheylan sagte: »Dein Vetter Josarian hat dich bei uns gelassen. Er hat uns gebeten, auf dich aufzupassen, bis er dich abholen kommt.«

»Ist er in Sicherheit?« fragte Zim und schloß die Augen wieder.

»Das wissen wir nicht«, mußte Cheylan zugeben.

»Möge Dar ihn beschützen«, fügte die Frau hinzu.

»Dar beschütze uns alle«, murmelte Zim. Die Späher würden sich für alles, was in der Festung geschehen war, rächen wollen. Er wollte sich lieber gar nicht erst vorstellen, wieviel Bestechungsgeld und Geschenke es brauchen würde, damit die Dinge in Emeldar wieder zum Normalzustand zurückkehrten. Er war froh, noch am Leben zu sein und daß Josarian ihn in Britar vor dem sicheren Tod gerettet hatte, aber ihm wurde ganz elend bei dem Gedanken daran, wie die Valdani es ihnen heimzahlen würden.

Also versuchte er, nicht daran zu denken. Statt dessen fragte er: »Wo bin ich?«

»Wir sind in den Bergen. Östlich von Britar.«

»Wächter«, wiederholte Zimran klagend. Sie würden sich um ihn kümmern, aber er fragte sich, wie sicher er hier wirklich war. Wächter wurden nicht nur von den Valdani verfolgt, sondern auch von der Gesellschaft, und sie hatten regelmäßig Kontakt mit Schatten und Geistern. Nicht gerade Begleiter, die er sich freiwillig ausgesucht hätte.

»Ich hole dir ein wenig Brühe«, bot die Frau an.

Sie verließ die Höhle, und der Mann namens Cheylan trat näher.

Zimran warf einen Blick auf sein Gesicht und versuchte abermals, von dem Strohsack aufzustehen – diesmal, um zu fliehen. Ein feueräugiger Dämon!

»Auf dem Heimweg?« Cheylans Stimme troff vor Hohn.

Zimran wurde schwindlig und einen Augenblick lang schwarz vor Augen. Panik kämpfte mit Verlegenheit. Dieser lavaglühende Blick bewirkte, daß ihm kalt wurde, aber

Cheylans Miene ließ ihn vor Scham glühen – dieser Wächter hielt ihn für einen Feigling.

Das Blut rauschte Zim in den Ohren, als er den Mann anstarrte. »Ich ...« Er schluckte, in seinem Kopf wirbelte alles durcheinander. »Bist du ...«

»Ja?«

Kein Wunder, daß die Frau gesagt hatte, Cheylan sei leicht wiederzuerkennen! Aber die Frau hatte keine Angst vor ihm, und Zimran würde sich nicht beschämen, indem er sich vor etwas fürchtete, wovor eine Frau keine Angst hatte. Er schloß die Augen und nahm seinen ganzen Mut zusammen.

Er hat Josarian geholfen. Er hat mir geholfen.

Zim zwang sich, die Augen wieder zu öffnen und diesem mörderischen Blick zu begegnen. Immer noch verlegen, kreuzte er schließlich die Fäuste vor der Brust – das war wegen seines verletzten Arms gar nicht einfach – und neigte den Kopf. »Ich danke dir für deine Gastfreundschaft und deinen Schutz«, sagte er förmlich.

»Aha.« Ein schwaches Lächeln umspielte Cheylans Mund. Es war eher arrogant als freundlich, aber es half dennoch, die Spannung zwischen ihnen zu verringern. »Schon besser.«

Beschämt und gedemütigt und mit schmerzender gebrochener Nase stand Myrell vor Kommandant Koroll in Cavasar und berichtete über die schrecklichen Ereignisse bei der Flucht der Gefangenen vor vier Tagen. Als Myrell zu Ende gesprochen hatte, reagierte der Kommandant ganz anders als erwartet.

Koroll strich über das blutige Moorländer-Hemd und fragte: »Und Josarian behauptete, dieses Hemd hätte Prosall gehört?«

Myrell blinzelte. »Ja, aber er hat gelogen. Ich habe auf meinem Weg hierher am Landsitz des *toren* Station gemacht. Es geht ihm gut, und er war vollkommen verblüfft, als ich ...«

»Selbstverständlich hat dieses Hemd nie Porsall gehört, du unfähiger Idiot!« fauchte Koroll. »Ein einzelner Gesetzloser, ein schmutziger silerischer Bauer, hat mit deiner Hilfe das gesamte Kaiserreich lächerlich gemacht!«

»Er kann nicht allein gewesen sein, Sir«, wandte Myrell ein. »Jemand muß die Gefangenen befreit haben. Josarian muß Komplizen haben.«

»Bei den Dreien, glaubst du denn, es wäre besser, wenn es *zwei* von ihnen wären?« donnerte Koroll. »Bist du etwa der Ansicht, daß es glaubwürdig ist, daß *zwei* Bauern in eine unserer Festungen eindringen, unsere Gefangenen befreien und mehr als fünfzig unserer Männer umbringen? *Willst du das ernsthaft behaupten, du unerträglicher Dummkopf?*«

Myrell schluckte, überwältigt vor Scham und unfähig zu antworten. Und was hätte er denn auch schon sagen sollen? Niemand in ganz Valdania war jemals so gedemütigt worden. Keine Frage, daß er unehrenhaft aus dem Dienst entlassen würde; er konnte von Glück sagen, wenn man ihn nicht hinrichten würde. Wie er dieses gottverlassene Land haßte! Und dieses barbarische Volk! Über fünfzig Männer waren in den Bergen in den Tod geführt worden!

Am Tag nach dem Angriff, nachdem seine Männer ihre Verwundeten versorgt, die bei dem Überraschungsangriff der Gefangenen getöteten Späher begraben und aus den niedergebrannten Häusern gerettet hatten, was noch zu retten war, hatte er den Truppen, die von der Verfolgung Josarians immer noch nicht zurückgekehrt waren, Patrouillen hinterhergeschickt. Angeführt von einem silerischen Verbrecher, dem die Minen im Austausch dafür erspart blieben, daß er Myrell als Führer und Dolmetscher diente, hatten sie ihre eigenen Truppen verfolgt und schließlich entdeckt ... Oh, Drei In Einem, er konnte kaum ertragen, daran zu denken, was seine Männer gefunden hatten! Über fünfzig Männer und Pferde tot, die meisten verrenkt und mit gebrochenen Gliedern auf dem Grund eines gewaltigen alten Steinbruchs.

Das erste Dutzend Späher, das im Dunkeln in den Abgrund gestürzt war, hatte vielleicht bis zum letzten Augenblick nicht gemerkt, was geschah. Aber der Rest der Männer ... Sie mußten die Schreie der erschrockenen Pferde und der sterbenden Männer selbst über das Donnern der Hufe ihrer eigenen Reittiere hinweg gehört haben. Es mußte einen Augenblick gegeben haben, in dem sie versuchten, ihre Pferde noch zu zügeln: Tiere, die mit Herdentrieb geboren und gnadenlos dressiert worden waren, um auch angesichts von Gewalt nicht zu zögern. Einige der Männer mußten gewußt haben, daß sie geradewegs auf den Tod zurasten, ohne etwas dagegen tun zu können.

Ein paar Leichen hatten sie auch am Rand des Abgrunds gefunden. Einige waren grauenvoll zertrampelt gewesen, bis zur Unkenntlichkeit verstümmelt: Reiter, die sich von ihren Pferden geworfen hatten, nur um von den nachfolgenden Tieren niedergetrampelt zu werden. Es gab jedoch auch einige, die nicht zu Tode getreten worden waren. Diese Reiter hatten sich zweifellos ganz am Ende des Trupps befunden, und sie waren alle mit dem Schwert getötet worden. Einer von ihnen, den man erst später entdeckt hatte, war vom Rand des Abgrunds geflohen und von seinem Feind gejagt worden; seine Leiche hatte abseits seiner niedergemetzelten toten Kameraden gelegen, mit beinahe abgehacktem Schwertarm und durchschnittener Kehle.

Myrell war vor Haß über diese Schlächterei ganz elend geworden, und jetzt dürstete er nach Rache. Sein gesamtes Kommando, seine Männer, seine Karriere, sein Leben ... alles hatten diese blutrünstigen silerischen Wilden zerstört, ein Volk von Sklaven, die nicht einmal lesen und schreiben konnten, ein Volk, das kaum zivilisierter war als die Schafe, die sie züchteten.

Während er noch beinahe an seiner Galle erstickte, befahl Koroll zwei Spähern, Myrell zu einer bewachten Kammer zu eskortieren, dann entließ er ihn mit verächtlichem Blick.

Nachdem der ehemalige Späherhauptmann das Zimmer verlassen hatte, griff Koroll noch einmal nach dem blutigen Moorländer-Hemd und betrachtete es genauer. Nein, kein Zweifel – das war das Hemd, das der *shatai* getragen hatte.

Ihr großen, gnädigen, blutbesudelten Götter! War es Josarian denn auch gelungen, selbst den *shatai* umzubringen? Hatte dieser mordende, diebische *shallah* mit einem der bestausgebildeten Krieger der ganzen Welt gekämpft und gewonnen? Vielleicht gab es aber auch eine andere Erklärung.

Wieder sah Koroll sich das Hemd an. Was für eine andere Erklärung sollte das sein? Wie sonst hätte Josarian an dieses Hemd kommen können, und woher stammte all das Blut? Er mußte es als Trophäe mitgenommen haben, bis er eine bessere Verwendung dafür fand. Er hatte es als Köder für Myrell verwendet und die Geschichte von Porsalls Entführung benutzt, um Myrell davon abzuhalten, ihn sofort festzunehmen, und damit hatte er sich die Gelegenheit verschafft, die Späher in die Todesfalle zu locken, die er ihnen in den Bergen bereits gestellt hatte.

Laut Myrell waren die Reiter, die nicht in den Abgrund gestürzt waren, im Kampf gefallen. Hatte Josarian das allein tun können, oder hatte ihm jemand geholfen? Koroll nahm das letztere an. Immerhin hatte Myrell zwanzig Männer aus Emeldar gefangengenommen. Man brauchte nicht viel Phantasie, um sich vorzustellen, daß Josarian daraufhin andere aus dem Dorf überzeugt hatte, um ihm bei der Befreiung dieser Gefangenen zu helfen.

Also hatte er nun Helfer und war kein vereinzelter Gesetzloser mehr. Tatsächlich hatten sich inzwischen wohl alle Überlebenden des Gefängnisausbruchs zu ihm gesellt. Er war allein schon schlimm genug gewesen, aber nun hatte er eine kleine Bande von Komplizen gefunden.

Angst ließ sich wie ein Eisklumpen in Korolls Magen nieder. Er mußte diesen *shallah* aufhalten! Er hatte in Hinterhalten und im offenen Zweikampf bewaffnete Späher getötet, war der Gefangennahme länger entgangen, als jeder geglaubt hätte, hatte es irgendwie geschafft, einen *shatai* zu töten, erfolgreich eine Festung angegriffen und Gefangene befreit und über fünfzig ausgebildete Kämpfer in den sicheren Tod geführt. Die Frage war: Was brauchte es, um ihn umzubringen?

Dieses Problem quälte Koroll, während er weiter das Hemd befingerte. Myrell mochte zwar ein Idiot sein, der zwanzig Gefangene entkommen, die meisten seiner Männer umbringen und seine Vorräte verbrennen ließ, aber er hatte auch eine gute Idee gehabt: Er hatte die *shallaheen* dazu bringen wollen, sich gegen Josarian zu wenden. Wenn Koroll ihnen in Josarians Namen genügend Leid zufügte, würden die *shallaheen* Josarian selbst umbringen. Zwei Jahrhunderte lang hatten die Valdani die Silerier erfolgreich beherrscht, indem sie sie dazu gebracht hatten, ihre gewalttätigen Tendenzen aneinander auszulassen und nicht an ihren Eroberern. Es war an der Zeit, dieser Philosophie eine ganz neue Wirksamkeit zu verleihen.

Koroll überlegte, wie er Myrell künftig am besten zu seinen Zwecken einsetzen konnte. Er war einer der wenigen lebenden Valdani, die Josarian je gegenübergestanden hatten und ihn identifizieren konnten – lebendig oder tot. Und was wichtiger war, Myrell hatte nichts mehr zu verlieren, und Koroll hatte gesehen, welcher Haß in ihm brannte. Auf sich allein gestellt, würde Myrell in irgendeiner gottverlassenen Ecke des Kaiserreichs der Trunksucht verfallen. Aber wenn man ihn richtig nutzte ... Wenn man ihn richtig nutzte, konnte er ebenso brutal, entschlossen und furchtlos werden wie der Gesetzlose, den sie suchten.

»Aber wo willst du hin?« wollte Tashinar wissen, und Angst schnürte ihr beinahe die Kehle zu, als sie zusah, wie Mirabar ihre Habe zusammensuchte. »Du kannst doch nicht einfach in den Bergen herumspazieren und hoffen, daß dich niemand bemerkt!«

»Ich weiß«, sagte Mirabar ungewöhnlich ruhig.

»Und wie willst du länger als ein paar Tage überleben?« schrie Tashinar und konnte sich nur mühsam zurückhalten, ihre Schülerin zu packen und zu schütteln.

»Ich muß ...« Mirabar runzelte zerstreut die Stirn. »Ich muß mich darauf verlassen, daß der Rufer mich beschützt.«

»Dich beschützt? Bisher hat er dich immer nur gequält, seitdem ...«

»Er will, daß ich lange genug lebe, um ... um zu tun, was immer er von mir verlangt. Also wird er mich vor Aberglauben und Gewalttätigkeit beschützen müssen.«

Tashinar versuchte ein anderes Argument. »Und Kiloran? Wie willst du ihn finden? Glaubst du, du kannst einfach in der Gegend herumlaufen und dich nach ihm *erkundigen?*«

»Man wird mich zu ihm führen. Irgendwie weiß ich, daß ich geführt werde.« Sie klang weder selbstzufrieden noch glücklich. Aber sie klang überzeugt.

»Und was ist mit uns? Wie sollen wir erfahren, was aus dir geworden ist? Du kannst nicht von mir erwarten, daß ich einfach warte und mich frage ...« Sie hielt abrupt inne, als Mirabar zu lachen begann.

»Tashinar, du solltest wirklich imstande sein herauszufinden, was aus mir geworden ist!« sagte Mirabar ehrlich amüsiert.

Tashinar blinzelte verblüfft. Das hatte sie tatsächlich einen Augenblick lang vergessen. Sie war nun beinahe vierzig Jahre lang Wächterin, und sie hatte vergessen, daß sie ein Tor zur Anderwelt war! Aber die Erinnerung daran beruhigte sie kein bißchen. Mit belegter Stimme sagte sie: »Ich will dich aber nicht nur als Schatten aus der Anderwelt wiedersehen.«

»Ich auch nicht.« Mirabar schauderte plötzlich, und zum ersten Mal wurde Tashinar klar, welche Angst sich hinter ihrer entschlossenen Fassade verbarg.

»Ich werde mit dir kommen«, sagte sie plötzlich.

»Das geht nicht.« Mirabar wich ihrem Blick aus und sprach bemüht ausdruckslos. »Du bist zu alt für diese Anstrengungen. Du würdest mich nur aufhalten.«

»Wie kannst du es wagen, so zu reden!«

»Es wird nicht gehen, Tashinar«, sagte Mirabar. »Du darfst nicht mitkommen.«

Tashinar bemerkte mit plötzlichem Kummer, daß der Rufer ihre Stelle als Mirabars Mentor und Führer eingenommen hatte. Und obwohl sie Mirabar immer noch so viel darüber zu lehren hatte, eine Wächterin der Anderwelt zu sein, hatte das Mädchen auch recht: In dieser Sache war sie nur eine alte Frau, die Mirabar bei ihrer Pflicht im Weg sein würde.

Angestrengt kämpfte sie gegen den Impuls an, Mirabar

in die Arme zu nehmen und sie zu beschützen, wie sie es früher getan hatte, als Mirabar noch ein verwirrtes kleines Mädchen gewesen war, das Trost und Sicherheit brauchte. »Du wirst Geld benötigen, wenn du ins Tiefland gehst. Ich habe ein wenig, das ich für Notfälle gespart habe.«

»Ja, ich ...« Mirabar sah sich verwirrt um. »Daran hatte ich nicht gedacht.« Sie hatte nie Geld gebraucht und nur ein paarmal welches gesehen.

»Handele immer einen niedrigeren Preis aus als den, den man dir zuerst nennt«, wies Tashinar sie an, nachdem sie ihr die Kupfer- und Silbermünzen überreicht hatte, die sie in einem kleinen Hirschlederbeutel aufbewahrte. »Dort unten ist es nicht sehr wahrscheinlich, daß die Leute dir Essen geben, nur weil du eine Wächterin bist. Also solltest du sparsam damit umgehen.« Mirabar konnte jagen, Fallen stellen und wilde Beeren sammeln, aber Tashinar bezweifelte, daß sie je auf einem Marktplatz gewesen war. Selbst wenn die Händler sie nicht fortjagen würden, gab es vieles über das normale Leben in Dörfern und Städten, was sie nicht wußte. »Wie willst du ... es ist einfach so ...«

»Es gibt einen Grund.« Mirabar legte die Hand auf Tashinars Schulter und drückte sie sanft. »Das mußt du mir glauben.«

»Entschuldigt bitte ...«

Mirabar fuhr zu dem Eindringling herum. Es war nur Derlen, der ungewöhnlich zögernd wirkte. »Was willst du?« fragte sie barsch.

»Mirabar ...« Er trat von einem Fuß auf den anderen. »Ich weiß, daß du mich abgelehnt hast, weil ich ...«

»Das gehört alles der Vergangenheit an«, sagte sie mürrisch. »Ich gehe jetzt.«

»Ja, ich weiß.« Er holte tief Luft, dann fuhr er fort: »Ich hatte nie etwas gegen dich persönlich. Alles, was ich getan oder gesagt habe, war nur zum Besten des Kreises.«

»Ich weiß.«

»Ich verstehe nicht, was mit dir los ist, woher deine Visionen kommen oder wohin sie dich führen. Aber ich spüre, daß du eine gewaltige Aufgabe vor dir hast und daß du große Gefahren auf dich nimmst.« Er reichte ihr ein paar geknotete Schnüre; die glänzenden schwarzen Perlen eines Wächters waren ebenso eingeflochten wie die roten eines Händlers. »Meine Familie in Shaljir ist wohlhabend und recht einflußreich. Wenn du irgendwelche Hilfe brauchst, ganz gleich, in welchem Ausmaß, wird dieser *jashar* dir ihre Türen öffnen.«

Tashinar nahm ihm die Botschaft ab und überflog sie kurz, dann reichte sie sie an Mirabar weiter. Derlen hatte ein paar persönliche Nachrichten über sich und seinen Sohn eingeschlossen, aber ansonsten stellte der *jashar* Mirabar nur als mächtige Wächterin auf einer heiligen Mission vor, der man unbedingt helfen sollte, wenn sie es verlangte.

»Danke, Derlen«, sagte Mirabar und schien ehrlich bewegt.

Leider wurde Derlen dann gleich wieder pedantisch und umständlich und verärgerte Mirabar, die ihn anfauchte und sich unhöflich abwandte. Tashinar seufzte nur. Nachdem er gegangen war, brummte Mirabar: »Wir werden nie miteinander auskommen.«

»Und dabei hatte ich schon solche Hoffnungen für euch«, meinte Tashinar trocken.

Mirabar starrte sie verblüfft an, dann lächelte sie. »Na ja, vielleicht sind wir beide etwas ruhiger, wenn ich zurückkomme.«

»Wirst du denn zurückkommen?«

»Das verspreche ich.«

Und an dieses Versprechen klammerte sich Tashinar, als sie eine Weile später zusah, wie Mirabar sich auf den Weg machte, der sie von der einzigen Sicherheit wegführen würde, die sie je gekannt hatte.

Man brauchte kein Prophet zu sein, um vorherzusagen, daß der erste Gegenschlag der Späher darin bestehen würde, Josarian und die entflohenen Gefangenen zu bestrafen, indem sie irgendwie gegen ihre Verwandten in Emeldar losschlagen würden. Also machten sich die Gesetzlosen schnell auf den Weg in ihr Heimatdorf, um ihre Lieben vor der Rache der Valdani zu retten. Sie wußten, sie würden Vorräte für ihre Leute brauchen, also griffen sie einen auf dem Weg liegenden Späherposten an und plünderten ihn.

Zuerst waren die Leute in Malthenar, dem nächstgelegenen Dorf, wütend, weil sie nur daran dachten, welche Strafe *ihnen* wohl als Ergebnis dieses Überfalls zuteil werden würde. Josarian sprach zu ihnen auf dem Dorfplatz, des Nachts im Licht von Feuern.

»Ihr habt heute nacht keine Gesetze gebrochen!« erinnerte er sie. »Die Valdani wissen, wer ich bin und was ich bereits getan habe, und bald werden sie wissen, daß ich ihnen noch viel mehr Schaden zufügen werde. Sagt ihnen, wer den Späherposten überfallen hat. Sagt ihnen, wer die Späher getötet und ihre Vorräte gestohlen hat.« Er hielt inne und sah jeden in der Menge einzeln an. »Sagt ihnen, daß ich ihnen Blutfehde geschworen habe.«

Tansen, der hinter Josarians rechter Schulter stand und bereit war, ihn gegen jeden zu verteidigen, der das, womit Falian in den Höhlen von Dalishar nur gedroht hatte, in die Tat umsetzen wollte, war sichtlich erleichtert, als er bemerkte, welche Wirkung Josarians Ansprache auf die Dorfbewohner hatte. Er hatte jetzt schon mehr als ein Dutzend loyaler Männer bei sich, und Berichte darüber, was in der Festung geschehen war, breiteten sich bereits aus. Die Legende von Josarian, geboren in jener blutigen Nacht, als er zum ersten Mal getötet hatte, wuchs und wuchs.

»Ja!« rief eine Frau und drängte sich durch die Menge, bis sie Josarian gegenüberstand. »Ja! Eine Blutfehde!«

Eine andere Frau wollte sie festhalten, aber sie – dünn und alles andere als jung und mit Falten der Bitterkeit um den Mund – schüttelte sie ab. »Sie haben mir alles genommen, *alles*. Meinen Mann, drei starke Söhne, meinen Vater – alle wurden sie von Spähern umgebracht oder in die Minen verschleppt.« Sie griff nach dem kleinen Messer, das sie an einer abgegriffenen Schnur um den Hals trug, und schnitt sich die Handfläche auf. »Ich weiß nicht, wie man einen *yahr* benutzt, und ich kann nicht mit dem Schwert kämpfen, Josarian, aber eine Frau kann hassen, eine Frau kann helfen, eine Frau kann auch Möglichkeiten finden, jemanden umzubringen!«

Alle sahen sie entsetzt an, denn normalerweise waren Blutfehden keine Frauensache. Aber Josarian wich ihrem Blick nicht aus, und dann nickte er und nahm ihre Hand. Er führte sie zu der flackernden Fackel, die Lann hielt.

»Wenn du deinen Schwur wirklich ernst meinst«, sagte er zu ihr, »dann wird dieses Feuer genügen.«

Lann senkte die Fackel für sie, und sie hielt ihre Hand über die Flammen. »Ich kenne die Worte nicht genau«, gab sie zu, wobei sie Josarian immer noch gebannt anstarrte.

»Dann wiederhole, was ich sage. Ich schwöre bei Dar, bei meiner Ehre und beim Andenken an meine niedergemetzelten Verwandten ...«

Zwei Dutzend andere Dorfbewohner schlossen sich in jener Nacht Josarians Blutfehde an. Die meisten entschieden sich, in Malthenar zu bleiben und auf Josarians Anweisungen zu warten, aber einige der jüngeren Männer ignorierten das Flehen ihrer Mütter und beschlossen, Josarian und seinen Männern in die Berge zu folgen. Bevor sie weiterzogen, gab Josarian den Leuten in Malthenar beinahe die Hälfte der Vorräte, die er den Spähern gerade gestohlen hatte.

Unter den Dingen, die sie auf dem Weg nach Emeldar mitnahmen, waren auch Schwerter. Tansen wurde klar, daß er den Männern beibringen mußte, wie man sie richtig benutzte, sonst würden sie sich nur selbst in Stücke schneiden. Josarian stimmte ihm zu, als sie am nächsten Abend darüber sprachen – sie waren immer noch wach, nachdem die meisten Männer bereits eingeschlafen waren.

»Was, glaubst du, sollen wir in Emeldar tun?« fragte Josarian. »Sollen wir kämpfen oder das Dorf verlassen und uns in anderen Dörfern verstecken?«

»Beides«, erwiderte Tansen prompt. »Selbst mit deiner Überzeugungskraft werden sich zunächst viele weigern wegzugehen. Und die Valdani werden schon bald zuschlagen.«

»Wenn wir kämpfen, wird das die Leute im Dorf davon überzeugen, daß sie wirklich in Gefahr sind«, schloß Josarian.

»Kämpfe und Blut können sehr überzeugend sein. Wenn sie sehen, wie Menschen sterben, wenn sie selbst in die Lage kommen, jemanden umbringen zu müssen, werden sie wissen, daß es auch für sie kein Zurück gibt.« Er nickte. »Dann werden sie dir folgen. Und wenn sie in den anderen Dörfern die Nachricht vom Kampf in Emeldar verbreiten ...«

»Werden auch andere Dörfer wissen, daß man sich tatsächlich wehren kann.«

»Vielleicht«, meinte Tansen. »Aber es kommt mir immer noch unglaublich vor.«

»Daß wir gegen die Valdani kämpfen?«

»Daß wir gegen andere Gegner als uns selbst kämpfen.«

So sehr Koroll es haßte, seinem Vorgesetzten diese Rückschläge melden zu müssen, so wußte er doch, daß der Tod so vieler Späher bei Britar nicht verheimlicht werden konnte. Nein, die Nachricht war sogar schlimm genug, daß er persönlich Bericht erstatten mußte, um sich den Fragen zu stellen, die zweifellos bezüglich seiner Kompetenz, seinen Bezirk in diesem erbärmlichen Land zu verwalten, auftauchen würden. Also befahl er einem seiner Hauptleute, sich mit achtzig Spähern aufzumachen und in Emeldar einen unvergeßlichen Eindruck zu hinterlassen, dann ritt Koroll selbst mit sechs Leibwächtern nach Shaljir. Er folgte der alten Küstenstraße, die ursprünglich von Sileriern gebaut und im Lauf von Jahrhunderten von immer neuen Eroberern repariert worden war.

Myrell wäre vielleicht der beste Mann gewesen, um die Vergeltungsaktionen gegen Emeldar zu leiten, aber Koroll hielt es für unangemessen, ihn schon aus der Gefangenschaft zu entlassen, ehe er mit seinen eigenen Vorgesetzten in Shaljir gesprochen hatte. Koroll würde nicht in der Lage sein, ihm sämtliche Verantwortung für das Desaster von Britar zuzuschanzen, obwohl er selbst tatsächlich nichts von Myrells Aktionen oder Absichten gewußt hatte. Myrell unterstand seinem Kommando, und damit war er auch verantwortlich für das, was der Hauptmann tat. Dennoch, er hatte nicht vor, sich seine Laufbahn von Myrells Fehleinschätzungen verderben zu lassen. Er hatte vor, sich selbst mehr als nötig die Schuld zu geben, und damit – wie er hoffte – seine Vorgesetzten zu veranlassen, ihn ihrerseits darauf hinzuweisen, daß es zu hart wäre, ihn für etwas zu entlassen oder gar hinzurichten, das er unmöglich hätte verhindern können. Nach Korolls Erfahrung war es immer besser, andere dazu zu bringen, einen zu verteidigen, als das selbst zu übernehmen.

Wenn ihm seine Stellung als Militärgouverneur von

Cavasar sicher bliebe, konnte er Myrell immer noch freilassen und eine besondere Verwendung für ihn finden. Inzwischen hatte Koroll arrangiert, daß ihm nach dem Angriff auf Emeldar ein Bote geschickt würde. Es würde gut aussehen, wenn er seinen Vorgesetzten bald von seinem raschen und heftigen Gegenschlag berichten könnte.

Kommandant Daroll war erheblich jünger als Koroll selbst und hätte, nach dessen Ansicht, nicht sofort mit dem höchsten militärischen Amt in Sileria betraut werden dürfen; er war Militärgouverneur von Shaljir und der zugehörigen Region und daher Oberkommandant von Sileria und Vorgesetzter sowohl Korolls als auch des Militärgouverneurs von Liron. Aber so unerfahren Daroll auch sein mochte, er war der jüngere Sohn einer von Valdanias ältesten, mächtigsten Familien. Sileria war zwar nur eine der abgelegeneren, unwichtigeren Provinzen des Kaiserreichs, aber Darolls derzeitige Position war recht vielversprechend für jemanden, der kaum erwachsen war.

Koroll war fünfzehn Jahre älter als Daroll und hatte sich schon in einigen Kriegen ausgezeichnet, bevor man ihn hierher versetzt hatte, aber jetzt mußte er Daroll, einem grünen Jungen, Rechenschaft ablegen und ihn mit der Achtung und dem Gehorsam behandeln, die einem Ranghöheren gebührten. Der Posten in Shaljir war im vergangenen Jahr frei geworden, als ein alter Kommandant nach einem halben Leben, das er hier im Dienst verbracht hatte, in den Ruhestand getreten war. Koroll war der Ansicht, man hätte ihm den Posten anbieten müssen, er wußte, daß er fähiger war als dieser junge Dummkopf, der ihn statt dessen erhalten hatte und ihn noch mehrere

Jahre innehaben würde, um Erfahrungen zu sammeln. Da ihm diese Straße nun versperrt war, bestand Korolls einzige Hoffnung, Cavasar und Sileria hinter sich zu lassen, darin, sich entsprechend auszuzeichnen, um über Daroll hinwegbefördert und in eine andere Ecke der Welt geschickt zu werden. Das war der Nachteil, wenn man den langen, umständlichen Weg nehmen mußte, weil man nicht im Blickfeld des Kaisers zur Welt gekommen war.

Daroll war ein gutaussehender, gebildeter und arroganter junger Mann, und er begrüßte Koroll mit der förmlichen Höflichkeit eines Valdani-Adligen, als er den Empfangsraum der Festung in Shaljir betrat. Daroll hatte sich nicht mit diesen häufig umgebauten Moorländer-Ruinen zufriedengegeben, mit denen Koroll in Cavasar vorliebnehmen mußte, sondern befehligte seine Streitkräfte von einem luxuriösen Valdani-Palast aus, den man direkt neben die alte kintische Festung gebaut hatte. Korolls Blick blieb einen Moment lang an dem Siegel von Shaljir hängen, dem berühmten, gold- und edelsteinbestückten Symbol der Valdani-Macht in Sileria, das an Darolls Hals hing. Neid flackerte in ihm auf wie bittere Flammen, und er mußte sich zwingen, den Blick von dem Schatz abzuwenden, der ihm hätte gehören sollen.

Daroll war allein gekommen, also sagte Koroll: »Ich hatte auf eine Audienz bei Euch *und* dem Kaiserlichen Ratgeber gehofft, Sir.«

Darum hatte er bereits bei seiner Ankunft in Shaljir ausdrücklich gebeten, und Daroll wußte das verdammt genau. Der Kaiserliche Ratgeber war hier der persönliche Vertreter des Kaisers, der ihm direkt Bericht erstattete.

Koroll war zwar nicht erfreut darüber, daß der Kaiser überhaupt von dieser Sache erfahren würde, aber es ärgerte ihn noch mehr, daß Daroll nun mit dem Berater in seiner Abwesenheit sprechen würde; wer wußte denn schon, was dieser junge Ziegenschänder hinter seinem Rücken über ihn verbreiten würde? Koroll wollte unbedingt, daß der Berater alles von ihm selbst erfuhr und nicht von dritten.

»Er ist leider immer noch in Liron«, meinte Daroll mit einer wegwerfenden Bewegung. »Aber wenn du den ganzen Weg gereist bist, um mir etwas von politischer Bedeutung zu erzählen, werde ich ihn zweifellos davon informieren.«

Darauf gehe ich jede Wette ein, du weibischer Narr, dachte Koroll.

»Sehr wohl, Sir«, sagte er kühl. »Ich überlasse das gern Eurem Urteil. Ich bin persönlich aus Cavasar gekommen, um über die tragischen Ereignisse zu berichten.«

Er beschrieb, was geschehen war, verschwieg aber, daß er einen *shatai* in Dienst genommen hatte. Er betonte allerdings, wie sehr er sich bemüht hatte, Josarian gefangennehmen oder töten zu lassen. Er log auch unverschämt, indem er behauptete, er habe erst in den vergangenen Tagen von Josarians Untaten erfahren. Er schloß, indem er die volle Verantwortung für Myrells Taten und den Verlust so vieler Männer übernahm.

»Du tust auch verdammt recht daran, diese Verantwortung zu übernehmen!« donnerte Daroll. »Wieso habe ich nicht von Anfang an von dieser Geschichte erfahren?« wollte er wissen.

»Sir, die Verbrechen eines einzelnen *shallah* schienen es kaum wert, zu Eurer ...«

»Ein einzelner *shallah*, dessen erstes Verbrechen bereits darin bestand, daß er zwei Späher umbrachte, und der seitdem nicht aufgehört hat, zu töten und zu plündern, du unfähiger Schwachkopf!«

Koroll versuchte, nicht zurückzuweichen, weil ihm auffiel, daß er ein paar Tage zuvor nicht anders mit Myrell gesprochen hatte.

»Wir glaubten ...«

»Wir?«

»*Ich* glaubte, Sir, daß die Streitmacht von Cavasar mit einem einzigen *shallah* fertig werden sollte.«

»Ich gehe davon aus, daß es nicht die *Männer* waren, die Fehler gemacht haben, sondern ihr Kommandant.«

»Ich habe jeden erdenklichen Versuch unternommen, um ...«

»Du hast bis jetzt nichts bewirkt.«

»Ein Silerier, der sich in diesen Bergen ...«

»Setz eine Belohnung aus, Idiot! Diese Leute haben Hunger, wie die Leute überall. Sie werden ihn verraten.«

»Wir haben eine Belohnung ausgesetzt, Sir, aber die Chancen, daß so etwas in Sileria Erfolg hat, sind recht gering, da ihre Kultur es den Sileriern verbietet, uns Informationen zu enthüllen.«

»Es ist mir scheißegal, was ihre Kultur erlaubt oder verbietet!«

»Ich schlage vor ...«

»Du hast schon genug vorgeschlagen, Kommandant«, fauchte Daroll. »Bring jetzt bitte deinen Bericht zu Ende.«

Das tat Koroll und erntete damit einen noch wütenderen Blick seines Vorgesetzten.

»Ein Vergeltungsschlag gegen Emeldar? *Das* ist dein Plan?« zischte Daroll höhnisch.

»Nicht mein ganzer Plan, Sir. Nur das, was ich veranlassen konnte, bevor ich mich mit angemessener Eile auf den Weg hierher ...«

»Ist dir vielleicht in den Sinn gekommen, daß wir viel größere Chancen hätten, diesen Gesetzlosen zu fangen, wenn wir uns unsere Informationen einfach kaufen, statt Männer einzusperren und jetzt auch noch Frauen und Kinder niederzumetzeln?«

»Wie ich schon zu erklären versuchte, Sir ...«

»Erspare mir deine Erläuterungen über diese edlen Wilden.«

»Das hat mit Edelmut nichts zu tun«, widersprach Koroll. »Diese Leute leben und sterben nach gewissen Regeln, Sir, und eine ihrer wichtigsten Sitten besteht darin, einem Außenseiter niemals etwas Wichtiges preiszugeben. Selbst wenn jemand gierig genug wäre, Josarian für Geld zu verraten, würde dieser Mann nicht nur von seiner gesamten Gemeinde ausgestoßen, die Verehrungswürdige Gesellschaft würde ihn zweifellos sofort umbringen lassen, damit *lirtahar* – ihrem Gesetz des Schweigens – Genüge getan wäre. Die Gesellschaft würde nicht zulassen, daß ein Silerier derart gegen ein traditionelles Gesetz verstößt, und die *shallaheen* wissen das.«

»Die Menschen in diesem Land sind Valdani-Gesetzen unterworfen und nicht den barbarischen Regeln, die eine

Sekte gesetzloser Wassermagier aufstellt.« Daroll schnitt Koroll mit einer Geste das Wort ab. »Ich habe genug von deinen Ausreden, Koroll. Wenn du einen geringeren Rang hättest, würde ich dich einfach ins Gefängnis werfen lassen. Aber da es der Moral der Männer schaden könnte, wenn sie mit ansehen müßten, wie der Kommandant von Cavasar in einen Kerker gesperrt wird, solltest du dich glücklich schätzen, wenn ich dich bis auf weiteres in dein Quartier verbanne.«

Daroll rief zwei Späher herbei und befahl ihnen, Koroll in seine Räume im Palast zu geleiten. »Er soll nicht gestört werden, bis ich wieder nach ihm schicke.«

Erbost über die Beleidigungen, die ihm ein soviel Jüngerer zugefügt hatte, und krank vor Angst, wenn er daran dachte, was dieses Desaster aus seinem Leben machen würde, kehrte Koroll zu seinem Quartier zurück, einem bequemen Zimmer mit Fenstern auf den zwei Stockwerke tiefer gelegenen Innenhof hinaus. Seiner Freiheit beraubt, schmorte er dort vier Tage lang, hin- und hergerissen zwischen Angst und Verzweiflung, und rührte kaum das Essen an, das ihm zweimal am Tag gebracht wurde. Als Daroll wieder nach ihm schickte, war er beinahe erleichtert. Alles, selbst Erniedrigung und Strafe, wäre besser als dieses ewige Warten.

Als er Darolls Zimmer betrat, war er überrascht, dort nicht den Kaiserlichen Berater vorzufinden; er hatte angenommen, dieser wäre inzwischen herbeizitiert worden, nachdem Daroll ihm Bericht erstattet hatte und die beiden über sein Schicksal entschieden hatten. Darolls einzige Gesellschaft war jedoch ein erschöpft wirkender

Späher, dessen graue Uniform von rotem Staub bedeckt war.

»Das ist einer meiner Boten«, sagte Daroll ohne weitere Vorbemerkungen. »Ich habe zwei von ihnen nach Emeldar entsandt, um herauszufinden, was aus deiner ...«

»Ich erwarte selbst ebenfalls einen Boten«, unterbrach ihn Koroll. Er sah keinen Sinn mehr darin, einem Mann Respekt zu erweisen, der bereits entschlossen war, ihn zu vernichten.

»Dann wirst du leider enttäuscht werden.« In Darolls Stimme lag eine Kälte, die Koroll nie zuvor vernommen hatte, nicht einmal bei ihrer letzten Begegnung hier in diesem Zimmer.

»Keiner deiner Männer – nicht ein einziger – hat den Angriff auf Emeldar überlebt.«

Koroll wurde schwindlig. »Ich ... *Was* habt Ihr gesagt?«

»Erzähl's ihm«, sagte Daroll zu dem Boten.

Der junge Späher sah verängstigt und verwirrt aus. »Wir wurden noch vor Emeldar von *shallah*-Wachen entdeckt. Sie haben meinen Kameraden umgebracht und mich dann ins Dorf gezerrt, damit ich ... damit ich sehe, was passiert war.« Er schluckte. »Überall Leichen, Dutzende von Leichen, und alles unsere Leute. Und vor dem Dorf waren noch mehr, viel mehr. Sie – die *shallaheen* – hatten gewußt, daß die Reiter kommen würden. Sie hatten in einem Bergpaß eine Falle vorbereitet ... zwei riesige Netze. Die Reiter sind in das eine hineingeritten, als es plötzlich vor ihnen hochgezogen wurde; dann war auch hinter ihnen ein Netz und sie konnten nicht mehr fliehen. Die *shallaheen* auf den Felsen ließen Steine und Felsbrocken auf sie niederregnen, dann beschossen sie sie mit Pfeilen. Dann kamen sie herab, um alle zu töten, die noch am Leben waren.« Der Junge begann, mit den Zähnen zu klappern. »Die Reiter, die aus der anderen Richtung kamen und die der Todesfalle am Paß entgangen waren ... Bei der Gnade der Drei, ich habe vorher noch nie einen Toten gesehen, und es waren so *viele!* Ich ... ich hätte nie ... niemals ...«

»Woher weißt du das alles?« fragte Koroll mit heiserer Stimme: Entsetzliche Bilder zogen an seinem geistigen Auge vorbei. »Woher weißt du, was die *shallaheen* mit ...«

»Er hat es mir gesagt.«

»Wer?«

»Er. Josarian.«

Dieser Name war wie ein Fluch, wie ein Zauber, der Koroll die Sprache, die Kraft und die Denkfähigkeit nahm. »Josarian?« wiederholte er leise.

»Wie konnte es passieren, daß er vor deinen Männern in Emeldar war? Du sagtest, er hätte keine Pferde«, fauchte Daroll anklagend und starrte Koroll wütend an.

»Hatte er auch nicht«, murmelte Koroll, noch halb betäubt vor Entsetzen. »Aber er braucht auch keine. Er benutzt keine Straßen.« Er kämpfte mühsam gegen die Wolke an, die sich über seinen Geist gesenkt hatte. »Er geht über die Berge. Er ist ein *shallah.* Aber wieso ist er nach Emeldar zurückgekehrt? Er muß doch gewußt haben, daß ich ...« Koroll wurde eiskalt, als er verstand. »Ja, er hat es gewußt. Und er ist gekommen, um meine Leute zu bekämpfen!« Selbst nach dem Angriff auf die Festung wäre es Koroll nie eingefallen, anzunehmen, daß sich Josarian gegen achtzig Späher wenden würde, nicht, wenn es so viele andere Möglichkeiten gab. Ja, selbst nach dem Angriff auf die Festung hatte Koroll, wie er zugeben mußte, den Gesetzlosen immer noch unterschätzt. »Aber er ist doch nur ein *shallah*«, murmelte er. »Wer hätte gedacht ...«

»Er hat einen Späherposten bei Mal ... Mal ...« Der junge Späher hielt inne, zitterte nur noch und atmete schwer.

»Malthenar?« riet Koroll.

»Ja. Alle dort sind tot. Alle Valdani, meine ich. Deshalb gab es bisher keine Berichte darüber. Es ist niemand am Leben geblieben, um ...«

»Warum hat er dir das alles erzählt?« fragte Koroll.

»Er will, daß Ihr es wißt.«

»Daß *ich* es weiß?«

»Alle Valdani«, verbesserte ihn der Späher. »Jeder. Ihr, ich, Eure Männer, Kommandant Daroll, der Kaiserliche Ratgeber selbst. Er hat eine Botschaft für uns alle.« Schon die Erinnerung an die Angst bewirkte, daß der Mann wieder zu beben begann. »Deshalb hat er mich leben lassen; das ist der einzige Grund. Er wollte, daß ich eine Botschaft zurück nach Shaljir bringe.«

»Und wie lautet diese Botschaft?« fragte Koroll angespannt.

»Er sagt, er wird nicht aufhören, Späher zu töten, solange wir immer wieder in die Berge kommen.« Der junge Mann stand kurz vor dem Zusammenbruch. »Er sagt, er wird nicht aufhören, sich zurückzuholen, was wir seinem Volk wegnehmen, bis wir alles zurückgegeben haben, das wir ihnen zwei Jahrhunderte lang gestohlen haben.«

»Er ist wahnsinnig«, sagte Daroll.

»Ist er dir wie ein Wahnsinniger vorgekommen?« fragte Koroll den Späher, obwohl er bezweifelte, daß er von einem so jungen und verängstigten Mann eine nützliche Einschätzung erwarten konnte.

»Die Leute dort ... sie lieben ihn. Er ...« Der Späher dachte lange nach, bevor er schließlich offensichtlich verstört sagte: »Ich weiß, er hat viele von uns getötet, aber er kam mir nicht wie ein Mörder vor. Versteht Ihr?« Er sah Koroll fragend an.

»Er sah aus wie ein ganz gewöhnlicher *shallah*«, übersetzte Koroll.

»Nein«, widersprach der junge Mann zu Korolls Überraschung. »Nicht gewöhnlich. Man würde ihn mit keinem anderen verwechseln, obwohl diese Bergbauern alle gleich aussehen. Er hatte etwas an sich ...« Er zuckte die Achseln, und dabei klapperte er immer noch mit den Zähnen. »Es tut mir leid, Sir, ich weiß nicht, was ...«

»Genug.« Daroll schickte ihn barsch davon, sah ihm nach, als er das Zimmer verließ, und drehte sich dann zu Koroll um. »Du hast dank deiner brillanten Strategie nochmals achtzig Männer verloren, Kommandant. Wie lange soll es noch dauern, bis Josarian alle Späher in deinem gesamten Bezirk umgebracht hat?«

Die Katastrophe war so vollständig, so verblüffend und überwältigend, daß Koroll nichts mehr zu sagen wußte. Er hatte achtzig seiner Männer in den Tod geschickt, und er hatte einem Bergbanditen gestattet, zu einem berühmten

Rebellen zu werden. Sein Leben war ruiniert, und es schien sehr wahrscheinlich, daß es nicht mehr lange dauern würde.

»Ich kann nicht über dein Schicksal entscheiden, ehe der Ratgeber nicht aus Liron zurückgekehrt ist«, sagte Daroll und betrachtete ihn angewidert. »Bis dahin stelle ich dich unter Arrest.«

»Aber ich bin der Kommandant von Cav...«

»Jetzt nicht mehr.« Daroll packte das Rangabzeichen an Korolls Waffenrock und riß es ab. »Ich werde morgen früh nach Emeldar reiten, und ich werde nicht zurückkehren, ehe ich Josarian – oder seinen Kopf – mitbringen kann. Und dann, Koroll, werde ich mich um dich kümmern.«

KAPITEL 11

Du hast mich hier bei einem Dämon gelassen«, warf Zimran seinem Vetter vor, als er Josarian nach Tagen wiedersah.

»Ich habe dich bei Wächtern gelassen«, korrigierte Josarian.

»Feuerfressende Mystiker«, sagte Zim geringschätzig. »Obwohl eine von ihnen ...« Ein wissendes Lächeln umspielte seine Lippen. »Sie hat sich um meine Wunden gekümmert und mich wieder gesundgepflegt. Eine sehr liebevolle Frau.«

»Ich bin entzückt, daß die Zeit für dich hier nicht ausschließlich unangenehm war«, meinte Josarian. »Erzähl mir von diesem Dämon. Hat er seltsame Visionen oder plötzliche Anfälle?«

Zimran starrte ihn neugierig an. »Nicht, daß ich wüßte. Warum?«

»Ich hab mal einen gesehen, bei dem das so war.«

»Noch einen Dämon?« Als Josarian nickte, sagte Zimran: »Dieser hier ist zweifellos sehr mächtig, aber er hat keine Anfälle. Ich hoffe, du hast dich wenigstens davon überzeugt, daß er nicht bösartig ist, bevor du mich hilf- und bewußtlos bei ihm zurückgelassen hast.«

»Ehrlich gesagt, ich hatte es in jener Nacht ein bißchen eilig ...« Josarian grinste über die Miene seines Vetters. Dann fragte er: »Geht es dir wirklich besser? Haben sie sich gut um dich gekümmert?«

»Ich bin nicht versessen darauf, noch länger zu bleiben, aber sie waren sehr freundlich«, gab Zimran zu.

Man hatte Josarian mit Zimran allein gelassen, nachdem er in dem Wächterlager angekommen war, in dem er seinen Vetter viele Tage zuvor zurücklassen mußte. Wie Cheylan versprochen hatte, hatten die Späher Zimran nicht gefunden, und Josarian erfüllte nun seinerseits sein Versprechen, Zimran wieder abzuholen. Als er seinem Vetter nun von den außergewöhnlichen Geschehnissen erzählte, die sich seit ihrer letzten Begegnung ereignet hatten, beobachtete er, wie sich auf Zims Miene die Gefühle in schneller Folge abwechselten: Skepsis, Überraschung, Staunen, Verwirrung, Schock.

»Achtzig Späher?« keuchte Zimran schließlich. »Du hast *achtzig Männer* umgebracht?«

»Sie wollten Frauen, Kinder und alte Männer angreifen«, erwiderte Josarian. »Sie wollten uns bestrafen, indem sie alle quälten, die wir lieben. Ich wünschte nur, ich könnte jeden dieser Späher mindestens zweimal umbringen.«

»Ist es denn möglich, so viele zu töten?« flüsterte Zimran. »Träumst du? Bist du wahnsinnig?«

»Sie sterben genauso leicht wie all die *shallaheen*, die sie ermordet haben.«

»Und was wird jetzt aus Emeldar? Die Valdani werden immer mehr Männer schicken. Es wird nie wieder Frieden im Dorf geben, Emeldar wird nie wieder sicher sein vor ...«

»Alle haben Emeldar verlassen. Lann und die anderen Männer helfen, sie in andere Dörfer zu bringen, wo sie

Verwandte haben. Tansen ist mit Emelen zurückgeblieben, um ...«

»Tansen«, wiederholte Zimran angewidert. »Dieser *roshah*, den du zu deinem Blutsbruder gemacht hast.«

Josarian bemerkte die Ablehnung seines Vetters und sagte: »Ich habe dir doch erklärt, warum ...«

»Irgendein ausländisch aussehender Söldner taucht plötzlich auf und du ...«

»Er hätte mich jederzeit umbringen können, und er hat es nicht getan.«

»Das Jahr hat erst angefangen!«

Josarian seufzte. »Ohne seine Hilfe hätte ich dich nie aus der Festung befreien können. Er allein hat es möglich gemacht.«

»Zumindest will er ganz bestimmt, daß du das glaubst«, fauchte Zim.

»Ich will, daß *du* es glaubst.« Josarian versuchte, sich zu beherrschen. »Er steht nicht auf seiten der Valdani. Er hat in jener Nacht mehr als fünfzig von ihnen getötet.«

»Du warst nicht dabei. Du hast es nicht gesehen.«

»Ich weiß, was die Valdani sagen. Ich weiß, was derzeit in Britar los ist. Ich weiß, daß es geschehen ist, Zim, und er hat es getan.« Er sah, wie sein Vetter unbehaglich die Schultern zuckte – Zim konnte es nicht ausstehen, einen Streit zu verlieren –, und ließ nicht locker. »Als wir den Spähern, die nach Emeldar reiten wollten, in einem Paß eine Falle stellten und sie dort töteten, hat Tansen den Kampf in Emeldar selbst angeführt. Alle, die ihn gesehen haben, behaupten, er habe wie ein Zauberer gekämpft, gegen zehn Mann gleichzeitig, und daß sie so etwas noch nie gesehen hätten.« Er hielt einen Augenblick lang inne, dann schloß er: »Er ist auf unserer Seite, Zim. Er ist auf *meiner* Seite.«

»Wenn du das sagst«, murmelte Zimran schließlich mürrisch. »Aber nur, weil du ihm traust, muß ich das noch lange nicht tun. Noch nicht.«

»Du wirst es lernen«, meinte Josarian zuversichtlich, »genau, wie ich es gelernt habe. Nun – bist du bereit, weiterzuziehen?«

»Wo gehen wir hin?« wollte Zimran wissen.

»Garabar.«

»Süße Dar, wieso ausgerechnet nach Garabar?«

Josarian grinste. »Weil eine Valdani-Karawane Getreide nach Cavasar bringt, von wo aus es nach Valda verladen werden soll. Morgen abend werden sie vor Garabar lagern.«

»Und du willst sie angreifen?« sagte Zimran ungläubig. »Ist nicht Emelens Vater nachts auf dem Berg Garabar abgestürzt? Wie kommst du darauf, daß es uns besser ergehen wird?«

»Die Monde werden am Himmel sein. Genug Licht, um das Weiße in den Augen der Valdani zu sehen.«

»Du bist tatsächlich verrückt«, stellte Zimran fest.

Josarian lachte nur, vergnügt, zuversichtlich. »Du wirst schon sehen. Bald wirst du alles verstehen. Das weiß ich einfach.«

Mirabars Habe war nur gering, aber als sie vor dem ersten richtigen Dorf ankam, dem sie sich seit Jahren genähert hatte, war ihr das Bündel doch sehr schwer geworden.

Durstig und müde, überlegte sie, ob sie nicht bis zum nächsten Morgen warten sollte, bis sie ersten Kontakt mit den Dorfbewohnern aufnahm. Sicher wäre es morgen besser ...

Nein. Das war nur ihre Angst, entschied sie, keine Müdigkeit. Obwohl sie sich am liebsten umgedreht hätte und weggerannt wäre, zwang sie sich, weiter auf die Häuser zuzugehen, die sich an den Berghang klammerten. Eine weitere Nacht zu warten, würde es nicht leichter machen, sich den Leuten in diesem Dorf zu stellen. Sie mußte früher oder später sowieso damit anfangen, also konnte sie es genausogut hier und jetzt tun.

Sie ging an dem Opferplatz am Dorfrand vorbei, wo der heilige Lavastein glänzend in der Abendsonne lag. Drei kleine Kinder spielten vor dem Haus, das am nächsten stand. Zwei Mädchen und ein Junge. Hübsche Kinder, mit glänzendem schwarzem Haar und vergnügtem Lächeln. Mirabar mußte selbst lächeln, als sie beobachtete, wie sie ein Spielzeug lachend hin- und herwarfen.

Vielleicht würde hier doch alles gutgehen, dachte sie. Sie trat näher heran, wollte etwas sagen.

Eines der Mädchen hatte das Spielzeug jetzt gepackt, hob es triumphierend über den Kopf und wirbelte damit jubelnd im Kreis herum. Dann entdeckte es Mirabar – und hielt so plötzlich inne, als wäre es zu Stein erstarrt. Es riß die dunklen Augen weit auf. Dann den Mund. Der Junge nahm ihm das Spielzeug ab und rannte lachend davon. Das Mädchen schien es gar nicht zu bemerken, starrte nur weiterhin Mirabar an.

Mirabar lächelte. »Hallo ...«

Das Kind schrie auf. Die beiden anderen fuhren überrascht herum. Das Mädchen schrie weiter. Jetzt zeigte es auf Mirabar. Auch die beiden anderen Kinder begannen zu schreien, als sie sie bemerkten. Sie rannten davon, laut nach ihren Müttern rufend. Das erste kleine Mädchen stand immer noch da, laut kreischend.

»Schon gut«, sagte Mirabar und kam näher. »Ich werde dir nichts tun.«

Tränen liefen dem Mädchen über die Wangen. Sein ausgestreckter Arm begann heftig zu zittern, und es hörte nicht auf zu schreien.

»Bitte, hab keine Angst. Ich verspreche, ich werde dir nichts tun.«

Die Beine des Kindes gaben nach, und es fiel zu Boden, wobei es Mirabar immer noch mit weit aufgerissenen, tränenerfüllten Augen ansah. Seine Schreie wurden zu entsetztem Wimmern.

»Ich heiße Mirabar.« Sie kniete sich neben das Mädchen und nahm seine Hand. »Ich werde dir nicht ...«

Dann ließ ein weiterer durchdringender Schrei sie aufblicken. Sie sah eine Frau, die auf sie zugerannt kam, das Gesicht von Angst verzerrt. »Faß sie nicht an! Faß sie nicht an!«

Mirabar ließ die Hand des Kindes los und wich zurück, als die Frau näherkam. Die Frau hob das jammernde Kind auf und schrie weiter: »Faß sie nicht an!« – wieder und wieder.

»Es tut mir leid«, sagte Mirabar und erhob die Stimme, damit die andere sie überhaupt hörte. »Ich wollte ihr keine Angst ...«

»Da drüben!« Diesmal war es eine Männerstimme.

Mirabar wandte sich von der Frau und dem Kind ab. Sie sah, daß jetzt mehrere Leute aus den Häusern kamen, weil sie die Schreie gehört hatten. Drei Männer liefen bereits auf sie zu, einer von ihnen schrie: »Geht weg von ihr! Geht weg!«

Ihr Magen zog sich vor Angst zusammen. Sie stand auf und streckte die Hände aus. »Das kleine Mädchen hat sich erschreckt«, sagte sie laut und deutlich. »Sie hat sich vor mir gefürchtet. Ich heiße ...«

»Sie wollte meine Tochter fressen!« schrie die Frau.

»Nein!« rief Mirabar. »Das ist nicht wahr.«

Einer der drei Männer führte die Frau und ihre Tochter weg. Die Frau schrie immer noch, die Dämonin habe ihr Kind töten wollen, und die wachsende Menschenmenge reagierte mit ängstlichen und erzürnten Rufen. Zu Mirabars Entsetzen zogen die beiden Männer, die ihr am nächsten waren, ihre *yahr* und begannen, sie zu umkreisen.

»Tut das nicht!« Sie drehte sich, als sie versuchte, beide Männer im Blickfeld zu behalten. »Ich bin eine Wächterin! Ich bin gekommen, um ...«

»Wir wollen dich hier nicht!« fauchte der größere der beiden Männer.

»Deine Sorte ist nirgendwo willkommen«, fügte der andere hinzu.

»Ich will niemandem weh tun«, erklärte sie beharrlich.

Andere wurden jetzt mutiger, zwanzig oder mehr Dorfbewohner kamen näher. Mirabar wagte, sich von den beiden Männern, die sie umkreisten, abzuwenden, um zu sehen, ob sich unter diesen Leuten ein möglicher Verbündeter fand. Aber jedes Gesicht, in das sie sah, war vor Angst und Feindseligkeit verzerrt. Ein junger Mann hob demonstrativ einen Stein auf und starrte Mirabar dann wieder an.

»Ich will niemandem etwas tun.« Sie versuchte, nicht ängstlich zu klingen, weil sie spürte, daß sie sich auf sie stürzen würden, wenn sie die geringste Schwäche zeigte. »Ich werde jetzt gehen.«

Sie wollte der Menge nicht den Rücken zuwenden, also ging sie mehrere Schritte rückwärts. Niemand versuchte, sie aufzuhalten. Nach einigen weiteren Schritten stolperte sie über einen Fels.

Der junge Mann in der Menge nutzte das aus. Der Stein flog durch die Luft und traf Mirabar fest in der Rippengegend. Mirabar schnappte entsetzt und voller Schmerzen nach Luft und drückte ihre Hand an die Stelle, wo der Stein sie getroffen hatte.

»Dämon!« schrie der junge Mann, und die anderen fielen ein.

Sie wollten sie töten. Sie sah es in ihren Mienen, sie sah es an den *yahr*, die sie schwangen, als sie auf sie zudrängten. Instinktiv benutzte sie die einzige Verteidigung, die sie kannte. Sie biß die Zähne zusammen und zischte sie an, atmete Feuer, um sie abzuwehren, und dann umgab sie sich mit einem schützenden Glühen.

»Bleibt zurück!« rief sie.

Die Dorfbewohner waren erschrocken genug, daß sie stehenblieben und starrten, aber sie wirkten nicht weniger zornig oder bedrohlich.

»Geht zurück in eure Häuser und laßt mich in Frieden«, befahl Mirabar.

»Nein! Tötet sie!« schrie jemand. »Sonst kommt sie in der Nacht zurück!«

»Für alle Edelsteine Alizars würde ich nicht hierher zurückkommen«, fauchte Mirabar. »Und jetzt geht nach Hause und laßt mich in Ruhe!«

Sie sah, daß sie nicht bereit waren aufzugeben, also rief Mirabar Flammen auf ihre Handflächen und warf Feuerkugeln in ihre Richtung. Das genügte endlich, daß sich die Dorfbewohner umdrehten und flohen.

Mirabar tat dasselbe.

Sie hörte erst auf zu laufen, als das Dorf weit hinter ihr lag, und sie ging weiter, bis die Nacht hereinbrach. Und selbst dann hatte sie noch Angst, ein Feuer in ihrem Lager im Wald zu entfachen, weil sie befürchtete, die Dorfbewohner würden sich in der Nacht auf die Jagd nach ihr machen.

Um der Liebe Dars willen, wie sollte sie in Sileria umherreisen und Kiloran finden – oder den Krieger –, wenn sie sich nicht einmal in einem normalen Dorf sehen lassen konnte?

Du bist eine Wächterin.

Mirabar zuckte zusammen, als die Stimme des Rufers aus dem Nichts erklang. Sie sah sich um und wäre beinahe zurückgewichen, als sie seine goldenen Augen zwischen den Mandelblüten des Hains entdeckte.

»Wo beim Feuer hast du gesteckt, als sie mich in diesem stinkenden Dorf steinigen wollten?« zischte sie.

Du bist eine Wächterin. Erinnere sie an das, was

sie verloren haben. Erinnere sie daran, daß sie dich brauchen.

»Du hast leicht reden, aber *ich* kann nicht bewirken, daß sich jemand vor Schmerzen und Visionen schreiend am Boden wälzt, wenn sie keine Lust haben, mir zuzuhören.«

Sorge dafür, daß deine Art wieder willkommen ist.

Sie holte tief Luft, und sie war entsetzt, als sie spürte, wie ihre Augen sich mit Tränen füllten. Willkommen sein? Sie?

»Nein«, sagte sie laut. »Ich werde niemals irgendwo willkommen sein. Was heute passiert ist, genügt doch wohl als Beweis.«

Sorge dafür, daß deine Art wieder willkommen ist. Das ist der erste Schritt.

»Der erste Schritt wohin? Kiloran zu finden? Den Krieger zu finden? Freiheit?« Sie seufzte müde. »Oder wenigstens eine einzige Nacht, in der ich ruhig schlafen kann?«

Als sie wieder aufblickte, war der Rufer verschwunden.

Tansen und Emelen versteckten sich in den Felsspalten oberhalb von Emeldar und beobachteten, was im Dorf vorging. Heute waren mehr Späher nach Emeldar gekommen, als Tansen erwartet hatte. Es waren so viele!

»Hundert?« flüsterte Emelen. »Nein, ich würde sagen, es sind mehr.«

»Hundertfünfzig«, schätzte Tansen.

Er hatte niemals so viele Späher auf einem Haufen gesehen. Sie hatten aus den Fehlern ihrer Kameraden gelernt und sich diesmal dem Dorf von Westen her genähert, über die Route, die vom Dorf aus beinahe unmöglich zu verteidigen war; im Paß, der von Osten her nach Emeldar führte, lagen immer noch Späherleichen.

»Mir wird übel, wenn ich sehe, wie sie sich auf unseren Straßen herumtreiben, auf dem Marktplatz, in unseren Häusern«, murmelte Emelen.

»Ich weiß.« Tansen schob die Erinnerung an viel schlimmere Szenen, die er in Gamalan gesehen hatte, weit von sich.

»Der da! Das muß der Kommandant sein!«

Tansen sah, wie ein Offizier auf den Marktplatz ritt. Er war von seinen Leibwächtern umringt und vom ganzen trompetenschmetternden, fahnenwehenden Pomp eines kommandierenden Valdani-Offiziers umgeben – etwas, das man in Sileria selten sah, das aber in Kinto und den Moorlanden ein geläufiger Anblick war.

»Wer ist das?« wollte Emelen wissen.

»Weiß ich nicht.« Tansen blinzelte. »Jedenfalls ist es nicht Koroll.«

Sie beobachteten das verwirrte Treiben und den plötzlichen Stillstand, als die Späher sich endlich davon überzeugt hatten, daß das Dorf vollkommen verlassen war.

»O Dar«, betete Emelen, »ich bin immer ehrlich und fromm gewesen, *bitte* laß sie nicht weiterziehen.«

»Sie glauben, es wäre eine Falle«, sagte Tansen. »Sie werden auf der Hut sein.«

»Aber werden sie bleiben?

»Das hoffe ich«, sagte Tansen nachdrücklich.

»Bitte, Dar, laß es so sein«, murmelte Emelen.

Die Sonne ging schon beinahe unter, als endlich klar

wurde, daß die Valdani beschlossen hatten, in Emeldar zu bleiben. Sie stellten überall Wachen auf, jede Straße und jeder Pfad ins Dorf wurden blockiert und Patrouillen in die umliegenden Hügel und Klippen ausgeschickt. Tansen und Emelen verbargen sich in den dunklen Felsspalten und wagten kaum zu atmen, wenn die Patrouillen in regelmäßigen Abständen vorbeikamen. Sie schliefen in ihren Verstecken, beengt und unbequem, dann begannen sie am nächsten Morgen wieder mit ihrer Wache. Um die Mittagszeit hatten sie gesehen, was sie sehen wollten, aber sie konnten sich erst im Dunkeln ungefährdet davonschleichen.

Verkrampft und steif nach zwei ganzen Tagen in ihren Verstecken, waren sie heilfroh, als sie sich endlich auf den Weg machen konnten.

»Ich frage mich, wie es in Garabar gelaufen ist«, sagte Emelen leise, nachdem sie in sicherem Abstand von den Spähern waren.

»Das werden wir morgen abend wissen«, erwiderte Tansen.

Mirabar wußte nun, daß ihr rotes Haar und ihre brennenden Augen die Leute so entsetzten, daß ihnen ihre Wächter-Abzeichen überhaupt nicht mehr auffielen – oder gleichgültig waren. Also trug sie, als sie das Dorf Islanar betrat, ihren Umhang, obwohl die Hitze das recht unangenehm werden ließ. Sie hatte die Kapuze übers Haar und weit genug ins Gesicht gezogen, daß auch ihre Augen im Schatten lagen. Mit einigem Glück würde man sie für eine alte, gebeugte und exzentrische Vettel halten und nicht für einen Dämon. Sie hatte ihr Wächter-Zeichen gelöst und hielt es in der Hand, hielt es vor sich, als sie langsam über die Hauptstraße des Dorfes ging und betete, daß keine Späher in der Nähe sein mochten.

Unter der Kapuze vorspähend, wartete sie, bis sie die Aufmerksamkeit der meisten Dorfbewohner auf sich gezogen hatte. Dann winkte sie mit ihrer Wächterbrosche und rief: »Ich habe Hunger! Ich habe kein Dach über dem Kopf! Das ist das Los der Wächter der Anderwelt unter der Valdani-Besatzung! Bitte! Wenn ihr gute Männer und Frauen seid, wenn ihr fromm und treu zu Dar betet, biete ich euch meine Dienste im Austausch für Essen!«

Wie sie erwartet hatte, waren alle viel zu verblüfft, um sofort reagieren zu können. Die meisten hatten vermutlich nie einen Wächter gesehen, und zumindest die Hälfte war nicht sonderlich von deren Gabe überzeugt. Und natürlich wußten sie alle, daß es gegen die Valdani-Gesetze verstieß, sich mit ihr abzugeben. Sie hoffte, die Ereignisse mit einer kleinen Talentprobe ein wenig beschleunigen zu können, also breitete Mirabar mitten auf dem Marktplatz die Arme weit aus, holte tief Luft und blies dann langsam einen Flammenkreis um sich herum.

Es war erfreulich zu hören, wie alle ehrfürchtig nach Luft schnappten, aber heute hatte sie nicht vor, jemanden mit ihrem Feuer zu erschrecken.

Erinnere sie an das, was sie verloren haben, hatte der Rufer gesagt. *Erinnere sie daran, daß sie dich brauchen.*

»Ich bin das Tor zur Anderwelt«, rief sie, immer noch mit gesenktem Kopf, wobei sie sich fragte, wie lächerlich sie in diesem Augenblick wohl aussehen mochte, und gleichzeitig hoffte, daß ihr Umhang kein Feuer fing. »Ich werde das Feuer für jeden, der mich bittet, benutzen, denn ich komme, um zu dienen.«

Macht schon, macht schon, dachte sie. *Traut sich denn gar keiner?*

Endlich trat zu ihrer gewaltigen Erleichterung jemand vor. Mirabar wagte es nicht aufzublicken, also konnte sie das Gesicht der betreffenden Person nicht sehen, aber sie erkannte das lange, schlichte Gewand einer Schwester, als die Bittstellerin nahe genug kam.

»*Sirana*, mein Mann starb im Jahr der Bitteren Ernten«, sagte die Frau. »Ich ... glaube, heute ist der Jahrestag seines Todes. Jedenfalls ist er nahe genug. Ich habe sein Messer hier.«

Mirabar streckte die Hand aus und ließ die Flammen des Kreises kleiner werden, so daß die Schwester nahe genug herankommen konnte, um ihr das Messer zu geben. Schwerter und Dolche waren gesetzlich verboten, aber selbst die Valdani verstanden, daß niemand ganz ohne einfache Werkzeuge wie dieses hier auskommen konnte. Mirabar hielt das kalte, rostige Ding in der Hand und tastete nach dem Tor zur Anderwelt. Es war so lange her, seit man ihr erlaubt hatte, an den Anrufungen teilzunehmen, daß sie einen kurzen, entsetzlichen Augenblick des Zweifels erlebte, in dem sie fürchtete, es nicht mehr tun zu können. Also bluffte sie zunächst, bewegte ihre Hand in Kreisen, ballte sie dann zur Faust und hörte Aufschreie in der Menge, als ihr Flammenkreis sich nun neu bildete und sich zu einem kleinen Kreis an ihrer Seite zusammenzog.

Sie betete, daß die Zuschauer, die sie so waghalsig um

sich versammelt hatte, sie nicht umbringen würden, dann begann sie die Anrufung. Sie warf das Messer in die Flammen ... »Goran«, sagte sie schließlich. »Er hieß Goran, und er wird kommen.« Sie hätte vor Erleichterung umfallen können, aber sie blieb stehen und setzte die Anrufung fort. Selbstverständlich konnte nur die Schwester Goran sehen, aber die meisten Dorfbewohner schienen trotzdem angemessen beeindruckt zu sein.

Man gab ihr hinterher zu essen, obwohl sie den Kopf weiterhin gesenkt hielt und es immer wieder ablehnte, trotz der Hitze ihren Umhang abzulegen. Sie spürte, daß ihre Energie zurückkehrte, und bot an, mehr Anrufungen durchzuführen, und inzwischen waren einige nur zu bereit, ihr Angebot anzunehmen. Mirabar vollzog drei weitere Anrufungen, bevor ihre Kraft endgültig aufgezehrt war. Es gab noch mehr Bittsteller; eine von ihnen schlug vor, sie solle noch einen weiteren Tag in Islanar bleiben und bot ihr Essen und einen Platz für die Nacht an.

Das war Mirabars Stichwort. »Es wäre nicht gut für euch, wenn ich hier bin, wenn ...«

»Oh, wir machen uns keine Sorgen wegen der Späher, *sirana*«, sagte ein alter Mann. »Die sind alle damit beschäftigt, nach Josarian zu suchen.«

»Josarian?« Beinahe hätte sie sich verschluckt. »Ist er hier gewesen?«

»Nein, aber vor zwei Tagen hat er vor Garabar eine ganze Karawanenladung Getreide gestohlen. Jeder Späher in diesem Bezirk ist gestern ausgerückt, um ihn zu suchen.«

»Und Emeldar! Erzähl der *sirana* von Emeldar!« drängte jemand.

»Ja, dort sind viele Valdani gestorben, *sirana*. Hunderte!«

»Das ist nichts, womit man prahlen sollte«, wandte die Schwester ein – Mirabar erkannte ihre Stimme inzwischen.

»Verzeih, Schwester«, sagte jemand anders, »aber du hast unrecht.«

»Sie waren Menschen«, sagte die Schwester, »genau wie ...«

»Sie waren *Späher.*«

»Freunde, wir sprachen doch eigentlich darüber, der *sirana* ein Nachtquartier anzubieten!« warf eine Frau ein.

Verwirrt über diese neuen Informationen, versuchte Mirabar angestrengt, sich auf ihre eigenen Probleme zu konzentrieren. »Äh, ja ...«

»Gib meinem Haus die Ehre, *sirana*, iß an meinem Tisch, schlaf unter meinem Dach.«

»Ich danke dir für deine Großzügigkeit, Freund«, sagte Mi- rabar, »aber es gibt etwas, das ihr über mich wissen müßt.«

»Wirst du von den *Valdani* gesucht, *sirana?* Sie werden dich hier nicht finden. Das verspreche ich.«

»Ehrlich gesagt ...«

»Die Gesellschaft?«

Das führte zu einigem unbehaglichen Gemurmel, aber die Schwester trat vor. »Selbst ein Attentäter würde eine Zuflucht nicht entweihen. Bitte, *sirana*, gib der Schwesternschaft die Ehre.«

Das schien eine gute Idee zu sein, denn spätestens am nächsten Morgen würde die Gesellschaft zweifellos von ihr erfahren haben. Sie hörten alles; selbst wenn sie keine Kunde von ihrem Unglück am Vortag erhalten hatten, würden sie zweifellos von ihrem Auftreten in Islanar erfahren. »Ich werde deine freundliche Einladung nur annehmen, Schwester, wenn du sie wiederholst, nachdem ich meine Kapuze abgenommen habe.«

Langes Schweigen folgte, dann verwirrtes Flüstern. Schließlich sagte die Schwester: »Nachdem du deine Kapuze abgenommen hast? Bist du ... entstellt, *sirana?* Sicher weißt du, daß die Schwesternschaft ...«

»Ich bin nicht entstellt«, unterbrach Mirabar sie, »aber einige würden mich einen Dämon nennen, verflucht und verdammt von Dar.«

Nach dieser Vorwarnung strich Mirabar langsam die Kapuze zurück und enthüllte der staunenden Menge ihr flammendrotes Haar und ihre glühenden orangefarbenen Augen. Entsetztes Keuchen, Flüstern und Aufschreie setzten schon ein, als die ersten Locken im grellen Sonnenlicht aufschimmerten.

»Ich bin kein Dämon«, sagte sie laut und deutlich und sah sich um. »Aber viele haben Angst vor mir. Es gibt keinen Grund dazu. Ich bin eine *shallah*, genau wie ihr. Ich bin Wächterin und biete meine Dienste allen an, die mich darum bitten. Ich bin von Dar gesegnet und habe mich ihrem Willen verschworen, solange ich lebe.«

Einige wichen zurück. Andere blieben unsicher stehen. Sie sah, wie ein oder zwei Männer nach ihren *yahr* griffen. »Die Schatten der Toten weichen nicht vor mir zurück. Eure Ahnen fürchten mich nicht. Es gibt keine Dämonen, bis auf die in euren eigenen Herzen«, sagte sie.

»Aber es würde den Valdani selbstverständlich gefallen, wenn ihr mich umbringt. Wenn ihr tun wollt, was sie verlangen, dann tötet mich jetzt.« Sie beobachtete ihre Gesichter. »Ich werde mich nicht wehren«, fügte sie schließlich hinzu. Selbstverständlich war das eine Lüge, aber es hörte sich gut an.

Einen langen, quälenden Augenblick lang war alles unentschieden. Dann trat zu ihrer Überraschung ein Kind vor, ein schmächtiger, barfüßiger Junge. Verstört, aber auch ungeduldig sah er sie an und sagte: »*Sirana*, kannst du meinen Vater rufen? Kannst du? Kannst du das wirklich? Ich werde nicht zulassen, daß jemand dir etwas tut, aber kannst du meinen Vater für mich rufen?«

»Ja«, sagte sie und hoffte, die Wahrheit zu sprechen. »Wenn ich bis zum Morgengrauen noch lebe, werde ich morgen deinen Vater rufen.«

»Bis zum Morgengrauen überleben?« rief eine junge Frau, an deren Kleid sich drei Kinder klammerten. »*Sirana*, wir sind doch keine Barbaren und glauben die abergläubischen Geschichten, mit denen man uns Angst eingejagt hat, als wir noch Kinder waren!«

Mirabar warf einen Blick auf den *yahr*, den ein halbwüchsiger Junge am Rand der Menge schwang. »Ich weiß nicht. Seid ihr das wirklich nicht?«

Zu ihrer Überraschung gab ein buckliger Mann dem Jungen einen Stoß. »Spar dir dein Geprahle für die Valdani, wie es Josarian tut, du Narr! Willst du wirklich tun, was sie von uns verlangen, wie es die *sirana* sagt?«

»Sie ist eine Dämonin! Seht sie doch nur an!« schrie eine alte Frau. »Eine Dämonin!«

»Hat sie uns nicht heute die Anderwelt gezeigt?« rief die Schwester zurück. »Würden sich Goran und die anderen im Feuer eines Dämons zeigen, du dummes altes Weib?«

»Für einen Dämon kann sie gut reden«, meinte ein fetter Mann trocken. Er trug sehr gute Kleider; vielleicht war er ein Kaufmann oder ein geschickter Handwerker.

Der barfüßige, schmächtige Junge drückte sich gegen Mirabars Beine und hatte offenbar tatsächlich vor, sie zu verteidigen, wie er es versprochen hatte. »Sie ist kein Dämon! Dämonen tragen graue Uniformen und reiten auf staubaufwirbelnden Ungeheuern!«

Das brachte die Menge einen Augenblick lang zum Schweigen.

»Die Späher?« Mirabar lächelte. »Das ist eine interessante Idee. Was könnte ich euch antun, was sie euch nicht schon längst getan haben.«

»Das würde Josarian auch sagen«, stellte jemand fest.

»Ja, genau!«

»Josarian würde euch sagen, daß sie nicht der Feind ist! Die Späher sind der Feind. Ich hab in Malthenar gehört, wie er das sagte.«

»Josarians Vetter wurde bei Britar verwundet, und Josarian hat ihn in der Obhut eines anderen sogenannten Dämons zurückgelassen«, erzählte die Schwester. Das ließ alle aufhorchen, auch Mirabar.

»Ein anderer ... wie ich?« fragte Mirabar verblüfft.

»Er hatte dunkles Haar. Ein *toren*. Ein Wächter.« Die Schwester sah die anderen Dorfbewohner an. »Aber seine Augen glühten wie das Herz des Darshon, und er hatte aus

Liron fliehen müssen, weil Varlon, ein Wasserherr aus dem Osten, ihn umbringen wollte.«

»Woher weißt du das alles, Basimar?« fragte jemand.

Die Schwester errötete zart und zögerte einen Augenblick. Dann nahm sie sich zusammen. »Nach Garabar kam Zimran zu meiner Zuflucht, um sich verbinden zu lassen. Er sagte, er wisse nun, daß jene wie die *sirana* hier keine Dämonen sind, sondern von Dar gesegnet, aber gefürchtet von der Gesellschaft, den Eroberern und den Valdani, weil sie sich nicht versklaven lassen.«

Das war eine erstaunliche Behauptung, eine, die allen vertrauten Vorstellungen widersprach, die seit Jahrhunderten in Sileria von Generation zu Generation weitergegeben und den *shallaheen* ans Herz gewachsen waren.

»Cheylan, der feueräugige Wächter, hat sich um Zimran gekümmert, ihn beschützt und sicher versteckt, bis Josarian ihn wieder abgeholt hat. Handelt so ein Dämon?« rief Schwester Basimar.

»Cheylan«, hauchte Mirabar. »Einer wie ich.«

»Hätten die Wächter denn jahrhundertelang Dämonen aufgenommen, beherbergt und initiiert?« fragte Basimar die Dorfbewohner. »Würde eine Dämonin sich vor euch hinstellen und euch ihr Leben anvertrauen?«

»Wer weiß denn schon, was Dämonen tun?« sagte jemand mißtrauisch.

»*Ich* weiß es«, gab der bucklige alte Mann zurück, »denn ich habe zehn Jahre in den Minen verbracht, wo die Dä- monen die nicht enden wollende Nacht regieren. Erzählt mir nichts von Dämonen, solange ihr nicht Tag um

Tag unter ihren Peitschen in diesen Höllenhöhlen gelebt habt!«

Das war offenbar das Ende der Diskussion. Es war eindeutig, daß nicht alle über ihre Anwesenheit glücklich waren, aber man lud Mirabar ein, im Dorf zu bleiben, und erwies ihr die großzügige Gastfreundschaft, die selbst die ärmsten *shallaheen* traditionell ihren Gästen bieten.

Sorge dafür, daß deine Art wieder willkommen ist, hatte der Rufer gesagt. *Das ist der erste Schritt.*

Aber nur der erste Schritt, das wußte Mirabar.

Drei Tage später, immer noch in der Zuflucht versteckt, beschloß sie, daß es an der Zeit war, einigen ihrer neuen Freunde aus Islanar etwas von ihrer Mission zu erzählen. Sie sagte ihnen, daß Botschaften aus der Anderwelt sie veranlaßt hätten, sich auf die Suche nach einem großen Krieger zu machen, der die Valdani vertreiben würde, und da die Hälfte der Geschichten in diesen Bergen sich darum drehten, daß irgendwann die Valdani vertrieben würden, erstaunten diese Neuigkeiten niemanden sonderlich.

»Ihr habt gesehen, wie schwer es den Menschen fällt, mir zu trauen«, sagte sie, »also brauche ich eure Hilfe: Ihr müßt mich in anderen Dörfern vorstellen, an Orten, wo ihr Verwandte habt.«

»Aber dieser große Krieger, den du suchst, *sirana* – das ist doch bestimmt Josarian?«

Mirabar schüttelte den Kopf. »Ich bin Josarian begegnet. Er ist ein großer Mann, das ist nicht zu leugnen, aber nicht der, den ich suche.«

»Wer sonst, *sirana?* Wer könnte es nur sein?«

»Das weiß ich nicht.«

»Ist es der Feuerbringer?«

»Das weiß ich nicht«, wiederholte Mirabar. »Ich weiß nur, daß ...«

»Was? Bitte, wir sind deine Freunde. Wir wollen dir helfen, wie du uns geholfen hast.«

»Um ihn zu finden ...«

»Ja?«

Sie entschloß sich, das Risiko einzugehen. »Ich muß zuerst Kiloran finden.«

Langes, erschrockenes Schweigen folgte. Schließlich sagte Basimar: »Dazu, *sirana*, wirst du mehr als Dars Feuer und den Segen der Anderwelt brauchen, die dich schützen.«

Mirabar nickte bedrückt. »Ich war ziemlich sicher, daß du das sagen würdest.«

Koroll nahm an, daß er seit neunzehn Tagen in seiner Kerkerzelle in der alten kintischen Festung von Shaljir gesessen hatte, als plötzlich vier Späher erschienen, um ihn – zu seinem äußersten Erstaunen – zum Palast des Kaiserlichen Beraters am Santorell-Platz zu bringen. Er war einige Male zuvor hier gewesen, für religiöse Zeremonien, Feiern wichtiger Siege gegen die Feinde des Kaisers in anderen Ländern, oder zu dem einen oder anderen extravaganten Empfang, den der Berater für andere Würdenträger gab. Nie zuvor war er allerdings stinkend, schmutzig und völlig abgerissen hier eingetroffen, und er war sich der neugierigen Blicke, die er auf sich zog, wohl bewußt, als seine bewaffnete Eskorte ihn direkt zur Beratungshalle des Kaiserlichen Beraters brachte. Ein riesiger Raum, gefliest und getäfelt mit poliertem Marmor, voll mit luxuriösen Möbeln und importierten Wandbehängen, aber im Augenblick war es einfach nur ein Schauplatz äußersten Durcheinanders.

Borell, der Berater, der wichtigste Mann in Sileria, schrie gerade einen Diener an, als Koroll die Halle betrat. Dann wetzte er seine Zunge an jedem, der ihm in den Weg kam, als er quer durch die Halle auf Koroll zueilte. Borell war ein gewaltiger Mann, sein Umfang allein hätte für zwei ausgereicht. Aber dennoch, obwohl er in Luxus lebte und sein Interesse an allerhand Vergnügungen wohlbekannt war, schien dieser Umfang eher auf Muskeln als auf Fett zurückzuführen zu sein. Er war nicht mehr jung, hatte aber immer noch viele produktive Jahre vor sich, und er war klug, ehrgeizig und, wenn es Erfolg versprach, auch ausgesprochen gnadenlos.

Koroll bemerkte, daß sein sorgfältig geschnittener Bart ebenso wie sein kurzes Haar langsam grau wurde. Borell schob einen Diener weg, der versuchte, ihm einen Kelch Wein zu reichen, dann starrte er Koroll direkt an. Seine stahlblauen Augen blitzten vor Zorn, und er fragte barsch: »Warum hat er dich in den Kerker geworfen?«

Verblüfft stotterte Koroll: »Euer Eminenz? Ich verstehe nicht ...«

»Die Frage ist doch wohl einfach genug, du Dummkopf!« Borell beugte sich ein wenig vor und wiederholte, als spräche er mit einem schwachsinnigen Kind, mit dem er alle Geduld verloren hatte: »Warum hat Daroll dich in den Kerker werfen lassen?«

Mit aller gebotenen Vorsicht antwortete Koroll: »Wir

waren unterschiedlicher Ansicht darüber, wie man die Aufstände in meinem Bezirk am besten bekämpfen sollte, Eminenz.«

»Ach ja? Und worin bestanden deine Vorschläge in dieser Angelegenheit?«

Etwas an Borells Haltung ließ Koroll annehmen, daß sein Leben von dieser Antwort abhing. Er sandte ein lautloses Stoßgebet an die Drei, daß dies die richtige Antwort sein möge, dann sagte er: »Ich war der Ansicht, daß härteres Durchgreifen notwendig sei. Ich war der Ansicht, daß sein Plan, mittels Bestechungen Informationen zu verschaffen, nicht sehr erfolgreich sein würde, da die traditionelle silerische ...«

»Du hast ihn davor gewarnt? Du hast ihm gesagt ...«

»Ihn vor was gewarnt, Eminenz?« fragte Koroll, verzweifelt bemüht herauszufinden, um was es hier eigentlich ging.

Borells Miene verfinsterte sich vor erneuter Wut. »Ja, du warst ja eingesperrt, du weißt es wohl noch nicht.«

»Herr?«

»Daroll ist tot, ebenso wie die hundertfünfzig Männer, die er mitgenommen hat!«

Koroll wäre beinahe an seinem eigenen Luftschnappen erstickt. »Tot? Alle?«

»Zwei haben überlebt, aber sie sind krank und werden lange brauchen, bis sie sich erholt haben.«

»Verwundet?«

»Vergiftet.«

»Was sagt Ihr da?«

»Was wir feststellen können, gründet sich vor allem

auf die Untersuchung von Darolls Leiche durch die Priester und die Aussagen der beiden überlebenden Männer.«

»Drei in einem, wie ist ...«

»Dieser Bandit ... wie heißt er noch?«

»Josarian, Sir.«

»Ja, genau.« Borell runzelte die Stirn. »Er hat Gift gestohlen, das für unsere Pfeile bestimmt war, aus einem Außenposten. Wir haben erst jetzt von diesem Diebstahl erfahren, weil es keine Überlebenden gibt und das Lager niedergebrannt wurde.«

»Ja, so geht er für gewöhnlich ...«

»Das Dorf des dreckigen Bauern war verlassen, als Daroll mit seinen über hundert Mann dort eintraf. Sie vermuteten eine Falle, denn offensichtlich waren bereits achtzig Mann bei einem Angriff auf das Dorf getötet worden, also stellten sie Wachen auf, schickten Patrouillen aus, trafen alle Vorsichtsmaßnahmen, die man nach einer solchen Niederlage erwarten würde.«

Koroll hielt den Atem an, denn er wußte nicht, ob Borell bekannt war, *wer* diese achtzig Späher in den Tod geschickt hatte.

»Aber es geschah zunächst nichts. Daroll beschloß, das Dorf zu seinem Ausgangslager für die Jagd nach dem Gesetzlosen zu machen.« Borell biß die Zähne zusammen. »Einen Tag später waren selbstverständlich alle Wasserschläuche leer, also schöpften sie Wasser aus dem Marktbrunnen.«

»Und die Götter wurden durstig«, flüsterte Koroll und ließ sich auf einen Stuhl sinken, ohne um Erlaubnis zu bitten.

»Das Wasser war vergiftet. Nicht genug, um sofort zu töten. Josarian ist kein Narr, er wußte, daß niemand das Wasser mehr angerührt hätte, wenn die ersten, die getrunken hatten, sofort danach gestorben wären. Es dauerte fünf Tage, bis der erste starb, und bis dahin waren sämtliche Männer und Pferde ...« Borell ließ die mächtigen Schultern hängen. »Es war zu spät für sie.«

»Wie kam es, daß diese beiden überlebten?«

»Sie waren Boten, die am dritten Tag nach der Ankunft in Emeldar hierher zurückgeschickt wurden. Sie wurden in den Bergen krank, und sie brauchten viele Tage, um sich zu erholen und den Weg zu Fuß fortzusetzen – ihre Pferde waren inzwischen tot oder gestohlen, wir sind nicht sicher. Sie blieben in einer dieser ... Zufluchten. Die Frauen dort ließen sie nicht sterben, aber mehrere *shallaheen* ließen sich dafür bezahlen, Botschaften der beiden hilflosen Männer nach Shaljir zu bringen, was sie selbstverständlich nie taten.«

»Das ist ...« Koroll konnte keine Worte finden, um diese Katastrophe zu beschreiben. Er verlor bereits den Überblick darüber, wie viele Valdani Josarian ermordet hatte.

»Mehr gibt es nicht«, sagte Borell.

»Mehr?«

»Mehr«, bestätigte der Kaiserliche Ratgeber. »Du warst lange eingesperrt.« Er fuhr fort, Josarians neueste Verbrechen zu beschreiben, eingeschlossen den Diebstahl einer Getreidekarawane bei Garabar, deren Fracht er danach, so unglaublich das klingen mochte, in fünf *shallah*-Dörfern verteilt hatte. Als nächstes hatte er eine Kompanie von Spähern angegriffen, die Tribut für den Kaiser in

Adalian erhoben hatten. Niemand hatte eine Ahnung, was aus dem Gold, den Lebensmitteln und dem Vieh geworden war, aber es gab Gerüchte, daß Josarian seine Beute auch diesmal verteilt hatte. »Womit er sich der Loyalität der *shallaheen* versichert hat«, stellte Borell fest.

»Ja, ihre Loyalität ist sein Schutzschild, und das weiß er«, murmelte Koroll, überwältigt von den schrecklichen Nachrichten.

»Sie haben angefangen, seinem Beispiel zu folgen«, fuhr Borell fort. »Aufstände, Diebstahl, plötzliche Angriffe auf unsere Priester und auf jeden Späher, der dumm genug ist, alleine seinen Außenposten zu verlassen.«

»Die *shallaheen* werden Josarian nicht verraten, Eminenz. Wir müssen ihn ohne ihre Hilfe finden. Wir müssen alles einsetzen, was wir haben, um ihn aufzuhalten.«

»Ganz deiner Meinung. Du kannst dir daher vorstellen, wie überrascht ich war, als ich aus Liron zurückkehrte und hörte, daß Shaljir nicht nur seinen Militärgouverneur verloren hatte, sondern daß auch der Kommandant von Cavasar nicht in seinem Bezirk zu finden war, sondern im Kerker.« Borell betrachtete ihn mit kühlem, abschätzendem Blick. »Sag mir, was hier los ist, Koroll.«

Niemand war dabeigewesen, als Koroll seinem Vorgesetzten über die Ereignisse in Cavasar berichtet hatte, und dieser Vorgesetzte war nun tot. Wer außer ihm und Myrell kannte die Wahrheit? Wer sonst hätte mit absoluter Sicherheit sagen können, daß dieses Durcheinander nicht Darolls Schuld war? Jetzt hatten die Drei ihm sein Schicksal enthüllt; nun war deutlich, daß er in ihrer Gunst stand.

»Ich erbitte Eure Verzeihung, Eminenz. Ich gebe mir

selbst die Schuld«, sagte er demütig. »Wenn ich nur versucht hätte, Kommandant Daroll heftiger zu drängen, als dieses Desaster begann. Ich hätte seinen Zorn in Kauf nehmen und ihn bedrängen müssen, mehr zu unternehmen.«

»Wann genau *hat* dieses Desaster denn nun begonnen?« fragte Borell scharf. »Und wieso hat mich niemand informiert?«

Koroll gab sich überrascht. »Aber zweifellos, Eminenz ... ich meine, er sagte, es sei *Eure* Entscheidung gewesen, nachdem er mit Euch gesprochen hatte, daß wir einem einzelnen Banditen, der beim Schmuggeln ein paar Späher umgebracht hat, nicht zuviel Aufmerksamkeit ...«

»Was sagst du da!« spuckte Borell.

Jetzt hab ich ihn, dachte Koroll triumphierend. *Ich habe ihn!*

Als er mit seinem überarbeiteten Bericht der jüngsten Ereignisse fertig war, hatte Koroll erfolgreich die Verantwortung für Myrells Aktionen und die schrecklichen Verluste bei Britar Daroll zugeschoben, ebenso wie die für den Tod von achtzig seiner eigenen Männer in Emeldar. Er hatte es so dargestellt, als sei jede unkluge Entscheidung von Daroll gekommen, und er hatte Borell davon überzeugt, daß er selbst von Anfang an befürchtet hatte, Josarian könne seine Angriffe ausweiten, aber nicht in der Lage gewesen sei, Daroll davon zu überzeugen, daß es sich um mehr als die Streiche eines ungehorsamen Bauern handele – eine Ansicht, die man dem arroganten jungen Adligen ohne große Phantasie durchaus zutrauen würde.

»Ich bin kein Soldat, Koroll«, sagte Borell, nachdem er den erschreckenden Bericht vernommen hatte, »und wir können nicht warten, bis uns jemand aus Valda geschickt wird. Dieses Problem ist zu ernst, die Gefahr zu unmittelbar.«

Borell erhob sich und rief nach einem Späher. Der Mann brachte ihm das Siegel von Shaljir, das Zeichen des höchsten militärischen Amtes in Sileria, das man bei Darolls Leiche gefunden hatte. Korolls Herz klopfte vor Freude, und sein Mund war trocken, als er das goldene, edelsteinbesetzte Siegel sah.

»Kommandant Koroll«, sagte Borell und schenkte sich die langwierige Zeremonie, die für solche Gelegenheiten eigentlich vorgesehen war, »als Augen, Ohren und rechte Hand des Kaisers hier in Sileria, aufgrund der Macht, die mir Seine Lumineszenz verliehen hat, um sie in Zeiten von Krieg, Hungersnot und Seuchen auszuüben, ernenne ich dich hiermit zum Militärgouverneur von Shaljir und dem zugehörigen Bezirk und damit auch zum Oberkommandanten von Sileria mit aller mit diesem Amt verbundenen Macht, ebenso wie den Privilegien und der Verantwortung.«

Borell hob Koroll die schwere Goldkette über den Kopf, und so baumelte schließlich das Siegel von Shaljir mit seinem ganzen Gewicht an Korolls Hals.

Jetzt gehörst du mir, dachte Koroll und berührte das ersehnte Symbol von Macht und Wohlstand mit zitternden Händen. *Mir.*

»Ich danke Euch zutiefst für diese Ehre, Eminenz«, sagte er, die Stimme heiser vor Triumph, »und ich versichere

Euch, ich werde Euch und das Kaiserreich nicht enttäuschen.«

»Das würde dir auch übel bekommen.« Borell war einen Augenblick von einem Diener abgelenkt, der eilig in die Beratungshalle gestürzt kam. »Ja?«

»Ein Bote von *torena* Elelar, Euer Eminenz. Werdet Ihr ihn empfangen?«

»Von Elelar?« Borells Haltung veränderte sich vollkommen, der stählerne Blick wurde weich vor Freude, die finstere Miene hell vor Erwartung. »Ja, selbstverständlich. Schick ihn herein.«

Der Diener verbeugte sich und eilte hinaus. Borell warf Koroll einen Blick zu. »Ihr habt zweifellos vieles zu tun, Kommandant. Ich schlage vor, wir setzen uns wieder zusammen, nachdem Ihr Gelegenheit hattet, Euch einen Überblick über die Situation zu verschaffen und eine militärische Strategie auszuarbeiten, die uns diesen mordenden, diebischen Schurken vom Hals schaffen wird.«

»Selbstverständlich, Eminenz. Im Hinblick auf die Ernsthaftigkeit der Situation gehe ich davon aus, daß ich bis heute abend imstande sein werde ...«

»Nein, nicht heute abend«, sagte Borell mit einem Lächeln, als ein silerischer Diener die Halle betrat und sich respektvoll verneigte. »Ich denke, ich werde heute abend ... beschäftigt sein.«

KAPITEL 12

Mit einem Gefühl tiefer Leere schaute Tansen auf die Leiche des Attentäters hinab, den er gerade getötet hatte. Diesmal hatten sie einen erfahreneren Mann geschickt als beim ersten Mal: älter, schlauer und erheblich fähiger. Tansen hatte ihn schnell getötet, weil er es hinter sich bringen wollte. Dieser Mann hatte sogar eine Andeutung gemacht, daß er wisse, wieso Kiloran einmal einen Blutfluch gegen ihn ausgesprochen hatte. Das hatte bewirkt, daß die Erinnerungen so unvermeidlich aufgetaucht waren, wie Wasser bergab floß, Erinnerungen, gegen die Tansen so entschlossen ankämpfte wie zuvor gegen den Attentäter.

Dennoch, sie ließen sich nicht zurückdrängen, ebensowenig wie der Schmerz, den man nach dem Schnitt eines *shir* empfand. Denn ein *shir* war keine gewöhnliche Klinge, und dies waren keine gewöhnlichen Erinnerungen.

Einen Augenblick lang stand Tansen wieder an dieser Küste im Süden Silerias. Der Wind war lebhaft und eisig, die See brandete gegen die Felsen, die Nacht war finster und grausam mit ihrem Dunkelmondhimmel. Ja, einen Augenblick lang stand er wieder dort, aber mit seinen tränenverschleierten Augen erblickte er nicht die Leiche eines weiteren namenlosen Attentäters, sondern den plötzlich leblosen Körper eines Mannes, dessen Namen Tansen seit seiner Jugend – die in dieser Nacht für immer zu Ende gegangen war – nicht mehr laut ausgesprochen hatte. Einen Augenblick lang hatte er wieder das Gesicht des ersten Menschen vor Augen, den er je getötet hatte: eines Mannes, der ihm vertraut, ja, der ihn geliebt hatte. Und für einen quälenden Augenblick konnte er wieder Elelars entsetzte Schreie hören: *Was hast du getan? Große Dar, was hast du GETAN?*

Tansen holte bebend Luft und wandte sich ab, erdrückte den Schmerz, brachte die Erinnerungen zum Schweigen. Er schnickte das Blut von seinen Klingen, dann wischte er sie sorgfältig ab, bevor er sie wieder einsteckte und nahm sich vor, sie später gründlich zu säubern. Dann ging er davon und wich den Blicken der Männer aus, als er an ihnen vorbeikam.

»Was sollen wir dem nächsten sagen, der nach dir sucht, *roshah?*« fauchte Zimran. »Wessen Leber wird er wohl rausschneiden, wenn er dich hier nicht findet? Josarians? Meine? Die von Amitan?«

Verblüfft über die Verbitterung in der Stimme des Mannes drehte Tansen sich zu ihm um. Die anderen sahen beunruhigt zu, mit grimmigen Mienen. Mehr als vierzig von Josarians Männern, jene, die sonst nirgendwo Unterschlupf finden konnten, hausten jetzt hier in den Höhlen von Dalishar. Mehr als hundert andere, die sich Josarians Blutfehde angeschlossen hatten, lebten noch mit ihren Familien zusammen, weil sie bisher nicht von den Valdani gesucht wurden. Bereit zu kämpfen, wann immer sie gerufen wurden, bildeten sie ein stetig wachsendes Netz von nützlichen Informanten und boten ihren Kameraden die dringend benötigten Verstecke.

Nun war Zimrans schwelende Feindseligkeit gegen

Tansen endlich offen zum Ausbruch gekommen, und da es sinnlos gewesen wäre, diese Konfrontation aufzuschieben, trat Tansen wieder in den Kreis, den die Männer um ihn und den Attentäter gebildet hatten.

»Auch der nächste«, sagte er, »wird nur mich wollen, ebenso wie dieser hier. Kiloran wird sich nicht mit *deiner* Leber oder der eines anderen zufriedengeben.«

»Ach, und Attentäter machen nie Fehler? Oder töten aus Zorn oder Enttäuschung? Der nächste wird es vielleicht nützlich finden, all deine Freunde und Verbündeten zu töten, wenn du ...«

»Zimran ...« unterbrach ihn Josarian.

»Er blendet dich!« schrie Zimran seinen Vetter an. »Du bist so beeindruckt von seinen Schwertern und seiner Fechtkunst und seiner unnennbaren Vergangenheit, daß du nicht erkennst, daß wir seinetwegen alle sterben werden!«

»Ich bin beeindruckt von seinem Mut, seiner Loyalität und seiner Ehre«, erklärte Josarian entschlossen, »und das solltest du ebenfalls sein. Wer hat diesen Überraschungsangriff der Späher aufgehalten, als wir ihre Soldkasse auf dem Weg nach Cavasar geraubt haben? Wer hat in Morven die Pferde gestohlen, so daß die Späher uns nicht verfolgen konnten, nachdem wir ...«

»Und wer hat diesen Attentäter direkt zu uns geführt?« gab Zimran zurück. »Glaubst du, wir können gegen die Valdani *und* gegen die Gesellschaft kämpfen?«

»Niemand kann gegen die Gesellschaft kämpfen«, meinte Falian. »Selbst die Valdani können nichts gegen sie ausrichten.«

Josarian fuhr herum. »Es wird keine ...«

»Genug, Josarian«, sagte Tansen ruhig. »Wenn Zimran und andere hier etwas sagen wollen, laß sie nur.«

»Ich habe aber auch etwas zu sagen.« Josarian ließ sich nicht beirren. »Ich werde nicht ...«

»Nein«, unterbrach Tansen ihn. »Du kannst sie nicht dazu zwingen, mir zu trauen. Jeder Mann trifft seine eigenen Entscheidungen.«

Schließlich nickte Josarian zustimmend, obwohl er nicht gerade glücklich aussah. »Dann werde ich nur noch eines sagen: Ich vertraue Tansen, und ich werde ihm auch weiterhin vertrauen. Ihr anderen ... müßt sagen, was ihr denkt, und euren Herzen folgen.« Er drehte sich um und verließ den Kreis der Männer.

»Ich stehe hinter Tansen«, sagte Emelen und rückte ein wenig von Zimran ab. »Ganz gleich, wer nach ihm sucht und weshalb.«

In den Tagen, in denen Tansen und Emelen zusammen das Wasser in Emeldar vergiftet, auf die Valdani gewartet hatten und danach nach Dalishar zurückgekehrt waren, war ihre Freundschaft gewachsen. Aber Emelen hatte – das war Tansen schnell deutlich geworden – mehr Mut und Geist als die meisten Männer: ein passender Mann für Josarians einzige Schwester. Andere neigten vielleicht eher dazu, zu vergessen, daß Tansen jetzt schon länger als einen Zwillingsmond an ihrer Seite kämpfte, nachdem Zimran das Gespenst der Gesellschaft heraufbeschworen hatte.

Es war wohl unvermeidlich. Die meisten dieser Männer kannten und vertrauten einander schon ein Leben lang, aber ihn kannten sie erst seit kurzer Zeit, und *shallaheen* trauten Fremden nicht so leicht über den Weg, vor allem nicht einem, dessen Gewohnheiten sich derart von den ihren unterschieden und dessen Vergangenheit so gut wie unbekannt war. Und selbstverständlich war es gefährlich, mit einem Feind Kilorans befreundet zu sein.

Obwohl die Valdani noch nicht wußten, wo Josarian und seine Männer sich versteckten, war es wenig überraschend, daß die Gesellschaft es bereits herausgefunden hatte. In Sileria geschah wenig, was sie nicht wußten. Der Attentäter, der heute auf der Suche nach Tansen hierher gekommen war, war nur der erste. Es würde andere geben, viele andere. Keiner würde sich darum scheren, daß neun Jahre vergangen waren; ein Krieger, der bereits zwei Attentäter getötet hatte, war eine zu wichtige Beute, es sei denn, Kiloran selbst hätte darauf bestanden, daß sie Tansen in Ruhe ließen. Und bald würden die Attentäter nicht die einzigen sein, die nach Tansen suchten, denn das Töten eines Mannes, dessen Kopf die Gesellschaft wollte, war der beste Weg, sich Zugang zu den dunklen Mysterien der Verehrungswürdigen Gesellschaft zu verschaffen.

»Warum will Kiloran dich tot sehen?« wollte Zimran wissen, und sein hübsches Gesicht war vor Zorn gerötet.

»Das geht nur mich und Kiloran etwas an.«

»Du bittest darum, daß man dir traut ...«

»Ich erbitte gar nichts. Vertrauen kann nur freiwillig gegeben werden, es kann nicht gefordert oder ...«

»... aber du selbst traust uns nicht.«

»... erbeten werden.«

Amitan trat vor. »Zimran hat recht. Wenn wir dir vertrauen sollen, haben wir ein Recht darauf, zu erfahren, wieso der mächtigste Wasserherr auf der Welt dich töten will. Wenn du uns Ärger mit der Gesellschaft einbringst, wollen wir wenigstens wissen, warum.«

Zustimmendes Gemurmel war zu hören, Nicken und miß- trauische Blicke zu sehen.

»Wenn er sagt, das sei allein seine und Kilorans Angelegenheit ...« setzte Emelen an.

»Nein, Emelen«, widersprach ihm Lann. »Wir haben verdient zu wissen, ob er etwas Unehrenhaftes getan hat, etwas ...«

»Ich habe Kiloran etwas genommen«, sagte Tansen plötzlich und überraschte sich damit selbst ebenso wie die anderen. »Etwas, das für ihn von großem Wert war. Etwas, das er nie zurückbekommen kann.«

»Etwas von großem Wert.« Amitan betrachtete zweifelnd Tansens schlichte, schlecht passende Kleider, da sie nicht darauf hindeuteten, daß Tansen über einen einzigen Gegenstand von Wert verfügte. »Wo ist es?«

»Nicht mehr da«, sagte Tansen. »Für immer verloren.«

Zimran warf ihm einen wütenden Blick zu. »Was war es?«

»Es war ...« Tansen zögerte. »Macht.«

Zim schnaubte ungläubig. »*Du* hattest Macht, die Kiloran für sich wollte?«

»Nein. Ich selbst hatte sie nie. Ich sagte nur, daß ich sie ihm abgenommen habe.«

»Welche Macht? Wassermagie?«

»Nein.« Tansen warf einen Blick auf den *shir* des Attentäters, der jetzt im Staub lag. »Die Macht, uns alle zu vernichten.«

»Welche Macht soll das gewesen sein?« Als Tansen nicht antwortete, hakte Zimran nach: »Wie hast du sie ihm genommen?«

»Das geht dich nichts an.«

»Ich glaube doch, *roshah*. Eines Nachts könnte mir ein Attentäter einen *shir* zwischen die Rippen jagen, weil er mich für deinen Freund hält.«

»Ich *bin* sein Freund«, sagte Lann, und seine Stimme klang so laut wie immer. »Wenn er sagt, er hat Kiloran etwas Wertvolles genommen, dann bin ich mit dieser Antwort zufrieden – solange er keine Frauen und Kinder verletzt hat.« Fragend zog Lann die Brauen hoch, als er Tansen ansah.

»Das habe ich nicht getan«, sagte Tansen ruhig.

Lann nickte. »Dann bin ich bereit für jeden Mörder, der herkommt, sei er nun ein Valdani oder von der Gesellschaft.«

»Dann bist du ein Narr«, sagte Zimran barsch, und er wich nicht zurück, als der viel größere Mann drohend auf ihn zuschritt. »Wie lange wird es dauern, bis Kiloran sich entschließt, Tansen selbst zu erledigen?« Das hatte deutliche Wirkung auf die Männer. »Wer kann schon sagen, was wir uns aufhalsen, wenn wir diesen *roshah* weiter unter uns haben? Eine ganze Armee von Attentätern, wenn sie genug davon haben, sie einzeln von ihm umbringen zu lassen? Oder wird Kiloran den Weißen Drachen auf uns hetzen?«

Emelen verzog das Gesicht »Jetzt versuchst du, uns mit Ammenmärchen zu erschrecken.«

»Du bist ein Narr, wenn du glaubst, daß das nur ein

Märchen ist«, sagte Zimran. Er sah sich unter den Männern um. »Ihr wißt, wie Wasserherren töten. Jeder weiß das. Wenn Kiloran ein ganzes Dorf überfluten und das Wasser am Rand einer Klippe anhalten kann, wenn er Seen so kalt werden läßt, daß den Valdani die Hände abfallen, wenn sie ins Wasser greifen, wenn er Flüsse zu den Quellen zurückfließen und Seen über Nacht austrocknen lassen kann ...«

»Ja, das weiß jeder«, warf Amitan ungeduldig ein, »aber ein Ungeheuer, das aus einer magischen Vereinigung zwischen einem Zauberer und dem Wasser entsteht?«

»Was glaubst du wohl, wie Harlon all diese Valdani umgebracht hat, als die Fehde der Gesellschaft mit dem Kaiser begann?« fragte Falian. »Der Weiße Drache!«

»Sie sind ertrunken, du Idiot«, sagte Emelen. »Harlon hat den See über ihre Köpfe steigen lassen und ...«

»Und das beunruhigt dich nicht?« entgegnete Zimran sofort. Er zeigte in die Haupthöhle. »Es beunruhigt dich nicht, daß die Quelle da drin uns eines Tages alle ertränken könnte? Daß sich das Wasser wie eine Maske über dein Gesicht legen wird, ganz gleich, wie weit du rennst, bis du erstickst? Daß es auf dir zu Eis erstarren wird, bis dir die Glieder abfallen? Und das alles nur, weil wir ihm bei uns Zuflucht gewähren!«

Alle starrten Tansen an. Zimran hatte von Schrecken gesprochen, von denen alle wußten, daß ein Wasserherr sie bewirken konnte.

»Wir sind nur Gesetzlose«, sagte Emelen bedächtig. »Wir sind nur *shallaheen*, die gegen die Valdani kämpfen – gegen Kilorans größte Feinde. Warum sollte er ...«

»Woher sollen wir wissen, wer Kilorans größter Feind ist, Emelen?« wandte Zimran ein. »Woher wissen wir, daß es nicht *der da* ist?«

Tansen blieb verdächtig still.

»Kiloran haßt Baran mehr als die Valdani«, fuhr Zimran fort. »Baran, der versucht, ihm den Idalar abzunehmen. ›Etwas von großem Wert‹«, höhnte er. »Wenn dieser *roshah* bei uns bleibt, Emelen, dann solltest du lieber mit aller Kraft darum beten, daß es wirklich keinen Weißen Drachen gibt, oder du wirst in unendlichem Schmerz sterben, gefoltert über jedes erdenkliche Maß hinaus, bis auch Kiloran endlich stirbt. Und auch *dann* wird es keine Anderwelt für dich geben, nur das Nichts. Du wirst Jalilar nie wiedersehen, oder ...«

»Genug!« sagte Emelen. »Das genügt! Ich sehe, was d vorhast.«

»Du weißt es nicht, Emelen«, meinte Amitan. »Wir wissen nicht, was Kiloran tun wird, wir wissen nicht, wieweit er gehen wird, um Tansen umzubringen. Wenn wir ihm im Weg stehen ...«

»Versuch doch ein einziges Mal in deinem Leben, mutig zu sein!« fauchte Lann.

»Nennst du mich etwa einen Feigling?«

»Wie würdest *du* einen Mann nennen, der sich beim ersten Anzeichen von Ärger von einem Freund abwendet?«

»Das hier ist mehr als Ärger, du Idiot!«

»Wir haben alle eine Blutfehde geschworen!«

»Ich habe sie mit Josarian geschworen, nicht mit einem Fremden aus Gamalan!«

»WirhabendenselbenSchwurgetanwieTansen,*sriliah*!«

Amitan traten fast die Augen aus dem Kopf. »Nimm das zurück! Nimm das zurück, oder ...«

»Hört auf!« Emelen trat zwischen die beiden Männer, bevor einer von ihnen zuschlagen konnte. »Hört sofort auf! Wollt ihr euch gegenseitig umbringen, damit die Valdani das nicht tun müssen? Wollt ihr euren Blutfeinden die Arbeit sparen?«

Das darauffolgende Schweigen war tödlich. Unbehagliche Mienen, nervöse Gesten; Hände tasteten unsicher nach Schwertern und *yahr*, uralte Ängste stiegen aus den Tiefen ihrer Herzen auf, aus den finstersten Ecken ihres Geistes. Tansen sah dies alles, und er wußte, daß er nun keine Wahl mehr hatte.

»Tansen«, murmelte Emelen schließlich. »Um der Liebe Dars willen ... *sag etwas!*«

Der *shallah*-Junge in Tansen schrie verzweifelt nach einem Verbündeten, nach jemandem, der mit ihm dem mächtigsten Wasserherrn der Welt trotzte. Der *shatai* wahrte die gleichmütige Miene und entschied sich kalt für die einzig mögliche Lösung. »Ich gehe.«

»Du gehst?« rief Emelen gekränkt.

»Du gehst!« rief auch Lann.

»Was?« Amitan starrte ihn verwirrt an.

»Ah ...«, sagte Zimran triumphierend.

»Was heißt das, du gehst?« fauchte Emelen.

»Zimran hat ...« Tansen zuckte die Achseln und sagte trocken: »Ich hätte nie geglaubt, daß ich das einmal sagen würde, aber es kann sein, daß Zimran recht hat.«

Jemand lachte. Zimran, der Tansen immer wieder angegriffen hatte, seit sie einander begegnet waren, runzelte die Stirn. Emelen hob angewidert die Hände. Amitan schaute immer noch verwirrt drein.

»Ich glaube nicht an den Weißen Drachen«, sagte Tansen. »Ich bin nicht einmal sicher, ob ich an die Anderwelt glaube.« Er holte tief Luft. »Aber ihr müßt jetzt gegen die Valdani kämpfen, ihr könnt es nicht riskieren, euch mit der Gesellschaft zu verfeinden; sie würden euch verschlingen wie ein Drachenfisch einen Guppy.«

»So schnell bringt mich keiner um«, knurrte Lann.

»Wenn man einem Wasserherrn trotzt, ist es gut möglich, daß sich die anderen Wasserherren der Bestrafung anschließen, um die Widerspenstigen zu züchtigen«, sagte Tansen. »In solchen Situationen hat die Gesellschaft schon öfter ihre Differenzen kurzfristig beiseite geschoben; das hat sie immer schon stärker gemacht als den Rest von uns.« Er sah Lann und Amitan an. Dann fuhr er fort: »Kiloran hat nur etwas gegen mich, ausschließlich gegen mich, aber es wäre durchaus möglich, daß er jeden meiner Freunde auch als seinen Feind betrachtet.«

»Ich habe schon gesagt, daß ich bereit bin ...«

»Nein«, unterbrach Tansen Lann. »Ihr müßt gegen die Valdani kämpfen. Für euch selbst, füreinander, für eure Familien. *Das* ist euer Kampf. Ich wollte ihn auch zu meinem machen ...« Er schüttelte den Kopf. »Aber mein Kampf ist der mit Kiloran, und ehe ich diesen Kampf nicht zu einem Ende gebracht habe, bin ich ein zu gefährlicher Verbündeter für euch.«

»Bis du den Kampf nicht zu Ende gebracht hast?« wiederholte Emelen nervös. »Wie willst du das machen?«

Tansen sah seinen Freund an. »Ich muß Kiloran finden.«

»*Kiloran finden?* Das ist natürlich ein hervorragender Plan«, schnaubte Emelen. »Wieso ist *mir* das nicht eingefallen?«

»Er wird dich töten, bevor du auch nur halb in Garabar bist«, sagte Zimran und klang ziemlich zufrieden.

»Sei still«, befahl Emelen ihm.

»Du hast mir nichts zu ...«

»Vergessen wir für einen Augenblick mal, daß dies zweifellos der schnellste Weg ist, dich umbringen zu lassen – was bringt dich auf die Idee, daß du ihn finden könntest?« fragte Emelen Tansen und ignorierte Zimran einfach.

»Ich kann ihn finden«, erwiderte Tansen. »Ich ...« Er seufzte. »Ich weiß, wen ich fragen muß.«

Also würde er sie tatsächlich um Hilfe bitten. Alles in ihm, das sich nicht vor Scham wand, flackerte auf bei dem Gedanken, sie nach all diesen Jahren wiederzusehen. Er würde zu ihr gehen, weil ihm nichts anderes übrigblieb, weil er ihre Hilfe brauchte. Aber in Wahrheit würde er gehen, weil er sich nicht von ihr fernhalten konnte. Er war ein Narr, daran bestand kein Zweifel, aber er würde wieder zu ihr gehen, und eigentlich hatte er das auch immer schon gewußt.

»Selbst wenn du ihn tatsächlich findest«, sagte Emelen, der ihm eindeutig nicht glaubte, »was wirst du tun, wenn du vor ihm stehst? Was bringt dich auf die Idee, daß er dich nicht sofort umbringen wird?«

»Nichts«, gab Tansen zu. »Aber ich bin auch nicht

nach neun Jahren nach Sileria zurückgekommen, um mich einfach zu verstecken und zu beten, daß er mich vergißt, wenn ich mich lange genug ducke. Und ich werde Sileria nicht wieder verlassen. Ob es morgen geschehen wird oder in vierzig Jahren, ich werde hier sterben.«

»Ganz bestimmt«, meinte Zimran.

»Ich habe neun Jahre gewartet«, sagte Tansen. »Wenn er mich jetzt umbringt, entehrt er sich selbst.«

Emelen starrte ihn an. »Du kannst doch nicht ernsthaft glauben, daß ihm das etwas ausmacht?«

»Vielleicht erwartet er, daß du *hier* neun Jahre überlebst, bevor er dich leben läßt«, warf Zimran ein.

»Sei still«, sagte Lann zu ihm. »Sie halten sich viel auf ihre Ehre zugute. Es sind schon andere ins Exil gegangen, und man hat ihnen nach neun Jahren gestattet, zurückzukommen und hier in Frieden zu leben.«

»Ja, aber das ist lange her«, sagte Amitan. »Noch vor unserer Geburt.«

»Das waren bessere Zeiten«, meinte Emelen. »Jetzt müssen selbst die Wasserherren intrigieren und alles aufbieten, damit sie überleben. Selbst sie sind zu verbittert, um ihre alten Sitten zu ehren.«

»Ich bin auch nicht so leicht umzubringen«, erinnerte Tansen ihn.

»Nein, aber Kiloran kann jeden töten, Tansen.«

»Ich werde nicht hierbleiben und riskieren, daß ihr dadurch zu seinen Feinden werdet. Ich werde mich auch nicht verstecken. Ich werde nicht wieder ins Exil gehen. Und obwohl ich jeden einzelnen Attentäter umbringen könnte, der mich töten will, könnte das im Lauf der Jahre ein wenig ermüdend werden.« Er sah Emelen an. »Was soll ich also tun? Ich werde Kiloran suchen. Er wird mit mir Frieden schließen oder nicht. Wenn nicht, wird einer von uns sterben.«

Das Schweigen, mit dem seine Bemerkung aufgenommen wurde, machte deutlich, daß niemand Zweifel daran hatte, *wer* von den beiden sterben würde. Tief drinnen in Tansen schrie ein kleiner *shallah*-Junge, daß er leben wollte, und ein Krieger bereitete sich darauf vor, seinem Tod gegenüberzutreten, obwohl er gleichzeitig kalt berechnete, wie er am besten am Leben bleiben konnte. Von dem Augenblick an, als er zurückgekommen war, hatte er gewußt, daß er sich Kiloran stellen, den *shir* zurückgeben und sein Leben gegen die Ehre eines Mannes setzen mußte, der keine Ehre kannte, gegen die Macht eines Mannes, der mächtiger war als jeder andere. Er hatte gewußt, daß er sich dem stellen mußte, was er vor vielen Jahren in einer endlosen Nacht getan hatte. Er war zurückgekommen, um sich sowohl Kilorans als auch Dars Zorn zu stellen, denn er würde nirgendwo Frieden finden, ehe er das nicht getan hatte.

»Wann wirst du gehen?« fragte Emelen schließlich, und seine Stimme klang müde.

Tansen blickte zum Himmel auf. »Jetzt. Sobald ich meine Sachen gepackt habe. Ich kann noch mindestens vier Wegstunden zurücklegen.«

Emelen nickte. »Ich packe ein paar Vorräte. Und ein wenig Geld. Es ist noch genug übrig von dem Spähersold, den wir gestohlen haben.«

»Pack genug für zwei.« Josarians Stimme, die von außerhalb des Kreises kam, ließ alle erschrocken zusammenzucken.

Die Menge teilte sich, und Tansen sah an ihnen vorbei Josarian an, der auf einem Felsen saß. Er hatte angenommen, Josarian wäre jagen – oder grübeln – gegangen, nachdem er zugestimmt hatte, sich aus dem Streit herauszuhalten. Statt dessen hatte er dort gesessen und ihnen die ganze Zeit zugehört.

»Warum?« fragte Tansen.

»Weil ich mit dir kommen werde.«

»Wie weit?«

»Den ganzen Weg.«

Die Männer protestierten empört. Tansen schwieg, da sie alle Argumente vorbrachten, die ihm auch einfielen: Josarian wurde hier gebraucht, als ihr Anführer; ohne ihn würde ihre Blutfehde gegen die Valdani einschlafen; sie konnten keine waghalsigen Überfälle und Angriffe planen wie er; was sollten sie tun, wenn Kiloran ihn auch umbrachte und er nie wieder zurückkam?

»Was soll aus uns werden?« wollte Falian wissen.

Josarian schob sich an den verwirrten Männern vorbei, bis er in der Mitte des Kreises stand.

»Ihr werdet ohne mich weitermachen.« Josarians Entschlossenheit wies alle Argumente zurück, aber die Männer schüttelten immer noch die Köpfe und murmelten vorwurfsvoll vor sich hin. »Das hier ist eine *Blutfehde* und nicht meine Privatangelegenheit. Sie wird über meinen Tod hinausleben, und ich bete zu Dar, daß sie auch euer aller Tod überleben wird.«

»Aber wir haben doch gerade erst angefangen, und bisher ist niemand ...«

»Candan mar Dishon shah Sirdari ist am ersten *Tag* der Blutfehde gestorben, den er gegen Tansens Klan, die Gamalani, begann, und dennoch dauerte sie über vierzig Jahre lang an.«

»Aber die Sirdari haben auch nicht gegen die Valdani gekämpft!« protestierte Amitan.

»Und die Sirdari hatten nicht beinahe hundertfünfzig Mann, die sich ihrer Sache verschworen hatten«, konterte Josarian. »Ich werde nicht ewig leben. Ich werde vermutlich nicht einmal *lange* leben.«

»Ganz bestimmt nicht, wenn du mit diesem *roshah* gehst.« Zimran zitterte beinahe vor Zorn und Angst.

»Zimran ...« Josarians Stimme wurde ein wenig weicher. »Zim, die Valdani bieten jetzt zehnmal soviel Gold, wie sie Tansen ursprünglich geboten haben, um mich zu töten, und der Preis für meinen Kopf wird wahrscheinlich noch höher werden. Späher durchsuchen jedes Dorf im ganzen Bezirk. Ob ich mit Tansen gehe oder hierbleibe – ihr könnt nicht darauf zählen, daß ich lange lebe.«

»Tu das nicht!« flehte Zimran. »Sprich es nicht einmal aus. Das bringt Unglück. Die Götter hören es, wenn jemand so sorglos von seinem Tod spricht, und sie ...«

»Ich habe eine Blutfehde geschworen, damit der Kampf gegen die Valdani mich überleben wird, uns alle überleben wird.« Josarian sah sich um. »Wollt ihr etwa behaupten, wenn ein Valdani-Pfeil morgen mein Herz trifft, hört ihr alle auf und geht nach Hause?«

»Wir können gar nicht nach Hause gehen«, erinnerte

Lann ihn. »Wir haben das Wasser vergiftet. Nur ein Wasserherr kann das wieder in Ordnung bringen.«

»Also vergiß nicht, Kiloran zu fragen, wenn du ihn siehst«, knurrte Zimran.

»Wenn Dar es will, werde ich zurückkommen«, sagte Josa- rian. »Und wenn nicht, dann werdet ihr weitermachen.«

»Und wer wird uns anführen, wenn du weg bist?« wollte Amitan wissen. »Jemand muß uns anführen!«

»Ja, das stimmt«, sagte Josarian. »Es muß jemanden geben, der die endgültigen Entscheidungen trifft.«

Zimran nickte und wollte vortreten; dann erstarrte er, als Josarian ankündigte: »Emelen wird sich darum kümmern, solange ich weg bin. In meiner Abwesenheit spricht er an meiner Stelle.«

»Und wenn du nicht zurückkommst?« fragte Amitan.

»Dann werdet ihr aus euren Reihen einen Anführer wählen, ob das nun Emelen oder ein anderer ist.«

Tansen sah, wie sie zögerten, aber Josarian hatte solche Macht über sie, daß sie ihm folgen würden. Alle, vielleicht mit Ausnahme Zimrans, in dessen dunklen Augen sich Zorn und Kränkung spiegelten.

»Also sind wir uns einig«, sagte Josarian schließlich, als er sah, daß niemand sonst Einspruch erhob.

»Nicht ganz«, wandte Tansen ein. »Ich lasse dich nicht mitkommen.«

Einige der Männer waren eindeutig entsetzt über diese Worte. Josarian lachte nur.

»Was willst du machen?« fragte er Tansen. »Mich umbringen? Das glaube ich nicht. Mich zurücklassen? Ha!

Du kannst mir nicht davonlaufen, Tansen, nicht in diesen Bergen. Willst du dich wegschleichen, während ich schlafe? Ich habe einen ziemlich leichten Schlaf.«

»Ich werde ...«

»Heb dir deine Drohungen für jemanden auf, der etwas von dir zu befürchten hat«, riet ihm Josarian. »Ich werde mit dir kommen.«

Tansen sah ihn hilflos an. »Aber warum?«

Josarian schüttelte den Kopf. »Du bist wieder in Sileria. Du bist wieder ein *shallah*. Vergiß diese ausländischen Sitten, die sie dir beigebracht haben.«

»Ich will nicht ...«

»Ich bin dein Blutsbruder, und dank den Sirdari und den Valdani hast du keine anderen Verwandten. Du kannst nicht ernsthaft von mir verlangen, daß ich zulasse, daß du dich allein auf die Suche nach einem Wasserherrn machst, der einen Blutfluch über dich verhängt hat.«

»Er wird jeden töten, der mich begleitet«, sagte Tansen mit zusammengebissenen Zähnen.

»Und die Valdani werden jeden töten, der *mich* begleitet.« Josarian zuckte die Achseln. »Also schlage ich vor, daß wir beide äußerst vorsichtig sind.«

KAPITEL 13

Sirana ... geht es dir besser?«

Mirabar blinzelte und sah sich verwirrt um. »Wo sind wir?«

Schwester Basimar, die sie von Islanar aus begleitet hatte, sagte: »Am See Ursan.«

»Ein Haus aus Wasser ...«

Basimar blinzelte. »Ja. Du wurdest plötzlich krank, als du ins Wasser gestarrt hast, und du hast immer wieder seltsame Dinge gesagt: Ein Haus aus Wasser, Feuer im Wasser, finde den *shir* und du findest *ihn.*« Sie überlegte einen Augenblick, dann fügte sie hinzu: »Du hast auch etwas von einer Allianz gesagt.«

»Die Allianz ...« Mirabar versuchte, sich aufrecht hinzusetzen, dann stöhnte sie und ließ sich wieder auf den Boden sinken. »Ich bin nicht verrückt«, sagte sie und hoffte, daß sie überzeugend klang.

»Aber etwas beunruhigt dich.«

»*Quält* wäre das bessere Wort.«

»Du hast Visionen?«

»Ja. Ich habe Visionen. Mächtige Geister aus der Anderwelt suchen mich heim. Ich höre und sehe Dinge, die ich nicht verstehe.«

»Gut, daß du diesen Anfall erst hattest, als wir weit genug vom Dorf entfernt waren.«

Obwohl Mirabar in einigen der Dörfer, die sie zusammen mit Basimar aufgesucht hatte, widerstrebend akzeptiert worden war, beobachteten immer noch viele Dorfbewohner sie mißtrauisch und warteten auf Anzeichen eines dämonischen Fluchs.

»Ja«, stimmte Mirabar ihr zu. »Es hätte einen schlechten Eindruck gemacht, wenn ich mich kreischend und Unsinn brabbelnd auf dem Boden herumgewälzt hätte.«

»Wirklich, wenn du jemals einen solchen Anfall in der Öffentlichkeit haben solltest ...«

»Das wird nicht geschehen.«

»Wie kannst du so sicher sein?«

»Der Rufer würde das nicht wollen. Er weiß, daß ich sofort umgebracht würde, und er will, daß ich lebe. Jedenfalls vorerst.« Sie blinzelte zu Basimar hinauf, halb geblendet von der grellen Nachmittagssonne. »Und ich nehme an, er weiß, daß du mir nichts tun wirst.«

»Ich bin eine Schwester«, meinte Basimar. »Ich habe geschworen, alles Leben zu achten. Ich hätte dir nichts tun können, selbst wenn ich Angst vor dir hätte.«

»Und du hast keine Angst?«

Basimar zuckte die Achseln. »Vielleicht war dein Leben härter als das meine, *sirana*, und deine ... Begabung ist zweifellos ungewöhnlich, aber wir sind beide Frauen und beide *shallaheen*.«

»Du hast eine umständliche Art, nein zu sagen.«

Basimar lachte. »Das hat mein Mann auch immer gesagt, *sirana*.«

»Hör auf, mich so zu nennen«, sagte Mirabar gereizt. »Ich heiße Mirabar.«

»Nach allem, was ich bisher gesehen habe, kommt es mir respektlos vor, dich ...«

»Wie alt bist du?«

»Was?«

»Dreißig? Fünfunddreißig?«

»Sechsunddreißig.«

»Nun, wir – Tashinar und ich – wir glauben, daß ich etwa achtzehn bin. Kommt es dir nicht albern vor, mich dauernd mit *sirana* anzusprechen?«

»Ich ...« Basimar seufzte. »Ich hatte eine Tochter, die jetzt beinahe so alt wäre wie du, wenn sie überlebt hätte, *sira* ... Mirabar.«

»Siehst du, es geht doch.«

Nach längerem Schweigen fragte Basimar nach den Visionen.

Und als sie sich wieder gut genug fühlte, setzte sich Mirabar aufrecht hin und zeichnete das mysteriöse Symbol, das sie in ihren Visionen sah, auf den Boden. »Hast du das da je gesehen?«

»Nein, ich glaube nicht.«

»Na gut.«

»Was ist es denn?«

»Ich weiß es nicht.« Sie starrte es an. »Aber ich muß es finden. Ich muß den *shir* finden. Ich glaube, sie gehören zusammen.«

»Glaubst du, sie gehören Kiloran?«

»Nein, eigentlich nicht.« Verwirrt schüttelte sie den Kopf. »Ich weiß es nicht. Ich glaube, sie gehören dem Krieger, den ich suche.«

»Dann ... ist Kiloran dieser Krieger?«

»Darfeuer! Ich hoffe nicht!«

»Und hat Kiloran diesen Krieger?«

»Ich weiß nicht ... Der Krieger ist vielleicht bei ihm. Oder Kiloran kann mir den Weg weisen.«

»Ist der Krieger sein Freund oder Verbündeter? Ein Attentäter?« Basimar runzelte die Stirn. »Ein anderer Wasserherr?«

»Das weiß ich nicht.«

»Also ... könnte der Krieger sogar sein Gefangener sein, oder?«

Mirabar blickte zu Basimars rundem Gesicht auf. »Sein Gefangener?« flüsterte sie. »Dar steh uns bei. An diese Möglichkeit habe ich noch gar nicht gedacht.«

Die Türme von Shaljir ragten gegen den Horizont auf, so daß Tansen und Josarian sie schon von weitem sehen konnten. Josarian war zwar einmal in Cavasar gewesen, aber noch nie zuvor hatte er etwas so Großartiges und Ehrfurchterregendes gesehen wie den Anblick, den er nun vor Augen hatte. Er stand mit Tansen auf einem Hügel, von dem aus sie die breite, gepflasterte Straße überschauen konnten, die auf das Adalische Tor, das Südtor der Stadt, zuführte.

Von den dreihundert Türmen, die die Stadt zu Daurions Zeiten geziert hatten, war nur eine Handvoll übriggeblieben. Josarian war so beeindruckt vom Anblick dieser anmutigen Spiralen aus Stein und Marmor, die sich gen Himmel reckten, daß er sich kaum vorstellen konnte, daß es noch mehr von ihnen gegeben haben sollte.

Immerhin entschädigten die hohen, runden Türme, die die Moorländer zurückgelassen hatten, ausreichend für ihre Abwesenheit. Diese Moorländer-Türme wurden von gewaltigen Steindrachen und beeindruckenden gehörnten Geschöpfen gekrönt, die Jahrhunderte zuvor von jenen haarigen Barbaren aus dem Stein gemeißelt worden waren, die glaubten, solche Figuren würden die gefürchteten Dämonen abschrecken.

Die vielen hundert aus der Zeit der kintischen Besatzung zurückgebliebenen Gebäude mit den roten Kuppeldächern waren angenehm anzusehen und verliehen der steinernen Stadt auf diese Entfernung etwas mehr Farbe. Und obwohl Josarian die Valdani mit unnachgiebiger Leidenschaft haßte, konnte er nicht leugnen, daß ihre gewaltigen Paläste, die Tansen ihm von ihrem Aussichtspunkt aus zeigte, schön anzusehen waren.

»Was sind das für Hütten und Zelte außerhalb der Stadtmauern?« fragte er seinen Freund.

»Arme«, erwiderte Tansen, »die hergekommen sind, weil sie Arbeit suchen.«

»Shallaheen?«

»*Shallaheen*, Tiefländer, Ausreißer, Diebe, Prostituierte, Verrückte, entflohene Galeerensklaven von Schiffen, die hier vor Anker lagen oder vor der Küste gesunken sind ... Die Ärmsten der Armen.« Er starrte einen Augenblick auf die Elendsquartiere nieder, die sich in der strahlenden Sonne zusammenkauerten, dann fügte er hinzu: »Die Valdani verjagen sie immer wieder und verbrennen ihre Barackensiedlungen. Ein paar Tage später fangen die Überlebenden wieder an, neue Hütten und Zelte vor der Stadtmauer zu errichten.«

»Sie hätten die Berge nie verlassen sollen«, sagte Josarian und betrachtete die Barackenstadt betrübt. »Das ist kein Platz für einen *shallah.*«

»Ich glaube nicht, daß sie freiwillig hergekommen sind.«

»Und vielleicht wirst du mir jetzt sagen, wieso *wir* hergekommen sind. Ich habe dich schon mehr als einmal gefragt und nie eine Antwort erhalten. Du schmollst, seit wir Dalishar verlassen haben.«

»Ich *schmolle* nicht!«

Josarian grinste – erfreut, daß seine Bemerkung Tansen getroffen hatte. »Oh, ich hatte in den letzten Tagen mehr als genug Gelegenheit, deine Laune zu beobachten, und Schmollen ist genau der richtige Ausdruck. Und es ist noch schlimmer geworden, seit ich dich erwischt habe, als du versucht hast, dich bei Nacht davonzuschleichen.«

»Ich hab dir doch gesagt, du sollst nicht mitkommen«, erwiderte Tansen gereizt.

»Und ich habe dir gesagt, du solltest mich nicht zurücklassen. Ich werde dir auf den Fersen bleiben, selbst wenn du ein schlechterer Reisegefährte bist als eine verwundete Bergkatze.«

»Erst drängst du dich mir auf, und dann besitzt du auch noch die Unverschämtheit, dich über meine Laune zu beschweren«, knurrte Tansen.

Ohne auf eine Antwort zu warten, stieg er den Hügel hinab. Als sie die Hauptstraße erreicht hatten, bemerkte Josarian allerdings, daß Tansen offenbar seinen Frieden mit der Situation gemacht hatte. Er war nicht gerade freundlich, aber zumindest hatte er aufgehört zu schmollen.

Da sie wußten, daß sie heute die Stadttore erreichen würden, hatten sie ihre Waffen unter ihrer weiten *shallah*-Kleidung verborgen. Josarian hatte sich sein gestohlenes Späherschwert unter dem langen, grob gewebten Hemd auf den Rücken geschnallt; der Griff war unter seinem langen Haar verborgen. Da er sich aber immer noch nicht an die Waffe gewöhnt hatte, hatte er sich den *yahr* unauffällig in einen Stiefel gesteckt.

Wenn man bedachte, wie viele Schwerter und Dolche sie in der letzten Zeit von Spähern gestohlen hatten, war es nicht überraschend zu erfahren, daß an den Stadttoren von Cavasar jetzt jeder auf Waffen durchsucht wurde. Sie hatten allerdings ihre Blutfehde bisher weitgehend auf die Region um Cavasar beschränkt, und man wußte schließ- lich, wie arrogant die Valdani waren. Tansen hatte also erklärt, es sei unwahrscheinlich, daß die Späher auch an den Toren von Shaljir, das von den Kämpfen weit entfernt war, Reisende durchsuchen würden.

Als sie die Stadtmauer erreichten, waren Josarian und Tansen längst von reisenden Kaufleuten, ausländischen Händlern und *toreni* umgeben, die unter lebhaftem Getöse in die Stadt hinein oder aus ihr herausdrängten. Einige hatten ein verblüffend großes Gefolge: Diener, Pferde, Begleiter, auf Karren verladenes Gepäck und unglaubliche Mengen luxuriöser und exotischer Waren, die in der Sonne glitzerten oder die Luft mit ihrem Duft erfüllten.

Ein Mann auf einem prächtigen Pferd führte eine Gruppe von einem Dutzend Moorländer-Frauen an, die in einer Reihe hinter ihm herzogen. Josarian hatte bisher kaum Moorländer gesehen, und er starrte fasziniert ihr langes blondes Haar und die komplizierten Tätowierungen an, die von ihrem Volk so geschätzt wurden. Ihre helle Haut hatte sich unter einem blaueren Himmel als dem ihres Heimatlandes schon rötlich verfärbt. Diese Frauen waren hochgewachsen, robust und gesund, aber ihre exotischen blauen und grünen Augen waren trüb, und sie ließen die Schultern hängen. Josarian bemerkte entsetzt, daß sie zusammengebunden waren: Ein langes, dickes Seil zog sich durch eine breite Taillenfessel, die jede der Frauen trug; es verband sie miteinander und kettete sie an den Reiter, der sie die Straße entlang führte. Vier gut bewaffnete Wachen – Soldaten aus dem valdanischen Mutterland, in ihren rot-grauen Uniformen hier ein seltener Anblick – flankierten die Gefangenen. Josarian sah Tansen fragend an.

»Sklavinnen«, sagte dieser. »Die Siegesbeute einer Schlacht in den Moorlanden, oder vielleicht nur ein paar Unglückliche, die von einem rivalisierenden Stamm gefangen und an die Valdani verkauft wurden, im Austausch für mehr Land.«

Josarian drehte sich um und sah den Frauen nach, als sie die Straße entlangzogen, weg von der Stadt. »Aber ... warum sind sie hier in Sileria? Und wohin gehen sie?«

»Wahrscheinlich werden sie in die Valdani-Bordelle im Süden gebracht.« Er begegnete Josarians entsetztem Blick. »Das ist eine ... eine freundliche Gabe, die der Kaiser seinen Männern kostenlos überläßt. Wie die grauen Uniformen, die die Späher tragen, oder die Kasernen, in denen sie wohnen. Die Valdani glauben, das hält ihre Leute davon ab, sich zu streiten, weil es zu wenige Frauen gibt.«

»Eine freundliche Gabe ...« Josarian wußte nicht, was er sagen sollte. »Diese Frauen ...«

Tansen warf den Gefangenen über die Schulter noch einen Blick nach. »Als die Moorländer Sileria eroberten, haben sie vergewaltigt, zerstört und geplündert. Sie haben Tausende und Abertausende aus unserem eigenen Volk versklavt, und sie haben unsere Frauen gezwungen, sie zu heiraten. Aber Moorländer gehen selten zu Prostituierten, das ist gegen ihre Sitten. Die Kint hingegen ...« Er zuckte die Achseln. »In Kinto ist Prostitution schon seit Tausenden von Jahren ein Beruf. Also haben die Kint ihre eigenen Frauen mitgebracht, nachdem sie den Moorländern Sileria abgenommen hatten.«

Er führte Josarian auf die Gruppe von Leuten zu, die darauf warteten, durch das Adalische Tor eingelassen zu werden. »Aber die Valdani haben die Frauen eroberter Länder immer als Prostituierte benutzt. Ihre Bordelle hier füllen sie mit Frauen aus anderen Ländern, weil sie wissen, daß die Silerier darauf nicht achten, während wir nicht mehr ruhen würden, wenn es *unsere* Frauen wären, die nach einem Jahr oder zweien, in denen sie Tag und Nacht unter grunzenden Spähern gelegen haben, an Krankheit und Erschöpfung sterben.«

»Das habe ich nicht gewußt.« Josarian schüttelte den Kopf und starrte zu Boden. Wie jeder anständige Mann war er dazu erzogen worden, Frauen zu achten. Sicher, jeder wußte von Frauen, die keinen Mann hatten, der für sie sorgte, und statt Schwestern zu werden, verdienten sie sich ihren Lebensunterhalt mit ihren Körpern. Er hatte sogar eine oder zwei davon gesehen, und er wußte, daß sie in der Öffentlichkeit von eben jenen Männern gemieden oder verhöhnt wurden, die ihnen nach Einbruch der Dunkelheit Geschenke oder Geld im Austausch für Vergnügen boten. Aber er hatte keine Ahnung gehabt von den Ungeheuerlichkeiten, die Tansen ihm jetzt mit ausdrucksloser, leiser Stimme berichtete. Es kam ihm noch widerwärtiger vor als das, was in den Minen von Alizar geschah, wo man Männer mit solcher Grausamkeit behandelte, daß viele starben, ohne den Himmel je wiedergesehen zu haben.

»Tan«, sagte er plötzlich, »wieso weißt du von diesen Dingen? Nicht nur von den Valdani-Bordellen, sondern was Kint und Moorländer hier Jahrhunderte vor unserer Geburt getan haben?«

Tansen verzog den Mund ein wenig. »Es ist alles niedergeschrieben worden. Alles, was hier passiert ist. Es gibt Schriftrollen und Bücher und ...«

»Du kannst lesen?«

»Nur Kintisch, und auch das nicht sonderlich gut«, erwiderte Tansen.

»Wie hast du dann ...«

»Jemand, der lesen kann, hat mir alles erzählt. All das und noch viel mehr. Sie hat mich gelehrt ...« Er schien einen Augenblick in dieser Erinnerung zu versinken. »Und das hat bewirkt, daß ich noch mehr erfahren wollte.«

»Eine Frau?« fragte Josarian.

Er hätte schwören können, daß Tansen einen Augenblick verlegen ausgesehen hatte, aber der Moment war zu kurz, um sicher sein zu können. »Die Frau, die ich hier in Shaljir suchen will. Die Frau, die mir helfen kann ...« Er sah sich in der Menge um und schloß vage: »Den zu finden, den ich suche.«

»Ach ja? Und woher kennt sie den, den *wir* suchen?« fragte Josarian spitz.

»Nicht hier«, murmelte Tansen und sah sich noch einmal um.

Josarian mußte ihm zustimmen, daß es kein geeigneter Moment war, eine solch delikate Angelegenheit wie ihre Suche nach Kiloran zu diskutieren. Statt dessen gab er sich damit zufrieden, staunend den Anblick, die Geräusche und die Gerüche des exotischsten Orts aufzunehmen, den er je erlebt hatte. Zu seiner Erleichterung wurden sie, wie Tansen angenommen hatte, nach einem flüchtigen Blick auf ihre Habe und ein paar gelangweilten Fragen über den Anlaß ihres Aufenthaltes in die Stadt eingelassen.

»Sind alle Straßen in Shaljir gepflastert?« fragte Josarian ein wenig später.

»Soweit ich weiß.«

Sie waren lange unterwegs, und Josarian war zu gebannt, um zu fragen, wohin sie gingen. Sie überquerten Durchgangsstraßen, die viermal so breit waren wie die Hauptstraße in Emeldar, und sie kamen an mindestens drei Plätzen vorbei, auf denen man ein ganzes Dorf hätte aufbauen können. Und die *Brunnen!* Er hätte nie gedacht, daß es irgendwo auf der Welt so viele Brunnen geben könnte! Einige waren von extravaganter Schönheit, andere alt und verfallen, wieder andere seltsam und fremdartig und einige regelrecht unanständig. War es denn niemandem peinlich, Wasser von einem Brunnen zu holen, den Marmorstatuen nackter Frauen in hocherotischen Posen schmückten? Er grinste und dachte daran, wie sehr Zimran dieser Ort gefallen würde.

Sein Staunen wurde noch größer, als Tansen ihm erklärte, daß viele der schönen Häuser und geschmückten Paläste ihre eigenen Brunnen hatten, manchmal auch innen im Haus.

»Sind das Wasserherren?« flüsterte Josarian.

Tansen lachte. »Nein. Sie sind einfach nur reich. Valdani, *toreni*, Kint, Kaufleute, ein paar Piraten, die anständig geworden sind.«

Von dem Glanz der Stadt einmal abgesehen, war Josarian auch von ihren Bewohnern fasziniert. Nie hatte er eine solch außergewöhnliche Ansammlung von Menschen gesehen, und er hätte sich nie träumen lassen, daß es so viele verschiedene Arten von Menschen auf der Welt gab, von seinem eigenen Land ganz zu schweigen. Adlige drängten sich in den überfüllten Straßen an ausländischen Händlern und abgerissenen Bettlern vorbei. Akrobaten, Schauspieler und Musiker gaben ihre Vorstellungen auf den Plätzen. Maler zeigten ihre Bilder vor vornehmen Villen und versuchten, Käufer anzuziehen. Exotische Fremde aus weit entfernten Ländern standen neben *shallaheen*, die sich für das Leben in der Stadt das Haar geschoren hatten. Gepflegte Silerier stolzierten mit dem unmißverständlich selbstsicheren Auftreten von Attentätern durch die Straßen, aber hier, in der Hauptstadt der Besatzer, trugen sie normale Kleidung und verbargen ihren *shir* lieber, als daß sie sich hätten verhaften lassen, weil sie ihre Loyalität zu der für vogelfrei erklärten Gesellschaft bekannten. Wirr starrende *zanareen* versuchten, Passanten von ihrem Glauben zu überzeugen; Schwestern hießen Kranke, Verwundete und Verängstigte in ihren uralten Zufluchten willkommen, und die Seegeborenen gingen ihrem uralten Tagewerk mit offener Verachtung für jeden nach, der nicht zu ihnen gehörte. Einmal hätte Josarian Tansen beinahe aus den Augen verloren, so gebannt war er, als er seinen ersten Blick auf eine kintische Kurtisane warf, deren exquisite Formen zwar von golddurchwirkten Schleiern verhüllt wurden, aber dennoch deutlich genug zu erkennen waren.

Zum ersten Mal wurde ihm deutlich, wie klein seine eigene Welt war. Obwohl er diese gnadenlosen Berge liebte und sie nur ungern verließ, beneidete er Tansen plötzlich schrecklich um die seltsamen Länder, die er gesehen hatte, und auch um die Selbstverständlichkeit, mit der er sich in den überfüllten Straßen von Shaljir bewegte.

Nach einiger Zeit kamen sie zu einem Bereich der Stadt, in dem sich die Gebäude dicht aneinanderdrängten und die Straßen für die beiden breitschultrigen Männer beinahe zu eng waren. Diese engen Gassen wanden sich, teilten sich, vervielfältigten sich, wurden zu Tunneln und Brücken, kreuzten sich in Schichten, die zu entwickeln es Jahrhunderte gedauert hatte. Die Gerüche hier spiegelten die Bevölkerungsdichte in diesem Viertel wider und beleidigten eine Nase, die an frische Luft gewöhnt war.

»Wann ist hier zum letzten Mal ein Wind durchgefegt?« murmelte Josarian und wich einem Mann aus, den er für einen Dieb hielt.

»Wer weiß?« Tansen lächelte. »Es ist wohl Jahrhunderte

her. Das hier ist der älteste Teil der Stadt. Ihre Anfänge reichen bis weit vor den Beginn unserer Zeitrechnung zurück, bis in Zeiten, als es noch keine schriftlichen Aufzeichnungen gab.«

»Und woher kennt ein *shallah* aus Gamalan Shaljir so gut?«

»Ich habe, nachdem mein Dorf zerstört wurde, einige Zeit hier verbracht.«

»Warum hier? Wenn du unbedingt in eine Stadt gehen mußtest, wäre Liron doch viel näher und vertrauter gewesen.«

»Es war nicht meine Entscheidung.«

Josarian erkannte den Tonfall und die Miene. Tansen wollte nicht darüber reden. Und wie üblich gab Josarian nicht auf. »Wessen Entscheidung war es denn?«

»Die meines Begleiters.«

»Und wer war das? Diese Frau?«

»Nein. Es war ...« Tansen seufzte, dann sagte er: »Er hat denselben Mann gesucht, den wir jetzt suchen.«

»Wendet sich jeder, der ihn sucht, an diese Frau?«

Tansen hätte beinahe gelacht. »Nein. Jedenfalls bezweifle ich das. Er und ich, wir haben nicht nach *ihr* gesucht. Wir suchten ...«

»Wen? Was?«

Tansen sah sich um, um sich zu überzeugen, daß niemand nahe genug war, ihn zu hören. Dann antwortete er leise: »Die Allianz.«

»Eine Allianz.« Mirabar starrte in das Feuer, das sie an einem Abhang geweckt hatte. »Ein Haus aus Wasser ...«

Sie war sich bewußt, daß Basimars Blick auf ihr ruhte, während sie vor sich hin murmelte wie eine Verrückte. Ach, warum auch nicht? Es war eine Doppelmondnacht, zwei dicke Vollmonde schimmerten am Samthimmel, und jeder wußte, daß in solchen Nächten der Wahnsinn jene heimsuchte, deren Geist schwach war.

Basimar wies auf den Korb mit Essen, das sie an diesem Tag in einem Dorf gesammelt hatten, nachdem Mirabar einige Anrufungen durchgeführt hatte: Brot, Käse, Obst, eingelegtes Gemüse, salzige Oliven, pergamentdünne Scheiben von Räucherfleisch, Wein und die erste Mandelmilch des Jahres.

»Du mußt essen«, mahnte Basimar. »Du hast dich in diesem Dorf verausgabt, und bei Sonnenuntergang hattest du wieder einen Anfall. Du mußt dich stärken, Mira.«

Mirabar murmelte weiter vor sich hin. »Ein Attentäter, der mit einem kintischen Zeichen verbunden ist ... ein *shir*, der ...«

»*Was* hast du gesagt?«

Mirabar zuckte zusammen. Sie blinzelte Basimar dümmlich an, die sie ihrerseits mit großen Augen anstarrte.

»Ich ... Ich weiß nicht.« Sie zögerte. »Ein *shir*, der mit den Kint verbunden ist.«

»Ein Attentäter und ein kintisches Zeichen und ein *shir* und ...« Basimar packte ihren Arm. »Ein Kint?«

»Ich weiß es nicht.« Wieder ritzte sie das Zeichen in den mondbeleuchteten Boden. »Ein anderer Wächter hat mir gesagt, es könnte ein kintisches Zeichen sein.« Als sie Basimars verblüffte Miene sah, fragte sie: »Warum? Was ist denn los? Du hast mir doch gesagt, du hättest das noch nie gesehen.«

»Habe ich auch nicht, und ich könnte ein kintisches Zeichen nicht von einer Möwe unterscheiden.«

»Aber?« hakte Mira nach, die die Verwirrung in der Stimme der Schwester hörte.

»Da ist dieser Mann. Ein Krieger. Aus Kinto.«

»Was sagst du da?« Mirabar sprang auf und packte Basimar an den Schultern. »Wer? Hast du ihn gesehen?«

»Nein. Nein, das habe ich nicht.«

»Wie hast du von ihm gehört?«

»Er kam ... er kam, um Josarian zu töten. Die Valdani haben ihn dafür bezahlt.«

»Nein! Josarian töten? Nein, das darf nicht sein!« Mirabars Herz klopfte laut, und das Blut rauschte ihr in den Ohren. »Ein Krieger aus Kinto! Er ist derjenige, den ich suche! Ich muß ihn finden!«

»Er ... Er kämpft jetzt an Josarians Seite«, flüsterte Basimar.

Mirabar schüttelte sie. »Du hast doch gerade gesagt, daß er gekommen ist, um ihn zu töten! Verdammt noch mal, entscheide dich!«

Sie war so grob gewesen, daß Basimar Tränen in den Augen hatte. Frustriert entschuldigte sie sich und lockerte ihren Griff. Sie versuchte, ruhiger zu klingen, als sie um eine Erklärung bat.

Die Antworten kamen langsam, zögernd, und das stellte Mirabars ohnehin geringe Geduld auf eine harte Probe. Basimar war verwirrt und aufgeregt, und sie versuchte auch, ihre – offensichtlich verbotene – fleischliche Beziehung zu Zimran, dem Vetter Josarians, zu verbergen. Es war Zimran, von dem sie das wenige erfahren hatte, was sie wußte.

Trotz ihres Gelübdes störte es die Schwester nicht sonderlich, daß dieser Fremde, ein geheimnisvoller Söldner, der Josarian suchte, ihren Schwager getötet hatte, einen unangenehmen jungen Mann, der zum Attentäter geworden war. Ihre Beschreibung der Klingen des Fremden, die mit kintischen Zeichen bedeckt waren, und die Tatsache, daß Kiloran einen Blutfluch gegen ihn ausgesprochen hatte, brachten Mirabars Blut in Wallung. Sie hätte Basimar für ihre Dummheit schlagen können! All die Zeit, die sie damit verschwendet hatten, in diesen Bergen herumzuwandern, und das alles nur, weil Basimar, obwohl sie ununterbrochen schwatzte, nie auf den Gedanken gekommen war zu erwähnen, daß ihr Schwager, der als Attentäter über einen *shir* verfügte, von einem kintischen Krieger umgebracht worden war, der von Kiloran gesucht wurde.

»Aber ... aber dieser Fremde ...« protestierte Basimar. »Er hat den *shir* nicht mitgenommen! Sie behaupten, der *shir* liege immer noch dort, wo mein Schwager ihn fallenließ.«

Mirabar verdrehte die Augen. Für wie wörtlich hielt die Schwester Visionen aus der Anderwelt? »Mach dir nichts draus. Es hat sich also herausgestellt, daß die Suche des Fremden nur ein Trick war, eine Falle, damit er in Josarians Nähe gelangen konnte?«

»Ja.«

Mirabar war nicht ganz sicher, was sie von der Schilderung der folgenden Ereignisse halten sollte, denn der Bericht war sowohl von Basimars als auch von Zimrans Eindrücken geprägt. Aber es wurde deutlich, daß Josarian diesem Krieger traute, der nun seit einiger Zeit an seiner Seite kämpfte und damit zu jener wachsenden Bande von Männern gehörte, die im Bezirk immer mehr Unheil anrichtete und die Valdani in den Wahnsinn trieb.

»Warum hast du das nie erwähnt?« fauchte Mirabar schließlich und vergaß ihren Vorsatz, geduldig zu sein. »Warum hast du mir nicht gesagt ...«

»Er ist ein *roshah!*« rief Basimar trotzig. »Du hast mir nicht gesagt, daß du nach einem *roshah* suchst! Ich dachte, du suchst den Feuerbringer! Wie kann ein *ro...*«

»Egal.« Mirabar brachte sie mit einer Geste zum Schweigen. »Ich muß ihn finden. Ich *muß* ihn sehen.«

Basimar biß sich auf die Lippen und wandte sich ab.

»Zimran hat dir soviel erzählt ...« sagte Mirabar schließ- lich. »Er muß dir doch auch gesagt haben, wo sie sich verstecken.«

Basimars Gesicht bebte vor Unsicherheit. »Ich habe geschworen, daß ich es nicht erzähle. Ich ...«

»Sie würden wollen, daß du es mir sagst«, verkündete Mirabar entschlossen. »Ich soll dem Krieger, der Sileria befreien wird, den Weg bereiten.« Sie hatte immer noch keine Ahnung, wie sie das tun sollte, aber es schien ein geeigneter Augenblick, es Basimar zu sagen. »Basimar – wo sind sie?«

Die Schwester schluckte, dann flüsterte sie: »In den Höhlen von Dalishar. Dort haben sie ihr Lager.«

»Dalishar!« Mirabar seufzte erleichtert.

»Du weißt, wo das ist?«

»Selbstverständlich! Es ist eine heilige Stätte der Wächter. Ich bin dort initiiert worden.« Sie sprang auf und suchte ihre geringe Habe zusammen.

»Was machst du denn da?«

»Wir gehen nach Dalishar. Sofort.«

»Wir können jetzt nicht weiterziehen, es ist mitten in der ...«

»Wenn Schmuggler und Diebe beim Zwillingsmond reisen können, kann ich das auch.« Mirabar packte das Essen achtlos in eine Tasche und machte sich auf den Weg. Nur einmal schaute sie sich noch um und sagte: »Kommst du, Basimar?«

KAPITEL 14

Die meisten Gebäude hier in Shaljir hatten eine Schrift oberhalb der Haustür oder auf einer Tafel an der Mauer. Zu Josarians Erleichterung fanden sich allerdings auch noch einige Häuser, in denen man die Tradition offenbar genügend achtete, um einen *jashar* oben am Türrahmen aufzuhängen, der bis auf den Boden hing und auf ehrenhafte Weise über das Haus, seine Bewohner und seine Geschichte informierte. Am Tag hielt ein solcher *jashar* die Insekten fern, verhüllte das Hausinnere vor den Blicken von Passanten und ließ Besucher bequem eintreten. In der Nacht wurden allerdings die schweren Holztüren geschlossen und verriegelt, obwohl es hier an der Küste für gewöhnlich ziemlich warm war. Selbst in einer Zwillingsmondnacht waren die Straßen von Shaljir von Schatten gesäumt und mit Unheil gepflastert, und man konnte nicht vorsichtig genug sein.

Als die Nacht sich über die Stadt senkte, trank Josarian den letzten Schluck eines weiteren Bechers exzellenten Biers. Es war ein seltsames, rauchiges Gebräu, das Tansen ihm empfohlen hatte, als er ihn mit in diese dunkle *tirshah* im Herzen des verwinkelten, heruntergekommenen ältesten Viertels der Stadt nahm.

Sie hatten ihre *jashareen* auf der Straße nicht getragen, damit Josarian nicht identifiziert wurde, aber als sie die *tirshah* betraten, hatte Tansen seinen *jashar* aus der Tasche geholt, ihn dem Wirt gezeigt und in einfachem Silerisch gesagt: »Ich möchte gern unsere alten Freunde sehen; das hier wird mich ankündigen.« Seitdem hatte er beinahe nur noch geschwiegen, hatte alle Fragen Josarians ignoriert und kaum das Bier angerührt, das er bestellt hatte, als die Sonne noch am Himmel stand. Jetzt, als die Nacht hereinbrach, verweigerte Tansen auch das Essen, das der Wirt ihnen brachte.

»*Ich* habe Hunger«, sagte Josarian und akzeptierte das Essen, das Tansen gerade abgelehnt hatte. Und nachdem der Wirt es auf ihren kleinen Tisch an einem Fenster zur Straße gestellt hatte, fügte Josarian hinzu: »Und du solltest auch etwas essen, ob du magst oder nicht.«

Zerstreut aß Tansen etwas von dem, was Josarian ihm anbot, aber die meiste Zeit saß er schweigend und beinahe reglos da, und seine Miene sagte Josarian deutlicher als Worte, daß er an einen Ort in ferner Vergangenheit gereist war und dort Dinge tat und sah, über die er nie freiwillig sprechen würde.

Es war spät, als der Wirt sie schließlich zu einem Zimmer führte. Obwohl es abgelegen und sauber war, brannte dort nur eine einzelne rußende Kerze, und der Raum lag im Keller des Hauses und war so niedrig, daß Josarian sich ducken mußte, um sich nicht den Kopf an der Decke zu stoßen. Die Enge machte ihn nervös, und Tansens wachsames Schweigen trug ebenfalls nicht dazu bei, ihn zu beruhigen.

Es gab kein Bett, nur ein paar Matten auf dem Boden. Josarian ließ sich nieder und machte sich zum Schlafen bereit. Tansen setzte sich auf den Boden, mit dem Rücken zur Tür.

»Willst du nicht schlafen?« fragte Josarian.

»Jetzt nicht. Aber schlaf ruhig.«

»Tan ...«

»Jetzt nicht.«

Josarian seufzte. Welche Dämonen seinen Blutsbruder auch jagen mochten, sie waren wild und hatten gewaltige Reißzähne. Und wenn er Tansen helfen sollte, würde zumindest er schlafen müssen. Er legte sich nieder und machte es sich gemütlich. Er schloß die Augen und dachte an Calidar, wie er es so oft in den letzten Augenblicken eines Tages tat. Er zog ihren Schal aus seinem Hemd, wo er ihn für gewöhnlich direkt an der Brust trug. Mit geschlossenen Augen hielt er ihn an sein Gesicht, atmete tief ein und erinnerte sich an sie. Hier, in diesem kleinen, erdrückenden Zimmer in einer fremden Stadt weit von daheim, nur begleitet von einem gehetzten Mann, der nicht mit ihm sprechen wollte, umfingen ihn nun die Erinnerungen an Calidar, trösteten ihn, warm, duftend, weich wie ihr Flüstern ... Sie wartete in der Anderwelt auf ihn, und vielleicht würde sie ihn, wenn er seinen Geist ein wenig entspannte, heute nacht kurz besuchen und ihm einen Vorgeschmack der ewigwährenden Freuden geben, die ihn erwarteten, wenn seine Arbeit in dieser Welt endlich getan war.

Aber was schließlich im Dunkel dieser Nacht zu ihm kam, was ihn mit leisem Atem in der undurchdringlichen Finsternis weckte, war nicht seine Frau. Josarian schreckte auf, und seine Hand schloß sich um den Arm eines winzigen Fremden, eines Geschöpfs, das so klein und zerbrechlich war wie ein kränkliches Kind und das seine

Angstschreie in einer Sprache von sich gab, die er noch nie gehört hatte.

»Josarian, nein!«

Weitere seltsame, schrille Stimmen riefen nun laut, und winzige Hände berührten seinen Unterarm. Ihre Kraft war vernachlässigbar, aber diese raschen Berührungen aus dem Dunkeln waren so erschreckend wie die Ungeheuer aus den Alpträumen seiner Kindheit.

»Josarian, nein, tu ihnen nichts!« Tansens Stimme durchdrang seine Verwirrung.

Josarian spürte, wie Tansens starke Hände ihn packten, wärmere Hände als die eiskalten der Fremden, beruhigend und vertraut, während die kleinen Hände ihn zu verwirrter und sinnloser Gewalt verleitet hatten.

»Hör auf, Josarian, *hör auf!*« befahl Tansen.

Nun endlich wurde Josarian klar, daß er sein unsichtbares Opfer würgte, und daß Tansen das wußte und dagegen war. Also löste er seinen Griff, immer noch schwer atmend vor animalischer Angst und bemüht, sich zu beherrschen.

»Was ... was ist ...« Er wußte nicht einmal, was er fragen sollte.

»Schon gut«, sagte Tansen und ließ ihn ebenfalls los. »Die Kerze ist ausgegangen, als sie hereinkamen. Ich hätte dich warnen müssen, aber ich war nicht sicher, ob sie kommen würden, und ich wußte, selbst wenn ich es versuchen würde, würde es sich so verrückt anhören ...«

»Als wer hereinkam?« Josarian hörte das beruhigende Murmeln und die erleichterten Seufzer der kleinen Geschöpfe, die noch einen Augenblick zuvor heftig mit ihm gekämpft hatten. »Wer sind sie? Bei den Feuern, was ist hier los?«

»Wo ist die Kerze?« murmelte Tansen. »Verdammt, sucht endlich die Kerze«, befahl er den Besuchern. »Ich kann sie nicht finden.«

»Du kennst sie?« Josarian hörte, wie sie sich bewegten und vor sich hin murmelten.

»Wir sind uns schon einmal begegnet«, meinte Tansen vage.

»Wer sind sie?« wiederholte Josarian.

»Sie sind – Ah! Gut. Die Kerze. Und der Feuerstein ...«

Einen Augenblick später flackerte die Kerze wieder auf. Josarian blinzelte und entdeckte, als seine Augen sich tränend wieder ans Licht gewöhnten, seltsame, unwahrscheinliche Wesen in den Schatten.

»Das sind die Beyah-Olvari«, sagte Tansen, »und sie können im Dunkeln erheblich besser sehen als du oder ich.«

Josarian starrte die kleinen, zerbrechlichen Wesen an, die vor der Kerze zurückwichen und ihre Augen vor ihrer Helligkeit abschirmten. Es handelte sich eindeutig um dieselben Geschöpfe, deren Abbilder die Wände in den Höhlen des Niran, bei Dalishar und an zahllosen anderen Orten in Sileria zierten. Außerdem waren sie, wie jeder wußte, längst ausgestorben.

»Ich glaube«, sagte Josarian bedächtig, »das solltest du lieber erklären.«

Koroll, Kommandant von Shaljir und Oberkommandant von Sileria, saß in der Beratungshalle des Santorell-Palasts und wartete wie ein Diener, den nur das Vergnügen seines Herrn zu interessieren hat. Und tatsächlich war das *Vergnügen* seines Herrn die Ursache der Verspätung. Berater Borell war zwar nicht dumm, nahm seine Arbeit ernst und versah sein Amt mit beträchtlicher Energie, aber man konnte nicht leugnen, daß er seine Freuden mindestens ebenso ernst nahm.

In der kurzen Zeit, seit Koroll den Berater kennengelernt hatte, hatte er bereits erfahren, daß Borell gutes Essen liebte, hervorragende Weine, exzellente Musik und Bilder, die beste Kleidung, intelligente Konversation, begabte Schauspieler und brillante Dichter. Borell hielt diese Annehmlichkeiten für ebenso wichtig wie seine gründlichen Kenntnisse politischer Intrigen oder sein überraschend großes Wissen über militärische Taktik. Der Berater hatte wenig Respekt vor einem Menschen, der kein Kenner der besten Dinge des Lebens war, und nicht die geringste Geduld mit jenen, die ihn bei seiner disziplinierten Hingabe an diese Dinge störten.

Es war diese Disziplin, die Koroll an dem Berater schätzte. Borell war bescheiden in seinen Angewohnheiten und plante Pflicht und Vergnügen mit einer Präzision, wie man sie selbst auf militärischen Ausbildungsplätzen nur selten fand. Obwohl er sein Personal beträchtlichen Unannehmlichkeiten aussetzte, damit sie ihm die besten Weine des Kaiserreichs besorgten, war er nie betrunken. Obwohl er häufig Festlichkeiten ausrichtete, die die halbe Nacht dauern konnten, schlief er am folgenden Morgen nie lange, sondern war immer zum üblichen Zeitpunkt wach und ging seinen Pflichten nach. Obwohl er die feinsten Stoffe trug, die in Sileria zu haben waren, schonte er sie nicht, wenn er sich als Schwertkämpfer oder Reiter übte, sondern er verlangte sowohl von seinem Körper als auch von seiner Ausrüstung Strapazierfähigkeit und Ausdauer.

Tatsächlich, trotz seines Rufs als der genießerischste unter den Valdani in Sileria, gab es nur einen Aspekt des Genusses, über den der Berater nach Ansicht Korolls vollkommen außer Kontrolle geriet: seine Mätresse, eine silerische Adlige namens Elelar. Ihre nächtlichen Besuche waren zwar recht diskret, aber Koroll wußte immer, wann sie eine Nacht im Palast verbracht hatte, weil Borell am nächsten Morgen immer noch im Bett war, obwohl er längst hätte aufstehen sollen. Wenn die *torena* den Berater tagsüber besuchte, sagte Borell meist alle Besprechungen einfach ohne Erklärung ab und gab seinen Dienern strenge Anweisung, er dürfte unter keinen Umständen gestört werden. Und die Geschenke, die Borell dieser Frau machte! Sicher spürte selbst ein so wohlhabender Mann wie Borell die Auswirkungen dieser Großzügigkeit in seiner Kasse.

Koroll hatte gelernt, Borell in vielerlei Hinsicht zu respektieren, aber wenn es um diese silerische Hure ging – deren Mann offensichtlich überhaupt nicht interessierte, daß ganz Shaljir wußte, daß sie dem Berater das Bett wärmte –, hielt Koroll seinen Vorgesetzten für einen völlig vernarrten Dummkopf.

Als Borell an diesem Tag endlich zu der vereinbarten Besprechung in der Beraterhalle erschien, tat er Korolls langes Warten mit einer kurzen, zerstreuten Entschuldigung ab und lauschte bestenfalls mit halbem Ohr Korolls neuesten Berichten über Josarians bekannte oder vermutete Aktivitäten. Daß Borells Gesicht immer noch gerötet war, überraschte den Kommandanten nicht; ebensowenig wie der Duft dieser Silerierin, der immer noch an der Haut des Beraters klebte – aber all das widerte Koroll an. Bei den Dreien, es war einfach beschämend!

Man sah es nicht gern, wenn Späher mit silerischen Frauen schliefen. Immerhin lieferte der Kaiser vollkommen verläßliche, sorgfältig untersuchte, bequem in Kasernennähe untergebrachte, speziell zu diesem Zweck importierte Frauen, die die Bedürfnisse der Männer befriedigen sollten. Silerier waren verräterisch, unehrlich, unloyal und unregierbar, ganz gleich, wie gebändigt sie nach zwei Jahrhunderten der Armut auch schienen. Zu gestatten, daß die Männer sich mit den Einheimischen dieses Landes einließen, wäre zumindest unklug, wenn nicht gar gefährlich.

Koroll war der Ansicht, daß Borell als Würdenträger der Regierung seinen Leuten ein besseres Vorbild sein sollte. Als Koroll nach Shaljir gekommen war, hatte er eine kintische Kurtisane dritten Grades zur Mätresse genommen, eine Wahl, die eines Kommandanten dieser Stadt ausgesprochen unwürdig war. Ein Mann in Berater Borells Position hatte wahrhaftig eine breite Auswahl passender Frauen, besonders, wenn man seinen Wohlstand bedachte. Er hätte sich eine kintische Kurtisane ersten Grades leisten können, eine Valdani-Frau aus dem Mutterland herbringen lassen, die als offizielle »Begleiterin« fungierte, oder eine Liaison mit einer Frau aus einer der lange in Sileria ansässigen Valdani-Familien suchen können.

Es kam hin und wieder zu Ehen zwischen Valdani- und

silerischen Adligen. Im Lauf der Geschichte hatte die Aristokratie der Welt immer wieder eine Art von Einigkeit bewiesen, die sie deutlich von den einfachen Leuten ihrer jeweiligen Völker trennte. Wenn er das bedachte, mußte Koroll widerwillig zugeben, daß man es Borell, einem Valdani-Adligen, wohl verzeihen müßte, wenn er öffentlich eine vollblütige Silerierin zur Mätresse nahm – wenn er nur nicht so offensichtlich vernarrt in diese Frau gewesen wäre! Koroll war ihr inzwischen einige Male begegnet, da sie bei so gut wie allen von Borells Gesellschaften entweder die Gastgeberin oder Gast war, und ja, sie war eine reizvolle Frau, das mußte jeder normale Mann zugeben. Aber sie war alles andere als die überwältigende Schönheit, die er erwartet hatte, nachdem er Zeuge ihres Einflusses auf Borell gewesen war und einiges an Palastklatsch über sie gehört hatte. Oh, sie hatte zweifellos etwas an sich – wie sie sich bewegte, der Klang ihrer Stimme, ein Blick, ein Lächeln, ein Seufzen –, das die Aufmerksamkeit eines Mannes fesseln und seinen Willen in Wasser verwandeln konnte. Ja, es gab zweifellos etwas, das über ihre Anmut und Eleganz hinausging und das in einem Mann unstillbaren Hunger weckte. Zu seiner Verblüffung hatte Koroll es am eigenen Leib verspürt.

Dennoch: Ein Mann, der die Waffen einer solchen Frau über sein besseres Wissen setzte, war ein Dummkopf, der den Ärger herausforderte, und Borells ansonsten eiserne Willenskraft weichte in Gegenwart dieser Frau auf wie eine überreife Melone. Vielleicht gab sich die *torena* ja mit den großzügigen Geschenken und Privilegien zufrieden, mit denen Borell sie im Austausch dafür, daß sie die

Beine breit machte, überhäufte, aber sie erschien Koroll alles andere als einfältig, und er befürchtete, sie würde irgendwann mehr wollen.

Zusätzliches Land und Titel? Borells offizielle Anerkennung des Kindes, das sie ihm früher oder später schenken würde, selbst wenn sie nicht beweisen konnte, daß der kleine Bastard vom Berater und nicht von ihrem Ehemann gezeugt worden war? Oder gar – die Drei mochten es verhüten! – die Scheidung von ihrem Mann und die Ehe mit dem Kaiserlichen Berater selbst?

Als Koroll seinem Vorgesetzten von den Patrouillen berichtete, die die Berge nach Josarian absuchten, und seine Pläne erläuterte, die Sicherheitsmaßnahmen bei allen Valdani-Einsätzen im Bezirk Cavasar zu verschärfen, fragte er sich, welchen Ärger Borell wohl mit dieser dummen Leidenschaft für die *torena* provozierte.

»Und was ist mit dem Sammeln von Information?« wollte Borell wissen, der dem Gespräch schließlich doch seine volle Aufmerksamkeit zuwandte.

»Nun ja, wie Ihr wißt, Herr, ist es unsere größte Herausforderung bei der Verfolgung Josarians, den *shallaheen* irgendwelche Informationen zu entlocken. Ich habe vor kurzem einen neuen Mann für diese Arbeit eingesetzt.« Er hielt einen Augenblick inne, dann fügte er hinzu: »Einen Mann, der die katastrophalen Auswirkungen von Kommandant Darolls Befehlen als Hauptmann der Festung bei Britar am eigenen Leib verspürt hat und nun sehr begierig darauf ist, Euch seine Zuverlässigkeit zu beweisen, Eminenz. Er heißt Myrell.«

»Acht der Späher des Kaiserreichs wurden hier ermordet, und Eigentum der Valdani wurde gestohlen oder zerstört!« Myrell hielt inne und sah die Bewohner von Malthenar an. Er hatte ihre ungeteilte Aufmerksamkeit. »Die Strafe für diese Verbrechen besteht in Tod durch langsame Folter.«

Er war vor Tagesanbruch mit zweihundert Spähern in Malthenar eingeritten. Sie hatten die Dorfbewohner aus ihren Betten gezerrt, sie aus ihren elenden Steinhütten geholt und auf dem Marktplatz zusammengetrieben. Kommandant Koroll hatte, als er Myrell in Cavasar aus dem Gefängnis entließ, den Preis für Leben und Freiheit des Hauptmanns sehr deutlich gemacht: Verschwiegenheit und bedingungsloser Gehorsam.

Da Myrell nicht daran interessiert war, öffentlich bekanntzugeben, daß er die Schuld an dem Desaster bei Britar trug, und da er seitdem leidenschaftlich nach Rache dürstete, hatte er Korolls Bedingungen sofort zugestimmt. Er war auch mit Korolls Einschätzung einverstanden gewesen, daß sie eine ernsthafte Offensive gegen Josarian beginnen mußten, indem sie überraschend seine Verbündeten angriffen.

In der Umgebung von Malthenar war es ruhig gewesen, seit Josarian dort kurz nach der Schlacht bei Britar den Späher-Außenposten zerstört hatte. Und da er nun mit seiner Bande von Gesetzlosen anderswo zugange war, konnte man davon ausgehen, daß ein Angriff auf Malthenar Josarian überraschen würde. Das Dorf würde hilflos sein, und Josarian würde sich als armselig unfähiger Beschützer vor dem Zorn des Kaiserreichs erweisen. Und darüber hinaus würde Myrell seinem eigenen Impuls folgen und jeden einzelnen Bauern in diesen Bergen schrecklich leiden lassen, bis man ihm Josarian auslieferte.

Myrell betrachtete die Menge, dann wählte er einen jungen Mann aus, der ihn mit unverhohlenem Haß anstarrte. Er ließ ihn in die Mitte des Platzes bringen.

»Wie heißt du?« fragte Myrell.

Der junge Mann starrte ihn nur schweigend an. Myrell rief Arlen an seine Seite, den *shallah*-Verbrecher, der ihm diente, damit er nicht in die Minen mußte. Arlen hatte das kurzgeschnittene Haar und die geschneiderte Kleidung eines Städters, aber immer noch die dunkle Haut und die vernarbten Handflächen eines *shallah*, und die Dorfbewohner erkannten ihn sofort als das, was er war.

»Wie heißt dieser Mann?« fragte Myrell.

Arlen warf einen Blick auf den *jashar* des jungen Mannes. »Das ist Corenten mar Sarshen shah Emeldari«, antwortete er mit hölzerner Stimme.

»Corenten«, sagte Myrell. »Du entsprichst der Beschreibung, die wir von einem von Josarians Leuten haben.« Das traf selbstverständlich auf die meisten Männer im Dorf zu, aber dieser würde nun dafür sterben. »Hiermit verhafte ich dich im Namen des Kaisers und verurteile dich für die Ermordung von acht Spähern. Die Strafe wird sofort vollstreckt.«

Angst flackerte in Corentens Augen auf, und er versuchte, sich von den Spähern loszureißen, die ihn gepackt hatten.

»Ah«, sagte Myrell. »Du verstehst also doch Valdan?«

Der *shallah* sagte nichts, starrte ihn nur weiterhin wütend an.

»Nur für den Fall, daß sein Valdan doch nicht so gut sein sollte«, sagte Myrell zu Arlen, »möchte ich, daß du alles übersetzt, was ich sage. Und sorge dafür, daß auch die anderen hier es gut hören.«

Arlen nickte mit mürrischer Miene. Als er mit der Übersetzung begann, erhob sich zorniges Gemurmel, und das Wort *sriliah* umschwirrte Arlen, der die Schultern hochzog, um sich gegen die Scham zu wappnen.

»Corenten«, sagte Myrell, »Ich werde dir jetzt Gelegenheit geben, dich vor etwas zu retten, was – das verspreche ich dir – ein entsetzlicher Tod sein wird. Ich will Informationen über Josarian.«

Corenten spuckte ihm ins Gesicht.

Myrell zog sein Schwert und versetzte Corenten einen diagonalen Schlag von der Schulter bis zur Hüfte. Die Knie des jungen Manns gaben einen Augenblick lang nach, und er verzerrte vor Schmerz das Gesicht. Eine Frau schrie auf. Die Menge drängte vorwärts. Myrell gab das Signal, und Bogenschützen schossen in die Menge. Wut- und Schmerzensschreie ertönten. Ein Kleinkind fiel auf die alten Pflastersteine, als seine Mutter zusammenbrach. Sie spuckte Blut und zerrte kraftlos an dem Pfeil in ihrer Brust. Ein sehniger Mann stürzte direkt auf Myrell zu, wobei er wild seine Waffe aus Stöcken und einem Strick – seinen *yahr*, wie Myrell jetzt wußte – schwang. Ein Späher stellte ihm ein Bein, und ein anderer tötete ihn, als er fiel. In Verzweiflung und Panik versuchten viele *shallaheen*, die Reihen der berittenen Späher, die den Marktplatz abriegelten, zu durchbrechen. Sie wurden zurückgetrieben, einige von ihnen wurden dabei verletzt, andere getötet.

Erst als die Menge bedrückt schwieg, erhob Myrell wieder die Stimme. »Du hattest eine Chance, Corenten, und jetzt hast du sie verspielt.« Er nickte den Männern zu, die den blutenden *shallah* hielten. »Bereitet ihn für die Hinrichtung vor.«

Corentens vor Schmerz getrübte Augen weiteten sich vor Entsetzen, und Myrell sah, daß der junge Mann nicht wirklich erwartet hatte, daß er sterben müsse. Corenten schlug wild um sich und fluchte in seiner gutturalen Bergsprache, bis einer der Späher ihn auf den Kopf schlug. Dann wurde er betäubt und hilflos zwischen zwei Pfosten angebunden. Der Scharfrichter, der eine Kapuze trug, näherte sich mit zwei Helfern, und Myrell sprach abermals zu der entsetzten Menge, während Arlen für ihn übersetzte.

»Es gibt eine letzte Chance, das Leben dieses Jungen zu retten. Wenn jemand vortritt und uns Informationen gibt, die zu Josarians Gefangennahme führen, werde ich diesen tapferen jungen Mann verschonen.«

Die Leute traten unbehaglich von einem Fuß auf den anderen, unsichere Blicke wurden gewechselt, Köpfe in Trauer oder Scham gesenkt. Schließlich trat eine Frau vor. Sie war starkknochig, kräftig, üppig und auch in mittleren Jahren immer noch begehrenswert. Ihr Gesicht war tränenüberströmt, ihre helle Kleidung von Schmutz und dem Blut anderer befleckt. In unermeßlicher Qual verzog sie das Gesicht. Ihre Stimme war, als sie schließlich sprach, tief und angespannt.

»Diese Frau ist seine Mutter«, übersetzte Arlen für Myrell, da die Frau kein Valdan sprach.

Myrell begann, Hoffnung zu schöpfen. »Frag sie, was sie weiß.«

Die Frau antwortete auf Arlens Frage, ohne einmal den Blick von ihrem Sohn zu lassen. Arlen zögerte und starrte die Frau an, als sie schließlich schwieg.

»Und?« fragte Myrell. »Was hat sie gesagt?«

Arlen war ein wenig blaß geworden. »Sie sagt, ihr Sohn habe mit Josarian eine Blutfehde gegen die Valdani geschworen.«

»Also haben wir den richtigen Mann erwischt«, stellte Myrell ungeduldig fest. »Und nun? Kann sie uns ...«

»Sie sagt, sie wird selbst jeden umbringen, der Corentens Blutpakt entehrt, indem er Josarian verrät.«

Myrell schwankte leicht, dann sah er sich um, ob jemand im Dorf sich dieser lächerlichen Herausforderung stellen wollte. Zu seinem Ärger nickten viele, hoben trotzig die Köpfe, reckten die Schultern, und alle sahen Corenten an.

Was hatte Koroll ihm noch erzählt? *Lirthahar* ... Myrell seufzte innerlich.

Er wußte, es würde ein langer, häßlicher Tag werden, und er gab dem Scharfrichter das Zeichen, mit der Folter zu beginnen. Corentens Schmerzensschreie zerrissen die Luft. Die stolzen Züge seiner Mutter verhärteten sich in entsetzter Trauer, aber sie wandte den Blick nicht ab. Das gesamte Dorf sah zu, schweigend, mit steinernen Mienen und ohne mit der Wimper zu zucken, als einer von ihnen drei Stunden lang den grausamsten Tod erlitt, den Myrell je miterlebt hatte.

Drei in Einem, wie er dieses Volk haßte!

»Im Namen Dars und allem, was ihr heilig ist«, sagte Basimar entsetzt, »was *ist* das?«

Kaum einen Tag von Dalishar entfernt, standen sie vor dem furchtbarsten Anblick, den Mirabar je gesehen hatte. Sie strich die Kapuze zurück, ungeachtet der Gefahr, die ihr drohte, wenn jemand sie sehen würde, und starrte an, was sie vor sich hatte.

Die Leiche eines Mannes war an Händen und Füßen zwischen zwei schlanke Bäume am Straßenrand gebunden. Aasfresser hatten sich bereits auf die Eingeweide gestürzt, die ihm aus dem aufgeschlitzten Bauch hingen; Basimars Aufschrei hatte sie vertrieben, aber der Schwarm von Insekten war geblieben, ebenso wie der Gestank.

»Das sieht aus wie ...« Basimar schluckte und würgte.

Mirabar packte die Schwester an den Schultern und drehte sie zu sich herum. »Wie was?« fragte sie heiser.

»Wie Valdani-Folter.«

Mirabar starrte Basimar an, und die Schwester kämpfte gegen ihre Übelkeit an. »Du hast so etwas schon einmal gesehen?«

»Ja«, sagte Basimar mit belegter Stimme. »Vor Jahren. Ein Junge aus dem Dorf, der mit einem Valdani-Mädchen geschlafen hatte. Als man sie erwischte, behauptete sie ... sie sagte ...«

»Sie hat ihren Ruf gerettet, indem sie behauptete, er hätte sie vergewaltigt.«

»Ja.

»Und die Valdani haben ihm *so etwas* angetan?«

»Das ist ihre ... schlimmste Form der Bestrafung. Tod

durch langsame Folter.« Basimar atmete keuchend. »Für die Verbrechen, die sie für die schwerwiegendsten halten.«

»Ihre Frauen anzurühren«, sagte Mirabar tonlos.

»Oder einen Valdan zu töten.«

»Einen ... einen Valdan zu töten!« flüsterte Mirabar. »Wir sind so dicht an Dalishar!«

»Mira, nein!« Basimar versuchte, sie festzuhalten, als sie auf den Toten zustürzte, um ihn sich näher anzusehen.

»Es könnte einer von ... einer von ... O Dar, es könnte sogar *er* sein! Es könnte ...« Bebend vor Ekel griff sie nach einem Stock und schob die zerfetzten, heraushängenden Eingeweide beiseite, um den *jashar* des Toten besser sehen zu können.

Basimar, die versuchte, alles andere anzusehen, nur nicht das, was Mirabar tat, sagte: »Nein, das ist nicht möglich. Siehst du nicht, daß sein Haar geschoren ist und welch protzige Kleidung er trägt? Beinahe so eng wie die der Valdani. Er ist ein Städter, kein ...«

»Seine Handflächen sind vernarbt«, meinte Mirabar. »Und er trägt einen *jashar.*«

»Da ist noch einer!« sagte Basimar plötzlich.

Mirabar zuckte zusammen und fuhr herum. »Wo?«

»Nein, kein Toter. Ein *jashar.*«

Mirabar blickte auf und sah, daß ein kleiner *jashar* um den Hals des Mannes hing. Sie schaute wieder zu seiner Taille, dann wandte sie sich von dem schrecklichen Anblick ab. »Er ist Arlen mar...«

»So sterben alle, die ihr eigenes Volk verraten«, unterbrach Basimar sie – sie hatte den *jashar* gelesen, der um den Hals des Mannes hing. »So sterben alle, die Josarian verraten.«

Mirabar wich vor der Leiche zurück, die Augen weit aufgerissen und unfähig, zusammenhängend zu denken. Basimar fing an zu weinen. Mirabar begann zu begreifen, was ihre Allianz mit diesem Krieger sie alle kosten würde, und sie fiel auf die Knie und flehte Dar an, sie zu führen.

Torena Elelar mar Odilan yesh Ronall shah Hasnari erhob sich aus dem parfümierten Badewasser und begann, sich mit den zart duftenden Ölen einzureiben, die ihre Haut weich, glatt und sogar unter der hellen Sonne Silerias einigermaßen hell hielten. Selbstverständlich konnte sie keine Kosmetik der Welt so weißhäutig machen wie die bleichen, blutarmen Frauen, die die Valdani so schätzten, aber immerhin schienen die Männer sie anmutig, zart und schön genug zu finden.

Faradar, ihre Zofe, begann ihr Haar zu frisieren, drehte und wob es in dem kunstvoll gesteckten und geflochtenen Stil der silerischen Adligen. Dann half Faradar ihr, die Kleider anzuziehen, die sie für diesen Abend ausgewählt hatte. Elelar trug keine Valdani-Kleidung, denn sie wußte, daß die Valdani über Silerier lachten, die ihre Sitten und Moden nachäfften. Statt dessen ließ sie ihre eigenen Kleider aus so exquisitem Material schneidern, daß die Valdani-Frauen in Shaljir ihrerseits begonnen hatten, hin und wieder silerische Kleidung zu tragen.

Jetzt lachte Elelar über sie – wenn auch nur im geheimen. So, wie sie alles in ihren Leben tat: im geheimen.

Schwere Schritte vor ihrem Ankleideraum kündigten das unerwartete Eintreffen ihres Mannes an, bevor er die Tür aufriß. Er stolzierte herein, fläzte sich in einen gepolsterten Sessel, warf Faradar einen Blick zu und knurrte: »Raus.«

Faradar sah ihre Herrin an.

Elelar nickte. »Das war alles. Du darfst gehen.«

Das Mädchen verbeugte sich und schritt würdevoll hinaus. Faradar war vor sieben Jahren in Elelars Dienst getreten, zwei Jahre vor der Heirat ihrer Herrin, und sie war zu sehr an Ronalls Ausbrüche gewöhnt, um noch vor ihnen zu flüchten oder sich unter seinen wütenden Blicken zu ducken.

»Ich möchte mit dir reden«, begann Ronall. Seine Worte waren klar, aber seine Augen waren glasig und starr. Also war es heute abend kintisches Traumkraut, nahm Elelar an, und kein Valdani-Schnaps und kein moorländisches Rauschgift.

»Du hast dich ja noch nicht umgezogen«, unterbrach sie ihn. »Wir werden zu spät kommen.«

»Dann kommen wir eben verdammt noch mal zu spät!« Er blinzelte, verlor den Faden und fragte schließlich: »Wo gehen wir denn hin?«

»Zur Geburtstagsfeier deines Vaters. Sag mir nicht, daß du das vergessen hast.« Sie schaute ihn unschuldig an.

Er sprang ungelenk auf und fauchte: »Es ist mir entfallen, nachdem ich erfahren habe, was du vorhast.«

Sie wartete, weil sie ihn nicht auch noch ermutigen wollte, und verdrängte die Angst, daß er tatsächlich die Wahrheit erfahren haben mochte. Mit angestrengt unbeteiligter Miene überlegte sie hektisch, was Ronall nach all der Zeit entdeckt haben könnte.

»Du hast sie weggeschickt«, knurrte Ronall. »Ich habe dir gesagt, du sollst dich nicht einmischen ...«

»Wie bitte?« Elelar blinzelte und versuchte, den obskuren Gedankengängen ihres Mannes zu folgen.

»Das Mädchen ... das mit dem gelben Haar ...«

Sie runzelte die Stirn und fragte sich immer noch, wovon um alles in der Welt er redete. »Welches Mädchen? Wovon – Oh!« Erleichterung überwältigte sie schier – eine Empfindung, die so intensiv war, daß sie sich einen Augenblick lang fragte, wie sie die Anspannung ihres Alltags überhaupt noch ertragen konnte. »Diese Moorländer-Akrobatin, die du im Palast so bewundert hast?«

»Die, die ich haben wollte!«

»Ich glaube, du *hattest* sie, mein Lieber. Die kaiserlichen Stallungen am Santorell-Platz sind nicht gerade ein diskreter Ort für solche ...«

»Wo ist sie?«

»Inzwischen dürfte sie auf dem Festland sein, nehme ich an«, sagte Elelar. »Die Truppe hatte vor, in ...«

»Sie sagte, sie würde bei mir bleiben!«

»Und jetzt ist sie weg?« Elelar begann, sich zu langweilen. »Wie kommst du nur darauf, daß ich etwas damit zu tun haben könnte? Du hast mir doch schon zu Beginn unserer Ehe gesagt, ich solle mich nicht in deine ...«

»Das habe ich allerdings getan«, fauchte er.

»Und ich habe deine Anweisung seitdem befolgt«, erinnerte sie ihn.

Etwa ein Jahr nach ihrer Hochzeit hatte Elelar einem

verängstigten neuen Küchenmädchen geholfen, Ronalls Aufmerksamkeiten zu entfliehen, indem sie dem Mädchen eine Stelle in einem anderen Haushalt verschaffte. Ronall hatte davon erfahren und war wütend genug gewesen, eine schreckliche Szene vor allen Dienstboten heraufzubeschwören. Seit jenem bitteren Streit hatte Elelar ähnliche Probleme vermieden, indem sie dafür gesorgt hatte, daß keine Dienerinnen mehr eingestellt wurden, die Ronall hätten gefallen können. Und zum Glück hatte er Faradar immer viel zu sehr gehaßt, um sie anzurühren.

»Ich habe das Mädchen gesucht«, sagte Ronall, offensichtlich immer noch überzeugt, daß es Elelars Schuld war, daß er die Moorländer-Akrobatin verloren hatte. »Man hat mir erzählt, eine *torena* habe sie bezahlt, damit sie Sileria mit dem Rest der Truppe verläßt.«

»Ach ja?« Elelar hielt einen Augenblick beim Bemalen ihrer Lippen inne. »Eine *torena*? Ich nehme nicht an, daß du um eine Beschreibung dieser Frau gebeten hast?«

»Nein.« Verwirrt runzelte er die Stirn. »Warum sollte ich?«

»Ich möchte natürlich auf keinen Fall andeuten, daß dieses Mädchen dir nicht in vollkommener Treue ergeben war ...«

»Aber?« Er starrte sie wütend an.

»Kannst du dir nicht vorstellen, daß sich auch ein anderer für sie interessiert hat und daß die Frau dieses Mannes vielleicht weniger begeistert davon war, ihn zu teilen, als ich es bin?«

Es war nur wenig erstaunlich, daß Ronalls Aufmerksamkeit jetzt von seinem Verlust abgelenkt wurde – Elelar erwartete ohnehin, er werde das Mädchen morgen vergessen haben – und sich einem neuen Kummer zuwandte. »Teilen? Als ob du auch nur meine Abwesenheit bemerken würdest! Wann haben wir denn zum letzten Mal ein Bett geteilt, meine Liebe?«

Obwohl er sie anwiderte, wich sie niemals zurück, noch versuchte sie sich zu entziehen, wenn er seine ehelichen Rechte einforderte. Sie sah ihm direkt in die Augen und sagte: »Ich stehe dir zu Verfügung, wann immer du dich imstande fühlst, einen Erben zu zeugen.«

Er erbleichte. Ihr Schuß hatte ins Schwarze getroffen. »Das kannst du mir nicht vorwerfen, du treulose Hündin!« tobte er. »Mit wie vielen anderen hast du es getrieben, ohne einen Bastard zu empfangen?«

»Nur mit Borell«, log sie.

»Und er kann deinen unfruchtbaren Bauch auch nicht füllen!«

»Er trifft Vorsichtsmaßnahmen gegen Bastarde.«

»Du glaubst also, es sei *meine* Schuld?«

»Habe ich das gesagt?«

»Das brauchst du nicht. Es steht dir in deinem selbstzufriedenen, hochnäsigen Hurengesicht geschrieben!«

Sie zuckte die Achseln und wandte sich ab. »Wir führen dieses Gespräch nicht zum ersten Mal. Ich sehe nicht ein, daß ...«

»Ich schon!« Er riß ihr den Schminktiegel aus der Hand und packte sie an den Schultern. »Wenn du einen Erben willst«, fauchte er, und sein heißer Atem wehte ihr ins Gesicht, als er sie gegen die Wand drängte, »dann werde ich dir einen machen!«

Sie spürte, wie er sich an sie drängte, und stellte mit einem Aufflackern von Panik fest, daß er es ernst meinte. Leider hatte alles, was Ronall bisher seinem Körper angetan hatte, nicht zu einem Verlust seiner Manneskraft geführt.

Elelar wandte das Gesicht ab und ertrug seinen Anschlag mit soviel Würde, wie sie aufbringen konnte; sie hatte gelernt, daß in einer solchen Situation Gegenwehr nur zu Verletzungen führte, die Tage brauchten, um zu heilen.

Immerhin geschah es selten genug, sagte sie sich; es war nicht so, daß er ihren Körper noch häufig verlangt hätte.

Es würde bald vorüber sein, versprach sie sich; er brauchte niemals lange.

Es war, als erlebte sie ihre Hochzeitsnacht noch einmal. Wie damals biß sie die Zähne zusammen, um den Schmerz, seine beißenden Küsse, die grapschenden, quetschenden Hände und das grobe Eindringen zu ertragen. Ebenso wie damals flehte sie Dar an, sie unfruchtbar zu machen, denn sie wollte kein Kind von diesem halbvaldanischen Trunkenbold, den sie geheiratet hatte. Ebenso wie damals wusch sie sich ausführlich, sobald er das Zimmer verlassen hatte, und schrubbte jede Spur von ihm weg, bis ihre Haut wund war.

Und ebenso wie damals gestand sie sich keine Träne zu, denn sie kannte ihre Pflicht, und die Allianz brauchte ihren Mut.

KAPITEL 15

Äonen zuvor, noch vor Beginn der Zeitrechnung, hatten die Beyah-Olvari in Sileria ein friedliches, einfaches Leben geführt.

Dann hatten feueräugige Krieger mit dunkler Haut das Mittlere Meer überquert, um diese gewaltige, bergige Insel zu erobern. Niemand wußte, woher sie gekommen waren, obwohl viele glaubten, daß sie den wenig bekannten Ländern im Süden entstammten, den dichten Urwäldern, in denen der gewaltige, reißende Sirinakara-Fluß unbekannten Quellen entsprang. Es hieß, diese Eroberer hätten den tödlichen Stromschnellen und erschreckenden Wasserfällen des nach Norden fließenden Flusses getrotzt, um dieses Land inmitten des Meers zu suchen, das ihnen in einer Prophezeiung verheißen worden war.

Diese Krieger waren größer, breiter, schwerer, kräftiger, schneller und erheblich gewalttätiger als die zerbrechlichen kleinen blauhäutigen Geschöpfe, die sie von Silerias Südküste aus immer tiefer ins Land hineintrieben. Sie brachten Feuer in ein Land, in dem Wasser die Quelle und das Zentrum aller Macht und allen Wohlstands gewesen war. Sie sahen den großen, schneebedeckten Vulkan der Insel in flammender Wut, und sie beteten ihn an und entwickelten im Lauf der Jahrhunderte außerordentliche Fähigkeiten der Vereinigung mit ihrer Göttin. Sie brachten Krieg in ein Land, das nicht einmal Waffen besessen hatte. Sie brachten Gewalt,

Angst und Chaos in eine Welt, die nur Frieden gekannt hatte.

»Und das«, sagte Josarian bedrückt, »waren meine Vorfahren.«

Der alte Olvar nickte. Seine Bewegungen waren langsam und anmutig, beinahe, als triebe er in Wasser. Josarian sah sich in der Höhle um, in die Tansen und die kleinen blauen Geschöpfe ihn durch eine gut verborgene Falltür im Boden der Schlafkammer der *tirshah* geführt hatten. Die Tunnel und Kammern hier unten waren klein und niedrig, wie es ihren kleinwüchsigen Bewohnern angemessen war. Das schwache Licht stammte von seltsamen Pflanzen und kleinen bebenden Kreaturen, die sanft glühten – ein kühles, flammenloses Licht, das die feuchten Wände und Decken überzog.

Josarian glaubte nur deshalb, daß er wach war, weil er etwas so Phantastisches nie hätte träumen können.

Bisher hatte man ihn höflicher behandelt, als er erwartet hätte, wenn man bedachte, daß seine Bekanntschaft mit den Beyah-Olvari – den Gefolgsleuten des Olvar – mit seinem Versuch begonnen hatte, einen von ihnen zu erwürgen. Nach der anfänglichen Verwirrung in der kleinen Schlafkammer in der *tirshah* hatten sie sich zufriedengegeben, als Tansen ihnen versichert hatte, Josarian sei einfach nur sehr überrascht gewesen, sie plötzlich zu sehen – Josarian hatte nicht geahnt, daß sein Blutsbruder über eine solche Begabung zur Untertreibung verfügte. Nach dem Austausch feierlicher Begrüßungen, die Josarian unter den Umständen reichlich langwierig erschienen waren, hatten die Beyah-Olvari ihn und Tansen ins Innere der Erde geführt.

»Wohin gehen wir?« hatte Josarian gefragt, und er war bereit gewesen, Tansen zu schlagen, falls er sich so verschlossen wie üblich zeigen würde.

»Sie bringen uns zum Olvar.«

Ihre vier kleinen Begleiter gaben etwas von sich, das wie ein Segensspruch klang.

»Zum was?« fragte Josarian.

»Zum Olvar«, wiederholte Tansen. Er hielt inne, während die Beyah-Olvari ihren Spruch wiederholten, dann fuhr er fort: »Er ist ihr Häuptling, ihr Anführer. Er ist so etwas wie ein Weiser, ein Prophet, König und Zauberer – alles in einem.«

»Ein Zauberer?« hatte Josarian unbehaglich wiederholt.

»Wasserzauber.«

»Ein Wasserherr?«

Die Beyah-Olvari murmelten etwas, das ein wenig hektisch klang.

»Das tun sie immer, wenn jemand etwas Böses sagt. Es ist ein Banngebet«, erklärte Tansen.

»Oh.« Josarian warf ihren Begleitern einen Blick zu. »Das tut mir leid.«

Jetzt sagten sie etwas, das wieder wie ein Gebet klang, mit seinem Namen darin.

»Ein Segen«, sagte Tansen. »Sie mögen dich.«

»Also ist der Olvar ...« Josarian wartete den Segen ab, »... also kein Du-weißt-schon-was?«

»Nein. Aber die Beyah-Olvari haben die Wassermagie

erfunden. Oder sie entdeckt, oder was auch immer. Und der erste Wasserherr, Marjan ...« Tansen hielt inne, während ein weiteres Banngebet von den Tunnelwänden widerhallte, »... entdeckte ihre Geheimnisse lange nachdem sie verschwunden waren. Er fand alte heilige Stätten, Höhlenmalereien, magische Quellen. Er lernte die alten geheimen Symbole und heiligen Zeichen zu lesen, die sie zum Ende hin in ihre Höhlenbilder eingefügt hatten. Sie taten es, um eine Spur zu hinterlassen, eine Erinnerung an das, was sie getan und gewußt hatten, als ...«

»Als?« fragte Josarian, als Tansens Stimme verklang.

»Als ihnen klar wurde, daß sie aussterben würden. Daß bald nichts mehr da sein würde, das zeigt, daß sie einmal existiert haben.«

»Tan ...« Josarian verstummte, als die Beyah-Olvari mit einem seltsamen, jammernden Gesang begannen.

»Das ist ein Trauergebet«, flüsterte Tansen so leise, daß Josarian ihn kaum verstehen konnte.

»Aber was ist geschehen? Warum ...«

»Der Olvar wird es dir erklären«, sagte Tansen und erhob die Stimme leicht über das Echo der Segnung, die auf sein Erwähnen des Olvar folgte. »Er wird dir sagen, wer sie sind und wie sie hierher kamen.«

Und das tat der Olvar: Er erzählte die tragische Geschichte seines Volkes mit seiner Singsangstimme, und seine runzligen blauen Hände tauchten immer wieder in den glitzernden Wasserteich, über den er sich gebeugt hatte. Seine Züge lagen tief im Schatten, und er sah uralt und müde aus, wann immer er zu Josarian aufblickte, aber wenn er in den Heiligen Teich schaute, schien das phosphoreszierende Licht, das aus dem Wasser aufstieg, ihn mit jugendlicher Begeisterung und Energie zu erfüllen.

»Ja«, sagte der Olvar zur Antwort auf Josarians Bemerkung. Zum Glück war das altertümliche Hochsilerisch, das er sprach, dem Bergdialekt sehr ähnlich. »Das waren deine Vorfahren. Dieses neue Volk – das ist *dein* Volk.«

»Dann ...« Josarian verspürte Scham für diese Dinge, die Tausende von Jahren vor seiner Geburt geschehen waren. »Dann haßt ihr uns sicher.«

»Haß ... erfordert heißeres Blut als das unsere«, sagte der Olvar. »Und einige von uns haben überlebt.«

»Wie?«

Die Beyah-Olvari hatten sich zurückgezogen, zunächst in die höchsten, unbewohnbarsten Berge, dann schließlich in die feuchtesten Höhlen der Küstenregionen. Sie waren nie ein sonderlich fruchtbares Volk gewesen, aber nun begannen sie, schneller zu sterben, als Nachkommen geboren wurden.

»Manchmal wurden sie von dem anderen Volk getötet«, berichtete der Olvar, »aber meist starben die Beyah-Olvari – gesegnet sei das Volk dieses Namens – an Krankheiten und Hunger. Krankheiten, die unsere Vorväter hierher mitgebracht hatten, oder neue, die allein das neue Volk überleben konnte; und Hunger, da man uns immer weiter von den Sammelgärten vertrieb, die uns seit Anbeginn der Zeit ernährt hatten.«

Die kleinen, verstreut lebenden Stämme versuchten auf unterschiedliche Weise, diesen Gefahren zu entgehen. Einige zogen auf die Berggipfel, und niemand wußte genau, was dort aus ihnen geworden war. Andere versuchten, die Veränderungen ihrer Welt zu ignorieren – am Ende waren ihre Gebeine im Tiefland verstreut wie Federn, die der Wind davongetrieben hatte. Einige versuchten, das Mittlere Meer zu überqueren, weil sie glaubten, wenn Sileria dem neuen Volk prophezeit worden sei, liege sicher auch ein neues Land für die Beyah-Olvari direkt hinter dem Horizont.

Der Trauergesang der Beyah-Olvari, die sich um sie versammelt hatten, hallte nun klagend in der Höhle wider und ließ Josarian schaudern. Er sah sich um, dann wandte er sich schnell wieder dem Olvar zu. Die Beyah-Olvari besaßen nichts, was man als Kleidung hätte bezeichnen können; nur kurze, blätterartige Schurze bedeckten ihre Lenden. Die *shallaheen* waren ein sittsames Volk, und Josarians Blut rauschte voller Scham, wenn sein Blick zufällig auf eine der Frauen hier fiel: winzig, anmutig, unbeschreiblich seltsam, so gut wie nackt ... und unmißverständlich Frauen.

»Und wir, die wir hier sind«, fuhr der Olvar fort, »wir verließen unsere Welt, die Welt, die das neue Volk für sich beanspruchte, und wir kamen hierher, unter die Erde, wo wir den Heiligen Teich fanden. Hier haben wir in den Höhlen unseren Sammelgarten.«

»Nahrung?« fragte Josarian erstaunt. »Hier unten?«

Der Olvar streckte die Hand aus und pflückte eine der schimmernden Pflanzen von der Wand. Er biß hinein, kaute und schluckte, dann reichte er Josarian den Rest. »Ja. Hier unten.«

Josarian bedankte sich, aß den Rest des wabbligen

Dings und strengte sich an, den fauligen Geschmack zu ignorieren, den es in seinem Mund hinterließ.

»Gut, ja?« meinte der Olvar.

»Sehr gut.« Josarian zwang sich dazu, nicht zu würgen oder sich zu übergeben. Er sah Tansen an, der unschuldig an die Decke starrte. Dann fragte er den Olvar: »Also seid ihr ... seid ihr die einzigen, die übriggeblieben sind?«

»Das glaube ich jedenfalls. Aber wer kann das schon sicher wissen?« Der Olvar tauchte die Hände wieder in den Heiligen Teich. »Aber wenn wir das Ende unseres Volkes sind, sind wir vielleicht auch der Anfang.«

»Der Anfang?« wiederholte Josarian.

»Die Welt verändert sich, und eine Erneuerung steht bevor«, sagte der Olvar. »Die Anzeichen sind unmißverständlich. Und jetzt sind die Beyah-Olvari – gesegnet sei das Volk dieses Namens – nicht mehr allein. Jetzt haben wir Freunde.«

»Welche Freunde?« wollte Josarian wissen.

Der Olvar rührte in den Wassern des Heiligen Teichs. »Als ich Olvar wurde, habe ich mein Volk der Allianz verschworen.«

Die Anderwelt schwirrte wie ein Pfeil, als Mirabar sich den Höhlen von Dalishar näherte. Die Feuer hier oben waren sehr alt, und die Grenze zwischen dieser Welt und der anderen schien angesichts solcher Macht dünn wie Spinnwebstoff. Seelen durchdrangen die Nacht, tasteten nach dem Tor zur Anderwelt, streiften Mirabar auf ihrer Suche nach Ewigkeit und der Umarmung ihrer lange verlorenen Lieben.

»Corenten ... Soladan ... Romolar ...« Mirabar hatte Tränen in den Augen, als die Reisenden verwirrt die Arme nach ihr ausstreckten. Sie wußte, einige von ihnen würden ihre Reise nie vollenden können; irgendwann würden sie im Nichts enden, verängstigt und allein. »Belar ... Nevon ... Siradar, noch ein Kind ...« Eine Träne rollte ihr über die Wange. Ein kleines Kind hatte kaum eine Chance, das wußte sie.

»Was ist denn?« fragte Basimar und schüttelte sie. »Wieder eine Vision?«

»Nein.« Mirabar erstarrte und riß sich los. »Reisende auf dem Weg in die Anderwelt.«

»Hier? Jetzt?« fragte Basimar nervös.

»So viele«, sagte Mirabar verwirrt. »So viele, und so plötzlich.« Sie schickte ihren Geist aus, versuchte, die Wanderer zu berühren. »Viele Menschen sind zur gleichen Zeit gestorben. Ganz plötzlich.«

»Woher weißt du das?«

»Ich weiß es. Es liegt an Dalishar. Die Höhlen sind ganz in der Nähe. Das Tor zur Anderwelt klafft vor uns ...« Sie ignorierte Basimars leisen Aufschrei. »Gewaltsamer Tod ... schrecklicher Kummer ... Erst vor kurzem ...«

»Ja. Vor kurzem«, sagte eine Männerstimme hinter ihnen.

Basimar fuhr herum. Mirabar zog die Kapuze ein wenig weiter herunter, damit ihr Gesicht im Schatten blieb.

»Ich bin Schwester Basimar«, sagte Basimar schnell. »Das hier ist Mirabar, eine Wächterin.«

Alle schwiegen einen Augenblick lang, dann sagte der Mann: »Was wollt ihr hier? Seid ihr Pilger?«

Mirabar entschloß sich, direkt vorzugehen. »Wir suchen Josarian und den Krieger, der jetzt an seiner Seite kämpft.«

Der *shallah* schnaubte. »Wie auch alle anderen in diesem Bezirk.«

»Bring mich zu Zimran«, sagte Basimar. »Er kennt mich.«

»Corenten ...« murmelte Mirabar wieder und bemühte sich, die Stimmen der Anderwelt von denen aus dieser Welt zu trennen. »Er hatte einen schrecklichen Tod, nicht wahr?«

»Ja«, sagte der Mann. »Er wurde auf dem Marktplatz von Malthenar langsam zu Tode gefoltert. Woher weißt du das?«

»Wie viele andere sind an diesem Tag gestorben?«

»Siebenundzwanzig. Sie haben sich gewehrt, als die Valdani Corenten hinrichten wollten, weil er sich weigerte, Josarian zu verraten.«

»Ich muß ...«

»Was ist, Mirabar?« fragte Basimar und packte sie am Arm.

»Dieser Mann muß mich zu einem der alten Feuer in den Höhlen bringen. Ich muß Fürbitte leisten ...« Sie keuchte entsetzt, als mehr stimmlose Schreie auf sie eindrangen. »Ich muß versuchen, ihnen zu helfen.«

Der Mann zögerte einen Augenblick, dann sagte er leise: »Ich werde dir zeigen, wohin du gehen mußt, *sirana.*«

»Und sag Zimran, daß wir hier sind«, verlangte Basimar.

»Tut mir leid; er ist nicht hier, Schwester.«

»Wo ist er?«

»Er wollte den *sriliah* umbringen, der den Valdani geholfen hat, Corenten und die anderen in ...«

»Arlen«, sagte Mirabar plötzlich.

»Ja! Woher weißt du das?«

»Wir haben seine Leiche heute früh an der Straße gefunden«, sagte Basimar erschöpft. »Wie konnte Zimran so etwas tun, selbst wenn der Mann ein ...«

»Du hast das Blut nicht gesehen, das mit Arlens Hilfe auf dem Marktplatz in Malthenar geflossen ist.«

»Selbst wenn ich es gesehen hätte, hätte ich nie gebilligt ...«

»Wir fragen nicht nach Billigung, Schwester«, unterbrach der Mann sie verbittert. »Wir verlangen nur *lirtahar.*«

»Nur *lirtahar*«, wiederholte Basimar bekümmert. Dann räusperte sie sich und fragte: »Wenn Zimran weg ist, können wir dann mit Josarian selbst sprechen? Wir sind uns einmal begegnet ...«

»Er ist auch nicht hier, Schwester.«

»Ist er mit Zimran unterwegs, um zu töten?« wollte sie wissen.

»Nein, Schwester.« Der Mann wurde langsam ungeduldig. »Wir wissen nicht, wo er ist. Oder wann er zurückkommen wird.«

Mirabar schwirrte der Kopf von Wahrnehmungen aus zwei Welten. Sie versuchte, sich in ihrer Verwirrung zurechtzufinden und sich auf eine Sache zu konzentrieren.

»Und der *roshah?*« fragte Basimar.

»Josarian ist mit ihm zusammen weggegangen.«

»Und sie haben euch nicht gesagt, wohin sie wollen?« Basimars Frustration wuchs.

»Das ist doch wohl klar«, warf Mirabar ein, während ihr alles vor Augen verschwamm. »Sie wollen Kiloran finden.«

»Sirana!« Der *shallah* trat einen Schritt auf sie zu. »Woher weißt du das? Hast du sie gesehen? Geht es Josarian gut?«

»Woher bei den Feuern soll ich das wissen?« sagte sie müde. »Ich nehme nicht an, daß der *roshah* angedeutet hat, wo er Kiloran finden will?«

»Tansen? Nein, er schien es selbst nicht zu wissen. Er sagte nur, er kenne jemanden, den er fragen könnte.«

»Tansen«, wiederholte Mirabar. »Ist das der Name des Kriegers?«

»Ja, *sirana.*«

»Nicht ... Armian?« Sie spürte, wie Enttäuschung sie wie ein Dorn durchbohrte.

»Armian?« wiederholte Basimar. »Du hast nie erwähnt ...«

»Armian?« fragte auch der *shallah.* »Nein, *sirana*, er nennt sich Tansen. Warum? Bist du ...« Er hielt die Luft an, dann beugte er sich vor und flüsterte: »Bist du auf der Suche nach dem Feuerbringer?«

Mirabar rieb sich den schmerzenden Kopf mit einer schmutzigen Hand. »Ich wünschte, ich wüßte es.« Sie konnte das alles unmöglich verstehen, wenn sie ständig die Schreie der Toten in den Ohren hatte. *Eins nach dem anderen.* »Bring mich zu einem Feuerkreis«, wies sie den Mann an. »Und wenn ich fertig bin ...«

»Ja?«

Mirabar taumelte, gefangen in der lautlosen Kakophonie, die sie umgab. Der Mann packte sie am Ellbogen. Trotz des Durcheinanders in ihrem Kopf hörte sie, wie er nach Luft schnappte, als er unter der Kapuze eine flammendrote Locke erspähte. Sie sah, wie er nach seinem Schwert griff. Ein *Schwert!* Nur in ihren Visionen hatte sie je einen Silerier mit einem Schwert gesehen! »Es hat also begonnen.« Sie sah dem Mann ins Gesicht.

»Dar schütze mich ...« stotterte er und wich zurück.

»Aber ...« Mirabar blinzelte und fragte sich: »Wozu werde ich dann noch gebraucht?«

Es war spät, als Elelar von dem Empfang im Santorell-Palast zurückkehrte. Ronall war an diesem Morgen auf einen seiner Landsitze gereist, wo er ein paar Tage lang in ländlicher Umgebung jagen, trinken und – wie Elelar annahm – huren wollte. Es gefiel ihr, das Haus für sich allein zu haben, und sie wußte außerdem, daß sie diese kostbare Zeit nutzen mußte.

Sie war an diesem Abend Borells Bett ferngeblieben, obwohl sie wußte, daß erst am Nachmittag ein kaiserlicher Kurier aus dem Mutterland eingetroffen war. Es wäre das einfachste gewesen, heute nacht zu lesen, was in diesen Briefen stand, während Borell die Nachwirkungen von Leidenschaft und Wein verschlief, denn er ließ neue Post gern offen auf dem Tisch neben seinem Bett liegen. Dennoch, wenn diese Briefe wichtige Nachrichten oder Befehle enthielten, konnte sie Borell vermutlich auch das nächste Mal, wenn sie mit ihm schlief, dazu bringen, ihr davon zu erzählen. Er war verschlagen und intelligent, aber er vertraute ihr. Eine Frau machte die Beine breit, ließ ihn seinen Samen in die geheimen Höhlungen ihres Körpers ergießen, überhäufte ihn mit Komplimenten für seine Männlichkeit, seinen Mut, seine Intelligenz, heuchelte gebanntes Interesse, wann immer er etwas sagte, und ... ein hungriger Welpe, der einem aus der Hand fraß, war nicht so leicht zu übertölpeln wie ein Mann, der sich einbildete, eine Frau sei in ihn verliebt.

Heute abend jedoch, wenn Ronall nicht da war und ganz Shaljir bereits schlief, hatte sie hier zu Hause Dinge zu tun, die vermutlich bis zur Morgendämmerung dauern würden: zwei Besprechungen mit geheimen Verbündeten, ihr Kommen und Gehen von loyalen Dienstboten verborgen; vertrauliche Briefe mußten versiegelt un mutigen Kurieren anvertraut werden, Konterbande ins Haus geschmuggelt und in geheimen Tunnels unter der Erdoberfläche verborgen werden. In ihrem Weinkeller war sogar eine Leiche vergraben: ein kaiserlicher Kurier, den man letztes Jahr daran gehindert hatte, ins Mutterland zurückzukehren.

Ronalls Abwesenheit bildete ein kleines zusätzliches Vergnügen. Wenn er weg war und Elelar das ganze weitläufige Haus für sich allein hatte, konnte sie sich an glücklichere Tage hier erinnern, an die Jahre vor ihrer Heirat, als ihr Großvater noch gelebt hatte. Der alte Mann hatte sie alles gelehrt, was er gewußt hatte, damit sie die großen Aufgaben der Allianz fortsetzen konnte, der geheimen Organisation, die er in seiner Jugend mit seinen engsten Freunden gegründet hatte. Elelars Vater war gestorben, als sie noch ein Kind gewesen war – er hatte sein Leben für die Allianz geopfert. Soweit die Valdani wußten, war ihr Vater allerdings nur ein feiger *toren* gewesen, der demütig all ihre Gesetze befolgt hatte. Ihre Mutter, die gestorben war, als Elelar sechzehn war, hatte sie gelehrt, daß die Waffen einer Frau im geheimen Krieg, den die Allianz gegen die Valdani führte, ebenso wirkungsvoll sein konnten wie die eines Mannes.

Sie hatte dieses großartige, elegante Haus im Herzen von Shaljir von ihnen geerbt, und sie kannte seine Geheimnisse – Geheimnisse, die ihr Mann zu ihrer Erleichterung nicht einmal ahnte: Geheimgänge, verborgene Fächer, ein geheimes Zimmer ... und eine Gruppe langjähriger Dienstboten, die der Allianz völlig ergeben waren. Und unter all dem lag das größte Geheimnis, uralte Tunnel, die ihr Großvater vor mehr als fünfzig Jahren entdeckt hatte, bewohnt von jenem seltsamen Volk, das er als die ersten Silerier erkannt hatte, die ein mindestens ebenso großes Recht auf dieses Land hatten wie der Rest von ihnen.

Gaborian, ihr Großvater, hatte die Beyah-Olvari schließ- lich zu dem geheimen Rebellennetz gebracht, das er und seine Freunde in jenen Jahren errichtet hatten. Durch die Freunde, die Gaborian im Ausland gewonnen hatte, hatte sich die Allianz schließlich mit Geheimgesellschaften in anderen Ländern verbunden, die von den Valdani regiert oder von ihnen bedroht wurden. Er war auch dafür verantwortlich gewesen, bestimmte Gruppierungen der Verehrungswürdigen Gesellschaft in die Allianz zu bringen, trotz der heftigen Proteste, auf die er dabei gestoßen war. Denn – und das hatte er Elelar wieder und wieder gesagt – er war davon überzeugt gewesen, daß die Valdani die einzigen Feinde waren, die wirklich zählten.

»Wir anderen«, sagte er immer, »sind Silerier, und wir müssen gemeinsam gegen die Valdani kämpfen.«

Elelar war für diese Aufgabe geboren, für die Sache erzogen und Tag und Nacht auf den Kampf vorbereitet worden. Nach dem Tod ihres Großvaters hatte ganz Shaljir geglaubt, Elelar werde bald heiraten, denn eine junge Frau ohne männlichen Beschützer hatte in Sileria nur zwei Möglichkeiten: Heirat oder die Schwesternschaft. Einige nahmen inzwischen an, sie habe vielleicht aus Kummer über den Tod ihres Großvaters eine impulsive und unheilvolle Entscheidung getroffen, als sie Ronall heiratete; er sah immer noch recht gut aus und konnte, wenn er denn wollte, sogar einen gewissen Charme an den Tag legen, aber er war in jeder Hinsicht ein schrecklicher Ehemann. Andere glaubten, sie habe ihn seines Geldes wegen geheiratet. Er war zwar nur ein zweiter Sohn, hatte aber dennoch zwei Landsitze, ein Handelsschiff und ein beträchtliches Vermögen geerbt.

Ronall war der Sohn eines Valdani-Adligen und dessen zweiter Frau, einer *torena*, die er geheiratet hatte, nachdem seine Valdani-Ehefrau im Kindbett gestorben war. Man ging im allgemeinen – und vollkommen korrekt – davon aus, daß er zu sehr seinen Lastern verfallen und zu interessiert an seinem eigenen Vergnügen war, um sonderlich darauf zu achten, daß Elelar nach der Heirat immer mehr die Kontrolle über sein Land und sein Geld übernahm. Ihre eigene Familie, die Hasnari, waren alles andere als arm gewesen, aber die Aktivitäten der Allianz hatten ihren Reichtum schneller verschlungen, als er sich erneuern ließ, und daher war es ein eindeutiger Vorteil dieser Heirat gewesen, sich dadurch Ronalls Geld bemächtigen zu können.

Wichtiger noch: Ronalls Valdani-Verwandte und Freunde hatten Elelar so manche Tür geöffnet. Die Informationen, die sie sich im Lauf der letzten fünf Jahre aus diesen nichtsahnenden Quellen beschaffen konnte, hatten die Allianz über alle Erwartungen hinaus gestärkt. Die beste Gelegenheit hatte sich drei Jahre zuvor ergeben, als der Kaiserliche Berater Ronall und seine silerische Frau zu einem vulgären religiösen Fest im Santorell-Palast eingeladen hatte. Elelar hatte sofort Berater Borells Interesse an ihr bemerkt. Von ihrer Mutter ausführlich in der Kunst, Männer für sich zu gewinnen, unterrichtet, hatte Elelar Borell Monate warten lassen, bis sie schließlich vorgegeben hatte, seiner Leidenschaft zu erliegen.

Zunächst war sie diskret gewesen, hatte ihn nur selten besucht und war nur kurze Zeit geblieben. Sie hatte ihn weiter nach ihr hungern lassen. Selbst nachdem sie seine Mätresse geworden war, hatte sie sich weiterhin insgeheim noch mit zwei anderen Liebhabern getroffen: Einer war halb Moorländer, halb Valdan, der andere ein hochrangiger Würdenträger des Kaiserlichen Schatzamts. Sie hatte diese wertvollen Informationsquellen nicht aufgeben wollen, bevor sie nicht vollkommen sicher war, daß sie Borell dort hatte, wo sie ihn haben wollte. Nach einem Jahr hatte Borell alle anderen Frauen aufgegeben und sogar aufgehört, an seine langjährige Geliebte in Valda zu schreiben. Elelar hatte ihre Beziehungen zu den beiden anderen Männern abgebrochen, von denen Borell nie erfahren hatte, und schließlich seinem Druck, ihr Verhältnis öffentlich zu machen, nachgegeben, indem sie bei seinen unzähligen Festen als offizielle Gastgeberin auftrat und ihn, wenn er es wünschte, am hellen Tag und in aller Öffentlichkeit besuchte.

Diese deutliche Zurschaustellung ihrer Vertrautheit mit dem Kaiserlichen Berater hatte bald zu Schwierigkeiten mit ihrem Ehemann geführt. Es war das einzige Mal ge- wesen, daß Ronall sie tatsächlich geschlagen hatte. Borell hatte das erfahren und ihn in den Santorell-Palast bringen lassen, dann hatte er ihn mehrere Tage ins Gefängnis geworfen.

Ronalls Vater hatte ihn schließlich nach Hause geholt und ihm ins Gewissen geredet. Anders als Silerier betrachteten Valdani die Untreue einer Ehefrau mit beträchtlicher Toleranz, wenn sie mit einem Mann von höherem Rang schlief, der der Familie, in die sie eingeheiratet hatte, irgendwie nutzen konnte. Ronalls Vater hatte seinem Sohn erklärt, daß Borell ein vernünftiger Mann sei, der versprochen hatte, daß die Familie aus seinem öffentlichen Verhältnis mit Ronalls Frau nur profitieren werde. Ronall gefiel die Sache immer noch nicht, aber dank der Erinnerung an die strengen Vorhaltungen seines Vaters und vor allem dank der Alpträume vom Gefängnis, die ihn immer noch heimsuchten, hatte er gelernt, es hinzunehmen.

Inzwischen hatte Borell sich als ausgesprochen eifersüchtig erwiesen, und Elelar war sehr darauf bedacht, daß er nicht erfuhr, daß sie im vergangenen Jahr hin und wieder auch das Bett des Botschafters des kintischen Hochkönigs in Sileria aufgesucht hatte. Als dieser Mann sie zum ersten Mal zu sich eingeladen hatte, auf die ausgesprochen diskrete und vorsichtige Art, die für sein Volk so typisch war, war die Gelegenheit einfach zu verlockend gewesen, als daß sie hätte widerstehen können. Von ihm konnte sie Dinge erfahren, die Borell schlicht nicht wußte, und das war jedes Risiko wert.

Sie hätte es zwar Ronall gegenüber nie zugegeben, aber Elelar war ziemlich überzeugt, daß sie selbst die Schuld daran trug, daß sie keinen Erben hatten. So viele Männer in all den Jahren, und keiner hatte sie schwängern können. Sicher, einige von ihnen, besonders die aus gutem Haus, hatten sich geschützt; bei anderen Gelegenheiten hatte sie selbst die Mittel benutzt, die – entgegen sowohl silerischen als auch valdanischen Gesetzen – bei der Schwesternschaft erhältlich waren. Aber dennoch hatte es viele Möglichkeiten gegeben, bei denen sie hätte schwanger werden können, aber es war nie geschehen. Sie war froh darüber, denn sie hätte nie mit einem Mann geschlafen, dessen Kind sie hatte tragen wollen ... vielleicht mit Ausnahme ihres ersten Liebhabers. Tatsächlich hatte sie sich in ihrem ganzen Leben nur einem Mann zum Vergnügen hingegeben: ihrem allerersten. Bei allen anderen war es Pflichterfüllung gewesen.

Ihr erster Mann ... Er war über das Mittlere Meer gekommen, aus einem der weit im Landesinneren gelegenen kintischen Königtümer. Er war der Sohn eines der ausländischen Verbündeten ihres Großvaters, und er hatte beinahe einen ganzen Zwillingsmond in Sileria verbracht, um mit der Allianz zu verhandeln. Er war doppelt so alt gewesen wie sie, weltgewandt, gebildet und liebenswürdig, mit einer Haut, so dunkel wie die frischgepflügte Tieflanderde nach einem ausgiebigen Regen. Nie mehr hatte Elelar so etwas wie dieses Aufwallen der Begierde gespürt, wann immer sie ihn auch nur ansah. Er hatte es bemerkt, es erkannt, es an ihrer Haut gerochen, wenn sie ihm in den sonnendurchfluteten Fluren begegnete oder ihm beim Essen Wein eingoß. Er war erst fünf Tage lang ihr Gast gewesen, als er eines Nachts in ihr Zimmer kam, unerwartet und uneingeladen, und ihren unwissenden Körper all das lehrte, wonach dieser sich gesehnt hatte. Und dann hatte er ihr mit einer Geduld, wie sie sie seitdem nie wieder bei einem Mann erlebt hatte, hundert Weisen beigebracht, wie sie einem Mann Vergnügen bereiten konnte – inzwischen nahm sie an, daß er das seinerseits von einer kintischen Kurtisane erfahren hatte.

Der Unterricht wurde Nacht um Nacht im geheimen fortgesetzt, ein Rausch der Freude, gefolgt von langen Gesprächen im Flüsterton, in denen Elelar ihm ihr Herz und ihre Seele offenbarte. Am Tag war sie ganz albern vor Glück, aber so müde und zerstreut, daß ihr Großvater überzeugt war, daß sie krank wäre. Die Dienstboten wußten es besser. Sie machten sich nicht einmal die Mühe, ihr die Arzneien zu verabreichen, die ihr Großvater erwarb, sondern drückten gegenüber dem schamlosen Benehmen der jungen *torena* einfach nur beide Augen zu.

Nachdem sich ihr Liebhaber verabschiedet hatte, weinte sich Elelar viele Nächte lang in den Schlaf, verzweifelt, weil er nicht ein einziges Mal davon gesprochen hatte, sie zu heiraten, und es schon gar nicht ihrem Großvater gegenüber erwähnt hatte. Versunken in ihrem Elend, überzeugte sie sich selbst – mit dem blinden Optimismus der ersten Liebe – davon, daß er sie bald ebenso vermissen würde wie sie ihn. Sicher würde er bald zurückkehren, um sie zu heiraten, oder doch zumindest einen Brief schicken und sie auffordern, zu ihm zu kommen.

Endlich traf tatsächlich ein Brief von ihm ein, adressiert an Gaborian und von vertrauenswürdigen Kurieren unter Lebensgefahr transportiert. Elelar wußte mit einer freudigen Sicherheit, die keinerlei Zweifel zuließ, daß dieser Brief eine förmliche Bitte um ihre Hand enthielt. Sie bestand darauf, ihn über die Schulter ihres Großvaters hinweg mitzulesen, zu begierig, um zu warten, bis er ihr den Inhalt erzählte.

Der Brief begann mit einem Dank an Gaborian für seine Gastfreundschaft und verlieh der Hoffnung Ausdruck, daß sowohl er als auch seine Enkelin sich bei guter Gesundheit befänden. Dann ging es ausführlich um Geschäftsangelegenheiten, die mit ihrer geheimen Arbeit in Verbindung standen. Elelar wurde nicht wieder erwähnt, und es gab nicht einmal den geringsten Hinweis, daß er, seitdem er Sileria verlassen hatte, auch nur an sie gedacht hatte. Ihr Herz war bereits gebrochen, als sie mit ungläubigem Schrecken die letzten Zeilen des Briefs las: Ihr Liebhaber bekundete dort, wie sehr er sich freue, berichten zu können, daß seine Frau gerade ihr drittes Kind zur Welt gebracht habe – das lange erwartete Ereignis, um dessentwillen er so schnell aus Sileria nach Hause zurückgekehrt war. Nachdem seine Familie nun so groß war und seine Frau sich immer mehr über seine langen Abwesenheiten beklagte, würde einer seiner Mitarbeiter in Zukunft an seiner Stelle die Auslandsreisen übernehmen, wenn solche im Dienst ihrer großen Aufgabe notwendig würden.

Elelar ging auf ihr Zimmer und verließ es drei Tage lang nicht mehr. Ihr Großvater bemerkte endlich ihre jugendliche Liebe für seinen ausländischen Gast und befragte sie mit mitleiderfüllter Stimme durch die verschlossene Tür. Hatte die Nachricht sie sehr verletzt? Hatte sie denn nicht gewußt, daß ihr Gast verheiratet und Vater war? Hatte sie sich besonders zu ihm hingezogen gefühlt?

Nach einer Weile zeigten die Fragen, daß ihr Großvater nun begann, die volle Wahrheit zu ahnen, denn Elelar hatte sich niemals zuvor so irrational verhalten. Hatte der Mann sie entehrt? Gab es etwas, was sie ihrem Großvater erzählen wollte, der ihr versprach, alles zu verstehen, ganz gleich, was sie ihm sagte? Wie konnte er ihr helfen? Warum sprach sie nicht mit ihm?

Nach drei Tagen tauchte Elelar aus ihrem Schlafzimmer auf, ohne eine einzige der Fragen ihres Großvaters beantwortet zu haben. Sie sagte ihm einmal – und nur einmal –, daß sie es nicht ertragen würde, wenn der Name dieses Mannes in ihrer Gegenwart auch nur ein einziges Mal genannt werde. Und so sprachen sie nie wieder von ihm oder dem gesamten Vorfall. Elelar konnte sehen, daß das Herz ihres Großvaters vor Kummer um sie schwer war, aber sie fühlte sich zu gedemütigt, um sich seinem

Mitgefühl anzuvertrauen. Mit siebzehn hatte sie eine wertvolle Lektion über Männer gelernt; eine, die sie nie wieder vergessen würde. Von diesem Tag an war der Tanz zwischen Mann und Frau für sie nur noch etwas, das sie für die Allianz tat, nie mehr für sich selbst.

Elelar nahm an, daß es die reine Erschöpfung war, die sie dazu trieb, solchen rührseligen Erinnerungen nachzuhängen, denn die Arbeit dieser Nacht war anstrengend gewesen. Der Himmel östlich von Shaljir wurde gerade erst hell, Schattierungen von Rosa und Pfirsich malten phantastische Muster auf die weite himmlische Landschaft, als Elelar fertig war und müde in ihr Schlafzimmer hinaufstieg. Sie hatte gerade die Hälfte der breiten Treppe zurückgelegt, als Faradar keuchend in die Halle gerannt kam und sie mit einem aufgeregten Schrei aufhielt.

Überrascht drehte Elelar sich um und ging ihrer Dienerin entgegen, die bereits die Treppe hinaufgerannt kam, um ihrer Herrin etwas in die Hand zu drücken. »Sie haben etwas für dich dagelassen, *torena*. Ich war so erschrocken! Es ist Monate her, seit ...«

»Wer?«

Faradar versuchte, sich zusammenzunehmen, dann flüsterte sie ein wenig ruhiger: »Unsere alten Freunde.«

Elelar sah sie überrascht an. »Unsere alten Freunde« – so bezeichnete die Allianz die Beyah-Olvari. Zu deren eigenem Schutz war ihre Existenz ein streng gehütetes Geheimnis geblieben, so daß Kontakte nur sehr diskret hergestellt wurden. Wenn die Beyah-Olvari Elelar sehen wollten, hinterließen sie für gewöhnlich eine Botschaft in einer winzigen unterirdischen Kammer zwischen dem

Haus und den unterirdischen Tunnels. In dieser Nacht hatten sie statt eines Briefes etwas hinterlassen, das wie ein Stück Seidenstoff aussah.

»Halte die Laterne«, wies Elelar ihre Zofe an, so daß sie besser untersuchen konnte, was Faradar ihr gereicht hatte.

Elelar hielt den Stoff – einen handbemalten Seidenschal, wie sie jetzt bemerkte – ins Licht. Nach einem Augenblick vollkommener Verwirrung erkannte sie ihn mit einer Mischung aus Entsetzen und Panik. Der Schal hatte einmal ihr gehört.

»Dar sei mir gnädig!« Sie schwankte leicht, und zum ersten Mal seit Jahren fühlte sie sich kurz vor einer Ohnmacht.

»Was ist denn, *torena?*« Das Licht der Laterne flackerte, als Faradar ihre Herrin am Arm packte. »Was ist los? Ist etwas passiert?«

»Bei allen Göttern aller Welten«, keuchte Elelar und sackte auf der Treppe zusammen, weil ihre Beine sie nicht mehr trugen. »Ich hätte es nie für möglich gehalten ...«

»Was *ist* denn?« wollte Faradar wissen.

Elelar schüttelte den Kopf, unfähig, über das zu sprechen, was vor so langer Zeit geschehen war, unfähig, einen klaren Gedanken zu fassen außer dem einen, der nun wieder und wieder ihren Kopf zum Dröhnen brachte.

Er ist zurückgekommen, er ist zurückgekommen, Dar schütze mich, er ist zurückgekommen ...

KAPITEL 16

Als Mirabar erwachte, lag sie zusammengerollt dicht neben einem der Heiligen Feuer. Es hatte lange gedauert, die Anderwelt um Hilfe anzuflehen, die Schatten der Toten auf das Tor zuzuführen und Dar um Gnade für sie zu bitten. Mirabar begriff, daß sie von der Anstrengung eingeschlafen sein mußte. Sie sah sich um und entdeckte, daß jemand etwas zu essen neben sie gestellt hatte. Erfreut warf sie die Decke zurück – die jemand über sie gebreitet hatte, als sie schlief – und stürzte sich auf die Mahlzeit. Als sie beinahe fertig war, hörte sie die Stimme eines Mannes vom Höhleneingang her.

»Ah, du bist wach.«

Sie zuckte zusammen und drehte sich um. Das war nicht derselbe *shallah*, der sie am Abend zuvor hierher geführt hatte, aber man hatte ihm offensichtlich von ihr erzählt, denn er schrie nicht auf und betete und fluchte nicht, und er griff auch nicht nach seinem Schwert. Darfeuer – er hatte ebenfalls ein Schwert!

Unbehagliches Schweigen war entstanden. Mirabar beschloß, es zu brechen, und sagte höflich: »Ich bin Mirabar, kein Vater, kein Klan, eine Wächterin der Anderwelt.«

»Sirana.« Er ballte die Fäuste, kreuzte die Unterarme vor der Brust und senkte respektvoll den Kopf. »Ich bin Amitan mar Kman shah Islanari.«

»Aus Basimars Klan«, stellte sie fest.

»Sie sagt, du seist eine sehr begabte Wächterin und sogar mit besonderen Visionen aus der Anderwelt gesegnet.«

Das klang gut, also widersprach Mirabar nicht. »Sie sagt, einer von euch habe einen anderen wie mich gesehen.«

»Nun ja ...« Amitan verzog den Mund zu einem spöttischen Lächeln. »Das war Zimran, und da er gern Geschichten erzählt ...« Er winkte ab, dann fügte er hinzu: »Aber Josarian hat ihn auch gesehen, also nehme ich an, daß es stimmt.«

Sie bat ihn zu wiederholen, was beide Männer berichtet hatten. Sie war enttäuscht, daß die Beschreibung, die er ihr gab, nicht mehr Einzelheiten enthielt als das, was sie Basimar schon ein dutzendmal entlockt hatte – feurig goldene Augen, dunkles Haar, sehr mächtig, offenbar ein *toren* von Geburt –, aber sie lauschte dennoch aufmerksam, wie ein Kind, das seiner Lieblingsgeschichte nie müde wird.

»Ein anderer wie ich ...« Sie versank in Gedanken, als sie sich wieder einmal dieser erstaunlichen Vorstellung überließ.

Amitan trat vor, so vorsichtig, als wäre sie ein Reh, das sich erschrecken und davonlaufen könnte. »Du hast letzte Nacht schwer gekämpft, *sirana*, um denen zu helfen, die in Malthenar niedergemetzelt wurden.«

»Ihre Stimmen sind immer noch laut«, erwiderte sie und versuchte, das Getöse abzuwehren. »Oder vielleicht sind es andere Stimmen.« Sie sah ihn an. »Deshalb kommen Wächter nur zu besonderen Gelegenheiten her, und deshalb bleiben sie niemals lange. Wir würden hier oben verrückt werden, wo die Anderwelt der unseren so nahe ist.«

»Ich kannte Corenten«, sagte Amitan leise. »Er war ein guter Junge. Er hätte vielleicht meine Schwester geheiratet.«

»Es tut mir leid.«

»Ist er ...« Amitan räusperte sich. »Ich weiß nicht viel von diesen Dingen. Ist er jetzt in der Anderwelt?«

Sie schüttelte den Kopf. »Das weiß ich nicht. Es tut mir leid. Wenn du mir etwas bringen kannst, was ihm gehörte, kann ich versuchen, ihn zu rufen. Aber du mußt verstehen, er ist gerade erst gestorben, also ist es vielleicht noch zu früh ...«

»Sie ist wach!«

Mirabar blickte auf und entdeckte Basimar am Höhleneingang, die die Neuigkeit jemandem draußen mitteilte. Auf Basimars Drängen hin verließ sie die Höhle und kam hinaus in die Sonne. Fünf Männer waren mit Basimar gekommen, alle offensichtlich neugierig, aber auch auf Mirabars Anblick vorbereitet. Außer Amitan waren sie die einzigen, die derzeit in Dalishar wohnten.

»Ich dachte, ihr wäret viele«, sagte Mirabar.

»Wir sind viele, *sirana*, aber wir sitzen nicht einfach hier herum und schlagen uns die Bäuche voll«, sagte der junge Mann, den sie am Vorabend getroffen hatte. »Wir sind die meiste Zeit mit Angriffen auf die Valdani und mit der Verteilung dessen beschäftigt, was wir ihnen stehlen.«

»Und wieso seid ihr dann hier?«

»Jemand muß Dalishar bewachen«, sagte ein junger

Mann, der eindeutig verärgert war, daß ihm diese lästige Pflicht zugefallen war.

»Wir können nicht zulassen, daß die Valdani herausfinden, daß wir hier unser Lager haben, und uns eine Falle stellen, während wir alle weg sind«, erklärte Amitan.

»Und Josarian ist weg. Der Krieger – Tansen – ist weg. Zimran ist weg.« Mirabar runzelte die Stirn. »Wer ist jetzt euer Anführer?«

»Emelen.«

Sie sah sich um. »Und wer von euch ...«

»Er ist auch weg, *sirana*.«

»Großartig.« Sie setzte sich auf einen Felsen.

Was sollte sie jetzt tun? Sie hatte Kiloran gesucht, seit sie Tashinar verlassen hatte, und sie war ihm kein bißchen näher gekommen. Als Basimar ihr gesagt hatte, sie könne den Krieger vielleicht in Dalishar finden, hatte sie die Suche nach Kiloran aufgegeben. War das ein Fehler gewesen? Nun, da sie wußte, daß auch der Krieger Kiloran suchte, hatte sie das schreckliche Gefühl, einen Fehler gemacht zu haben, als sie hierhergekommen war – sie hätte ebenfalls weiter nach Kiloran suchen sollen. Der Krieger würde bei ihm sein.

»Finde den *shir*, und du findest ihn.« Welcher *shir?* Wenn es nicht der *shir* von Basimars Schwager war, welcher dann? »Feuer und Wasser. Feuer in Wasser. Ein Haus aus Wasser. Eine Allianz.«

»Was sagt sie?« fragte einer der Männer und wich ein wenig vor ihr zurück.

»Das macht sie die ganze Zeit«, meinte Basimar gleichmütig. »Laß dich davon nicht stören.«

»Ich muß Kiloran finden«, sagte Mirabar schließlich.

»Das haben wir doch schon versucht«, wandte Basimar ein.

»Es muß eine Möglichkeit geben ...« Mirabar sah die Männer an. »Wer könnte wissen, wo er ist?«

»Ein Attentäter, nehme ich an«, sagte Amitan. »Einer der Attentäter, die in seinem Dienst stehen.«

Sie dachte darüber nach. »Also gut, und wie finde ich einen dieser Attentäter?«

Basimar zuckte zusammen, als hätte sie etwas gestochen. Amitan schüttelte den Kopf. Ein anderer der Männer lachte sie aus.

»*Sirana*, du kannst doch nicht einfach ...«

»Mira, das ist die dümmste Idee, die du bisher ...«

»Ein Attentäter! Sie zu meiden, ist die einzige ...«

»Hatten wir nicht schon genug Ärger mit Kiloran?«

»Welchen Ärger?« fragte Mirabar. »Kiloran ist es doch sicherlich gleich, ob ihr die Valdani angreift?«

»Ich rede von dem Attentäter, der hierher kam. Tansen hat ihn umgebracht, was uns Kiloran gegenüber in eine unangenehme Lage ...«

»Ein Attentäter war hier?« Mirabar sprang auf. »Und er suchte nach Tansen?«

»Ja. Der *shir* liegt immer noch da drüben, wo er hingefallen ist.«

»Süße Dar, er hinterläßt eine *Spur* aus ihnen«, murmelte Mirabar. »Wie viele Leute wissen, daß Tansen verschwunden ist und vielleicht nicht wiederkommen wird?«

Amitan blinzelte. »Nun ja ... eigentlich niemand. Wir

hielten es nicht für klug, anderen zu sagen, daß auch Josarian weg ist, also ...«

»Also weiß nicht einmal Kiloran, daß Tansen im Augenblick nicht hier bei uns ist?« bohrte sie nach.

»Ja, das stimmt wohl.«

Mirabar lachte. »Das ist es! So werde ich Kiloran finden!«

»Sirana?«

»Wir werden einen Attentäter hierher locken. Ich nehme ihn gefangen und bringe ihn dazu, mich zu Kiloran zu führen.«

Die anderen hätten nicht entsetzter sein können, wenn sie ihnen gesagt hätte, sie habe vor, nach Valda zu marschieren und dem Kaiser ins Gesicht zu spucken. Mirabar wartete, bis sie sich wieder beruhigt hatten, dann bot sie ihnen an, eine Anrufung vorzunehmen.

»Jemand sucht nach dir«, sagte der Olvar und zog seine faltige Hand durch das Wasser des Heiligen Teichs.

»Kiloran?« riet Tansen.

»Nein. Verbündete.«

»Elelar? Kommt sie hierher?«

Er versuchte, ruhig zu klingen, und verbarg die Emotionen, die in ihm aufwirbelten. Es war schwierig, hier unten sein Zeitgefühl zu bewahren, aber er ging davon aus, daß mehr als ein Tag vergangen war, seit er dem Boten des Olvar Elelars Schal mitgegeben und ihr dadurch mitgeteilt hatte, daß er hier unten wartete.

Sie würde kommen. Sie würde ganz sicher kommen. Sie konnte es nicht wagen, nicht zu kommen, und außerdem war sie nie vor einer Herausforderung zurückgeschreckt.

»Die *torena* wird kommen«, versicherte ihm der Olvar. »Sie ist schon in den Tunneln und auf dem Weg hierher.«

Es fühlte sich an, als hätte jemand plötzlich seine Eingeweide gepackt und fest zugedrückt. Er wagte es nicht, Josarian anzusehen, obwohl er den forschenden Blick seines Freundes auf sich ruhen spürte.

»Jemand sucht nach dir«, wiederholte der Olvar. »Setzt sich großen Gefahren aus, um dich zu finden.«

Tansen dachte einen Augenblick lang nach. »Das ist doch nicht etwa Koroll, der Kommandant der Valdani? Er glaubt, daß wir verbündet sind, und er weiß nicht, was aus mir geworden ist.«

Die Beyah-Olvari, die sich um sie versammelt hatten, murmelten ein Banngebet. Die Ingenieure des Kaisers hatten bereits einen großen Teil dieser unterirdischen Welt zerstört, als sie vor mehreren Jahren den Hafen von Shaljir erweitert hatten. Nun sprachen die Valdani davon, Shaljirs weitverzweigtes Netz von Tunnels dazu zu nutzen, Wasser aus einer neuen Quelle in die Stadt zu leiten, damit sie nicht mehr vom Fluß Idalar abhängig waren; für den Idalar hatten sie der Gesellschaft immer horrende Tribute zahlen müssen, und durch Kilorans Machtkampf mit Baran war die Wasserversorgung der Stadt immer unsicherer geworden. Und diese Pläne bedrohten die gesamte Existenz der Beyah-Olvari.

»Nein«, sagte der Olvar. »Kein Valdan. Ein Verbündeter. Jemand, der der Schild sein wird, wie du das Schwert bist.«

»Schild und Schwert wofür?« wollte Tansen wissen.

Der Olvar sah Josarian an. »Für ihn.«

Myrells letzter Bericht hatte Koroll nicht sonderlich erstaunt. Er hatte gewußt, daß die brutale Machtdemonstration, die Myrell in mehreren Dörfern im Westen vollführte, nicht sofort zu Ergebnissen führen würde, denn jeder *shallah* hatte – und das nicht zu Unrecht – Angst, Josarian zu verraten. Die Gesellschaft würde mit Sicherheit sofort Maßnahmen gegen jeden ergreifen, der *lirtahar* verletzte. Und der Mord an Arlen, Myrells silerischem Informanten, zeigte außerdem, daß Josarian Verrat ebenso schnell bestrafte wie die Wasserherren.

Im Augenblick waren die *shallaheen* damit beschäftigt, ihre Heiligen Feuer zu errichten, um ihre Toten ins Paradies oder einen ähnlichen Ort zu schicken, und sie schrieben Lieder über die Märtyrer, die lieber gestorben waren, als sich gegen Josarian zu wenden. Im Augenblick blieben sie loyal.

Aber früher oder später würde ihn jemand verraten. Früher oder später würden die Leute genug davon haben, wegen dieses Gesetzlosen zu leiden, ganz gleich, wieviel von seiner Beute er ihnen abgab. Früher oder später würden alte Rivalitäten und Probleme wieder auftauchen und sich über diese ungewöhnliche Solidarität hinwegsetzen. Zweifellos würde Josarian noch mehr Angehörige seines eigenen Volkes umbringen müssen; wenn Koroll Glück hatte, würde es das nächste Mal ein *shallah* sein, der eine Familie hatte, die ihn liebte, statt eines verachteten Fremden, der seine Leute schon vor langer Zeit verlassen hatte.

Die *shallaheen* waren ein gewalttätiges, streitsüchtiges, irrationales Volk – das waren sie immer gewesen. Ob sie schließlich Koroll helfen würden, Josarian umzubringen, oder ob sie ihn einfach selbst töteten, war ganz gleich; wichtig war nur, daß diese peinliche Rebellion nicht mehr lange dauern würde.

Die Ankunft der *torena* Elelar mar Olidan yesh Ronall shah Hasnari in der Kammer des Heiligen Teichs rief viele Gebete und Segnungen hervor, sowohl vor als auch nach den endlos langen formellen Begrüßungen, denen die Beyah-Olvari jeden Gast unterzogen.

Tansen war froh darüber, denn das gab ihm die Zeit, tausend unerwünschte Erinnerungen und Gefühle zu ersticken, ehe er mit ihr sprechen mußte. Sie hatte ein noch gelasseneres Auftreten als mit achtzehn; abgesehen von einem kurzen Blick in seine Richtung, als sie die Kammer betreten hatte, gelang es ihr, ihn nicht wieder anzusehen, bis sie endlich die Begrüßung des Olvar, seiner Familie, der Ältesten des Stammes und deren Familien hinter sich gebracht hatte.

Anmutig und elegant, war sie nun gereift, um alle Hoffnungen zu erfüllen, die sie neun Jahre zuvor geweckt hatte. Sie trug ein teures Gewand aus bemaltem Spinnwebstoff, das traditionelle lange Hemd und die Hosen silerischer Frauen, aber modifiziert nach den nachlässigeren Maßstäben der *toreni*. Die schmal geschnittene Hose schmiegte sich an ihre schlanken Knöchel, deren Anmut vermutlich an den valdanischen Tölpel, den sie geheiratet hatte, verschwendet war.

Yesh Ronall: Ehefrau des Ronall. Die Worte hatten Tansen schwer getroffen, als der Lobsänger des Olvar Elelars Ankunft angekündigt hatte. Tan hatte gewußt, daß sie heiraten würde; welche Frauen, außer den Schwestern, heirateten denn nicht? Er hatte es erwartet, aber es nagte dennoch an ihm. Sie gehörte einem anderen Mann – und noch dazu einem Valdan! In Tansens Kopf drehte sich alles. Er wußte, wie sehr sie die Valdani neun Jahre zuvor gehaßt hatte, und er fragte sich, ob sie sich wirklich bis zur Unkenntlichkeit verändert haben mochte, oder ob diese Ehe ein weiterer Faden im komplizierten Netz von Intrigen und Täuschung war, das die Allianz wob.

Körperlich zumindest war die Veränderung subtilerer Art. Er hätte sie überall wiedererkannt. Ihr glattes, arrogantes Gesicht mit den weit auseinanderliegenden wachsamen Augen und dem üppigen Mund war genauso, wie er es in Erinnerung hatte, obwohl es nun das Gesicht einer Frau war, nicht mehr das eines Mädchens. Ihre teure Kleidung war so geschnitten, daß sie kunstvoll die anmutigen Kurven und die schlanke Taille betonten, die er niemals vergessen hatte. Die kurzen Ärmel ihres schimmernden Hemdes zeigte die glatte Haut ihrer nach silerischen Maßstäben wundervoll blassen Arme – obwohl die Valdani sie vermutlich für zu dunkelhäutig hielten, um sie als schön zu betrachten.

Und es war auch nicht die Schönheit – obwohl sie sie besaß –, die Elelar von anderen Frauen unterschied. Die kunstvollen Zöpfe und Locken, zu denen ihr glänzendes schwarzes Haar gesteckt war, die Öle und Kosmetik, die sie mit soviel Können nutzte, und die exquisite Kleidung, die sie trug, erfreuten das Auge ebenso wie ihr Gesicht und ihre Figur, aber Tansen hatte schönere Frauen gesehen. Elelar hatte etwas an sich, was reine Schönheit überstieg; sie hatte es schon neun Jahre zuvor gehabt, und nun war es vollständig entwickelt. War es die Sinnlichkeit und Eleganz ihrer Bewegungen? Die Mischung aus hitziger Herausforderung und kühler Intelligenz in ihrem Blick? Ihr Mut, den sie – wie Josarian es ausgedrückt hätte – wie eine Fahne vor sich hertrug? Oder war es nur ihr arroganter Stolz, so deutlich in jeder Geste, der einem Mann den Wunsch eingab, spüren zu wollen, wie sie unter ihm erbebte?

Mit fünfzehn war er ihrem Bann sofort und unwiderruflich verfallen. Sie hatte ihn ignoriert, ihn verspottet, verlegen gemacht, geärgert. Sie hatte ihn auch belehrt, geführt und ihm auf eine Weise die Augen geöffnet, daß er sie nie wieder schließen konnte. Elelar hatte sein Schicksal erheblich mehr beeinflußt, als selbst sie es begriffen hatte. Und am Ende hatte sie ihn verraten.

Er hatte versucht, sie zu hassen, sie zu verachten, seine Ablehnung zu kultivieren. Manchmal war es ihm sogar gelungen, aber es war ihm immer unmöglich gewesen, sie zu vergessen. Und nun, nach all diesen Jahren, mußte er, als er sie ansah, beschämt feststellen, daß Haß und Ablehnung schwache, bleiche Dinge waren, die unter der Macht seiner Sehnsucht welkten.

Als er sie zum letzten Mal gesehen hatte, hatte sie ihn mit einer Heftigkeit gehaßt, die keine Gnade kannte, mit einer Leidenschaft, die nach Vergeltung schrie. Nun, als sie sich ihm zuwandte, um ihn zu begrüßen, sah er, daß auch sie lange und schwer daran gearbeitet hatte, ihre Gefühle zu verbergen. Ihre Stimme war kühl, und ihre Miene zeigte nicht mehr Interesse, als sie an jedem anderen unerwarteten Besucher in den Tunnels gezeigt hätte. Ihre offensichtliche Gleichgültigkeit zerrte an ihm, obwohl er sich ebenfalls bemühte, gleichmütig zu wirken.

Er kreuzte die Fäuste vor der Brust und verneigte sich, wie es ihrem Rang gebührte. »*Torena*, ich freue mich, dich so wohlauf zu finden«, sagte er höflich.

»Möge Dar ihren umherziehenden Sohn willkommen hei- ßen«, rezitierte sie und gab sich keine Mühe, ehrlich zu klingen. »Ich sehe, daß du einen Freund mitgebracht hast.«

»*Torena*«, erwiderte er, »ich bitte um die Ehre, dir meinen Blutsbruder, Josarian mar Gershon shah Emeldari, vorstellen zu dürfen.«

Selbst Elelar konnte nicht vollständig verbergen, wie überrascht sie war. Sie starrte Josarian mit offenem Staunen an. »*Josarian?*«

Josarian warf Tansen einen raschen Blick zu, dann kreuzte er die Fäuste und senkte den Kopf. »Ich fühle mich geehrt, *torena*.«

»Du solltest nicht hier sein«, sagte sie sofort. »Wenn die Valdani dich hier finden, wirst du ihnen nicht mehr entkommen können. Die Stadt ist von Mauern umgeben, und überall gibt es ...«

»Sie werden es nicht erfahren«, unterbrach Tansen sie.

Elelar sah ihn an und vergaß jede Förmlichkeit. »Du hast gut daran getan, uns zu benachrichtigen, aber ihn nach Shaljir zu bringen, war nicht ...«

»Ich habe ihn nicht hergebracht. Ich habe hier etwas zu erledigen, und er hat darauf bestanden, mich zu begleiten.«

»Das war unklug. Du bist hier nicht sicher«, sagte sie zu Josarian, »und deine erste Verpflichtung besteht darin ...«

»Ich wähle meine Verpflichtungen selbst, *torena*«, sagte Josarian und sah sie stirnrunzelnd an. »Aber ich bin neugierig: Welches Interesse könntest du an meiner Sicherheit und meinen Verpflichtungen haben?«

Elelar schaute wieder Tansen an. »Du hast es ihm nicht gesagt?«

»Ich wußte nicht, ob du kommen würdest«, sagte er ruhig. »Ich wußte ja nicht einmal, ob du noch ...« Er zuckte die Achseln.

»Aha.« Einen Augenblick lang betrachtete sie ihn mit jener Neugier, die sie zuvor nicht hatte zeigen wollen. »Ich war sicher, daß du inzwischen tot wärst.«

»Du scheinst die Enttäuschung gut ertragen zu können.«

Das ignorierte sie. »Wann bist zu zurückgekehrt?«

»Früher in diesem Jahr.«

»Und er?« Sie nickte zu Josarian. »Woher kennst du ihn? Bist du verantwortlich für ...«

»Nein. Zufall. Die Valdani haben mich in Cavasar gefangengenommen, als ich zurückkehrte, wegen diesen hier.« Er zeigte auf seine Schwerter, die er nun unverhüllt trug. »Kommandant Koroll hat mich dafür bezahlen wollen, Josarian zu finden und ihn zu töten, weil die Valdani ihn damals schon fürchteten.«

»Und du hast ihn gefunden und ihm geholfen, noch mehr Valdani umzubringen?« vermutete sie.

»Ja.« Er spannte sich an, als sie einen Schritt vortrat und ohne um Erlaubnis zu fragen den Griff des Schwerts an seiner Seite berührte. Ihr Duft umwehte ihn, subtil, luxuriös und betörend in der abgestandenen Luft der Höhlen. Die Wärme ihrer Haut war deutlich zu spüren, ließ ihn wieder zu einem Jungen werden, der sich nach ihrer Berührung sehnte, aber zu stolz war, eine Zurückweisung zu riskieren.

»Wo hast du diese Schwerter her?« fragte sie. »Das ist kintische Arbeit, nicht wahr?«

»Ich habe die adalanische Küste auf einem Schiff verlassen, das nach Kashala fuhr«, erwiderte er und blickte ihr ins Gesicht, das sie ihm zugewandt hatte. Mit zerstreuter Überraschung registrierte er, daß er jetzt größer war als sie.

Sie erwiderte seinen Blick für einen Moment, dann wandte sie sich plötzlich ab. »Kashala ... ich habe mich manchmal gefragt, wohin du wohl gegangen warst. Ob du noch lebtest. Was mit dir geschehen ist.«

»Ob die Gesellschaft mich gefunden hätte?« Er hörte die Schärfe in seiner Stimme und biß die Zähne zusammen, mahnte sich, einen kühlen Kopf zu bewahren.

»Das hätte ich gehört«, erinnerte sie ihn.

»Du wußtest von Kilorans Blutfluch, *torena?*« fragte Josarian, der beide genau beobachtete und mit größter

Konzentration zu verstehen versuchte, wo die Spannung zwischen ihnen herrührte.

Tansen schnaubte. »Man könnte sagen, die *torena* hat ihn dazu gedrängt, diesen Blutfluch auszusprechen.«

»Wie bitte?« Josarian war entsetzt.

Elelars Augen blitzten, und die aristokratische Kühle war verschwunden, als der Zorn an die Oberfläche drang. »Was hast du erwartet, nach dem, was du getan hattest?«

»Was hätte ich tun sollen, nach allem, was du gesagt hattest?« parierte er.

»Ich hab nie etwas gesagt, das gerechtfertigt hätte, daß du dich so rücksichtslos, so zerstörerisch und so unglaublich *dumm* verhältst!« gab sie zurück.

»Du warst diejenige, die mir alles gezeigt hat, die mich meine Pflicht gelehrt hat, die mir gezeigt hat, was die Gesellschaft wirklich ist.« Neun Jahre des Zorns, der glühenden Ablehnung, fluteten durch seine Adern. Er hörte diese Gefühle in seiner Stimme, aber es störte ihn nicht mehr. Wie hatte sie ihm das antun können?

»Du kannst *mir* nicht die Schuld geben!« rief sie. »Wir hätten alle umkommen können! Und du hast alles zerstört! Wenn du nicht gewesen wärst, hätten wir gewinnen können!«

»*Was* gewinnen?« fauchte er. »Weitere tausend Jahre Sklaverei? Noch eine grausame Eroberung?«

»Die Valdani sind die einzigen Feinde, die zählen!« schrie sie.

»Du irrst dich.« Das hatte er ihr damals schon gesagt, und er sah, daß sie es immer noch nicht verstand. »Und du hast dich geirrt, als du mich verraten hast, Elelar.« Er schüttelte den Kopf und fügte hinzu: »Ich hätte dich für mutiger gehalten.«

Elelar wich zurück, als hätte er ihr ins Gesicht geschlagen. Ihre Wangen waren bleich vor Entsetzen über diese Beleidigung. Die vermischten Segenssprüche, Bannsprüche und Klagegesänge der Beyah-Olvari hatten eine ohrenbetäubende Lautstärke erreicht. Solche Ausbrüche von Feindseligkeit waren für sie kaum zu ertragen. Tansen sah seine jammernden, schwankenden Gefährten an und verfluchte sich, weil er sich so hatte gehenlassen. Er hätte es besser wissen sollen. Er war ein *shatai*. Er mußte sich auf die Aufgabe konzentrieren, die vor ihm lag.

»Ich habe alles nur getan, um die Allianz zu retten«, sagte Elelar leise, aber ihre Stimme bebte vor Zorn. »Mit einer einzigen dummen, unvernünftigen Tat hast du die Zukunft Silerias zerstört. Und beinahe hättest du auch der Allianz ein Ende bereitet.« Wütend starrte sie ihn an, mit glühendem Blick. »Ich konnte nicht mehr rückgängig machen, was du getan hattest, aber ich wollte nicht zulassen, daß du die Arbeit von Jahren zerstörtest, für die meine Eltern, mein Großvater und so viele andere ihre Leben geopfert hatten.«

»Die Arbeit von Jahren?« Tansens Stimme war ätzend. »In den letzten paar Monaten hat Josarian den Valdani mehr geschadet, als die gesamten fünfzig Jahre von Intrigen und Falschheiten der Allianz und ...«

»Und ohne uns würde er weiterhin seine Kraft für unbedeutende Ziele verschwenden«, fauchte sie. »Gewalt ohne Intelligenz ist unbedeutend! Oder hast du das noch nicht begriffen? Hast du diese letzten neun Jahre vollkommen verschwendet?«

»Er ist ein *shatai*«, warf Josarian ein, die Stimme rauh vor Zorn, »und niemand darf so mit ihm sprechen, *torena*. Er hat seine Zeit gut genutzt, und du bist ihm mehr Respekt schuldig als ...«

»Ein *shatai?*« Sie schaute von Tansens Schwertern zu seinem Gesicht, mit verwirrter Miene. »Ich habe *shatai* gesehen, und du siehst nicht ...«

»Ich, äh ...« Tansen warf Josarian einen ironischen Blick zu. »Ich mußte mich ein wenig verändern, nachdem ich mich Josarian angeschlossen hatte. Ein *shatai* würde in den Bergen zu sehr auffallen.« Er sah ihren zweifelnden Blick, seufzte und schnürte sein schäbiges Hemd weit genug auf, um das Brandmal auf seiner Brust zu enthüllen. Ihr verblüfftes Keuchen freute ihn.

Sie trat einen Schritt vor und starrte die kunstvolle Narbe an, die er mit Schweiß, Schmerz und Kunstfertigkeit verdient hatte und die er voller Stolz trug. »Du ... du bist ein *shatai* geworden.« Ihr Flüstern war kaum zu verstehen.

»Ich weiß, jetzt bist du enttäuscht.« Er schloß sein Hemd wieder. »Du hast dir zweifellos neun Jahre lang vorgestellt, daß ich als Drachenfischköder geendet bin.«

Sie verdrehte die Augen. »Ich war neun Jahre lang mehr als genug damit beschäftigt zu ...« Sie hielt inne und starrte ihn an. »*Neun Jahre*. Der Blutfluch! Also deshalb bist du zurückgekommen.«

»Ja.«

Sie sah ihn fragend an. »Und ... ist es vorüber?«

»Darüber muß ich mit Kiloran sprechen«, sagte er. »Er hat offenbar vergessen, den Blutfluch zurückzunehmen, und die Gesellschaft weiß, daß ich wieder hier bin.«

»Sie werden Attentäter ausschicken.«

»Zwei von ihnen haben mich bereits gefunden.«

Sie blinzelte. »Und?«

»Und wenn das so weiter geht, werde ich bald mehr *shir* haben als die Gesellschaft.«

Sie schien verblüfft. »Aber ... es sind *Attentäter!* Wie bei den Feuern hast du ...«

»Ich bin ein *shatai.*« Er genoß die Möglichkeit, sich ein wenig herablassend zu geben. »Man bringt mich nicht so schnell um.«

Ihr Blick war fragend, abschätzend. »Du hast keine Angst vor ihnen.«

»Ich kann so viele umbringen, wie Kiloran schicken kann«, meinte Tansen abfällig. »Das ist nicht das Problem.«

»Das Problem ist«, warf Josarian ein, »daß unsere Fehde mit Kiloran unsere Blutfehde mit den Valdani stört.«

»*Unsere* Fehde mit Kiloran?« Elelar zog die Brauen hoch.

»Tansen ist jetzt mein Blutsbruder«, sagte Josarian. »Sein Klan ist tot. Er hat nur noch mich, um an seiner Seite zu kämpfen.«

Elelar sah wieder Tansen an, diesmal mit offensichtlicher Verärgerung. »Das ist ja großartig.«

»Ich hatte angenommen, daß es dich interessieren würde«, meinte er zufrieden.

»Du wirst in den Bergen gebraucht«, erklärte sie Josarian. »Mehr als an Tansens Seite.«

Es war eindeutig, daß er es nicht schätzte, wie ein Kind behandelt zu werden. »Tansen kann nicht in die Berge zurückkehren, ehe nicht diese Angelegenheit mit Kiloran erledigt ist, und ich auch nicht.«

»Es gibt Wichtigeres zu bedenken als ...«

»Wenn du ihn verraten hast, *torena*, kannst du von mir ja wohl kaum verlangen, daß ich auf deinen Rat höre.« Josarian sah sie verächtlich an, und Tansen nahm an, daß es für Elelar eine ganz neue Erfahrung war, daß ein *shallah* so mit ihr umging.

»Dar schenke mir Geduld«, murmelte sie. Sie sah Tansen an. »Ich kann mir vorstellen, wieso du hier bist. Ich soll dir helfen, Kiloran zu finden.«

»Ja.«

»Du glaubst doch nicht ernsthaft, daß er den Blutfluch zurücknehmen wird?«

»Es sind neun Jahre vergangen«, sagte Tansen und wußte, wie hohl diese Worte waren. »Die Ehre schreibt vor ...«

»Tu doch nicht so, als würdest du glauben, daß sich Kiloran um so etwas wie Ehre schert.«

»Ich bringe den *shir* zurück.«

»Du hast ihn immer noch?«

Er nickte. »Es ist ein ehrenhaftes Friedensangebot.«

»Nicht nach dem, was du getan hast.« Ihre Stimme zitterte von den Gefühlen, deren erneuten Ausbruch sie verhindern wollte. »Er wird dir nie verzeihen, was du getan hast.«

»Wirst du mir helfen, ihn zu finden?«

»Tansen ...« Sie legte ihm die Hand auf den Arm – die erste Berührung, seit sie die Kammer des Heiligen Teichs betreten hatte. Es war widerwärtig, dachte er, wie sehr ihre Berührung ihn veranlassen konnte, ihr alles verzeihen zu wollen. »Er ist ein Wasserherr. *Der* Wasserherr. Selbst ein *shatai* könnte einen direkten Angriff Kilorans nicht überleben.«

»Wirst du mir helfen?« wiederholte er.

»Tansen, bitte ...« Sie schüttelte den Kopf. »Es war nicht dein Tod, worauf ich aus war. Es ging mir um das Überleben der Allianz. Und jetzt, wenn ich dich wiedersehe ...« Sie wandte den Blick ab. »Laß mich dir helfen, Sileria zu verlassen, bevor er herausfindet, daß du hierher gekommen bist. Laß mich dir helfen zu fliehen.«

»Du sollst mir nur helfen, Kiloran zu finden.« Sein Herz klopfte wegen ihrer Nähe und schmerzte, weil sie sich plötzlich um ihn zu sorgen schien.

»Er wird dich umbringen«, flüsterte sie. »Er wird dich ganz sicher umbringen. Das mußt du doch wissen.«

»Ich werde ihn finden, mit deiner Hilfe oder ohne sie, Elelar«, sagte er über das Jammern der Beyah-Olvari hinweg. »Wir werden Frieden schließen, oder einer von uns wird sterben.«

»Bitte ...«

»So wird es geschehen.« Den Bitten einer Frau, stellte er fest, konnte er schwerer widerstehen als seiner eigenen Angst. »Es geht nicht anders.« Jetzt war die Zeit gekommen, den Köder auszuwerfen. »Wenn du mir hilfst ...«

»Was?« Sie blickte nicht einmal auf.

Er warf Josarian einen Blick zu. »Dann wird mein Blutsbruder vielleicht seine Wertschätzung demonstrieren, auch nach meinem Tod, indem er sich der Allianz anschließt.«

Das entlockte ihr eine Reaktion. Sie kniff die Augen zusammen, denn sie kannte die Antwort auf die nächste Frage: »Und wenn ich dir nicht helfe?«

»Dann wirst du Josarian nie wiedersehen.«

Josarian erkannte sein Stichwort. »Wenn du uns jetzt hilfst, *torena*, dann schwöre ich einen Blutpakt mit dir.«

Elelar hob ihm eine glatte, makellose Handfläche entgegen. »Wenn du mir mit einem Messer auch nur nahe kommst, werde ich dich ins Gefängnis werfen lassen.«

Josarians Mundwinkel zuckten. »Verzeih mir, *torena*, ich habe vergessen, daß nur *shallah*-Frauen das Messer mit Würde ertragen können.«

Tansen hätte am liebsten über den Blick gelacht, den Elelar Josarian zuwarf, denn er bezweifelte nicht, daß sie immer noch stolz darauf war, alles ertragen zu können.

»Wenn die Allianz also wünscht, daß Josarian, seine Männer und die *shallaheen* sich ihr anschließen, ob ich nun überlebe oder nicht, dann ...«

»Dann muß ich dich zu Kiloran bringen«, schloß sie bitter.

»Das sind unsere Bedingungen«, bestätigte Josarian. Er sah Tansen an, und sein Blick sagte mehr als deutlich, daß er eine Menge Erklärungen zu dieser Szene verlangen würde.

»Willst du denn unbedingt sterben?« fragte Elelar Tansen.

Statt darauf einzugehen, erinnerte er sie: »Du hast mein Leben schon einmal zum Nutzen der Allianz opfern wollen. Wieso zögerst du jetzt?«

Sie senkte den Kopf und seufzte. Einen Augenblick lang schien sie dem Klagen der Beyah-Olvari zu lauschen, das von überall her widerhallte, dann nickte sie schließlich. »Also gut. Ich werde dich zu Kiloran bringen.«

KAPITEL 17

Er hieß Najdan, und er war in solch bitterer Armut geboren, daß seine erste Erinnerung die an Hunger war. Sein Vater war kurz nach der Geburt von Najdans jüngster Schwester in die Minen gebracht worden, wo er gestorben war, ohne je den Himmel wiedergesehen zu haben. Mit vierzehn hatte Najdan seinen ersten Mord begangen und einen *sriliah* umgebracht, der von Kiloran gesucht wurde. Es war nicht ungefährlich gewesen, denn die Attentäter lehnten jeden ab, der versuchte, sich den Ruhm zu erwerben, einen Blutfluch vollzogen zu haben; oft töteten sie einen solchen Mann, bevor er sich an einen Wasserherrn wenden und fordern konnte, in die Gesellschaft aufgenommen zu werden. Wenn er allerdings überlebte wie Najdan, wurde er einer von ihnen und war hinfort von ihrem Ehrenkodex geschützt. Ein Attentäter konnte beinahe jeden gewöhnlichen Menschen töten, ohne dafür bestraft zu werden, aber nur ein Wasserherr konnte den Tod eines anderen Mitglieds der Verehrungswürdigen Gesellschaft anordnen. Wenn ein Attentäter einen anderen ohne diese Erlaubnis umbrachte, dann war sein Leben nichts mehr wert. Tatsächlich war die Strafe erheblich schlimmer als der Tod: Es hieß, daß der Weiße Drache jeden Attentäter jagte, der die Gesellschaft entehrt hatte. Die Rechte und Privilegien, die einem die Gesellschaft gewährte, waren groß, aber entsprechend schwer waren auch die Strafen für Verstöße gegen ihre Gesetze.

Najdan hatte diesen ersten Mord nie bereut, und auch nicht die vielen anderen, die er seitdem begangen hatte. Seine Mutter und seine Schwestern hatten volle Bäuche und gemütliche Häuser; allerdings sah er sie nicht mehr sehr oft. Er hätte niemals so viel für sie tun können, wenn er einer anderen Tätigkeit nachgegangen wäre, schwere Arbeit änderte nichts an der Armut eines *shallah* – nicht, solange die Valdani das Land beherrschten. Auch Najdans Bauch war voll. Er trug gute Kleidung, konnte sie regelmäßig durch neue ersetzen, und seine Stiefel waren speziell für ihn in Adalian hergestellt worden. Seine Mätresse führte sein Haus für ihn, tief in den Bergen, nicht weit von Kilorans Versteck entfernt. Nun, zwanzig Jahre, nachdem er seinen ersten Mord begangen und überlebt hatte und in die Gesellschaft initiiert worden war, fürchtete Najdan nur zwei Dinge im Leben: den Hunger und Kiloran.

Selbstverständlich war ein Attentäter auch immer durch Späher gefährdet. Wenn sie ihn erwischten, würden sie ihn umbringen, ihn in die Minen schicken oder in eine Gefängniszelle werfen, wo er dann langsam sterben würde. Aber die Späher waren immerhin nur Valdani – dumm, ungeschickt, und man konnte ihnen leicht aus dem Weg gehen. Außerdem wurde ein Mann, der mit einem *shir* bewaffnet war, nicht so leicht zum Opfer, nicht einmal, wenn schwertschwingende Späher ihn angriffen. Najdan hatte im Lauf der Jahre drei Späher getötet, und er wußte, daß sie nicht unbesiegbar waren; das Problem bestand nur darin, daß es so *viele* waren. Selbst Kiloran hatte keine Möglichkeit, sie alle umzubringen.

Der alte Zauberer hatte ein gewisses Interesse an dem jungen *shallah* ausgedrückt, der in letzter Zeit so viele getötet hatte. Es gab tatsächlich einiges an Josarian, was Kiloran interessierte, unter anderem auch wie, wann und warum er sich mit Tansen zusammengetan hatte, dem mysteriösen Söldner, der Anfang des Jahres aus dem Nichts aufgetaucht war.

Die Wasserherren der Verehrungswürdigen Gesellschaft hatten sich bereits darüber verständigt, daß sie diese unerwartete Rebellion in den Bergen nicht störte. Ihre Feinde, die Valdani, litten darunter – ja, sie wurden sogar lächerlich gemacht. Die Rebellion lenkte die Aufmerksamkeit der Besatzer von einigen der Aktivitäten der Gesellschaft ab und erhöhten damit indirekt deren Profite und Macht. Und vor allem hatte Josarian die Gesellschaft nicht angegriffen und ihre Vorherrschaft nie herausgefordert.

Es war allerdings unangenehm, daß ein Mann, der inzwischen angeblich zu Josarians Vertrauten zählte, ein alter Feind Kilorans war. Darüber hinaus war es Tansen, dem einzigen Überlebenden eines ausgestorbenen Klans, bereits gelungen, zwei Attentäter umzubringen, die Kiloran ausgeschickt hatte, um den Blutfluch zu vollziehen, und die Gesellschaft daher auch noch dadurch zu beleidigen, daß er einfach weiterlebte. Das wiederum hatte alle veranlaßt, innezuhalten und die Situation noch einmal ernsthaft zu überdenken; niemand konnte sich daran erinnern, wann es zum letzten Mal einem einfachen *shallah* gelungen war, einen Attentäter umzubringen.

Kiloran tobte vor Wut. Er hatte Najdan von der Westküste zurückgerufen und ihm befohlen, Tansen zu finden und zu töten, und zwar so schnell wie möglich. Najdan hielt sich für einen der besten und vertrauenswürdigsten Attentäter in Kilorans Dienst. Er verfügte nicht über die Fähigkeiten, die Wassermagie zu studieren, jene geheimnisvolle Zauberkunst, auf die die Macht und der Einfluß der Gesellschaft sich gründeten, aber er war ausgesprochen gut, was die eher praktischen Belange der Gesellschaft anging. Zugegeben, er war nicht so schlau wie Searlon, der Attentäter, den Kiloran am meisten schätzte, aber Searlon kam auch aus einer wohlhabenden Kaufmannsfamilie und war gebildet. Aber obwohl es Najdan an Searlons Phantasie und Weltgewandtheit mangelte, war er dennoch sehr gut, wenn es darum ging, Leute umzubringen, und das machte ihn für Kiloran sehr wertvoll. Das stellte er ohne sonderlichen Stolz oder Bedauern fest; es bedeutete einfach, daß er als Junge von vierzehn den richtigen Weg eingeschlagen hatte. Und das war mehr, als die meisten Männer von sich behaupten konnten.

Man hörte Gerüchte über den *shallah*, den er verfolgte. Seltsame Dinge über ausländische Schwerter, außergewöhnliche Fähigkeiten, einen Blutpakt mit Josarian – den er einmal angeblich hatte töten wollen – und eine Vergangenheit voller Geheimnisse und Gewalt. Viele in der Gesellschaft fragten sich, wieso Kiloran so versessen darauf war, den *roshah* töten zu lassen, denn niemand schien zu wissen, wer der Mann eigentlich war und was er getan hatte, um sich die Feindschaft des Wasserherrn zuzuziehen. Kiloran selbst hatte Najdan nur gesagt: »Er hat etwas sehr Wertvolles vernichtet, das von Rechts wegen mir gehörte; etwas, das nie wieder ersetzt werden kann.«

Najdan war es im Grunde gleich, was Tansen getan hatte. Er hatte Neugier immer für ein ungesundes Laster gehalten. Es genügte, daß Kiloran den *sriliah* tot sehen wollte und daß dieser offenbar recht schwierig umzubringen war. Immerhin sollte er leicht zu finden sein; sorgfältige Fragen in mehreren Dörfern hatten schließlich zu der Information geführt, daß Josarians Männer ihr Lager in den Höhlen von Dalishar hatten. Eine gute Wahl für Gesetzlose, die den Spähern aus dem Weg gehen wollten. Selbst Kilorans Versteck war nicht so abgelegen wie diese von Spuk heimgesuchten, hallenden, mit unheimlichen Bildern versehenen Höhlen mit den ewigen Feuern. Najdan war noch nie dort gewesen, aber jeder Silerier wußte von den Höhlen. Obwohl die Gesellschaft die Macht der Wächter längst gebrochen hatte, war Dalishar einer der wenigen Orte, an denen sich ihre Magie immer noch deutlich zeigte; schon vor Jahrhunderten hatten es die Wasserherren aufgegeben, den Ort für sich in Anspruch nehmen zu wollen, ohne ein großes Gewese darum zu machen.

Najdan würde diesen Ort ungern aufsuchen, aber er hatte keine Angst. Er hatte seine Arbeit schon an schlimmeren Orten getan.

Bei der Verfolgung seines Opfers hatte Najdan festgestellt, daß Tansens Ruf sich in den Bergen so rasch verbreitete wie der von Josarian. In den *tirshaheen* erzählte man sich Geschichten darüber, wie viele Männer der Fremde hier und im Ausland getötet hatte. Angeblich trug er zwei kintische Schwerter, die mit einem so mächtigen Zauber belegt waren, daß sie von selbst aus ihren Scheiden sprangen und Tansens Feinde töteten, bevor diese auch nur blinzeln konnten. Die Leute achteten und fürchteten ihn, ja sie bewunderten ihn sogar; aber es war Josarian, den sie liebten.

Als Najdan mühsam den Dalishar erstieg, dachte er darüber nach, wie froh er sein konnte, daß Kiloran ihn nicht ausgeschickt hatte, um Josarian umzubringen. Er hatte noch nie etwas Vergleichbares beobachtet wie die Liebe, die die *shallaheen* in den Bergdörfern des Westens offenbar für Josarian empfanden. Zum Teil war das selbstverständlich auf Dankbarkeit zurückzuführen; viele Bäuche waren in den letzten Wochen dank Josarians seltsamer Gewohnheit, beinahe alles, was er den Valdani stahl, wieder abzugeben, voller gewesen als je zuvor. Aber es war auch noch etwas anderes am Werk, etwas, das den *shallaheen* anscheinend den Mut gab, sich der Gewalt zu widersetzen, und das sie in Zeiten der Trauer stärkte. Die Späher hatten kürzlich in Malthenar ein entsetzliches Massaker veranstaltet, nachdem die Dorfbewohner sich geweigert hatten, Josarian zu verraten, und am Vorabend hatte Najdan ein Gerücht von einem anderen Massaker in Moven vernommen, obwohl dies noch unbestätigt und vage gewesen war.

Najdan kannte diese Menschen; er war in einem ihrer Dörfer geboren und einmal einer der ihren gewesen. Er wußte, daß sich inzwischen eigentlich alle außer Josarians eigenem Klan gegen ihn gewandt haben müßten, weil seine Taten ihnen so viel Leid brachten. Aber alles, was die Valdani den *shallaheen* bisher angetan hatten, schien genau die entgegengesetzte Wirkung zu haben als die, die Najdan – und vermutlich auch die Valdani – erwarteten. Die Menschen in den Dörfern, durch die Najdan gekommen war, priesen Josarian inzwischen nur noch ehrfürchtiger, ganz gleich, ob sie die Rache der Valdani schon am eigenen Leib verspürt hatten oder sie noch befürchten mußten. Jeder Hirte in diesen Bergen schien doppelt treu zu Josarian zu stehen, nachdem es bei der Blutfehde nun wirklich um Leben und Tod ging. Von hier bis nach Islanar erklärten die Mütter, Corentens Mutter habe das Richtige getan, und auch sie würden das Recht ihrer Söhne verteidigen, angesichts der Barbarei der Valdani ehrenvoll zu sterben. Ein Mädchen, das Corenten nicht einmal offiziell versprochen gewesen war, hatte sich angeblich einen Tag nach seinem Tod bereits der Schwesternschaft angeschlossen und geschworen, sein Andenken für den Rest ihres Lebens zu ehren.

»Josarian hat *recht*«, flüsterten die Leute allenthalben auf den Marktplätzen.

»Josarian sagt die Wahrheit!« grölten Betrunkene in den *tirshaheen*.

»Er wird nicht aufhören, Valdani zu töten, bis sich keiner von ihnen mehr in diese Berge wagt«, versicherte man Najdan begeistert. »Wir werden sie endlich loswerden.«

Es war also nicht sonderlich überraschend, daß inzwischen einige *shallaheen* auch behaupteten, Josarian sei der Feuerbringer.

Nun, warum sollte man sie nicht ihren Träumen überlassen? Najdan hatte genug von der Kraft und Macht der

Valdani gesehen, um zu wissen, daß ein paar rebellische *shallaheen* die Welt nicht verändern würden. Die Gesellschaft selbst, mit all ihrer Macht, ihrem Reichtum und ihrer Erfahrung, hatte die Valdani seit Jahren bekämpft, ohne sie besiegen zu können. Ganz gleich, wie viele Siege die Wasserherren errangen, es kamen immer neue Valdani, um jene zu ersetzen, die getötet worden waren. Najdan fragte sich, wie riesig das Heimatland der Valdani wohl sein mochte, daß sie immer wieder Männer nach Sileria schicken und gleichzeitig den Rest der Welt erobern konnten. Gingen ihnen denn nie die Leute aus? Wie schnell pflanzten sie sich fort?

Es würde sicherlich mehr als den Feuerbringer brauchen, so viele Männer zu töten und dafür zu sorgen, daß keine weiteren über das Mittlere Meer kamen, um die Macht des Kaisers hier aufrechtzuerhalten. Nicht, daß Najdan an den Feuerbringer geglaubt hätte. Die *zanareen* waren nichts weiter als verwirrte, jämmerliche, halb wahnsinnige Geschöpfe, die das Leben so gebeutelt hatte, daß sie sich vollkommen von der Welt zurückzogen, um am Kraterrand des Darshon zu hocken und zu flehen, es möge einer kommen, der ihre Probleme für sie löste. Die *shallaheen*, zu schwach, um ihr Schicksal selbst in die Hand zu nehmen, wie es die Gesellschaft tat, klammerten sich an die erbärmliche Hoffnung und den abergläubischen Unsinn, den die *zanareen* verbreiteten. Najdan war der Ansicht, daß ein Mann seine Probleme selbst lösen oder an ihnen sterben mußte; es gab keinen dritten Weg, und ganz bestimmt keinen heldenhaften Retter, der das Schicksal Silerias in andere Bahnen lenken würde.

Selbstverständlich war dieser Aberglaube vor allem in den Bergen verbreitet, da es hieß, der Feuerbringer werde ein Mann aus den Bergen sein. Dennoch fand man beinahe überall in Sileria – an allen Orten und in allen Ständen – Männer und Frauen, die mehr oder weniger an den Feuerbringer glaubten – genauso, wie man auch an die Anderwelt glaubte, an den Weißen Drachen, an die Beyah-Olvari oder an feueräugige, von Dar verfluchte Dämonen.

Der Weiße Drache ... nun, *das* war etwas, woran auch Najdan glauben konnte, ganz gleich, wie sehr andere Männer – auch Attentäter – über die alten Geschichten spotteten. Najdan war nur ein Junge von vierzehn gewesen, als er Kiloran zum ersten Mal gegenübergestanden hatte, und von diesem Tag an hatte er jede finstere Geschichte geglaubt, die man sich über die Wasserherren erzählte. Nie zuvor hatte er solche Macht gesehen, und er bezweifelte keinen Augenblick, daß sie sich bis in Bereiche erstreckte, von denen er nicht einmal zu träumen wagte.

Er fragte sich, welche der Legenden Josarian wohl glaubte – und ob er irgendwann anfangen würde, selbst zu glauben, was die *shallaheen* über ihn flüsterten. Um sich zu beweisen, würde der Feuerbringer sich in die Feuer Dars werfen und überleben müssen. Schade, wenn Josarian das täte, denn sein Tod würde zweifellos diese kleine Rebellion beenden, die die Valdani so nervös machte. Andererseits, wenn er bald im Krater stürbe, würde er zumindest nicht mehr lange um den Freund trauern müssen, den Najdan heute töten würde.

Die Gerüchte in Chandar, dem Dorf, das Dalishar am nächsten lag, waren ermutigend. Josarian, dessen angebliche Loyalität zu Tansen ihn vielleicht veranlassen würde, sich in Angelegenheiten der Gesellschaft einzumischen, war schon viele Tage lang nicht mehr gesehen worden. Seine Männer sagten niemandem etwas darüber, wo er sich aufhielt, aber man glaubte, er verfolge Myrell, den Späher, der die Massaker angeordnet hatte. Eine Reihe von raschen Vergeltungsschlägen gegen Myrells Männer, von denen viel gesprochen wurde, schien dies zu bestätigen. Offenbar waren alle der Ansicht, daß Josarian, wo immer er in diesem Augenblick auch sein mochte, sich jedenfalls nicht in Dalishar aufhielt.

Tansen andererseits war nicht nur dort, sondern auch noch krank. Es hieß, er leide an einem seltsamen, immer wiederkehrenden Fieber. Das überraschte niemanden, denn man wußte, daß er sich lange im Ausland aufgehalten hatte, und Dar allein wußte, welche schrecklichen Krankheiten dort auf einen anständigen *shallah* lauerten, der keine Frau hatte, die sich um ihn kümmerte. Angeblich lag Tansen derzeit krank in einer der heiligen Höhlen.

Najdan hielt es für wahrscheinlich, daß er Tansen herausfordern konnte, ohne daß sich andere einmischten. Vielleicht würde er sich sogar heimlich anschleichen und angreifen können. Viele junge Attentäter würden ein solches Vorgehen nie in Erwägung ziehen; die traditionelle Ehre verlangte, daß ein Blutfluch mit angemessener Förmlichkeit vollzogen wurde. Man würde allerdings lange suchen müssen, um einen Attentäter in Najdans Alter und von seiner Erfahrung zu finden, der immer noch an diesen Mist glaubte. Außerdem hatte Tansen bereits zwei Attentäter getötet, die sich ihm »ehrenhaft« genähert hatten, und Najdan hatte nicht zwanzig Jahre in der Gesellschaft überlebt, weil er ein Dummkopf war.

Josarians Männer würden Dalishar zweifellos bewachen, also umging Najdan den Gipfel und näherte sich den Höhlen von oben und nicht von unten. Er sah keine Wachen dort, nicht einmal am Eingang zu den sechs Haupthöhlen. Schwache Spuren alter Bemalung waren immer noch an den verwitterten Felsen zu erkennen. Ein gewaltiges holzloses Feuer, höher als ein Mann, flackerte wild vor der Höhle – Feuermagie der Wächter.

Wenn hier eine Falle aufgebaut war, dann galt sie sicher nicht Najdan. Josarians Hauptfeinde waren die Valdani, nicht die Gesellschaft. Najdan trat zögernd einen Schritt vorwärts. Zu seiner Überraschung begann der *shir* an seiner Seite heftig zu zittern. Diese Klinge, die Kiloran selbst hergestellt hatte, sollte eigentlich nur so reagieren, wenn sie von einem anderen Zauber bedroht wurde. Najdan hatte gehört, daß die Wächterfeuer hier oben sehr alt und mächtig seien, und das, welches direkt vor ihm lag, flackerte so heftig, daß es beinahe lebendig schien. War es nur diese uralte Macht, die den *shir* erbeben ließ wie ein lebendiges Wesen, oder war er wirklich in Gefahr?

Er kam nicht dazu, weiter zu überlegen, denn der Anblick, der sich ihm nun bot, raubte ihm nicht nur alle Denkfähigkeit, seinen Mut und all seine Kunstfertigkeit, er bewirkte auch, daß seine Gedärme sich zusammenzogen und seine Kehle vor Angst staubtrocken wurde.

Sie stand mitten im Feuer, und ihre Arme bewegten sich wie die Flügel einer Windmühle. Die Flammen gehorchten ihr, bewegten sich, wie ihre Hände sie anwiesen, umwirbelten ihr Gesicht und ihre Gestalt, entsprangen ihrem Körper, wie Blutfontänen aus Wunden sprudeln. Niemand hätte imstande sein können, in diesem Nest zorniger Flammen zu überleben, die sie umgaben wie ein Kokon, aber Najdan sah sofort, daß sie kein Mensch war. Ihre Augen blitzten in derselben Farbe wie das Feuer, und ihre wirren Locken waren so rot, daß Najdans Augen zu tränen begannen.

Der *shir* zuckte wild, als die Dämonin dem Attentäter direkt in die Augen sah und lächelte – ein schreckliches, unheilverkündendes Lächeln. Najdan packte seinen *shir*, ungelenk wie ein Kind. Die Dämonin lachte. Najdan versuchte, sein Zittern zu beherrschen, und hob den Dolch: die verzauberte Klinge des treuen Dieners eines Wasserherrn, die tödlichste Waffe der Welt.

Die Dämonin streckte eine Hand aus. Lava schoß aus ihren Fingerspitzen, Fäden flüssigen Feuers, die sich um Najdans Handgelenk wickelten. Schreiend vor Schmerz ließ er den *shir* fallen. Entsetzt wandte er sich zur Flucht. Eine Flammenmauer stieg vor ihm empor und hielt ihn auf. Er drehte sich um. Die Flammen breiteten sich schneller aus, als er flüchten konnte, umgaben ihn, bildeten einen Käfig. Entsetzen schwächte ihn, zum ersten Mal in zwanzig Jahren fühlte er sich hilflos. Nichts in seinem Leben hatte ihn auf eine solche Situation vorbereitet. Er sank auf die Knie, gefangen, entwaffnet und hilflos.

Das Brüllen der Flammen verklang langsam und erstarb schließlich. Als Najdan die Augen wieder öffnete, war er immer noch gefangen, wenn auch nicht mehr von Flammen. Die Feuermauer war Lavaströmen gewichen, die ihn jetzt in einer grausamen Parodie auf einen Vogelkäfig umgaben. Und nun konnte er auch diejenigen sehen, die ihn gefangengenommen hatten.

Es waren fünf *shallaheen*, eine Schwester ... und die Dämonin. Bis auf die Dämonin sahen sie alle erschrocken aus. Waren sie ihre Sklaven? Andere Gefangene? Najdan schluckte heftig und versuchte aufzustehen. Der erste Versuch mißlang auf demütigende Weise. Zitternd kam er schließlich auf die Beine. Er war ein Attentäter; trotz seiner beschämenden Fehler wollte er wie ein Mann sterben.

Schweigend betrachtete ihn die Dämonin, während die *shallaheen* sich auf beide konzentrierten. Schließlich schaute ein *shallah* zu Boden und sagte mit angespannter Stimme: »Noch ein *shir.*«

»Begrabt ihn«, sagte die Dämonin.

»Begraben?« erwiderte der *shallah* überrascht.

»Wenn er flieht, was glaubt ihr wohl, was er sich als erstes wiederbeschaffen will?« sagte die Schwester. »Wir wollen es ihm nicht zu einfach machen.«

»Äh ... könnte er denn entkommen?« fragte ein anderer *shallah.*

Die Dämonin lächelte – wieder dieses schreckliche, böse Lächeln. »Nicht, ehe ich mit ihm fertig bin.«

Angst durchzuckte Najdan, die Eiseskälte des bevorstehenden Todes. Er versuchte zu sprechen, aber seine Stimme versagte. Die Dämonin kam auf ihn zu, immer näher. Als sie die glühenden Gitter seines Käfigs beinahe berührte, erkannte er voller Entsetzen, wie klein sie war. Klein und jung. Aber vielleicht alterten Dämonen ja nicht. Er hatte nie an Dämonen geglaubt, jedenfalls bisher nicht. Jetzt brauchte er all seine Kraft, um ihrem Blick begegnen zu können.

Sie beugte sich vor und umklammerte die lavaheißen Käfiggitter. »Sag mir, wie du heißt, oder ich werde dich töten«, sagte sie einfach, als machte sie eine Bemerkung über das Wetter.

»Dann töte mich.« Er hatte sich bereits genug beschämt. Er hoffte nur, schnell sterben zu können.

»Möchtest du wirklich sterben?« flüsterte sie.

Er gab ihr keine Antwort.

»Aha. Widerspenstig.« Sie verzog spöttisch die Lippen. »Wenn ich mit dir fertig bin, wirst du dir nichts sehnlicher wünschen als den Tod. Das verspreche ich dir.«

Einer der Lavaströme teilte sich, die seinen Käfig bildeten. Er glitt durch die Luft, suchte nach Najdan. Najdan atmete heftiger, schwieg aber weiterhin.

»Du bist ein Attentäter, nicht wahr?«

Er zuckte unwillkürlich zusammen, als der Lavafinger so nahe kam, daß er ihm die Wange verbrannte.

»Kilorans Attentäter, nicht wahr?«

Er nickte. »Mein Herr ist sehr mächtig.« Seine Stimme klang jämmerlich. Mit aller Kraft strengte er sich an, lauter zu sprechen. »Er wird dich bestrafen.«

»Als ob er das könnte.« Ihre Stimme troff vor Verachtung.

Er spürte, wie seine Entschlossenheit nachließ, als der Lavafinger ihn weiterquälte. Er wandte sich ab und versuchte, dem schrecklichen Blick der Dämonin auszuweichen. Aber dann sah er ihre kleinen Hände, die auf den glühenden Käfiggittern ruhten, und er begann wieder zu zittern.

»Er ist ...« Er rang nach Luft. »... der mächtigste ...«

»Ach ja?« Sie verhöhnte ihn.

»Er wird dich vernich...«

»Beweise es.«

»Was?«

Der Lavafaden umkreiste seinen Kopf und hätte beinahe sein Haar in Brand gesetzt. Er versuchte auszuweichen, stieß gegen das Gitter und schrie auf.

»Beweise, daß Kiloran mächtiger ist als ich«, sagte sie. »Wenn du es wagst.«

Das Blut dröhnte ihm in den Ohren, seine Augen tränten vor Schmerz, und wieder fühlte er sich beschämt. »Wie?«

»Bring mich zu ihm.«

Er starrte sie ungläubig an. Sie hatten ihn hierher gelockt, indem sie Geschichten über Tansens Schwäche und Isolation verbreitet hatten und ihn dann in diese feurige Falle laufen lassen ... damit er die Dämonin zu Kiloran brachte?

»Ich soll dich zu meinem Herrn führen?«

»Wenn du keine Angst hast, daß ich zu *seiner* Herrin werde.«

Najdan hatte sich nur vor zwei Dingen auf der Welt gefürchtet: vor dem Hunger und vor Kiloran. Jetzt hatte er noch ein drittes gefunden, und was immer dieses Geschöpf sein mochte, es war gefährlicher als alles, was er sich je hatte vorstellen können. Aber konnte sie wirklich gefährlicher sein als Kiloran selbst? Konnte sie ihn angreifen und es überleben?

Sie trat noch näher heran, ihr Gesicht zwischen zwei glühenden Gitterstangen. »Weigere dich, Attentäter, und du wirst in alle Ewigkeit brennen wie der Bauch des Darshon.«

Was würde sie Kiloran antun können? War sie wirklich mächtig genug, um über ihn triumphieren zu können? Najdan hätte nie geglaubt, daß so etwas möglich wäre ... aber er hatte auch nichts von dieser tödlichen Dämonin gewußt.

Der Lavafinger schoß immer wieder auf ihn zu. Der Schmerz von den Brandwunden umwölkte Najdans Geist.

»Wenn du mir nicht hilfst, wirst du mich noch *anflehen*, dich zu töten, bevor ich dich endlich umbringe«, versprach sie. »Oder vielleicht werde ich dich ja auch am Leben lassen. Vielleicht wird dein Jammern mich amüsieren.«

Was sollte er tun?

Er hätte gern geglaubt, daß er unter der Folter nicht brechen würde, aber er war nicht sicher. Er hatte dreizehn Narben, alle von Zweikämpfen, und alle mutig ertragen, aber er war nie von einer Zauberin gefoltert worden. Die langen Jahre im Dienst eines Wasserherrn hatten ihn gelehrt, wie machtlos gewöhnliche Menschen gegen solche Zauberkraft waren.

»Du solltest dich bald entscheiden«, riet die Dämonin.

Wenn er sie nicht zu Kiloran führte, würde sie sicher bald einen anderen einfangen, der es tun würde. Seine

Brandwunden schmerzten, und Schweiß lief ihm übers Gericht, als er versuchte, sich einen Plan auszudenken. Wenn er versprach, sie zu Kiloran zu bringen, würde sie ihn nicht viel mehr verletzen, als sie es bereits getan hatte; sie würde einen gesunden Führer für ihre Reise brauchen. Und wenn er gesund genug für die Reise war, würde er auch bald wieder kräftig genug für einen Fluchtversuch sein und Kiloran vor ihr warnen können. Zumindest würde er sie tagelang in der Nähe von Kilorans Versteck im Kreis herum führen können, so daß Kiloran von ihr erfahren und sich auf ihren Angriff vorbereiten konnte.

Wenn Najdan ihr nicht entkommen konnte, würde er in ein paar Tagen vielleicht eine Schwäche an ihr entdecken, die er ausnutzen könnte, und vielleicht konnte er sie dann töten, bevor sie Kiloran erreichten. Wenn er bei diesem Versuch starb, sollte das eben so sein. Er hatte bereits länger gelebt als die meisten Attentäter, und er hatte immer gewußt, daß er eines Tages im Dienst für seinen Herrn sein Leben verlieren würde.

Selbst wenn er versagte und sie ihn tötete, stünde immer noch Searlon zwischen ihr und Kiloran. Selbst wenn Searlon versagte ... nein, sie würde Kiloran bestimmt nicht vernichten können.

»Also gut«, sagte er schließlich. »Ich bringe dich zu Kiloran.«

»Du wirst mich nicht auf eins von diesen Dingern setzen, und das ist endgültig«, sagte Josarian, verschränkte die Arme vor der Brust und starrte seinen Blutsbruder trotzig an.

»Es ist nicht so schwer, wie es aussieht«, log Tansen.

»Ich werde es nicht tun.«

»Du hast es doch nicht einmal versucht«, meinte Tansen. »Wenn du einfach ...«

»Nein.« Josarian wandte sich von dem Pferd ab, das Tansen ihm nun seit zehn Minuten als vollkommen harmlos darzustellen versucht hatte.

Tansen verkniff sich ein gereiztes Schnauben. »Die Gesellschaft der *torena* reist zu Pferd, Josarian. Wenn du es nicht ...«

Josarian sah ihn an. »Welchen Teil von *nein* hast du denn nicht verstanden?«

Sie standen im Stallhof hinter Elelars Palast und stritten sich. Die *torena* hatte nicht lange gebraucht, um ihre Angelegenheiten in Shaljir zu regeln und ihre Reise ins Landesinnere, die sie zu Kiloran führen sollte, zu organisieren. Die offizielle Begründung für die Reise lautete, Elelar plane, einen Besitz zu inspizieren, den ein bankrotter *toren* zum Kauf anbot. Die Gesetze der Valdani erlaubten es Sileriern zwar immer noch, Ländereien zu erben, aber nur jemand, der zumindest halb von valdanischer Abkunft war, durfte Land erwerben. Da mehr und mehr alte silerische Familien dank der Steuern und der diskriminierenden Gesetze verarmten, gelangte immer mehr von ihrem Land in die Hände der Valdani. Elelars Heirat gab ihr das Recht, im Namen ihres Mannes solche Ländereien zu erwerben.

Tansen hatte sich kurz gefragt, wo Elelars Mann sei, denn sie hatte ihn noch nicht ein einziges Mal erwähnt, und er war auch nicht aufgetaucht, als die Dienstboten eifrig mit den Vorbereitungen für Elelars Reise begonnen hatten. Tansen und Josarian sollten sich als Teil von Elelars aus vier Männern bestehender Eskorte ausgeben. Die beiden anderen Männer, die sie mit unverhohlenem Mißtrauen beäugten, waren Städter, in Shaljir geboren und aufgewachsen. Tansen wußte bereits, daß sie, ebenso wie mindestens die Hälfte von Elelars Haushalt, zur Allianz zählten. Diese glattzüngigen Intriganten und Verschwörer wurden von vielen in Sileria unterstützt, hatten sich aber nie das Vertrauen der *shallaheen* erwerben können, diesem wilden, gewalttätigen Volk, das niemandem traute, der nicht aus den Bergen stammte – und für gewöhnlich auch niemandem, der kein Bluts- oder Blutpaktverwandter war.

»*Shallaheen* reiten nicht«, erklärte Josarian unbeugsam. »Ich werde zu Fuß gehen.«

»Alle anderen werden reiten«, warnte Tansen ihn.

»Willst du damit behaupten, ich könnte nicht mit euch Schritt halten?« fragte Josarian gekränkt.

»Wir sind hier nicht in den Bergen.«

»Wir gehen aber wieder in die ...«

»Das weißt du ebensowenig wie ich.« Elelar hatte ihnen so gut wie nichts über ihr Ziel verraten. »Und ich kann mir auch nicht vorstellen, daß die *torena* einen Weg wählen wird, der sie zwingt, sechs teure Reittiere zurückzulassen und zu klettern wie ein *shallah.*«

»Ich bin genauso schnell wie diese dummen Viecher.«

»Nicht auf einer gepflasterten Straße.«

»Sie stinken«, murmelte Josarian.

Elelars hübsche Zofe lachte, als sie sich an ihnen vorbeidrängte. »Das würden einige auch über die *shallaheen* sagen«, meinte sie.

Josarian warf ihr einen wütenden Blick zu, dann sagte er zu Tansen: »Sie sind unzuverlässig und leicht zu erschrecken. Sie sind gefährlich, und nur ein fauler Mann braucht solche Tiere.«

»Also gut«, fauchte Tansen. »Mach doch, was du willst.«

Wieso drängte er Josarian überhaupt, aufs Pferd zu steigen? Es war gut möglich, daß Kiloran in seiner Wut nicht nur ihn, Tansen, sondern auch Josarian umbrachte. Nachdem Elelar sie in den Tunnels allein gelassen hatte, hatten sich die Männer wieder einmal heftig darüber gestritten, ob Josarian Tansen begleiten solle, und damit die Beyah-Olvari erneut so gequält, daß die unterirdischen Kammern von ihrem Jammern schier erbebten. Josarian wollte nicht zulassen, daß er sich Kiloran allein stellte, oder nur in Begleitung einer Frau, die ihn bereits einmal verraten hatte. Nichts, was Tansen ihm sagte – über seine Blutfehde gegen die Valdani, die anderen Gesetzlosen oder die Sinnlosigkeit eines solchen Todes –, hatte Josarians störrische Entschlossenheit erschüttern können.

»Ich habe die Blutfehde geschworen, damit der Kampf auch nach meinem Tod weitergeht«, hatte Josarian ihn erinnert. »Und ich weiß seit der Nacht, in der ich meinen ersten Späher umgebracht habe, daß ich nicht mehr sehr lange leben werde. Wenn meine Zeit gekommen ist, dann soll es so sein.«

»Bei den Feuern Dars – würdest du mir ein einziges Mal zuhören?«

»Wenn er dich umbringt«, hatte Josarian ruhiger hinzugefügt, »wer wird dann deinen Tod ehren? Wer wird deine Leiche verbrennen? Wer wird die Wächter bitten, dich in die Anderwelt zu geleiten und dich am Jahrestag deines Todes zu rufen? Wer wird deine Schwerter zurück zu deinem *shatai-kaj* tragen, damit sie in den Steinwald zurückgebracht werden können?« Josarian nickte. »Das ist meine Aufgabe.«

»Josarian ...«

Aber sein Bruder schlug ihm nur auf den Rücken und grinste. »Und woher weißt du, daß wir nicht beide überleben werden? Wer kann das schon sagen?«

Als Tansen jetzt den Sattel seines eigenen Pferdes zurechtzurrte, wurde ihm klar, daß Josarian ihm unwissentlich die Möglichkeit gegeben hatte, ihn zurückzulassen. Tansen wußte, daß Elelar ihm dabei helfen würde – besonders, da sie und Josarian nicht besser miteinander auskamen als bei ihrer ersten Begegnung. Wenn sie einen Ort erreichten, von dem aus Josarian sicher auf vertrautes Territorium zurückfinden würde, würde er die Reiter dazu bringen, davonzugaloppieren, und Josarian zurücklassen. Und sollte Tansen tatsächlich die Begegnung mit Kiloran überleben, konnte er sich immer noch entschuldigen, wenn er nach Dalishar zurückkehrte.

Elelar trat auf den Hof hinaus und erteilte ihren Dienstboten letzte Befehle, während sie ein paar Reithandschuhe anzog. Ihrem Rang entsprechend, trug sie einen kunstvollen Kopfputz aus geknoteten und gewebten Seidenschnüren, auf die glitzernde Aquamarinperlen gefädelt waren – den *jashar* einer *torena* –, der ihren Rang, ihren Familienstand und ihre Abstammung kundtat. Die

Schnüre verdeckten züchtig ihr Gesicht und schützten es sowohl vor der Sonne als auch den Blicken Fremder. Tansen konnte zwar ihre Augen nicht sehen, aber er wußte genau, wann ihr Blick auf ihn fiel. Sie hatten an diesem Tag bereits kurz miteinander gesprochen. Sie hatte ihm berichtet, daß Koroll nach Darolls Tod in Emeldar inzwischen Kommandant von Shaljir war. Sie war offensichtlich über vieles informiert, was die Valdani über Josarian wußten (oder zumindest zu wissen glaubten), ebenso wie über die Tatsache, daß Koroll und der Kaiserliche Berater vor dem Kaiser verbargen, welchen Schaden Josarian bereits angerichtet hatte. Aber Tansen wußte auch schon lange, daß das Informantennetz der Allianz umfangreich und fein gesponnen war.

»Josarians Leben ist für Sileria im Augenblick ausgesprochen wichtig«, hatte sie ihm gesagt, als ob ihm dies vielleicht entgangen wäre.

»Dieser Ansicht bin ich ebenfalls.« Er wußte, um was sie bitten wollte, also erläuterte er ihr Josarians unbeugsame Entschlossenheit, an seiner Seite zu bleiben, und versicherte, er habe bereits erfolglos versucht, Josarian zu überreden, ohne ihn in die Berge zurückzukehren.

»Er tut es nicht, weil er dein Blutsbruder ist. Weil er es für seine Pflicht hält, bei dir zu bleiben.« Sie seufzte. »Ich hasse Idealisten.«

»Es ist nur eine Sache der Loyalität.« Tansen hatte diese Bemerkung zwischen ihnen stehenlassen wie eine Mauer, und diesmal war selbst Elelar nicht imstande gewesen, eine bissige Antwort zu geben.

Jetzt spürte er ihren Blick auf sich ruhen und war erleichtert, daß er inzwischen imstande war, mit einem Pferd umzugehen und sich wie ein Mann zu halten. Wie demütigend war es Jahre zuvor gewesen, sich zum ersten Mal mühsam auf eines dieser Tiere zu kämpfen und dann wie ein ungelenkes, verängstigtes Mädchen auf dem riesigen Tier zu sitzen.

Sie legte den Kopf ein wenig schief. Als sie sprach, wurde deutlich, daß sie ihre Aufmerksamkeit inzwischen Josarian zugewandt hatte. »Du sollst dieses Pferd *reiten* und es nicht quer durch Sileria führen, Josarian.«

»Ich setze mich nicht auf dieses stinkende, schnaubende Vieh.«

Sie schnaubte ebenfalls, aber mit Anmut. »Ach, um Dars willen, es wird dich schon nicht beißen. Meine Güte, wenn du solche Angst hast, kann ich dir gern ein Kinderpony bringen lassen – ich weiß nur nicht, ob wir eines finden werden, das kräftig genug ist, um dich zu tragen.«

Josarian lief vor Verlegenheit dunkelrot an, und Tansen mußte feststellen, daß Elelars spitze Bemerkung erreichen würde, was seinen Überredungskünsten nicht gelungen war. So viel zu der Idee, ihn abzuhängen, dachte er säuerlich.

Mit dem eisigsten Tonfall, den Tansen je von ihm vernommen hatte, sagte Josarian nun: »Das wird nicht nötig sein, *torena.*«

Als Josarian sich seinem so heftig abgelehnten Reittier zuwandte, das geduldig auf seinem Gebiß kaute, sagte Tansen rasch: »Ich werde dir helfen.«

»Ich brauche keine Hilfe.«

»Beug dein Knie. Ich helfe dir aufs Pferd.«

»Ich brauche keine ...«

»Tu es einfach«, murmelte Tansen, der sich daran erinnerte, wie sehr seine ersten diesbezüglichen Anstrengungen die Leute in ebendiesem Hof erheitert hatten.

»Diese Frau hat die Zunge einer Hornviper«, meinte Josarian leise.

Das ließ Tansen grinsen. »Warte, bis du etwas getan hast, was sie wirklich ärgert!«

Josarian verdrehte die Augen, dann katapultierte er sich auf den Pferderücken. Als er einigermaßen sicher saß, die Füße in den Steigbügeln und die Hände am Zügel hatte, beugte er sich vor und versuchte, die Aufmerksamkeit des Tiers auf sich zu lenken. »Ich habe unter diesem Hemd ein Schwert verborgen, und ich kann damit umgehen«, warnte er es.

Tansen wandte sich Elelar zu. »Du hast nicht zufällig vor, uns jetzt mitzuteilen, wohin wir reisen werden?«

»Zu einer *tirshah* nahe Zilar.«

Zilar hatte den Ruf, eines der schönsten Dörfer Silerias zu sein. Es war berühmt für sein üppiges Grün, die hohen, uralten Bäume, die ihm das ganze Jahr über Schatten spendeten, und vor allem für den berühmten kintischen Tempel mit dem goldenen Dach, der dort vor nun beinahe fünf Jahrhunderten erbaut worden war.

»Er ist in Zilar?« fragte Tansen erstaunt.

»Nein. Dorthin wende ich mich, wenn ich mit seinem Sohn Kontakt aufnehmen muß.« Schweigend starrte sie ihn einen Augenblick lang an, dann fügte sie hinzu: »Auch er ist inzwischen ein Mann.«

»Aber vermutlich nicht liebenswerter als zuvor.«

Sie lachte leise. »Nein, kein bißchen liebenswerter.«

Sie schlug vor, sie sollten sofort aufbrechen. Sie und ihre hübsche Zofe, eine junge Frau namens Faradar, stiegen mit Hilfe eines Knechts in den Sattel. Dann ritten sie vom Hof, die beiden Diener vor den Frauen, die *shallaheen* hinter ihnen. Sie wendeten sich direkt zum Löwentor, das nicht weit entfernt war. Die Stadt in Begleitung einer *torena* zu verlassen, erwies sich als einfacher, als es für Tansen und Josarian gewesen war, nach Shaljir hereinzukommen, und bald waren sie auf der offenen Straße vor der Stadt.

Josarian saß angespannt im Sattel, während Tansen ruhig versuchte, ihm ein paar Anleitungen zu geben. Auf seinem Reittier sitzenzubleiben, kostete beinahe Josarians gesamte Konzentration, und daher sagte er den ganzen Tag lang kaum mehr ein Wort. Zum Reiten benötigte man Muskeln, von denen selbst ein zäher Bergbauer bisher kaum gewußt hatte, daß sie existierten. Als sie am Abend schließlich abstiegen, war Josarian steif und lahm. Sie waren kurz vor Sonnenuntergang an einer recht angenehmen *tirshah* bei Zilar eingetroffen. Elelar und ihre Zofe nahmen das beste Schlafzimmer des Gasthauses. Einer der Diener schlief vor ihrer Tür, um sie zu bewachen, der andere in der Scheune bei den Pferden. Josarian hatte schon der Gedanke, so nahe bei den Tieren zu schlafen, derart entsetzt, daß er darauf bestand, draußen zu übernachten. Mit gutgefüllten Bäuchen streckten er und Tansen sich unter den Sternen aus.

»Es ist gut, wieder die Sterne zu sehen, nachdem wir in diesen Tunnels waren«, sagte Josarian. »Und es ist noch besser, wieder etwas Anständiges zu essen. Ich dachte, ich müßte dort unten verhungern.«

»Ihr Essen bedarf der Gewöhnung«, gab Tansen zu.

Seit dem Auftauchen der Beyah-Olvari waren die beiden kaum mehr allein miteinander gewesen, auch nicht nach Elelars Eintreffen in den Tunnels. Tansen wußte, daß Josarian viele Fragen hatte. Es ging um Dinge, von denen er seit vielen Jahren nicht mehr gesprochen hatte, beschämende, erniedrigende Erlebnisse, die ihn die Freundschaft selbst dieses Mannes kosten konnten, auf den er sich – wie er nun feststellte – ganz gegen seine Vorsätze immer mehr verlassen hatte. Aber Josarian vertraute ihm, wie ein anderer ihm einmal vertraut hatte, und diesmal wollte er sich dieses Vertrauens würdig erweisen.

»Vielleicht ...« setzte Josarian an.

»Ja?«

»Vielleicht wäre es an der Zeit, mir zu erzählen, wie ein gewöhnlicher *shallah*-Junge so vertraut mit einer *torena* aus Shaljir wurde und sich einen Blutfluch von Kiloran persönlich zugezogen hat.«

»Ja«, erwiderte Tansen. »Ja, das ist es wohl.« Aber wo sollte er anfangen?

»Nun?« hakte Josarian nach langem Schweigen nach.

Am Anfang, beschloß Tansen. Der dunkle Strand, wo alles begonnen hatte. Die Dunkelmondnacht, in der der Zorn der Valdani, der Hunger eines Drachenfischs und das Blut eines Fremden sein Leben für immer verändert hatten.

»Ich war fünfzehn«, sagte er bedächtig, lehnte sich mit dem Rücken an einen Baum und starrte zu den Sternen hinauf. »Mein Großvater und ich ... wir ernährten unsere Familie, indem wir Waren aus Kinto und den Moorlanden schmuggelten; wir brachten sie von der östlichen Küste zu Käufern im Inland. Wir hatten einen Blutpakt mit dem Piraten geschlossen, der uns belieferte.« Er mußte lächeln, als er sich erinnerte. »Er war halb Kint und halb Moorländer, und er hatte zugestimmt, bevor er verstand, was das bedeutete. Ich befürchtete, er würde in Ohnmacht fallen, als wir ihm in die Hand schnitten.«

Josarian lachte. Tansen bewegte die Hand, die er sich in der Nacht seines Blutpakts mit Josarian aufgeschnitten hatte. Die Wunde war erst vor ein paar Tagen richtig geheilt, da sie wegen der ständigen Kämpfe und ihrer Bemühungen, sich vom Land zu ernähren, immer wieder aufgebrochen war. Und so sollte es auch sein. Ein Blutpakt war eine ernsthafte Angelegenheit; der Schmerz sollte einen noch lange Zeit an die Gelübde erinnern, die man abgelegt hatte. Und die Narben sollten diese Erinnerung noch dauerhafter machen.

Er folgte mit der Fingerspitze der vertrauten Narbe seines Blutpakts mit dem Piraten, während er fortfuhr: »Mein Großvater wurde langsam alt, obwohl er es leugnete. Im Winter, wenn es nicht aufhörte zu regnen, taten seine Knie so weh, daß er kaum mehr laufen konnte, und es war ihm unmöglich, den langen Weg von den Bergen bis zur Küste zu reisen.«

»Also bist du allein hingegangen?«

»Ja. Und eines Nachts ... in jener Nacht ...« Er schüttelte den Kopf. »Der Pirat kam nicht. Und dann, nachdem ich Stunden gewartet hatte, entdeckte ich einen Mann, der am Strand angespült worden war. Er war von einem Drachenfisch angegriffen worden und halb tot, aber er konnte mir noch sagen, daß die Späher das Schiff des Piraten auf See überfallen hatten. Sie hatten es verbrannt. Es war wahrscheinlich, daß alle an Bord inzwischen tot waren.«

»Sie haben ein Piratenschiff verbrannt? Wieso denn das? Normalerweise ...«

»Die Schmuggler waren ihnen egal. In dieser Nacht hatten sie nach ihm gesucht.«

»Nach wem?«

»Dem Mann, der entkommen war. Er war über Bord gesprungen, weil er lieber den Tod im Wasser finden als sich von den Valdani gefangennehmen lassen wollte. Der Mann, den ich sterbend am Strand fand.«

»Das verstehe ich nicht«, sagte Josarian. »Wieso war er so wichtig? Wer war er?«

Tansen holte tief Luft, dann sagte er den Namen, den er seit so vielen Jahren nicht mehr laut ausgesprochen hatte: »Armian.«

KAPITEL 18

Armian?« wiederholte Josarian ungläubig. »Er ist wirklich zurückgekommen?«

»Ja«, bestätigte Tansen und fuhr mit seiner Geschichte fort.

Tansen war damals nur ein Junge gewesen, und er hatte die Gesellschaft mit derselben Mischung aus Angst und Faszination betrachtet wie die meisten *shallaheen.* Den Mann, den er in jener Dunkelmondnacht halbtot am Strand gefunden hatte, hatte er sofort für einen Helden gehalten. Das war nicht einfach irgendein Mitglied der Gesellschaft, das war *Armian*, der Sohn Harlons, des Wasserherrn, der so tapfer gegen die Valdani gekämpft hatte, bis sie ihn ermordeten: Armian, der als Kind von Sileria weggebracht worden war, weil die Späher ihn rachsüchtig verfolgten; Armian, der zu einem Krieger von großem Mut und großer Erfahrung herangewachsen war und der geschworen hatte, eines Tages in seine Heimat zurückzukehren, um die Valdani für immer aus Sileria zu vertreiben. Dies war der Mann, von dem sogar viele glaubten, er sei der Feuerbringer!

»Glaubst du an den Feuerbringer?« unterbrach Josarian.

»Damals tat ich es.« Am Ende würde Dar ihr Urteil fällen.

Armian hatte viel Blut verloren und mußte sofort verarztet und gepflegt werden. Im Morgengrauen würden die

Späher schon wieder nach ihm suchen. Tansen brachte ihn in eine geheime Höhle in den Hügeln, nicht weit vom Strand entfernt, wo er seine Esel versteckte. Armian war so schwach, daß Tansen ihn den größten Teil des Weges halb zerren, halb tragen mußte. Es war eine schwere Arbeit, denn ein *shallah*-Junge aus dem verarmten Dorf Gamalan hatte weder die Größe noch das Gewicht eines Mannes, der einmal ein Attentäter hätte sein sollen – oder vielleicht sogar ein Wasserherr. Tansen wußte, daß Armian ohne die entsprechende Pflege sterben würde, und er suchte nach einer Zuflucht und brachte die Schwester mit in sein Höhlenversteck. Nach drei Tagen ihrer heilenden Magie stieg Armian aus den Tiefen seiner Schwäche auf und begann, sich zu erholen.

»Und hat er dir gesagt, wieso er zurückgekommen war?« fragte Josarian.

»Die Geschichten entsprachen der Wahrheit«, sagte Tansen. »Er war gekommen, um die Valdani zu vertreiben. Er kam aus den Moorlanden, wo ...«

»Den Moorlanden? Aber alle behaupten, man hätte ihn in Kinto versteckt.«

Tansen nickte. »Genau das *sollten* ja auch alle glauben. Die Gesellschaft hat die Valdani überzeugt, daß er dort war, aber tatsächlich haben sie ihn auf die andere Seite der Welt geschickt. In den Moorlanden hat ihn niemand gesucht. Er wurde dort von einer wohlhabenden Familie aufgezogen, von Leuten, die durch die Allianz irgendwie mit Harlon in Verbindung standen.«

Armian war als Botschafter nach Sileria zurückgekehrt; die Moorländer hatten ihn hergeschickt, um sich mit Kiloran und der Verehrungswürdigen Gesellschaft in Verbindung zu setzen, in der Hoffnung, einen gemeinsamen Angriff gegen die Valdani organisieren zu können.

»Sie wußten, daß die Zerstörung der Macht der Valdani hier, mitten im Mittleren Meer, ihnen die Oberherrschaft über das Westliche Meer und ihre eigenen Küsten zurückgeben würde. Sie glaubten, wenn sie Erfolg hätten, könnten sie ihre Angriffe sogar weiter die Küste hinauftreiben, bis nach Valda selbst.«

»Sie haben also vorgeschlagen, uns bei einer Rebellion zu helfen?« fragte Josarian staunend.

»Ja. Sie waren bereit, Männer, Schiffe und Waffen in unseren Dienst zu stellen ...« Er lächelte und fügte hinzu: »Auch Pferde.«

»Pferde«, murmelte Josarian wenig begeistert.

»Damit hätte eine Armee auf unserer Seite gestanden, wie Sileria sie seit Daurion nicht mehr gesehen hat.«

»Und nach dem Krieg wären wir wieder von Moorländern regiert worden«, meinte Josarian.

»Sie behaupteten das Gegenteil. Sie waren bereit, Verträge zu unterschreiben, die den vollständigen Rückzug all ihrer Streitkräfte garantierten, sobald die Valdani aus Sileria vertrieben seien.« Tansen zuckte die Achseln. »Die Allianz hat es geglaubt. Die Moorländer wollten zu dieser Zeit keine Kolonien, sie wollten nur die Moorlande zurück. Und sie wußten, solange Valdania Sileria besaß, würde es das gesamte Mittlere Meer besitzen.«

»Und daher haben sie Armian zurückgeschickt?«

»Ja. Er sollte Kiloran finden, ohne dessen Unterstützung der Plan nie gelingen konnte, und die gesamte Gesellschaft als eine Art von Armee verpflichten. Die Attentäter waren die einzigen bewaffneten Silerier, die einzigen ausgebildeten Mörder unter uns.«

»Wir anderen bringen nur zur Freizeitbeschäftigung Leute um«, stellte Josarian trocken fest.

»Und die Gesellschaft hat die Wasserherren, vor denen sich selbst die Valdani fürchten.«

»Das stimmt.«

Der Pirat, mit dem Tansen und sein Großvater den Blutpakt geschlossen hatten, gehörte ebenfalls der Allianz an, erklärte Armian – das war das erste Mal, daß Tansen überhaupt von der Allianz hörte. Der Pirat hatte Armian nach Adalian bringen sollen, nachdem er nördlich von Liron die Fracht für Tansen abgeladen hatte. Aber es war ein *sriliah* an Bord gewesen, der sie an die Valdani verraten hatte, und Armian war ein schreckliches Risiko eingegangen, um der Gefangennahme zu entgehen. Obwohl er wie durch ein Wunder überlebt hatte, waren der Plan, die Rebellion und damit die Freiheit Silerias immer noch in Gefahr.

»Er war also tatsächlich nach Hause zurückgekommen ... um Sileria zu befreien?« sagte Josarian.

»Er kam, um die Valdani zu vernichten«, berichtigte Tansen. »Aber er wußte nicht, was danach geschehen sollte. Er wußte nur, daß er, falls etwas schiefginge, irgendwie versuchen sollte, nach Shaljir zu gelangen und sich dort mit einem *toren* namens Gaborian in Verbindung zu setzen, mit Elelars Großvater.«

»Aha.«

Tansen, der selbst nie weiter westlich als bis nach Darshin gereist war, nahm Armian mit zu seinem Dorf, um bei seinem eigenen Großvater Rat zu suchen. Als sie in Gamalan eintrafen, entdeckten sie, daß die Späher den Piraten gefoltert und dieser sie verraten hatte.

»Sriliah«, zischte Josarian.

»Er war keiner von uns, das ist alles.« Tansen schüttelte den Kopf. »Er hatte nie gelernt, Schmerz zu ertragen. Er quiekte wie ein Schwein, als ich ihm den Blutpakt in die Handfläche schnitt.«

»Und als du in Gamalan ankamst ...«

»Waren alle tot.« Seine Kehle schnürte sich zu, als er sich an die Schrecken dieses Morgens erinnerte. Nach einiger Zeit fuhr er fort, die Stimme heiser von Erinnerungen, die niemals erträglicher werden würden: »Sie hatten meinen Großvater gefoltert. Und meine Mutter. Sie hatten meine Schwester vergewaltigt, bevor sie sie töteten. Sie hatte unaussprechliche ...« Wieder hielt er inne. »Also gut. Alle im Dorf waren tot. Sie hatten niemanden verschont, nicht einmal die Kinder.« Er räusperte sich und rang darum, die Bilder wieder zu verdrängen, die vor seinem geistigen Auge erschienen waren. »Offenbar hatten sie schließlich angenommen, wir müßten bereits nach Adalian gegangen sein. Aber sie hatten vier Männer zurückgelassen, die das Dorf vorsichtshalber weiterhin überwachen sollten.«

»Sie haben euch eine Falle gestellt?«

»Nein, sie hatten Armian unterschätzt. Sie dachten, sie könnten ihn einfach in einem direkten Angriff überwältigen.« Er schaute hinauf zu den schwindenden Monden und erinnerte sich: »Er hatte einen *shir* und einen *yahr*. Jemand hatte ihn gut unterrichtet; ich habe nie gefragt, wer das gewesen sein mag. Obwohl die Späher bewaffnet waren, brachte er zwei von ihnen um und verwundete einen dritten. Der vierte war so erschrocken, daß er uns entkommen ließ.«

»Du hast ihn bewundert.«

»Ich habe ihn *angebetet*«, meinte Tansen. »Wenn Kiloran einen Attentäter wie ihn schicken würde, um mich zu töten, könnte ich nicht so schnell mit ihm fertig werden wie mit den beiden anderen. Und ich würde es bedauern, ihn umbringen zu müssen, denn der Mut und die Fertigkeiten, die Armian bei einem Kampf zeigte, sind selten. Sehr selten.«

»Also hat dieser Attentäter dich mit nach Shaljir genommen?«

»Er konnte mich nicht in Gamalan lassen und ...« Er zuckte die Achseln. »Du weißt schon. Die letzten Gamalani waren dort gestorben. Es waren ohnehin nur noch wenige von uns übrig, dank der Blutfehde mit den Sirdari. Wohin hätte ich gehen sollen?«

Die Reise nach Shaljir dauerte lange. Sie vermieden die Hauptstraßen und reisten meist bei Nacht. Armian schloß sich niemals Tansens abendlichen Gebeten zu Dar an, als sie den gewaltigen Berg umkreisten, der ihr geweiht war. Der Attentäter hatte nichts für die Göttin übrig; wenn der Krieg um Sileria vorüber war, würde er Schüler Kilorans werden, der seinen *shir* gefertigt hatte, und Wassermagie lernen. Und Armian hielt auch nicht viel von den *shallaheen*, denen sie auf ihrer Reise begegneten; er hielt sie für dumm und abergläubisch. Er schien der Ansicht zu sein, sie seien selbst schuld an ihrer Armut.

»Wie hat er dich denn behandelt?« wollte Josarian wissen.

Tansen zögerte. »Aus irgendeinem Grund ... gewann er mich lieb wie einen Sohn.«

Josarian nickte bedächtig. »Und du liebtest ihn wie einen Vater?«

Er mußte lange auf eine Antwort warten. »Ja«, gab Tansen schließlich zu. »Ich hing an seinen Lippen. Ich ahmte alles nach, was er tat, folgte ihm Tag und Nacht wie ein Hündchen.« Er nickte, als er sich erinnerte. »Ich blickte zu ihm auf und ... ja, ich glaube, ich habe ihn geliebt.«

Shaljir hätte einen Jungen aus einem Bergdorf, der diese Stadt zum ersten Mal sah, vollkommen verwirren müssen, aber Tansen trauerte um seine Familie. Da Armian wußte, was zu tun war, fanden sie das Haus von *toren* Gaborian schnell. Zu ihrem Staunen wurde der Haushalt von einem achtzehnjährigen Mädchen geführt.

»Elelar«, sagte Josarian.

Tan nickte. »Gaborian war alt und sehr krank. Elelar hat mir erzählt, er sei zwei Jahre später gestorben.«

»Ihr hattet also die Allianz gefunden.«

Der unglaubliche Reichtum von Gaborians Haushalt und die seltsamen Intrigen, die dort gesponnen wurden, hätten Tansen in ihren Bann schlagen können, wenn er sich nicht sofort und hoffnungslos in Elelar verliebt hätte. Er hatte noch nie eine Frau wie sie gesehen, nie diese quälende, wortlose Sehnsucht gekannt, die ihn in ihrer Gegenwart überfiel. Er wußte nicht, wie er gegen die Begierde ankämpfen sollte, die ihn durchzuckte, wenn Elelar auch nur an ihm vorbeiging oder so dicht neben ihm stand, daß er die Wärme ihrer Haut spüren konnte.

Er war auch noch nie im Leben so verlegen gewesen wie bei den Gelegenheiten, wenn sie sich über seine ländlichen Gewohnheiten und über seine ungelenke Verliebtheit lustig machte. Er war in jeder Hinsicht soviel weniger als sie. Zum ersten Mal in seinem Leben störte es ihn, ignorant und ungebildet zu sein; ihr Mitgefühl demütigte ihn, und ihre Ungeduld beschämte ihn.

Er war ein *shallah*, und sie war eine *torena*. Und noch schlimmer, er war noch ein Junge, und sie war schon eine Frau.

Sie schickte ihn und Armian in dieselbe *tirshah* im ältesten Teil der Stadt, in die er neun Jahre später Josarian führen würde; der Wirt gehörte nicht nur der Allianz an, er wußte auch von jenem verblüffenden Geheimnis, das sich unter den Straßen der Stadt verbarg: Er wußte vom Überleben der Beyah-Olvari.

»Wie hast du von ihnen erfahren?« fragte Josarian.

»Armian tötete einen Bettler. Die Valdani mögen es nicht, wenn jemand am hellen Tag mitten auf den Straßen von Shaljir umgebracht wird. Sie schlossen die Tore und begannen, die Stadt nach uns zu durchsuchen, obwohl sie keine Ahnung hatten, wer Armian tatsächlich war. Also versteckte Elelar uns unter der Erde.«

»Wieso bei allen Feuern hatte er einen Bettler getötet?«

Tansen versuchte im Dunkeln, Josarians Miene zu ergründen. »Weil Armian ein Attentäter war und der Bettler ihn geärgert hatte.«

Gaborian war zu krank, um reisen zu können, und Armians Mission war bereits einmal durch Verrat in Gefahr geraten, also beschloß Elelar, den Attentäter und den Bergbauernjungen persönlich zu Kiloran zu begleiten. Sie wußte nicht, wo der Wasserherr sich aufhielt, aber schon damals hatte sie Möglichkeiten gehabt, ihn zu finden.

»Willst du etwa behaupten, daß *Kiloran* ebenfalls der Allianz angehört?«

»Ja.«

Sie brauchten Tage, um Kiloran zu finden, denn Kaiser Jarell setzte in diesem Jahr beträchtliche Energie daran, gegen die Gesellschaft Krieg zu führen, und der Wasserherr war ständig auf der Flucht. In dieser Zeit fand Tansen heraus, daß sich Armians Methoden, sich Informationen von der Bevölkerung zu verschaffen, nicht sonderlich von denen der Valdani unterschieden. Tansen mußte mit ansehen, wie sein großes Vorbild Szenen von schrecklicher Grausamkeit herbeiführte, wie er sie zuvor niemals gesehen hatte, und obwohl er fleißig die Kampftechniken übte, die Armian ihn lehrte, fand er sich immer mehr angewidert.

»Und vor allem begann ich, die Gesellschaft durch ihre Augen zu sehen«, sagte er.

»Durch Elelars Augen?«

»Ja.«

Gebildet und weit über ihre Jahre hinaus gereift, wußte Elelar zwar, daß die Allianz nicht auf die Zusammenarbeit mit der Gesellschaft verzichten konnte, da sie die stärkste Gruppierung in Sileria darstellte, aber sie hielt sie für beinahe so schlimm wie die Valdani. Wer nahm den

Städten das Wasser, wenn der Tribut nicht rechtzeitig gezahlt wurde oder nicht großzügig genug schien? Wer regierte die Berge mit Hilfe von Schrecken und Gewalt? Wer kontrollierte die *toreni* durch Entführungen, Lösegeldforderungen und Mord? Wer hatte den letzten Yahrdan Silerias getötet? Und wer hatte bereits mehr *shallaheen* getötet, als die Valdani je töten würden?

»Wieso hat sie sich dann mit ihnen verbündet?« fragte Josarian.

»Aus demselben Grund, aus dem du dich mit ihnen verbünden wirst«, sagte Tansen. »Schließlich hast du versprochen, dich der Allianz anzuschließen.«

»Du hast mir nicht gesagt ...«

»Ohne die Gesellschaft können wir die Valdani nicht besiegen. Sie wußte es damals schon, und ich weiß es heute ebenfalls. Du mußt das verstehen.« Er beugte sich vor. »Als ich anfing, nach dir zu suchen, hatte ich nur vor, dich am Leben zu erhalten, damit du die Valdani noch länger stören konntest. Als ich die Blutfehde mit dir schwor, dachte ich nur daran, den Kampf über unseren Tod hinweg zu verlängern. Aber jetzt habe ich gesehen, wie viele Menschen dir folgen, an dich glauben und alles aufgeben, um sich deinem Kampf anzuschließen.«

»Alle wollen dasselbe, was ich will, Tan. Frei und in Frieden leben und ihre Familien ernähren können. Das ist alles. Es ist nicht viel, aber die Valdani haben uns das seit Jahrhunderten verweigert.«

»Ich glaube nicht, daß ein Mann zur Waffe greift, nur weil er Frieden und etwas zu essen will«, sagte Tansen. »Er tut es, weil ihn etwas oder jemand dazu ermutigt hat, sich auf die Gefahren einzulassen, andere zu töten oder selbst getötet zu werden. Das kann etwas so Einfaches wie Angst oder Haß oder etwas so Kompliziertes wie ein Traum oder die Führung durch einen großen Mann sein.«

»Ich bin kein großer Mann«, sagte Josarian leise. »Ich bin ein ungebildeter Bergbauer, dem seine Frau fehlt und der nie wieder nach Hause zurückkehren kann.«

»Du hast überall im Bezirk Cavasar das Leben der Menschen verändert. Du hast Menschen davon überzeugt, dir zu folgen, und sie haben die Belange ihrer Klans zurückgestellt, um für eine gemeinsame Sache zu kämpfen. Du hast ein geknechtetes Volk zur Rebellion gegen das mächtigste Reich der Welt aufgerufen.« Er lächelte. »Ob es dir nun gefällt oder nicht, du bist ein großer Mann.«

»Eine schwere Verantwortung«, sagte Josarian bedrückt. »Ich würde es vorziehen, einfach nur ein Gesetzloser zu sein.«

»Ich nehme an, das wäre den Valdani inzwischen auch erheblich lieber.«

Josarian kam zu ihrem ursprünglichen Thema zurück. »Wenn er dich tötet, werde ich mich nicht mit Kiloran verbünden.«

»Ich weiß«, sagte Tansen. »Aber Elelar weiß das nicht, und ich brauche ihre Hilfe, um ihn zu finden.«

»Du glaubst wirklich, daß er dich töten wird, nicht wahr?« bohrte Josarian weiter.

Tansen bemühte sich, seine Angst zu ersticken. »Ich glaube, es ist ihm sehr wichtig, mich zu töten.«

»Warum ...«

»Darüber haben wir doch bereits gesprochen. Ich werde nicht wieder ins Exil gehen. Und ich werde mich nicht verstecken. Ich habe auch keine Lust, den Rest meines Lebens im Kampf gegen Attentäter zu verbringen – die vielleicht beginnen, meine Freunde und Begleiter umzubringen, wenn es ihnen zu schwerfällt, mich zu töten.« Er warf einen raschen Blick auf die Schwerter, die neben ihm lagen. »Ich werde mich ihm stellen, und auf die eine oder andere Art wird diese Angelegenheit zwischen uns zu einem Ende kommen.«

Josarian nickte seufzend. »Dann solltest du mir lieber erzählen, wieso er so versessen darauf ist, dich zu töten.«

»Ja.«

Nachdem sie beinahe einen Zwillingsmond lang gesucht hatten, hatten Armian, Tansen und Elelar Kiloran schließ- lich gefunden – oder besser gesagt, er fand sie.

»Er war ...« Tansen machte eine vage Geste. »Er strahlte Macht aus, wie ein Feuer Hitze ausstrahlt. Seine Augen waren kalt und leblos wie die einer Schlange. Die Moorländer hatten sich den richtigen Verbündeten ausgesucht, denn Kiloran hätte keinem anderen getraut. Er behandelte Armian liebenswürdig, aber ohne Wärme. Mich ... mich behandelte er höflich, weil Armian es verlangte.«

»Und Elelar?«

Er lächelte. »Oh, ich hätte jeden bedauert, der ihr nicht die erforderliche Hochachtung zeigte – schon damals.«

»War Kiloran mit dem Vorschlag der Moorländer einverstanden?«

»Er war zunächst mißtrauisch, wie es seinem Wesen entsprach. Mit der Zeit jedoch begeisterte er sich immer mehr dafür.« Tansen ballte die Fäuste, als er sich erinnerte. »Er erkannte, was Armian erkannte und was ich damals nicht verstand. Die Moorländer würden die Gesellschaft unterstützen und nicht Sileria, wenn sie gegen die Valdani kämpften. Wenn der Kaiser besiegt wäre und die Moorländer sich zurückgezogen hätten, um den Krieg auf dem Festland zu beenden, hätte alle Macht in Sileria in den Händen der Gesellschaft gelegen.«

»Und Kiloran hätte das Land regiert«, schloß Josarian und beobachtete Tansen angespannt.

»Und Armian wäre sein Nachfolger gewesen. Sie waren ... sehr erfreut über diese Aussicht.«

»Und Elelar hatte keine Einwände?«

»Elelar und die Allianz glaubten, die Valdani seien die einzigen Feinde, die zählten; alle anderen Probleme und Feindseligkeiten könnten warten, bis die Valdani vertrieben waren.«

»Also waren die Allianz und die Verehrungswürdige Gesellschaft beide für diesen Plan und hatten vor, sich mit den Moorländern zu verbünden?«

»Ja. Armian sollte zur Südostküste reisen, um dort auf ein Moorländer-Schiff zu warten und die Antwort der Gesellschaft zu übergeben. Elelar begleitete ihn, um für die Allianz zu sprechen. Auch ich ging mit, um ...« Die Scham brannte wie Feuer in ihm, aber er zwang sich schließlich zu einem Geständnis. »Es war meine Pflicht. Ich war sein Blutpakt-Sohn.«

»Darfeuer! Du bist Armians *Blutsohn?*«

»Ja. Wir schworen einen Blutpakt, bevor wir Shaljir verließen.« Er öffnete die Hand und folgte mit dem Finger einer weiteren vertrauten Narbe.

Eindeutig verblüfft sagte Josarian: »Die *torena* sagte ... du hättest alles verdorben, du hättest Silerias Zukunft zerstört.« Er beugte sich vor, und zweifellos kannte er die Antwort bereits, als er nun fragte: »Wie?«

»Ich habe Armian ermordet.«

Tansen versuchte, dem intensiven Blick seines Freundes auszuweichen, der selbst im Dunkeln durchdringend war, aber er konnte es nicht. Josarian sagte kein Wort und rührte sich nicht, er starrte ihn nur an. Tansen atmete angestrengt die kühle Bergluft ein.

»Ich habe meinen eigenen Blutsvater umgebracht, Josarian. Du weißt, daß es nur wenige schwerwiegendere Verbrechen gibt.« Seine Kehle war wie zugeschnürt, und er mußte sich anstrengen, die Worte herauszuzwingen. »Und ich habe den Mann getötet, der ... ich glaube, er könnte wirklich der Feuerbringer gewesen sein.«

»Warum hast du es getan?« flüsterte Josarian schließlich.

»Ich sah ... ich sah ein weiteres Jahrtausend der Sklaverei für uns voraus, unter dem schwersten Joch, das man sich vorstellen konnte. Dieser Pakt schloß alle anderen Menschen in Sileria aus. Der Krieg hätte Sileria nicht befreit, auch wenn er die Valdani vertrieben hätte.« Scham durchflutete ihn, als er versuchte, seinen unaussprechlichen Verrat zu erklären. »Die Gesellschaft, angeführt von Kiloran und Armian, würde Sileria regieren – und zwar mit härterer Hand, als es die Valdani oder andere Eroberer jemals taten.«

»Wir würden ...« Josarian räusperte sich und lehnte sich zurück. »Wir würden niemals frei sein.«

»Inzwischen würden wir uns nach den Valdani zurücksehnen.« Er seufzte. »Wer nimmt den Städten das Wasser? Wer regiert die Berge durch Angst und Gewalt?« Zorn ließ seine Augen aufblitzen, selbst jetzt noch, als er sich erinnerte: »Sie war diejenige, die mich gefragt hatte: ›Wer hat schon mehr *shallaheen* getötet, als die Valdani je töten werden?‹ Sie war diejenige, die mich die Geschichte unseres Volkes lehrte und mich verstehen ließ, wer *sie* wirklich sind. Ich war ein dummer Junge aus einem gewalttätigen Klan, der in blinder Loyalität zu einem Lironi-Wasserherrn stand. Selbst wenn ich Armian fürchtete, selbst wenn ich mich entsetzt von den Dingen abwandte, die er tat, war ich immer noch ...« Er schüttelte den Kopf. »Ach, wer kann schon sagen, was geschehen wäre? Aber ehe ich Elelar kennenlernte, wäre ich nie auch nur auf den Gedanken gekommen, daß es eine andere Möglichkeit geben könnte.«

»Und als du es erst einmal wußtest, gab es keinen Weg mehr zurück. Ich weiß. Ich habe dasselbe durchgemacht«, sagte Josarian. »In jener Nacht, als ich zum ersten Mal *nein* zu den Valdani sagte ... danach konnte ich nicht mehr zurück. Ich wußte plötzlich zum ersten Mal, daß alles anders sein könnte, und anders sein *sollte*, und ich selbst mußte versuchen, das zu erreichen.«

»Ich war derjenige, der ihn gefunden und ihm das Leben gerettet hatte«, sagte Tansen. »Er hatte Kiloran nur wegen mir erreicht. Wegen mir würde Sileria auf ewig unter der Herrschaft der Gesellschaft stehen, weil ich Armian gerettet hatte.« Er schloß die Augen. »Also war es meine Aufgabe, ihn aufzuhalten. Ich mußte die einzige Verbindung zwischen der Gesellschaft und den Moorländern zerstören, den einzigen Menschen, dem beide Seiten vollkommen vertrauten.«

»Aber wie hast du es getan? Ein Junge gegen einen Mann? Ein *shallah* gegen einen Attentäter?«

»Ich wußte, daß ich bei einer direkten Herausforderung nicht bestehen könnte. Also habe ich ihn überrascht. Er ...« Das Blut rauschte ihm in den Ohren. »Es war einfach. Er hat mir vollkommen vertraut.«

Sie waren zu den Klippen von Adalian gereist, erklärte Tansen, zu Fuß, denn es war eine Dunkelmondnacht und der Boden zu gefährlich für Pferde. Es regnete, und es war stürmisch. Müde und nicht an solche Anstrengungen gewöhnt, war Elelar zurückgeblieben. Und Tansen hatte mit bangem Herzen auf eine passende Gelegenheit gewartet.

»Es war sehr dunkel, man konnte kaum etwas sehen. Er stand oben auf einer Klippe, hatte mir den Rücken zugewandt, und spähte zu einer Höhle am Meer hinab.« Tansens Stimme klang nun dumpf und weit entfernt, und er erinnerte sich an jeden einzelnen Atemzug, jede Bewegung, jeden Windstoß. »Er hatte mir kurz zuvor einen neuen *yahr* gegeben, einen, den er von Kiloran erhalten hatte, aus versteinertem kintischem Holz. Ich stand hinter ihm und schlug damit zu.«

Armian war auf die Knie gefallen, betäubt von dem Schlag, aber nicht bewußtlos. Als gelernter Kämpfer hatte er sich instinktiv zur Seite gerollt, um dem zweiten Schlag auszuweichen, und gleichzeitig nach seinem *shir* gegriffen.

»Aber er erstarrte wie eine Statue, als er mich über sich stehen und den *yahr* schwingen sah.«

Selbst wenn Tansen in alle Ewigkeit leben sollte, würde er nie den Klang in der Stimme seines Blutsvaters vergessen, als Armian »Tansen?« sagte. Seitdem hatte er ihn in Tausenden von Alpträumen gehört, und wenn er weiterleben würde, würde er ihn noch Tausende Male hören.

Er hatte viel von Armian gelernt, und er zog seinen Vorteil aus dem Überraschungsmoment, dem kurzen Zögern seines Gegners, und schlug wieder mit dem *yahr* zu, diesmal in Armians Gesicht. Beim dritten Schlag fiel Armian der *shir* aus der Hand. Beim fünften war er tot.

»Ich habe die Leiche von der Klippe gestoßen, so daß er am Strand vor der Höhle landen würde, wo er sich mit den Moorländern treffen sollte.«

»Damit sie ihn dort finden würden ... und glaubten, ihr Vorschlag sei abgewiesen«, schloß Josarian.

»Alle wußten, was für ein gewalttätiges, irrationales, streitsüchtiges Volk wir sind.« Tansens Stimme klang bitter.

»Und wie gefährlich, geheimnistuerisch und unberechenbar die Gesellschaft ist.« Josarian hielt einen Augenblick lang inne, bevor er fragte: »Was hat Elelar getan?«

»Ach, Elelar ...«

Die Schreie der jungen *torena* machten den Schrecken, mit dem Tansen auf Armians Leiche niederstarrte, noch schlimmer. Zuerst hatte das Entsetzen über den plötzlichen Mord ihr beinahe den Verstand geraubt, und sie hatte kaum etwas anderes tun können als schreien oder weinen. Dann hatten sie sich erbittert gestritten, einander auf dieser windumtosten Klippe angeschrien, denn sie glaubte, Tansen habe mindestens seinen Verstand verloren und ihre gesamte Zukunft zerstört.

»Dann sahen wir, wie das Moorländer-Schiff sich näherte«, sagte Tansen. »Sie war entschlossen, nach unten zu gehen und selbst mit ihnen zu sprechen – sie wollte versuchen, die versprochene Allianz irgendwie zu retten, trotz allem, was die Moorländer dort unten finden würden.«

»Hast du sie aufgehalten?«

Wehmütig verzog er den Mund. »Ja, und dafür haßt sie mich mehr als für alles andere.«

Er hatte ihr den hübschen Schal abgerissen, mit dem sie ihr Haar gegen die Feuchtigkeit zu schützen versucht hatte, hatte sie zu Boden geworfen, sein Knie auf ihren Rücken gedrückt und ihr die Handgelenke mit dem Seidentuch gebunden. Dann hatte er sie weggetragen, über die Schulter geworfen wie einen Mehlsack. Er hatte sie nicht freigelassen, bis der Morgen graute und er sicher war, daß sie sich auf keinen Fall mehr mit den Moorländern auf dem Schiff in Verbindung setzen konnte.

»Ich hatte vor, sie nach Shaljir zurückzubegleiten.« Er lachte freudlos. »Ich hatte gerade meinen eigenen Blutsvater umgebracht, aber ich hielt es nicht für schicklich, eine *torena* allein reisen zu lassen.« Er zuckte die Achseln. »Sie hatte allerdings andere Pläne.«

»Sie beschloß, sofort zu Kiloran zu gehen und ihm zu

erzählen, was du getan hattest, so daß er sich nicht von der Allianz zurückziehen würde.«

»Genau. Sie war der Ansicht, sie müsse ... die Loyalität der Allianz gegenüber ihm und der gemeinsamen Sache beweisen, indem sie mich auslieferte.« Er blickte auf zu den gleichgültig blitzenden Sternen. »Sie sagte, Kiloran werde einen Blutfluch über mich verhängen, und sie werde den Tag feiern, an dem sie von meinem Tod erführe.«

»Also hast du mit fünfzehn, als du kein Zuhause, keine Familie, keinen Klan und statt dessen mächtige Feinde hattest, die bald jede Felsspalte nach dir absuchen würden, beschlossen, Sileria zu verlassen.«

»Ich wollte tatsächlich immer noch weiterleben«, gab Tansen zu, »trotz allem, was ich getan hatte. Also ging ich an Bord eines Schiffes, das nach Kashala fahren sollte, und arbeitete für meine Überfahrt.«

»Und nun bist du ein Mann und ein großer Krieger. Nun hast du Freunde und einen Bruder, der dich nicht verlassen wird.«

»Ich habe einen Blutpakt-Verwandten getötet, Josarian. Du solltest ...«

»Zum Glück obliegt es Dar und nicht mir, dich dafür zu richten. Vor allem, wenn er wirklich der Feuerbringer war.«

»Glaubst du an den Feuerbringer?«

»Ich glaube daran, daß die Menschen ihre Probleme selbst lösen müssen und aufhören sollten, von einem zu träumen, der sie für sie lösen wird.«

Tansen fuhr auf.

»Was ist denn?«

»Das hat *er* mir auch einmal gesagt.«

»Ich nehme an, er war nicht nur schlecht«, gestand Josarian ihm zu.

»Nein. Ich wünschte, es wäre so gewesen. Dann wäre es leichter zu ertragen, was ich getan habe.«

»Tansen, selbst die Späher, die ich getötet habe, waren sicher nicht alle schlechte Menschen. Jeder von ihnen hat sicher einmal ... ich weiß nicht – eine Frau geliebt, oder er war freundlich zu Kindern, oder hat seine Mutter mit Respekt behandelt, oder er ist einfach mutig gestorben ...

Du bist ein *shatai.* Du hast gesagt, daß du dich von einem Attentäter unterscheidest, daß dein Lehrer von dir verlangte, daß du Urteilsvermögen zeigst, wenn du kämpfst, und bevor du tötest. Aber du mußt auch wissen, daß du niemals töten könntest, wenn das verlangte, daß dein Gegner seine Lebensunwürdigkeit beweist, denn wie viele Männer könnten diese Bedingung erfüllen? Nur sehr wenige, glaube ich.«

»Aber ich habe einen umgebracht, der mir vertraute – einen, mit dem ich einen Blutpakt geschworen habe.«

»Ja.« Josarian nickte. »Das ist eine schreckliche Last, und ich weiß, daß du für immer darunter leiden wirst. Wer weiß? Vielleicht wird Dar sogar entscheiden, daß dies genug Strafe war.«

»Kiloran wird bestimmt nicht dieser Ansicht sein.«

»Ich glaube nicht, daß Kiloran an Reue glaubt«, meinte Josarian. »Aber du hast Elelar gesagt, du wolltest ihm den *shir* zurückgeben.«

»Den, den er gemacht hat. Ich habe ihn aufgehoben,

nachdem ich Armians Leiche von der Klippe geworfen hatte.«

»Du hast auch das Tuch behalten, nachdem du Elelar losgebunden hattest ...«

»Ja.«

»Du hast es ihr in Shaljir zurückgegeben, und sie wünscht nicht länger deinen Tod.« Josarian legte eine Hand auf Tansens Schulter. »Vielleicht wird auch Kilorans Haß befriedigt sein, wenn er erst einmal den *shir* zurückbekommen hat.«

KAPITEL 19

Einige Männer ließen sich beherrschen, indem eine Frau sie in ihr Bett ließ; andere durch ihren Wunsch, dorthin zu gelangen.

Kilorans Sohn Srijan war ein schwieriger Mensch: rücksichtslos, arrogant, gewalttätig und selbstsüchtig. Zum Glück war er nicht so intelligent wie sein Vater und immer noch jung genug, sich von seinen Leidenschaften beherrschen zu lassen – besonders den sexuellen. Daher hatte die Allianz Elelar als wichtigste Kontaktperson ausgewählt. Sie wußte, daß mehrere ihrer Verbündeten glaubten, sie schliefe mit Srijan. Aber ihr Urteilsvermögen war besser als das dieser Männer.

Als Kind hatte Elelar Mandelmilch geliebt. Dann hatte sie in einem Jahr, zu Beginn der Saison, dermaßen viel davon getrunken, daß ihr übel wurde; danach widerte sie allein schon der Geruch von Mandelmilch an, und so war es bis auf den heutigen Tag.

Srijan war ein Junge von zwölf gewesen, als Elelar ihm neun Jahre zuvor zum ersten Mal begegnet war. Selbst damals schon hatte man deutlich seine Neigung bemerken können, sich bis zum Überdruß alles zu gönnen, was ihn erfreute, und es dann rasch hassen zu lernen, weil es seinen endlosen, namenlosen Hunger nicht mehr befriedigte. Elelar mutmaßte im geheimen, daß es ihm an einer Seele fehlte, und keine wie auch immer geartete sinnliche Überfütterung, kein Ausmaß an persönlicher Macht konnte jemals die Sehnsucht stillen, die durch eine solche Leere entstand.

Kiloran hatte Srijan schon vor ein paar Jahren offiziell zum Attentäter gemacht und ihm die Macht und die Pflichten eines hochrangigen Mitglieds der Gesellschaft gewährt. Als Elelar Srijans Kontaktperson der Allianz in Shaljir geworden war, hatte er sich in aller Deutlichkeit darüber ausgelassen, daß er sie benutzen werde, wie er wollte. Sie hatte seine Anträge ebenso deutlich zurückgewiesen und dieser Ablehnung mit einem gezielten Kniestoß zwischen seine Beine Nachdruck verliehen. Danach hatte sie dafür gesorgt, daß er nie wieder eine Gelegenheit fand, mit ihr allein zu sein, und selbst Srijan hätte sich nicht in Gegenwart ihrer eigenen Dienstboten auf sie gestürzt.

Von dem extremen Widerwillen einmal abgesehen, den sie gegenüber seiner Sprache und seinem Benehmen empfand, wußte sie zudem, daß er zu jenen Männern gehörte, die, nachdem sie sich einige Zeit mit einer Frau abgegeben hatten, eine irrationale Abneigung gegen dieselbe Frau empfanden. Auf diese Weise hatte er die Zukunft so manchen *shallah*-Mädchens zerstört; Elelar hatte zwei von Srijans unglücklichen Ex-Mätressen auf einem ihrer Landsitze eingestellt, weit weg von ihren Heimatdörfern und den Gerüchten, die sie dort verfolgten. Sie zweifelte nicht daran, daß Srijan auch ihrer schnell müde würde, wenn sie den Fehler machte, mit ihm zu schlafen, und dann wäre er nutzlos für sie.

Es schien Srijan allerdings enorme Befriedigung zu verschaffen, Elelar zu *wollen*, als ernähre er sich von seinem eigenen Hunger. Jahr um Jahr versprach sie ihm ohne ein einziges Wort, daß sie ihm gehören würde, wenn er sich nur genügend anstrengte, und das hatte ihr bisher bei den meisten Plänen, Vorschlägen und Bitten seine eifrige Mitarbeit gesichert. Es war ein labiles Gleichgewicht, aber bisher hatte sich ihre Taktik als richtig erwiesen.

Srijan erinnerte sich an Tansen, den Blutssohn Armians, und er war nicht besonders empfänglich für Elelars Beharren, man müsse Tansen zu Kiloran bringen; auch dann nicht, als sie erklärte, daß sich im Austausch für diesen Dienst Josarian shah Emeldari und all seine Anhänger der Allianz anschließen würden.

Die Besprechung fand in einem Privatzimmer der *tirshah* statt. Der beste Wein, frische Mandelmilch, die süßesten Früchte, der fetteste Käse, die besten Gemüse, das frischeste Brot und die am erfindungsreichsten gewürzten Öle standen zu Srijans Vergnügen bereit. Er saß auf den besten Kissen im Zimmer und kam nicht auf die Idee, der *torena* eines davon anzubieten. Ebensowenig, wie er die Gegenwart der Diener, die sich um seiner Bequemlichkeit willen schier überschlugen, auch nur zur Kenntnis nahm. Da Srijans Gegenwart Elelar immer auf den Magen schlug, beobachtete sie ihn einfach, wie er sich vollstopfte, während er über ihre Bitte nachdachte.

Bei Dar, es gab wirklich Zeiten, in denen sie wünschte, ein Mann zu sein. Obwohl sie dieses Geschlecht im allgemeinen verachtete und verblüfft war, durch welchen lange vergangenen Fehler sie zu den Beherrschern ihrer Welt geworden waren, gab es dennoch Tage, an denen sie sich wünschte, groß und kräftig genug zu sein, um einfach körperliche Kraft einsetzen zu können, wie es Männer so oft taten. Was für ein Vergnügen, Srijan so verprügeln zu können, bis er um die Freude *flehte*, mit ihr zusammenarbeiten zu dürfen.

Aber sie unterdrückte ihre Ungeduld und ihren Zorn, lächelte liebenswert und beugte sich vor, wobei sie eine Gänsehaut überlief, als Srijans Blick sofort zu ihrem Ausschnitt wanderte. Sie holte tief Luft und war froh, daß die beiden Diener und Faradar im Zimmer waren, obwohl sie sich in diskreter Entfernung von dem leise geführten Gespräch befanden. Es war an der Zeit, nicht länger über die Allianz zu reden, sondern Srijan davon zu überzeugen, daß es ihm einen persönlichen Vorteil bringen könnte, wenn er ihr ihre Bitte gewährte.

»Kilorans Attentäter haben Tansen neun Jahre lang gesucht«, erklärte sie, »und jetzt ist der *shallah* zurückgekehrt und hat schon zwei von ihnen getötet.«

»Das weiß ich«, erwiderte Srijan.

Er trank noch mehr Wein, dann stopfte er sich weiter Käse in den Mund. Eigentlich hätte er fett sein müssen. Jede Frau, die so schlang, wäre längst größer als der Darshon gewesen. Aber da er ein Mann war, war er nur ein wenig untersetzt.

Sie murmelte: »Kiloran will ihn unbedingt haben.«

»Und er will Kiloran«, meinte Srijan. »Er hat bereits Armian und zwei Attentäter umgebracht. Du glaubst doch nicht, daß ich ihn so einfach zu meinem Vater bringen werde?«

Männer werden von ihrem eigenen Stolz geschlagen, erinnerte sie sich, *und beherrscht von ihrem Dünkel*. »Warum denn nicht?« Sie klimperte mit den Wimpern und schnappte nach Luft. »Du glaubst doch nicht etwa ...«

Er starrte sie an. »Was?«

Sie lächelte, als wollte sie über einen dummen Fehler hinwegtäuschen, und schüttelte den Kopf. »Entschuldige. Das war mir nicht klar.«

»Was?« fauchte er.

»Daß Kiloran sich vor ihm fürchtet.«

Er war tatsächlich beleidigt genug, um mit dem Essen aufzuhören. »Kiloran soll sich vor diesem dreckigen kleinen *sriliah* fürchten? Du hast wohl den Verstand verloren, Frau!«

»Oh! Vielleicht habe ich dich ja falsch verstanden. Du hast um seinetwillen Angst. Ich verstehe.«

Er warf ein Stück Brot zur Seite und zeigte mit dem Messer auf sie. »Mein Vater ist der mächtigste Wasserherr Silerias! Der größte Wasserherr, den es je gab! Er fürchtet niemanden.«

»Dann hat er also keine Angst, daß Tansen ihn umbringen könnte?«

»Nein!« Srijan runzelte einen Augenblick lang die Stirn, dann fügte er hinzu: »Und ich auch nicht.«

»Befürchtest du dann, Kiloran könne Tansen nicht töten?«

»Kiloran kann jeden töten.«

Und damit prahlst du auch noch, dachte sie. »Warum führen wir Tansen dann nicht zur Schlachtbank?« schlug sie vor. »Kiloran wird doch sicher dankbar sein, wenn sein Sohn ihm eine Beute bringt, die kein anderer erlegen konnte.«

Seine Augen blitzten. Seine Miene glättete sich wieder. Er zuckte die Achseln und sagte etwas Abfälliges, dann begann er wieder zu essen. Es würde noch eine weitere halbe Stunde Schmeichelei brauchen, aber sie wußte, jetzt hatte sie ihn.

Der Sieg schmeckte sauer, denn obwohl sie, die Allianz und Sileria bitter für das bezahlt hatten, was Tansen neun Jahre zuvor getan hatte, wußte sie, daß auch er nicht davongekommen war. Nach all diesen Jahren war sie nicht erfreut, diejenige zu sein, die ihn direkt in den Tod führte.

Sie würde nie mit dem einverstanden sein, was er getan hatte, denn die Chance, sich von den Valdani zu befreien, war zu wertvoll gewesen, um sie einfach wegzuwerfen, aber sie wußte auch, daß der Plan nicht ohne Makel gewesen war und durchaus hätte fehlschlagen können. Vielleicht hätte Sileria tatsächlich einen Krieg gewonnen, nur um eine Besatzungsmacht gegen eine andere auszutauschen.

Seit tausend Jahren lag das Land nun unter dem Joch fremder Eroberer – Moorländer, Kint, Valdani – Fremde, die nicht in Elelars Heimat gehörten. Elelar hatte ihr Leben einem Traum gewidmet, über den der Rest der Welt nur spottete und den selbst die meisten Silerier für vollkommen unmöglich hielten. Aber sie war nicht dumm; irgendwann würde Sileria wieder frei sein. Das glaubte sie mit der wilden, leidenschaftlichen Intensität einer Visionärin. Sie sehnte sich danach, es noch selbst mitzuerleben, einem silerischen Herrscher Treue schwören und zusehen zu können, wie ihr Volk den Kopf aus dem Staub hob und sich stolz von den Jahrhunderten der Demütigung abwandte, die es ertragen hatte.

Sie träumte davon, der Herrschaft der Valdani in Sileria ein Ende zu machen, diese landfressenden, verwöhnten Barbaren zu besiegen, die glaubten, ein großes Volk zu sein, nur weil sie die Kultur der Kint und den Reichtum der Moorländer gestohlen hatten. Wie sehr sie sich wünschte, das bunte Kaiserliche Zeichen der Drei, das auf dem Santorell-Platz aufgestellt war, am Boden und in Trümmern zu sehen! Wie sehr sie sich wünschte, die graugekleideten Späher und ziegenschlachtenden Priester des Kaiserreichs Schiffe besteigen zu sehen, auf denen sie Sileria für immer verließen! Wie sehr sie sich wünschte, die Familie ihres Mannes von all den Häusern, dem Land und dem Geld enteignet zu sehen, die sie ihrem eigenen Volk gestohlen hatte!

Tansen umzubringen, würde nichts davon erreichen, und niemand konnte sicher wissen, daß seine Tat wirklich die Ursache dafür gewesen war, daß Sileria heute immer noch nicht frei war. Vielleicht dachte sie einfach zu praktisch, um ihren Rachedurst all diese Jahre zu bewahren. Vielleicht verspürte sie sogar untypisches Mitgefühl, denn sie und Tansen hatten die letzten Tage ihrer Jugend miteinander verbracht und sie im selben Augenblick verloren. Aus welchem Grund auch immer, sie war nicht glücklich, als sie nun Faradar bat, in den Garten hinauszugehen und Tansen und Josarian zu bitten, sich zu ihnen zu gesellen, nachdem Srijan zugestimmt hatte, sie zu Kiloran zu bringen.

Als die beiden *shallaheen* das Zimmer betraten, sah

Elelar Tansen an, und zum ersten Mal sah sie ihn wirklich, wie er jetzt war, ohne daß ihre Erinnerungen den Schatten des Jungen, der er einmal gewesen war, über ihn fallen ließen. Sie bemerkte, daß Srijan von seinem Aussehen verblüfft war, weil er sich einfach nicht hatte vorstellen können, daß Tansen sich in den letzten neun Jahren verändert hatte. Dennoch, selbst ein Mann mit genügend Phantasie, sich den dünnen, hohläugigen Jungen als erwachsenen Mann vorzustellen, wäre erstaunt darüber gewesen, was tatsächlich aus Tansen geworden war.

Nun fielen Elelar Dinge auf, die ihr bei dem Durcheinander ihrer ersten Begegnung und in den hektischen Vorbereitungen für die Reise entgangen waren. Tansen hielt sich von anderen fern, selbst mitten in einem Gespräch; er beobachtete, wartete, versuchte, die anderen einzuschätzen ... und verbarg, was er selbst war. Ganz anders als der leidenschaftliche, aufrichtige Mann, der ihn jetzt Bruder nannte und der an seiner Seite stand. Tansen war als Junge schnell und sicher in seinen Bewegungen gewesen, wie jeder, der eine harte Kindheit in den Bergen überlebt hatte; jetzt bewegte er sich mit fließender, sparsamer Präzision, die von absoluter Beherrschung und unnachgiebiger Disziplin sprach. Ein *shatai.* Sie konnte es kaum glauben. Sie hatte in ihrem ganzen Leben nur drei gesehen, und das waren alles Kint gewesen. Die *shatai* waren die besten, tödlichsten Krieger in allen drei Ecken der Welt.

Sie konnte sich kaum vorstellen, wie sehr die Brandwunde an der Brust geschmerzt haben mußte. Sie wußte, daß man von einem *shatai* erwartete, ruhig und ungerührt stehenzubleiben, während sein Meister ihm mit einem glühend heißen Eisen das Brandmal zufügte, dabei häufig für Rezitationen und Gebete innehielt und sich unendlich viel Zeit ließ.

Selbstverständlich verachteten *shallaheen* körperlichen Schmerz. Die Narben, die jedes wichtige Ereignis oder bindende Versprechen in ihrem Leben markierten, waren auch ein Zeichen für ihre Fähigkeit, Leiden zu ertragen. Keinem wurde zugestanden, die schmerzende Hand während der langen, harten Arbeit seines oder ihres Alltags zu schonen, ganz gleich, wie weh sie tat oder wie oft die Wunde wieder aufbrach.

Dennoch, selbst das harte Leben eines *shallah* oder die stolze Gleichgültigkeit gegenüber Schmerz, die diese Bergbauern von Kind an lernten, konnten einen Mann nicht darauf vorbereiten, still zu stehen und es zu erdulden, daß ein anderer ihm in aller Ruhe mit einem glühenden Eisen ein Muster in die Brust brannte. Elelar mochte weltgewandt sein, aber sie konnte sich nicht vorstellen, wie Tansen sich darauf vorbereitet und vor allem wie er es ertragen hatte. Sie wußte nur, daß das Brandzeichen überall auf der Welt geachtet wurde, denn ein *shatai* verdiente es sich auf eine Weise, die geringere Männer umbrachte.

Elelar glaubte allerdings nicht, daß selbst ein *shatai* eine Begegnung mit Kiloran überleben könnte, wenn Kiloran das nicht wollte. Ein Mann von großen Fähigkeiten und rascher Auffassungsgabe mochte vielleicht einen Zweikampf mit einem der geringeren Wasserherren überleben, aber nicht mit Kiloran. Der alte Zauberer regierte die Verehrungswürdige Gesellschaft und damit große Teile Silerias nicht, weil sein Volk ihn liebte oder wegen der Kraft seiner Persönlichkeit; er beherrschte Menschen, Flüsse, Seen, Reichtum, Städte, Landsitze, *toreni*, *shallaheen* und sogar – manchmal – die Valdani durch das Wasser, die größte Macht in Sileria. Selbst der Kaiser fürchtete ihn – und deshalb brauchte die Allianz Kiloran und die Gesellschaft.

Plötzlich mußte sie daran denken, daß Tansen vielleicht log, daß er irgendwie durch ein Wunder gegen Kiloran bestehen könnte ... *das* wäre auch alles andere als erfreulich für sie. Auf keinen Fall wollte sie, daß Kiloran starb. Er beherrschte und vereinte die Gesellschaft; durch ihn wurde sie zu einem einigermaßen verläßlichen und vernünftigen Verbündeten von großer Macht. Ohne eindeutigen Nachfolger – denn Srijan hatte bisher keinerlei Fähigkeiten zur Wassermagie gezeigt, ja nicht einmal zu intelligentem Denken – würde die Gesellschaft in Chaos und interne Auseinandersetzungen sinken, falls Kiloran plötzlich sterben sollte. Sein Vorgänger Harlon war zwar schon Jahre vor Elelars Geburt gestorben, aber sie kannte die Geschichte jener Zeit, wie Gaborian sie unterrichtet hatte. Harlon hatte keinen Nachfolger hinterlassen, nur einen kleinen Sohn, den man um seiner eigenen Sicherheit willen schnell aus Sileria weggeschafft hatte. In ihrem Kampf um die Oberherrschaft hatten die Wasserherren einen Sturm der Gewalt losgelassen, der sich schließlich zerstörerischer auf die Gesellschaft ausgewirkt hatte als der Krieg des Kaisers gegen sie. Und die Valdani hatten in Sileria in genau jenem Maß an Macht gewonnen, wie die Gesellschaft sie verloren hatte.

Elelar hatte nicht viel für die Gesellschaft übrig, aber

die Valdani waren die einzigen Feinde, die zählten. Sie waren keine Silerier – die Wasserherren und ihre Attentäter schon.

»Die Macht der Gesellschaft ist auch unsere Macht«, hatte Gaborian sie gelehrt, »denn sie sind von unserem Blut und Kinder dieses Landes. Aber die Macht der Valdani, selbst wenn wir sie durch Heirat erwerben, ist immer die ihre.«

Sie würde also versuchen, Kiloran zu überreden, Tansen nicht zu töten, aber sie war auch bereit, ihr Leben dafür zu geben, Kiloran zu schützen. Was für ein Durcheinander Tansen da anrichtete! Hätte er doch nur ihrem Drängen nachgegeben und Sileria einfach wieder verlassen!

Tansen sah Srijan einen Augenblick lang forschend an, dann lehnte er Elelars Angebot, er möge sich setzen und mit ihnen essen, ab und fragte sie einfach nur: »Wird er es tun?«

»Die Frau spricht nicht für mich, *sriliah*«, knurrte Srijan.

Tansen zog die Brauen hoch. Er verbarg seine Schwerter nun nicht mehr, sondern trug sie offen in dem ledernen Wehrgehenk, das er über seine schäbige *shallah*-Kleidung geschnallt hatte. Elelar wünschte, Srijan würde sich ein wenig zurückhalten, denn es kam ihr plötzlich gewaltig dumm und ziemlich gefährlich vor.

»Wann gehen wir?« fragte Tansen.

Srijan grinste höhnisch. »Wenn ich es sage.«

Josarian seufzte und verschränkte die Arme vor der Brust.

»Heute? Heute abend? Morgen? Entscheide dich«, riet Tansen ihm.

»Morgen früh.«

»Wir werden bereit sein.« Tansen wandte sich ab, um zu gehen.

Srijan sprang plötzlich auf, den *shir* in der Hand, um Tansen von hinten anzugreifen. Bevor Elelar auch nur die Zeit hatte, Luft zu einem Schrei zu holen, fuhr Tansen herum, und seine Schwerter blitzten, als sie um seinen Angreifer herumwirbelten. Srijan schrie auf und fiel zu Boden. Er umklammerte seinen Unterarm. Elelar war aufgesprungen, und der Schrei war ihr in der Kehle erstickt. Es war so schnell passiert, daß sie kaum Zeit gehabt hatte, auch nur zu denken oder den Bewegungen zu folgen.

Sie ging drei zögernde Schritte vorwärts und blieb stehen, als die Spitze ihres leichten Schuhs etwas tödlich Kaltes berührte. Schaudernd blickte sie nach unten und sah Srijans *shir* am Boden liegen. Sie zog den Fuß zurück und sah wieder den Attentäter an. Sein Arm blutete heftig, und das Blut befleckte seine vornehmen Kleider und floß auf den Boden. Eine schlanke kintische Klinge, graviert mit den eleganten Schriftzeichen der Kint, lag fest an seiner Kehle.

»Töte ihn nicht«, keuchte Elelar. Das hier war Kilorans Sohn! Kiloran würde seinen Tod nie verzeihen.

»Wenn ich ihn töten würde«, meinte Tansen bedauernd, »würden wir wahrscheinlich einen anderen nach Mist stinkenden, Schafe belästigenden, trotteligen Attentäter finden müssen, der weiß, wo Kiloran aufzuspüren ist.« Er schüttelte den Kopf. »Schade.«

Srijans Antwort wurde im Bergdialekt vorgebracht und war so vulgär und unklar, daß Elelar wenig mehr verstand als die allgemeine Richtung, die widerwärtig genug war.

»Benimm dich gefälligst wie ein Mann«, mahnte Tansen. »Ich hätte dir den Arm abschneiden, dir die Nase aufschlitzen oder ...« Er zog mit der Schwertspitze eine Linie über Srijans Körper und hielt bedeutsam zwischen seinen Beinen inne, »... dafür sorgen sollen, daß du nie wieder eine Frau belästigst oder einen weiteren Bastard zeugst. Also solltest du dich glücklich schätzen.«

Srijans Diener stolperte mit entsetzter Miene vor und murmelte, es sei das beste, ins Schlafzimmer zu gehen und dort die Wunde zu säubern und zu verbinden. Bevor er das Zimmer verließ, versuchte Srijan, seinen *shir* aufzuheben, und handelte sich eine weitere Schnittwunde von Tansens Schwert ein, als er danach griff.

»Er wird dir nichts nützen, wenn du mich nicht tötest, *sriliah*«, fauchte Srijan, »also gib ihn mir zurück!«

»Es ist wirklich eine große Versuchung, dich zu töten«, meinte Tansen gelangweilt.

»Du hast kein Recht ...«

Elelar unterbrach ihn: »Du sagtest, du würdest ihn zu Kiloran bringen und nicht, daß du ihn von hinten angreifen wolltest. Wie konntest du nur so etwas Unehrenhaftes tun?«

»Hattest du das etwa nicht erwartet?« Tansen betrachtete sie, als müsse er ihre Intelligenz neu einschätzen.

Erst jetzt verstand sie. »Du hast den Angriff erwartet?«

Er lächelte ironisch. »So, wie ich erwarte, daß morgen die Sonne aufgeht, *torena*.«

Tansen hatte schließlich begriffen, daß Josarian sich nicht abschütteln ließe, oder bestenfalls durch körperliche Gewalt (und indem man ihn fest an einen Baum fesselte) davon abzuhalten war, ihn auf dieser Reise zu begleiten und seinem Blutsbruder zur Seite zu stehen, wenn er sich Kiloran stellte. Er war jedoch sehr verärgert darüber, daß auch Elelar nicht umkehren wollte. Er hatte nicht damit gerechnet, sie ebenfalls schützen zu müssen, während er mit dem alten Wasserherrn kämpfte.

»Dein Taktgefühl und deine diplomatischen Fähigkeiten sind seit deiner Jugend nicht merklich besser geworden«, zischte sie, als er sie zu überreden versuchte, in Zilar zu bleiben oder gar nach Shaljir zurückzukehren. »Wer, glaubst du wohl, wird es Kiloran ausreden können, dich umzubringen?«

»*Dich* werde ich jedenfalls nicht dafür brauchen.« Sie hatte offenbar vergessen, wer Kiloran damals davon überzeugt hatte, daß man ihn töten müsse, dachte er gereizt.

»Und wenn er dich umgebracht hat, wer wird ihm wohl klar machen, daß Josarian lebendig wertvoller für uns alle ist als tot?«

Dieses Argument hatte ihn schließlich dazu gezwungen, klein beizugeben und zuzulassen, daß sie sie auf der Reise zu Kilorans Versteck begleitete, wo immer das sein mochte. Josarian mußte am Leben bleiben, um für Sileria und die *shallaheen* zu kämpfen. Und außerdem war Josarian, von seinem *shatai-kaj* abgesehen, den er seit vier Jahren nicht mehr gesehen hatte, der einzige lebende

Mensch, den er liebte, und er hatte nicht vor, zu seinem Tod beizutragen.

Was Elelar anging ... Das war keine Liebe, diese Krankheit, die an seiner Seele fraß, seine Männlichkeit schwächte und sein Urteilsvermögen trübte. Diese Mischung aus Zorn und Begierde, diese bittere Sehnsucht, diese beschämende Leidenschaft ... Wenn das Liebe sein sollte, verstand er nicht, wieso die Leute solch süße Lieder darüber sangen.

Als Junge und berstend vor Instinkten, die er nicht beherrschen konnte, hatte er sich voller Naivität ausgemalt, er könne sie für sich gewinnen, und er war immer zwei Schritte zurückgeblieben und hatte es Elelar überlassen, zu bestimmen, was sich zwischen ihnen ereignete. Nun, als Mann, wußte er es besser, denn er hatte die wilde Witwenungeheuer in den seltsamen Ländern weit östlich von Kinto erlebt, und er hatte die tödlichen Gestaltwandler in den nebligen Hügeln der Moorlande kennengelernt ... und in beiden etwas von Elelar erkannt. Als Mann wußte er allerdings auch einiges, was er sich als Junge nur hatte vage vorstellen können, und dieses sichere, erfahrene Wissen darüber, was er von dieser Frau wollte, quälte ihn, wenn er in ihrer Nähe war.

Es gelang ihm, sich zu beherrschen, indem er sich immer wieder den triefenden Kiefer des Witwenungeheuers vor Augen rief, das das männliche Exemplar nach der Vereinigung verschlang.

Und er war endlich klug genug zu erkennen, was er als Junge nicht hatte verstehen oder akzeptieren können: Wenn Elelar ihm entgegenkam, würde sie immer Hintergedanken dabei haben. Wenn Elelar zu einem Mann kam, mochte er vielleicht nicht wissen, was sie dazu bewogen hatte, aber er wäre ein Narr, davon auszugehen, daß nur Leidenschaft sie in seine Arme getrieben hatte.

Am vergangenen Abend, als sie in den Hügeln ihr Lager aufgeschlagen hatten, hatte Elelar einen Augenblick, in dem sie mit Tansen allein war, genutzt, um einen letzten Versuch zu unternehmen, ihn zur Umkehr zu bewegen. Der süße Duft von Mandelblüten hatte in der Luft gehangen, und das Schimmern der abnehmenden Monde hatte die bestickte Seide ihres Kleids zur Geltung gebracht. Sie war sehr weiblich, sehr weich gewesen, hatte ihm geschmeichelt, sich besorgt gegeben und einen Bann unausgesprochener erotischer Versprechungen um ihn gewoben, als sie versuchte, ihn zu überzeugen.

Das Wort *nein*, das er mehrmals und entschieden wiederholte, hatte schließlich bewirkt, daß sie sich frustriert abgewandt hatte. Niemals waren all die Jahre der Ausbildung zur Selbstbeherrschung so wichtig gewesen wie in jenem Augenblick, als sie ihre warme Hand von seinem Arm genommen und sich von ihm abgewandt hatte. Niemals in seinem Leben hatte er solche Begierde verspürt. Still zu stehen und zu ertragen, wie sein *shatai-kaj* ihn brandmarkte, war nicht so schwierig gewesen wie schweigend und reglos zuzusehen, als sie davonging.

Darfeuer, manchmal wünschte er sich, er hätte sie gleich hinter Armians Leiche über die Klippe geworfen.

Sie hatten Elelars Dienstboten zu deren eigener Sicherheit in Zilar zurückgelassen, und daher waren Tansen, Josarian und Elelar jetzt nur noch mit Srijan und dessen vollkommen unterwürfigem Diener unterwegs. Srijan schonte seinen verwundeten Arm und schmollte über den Verlust seines *shir.* Tansen nahm an, er fürchtete, was sein Vater dazu zu sagen hatte. Elelar plante, überlegte und starrte die meiste Zeit ins Leere. Nur Josarian war ein guter Reisebegleiter, und Tansen amüsierte sich häufig darüber, wie sehr er die *torena* ärgerte. Nachdem sie zwei Tage lang gut in westlicher Richtung vorangekommen waren, schlugen sie nahe des Ufers des Sees Kandahar ihr Lager auf. Srijan verkündete, sie würden morgen ihr Ziel erreichen.

»Es könnte sein, daß er heute nacht angreift«, warnte Tansen Josarian, als sie zusammen zum See gingen, um Wasser zu holen.

Josarian warf ihm im Zwielicht der Abenddämmerung einen Blick zu. »Bist du sicher, daß Kiloran weiß, daß wir hier sind?«

»Im Umkreis von einem Tagesritt um sein Versteck dürfte nicht viel passieren, das Kiloran nicht weiß.« Er füllte eine Ziegenhaut mit Wasser. »Ich glaube nicht, daß sein Versteck so nahe an einer guten Straße liegt, da dies den Spähern leichten Zugang verschaffen würde, aber wir sind wahrscheinlich nicht weit von ...«

»Tan!«

Er sah Josarians erschrockene Miene und griff instinktiv nach den Schwertern, als sein Freund sich auf etwas stürzte, das sich hinter ihm selbst befand. Er hatte kaum den Griff des linken Schwerts berührt, als sich etwas Dickes, Nasses und grausig Kaltes fest um seinen Hals wickelte und ihm die Luft abschnürte. Er versuchte, zumindest eine Klinge zu ziehen, aber ein weiterer eisiger Tentakel wickelte sich blitzschnell um seinen Oberkörper, hielt ihn fest. Nach Luft ringend, frierend und über alle Maßen überrascht, hörte er Josarians Schreie – und die von Elelar aus der Ferne –, als die Tentakel ihn vom Ufer wegzogen, mitten in den See hinein, und unter dessen Oberfläche in eisige Tiefen.

Josarian schwang brüllend sein Schwert und stürzte in den See hinein, ignorierte die mörderische Kälte des Wassers und folgte Tansen, der gegen die Arme dieses obszönen Ungeheuers ankämpfte. Das Schwert über dem Kopf erhoben und taub von dem Blut, das ihm in den Ohren rauschte, begann Josarian zu schwimmen und hektisch zu paddeln, als er keinen Boden mehr unter den Füßen spürte. Mitten im See begann er, Wasser zu treten, voller Entsetzen darüber, daß er keine Spur seines Bruders oder des Ungeheuers, das ihn ergriffen hatte, mehr finden konnte.

Torena Elelar stand jetzt am Ufer, knietief im Wasser, und Srijan stand lachend hinter ihr. »Komm raus!« schrie sie: »Komm da *raus!*«

Er ignorierte sie, holte tief Luft und tauchte, ließ sich vom Gewicht seines Schwerts und seiner Stiefel nach unten ziehen und kümmerte sich nicht um die Taubheit, die in seine Glieder kroch.

Ein Wasserstrahl zwang in plötzlich wieder nach oben, warf ihn hoch in die Luft. Als er wieder auf die Wasseroberfläche traf, erwartete er, abermals zu sinken, aber er stellte fest, daß sich innerhalb eines Augenblicks die Konsistenz des Wassers verändert hatte. Es war jetzt hart wie Stein, und der Aufprall schmerzte wie Dars Feuer. Verblüfft schlug er mehrere Male mit dem Schwert darauf ein.

Wassermagie, begriff er schließlich in all seiner Verwirrung und Angst. »Kiloran«, sagte er laut.

»Josarian!« Er blickte auf und sah, daß Elelar auf ihn zugerannt kam, auf zierlichen Füßen über die kristallene Oberfläche des Kandahar schlitterte. Srijan folgte ihr mit lässigerem Schritt. Josarian hackte weiterhin auf das diamantharte Wasser ein und schrie immer wieder den Namen seines Blutsbruders.

Als Elelar ihn erreichte, fiel sie auf die Knie, keuchend, zitternd und unverständlich vor sich hin murmelnd. Er war noch nie in seinem Leben grob zu einer Frau gewesen, aber nun packte er sie am Haar und fragte barsch: »Ist Tansen tot? Du kennst Kilorans Tricks! Was ist mit Tan passiert?«

»Ich weiß es nicht!« jammerte sie, biß die Zähne vor Schmerz zusammen und versuchte, sich loszureißen.

Er stieß sie beiseite und sprang auf, stürzte sich auf Srijan. Der Attentäter wich überrascht zurück, denn er hatte offenbar nicht erwartet, daß Josarian ihn angreifen würde. Schneller, klüger und nicht von einer Wunde behindert, warf Josarian ihn rasch auf die kalte, glatte Oberfläche des Sees und hielt ihm das Schwert an die Kehle.

»Kiloran!« schrie er. »Wenn du wirklich alles weißt, was hier geschieht, dann solltest du auch das wissen: Ich werde deinen einzigen Sohn *sofort* umbringen, wenn du Tansen nicht lebendig wieder freiläßt!«

Elelar kroch auf Händen und Knien vorwärts. »Nein! Er wird dich auch umbringen! Nein!«

Sie warf sich auf Josarian und versuchte, ihm das Schwert abzunehmen. Er trat nach ihr und bedeutete dem zappelnden Srijan mit einem Schnitt in die Wange, endlich ruhig zu sein. Srijan schrie schmerzerfüllt auf. Elelar fluchte und bettelte und warf sich wieder auf Josarian.

»Kiloran!« Josarian ritzte Srijans Hals, bereit, tiefer zu schneiden.

Die Oberfläche unter ihm bewegte sich und brachte ihn aus dem Gleichgewicht. Das Rauschen von Wasser war sogar noch lauter als Srijans Schmerzensschreie. Verblüfft entdeckte Josarian einen Wirbel aus Wasser ganz in der Nähe. Sein Herz schlug ihm bis zum Hals, als der Wirbel weiter wurde und sich zu einem Tunnel öffnete. Er drückte das Schwert noch fester gegen Srijans Hals, um seinen Gefangenen ruhig zu halten, und sah zu, wie der Wirbel aus Wasser und Magie im ersterbenden Tageslicht glitzerte. Er betete zu Dar, daß Tan aus diesem Tunnel auftauchen möge.

Als das Wasser aufhörte, sich zu bewegen, erschien eine vertraute, gewundene Struktur, aber Josarians Geist konnte einfach nicht begreifen, was er da vor sich hatte. Es war Elelar, die weiter vorwärtskroch, sich das Gebilde ansah und es schließlich identifizierte: »Eine Treppe!«

»Eine *Treppe?*« wiederholte er verstört und starrte immer noch die glänzenden, kristallinen Stufen an, die in die Tiefe des Sees hinabführten. »Das verstehe ich nicht.«

»Das bedeutet ...« krächzte Srijan, »... daß mein Vater euch in sein Heim einlädt.«

KAPITEL 20

Mirabar wurde langsam müde, denn es war Schwerarbeit, den Attentäter weiter gefangenzuhalten. Sein erster Fluchtversuch wäre beinahe gelungen. Seitdem war sie wachsamer gewesen, aber das hatte ihn nicht davon abgehalten, es wieder zu versuchen. Erst in der vergangenen Nacht hatte er zum dritten Mal fliehen wollen, und es war erschreckend: Er hatte versucht, sie umzubringen.

Sie reisten durch die Berge und vermieden jeden Kontakt mit anderen Menschen. Schwester Basimar, Amitan und ein anderer von Josarians Männern, der junge Kynan, begleiteten Mirabar und den Attentäter. Mirabar führte nur ungern so viele Menschen in Kilorans Nähe, aber sie konnte nicht Tag und Nacht allein auf den Attentäter aufpassen. In der vergangenen Nacht hatte er sie angegriffen, als sie schlief, und ohne Kynans und Amitans Hilfe wäre sie vermutlich umgekommen.

Sie fragte sich, ob wohl alle Attentäter so zäh waren. Er hatte inzwischen blaue Flecken und kleinere Wunden, die die beiden *shallah*-Männer ihm zugefügt hatten, ebenso wie die Verbrennungen, die Mirabar ihm beigebracht hatte, als sie ihn einfing. Die Erinnerung daran bewirkte immer noch, daß ihr übel wurde, und sie wußte, daß Tashinar entsetzt wäre, wenn sie erführe, was ihr Schützling getan hatte. Aber trotz der Schmerzen und der Erschöpfung wirkte Mirabars Gefangener nicht wie ein besiegter Mann.

Vielleicht hätte sie zuhören sollen, als Basimar und die anderen versucht hatten, ihr auszureden, einen Attentäter gefangenzunehmen.

Sie war sehr müde, und sie wußte, daß sie ihre Kraft für die bevorstehende Begegnung mit Kiloran bewahren muß- te, also bestand sie darauf, daß sie das Lager an diesem Tag früher aufschlugen. Sie entzündete mit ihrer Magie ein Lagerfeuer, und Basimar begann, das Abendessen zuzubereiten. Mirabar selbst trat zu dem Attentäter, den Amitan an einen Baum gefesselt hatte. Sein Blick war wachsam und mißtrauisch.

»Attentäter ...« Sie hielt inne, dann sagte sie: »Du solltest mir endlich sagen, wie du heißt.« Als er nicht reagierte, fügte sie gereizt hinzu: »Einfach nur, damit ich weiß, wie ich dich ansprechen soll.«

Er sah ihr einen Augenblick lang in die Augen, dann sagte er schließlich: »Najdan.«

»Also gut, Najdan, wie weit ist es noch bis zu Kiloran?«

Er zuckte die Achseln.

»Sag es mir. Oder ich werde dich dazu bringen, es mir zu sagen.« Ihr war klar, daß ihr langsam die Drohungen ausgingen.

»Er ist jetzt ganz nah«, verkündete Najdan.

»Wie nahe?«

»Nahe genug, um zu wissen, daß du hier bist.« Davon schien er tatsächlich überzeugt zu sein.

»Aha.« Sie sah ihn forschend an. »Dann freue ich mich darauf, ihn kennenzulernen.«

Najdans Selbstvertrauen beunruhigte sie. Da sie befürchtete, daß Kiloran sie angreifen könnte, statt freundlich ihren Besuch zu erwarten, beschloß Mirabar, einen Feuerkreis um ihr Lager zu legen. Selbst wenn das Kiloran nicht fernhalten konnte, würde es doch gewöhnliche Attentäter abschrecken und ihr mitteilen, wenn sie in Gefahr waren.

Den Feuerring zu entzünden, war ausgesprochen anstrengend, und die Flammen die ganze Nacht am Brennen zu halten, würde Mirabar an den Rand ihrer Kraft bringen. Daher war sie alles andere als erfreut, den Rufer zu hören, als sie den Feuerkreis gerade erst geschlossen hatte.

»Geh weg«, fauchte sie. »Ich bin müde.«

Komm ... Du mußt kommen ...

Sie wehrte sich. »Morgen früh.«

»Mit wem spricht sie da?« fragte Najdan nervös.

»Das weiß ich nicht«, sagte Amitan. »*Sirana*, mit wem redest du?«

Die Zeit ist gekommen.

»Ich hoffe, du wirst mir endlich sagen, was ich tun soll, wenn ich Kiloran gefunden habe«, warnte sie den Rufer.

»Wer, ich?« wollte Najdan wissen.

»Ich glaube, sie hat eine Vision«, sagte Basimar. »Sie wird jetzt jeden Augenblick Anfälle kriegen und zu schreien anfangen. Stört euch nicht daran.«

»Danke für den Rat«, meinte Kynan.

Komm zu mir. Du mußt kommen.

»Also gut!« Ohne den anderen noch einen Blick zu gönnen, stand sie auf und folgte dem Rufer, denn sie wußte, er würde sie weiterquälen, wenn sie sich ihm widersetzte.

Er führte sie durch den Wald, auf die andere Seite des Berges Kandahar, und in das Tal dahinter. Es war ein langer Weg, und sie war sehr müde, als es endlich dunkel wurde.

»Wieso kann ich meine Visionen nicht näher am Lager haben?« fragte sie erbost, und sie haßte den Rufer aus ganzem Herzen.

Seine Willenskraft trieb sie weiter, trug sie auf einer Woge der Beharrlichkeit, ließ sie durch die Luft taumeln. Sie landete am Ufer des Sees. Sterne spiegelten sich in der Wasseroberfläche. Das Abbild des schwindenden Halbmonds Ejara schimmerte und wogte, als Mirabar weiter ins Wasser starrte.

Wasser. Ein Haus aus Wasser.

»Kandahar.« Mirabar schüttelte den Kopf. »Es kann doch wohl nicht möglich sein ...«

Ein Haus aus Wasser.

»Das ist also ... sein Versteck vor den Valdani?«

Feuer flackerte über der Wasseroberfläche und zeichnete das seltsame Symbol des Kriegers, den sie suchte.

»Ist er hier?« fragte sie.

Nur du kannst ihn jetzt retten. Die anderen haben es versucht und versagt.

»Welche anderen?« Ihre Kehle war völlig ausgetrocknet.

Ohne ihn werden die Fesseln bleiben.

»Was muß ich tun?« Ihr Herz zog sich vor Angst zusammen.

Das brennende Symbol sank langsam ins Wasser, aber das Licht leuchtete weiter, wurde sogar noch heller, während es tiefer und tiefer in die dunklen Wasser des Kandahar sank.

Feuer in Wasser.

»Nein ...« Sie schüttelte den Kopf und spürte, daß sie langsam zurückwich. »Das kann ich nicht.«

Feuer in Wasser ...

Das Symbol leuchtete weiter.

»Das *kann* ich nicht. Niemand könnte das!«

Finde den shir, *und du findest ihn.*

»Bitte ...«

Heute nacht wird die Allianz leben oder sterben. Finde den shir ...

»Dar, schütze mich!« flehte sie und fiel auf die Knie. Sie wußte, sie hatte keine andere Wahl, also fragte sie schließ- lich: »Was soll ich tun?«

Sie blickte auf und sah den Rufer draußen in der Mitte des Sees, wie er über der Wasseroberfläche schwebte, umgeben vom Schimmern der Anderwelt – das einzig Gute an einem bösen Ort. Angst umwölkte ihren Blick, als sie wieder auf die Beine kam und dem Rufer ihr Leben anvertraute, denn sie wußte, daß er sie am Leben halten wollte, damit sie die Träume der toten Herrscher in den lebendigen Flammen erfüllte.

Er breitete die Arme aus, streckte sie durch Jahrhunderte nach ihr aus, über die Grenze des Todes hinweg, durch die Leere von Zerstörung und Verzweiflung, vorbei am Kummer eines gedemütigten Volks und einer geknechteten Kultur. Er streckte die Arme nach ihr aus, und sie ging zu ihm, überantwortete ihr Leben und ihre Macht den Feuern.

Tansen schauderte vor Kälte und ärgerte sich, daß er diesen Reflex nicht unterbinden konnte. Es war ziemlich sinnlos, daß sein Körper instinktiv versuchte, Hitze zu erzeugen; schließlich würde er ohnehin in wenigen Minuten tot sein.

Vor neun Jahren hatte er nur das luxuriöse Lager gesehen, in dem Kiloran lebte, während er sein Gebiet durchreiste, was jeder Wasserherr regelmäßig tun mußte, um seine Macht zu erhalten. Er hatte nie erfahren, wo Kiloran tatsächlich lebte, was er als sein Zuhause betrachtete. Dem Ausdruck erschrockener Ehrfurcht auf Elelars Zügen nach zu schließen, hatte auch sie es bis zu diesem Abend nicht gewußt. Und Josarian sah aus, als wäre er so weit über das Entsetzen hinaus, daß ihn nicht einmal das Erscheinen Dars noch überraschen würde. Srijan suhlte sich in Selbstzufriedenheit, was Tan wünschen ließ, er hätte ihn doch schon am Vortag umgebracht.

Sie befanden sich in einem Palast aus Luft tief unter der Oberfläche des Sees Kandahar – so tief, daß Tansen beinahe ertrunken wäre, bevor ihn die sich windenden Wasserarme, die sich nach Kilorans Willen bewegten, hier unsanft abgesetzt hatten. Dieser Palast war so großartig wie das Haus eines *toren*, mit hohen Decken, teuren Möbeln, duftenden Kerzen und gewaltigen Zimmern. Aber die Decken, Fußböden und Wände des Heims eines *toren* bewegten sich nicht, pulsierten und flossen nicht – jedenfalls nicht, solange sich kein Erdbeben ereignete.

Dieser Palast reagierte so gehorsam auf den Willen seines Herrn, wie der Körper eines *shatai* dessen Anforderungen gehorchte. Jeder Teil des Anwesens konnte sich öffnen oder schließen wie ein Mund, konnte Besucher einlassen oder ausschließen, sich erweitern, um mehr Menschen Platz zu lassen, oder sich zusammenziehen, um sie zu ertränken; konnte so hart wie Kristall werden, so sanft wie Daunenfedern, oder so naß wie ... Wasser. Die flakkernden Fackeln, die die dunkle Tiefe dieser Nacht erhellten, waren mit den beweglichen Wänden verwurzelt, wie Bäume mit dem Boden verwurzelt sind. Der Fußboden war glatt wie Glas und beinahe so kalt wie die Berührung eines *shir.*

Triefend naß und mit Windungen eisigen Wassers an diesen kalten, glatten Boden gefesselt, die unnachgiebiger waren als Eisen, schauderte Tansen und wartete auf seinen Tod. Zwei von Kilorans Attentätern hatten ihn entwaffnet, als er hilflos keuchend und nach Luft ringend im Griff der monströsen Tentakel festgesessen hatte, die ihn hierher gebracht hatten. Als Kiloran Tansens Schwerter gesehen hatte – Waffen, die niemand ohne Tansens Erlaubnis hätte berühren sollen –, hatte er die Handwerksarbeit sofort erkannt und die Wahrheit vermutet. Er hatte seine Leute angewiesen, Tansens fadenscheiniges Hemd aufzureißen, und das Brandmal auf seiner Brust gesehen.

»Ein *shatai* ...« Der alte Wasserherr hatte auf seinem Thron aus Muschelschalen gesessen, die mit kunstvollen Goldranken zu einem gewaltigen Sessel von verblüffender Schönheit verbunden waren, und Tansen bohrend angestarrt. »Du hast lange und schwer gearbeitet, um schließlich hierher zu kommen und deinen Herrn zu töten, Junge.«

Sie hatten Josarians Drohungen gehört, die betäubend in den wäßrigen Höhlen von Kilorans Haus widerhallten, übermittelt durch einen Zauber, der Kiloran alles wissen ließ, was am und auf dem See geschah. Mit vor Zorn eisiger Miene hatte der alte Zauberer den anderen gestattet, sein Reich über eine schimmernde Treppe aus Wasser zu betreten – die nach ihrer Ankunft sofort wieder verschwunden war.

Josarian hielt sein Schwert weiterhin an Srijans Kehle und verlangte, daß Tansen freigelassen werde. Kiloran hatte Tansens eisige Fesseln nicht gelöst und gedroht, der Krieger werde sofort und unter furchtbaren Schmerzen sterben, wenn Josarian Srijan nicht losließe. Elelar hatte alle angefleht, ein wenig Zurückhaltung und Vernunft zu zeigen – und war erfolglos geblieben.

Kiloran war älter und breiter geworden, aber er war so beeindruckend wie immer. Seine einstmals dunkle Haut war bleicher geworden, wahrscheinlich, weil er sich schon so lange an einem derart sonnenlosen, derart verlassenen Ort aufhielt. Sein Haar war nicht mehr grau, sondern weiß, und sein Gesicht zeigte, was die Jahre ihn gekostet hatten. Aber seine kalten, leblosen Augen glühten immer noch vor dunkler, wachsamer Intelligenz, und Tansen brauchte nur seine vollkommen hoffnungslose Situation zu bedenken, um festzustellen, daß Kilorans Macht in den vergangenen neun Jahren nur noch gewachsen war.

»Das genügt, *torena*«, sagte Kiloran und brachte Elelar mit dieser Stimme voll Autorität und tödlicher Drohung zum Schweigen. »Du weißt, welches Verbrechen dieser *sriliah* begangen hat. Wenn du weiterhin um sein Leben bittest, kann ich nicht umhin, mich zu fragen, wie treu du noch zu mir stehst.«

Er sprach so gebildet und gepflegt wie Elelar, was das alte Gerücht glaubwürdig erscheinen ließ, daß seine Mutter eine *torena* gewesen war, die sich in einen Attentäter verliebt und ihre Familie, ihren Stand und ihr Heim für ihn aufgegeben hatte. Es hieß auch, daß diese Frau nach dem gewaltsamen Tod von Kilorans Vater den Jungen als Schüler zu einem Wasserherrn geschickt hatte, damit er mächtig genug werden sollte, den Tod seines Vaters zu rächen.

Es hatte Tansen gefreut, Elelar betteln zu sehen, und zwar ausgerechnet um *sein* Leben, aber er wußte, daß es sinnlos war. Kiloran hatte ihn überrascht und damit Kräfte gezeigt, von denen niemand etwas geahnt hatte, und nun waren sie in seiner Gewalt. Ohne seine Schwerter und gebunden wie ein Opfertier, war Tansen hilflos und dem Tod geweiht. Er dankte allen Göttern, daß Stolz und Zorn schließlich doch stärker waren als die Angst, denn er wollte nicht geduckt, zitternd und um Gnade winselnd sterben. Er war verlegen, weil dies für einen Krieger keine Art zu sterben war, aber selbst *shatai* konnten gegen diese Art von Zauberei nichts ausrichten.

Für sich selbst erhoffte er auch nichts weiter als einen raschen Tod. Was allerdings seine Begleiter anging ... Elelar hatte neun Leben, und es würde ihr schon gelingen, sich irgendwie zu retten, davon war er überzeugt. Aber Josarian schien entschlossen zu sein, Tansen zu befreien oder bei dem Versuch zu sterben. Tan konnte kaum annehmen, in den wenigen Augenblicken, die ihm noch verblieben, eine Lösung für dieses Problem zu finden.

»Er hat die neun Jahre eines Blutfluchs überlebt«, sagte Josarian und drückte sein Schwert so fest an Srijans Kehle, daß der Attentäter kaum atmen konnte. Wenn Josarian seinen Griff auch nur eine Sekunde lang lockerte, wenn Kiloran eine einzige Möglichkeit sah, ihn anzugreifen, ohne daß sein Sohn getötet würde, wäre alles vorbei. »Es ist an der Zeit, deine Attentäter zurückzurufen und ihn in Frieden leben zu lassen, Kiloran.«

Wütend erhob sich Kiloran von seinem Thron. »Seit wann wagt ein *shallah*, sich in meine Angelegenheiten zu mischen?«

»Wenn du dich selbst auf diese Weise entehrst, bleibt mir nichts anderes übrig.« Josarians Griff war fest, seine Konzentration unnachgiebig.

»Weißt du, was dieser *sriliah* getan hat?« fragte Kiloran. »Er hat seinen eigenen Blutsvater getötet.«

»Und nach neun Jahren ist es nun an Dar, ihn dafür zu bestrafen. Nicht an dir.«

»Wie altmodisch«, zischte Kiloran.

»Es ist dir doch gleich, ob er einen Blutpakt gebrochen hat«, sagte Josarian. »Du hast geglaubt, du könntest Yahrdan werden, und ein Junge hat dir diese Möglichkeit genommen. Du wirst nie wieder eine solche Gelegenheit erhalten, und *deshalb* willst du ihn töten, alter Mann.«

Elelar hielt die Luft an, und selbst Tansen erstarrte. Es war keine gute Idee, Kiloran vor seinen Leuten – und auf seinem Territorium – mit solcher Verachtung zu beleidigen. Die gräulich-bleiche Gesichtsfarbe des Zauberers wurde dunkler, als Zorn seine Wangen rötete.

Josarian fuhr fort: »Das war eine Geschäftsangelegenheit, nichts weiter. Du hast verloren. Das ist alles.« Dann nutzte er seinen kurzfristigen Vorteil, festigte seinen Griff und ließ Srijan blöken wie ein Lamm. »Und nun nimm den Blutfluch zurück, bevor du etwas verlierst, was dir viel näher steht.«

Elelar griff das Argument auf und sagte: »*Siran*, dieser *shallah* ist im guten Glauben gekommen, um Frieden mit dir zu schließen. Das schwöre ich bei meinem Leben. Er hat dir den *shir* zurückgebracht.«

Verdammt! Das hätte sie ihnen nicht verraten dürfen. Nachdem sie ihm die Schwerter abgenommen und das Hemd aufgerissen hatten, hatten sie sich nicht mehr die Mühe gemacht, nach einer weiteren Waffe zu suchen. Der *shir* steckte in Tansens Stiefel. Weit entfernt davon, ein Friedensangebot zu sein, war diese Waffe nun das einzige, was Tansen zu seinem Vorteil hätte nutzen können, falls irgend etwas Kilorans Konzentration lange genug ablenkte, daß Tansen seinen Fesseln entkommen könnte. Er hatte nicht vor, einfach aufzugeben und sich von ihnen niedermetzeln zu lassen.

Kiloran wandte sich wieder Tansen zu. »Der *shir* ...«

Die dunklen Augen des Zauberers blitzten interessiert auf. O ja, er hätte den *shir* gern zurückgehabt. Diese Waffe war zu mächtig, um sie in den Händen eines Feindes zu lassen. Ein Wasserherr stellte solche Waffen nur für seine treuesten Diener her, denn ein *shir* stellte auch für den Zauberer selbst eine ernsthafte Bedrohung dar, wenn er sich in den Händen eines Menschen befand, dessen Loyalität fraglich war. Ein *shir* im Besitz eines Feindes war eine Gefahr für den Wasserherrn, der den Dolch gefertigt hatte, weshalb man es auch als ehrenhaftes Friedensangebot verstand, wenn jemand den *shir* eines getöteten Attentäters zu demjenigen zurückbrachte, der die Waffe hergestellt hatte. Auch Tansen hatte den Dolch mit dieser Absicht hergebracht. Jetzt allerdings wollte er diesem fetten alten Mann nur noch die Kehle damit durchschneiden, bevor er selbst sterben mußte. Selbst Kilorans eigener Wasserzauber würde ihn nicht vor einem *shir* schützen können, schon gar nicht vor einem, den er selbst gemacht hatte.

In der Hoffnung, das Unvermeidliche verzögern zu können, sagte Tansen: »Er ist in unserem Gepäck versteckt. Ich hatte nicht damit gerechnet, dich schon heute abend zu sehen, Kiloran.«

»Er hat ihn in einen Seidenschal gewickelt, der einmal der *torena* gehörte«, log Josarian, der sehr genau wußte, daß Tansen den Dolch bei sich trug, seit sie Shaljir verlassen hatten.

»Wenn du versprichst, daß du mich gehenläßt, wenn du ihn zurückhast«, fügte Tansen hinzu, der immer noch nach einer Möglichkeit suchte, Josarian sicher von hier wegzubringen, »dann wird Josarian dir zeigen, wo er ist.«

»Dann würdest du jetzt vielleicht auch meinen Sohn loslassen?«

»Tu es nicht«, sagte Tansen schnell. Solange er in Kilorans Reichweite war, konnte Josarian nur überleben, indem er Srijan als Schild benutzte.

Kiloran fuhr wieder zu ihm herum. »Hältst du mich für dumm, Junge? Glaubst du wirklich, ich bräuchte einen von euch, um ihn zu finden?«

Wasser schoß plötzlich wie ein Arm aus der bebenden Decke über ihnen, spritzte auf Tansens Gesicht und bildete dann eine Maske, die ihn zu ersticken drohte. Er kämpfte mit brennenden Lungen dagegen an und versuchte vergeblich, sich aus den Fesseln zu winden, während er im Hintergrund Elelars Schreie hörte, Josarians gebrüllte Drohungen und Srijans Kreischen: *»Vater! Vater!«*

Etwas vibrierte heftig gegen Tansens Unterschenkel, während Wasser ihm Mund, Nase und Kehle füllte. Das Gewicht des Todes lag schwer auf seiner Brust, der eisige Griff von Kilorans Zorn forderte nun endlich sein Leben. Es gab noch mehr Geschrei, aber hinter dem Rauschen des Blutes in seinen Ohren und der Dunkelheit, die sich über seine Sinne breitete, nahm Tansen es kaum mehr wahr.

Ich bin darauf vorbereitet, heute zu sterben ... Er versuchte lautlos zu rezitieren, was er gelernt hatte, um seinen letzten Augenblick in Würde zu verbringen, während sein Körper immer noch um sein Leben kämpfte und seine Seele gegen den Tod antobte.

Ich bin darauf vorbereitet zu sterben ... Nein! Nein, das bin ich nicht!

Wie jedes lebendige Geschöpf kämpfte er blind, gedankenlos, wütend dagegen an.

Plötzlich schwand die Maske aus Wasser von seinem Gesicht. Das erdrückende Gewicht wurde von seiner Brust gehoben. Er hustete und spuckte in heftigen Zuckungen. Begierig sog er die Luft in seinen halbtoten Körper. Sein

Kopf dröhnte, seine Augen pochten schmerzhaft. Er hörte Kilorans Attentäter aufgeregt schreien, war aber so schwach, daß er kaum den Kopf wenden konnte, um zu schauen, was geschehen war.

Er war irgendwie überrascht zu sehen, daß es allen offenbar noch gutging. Und noch mehr überraschte es ihn, daß sich Kiloran nicht mehr auf ihn konzentrierte oder auf Josarian, der Srijan immer noch im Todesgriff hielt. Elelar nutzte die allgemeine Verwirrung aus, um zu ihm zu eilen, sich neben ihm auf den kalten Boden zu knien und ihm das nasse Haar aus der Stirn zu streichen.

»W...« Er rang darum, auch nur ein einziges Wort aussprechen zu können. »Was ...«

»Ich weiß es nicht«, flüsterte sie und prüfte vorsichtig seine Fesseln. »Etwas macht ihnen angst. Kannst du dich irgendwie bewegen?«

»Angst ...« Ein weiterer Hustenanfall schüttelte ihn. Er ignorierte das Brennen in seiner Brust und das Dröhnen im Kopf und versuchte, sich auf das seltsame Gefühl zu konzentrieren, das er in dem Augenblick gespürt hatte, als die Welt um ihn schwarz wurde. »Der *shir*«, keuchte er.

Der Dolch bebte wild in seinem Stiefel, wie ein lebendes Wesen, das zu fliehen versucht. Das sollte eigentlich nur geschehen, wenn dieses Werk der Wassermagie von einem anderen Zauber bedroht war.

Etwas anderes war heute nacht nach Kandahar gekommen, und was immer es war, es hatte Kiloran gebannt. Er stand da und starrte zur gewölbten Decke hinauf, während seine Attentäter vor Angst mit den Zähnen klapperten. Triumphierend stellte Tansen fest, daß seine Fesseln sich zu lösen begannen und wieder zu Wasser wurden. Was auch immer dort draußen sein mochte, es gab ihm die Gelegenheit, die er brauchte. Als einen Augenblick später seine Arme und Beine vollständig befreit waren, rollte er herum und erhob sich lautlos. Geduckt und bereit zum Angriff, griff er in seinen Stiefel und holte den *shir* heraus. Wenn der Dolch auch zitterte, er war zumindest eine Waffe und konnte immer noch als solche benutzt werden. Jetzt war Tansens Stunde gekommen, und er bewegte sich rasch, bevor Elelar seine Absicht erraten konnte.

Ein gewaltiger Feuerball, dem glühenden Herzen eines fallenden Sterns gleich, brach plötzlich durch die Wasserdecke in ihre Mitte herab und landete direkt zwischen Tansen und Kiloran. Sofort stieg Dampf auf, als schmelze der Feuerball sich in den Palast des Zauberers.

Tansen taumelte rückwärts gegen Elelar und blinzelte gegen das grelle Licht an, einen Arm erhoben, um das Gesicht zu schützen. Einen Augenblick lang gab die Feuerkugel so viel Hitze ab, daß Tansen schon befürchtete, sie werde sie alle verschlingen. Dann schien sie in sich selbst zusammenzubrechen und in dem Wasser zu versinken, das durch die Decke hereingebrochen war.

Tansen starrte entsetzt vor sich hin, kaum fähig, einen zusammenhängenden Gedanken zu fassen. Seine Muskeln gehorchten seinen Befehlen nicht mehr, und er konnte die Schreie ringsum kaum hören. Was bei den Feuern war das? War dieses Ding vom Himmel gefallen? War es von ...

»Dar?« flüsterte er und brachte damit schließlich den Gedanken zu Ende.

Auch unter dem Wasser zischelten die Flammen weiter. Als Hitze und Strahlen nachgelassen hatten, trat Elelar zögernd an Tansens Seite und starrte die Reste der Feuerkugel ebenso verblüfft an wie er.

»Was ist das?« hauchte sie.

Tansen spähte über die schwächlich flackernde Ruine inmitten des Saales hinweg. Kiloran schien ebenso überrascht zu sein wie er selbst. Was immer dieses Ding war – auch der Wasserherr hatte so etwas noch nicht gesehen.

Immer noch war das Zischeln zu hören, und schließlich enthüllten die Flammen eine Gestalt, die noch unerwarteter war als alles, was Tansen sich hätte ausdenken können.

»Ein Mädchen ...«, flüsterte er.

Sie lag zusammengerollt auf dem Boden und war offenbar darum bemüht, ihre Kraft wiederzuerlangen und aufzustehen. Sie war klatschnaß und schnappte nach Luft. Sie trug ganz gewöhnliche *shallah*-Kleidung, was überhaupt nicht zu einem solchen Auftritt passen wollte. Erst, als sie sich bewegte und das ersterbende Licht des Feuers die Strähnen ihres nassen Haars beleuchtete, fiel es ihm auf ... sie hatte *rotes* Haar. Das Rot kinderfressender Dämonen, das Rot der lavaäugigen Ungeheuer, die Dar verflucht hatte.

Ja, das war alter Aberglaube, aber er war noch mächtig. Tansen blieb tapfer stehen, aber am liebsten hätte er sich wie ein Kind vor dieser seltsamen Frau versteckt.

Ohne ein Wort, ohne eine um Hilfe heischende Geste

erhob sie sich nun langsam, wobei sie schwer atmete und ihr deutlich anzusehen war, daß sie an Erschöpfung oder Schmerzen litt – oder beidem. Als sie sich vollständig erhoben hatte, wandte sie sich Kiloran zu, und Tansen fiel auf, daß sie ziemlich klein war. Er sah auch, wie Gefühle die Züge des Wasserherrn verzerrten. Schock? Angst? Unglauben?

Das Mädchen sah sich um, als suche es jemanden. Als es sich Tansen zuwandte, war unter dem nassen, an ihm klebenden Stoff des dünnen Sommerhemdes deutlich zu erkennen, daß sie zwar klein war, aber dennoch eine erwachsene Frau mit allem, was dazugehörte. Sie hatte die dunkle Haut der *shallaheen,* und an der Schulter wurde ihr Hemd von einer einfachen Kupferbrosche zusammengehalten: dem Zeichen der Wächter.

Dann sah sie Tansen an, und er erkannte, was die anderen hatte zurückweichen lassen, einen nach dem anderen, als sie sie fixiert hatte. Er hörte, wie Josarian *»sirana«* murmelte und dabei sowohl erfreut als auch erstaunt klang, aber er konnte sich keinen Reim auf diese Reaktion machen. Er hörte, daß Elelar etwas sagte, aber auch das verstand er nicht. Er starrte seinerseits diese Frau an, die wie ein Komet zu ihnen herabgestoßen war, und er sah nur die feurig goldenen Augen der Geschöpfe, die die Alpträume seiner Kindheit bevölkert hatten.

Sie ließ den Blick zu seiner Brust wandern, und Tansen spürte erneut das Brennen der Brandmarkungszeremonie. Ihre Miene nahm einen triumphierenden Ausdruck an, ihre schrecklichen Augen glühten wie der lavagefüllte Bauch des Darshon. Mit einem Lächeln, das Tansens Knochen zu Wasser werden ließ, streckte sie die Hand aus und kam auf ihn zu.

Mirabar hielt abrupt inne, als der Krieger zurückwich, weg von ihrer ausgestreckten Hand. Sein Entsetzen stand ihm deutlich ins Gesicht geschrieben. Sie hatte so lange und unter solchen Mühen nach ihm gesucht. Verletzt von seiner Reaktion, schluckte sie fest und starrte ihn dümmlich an.

Er war es, daran bestand überhaupt kein Zweifel. Das seltsame Zeichen, das so lange in ihren Visionen gebrannt hatte, war ihm in die Brust geritzt, eine große Narbe, die er sich mit heftigem Schmerz verdient haben mußte. Aber er war ein *shallah*, kein *roshah* aus einem fernen Land. Wie sie, war auch er klatschnaß. Sein Hemd war aufgerissen, und er sah aus, als hätte er schwere Qualen hinter sich – zweifellos Kilorans Tat.

»Tansen?« fragte sie zögernd, als ihr sein Name einfiel.

Er streckte die Hand nach der Frau an seiner Seite aus und zog sie schützend hinter sich. Eine *torena*, stellte Mirabar fest. Bereit zum Kampf, mit blitzenden Augen, fragte er barsch: »Wer bist du?«

»Sie heißt Mirabar. Ich habe sie auf dem Berg Niran kennengelernt.«

Sie zuckte überrascht zusammen und bemerkte nun zum ersten Mal Josarian. Zu seinen Füßen lag ein Verwundeter mit zerschnittenem und blutigem Gesicht, der einen fleckigen Verband um den Arm hatte. Er trug die Kleidung eines Attentäters, und beim Anblick Mirabars fielen ihm beinahe die Augen aus dem Kopf.

Josarian lächelte sie immerhin an. »Ich freue mich, dich wiederzusehen, *sirana*, aber dies hier ist kaum der richtige Ort für eine Wächterin.«

»Josarian.« Sie war erleichtert, in diesem seltsamen Reich unter der Seeoberfläche, bei diesen feindseligen, starrenden Menschen einen Verbündeten zu finden.

»Josarian ... du kennst diese ... diese ... sie?« sagte Tansen schließlich mißtrauisch.

»Sie ist eine Frau von großer Begabung«, fügte Josarian ruhig hinzu, »und sie wird uns kein Leid antun, Tan.«

Dieser Mann war wie eine Klinge. Schlank, hart, schnell, scharf. Sie spürte, daß keiner der Anwesenden sie mehr fürchtete als er, aber dennoch wäre er der erste, der sie angreifen würde, wenn sie eine falsche Bewegung machte. Die anderen keuchten vor Angst, aber er war wachsam und bereit. *Ein Mann von schrecklichem Mut* ... Er hatte zwei Attentäter umgebracht, und er hätte sicher auch Najdan getötet. Er hatte sich Kiloran gestellt, einem Zauberer, der so gefährlich war, daß alle, die nicht der Gesellschaft angehörten, ihn um jeden Preis mieden. Ja ... er war derjenige, den sie suchte, derjenige, dem sie helfen sollte. Aber wie?

»Finde den *shir*, und du findest ihn«, murmelte sie, als ihr schließlich die Waffe in seiner Hand auffiel.

Plötzlich brach ein Turm von Wasser durch die Decke auf sie hernieder. Keuchend und würgend taumelte sie zur Seite; es tat so weh, als hätte sie jemand mit Fäusten geschlagen. Sie wußte, wem sie diese Schmerzen verdankte, und schleuderte einen Blitz nach Kiloran. Eine Mauer aus Wasser erhob sich um ihn, und das Feuer zischte wie eine wütende Schlange und schlug vergeblich dagegen an, bevor es erstarb.

»Das hier ist sein Sohn, *sirana!*«

Josarians Ruf ließ sie herumwirbeln, und bevor Kiloran die Zeit zu einer weiteren Reaktion fand, hatte sie einen Feuerkreis um den jämmerlich aussehenden Attentäter geworfen. Josarian konnte gerade noch rechtzeitig aus dem Weg springen, um nicht verbrannt zu werden.

Sie wandte sich wieder Kiloran zu und kam einem Gegenangriff zuvor, indem sie fragte: »Können wir jetzt reden?«

»Du willst reden?« Kilorans Stimme war eisig, und Mirabar wußte, daß sich ihre Angst vor dem Tod in dieser Nacht sehr wohl erfüllen konnte. »Du bist gewaltsam in mein Heim eingedrungen, hast mein Haus zerstört und mich angegriffen, und nun bedrohst du Srijan ... und du sagst, du möchtest *reden?*«

Sie sah den Angriff kommen, noch bevor Kiloran es bemerkte. Der Wasserherr wich im letzten Augenblick zurück, als Tansen sich auf ihn stürzte und damit alle überraschte.

»Nein!« schrie sie, denn sie wußte, daß dies nicht den Wünschen der Anderwelt für diese Nacht entsprach, obwohl sie keine Ahnung hatte, was als nächstes geschehen sollte. »Nein!«

Tansen hielt Kiloran einen Dolch mit gewellter Klinge an die Kehle. Selbst von dem Platz aus, an dem sie stand, konnte Mirabar sehen, wie die Waffe in seiner Hand zitterte – eine Reaktion auf ihre Gegenwart, ihre Macht. Der Anblick verlieh ihr Mut. Sie war eine Wächterin, gesegnet von Dar und der Anderwelt, hergesandt vom Rufer und von Daurion selbst! Sie konnte tun, was getan werden mußte.

»Du wolltest mich töten, alter Mann?« knurrte der Krieger in Kilorans Ohr. Kiloran schnappte nach Luft, als die Klinge seine Haut ritzte. Der Schnitt war nicht tödlich, aber zweifellos schmerzhaft, denn ein *shir* verwundete wie keine andere Waffe. »Laß meine Freunde gehen.«

»Wenn du mich jetzt tötest ... werdet ihr alle hier ertrinken«, röchelte Kiloran.

»Laß sie gehen, und du bekommst vielleicht eine andere Gelegenheit, mich umzubringen«, erwiderte der Krieger kalt. »Wenn nicht, hast du noch sechs Sekunden zu leben.«

Die *torena* schrie auf. »Tansen, nein!«

Die Attentäter umkreisten die beiden nervös und ängstlich und suchten nach einer Gelegenheit, Tansen umzubringen, ohne ihrem Herrn zu schaden. Srijan fluchte mit vor Angst schriller Stimme.

»Was soll ich jetzt tun?« fragte Mirabar Dar, Daurion und alle geringeren Götter.

Finde den shir, *und du findest ihn.*

»Ich habe ihn gefunden. Was jetzt?«

Finde ihn.

»Was soll das heißen, finde ...« Sie schnappte nach Luft, ein langgezogenes, gurgelndes Geräusch. »Du bist kein Attentäter!« rief sie in plötzlicher Erkenntnis.

»Drei Sekunden«, sagte der Krieger, und niemand hätte daran zweifeln können, wie ernst er es meinte.

»Der *shir!«* Er hatte die *shir* zweier Attentäter, die er getötet hatte, zurückgelassen. »Wieso kannst du ihn berühren?«

»Zwei Sekunden.«

»Nein, das darfst du nicht tun, Tansen«, rief die *torena.* »Wir brauchen ihn!«

»Wessen *shir* ist das? Wem hast du ihn abgenommen?« drängte Mirabar. »Wen hast du getötet?«

Finde ihn!

Mirabar holte tief Luft und blies sie als Feuer wieder heraus – direkt dorthin, wo Tansen Kiloran im Todesgriff hielt. Die bebende Klinge sprang ihm aus der Hand, und die Flammen ließen den Krieger zurückweichen. Er und Kiloran taumelten auseinander. Im selben Augenblick griffen Josarian und die Attentäter einander an. Hin- und hergerissen, ob sie nun verhindern sollte, daß sie einander umbrachten, oder Kiloran davon abhalten sollte, ihr Feuer zu löschen, stieß Mirabar mehr Flammen hervor, schrie alle an, bedrohte den Sohn des Wasserherrn und wurde zu einem Teil des Chaos, statt es zu verhindern.

Und dann hörte sie die Anrufung, eine Stimme, die sich von allen anderen unterschied und die über die Grenzen hinwegdröhnte, die diese Welt von der Anderen trennten. Sie fiel auf die Knie, als eine Explosion das Feuer vergrößerte und den gesamten Palast erschütterte. Jetzt brach abermals Wasser durch die Decke herab, denn Kilorans Kraft wurde an zu vielen Orten gleichzeitig verlangt. Die klaren Wassertropfen glühten vor Magie und wurden zu Lava, als sie auf die Flammen trafen. Brüllend vor Wut rief Kiloran Wassertentakel aus den Wänden hervor, die sich ums Feuer winden und es ersticken sollten. Aber auch sie wurden bei der Berührung sofort zu Lava.

»Eine Allianz«, keuchte Mirabar. »Feuer und Wasser.« Sie begegnete dem entsetzten Blick des Wasserherrn. »Die Wächter und die Gesellschaft.« Tränen der Angst, der Erschöpfung und der Freude liefen über ihre Wangen. »Die Zeit ist gekommen.«

Die Männer kämpften nicht mehr. Die *torena* hatte aufgehört zu schreien. Selbst Srijans Blöken war verstummt. Es war still im Saal, bis auf das Knistern des Feuers und die Stimme, die aus der Anderwelt erklang, als Antwort auf den Tanz des *shir* in den heiligen Flammen.

»Er kommt ...« hauchte Mirabar. »Und sein Name ist ...« Sie keuchte und wandte sich Tansen zu, denn sie fühlte sich vollkommen verraten. *»Armian?«*

KAPITEL 21

Tansen wurde rot vor Scham, als dieses Geschöpf, diese Frau, dieser *Dämon* ihm den glühenden Blick zuwandte und mit vor Entsetzen zitternder Stimme wiederholte: *»Armian?«*

Er war sich quälend der Aufmerksamkeit aller bewußt, als er nickte. »Armian. Es ist sein *shir.*«

Sie starrte ihn erschüttert an. »Du hast ihn getötet. Du hast Armian getötet.«

Mühsam bewahrte er seine äußerliche Ruhe. »Ich habe ihn getötet.«

»Kannst du ... Hast du einen Toten gerufen?« fragte Elelar und stolperte ohne ihre übliche Anmut auf die andere Frau zu.

»Ja.«

Sie schloß die Dämonenaugen und schien sich anzuspannen, anzustrengen.

Nein! schrie er lautlos. *Nicht Armian!*

»Ich kann dich zerschmettern«, warnte Kiloran das Mädchen.

Sie öffnete nicht einmal die Augen. »Das wirst du aber nicht, weil du Armian sehen willst. Er möchte mit dir sprechen.« Sie keuchte und warf den Kopf zurück. Schweiß glänzte auf ihren Wangenknochen, sie atmete heftiger, wie eine Frau in leidenschaftlicher Umarmung. Oder tödlichem Schrecken. »Eine windige Nacht ... naß und windig ... Der Schmerz der Schläge und des Verrats ...«

Nein! Ich wollte mich Kiloran stellen, aber das ertrage ich nicht!

Er hatte lange am Rand der Angst gelebt, war Risiken eingegangen, hatte sein Leben dem Kampf verschrieben und sein Blut Josarians Sache opfern wollen. Er war kein Feigling, und er war noch nie vor etwas davongelaufen, aber nun wollte er nur noch fliehen. Er wäre gern auf das klaffende, mit scharfen Zähnen bewehrte Maul eines Drachenfischs zugeschwommen, wenn er dadurch hätte vermeiden können, den Blutsvater noch einmal sehen zu müssen, den er umgebracht hatte. Er hatte sich dem Tod viele Male gestellt, und er war dem mächtigsten Wasserherrn der Welt entgegengetreten. Aber er hätte nie erwartet, Armian noch einmal zu sehen, und er wußte, er würde es nicht ertragen.

Das Feuer wurde größer und leuchtender, der *shir* glühte in den Flammen, und das Wasser von Kilorans seltsamer Welt verband sich mit den Flammen, wo immer die beiden Elemente einander berührten. Die Hitze zehrte an Tansens Lungen und seinen Eingeweiden, und der Krieger zog sich ganz in sich selbst zurück, als die Wächterin ihnen mitteilte, daß Armian jetzt sehr nah sei.

Er konnte es einfach nicht ertragen. Er würde fliehen. Er würde durch diese Wände aus Wasser gehen und lieber ertrinken, als noch länger hier zu stehen.

Jemand packte ihn fest am Arm und hielt ihn. Er drehte den Kopf, um zu sehen, wer es wagte ... und begegnete dem Blick Josarians. Er wünschte sich, verdammt zu werden, angeklagt, aber er sah nur Verständnis. Er wünschte sich, Ekel und Haß im Blick seines Blutsbruders zu begegnen, und er sah nur Liebe.

Dar sei gnädig, warum war Josarian nicht bei seinen Männern geblieben? Josarian hätte sich abwenden und davonlaufen können, aber da war die feste Stütze dieser Hand, das kindliche Vertrauen in diesem Blick. Aber wie konnte man im Angesicht eines Mannes, der nie daran gezweifelt hatte, daß er das Richtige tat, das Falsche tun? Wie konnte ein Mann sich selbst verraten, wenn das bedeutete, das blinde Vertrauen eines anderen in seinen Mut und seine Kraft zu verraten?

Tansen biß die Zähne zusammen und wünschte Josarian auf die abgelegene Seite Ejaras, aber er blieb stehen und machte sich bereit für die Begegnung mit Armian.

Mirabar ignorierte Kilorans Hohn über die lächerlichen Tricks der Wächter. Sie ignorierte die verblüfften Fragen der *toreṇa.* Sie ignorierte selbst die Scham, die beinahe sichtbar von dem Krieger ausstrahlte, jetzt, nachdem sie sein Geheimnis enthüllt hatte. *Ein Mann von befleckter Ehre* ... Nun würde Armian kommen, und sie würde erfahren, wieso Tansen den Mann umgebracht hatte, der angeblich der Feuerbringer war – der Mann, der sie alle hätte befreien können. Jetzt würde sie erfahren, wieso sie ausgesandt worden war, in dieser nassen Unterwelt Fremden und Feinden gegenüberzustehen, wo doch nie zuvor ein Wächter Einlaß in diesen Palast erhalten hatte.

Er erhob sich in den Flammen, und sie bemerkte sofort, daß er sich von allen Schatten unterschied, die sie jemals aus der Anderwelt gerufen hatte. Er streckte die Hand aus und ergriff seinen *shir* – dazu hätte er eigentlich nicht in der Lage sein dürfen. Er sah *alle* Anwesenden an – auch das war eigentlich unmöglich. Und er sprach sie direkt an, statt durch Mirabars Mund zu sprechen.

Erschöpft von der Anstrengung, die die Anrufung sie gekostet hatte, gelang es Mirabar nur noch, die Flammen am Brennen zu halten, in deren Feuer Armian schwebte und die diese Welt mit der Anderen verbanden.

»Kiloran ...« Seine Stimme klang nach Macht, Kraft und Intelligenz. »*Siran* ... Die Zeit ist gekommen. Wir hatten uns geirrt. *Jetzt* ist die Zeit da.«

Kiloran atmete keuchend. Seine gealterten Lungen wehrten sich ächzend gegen den Schock der ersten Anrufung, die er je erlebt hatte, denn einer, der Wassermagie praktizierte, gab dafür jeden Anspruch auf Einheit mit der Anderwelt auf.

»Sileria ...« Armian schien zu seufzen. »Den Duft des Landes noch einmal zu atmen. Seine Berge und Täler wiederzusehen. Das hast du nie gewußt, *siran*, und ich habe es dir nie gesagt. Du hättest nur gelacht ... aber ich habe dieses Land geliebt, als wäre es eine Frau ...«

»Es hätte uns gehören können.« Kilorans Stimme war voller Haß. »Ich hätte Sileria regieren können. *Wir* hätten Sileria regieren können, wenn *er* nicht gewesen wäre.«

Armian schwankte wie ein Rohr im Wind. »Tan ...«

Armian hätte Kiloran also irgendwie die Herrschaft über Sileria verschaffen können, und Tansen hatte ihn aufgehalten. Indem er ihn tötete? Mirabar wurde ganz schwindlig von diesen neuen Erkenntnissen. Verwirrung überwältigte sie. Und selbst durch all das Schwirren ihrer

Sinne und die Musik des Todes konnte sie die Anspannung und die Scham des Kriegers spüren, als Armian seinen Namen wiederholte.

»Ich bin hier«, erwiderte Tansen schließlich. »Ich ...« Er atmete hektisch, konnte kaum sprechen.

»Du ...« Armians Schatten bebte vor Kummer. »Du warst der einzige, den ich jemals selbstlos geliebt habe, ohne etwas dafür zu verlangen ...«

»Das ... das weiß ich ...« Tansen taumelte vorwärts und stand so dicht neben Mirabar, daß sie sein Zittern spürte.

»Mein Sohn ...«

Sein *Sohn?* Mirabar war so fassungslos, daß sie beinahe die Kontrolle über das Feuer verloren hätte. Armians Schatten flackerte, als sie ihn wieder mit ihrem Willen erfaßte und sich angestrengt konzentrierte.

Armians schattenhafter Blick bohrte sich in den Mann, der an ihrer Seite stand. »Ich habe dir vertraut ... Sieh, was du mir angetan hast ...«

Tansen fiel neben Mirabar auf die Knie. Unfähig zu sprechen, kreuzte er die Fäuste über der Brust und senkte achtungsvoll den Kopf. Seine Schultern bebten.

»Ich werde ihn für dich töten«, drängte Kiloran. »Laß mich ...«

»Du brauchst ihn.« Armians schwebende Stimme übertönte den Haß des Wasserherrn.

»Warum?«

»Weil Josarian ihn braucht, und Sileria braucht Josarian ...«

»Wozu?«

»Um die Valdani zu vertreiben ...«

»Jetzt?« Kilorans Stimme war heiser vor Überraschung.

Der *shir* drehte und wand sich anmutig. »Sileria wird wieder den Sileriern gehören und zum ersten Mal seit tausend Jahren frei von Eroberern sein ...«

Nun war es die *torena*, die sich einmischte, mit hoher Stimme, die von verzweifelter Hoffnung kündete. »Wie kann das geschehen? Wird es sich noch zu meinen Lebzeiten ereignen?«

»Elelar ...« Armian bewegte sich, als wolle er sie näher ziehen. »Wenn du nur ein klein wenig älter gewesen wärst ... Aber ich hätte nie eine Frau nehmen können, die Tan so verzweifelt begehrte ...«

Bittere Sehnsucht.

»Und dann hast du meinen Blutssohn verraten, weil er mich getötet hatte ... du hast ihm den Weg gebahnt, um zu werden, was er heute ist ...«

Ein Blutpakt-Sohn. Armian hatte Tansen, einen *shallah*-Jungen, zum Blutpakt-Sohn genommen! Mirabar begriff langsam all diese verzweigten Verbindungen, diese Fäden von Leben und Tod, von Feindschaft und Allianz, von Liebe und Verrat, die sie hierhergeführt hatten.

»Du sprachst von Freiheit.« Elelar wollte keine Abschweifungen zulassen.

»Ich sprach davon, die Valdani zu besiegen ...«

»Und?« bohrte sie weiter und klang längst nicht mehr so respektvoll wie zuvor. Eine sehr arrogante Person, diese *torena*.

»Wir hatten uns geirrt ... damals. Die Moorländer ...«

»Wollten sie uns betrügen?« fragte Kiloran.

»Waren zu schwach ...«

»Zu schwach, um einen Krieg an zwei Fronten zu führen?« riet Elelar.

»Ja ... Der Krieg hier ... muß *unser* Krieg sein, nicht der eines anderen Volkes ...«

»Aber wie kann das sein?« wollte Elelar wissen.

»Die Gesellschaft allein wird es nicht erreichen. Die *shallaheen* allein werden es nicht erreichen. Nicht die Wächter, nicht die Allianz, nicht die Seegeborenen ... allein ...«

»Eine Allianz«, hauchte Mirabar, die nun endlich verstand. »Wir alle zusammen. Alle Silerier müssen gemeinsam gegen die Valdani kämpfen.«

»Die Gesellschaft und die Wächter?« rief Kiloran unbeherrscht. »Niemals!«

»Glaubst du denn, die Allianz hätte es nicht versucht?« sagte Elelar gereizt. »Die *shallaheen* trauen niemandem. Die Seegeborenen kümmern sich nur um sich selbst. Die Gesellschaft und die Wächter sind Blutfeinde. Die Tiefländer hassen die *toreni*, und die Städter fürchten die *shallaheen*. Die Schwestern und die *zanareen* werden gegen niemanden kämpfen, nicht einmal gegen die Valdani. Die *toreni* und die Kaufleute wollen ihr Geld nicht in einem allgemeinen Aufstand riskieren. Wie um alles in der Welt sollten wir ...«

»Ich habe nicht mein Leben aufs Spiel gesetzt, um hierherzukommen und dich dann darüber winseln zu hören, wie schwierig es werden könnte!« fauchte Mirabar.

»Du hast doch keine Ahnung davon«, gab Elelar zurück. »Ich habe Jahre damit ...«

»Ich hatte Visionen unserer Zukunft.« Mirabar gab

nicht nach. »Ich habe gesehen, wie *seine* Schwerter die Fesseln brachen, die uns versklaven!« Sie zeigte auf Tansen. »Ich sah Feuer und Wasser zusammen, und sie vernichteten einander nicht. Eine Allianz all unserer Macht!« Sie wagte einen Blick zu Kiloran, dann wandte sie ihre Aufmerksamkeit wieder dem Feuer um Armian zu, das sie unter großen Anstrengungen am Brennen erhielt. »Ich habe gesehen, wie Daurions Schwert das Zeichen der Drei zerschmetterte, ein großes Bildnis aus Marmor und Gold, das auf dem Platz von ...«

»Mitten auf dem Santorell-Platz«, sagte Elelar atemlos, »in Shaljir.«

»Ich weiß nicht, wo. Ich weiß nur, daß wir es gemeinsam zerschmettern können. Wir alle, wenn wir zum ersten Mal gemeinsam kämpfen.«

»Und Josarian wird die *shallaheen* anführen«, murmelte Elelar.

»Gesellschaft und Wächter gemeinsam?« sagte Kiloran, und es war ihm deutlich anzumerken, wie sehr ihn allein schon der Gedanke anwiderte.

»Ja ...« Armians Stimme hallte im Palast wider.

»Und diese Allianz, die bereits besteht ...«, sagte Mirabar.

»Diese Allianz«, sagte Elelar, »wird alle Silerier zusammenbringen. Gegen unsere Feinde.«

»Gegen die Valdani.«

»Die Seegeborenen, die Schwestern, die *zanareen*, die Tiefländer ...« Josarians Stimme verklang. »Werden sie sich uns anschließen?«

»Wenn ihr den Weg bereitet ...« versprach Armian. »Sie

werden es nicht sofort tun, aber ihr müßt daran glauben ... Sie werden kommen, wenn ihr den Weg bereitet ...«

»Wie? Wann?« drängte Elelar.

»Die Städter, die Wächter, die Gesellschaft ...« fuhr Armian fort und ignorierte sie. »Die *toreni*, die Händler, die *shallaheen* ... Nicht alle, und nicht sofort, aber ihr könnt sie überzeugen ... Nicht alle werden dieselbe Kraft haben, aber sie werden kommen ...«

»Wenn wir den Weg bereiten«, ergänzte Mirabar.

»Und dann wird Sileria uns gehören?« fragte Kiloran.

»Dann wird Sileria frei von den Valdani sein ...« versprach Armian. »Sie werden gehen ...«

»Was müssen wir tun?« fragte Josarian.

»Feinde müssen zu Verbündeten werden. Blutflüche müssen zurückgenommen werden, Blutfehden zwischen den Klans beendet«, verkündete Mirabar, die endlich verstanden hatte, was hinter ihren Visionen stand.

»Ja ...« Armian deutete auf sie. »Sie wird geführt vom Willen der Anderwelt. Ihr müßt sie achten.«

»Sie ist eine Dämonin!« schrie Srijan.

»Sie wird der Schild sein«, sagte Armian, »so, wie mein Sohn das Schwert sein wird ...«

»Der Olvar«, warf Tansen plötzlich ein, als wäre er jetzt erst zum Leben erwacht. »Der Olvar hat dasselbe gesagt.«

»Ihr fünf ...« Armians Stimme wurde leiser. »Ihr könnt die Welt verändern, wenn ihr heute nacht Frieden schließt ...« Mirabar wurde schwächer und ließ Armian über die Grenze zurückfallen. Sie folgte ihm, nutzte den letzten Rest ihrer Energie, um ihn noch einmal in diese Welt zurückzuziehen. »Wenn ihr versagt ...«

»Was ist dann?« sagte Elelar plötzlich.

»Ich verliere ihn«, murmelte Mirabar, und ihr Geist folgte dem seinen ins Feuer und nahm ihr all ihre Kraft. Sie spürte, wie die Anderwelt an ihr zog, als sie näher kam. Sie ignorierte die Verlockung und klammerte sich an Armian.

»Eine solche Gelegenheit wird nie wiederkommen ...« Sie konnte seine Stimme kaum mehr hören. »... nicht mehr in tausend ...«

»Armian!« Kiloran hätte ihn gerne zurückgezwungen, aber er hatte keine Macht über den Schatten.

»Nicht mehr in tausend ... Ihr müßt ...«

Mirabar hatte Armian verloren, und sie war zu weit gegangen bei dem Versuch, ihn zurückzuholen. Ganz plötzlich gab ihre Kraft nach, und sie blieb hilflos in der Leere zwischen dieser Welt und der Anderen. Feuer umtosten sie, die Welt der Lebenden wurde immer dunkler und schien sich zu entfernen, und das Nichts griff nach ihr, um sie für alle Ewigkeit an sich zu ziehen. Verirrt in der Leere des Tors, auf der Suche nach dem Weg zurück in ihren Körper, schrie sie in lautlosem Schrecken auf. Sie hatte gesehen, wie andere auf diese Weise starben, und es stets gefürchtet. Hier gab es nicht einmal einen anderen Wächter, der ihr helfen konnte. Sie schrie nach dem Rufer, tastete blind umher und versuchte, sich dem Tod und dem Nichts zu widersetzen.

Eisiges Wasser brachte sie mit der Kraft einer Explosion in ihren Körper zurück. Spuckend und blinzelnd schüttelte sie sich das Haar aus den Augen und sah sich verwirrt um. Sie erkannte, daß Kiloran sie gerettet hatte, indem er ihr eigenes Feuer gelöscht hatte; immer noch drang Wasser durch eine Wand des Palasts ein, schob Mirabar über den Boden und überflutete den Raum.

»Hör auf!« schrie sie, voller Angst zu ertrinken.

Die Arme vor der Brust verschränkt, starrte er sie kalt und unfreundlich an, während die Wand sich wieder schloß und kein Wasser mehr eindringen ließ.

Die Attentäter wateten durch das knietiefe Wasser zu Kilorans Seite und bauten sich schützend um ihren Anführer auf. Tansen riß die hustende und spuckende Elelar hoch und setzte sie unsanft auf Kilorans Thron ab, ohne auf den wütenden Protest des Zauberers zu achten. Srijan kletterte auf eine muschelbesetzte Kommode und beobachtete das Geschehen mißtrauisch. Josarian half Mirabar auf die Beine und untersuchte sie unter Entschuldigungen für diese Vertraulichkeit nach Verletzungen.

»Du hast mir das Leben gerettet«, sagte sie zu Kiloran, und ihr war wohl bewußt, daß es ihrem Tonfall an der angemessenen Dankbarkeit fehlte. »Bedeutet das ...« Unsicher hielt sie inne.

»Es sieht so aus, als müßten die Wächter und die Gesellschaft nach tausend Jahren der Feindschaft Verbündete werden«, sagte Kiloran. Und dann fügte er mit vor Sarkasmus triefender Stimme hinzu: *»Sirana.«*

»Und die *shallaheen* werden sich der Allianz anschließen«, versprach Josarian. Dann schüttelte er sich wie ein nasser Hund.

»Die Wasserherren und die Attentäter ...« Kiloran verzog unwillig das Gesicht. »Wir werden unsere internen Auseinandersetzungen vergessen, bis ...«

»Bis nach dem Krieg«, sagte Elelar schaudernd. »Bis Sileria frei von den Valdani ist.«

Kiloran nickte. »Und wir werden uns dieser ... Blutfehde anschließen, die die *shallaheen* geschworen haben.«

»Ebenso wie die Wächter«, versprach Mirabar. Sie hoffte, daß sie damit recht hatte. Immerhin war sie nur eine Schülerin, aber dies war wohl nicht die passende Gelegenheit, so etwas zu erwähnen.

»Die Zeit ist gekommen.« Elelar genoß diese Worte. »Wir werden siegen. Wir werden es noch erleben, daß die Valdani aus Sileria abziehen.«

Ohne Kiloran um Erlaubnis zu fragen, watete Tansen durch den Saal und nahm sich seine Schwerter zurück. Als er sie sich wieder umschnallte, sagte er: »Es gibt nur noch eine Kleinigkeit, über die wir reden sollten, bevor ihr mit der Planung für die Siegesfeier beginnt.« Er sah Kiloran an. »Nimm den Blutfluch zurück.«

»Jetzt sind wir wieder dort, wo wir angefangen haben«, murmelte Kiloran.

»Kein Grund zur Unruhe«, meinte Tansen. »Wenn ich den Krieg gegen die Valdani anführen soll, kannst du getrost davon ausgehen, daß ich nicht lange lebe.«

»Er wird das Schwert sein«, sagte Mirabar zwischen klappernden Zähnen. »Ohne ihn wird es uns nicht gelingen.«

»Ohne ihn werde ich mich euch nicht anschließen«, fügte Josarian hinzu. »Nimm den Blutfluch zurück, oder die *shallaheen* werden ohne euch kämpfen.«

Kiloran zog ein Gesicht, als hätte er gerade Seewasser schlucken müssen, aber er sagte: »Bring mir den *shir*.«

Tansen watete zu der Stelle, an der er den Dolch zuletzt gesehen hatte, und tastete im Wasser herum. Als er die Waffe schließlich gefunden hatte, kniete er vor Kiloran nieder und bot den *shir* dem Mann an, der ihn gemacht hatte: »Herr des Wassers und all seiner Macht, du, der du diesen *shir* gemacht hast und der unseren Durst stillen kann, ich will mit dir nicht länger in Fehde liegen, und daher bitte ich um Verzeihung dafür, daß ich Armian mar Harlon shah Idalari getötet habe. Ich bringe dir diesen *shir* als Zeichen meines Vertrauens und meines ernsthaften Wunsches, Frieden mit dir zu schließen.«

Kiloran nahm den *shir* entgegen und drückte die Klinge gegen Tansens Stirn. »Tansen mar Dustan shah Gamalani, ich nehme dein Friedensangebot an. Vor diesen Zeugen verzeihe ich dir hiermit den Tod Armians und nehme nun den Blutfluch zurück, den ich gegen dich ausgesprochen habe. Wer auch sonst deine Feinde sein mögen, du wirst nicht länger von mir, meinen Freunden oder den Freunden meiner Freunde verfolgt werden, solange du nicht weiteren Anlaß dazu gibst.«

Tansen erhob sich, erwiderte Kilorans Blick und nickte. Dann schaute er die Attentäter lange und forschend an, als wollte er sich überzeugen, daß sie die Gültigkeit des Rituals nicht bezweifelten.

»Jetzt können wir uns verbünden«, sagte Josarian zufrieden. »Jetzt können wir die Valdani gemeinsam bekämpfen.«

Schaudernd sagte Mirabar zu Kiloran: »Verdammt, kannst du nichts gegen dieses Wasser unternehmen? Mir ist kalt!«

Elelar seufzte. Die Attentäter schauten schockiert drein. Tansen mußte lachen.

Kiloran starrte seine Gäste wütend an. »Da ihr alle nicht eingeladen wart, könntet ihr jetzt vielleicht gehen.«

»Wir haben noch viel zu besprechen und zu planen«, wandte Elelar ein.

»Später«, verkündete Kiloran.

»Da oben, *torena*«, schlug Josarian vor und zeigte zur Seeoberfläche. »Wo wir es bequemer haben.«

»Geht jetzt!« zischte Kiloran.

Josarian begegnete Mirabars Blick und grinste. »Nun, *sirana*, dieser Schatten aus der Anderwelt hat nie behauptet, daß wir einander mögen müßten.«

DAVID DRAKE

DAS REICH DER INSELN

Band 1: Gefährten des Sturms

Band 2: Der Thron von Malkar

Band 3: Die Erben des Carus

Band 4: Die Königin der Dämonen

Band 5: Die Geisterbrücke

JANE WELCH

RUNENZAUBER

Band 1: Die Drachenfestung
Band 2: Das Auge des Druiden
Band 3: Die Nebel von Farona
Band 4: Der Drachenstein
Band 5: Das Schwert der Morrigwen
Band 6: Der See der Tränen
Band 7: Der Kreis von Abalone
Band 8: Das Jenseitstor
Band 9: Das Blut der Wölfe
Band 10: Der Bann des Barden
Band 11: Im Land des Greifs
Band 12: Der Herr der Schatten

Excalibur
bei
Knaur